繆斯胎骨：臺灣現代詩手稿學

解昆樺　著

科技部「臺灣現代詩手稿學」三年期計劃
106-2410-H-005-045-MY3 研究成果

臺灣 學生書局 印行

繆斯胎骨：臺灣現代詩手稿學

目　次

圖目次

表目次

第一章　緒　論

第一節　詩的「原本」何在？「書寫意識」如何實證？
──研究動機的啟動

　　以胎骨孕化喻文心運化之甜苦，向為文論常事。詩人得物興會，情志感發，於自身內在混沌冥想、靈感醞釀的過程中，詩之胎骨結構於是得凝，血脈終於文氣得暢。然而，以胎骨孕化為喻，其實還在說明詩人構思寫作過程的艱困。劉勰《文心雕龍‧神思》即指出：「意翻空而易奇，言徵實而難巧。」[1]說明由構思而落實於文字時言意之難契，總不免飽歷理鬱辭溺的艱困。正因為一首詩的語字如此晶瑩，對意旨優雅又透澈的回映，使得「書寫」幾乎擁有獨立的儀式性。德希達（Jacques Derrida，1930-2004年，法國解構主義哲學家）《書寫與差異》即言：「這意味是一種勞動，一種分娩，一個通過詩誕生詩人的緩慢妊娠……。」[2]並不是詩人在書寫文字為萬物命名，而是意義在驅策著作者藉寫詩，考掘、豐富自身的層次。正因為如此，對詩人來說，我書寫，故我在。

　　在文本的結構身形上，即使是一首長篇敘事詩作，其編制句數可能仍遠不及短篇小說。這並非暗示詩在表現力上不如小說，而是在文體修辭上，說明了詩之焦點不在字數篇幅；詩真正最核心的作業，除了語言質地外，別無其他。無論現代詩作品最後表現的是明朗、晦澀、洗鍊、雄渾的風格，詩人

---

[1]　劉勰[著]，王更生[注譯]：《文心雕龍讀本（下篇）》（臺北市：文史哲，1995年），頁4。

[2]　德希達（Jacques Derrida）[著]；張寧[譯]：《書寫與差異》（臺北市：麥田，2004年），頁146。

都必須精心打煉語言，完成一份隱喻。而文本詩質的淡薄深濃，也正取決詩人對詩語言的反覆思量。

詩人這份思慮，文學論者往往名之曰「書寫意識」，便進入各項文學文化議程，進行論述推衍。然而，我們卻回到「意識」這個詞彙上，對之進行細細審視。如果書寫本身就是捎筆在紙張上發出沙沙聲響寫下文字[3]，這樣如此帶有豐富聽、觸、視覺的實體化動作——我們不禁接續問：書寫「意識」該如何實證？

這個提問，或許可直接以從意識孳乳而出的「版面文字」作為答案。但是，「書寫意識」真如「版面」上「文字」由左至右，由上至下，一字接著一字這般行列蹈矩、秩序井然嗎？而無有苦鬱，無有刀攪，無有歧出？

版面上的文字顯然經歷了編輯的形式修飾編排，才得以如此整齊，此早已與「原作」有所隔距。所以，版面文字所能為讀／研究者推敲的，終究是「被修飾、編排後」的書寫意識。書寫意識真正的樣態，顯然要到修飾編排「前」的手稿中尋找。

初看手稿，面對那漫漶錯雜文字，加之以刪除、穿插、圈調等等鐵勾銀劃的筆法，彷彿我們進入未識之迷津，以及朦朧流動的文本風景。如果上述劉勰摹寫神思如是，德希達（Jacques Derrida）指出詩人與語字彼此艱困生成的過程如是——那麼，手稿無疑就是詩人內在書寫意識最好的實體隱喻，值得我們反覆挖掘、詮釋。

論臺灣現代詩人之書寫意識乃至語言美學，通常現行之研究進路不外乎由其詩作與詩論（觀）進行分析。但是，詩論（觀）為詩人之理想指標，詩作方才是詩人的實踐成果，兩者究竟不能全然混同以觀。因此在談論詩人語言美學上，首要之道固然理應回歸於文本。但檢視當前現代詩人作品研究，卻可以發現其實還有一個詩作研究層次未被細加掘探，那便是針對詩人詩作手稿及其版本進行探討。

---

[3]　當然，書寫另一種「現代」的說法是：弓起指尖在電腦鍵盤發出呎咚聲響，於螢幕上閃現文字。這樣書寫型態由傳統而現代的改變，當然也豐富了臺灣現代詩手稿版本學的內容，筆者將於下文詳論。

第一節　詩的「原本」何在？「書寫意識」如何實證？——研究動機的啟動

　　過往從臺灣現代詩人出版詩集，或報刊雜誌發表之詩作進行研究，看似理所當然。但若從詩人詩作手稿及其版本的研究角度看來，其實可以發現其中在研究步驟上，無意識地偏守作品「出版後」的穩固狀態，而忽略作品在「出版前」，亦即在創作過程中語言文字豐富的流動現象。現代詩典律的生產重要方式之一，乃為「選本」，例如 1920 年大陸《新詩集》、《分類白話詩選》，乃至於 1961 年臺灣《六十年代詩選》，無不都以詩刊、報章文藝欄等傳播出版品為主，進行印刷定稿式的擇選，這也鞏固了我們對印刷出版後詩作的關注。如此對現代詩手稿研究的忽略，更加凸顯了「文本出版」與「意義生產」間所存在著，但卻又為一般論者未所意會的，可介入論述間隙。誠如班雅明（Walter Benjamin，1892-1940 年，德國猶太裔哲學家）《機械複製時代的藝術作品》所言：「當沒有個人的筆法可言時，便也就沒有了個人的表達，而且複製的可能性使真正的原稿不復存在。」[4]一般論者對要追索探究之文學文本「原稿不在」的狀態缺乏意識，這使得我們的文學研究，更彷彿是機械複製系統中的文化論述工業，而所謂的文學史，與文學出版品分析史之間幾亦無所差距。

　　因此充滿個性（甚至是性別）的手稿在文本形式上的難以檢視，不會成為我們的負擔，更不會削弱手稿的研究必要性，反而成為我們論證詩人書寫意識，一窺其意識堂奧的鎖匙。終究，無論是意識還是語字的生成，往往混濁著苦悶與快感。事實上，在共時狀態下，世界在同時之間多元平行錯綜發展的狀態，才是世界實貌。語言將之轉換為一個直線性的詞彙系列時，越是準確精密語法完整的語言，反而使世界原本現象的本相，越趨變形。現代詩版面上的斷行、圖像等形式，或許已間接展現再現世界的樣態；然而，現代詩手稿那紛雜的狀態與用心，可能更接近了世界那多感實貌。

　　儘管在現代文學研究領域中，手稿學少為學者所觸及、應用，而顯得冷僻，但綜觀整體文學研究發展，其確自有其傳統與相關成果。手稿學

---

[4]　班雅明（Walter Benjamin）[著]；王才勇[譯]：《機械複製時代的藝術作品》（南京市：江蘇人民，2006 年），頁 26。

（Codicology），常與古文書學並稱，特指對由浸水性書寫工具書寫在紙張或典籍（codex）上的古代文字筆跡，進行研究的古文字學科。傳統的主要研究物件是手寫稿，除了研究典籍（特別是基督教經典）、名人手稿的文字書體、筆跡以外，還要對其紙媒載體的年代進行鑒定。手稿內部自有草稿、謄寫之差異，乃至於（暫時）定稿後進行印刷出版，自然會產生手稿衍生版本之現象。因此在研究進路上，除要援取西方從文藝復興到後現代之「不同版本」（variants），「文本」（text）與「文本發生學」（genetic criticism），還要試圖結合傳統版本、訓詁、校讎學概念。因為研究上如此存在相關性，手稿研究也與版本研究有緊密關係，因此手稿學往往也延伸至版本學，兩者互涉結合為手稿版本學。

透過手稿版本學研究，我們發動對「原作」的尋尋覓覓，透過手稿與版本的概念，瞭解書寫意識本身的歷程性。我們不在於結構式地徒務於形就出版面文本與手稿文本間「整潔／亂蕪」的形式對比，我們看到的是在不同版本但大約相應的文本地點上，詩人對一個字詞甚至一個段落的反覆著力。我們發現，印刷定稿版面那些情緒舒緩、慷慨，於文本結構上的準然合度，隱然迴縈映現了作者那睿智從容，洞澈自我情感面貌的種種語句，實則飽歷淬礪。

定稿印刷完成了，手稿文本則被消滅了。如今我們提及現代詩手稿，除深知詩人如何以時間疏瀹五藏苦慮，錯雜文心復又如何遂得澡雪，也因為我們對真正書寫歷程的意會與記憶，版面定稿與手稿兩相疊映，手稿成為在定稿下沈澱浮顯（或隱隱疊印其下）的字（陳）跡，並以如此具體的現象直指出每一個語字所擁有的歷史地層。於此，不同版本的手稿不只是時間意義上的「過往」，更具有空間上的結構，成為層層詞彙散置的文本地層，凸顯了「定稿前」的繁複、篩選剔除的作業。我們研讀現代詩手稿版本就是要觀看詩人經歷怎樣散置詞彙，漸形聚焦出文本內的「重心」與「詩眼」。

而這樣的語字聚焦，又何嘗不是詩人對自我意識的清廓。在時間序列中，「前在」於版面定稿的詩手稿，在書寫意識發展的界尺上，又何嘗不是書寫的前／潛意識。詩人的書寫不只在面對自己，在自我獨創性的要求下，手稿內部的字句紛亂，有時不只在刪修過往的自我，還在排解前在他者，特

別是前在經典的壓力。

臺灣現代詩手稿學乃是針對臺灣現代詩手稿之發生歷程與版本空間的文本研究，由此體現詩人創作者之詩心幽微運作，具體呈顯詩人詩學生成之細節現象。手稿學最能指出現代詩在研究上的盲點，正在於突破一般現代詩研究侷限於「只閱讀印刷定稿」的無意識狀態。

以精讀詩作之法探究現代詩人繆斯之才，已是基本研究概念，在此基礎之上，再進一步比對詩人不同詩作試圖予以周全。然而這些不同詩作可能取自於同一詩集中不同詩作，也可能取自於詩人不同詩集，甚至不同時期的不同詩作。但從手稿角度來看，這樣看似廣泛的比較研究，還是同處在「印刷排版定稿」層次，為出版社印刷系統所箝制，缺乏真正書寫歷程感，仍位處於「孤立」的觀看閱讀位置。

「印刷排版」做為一種複印／製技術，其使詩人作品得以大量地進行公共傳播，成為公共文本。然而就手稿觀點來說，印刷雖保證不同的讀者在閱讀上，有同一種形／格式公共體驗，但卻也瀝除了文本手寫過程中的種種發生詩思運轉、擇選、參照的訊息，使讀者們共同觀看同一種「整／清潔」的印刷版本。

在文學文本生成過程中，「手稿」是對應於「印刷品」的現象。相對於「印刷品」版面清晰狀態，手稿中字詞之謄寫、修改，以及段落之插入、調遷等等錯雜現象，無疑是一份對文本發生、生成種種細節之隱喻，補足了看似「整潔」，實則掩沒了文本寫作過程種種細節的印刷稿，其所未見的「文本性」。既然詩作比較觀念是對的，為何不能探究印刷定稿之前，充滿著增刪調動字／痕跡等詩文本訊息的手稿？由此直指出詩文本在印刷前豐富的孕生演變狀態，進而以更廣泛視野去比較一首詩發生歷程的各版本呢？

臺灣現代詩學研究者探究臺灣現代詩人之詩作，卻對其前身的手稿無所意識，就像研究烏麗燈蛾，卻不研究牠的前身——繭蛹般，實存在極大盲點。事實上，春蠶那細密吐絲包裹自我的過程，又何嘗不似作家伏案提筆在紙張書寫之所為。手稿中織絲般錯雜字跡，重重如永夜包裹詩人文心。詩人於其中條理機杼，終能衝破寫作過程自我所身陷夜闇般的慮憚，擱筆定稿，

成就經典。臺灣現代詩手稿補白了臺灣現代詩人與詩定稿之間缺落的故事，藉由恢復那些字句寫刪運作，我們具體使不易言傳的「靈感」、「天賦」展現了其細密的運作實況，乃至於其運轉之遲速，終得以推敲詩人風格、詩學之胎骨塑形過程。

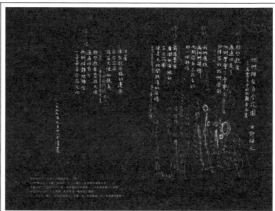

| 圖 1-01：楊牧〈熱蘭遮城〉草擬稿詩手稿　出處《楊牧自選集》 | 圖 1-02：許悔之〈他們睡在百合花園——為震災中的死難者而寫〉初定稿詩手稿　許悔之授權使用 |

表 01：楊牧〈熱蘭遮城〉首段刊印稿／草擬稿版本對照表（2018 年辨識版本）

表格說明：

1. 草擬稿版本中，對照刊印稿版本如字詞有所刪改替換處，於該字詞中加註刪除之線號。如草擬稿版本行號 1 處。

2. 草擬稿版本中，對照刊印稿版本如詩人對字詞有複選、同列之考量者，於該字詞處加上（）號。如草擬稿版本行號 1 處。

3. 草擬稿版本中，對照刊印稿版本如詩人對字詞有複選、同列之考量，且各候選字詞具遞衍現象者，依其先後關係，於各詞加註底線號。如草擬稿版本行號 3 處。

4. 刊印稿版本中，若為草擬稿版本所無之加添字詞，則外加框格。如刊印稿版本行 6 處。

刊印稿版本內文	行號	行號	草擬稿版本內文
對方已經進入燠熱的蟬聲	1	1	對方魚躍進（日）入濕熱的蟬聲中
自石級下仰視，危危闊葉樹	2	2	自石級下仰視，危危闊葉樹
張開便是風的床褥──	3	3	（這些是─張開是─張開便是）風的床褥──
巨礁生鏽。而我不知如何於	4	4	巨礁生鏽。而我不知如何於
硝烟疾走的歷史中冷靜蹂躪	5	5	□□在硝烟□□□□蹂躪
她那一襲藍花的新衣服	6	6	一遠來的孤帆如藍花的□衣裳
		7	霜雨一併（排）一二隻的帆子
		8	猶看年輕的對（孩）子各（合、命）曾（中）

　　當我們解構定稿在詩文本的閱讀中心位置，並將其前各手稿版本層疊其下時，整潔清楚的定稿開始半透明化，顯現出手稿的字跡，浮現了詩本身的過往。手稿內跡軌規模固然可粗窺作者的意圖，但手稿之修改跡軌、歷程，則更可做為所謂詩人書寫意識及其流動之實證，而得能具體、客觀地讓研究者進行探究。在文學研究中「書寫意識」成為特定批評術語，藉此指涉作者在書寫時知覺、記憶、想像等精神活動。然則書寫意識，乃至於其變化如何表現？手稿學研究主要探究作品的起源與後續發展的時間跡軌，正能提供這樣的實證。

　　以「圖 1-01：楊牧〈熱蘭遮城〉草擬稿詩手稿」為例，可進行「附表1：楊牧〈熱蘭遮城〉首段刊印稿／草擬稿版本對照表」之比較。從詩手稿可清楚知道，楊牧在〈熱蘭遮城〉全詩第一個在思索辯證的字詞，便是「魚躍─已經」間的替換。從詩意象角度，草稿中的「魚躍」顯然比「已經」更為具象、動態，能形容敵軍洶湧進入熱蘭遮城的狀況。這就讓我們不禁追問何以楊牧會捨此有意象的詞語，在一開始就讓讀者注目、醒眼，反而予以鬆動淡化？初步看來，應當是試圖將讀者閱讀焦點進行延後，以將置於後面的文本主題重心予以突顯出來。

　　當然這初步論斷，還必須於後面諸行之分析予以搭配驗證。謄修稿版本

　　第 6 行之大量修改在全詩中至為關鍵，因為是判讀楊牧在〈熱蘭遮城〉書寫意識發生重要轉折的辨識詞語。這反覆大量修改即是詩手稿的修改熱區，此一現象也於「圖 1-02：許悔之〈他們睡在百合花園──為震災中的死難者而寫〉初定稿詩手稿」得見。

　　檢視許悔之〈他們睡在百合花園──為震災中的死難者而寫〉的謄修，在初擬稿之後，明顯在原本第二段「我們應該／為他們建碑／也記念自己死去的／那個部分」除單就「記念」進行「餞別」的字詞替換，更大幅度的在其下透過夾注符號「Ｖ」夾注發展兩個段落，其一以森林大火、狼群追趕中奔逃的鹿與野兔，強化災難的動態性。

　　對比定稿，詩手稿可以明顯看到詩發展過程中的修改熱區，此一熱區正是詩書寫發展過程中意識糾結之處。由此並置手稿、定稿，進一步回看定稿，其歸屬於修改熱區的詩行，在閱讀上更需慎重。這慎重的閱讀方式，正如《莊子·養生主》：「每至於族，吾見其難為，怵然為戒，視為止，行為遲；動刀甚微，謋然已解，如土委地。」帶著庖丁解牛應對肌理筋絡錯節的小心懍然。

　　細讀臺灣現代詩手稿也可發現詩人之創作，並不是當然以直線歷程完成發展。創作有時並不可預期，往往理智以為靈魂準備好了，文字就能依約灑播；實則詩人落筆之際，書寫情緒乃至於知識準備，仍惘惘充滿著困頓、不安等等細節，字字艱難地進行推敲。於是書寫過程恆常的是一種放棄、懊悔，總為心中那片靈感風景死去，而深深感傷，長日憤憾。然則時光走動，詩人可能在偶然回想，當初棄毀的結構竟突獲天機，稍稍調節而得能成就。在文句馳騁之間，雖難倚馬以待，但多能成眉目、成身形、成其心肺。至此乃知此詩終已進入詩書寫脈絡，留待時間計畫，以字成肉，成風華。

　　面對詩手稿所呈現全然非由理性獨斷運作的詩真正寫作之紛雜實況，恰凸顯了侷守印刷定稿的傳統研究所謂的「詩眼」、「書寫意識之流動」，往往都是「作者已死」後，讀者、研究者之評斷。然而所謂「詩眼」、「書寫意識之流動」可否「實證」？還是只是任由讀者、研究者「創造」？而這些「創造」又是否真能洞見詩人之本意？必須指出的是，在肯認讀者、研究者

擁有絕對獨立的詮釋權同時，乃是在誘發更多的聲音，其中自然也包括了作者本身，而不是成為一意壓抑作者之聲的手段。

手稿學可說以「存異」為焦點的發生學研究，異質化符號的出現，對一個文本發生體系如何在被考掘出的同時，成為一個內在、陌生之物質，透過一系列擇選、禁閉而被排斥。當「同」被彙整為定稿時，我們又未嘗不可將異質化符號予以彙整，並分門別類進行討論異質的受限經驗，以及其內在的異質詩學？

然而，手稿學在現代詩研究上，現今仍處在邊緣位置。在研究上，我們是對臺灣現代詩手稿無所意識，還是根本性地以這樣的無意識，去遮掩我們對現代詩手稿研究的恐懼？──恐懼於去識讀大量風格不同詩人之手稿，以及手寫文字、歷程所存在字跡符號錯雜的「密度」。在臺灣現代詩手稿學的研究推展上，我們無懼於那密度，相反地，正是這樣的跡軌密度，提供了詩手稿學泉湧不盡，持續推進的豐沛詩學研究動能。

西方歐陸既成之手稿學傳統，恰可提供我們拓展臺灣現代詩人手稿研究的進路。在西方起於對聖經寫本之研究，成就其手稿學（Codicology）研究傳統。而西方自 19 世紀進一步即形成了現代手稿學研究傳統，其中尤以法國為盛。1885 年巴黎國家圖書館在收藏雨果（Victor Marie Hugo，1802-1885年）創作手稿同時，開始思考現當代作家檔案新遺產的典藏原則，正式成立現代手稿部門。手稿之積累更刺激了手稿學研究向現代文學手稿推進，精神分析學、敘述學、社會批評、主題、語言學等研究學者的投入，也深化了現代文學手稿之研究深度。

在這樣的基礎上，1970 年代起法國「文本生成學」（genetic criticism）理論學派漸次成形，對現代手稿（modern manuscript）進行專門的一系列研究。1974 年法國國家科學研究中心成立手稿分析中心，匯集了作家海涅（Christian Johann Heinrich Heine，1797-1856 年）、普魯斯特（Marcel Proust，1871-1922 年）、阿拉貢（Louis Aragon，1897-1982 年）、福樓拜（Gustave Flaubert，1821-1880 年）、瓦萊里（Valéry，1871-1945 年）、奈瓦爾（Gérard de Nerval，1808-1855 年）、喬伊斯（James Augustine Aloysius

Joyce，1882-1941年）、薩特（Jean-Paul Sartre，1905-1980年）等研究小組。
手稿分析中心的研究一方面吸引了作家捐贈手稿，另一方面則與法國國家圖
書館與巴黎高等師範大學合作，終於在 1982 年在國家科學研究中心中擴編
為包含 12 個研究小組的「現代手稿與文本研究中心」（ITEM, Institut des
Textes et Manuscrits Modernes），以為手稿學專門研究機構，從寫本學、材料
和筆跡，以及起源版本，超文本和傳媒、認知科學等角度進行手稿學研究。

圖 1-03：解昆樺至法國
信函和手稿博物館（Musée
des Lettres et Manuscrits）
檢視波特萊爾詩手稿組圖

　　2013 年筆者參與易鵬教授所主持國科會中法幽蘭計畫「從文本發生學
看中文手稿」，完成〈藏鋒的童話：顧城寓言故事詩手稿中的後遮蔽美學〉，

並至法國巴黎高等師範學院進行發表。此篇論文該次發表之講評者正是法國
最重要的手稿發生學理論奠基學者德比雅齊（Pierre-Marc de Biasi，1950-，
法國文學研究學者），筆者深受啟發，更細膩地以文本演化角度檢視現代
詩手稿文本。至法國巴黎會議期間，亦與會議學者一同前往法國國家圖書
館、「現代手稿與文本研究中心」與「法國信函和手稿博物館」等相關法
國手稿學重要機構參訪，該館館藏有法國重要詩人波特萊爾（Charles Pierre
Baudelaire，1821-1867 年）之珍貴手稿，筆者特別帶著從臺灣帶去的波特萊
爾詩集《惡之華》與之合影。細讀所展覽的手稿可以發現詩人手稿不僅書寫
文字，更會手繪圖畫輔助寫作。

　　在華文圈中，大陸雖於 1995 年北京成立現代文學館有系統館藏現代作
家手稿，然而誠如曾參訪法國國家圖書館現代手稿研究室的舒乙在〈呼喚手
稿學〉所言：「聯想到我工作的中國現代文學館，情況就大不相同了。我們
收藏了數以萬計的中國現、當代文學作品的手稿，卻基本無人利用。」[5]呼
籲研究者對北京現代文學館中的現代作家手稿進行研究。而臺灣方面，在
1990 年代雖有當代文學史料系統、詩路網站進行作家手稿數位化整理，
2000 年以後則有「數位典藏國家型科技計畫」、臺灣文學館、臺大圖書館
「臺大近代名家手稿系列」典藏計畫等，進行作家手稿整理。長期忽略作家
手稿的研究意識下，直至 2010 年後方有了初步的研究開拓。

　　康來新、易鵬兩位教授於 2007 年獲教育部獎助之「在地與全球視野下
的作家手稿專題研究」，是目前兩岸最具整合性與學術規模的手稿學研讀計
畫。易鵬教授 2010 年 9 月主籌「手稿、文本與數位文獻」國際學術研討會，續
於 2013 年主持國科會中法幽蘭計畫「從文本發生學看中文手稿」與法國手稿
學研究學者進行研究交流，並擔任《中山人文學報》第 37 期「文本生成學」
專號（2014 年 7 月）客座編輯，無疑是推動臺灣進行手稿學研究最力之學者。

　　透過西方手稿學研究傳統，以及華文研究圈的發微，為開展臺灣現代詩
手稿學聚焦出初步工作，乃在釐清臺灣現代詩手稿在「文字符號書寫」、

5　舒乙：〈呼喚手稿學〉，《人民日報》（2002 年 7 月 18 日）。

「歷程版本發展」的辨識重點，以及對現象的術語界定。具體來說，臺灣現代詩手稿文本的「文字符號書寫」係指在手稿文本上所書寫的文字，以及所運用各種藉以進行文本之刪除、肯認、代替、調動的修改符號。臺灣現代詩手稿文本的「歷程版本發展」則可以細分為：「起草」—「草擬稿」—「初定稿」—「謄寫定稿」—「印刷修改稿」—「印刷發表刊印稿」六個歷程版本。這六個歷程版本，最明顯以手寫／刊印作為基本界分。如果說現代詩手稿是對定稿的文本發生歷程之恢復，以及文本發生學的解釋；那麼，「文字符號書寫」、「歷程版本發展」的明確界定，則讓我們得以返回手稿文本發生歷程中各個特定時刻。

　　誠如德比雅齊（Pierre Marc de BIASI）在《文本生成學》（Génétique des textes）所指，在手稿學研究中，小說所提供的研究範例最多，為長期發展的文類類別。是以在手稿學研究上相對弱勢的現代詩部分亟待開展，需要深化其問題意識，以建立其研究系統。

　　而歸整我們對臺灣現代詩手稿實際文本的考察，書寫過程言意難契的艱困、手稿對書寫意識的實證性，手稿前後的語字對照，可說層層誘發我們三個臺灣現代詩手稿學的研究動機：

　　1.臺灣現代詩手稿學乃以手稿版本為界面，他除要耙梳手稿版本與出版版本間繁複的「本」事，主要涉及的問題在於「現代詩語言」上，試圖建構理解現代詩人之對個人版本詩美學修辭的經營。

　　2.臺灣現代詩手稿對文本版本的比較，不以比對字句差異為滿足，還要指向對詩美學意識建構與意義生產上的探討，而此又涉及了手稿文本內書寫意識以及無意識的討論。詩人在成就自我繆斯胎骨過程中，是否又反反覆覆地對前在繆斯進行奪胎換骨，身陷難以脫困的影響焦慮，亦成為我們聚焦的問題。

　　3.手稿不只與意識互涉，還與記憶相關，從書寫工具的現代化、數位化過程來看，臺灣現代詩手稿既是記憶現代的方式，也是被現代（文學研究）拋棄的記憶。現代詩手稿與現代記憶間的研究，既展現文本傳統寫作形式之審美意識的失卻，卻也擴編了「手稿版本」概念。

第二節　研究範圍

　　考估研究動機所涉及之議題面向，以及實際手稿史料目前存逸狀況與收集問題，為免研究鬆散失焦，強化研究的有效性以及深度，筆者以下明確界定本研究之研究範圍。本研究議題範疇界劃，其樹狀類分為「手稿版本學」之下「現代文學」中的「現代詩」。就時間、空間、作者、文本來說本研究即在擇選臺灣現代詩史發展起點的一九二〇年代，至今（2023 年）臺灣代表性現代詩人之詩作手稿版本進行研究。而筆者依此研究範圍設定，透過科技部「繆斯胎骨——兩岸現代詩手稿版本學」、「臺灣現代詩手稿學」兩個專題計畫進行田野調查，共收集 224 位臺灣現代詩人，共 1178 篇現代詩手稿，作為本書具體之臺灣現代詩手稿學的研究對象。

　　一如前述，由於現代詩在寫作—出版的歷程中，自然會出現手稿與定稿的發展，這些版本印刷、載體轉換、語言轉譯等現象，使得現代詩手稿版本學在先天上便帶有比較研究的概念。就版本形式來說，手稿版本間的比較研究類型包括：

　　（1）純粹手稿版本間的比較。

　　（2）手稿與出版作品間的比較

　　（3）已出版作品版本內容間的比較。

　　為強化論證或進行相關作品出版時間考訂，手稿範圍也會擴及詩人其他文體作品如小說、散文手稿，以及個人手札與往來書信。值得注意的是，這些版本內部還有細部文本現象。未定稿之手稿，隨著詩人由草萊初創漸次精修成形，以及可能涉及書寫工具與文本載體的轉換，其手稿牽涉之文本生成歷程，依其「寫作—出版」之發展序列，可細分為：「起草」—「草擬稿」—「初定稿」—「手寫定稿」—「印刷修改稿」—「印刷發表刊印稿」。

　　從上述說明可以知道，無論是純詩手稿，還是出版後的版本，現代詩手稿仍有許多版次修改問題。足見作者雖死，但他寫就離手後的文本，卻總仍充滿再書寫的契機，因而生生不息。透過閱讀、批評，除作家自己修改外，另有他人修改狀況。這在古典詩的現象較多，例如葉榮鐘古典詩手稿便有大量

他人修改，這涉及到古典詩人之間彼此請益修改的雅習。相較之下，現代詩手稿中他人改寫形式較少。但隨著一九八○年代後現代詩書寫概念的發展，這種改寫以「複製式創作」發生。最具代表性的是孟樊〈我正百無聊賴　妳正美麗——戲擬夏宇〉[6]對夏宇的改寫，幾乎不易一字，證成其對後現代的理解，以及對夏宇作品的肯定。這再次說明了任何書寫極難，甚至可以說沒有定稿的一天。

　　至於臺灣現代詩手稿版本之文本內容或者說其文本性，除了文字外，最重要的還在於是文字修改狀態。因此檢讀文字修改，以及分析其文字更動，成為本研究最重要的分析內容。學術研究有時會因外部影響因素，而衍生出研究之趨勢、時令（尚），如此命題往往使得省略文本精讀分析，在拼貼、引用作品原文後，便生硬將作家作品套用、勾連現代性、後現代／殖民性、本土性、空間性等學術詞彙。相對之下，手稿研究正在放緩研究步調，而其文本精讀的焦點也在於微觀檢視詩人手稿文本，繆斯胎骨如何在書寫、重寫、再寫、複寫等複雜過程中血肉成就。因此，本研究之研究範圍中大量存在反覆地字斟句酌、架構調動的「起草」、「草擬稿」與「初定稿」，被界定為具積極研究意義的手稿。

　　值得注意的是，由於本研究並不僅守於新批評形式一隅，還意在將臺灣現代詩手稿版本外延擴散臺灣語言情境予以考察，進而將各詩人的語言修辭作業，放入詩學史乃至文學史進行討論。因此可以發現，現代詩手稿版本不僅止於只使用華文漢語書寫的作品。是以在研究範圍上，本研究還包括不同國／族群語言，其中涉及具有外文知識背景之詩人所使用的英語，戰前戰後跨語言一代詩人在現代詩手稿文本上所使用的日語，以及歸屬於臺灣話文書寫範圍的台語母語書寫作品。

---

[6]　孟樊〈我正百無聊賴　妳正美麗——戲擬夏宇〉刊於《聯合報副刊》（2009 年 6 月 30 日）。

第三節　重要參考文獻之評述

在中國傳統學術領域中，運用手稿進行研究其成果已有可觀之處，例如敦煌寫本學以科學化的檔案編列比對方式，統整分析敦煌史料。而清代翁方綱《四庫全書》提要的手稿研究，更加強證實清代官方如何依其政治利益，介入清代學術加速促引其由「宋」轉「漢」的趨勢。而乾嘉學派以傳統紙媒傳播方式，建立了學者間手書尺牘往來問學的機制[7]，此已微現西方學術期刊審議論見的雛型。賴貴三〈北京大學所藏清儒焦循《孟子補疏》手稿鈔釋〉[8]（2005 年 2 月－2006 年 12 月）的研究，親自於北京大學圖書館與中國國家圖書館手寫抄錄清代焦循《孟子補疏》手稿，以與其《孟子正義》進行比對，藉此梳理出焦循在孟學研究上前後期的簡繁思考脈絡。楊儒賓亦緣手稿史料對明代焦竑進行研究，藉其書信再勘泰州學派孟子學之規模。

至於在古典文學部分，因新手稿文獻的被考掘而出，使得版本真偽之比對考訂成為新的研究作業。例如 2008 年 6 月彭令新發現之沈復《浮生六記》的七張抄稿便存有卷五〈中山記歷〉之佚文及沈復新的生平資料，蔡根祥〈沈復《浮生六記》研究的新高潮──新資料之發現與研究〉（2008 年 8 月）[9]一文即在透過不同層面考證此手稿資料真偽。劉詠聰〈記曹思健《澳門詩紀》手稿〉（2006 年 9 月）則在分析曹思健「未出版」《澳門詩紀》之手稿內容體例，並與章文欽「已出版」的《澳門詩詞箋注》交互比對，凸顯該書以詩證史的學術用心，進而建構出其古典詩學批評觀。林文龍〈詩人張達修手稿《學齋旅稿》初探〉則分析臺灣雲林古典詩人張達修未收錄其全集之手稿《學齋旅稿》，由於此手稿為手寫謄抄定稿，因此該文研究主軸放在

---

[7] 事實上，在《新青年》刊登白話詩前，胡適白話版的「詩界革命」也主要是透過書信往來、酬唱，進行白話詩的「嘗試」。

[8] 賴貴三：〈北京大學所藏清儒焦循《孟子補疏》手稿鈔釋〉該文分載於《孔孟月刊》511/512 期（2005 年 4 月）、513/514 期（2005 年 6 月）、519/520 期（2005 年 12 月）、523/524 期（2006 年 4 月）、531/532 期（2006 年 12 月）。

[9] 該文見《國文天地》第 279 期（2008 年 8 月）。

其作品主題與日治時期書房詩文教育之關係上。可以發現，上述一系列傳統學術與古典文學兩領域手稿研究主要以傳統校讎考證手法為主。除翻新了過往對文本認識與定見之處外，其收集手稿史料的方式[10]以及文獻對勘功夫，皆值得我們此一歸屬現代文學領域之現代詩手稿學研究，於手稿史料的田調、訪查、整理上進行參考。

可以發現，相對於傳統學術與古典文學兩領域手稿研究成果，現代文學領域之手稿文獻研究顯得緩慢，值得投入研究人力予以耙梳深探。一九七〇年代臺灣文壇開始對戰前臺灣文學史作家史料進行整理，一九八〇年代文革結束大陸在傷痕、反思文學推動的同時，也開始普遍整理五四以降的作家史料。在這波浪潮下現代文學家的作品文本被考掘整理，其中也包括了手稿。

除了整理過往手稿之外，作為詩文本的實際創作者詩人，也開始有意識地針對「書寫」如何進行視覺藝術化，進行實驗。這個實驗以東方畫會畫家李錫奇主導，所推動的 1984 年「中國暨義大利當代詩人視覺詩畫聯展」，與 1986 年「視覺詩十人展」代表。此一系列詩手稿創作活動，邀集白萩、辛鬱、杜十三、洛夫、張默、楚戈、管管、碧果、瘂弦進行實際的互動討論與創作。「中國暨義大利當代詩人視覺詩畫聯展」與「視覺詩十人展」，除在辯證「圖像詩」既有運用漢字方塊性的圖構模式外，更嘗試以色彩、幾何、構圖等視覺符號，賦予「華文漢字視／聽覺造型」。由此，詩人親自創作出的白萩「鳥」（79x54cm）、白萩「一朵在岩石中的花」（54x54cm）、杜十三「土地用花朵說話，人類用謊言交談」（80x80cm）、杜十三「地球用愛旋轉、滋生萬物」（80x80cm）、辛鬱「暮色中升起的河」（70x46cm）、管管「鳥與林」（32x64cm）、楚戈「喜悅用悲傷行走」（56x116cm）、楚戈「白晝用黑夜行走」（56x116cm）、辛鬱「黃昏流入目中」（120x49cm）、張默「纏繞以逸樂」（55x51cm）、張默「糾結或者悲傷」（55x51cm）、洛夫「白色的釀」（42x42cm）、洛夫「金龍禪寺」（42x42cm）、瘂弦「時間、木馬、鐘擺」（62x78cm）、碧果「一個濃縮

---

[10] 包括面對不供外借影印之館藏史料的狀況。

人的場景」（38x53cm）、商禽「思想的腳」（34x34cm）、瘂弦「被目為一條河」（62x78cm）等代表性的視覺詩文本，其也打開了詩手稿文本，在詩學上的意義幅度。從中可以發現詩手稿的手／書寫固然是詩人之歷程記錄，但在臺灣現代主義的實驗精神下，詩手稿也與視覺藝術相互結合，成為詩人創作的一部分，是一不可被忽略的詩手稿文本傳統。對此，我們將在本書第五章進行深論。

相關文學創作與學術組織在 1990 年後，也開始陸續投入現當代作家之手稿整理工作。1994 年 12 月國際華文詩人筆會於中國大陸深圳舉辦，隨著一九八〇年代末的解嚴，臺灣現代詩人張默、管管、向明、蓉子、張香華、尹玲及白靈亦參加與會。國際華文詩人筆會籌編之《國際華文詩人百家手稿集》及《國際華文詩人精品集》，收錄了大陸和港臺澳以及海外華文詩人的詩手稿文本，是一九五〇年代以來第一本在量、質上，有突破的詩手稿匯集，提供我們研究臺灣現代詩手稿學基礎的詩手稿匯集之一。

國家圖書館於 1996-2004 年執行之「當代文學史料系統」（http://lit.ncl.edu.tw/）收錄戰後 50 多年臺灣地區 2000 多位作家之資料，其中部分便包括作家手稿。國家臺灣文學館因有一系列編撰作家全集、邀約代表性作家的文獻典藏計畫，亦有一定的作家手稿館藏數量。臺灣大學圖書館特藏組對於近現代作家臺靜農、王文興、葉維廉之手稿進行系列典藏，此外亦有楊牧、林煥彰、余光中等之零星手稿。清華大學圖書館亦有葉榮鐘書信手稿收藏，並在數位典藏國家型科技計畫支持下，設置「葉榮鐘全集、文書及文庫數位資料館」網站（http://archives.lib.nthu.edu.tw /jcyeh/）可直接點閱研究。廖振富教授〈論葉榮鐘詩作手稿及其相關資料之研究價值〉一文即點出葉榮鐘手稿所具備校勘、增加研究文本、理解其寫作背景、寫作修改過程與新舊詩概念比較的價值。除此之外，陳芳明教授於 2007 年 9 月 27 日《聯合副刊》即發表〈手稿〉一文追溯自身多年以手稿形式寫作的記憶，並於 2009 年 4 月將其手稿捐贈政治大學圖書館館藏，成為我們探究戰後第一世代詩人手稿寫作經驗的重要研究材料。

而曾任教於東華大學中文系的須文蔚教授自 1996 年起至今，在行政院

文化建設委員會經費挹注下所主持之「詩路」網站（http://dcc.ndhu.edu.tw/poemblog/），更陸續將所收集臺灣現代詩人之手稿整理上網。必須指出的是，以數位典藏概念統合手稿資料的「當代文學史料系統」與「詩路」為本研究提供最為基礎的手稿史料規模，使筆者得以進一步發展後續手稿文獻的蒐集。

　　至於民間傳媒文教組織中國時報、聯合報、自由時報、爾雅出版社、九歌出版社與賴和紀念館亦有相關作家手稿典藏，可惜因未建立公開借閱研究之管道，故不易收集進行使用。在行政院文建會國家文化資料庫計畫支持下，賴和紀念館網頁（http://cls.hs.yzu.edu.tw/laihe/）中則有提供電子數位化的賴和詩手稿照片供研究者翻閱，筆者以此史料為基礎撰寫目前學界首篇專論賴和新詩手稿之單篇論文〈雛構新詩文體語言：賴和新詩手稿中的意象經營與修辭意識〉。至於大陸部分，則以北京中國現代文學館手稿文庫對大陸現當代作家之整理研究最具代表性。

　　儘管已有公私單位對現當代作家手稿進行收藏，但是這些手稿以文獻史料整理方式進行處理，極少被探述研究；以手稿學為研究視角、主軸的單篇研究論文更是稀少。整體來說，一九七○－一九九○年代是呈現手稿文獻尚未能具體轉化為研究成果。對此，許多研究者陸續點出作家手稿的研究可能性，例如一九九○年代以來舒乙以法國國家圖書館手稿研究閱覽室[11]的豐碩研究成果為例，反覆呼籲大學中文系應建立中國現代文學「手稿學」的研究，此外並將老舍《四世同堂》手稿捐由其所任職的中國現代文學館。

　　然而，相對於前述現代文學手稿文獻整理情形以及中國古典學術文學利用手稿發展出的研究成果，這些「呼籲」似乎音量甚微，在一九九○年代難起漣漪。因此更突顯楊牧早於 1988 年 4 月即撰成《一首詩的完成》〈論修改〉一文之識見。目前筆者所收集之臺灣現代詩手稿研究文獻中，最早有細節性討論的亦是楊牧〈論修改〉。楊牧〈論修改〉首先反省詩天才年輕、準

---

[11]　此法國國家圖書館手稿研究閱覽室歸屬於該館於 1885 年成立之現代手稿部門，此一部門起源於收藏雨果手稿。

確、敏快的書寫特質，追探其中隱存的本能和資質之運作。其次，更剖析英
國詩人布雷克（William Blake，1757-1827 年）〈猛虎詩〉中「你的心智在
鼓風爐裡熬煎」、「當星子紛紛擲落標槍之芒」這些看似神來之筆的詩句段
落，其內部如何經歷反覆的字句錘鍊、韻腳布置。而英國詩人葉慈
（William Butler Yeats，1865-1939 年）〈麗坦與天鵝〉間隔四年的初稿與定
稿，如何就僅在「震顫」、「俯衝」、「疾撞」等字眼間進行細膩斟酌。另
外，楊牧也檢視 1971 年出版的美國詩人艾略特（Thomas Stearns Eliot，
1888-1965 年）〈荒原〉手稿影本內之初稿與打字稿，討論其中美國詩人龐
德（Ezra Pound，1885-1972 年）對艾略特（Thomas Stearns Eliot）寫作〈荒
原〉時所提供之意見，以及艾略特（Thomas Stearns Eliot）在自我詩手稿中
對龐德（Ezra Pound）意見的擇選、回應所呈現之詩語言意識流動。楊牧
〈論修改〉是與本研究最直接相關的論述文獻，可以說在臺灣現代詩手稿版
本學研究中，楊牧既是重要的研究對象亦是重要的理論提供者，更激顯出楊
牧詩手稿在研究上的多層次意義。

　　綜上所述可以發現新文學手稿學研究難以被關注，一方面是因為以現
代、科學方式進行的基礎研究仍較少，另一方面則是研究者在詩文本細讀
上，缺乏對詩人在創作過程所涉及創作意識流動、醞釀，以及神思言意指涉
的艱困經營之理解。

　　強調手稿學研究必要性的意見在 2000 年後仍零星被提出，但是在研究
方法論則更具識見，已開始指出具體的論述取徑。例如大陸學者陳子善提出
對現代作家的考究不應囿於作品本身，手稿也是可研究素材意見之外，亦實
際考察首先將現代作家詩手稿影印出版的《初期白話詩稿》（1935 年，北
京），發現詩人們書寫工具轉變所存在的現代性課題。德國籍猶太思想家班
雅明（Walter Benjamin，1892-1940 年）反思資本主義時代對藝術作品的大
量複製，使得原作與個人筆法不復存在的論述，成為陳子善所引用的理論資
產。這個對班雅明的理論引用基本上突破了手稿研究慣常使用校讎的研究方
式，拉開分析文本的美學與傳播學層次。

　　可以發現，現代文學手稿的研究在文體層面上，各研究者以現代小說為

主。金宏宇《中國現代長篇小說名著版本校評》（2005）對《倪煥之》、《家》、《子夜》、《駱駝祥子》、《圍城》、《桑乾河上》、《創業史》等七部小說進行了對校和闡釋，雖未觸及手稿問題，但其與手稿相關之版本學研究亦值得參考。

2001 年柯慶明〈在網路的時代保存手稿——為王文興先生《家變》《背海的人》手稿的收藏展而寫〉則從自己手寫作品的記憶出發，分析自我鍵打鍵盤與撫案緩書間之文字創作經驗的差異，並陳述主體我在現代出版印刷機制中的流失。進一步則詳述臺灣大學圖書館館藏王文興《家變》、《背海的人》手稿之經過，以及王文興小說在文字與形式上細密地重織經營。其中與本研究最為相發之處，在於陳述其初任《現代文學》專欄編輯時校閱楊牧手稿的經驗，另外其所記述黃武忠於「臺灣文學史料編纂」研討會言談紀錄「以副本互相支援；以網站互相連線，方便各地研究」[12]之觀念，有助於目前數位典藏手稿資料設立其軸心概念。相較之下，對臺大圖書館館藏之葉維廉手稿的研究利用，除柯慶明寫於 2002 年〈千花萬樹之壯遊與哲思——為葉維廉教授手稿展而作〉此具開拓性的引介外，仍有極大再推進的潛力。

中央大學康來新、易鵬兩位教授於 2007 年獲教育部人文社會學科學術強化創新計畫獎助之「在地與全球視野下的作家手稿專題研究」，是目前兩岸最具整合性與學術規模的手稿學研讀計畫。該計畫以手稿學探究文本的前世今生為研讀目標，筆者認為由於其精準深刻地反思手稿的「文本性」與「傳播形式」以及計畫整合執行力，使得其破冰過往文學手稿研究的僵局。該計畫鎖定手稿之手抄形式，層層反思其內在涉及的「複製」—「原本」、「私密」—「公開」、「口傳」（orality）—「書寫」（literacy）、複製與靈光（aura）消逝[13]的文本概念。進而在課程架構上，具體區分成「名人名家手札／稿」、「名典名著寫／抄本」、「書本／文本讀寫事」三大部分。

在「名人名家手札／稿」部分，可區分為資深學者講演與中青世代研究

12　柯慶明：〈在網路的時代保存手稿——為王文興先生《家變》《背海的人》手稿的收藏展而寫〉，《中外文學》第 354 期（2001 年 11 月），頁 364。

13　此匯通的正是班雅明（Walter Benjamin）《迎向靈光消逝的年代》之觀念。

者報告兩類。在資深學者講演部分，邀請林文月教授演講「窺見從前的我：重覽手稿感言」以及楊儒賓教授演講「手札的價值——從焦竑到蔣經國」分就文學創作、古典學術領域，以及自我創作重讀、手稿史料田調收集細讀上提供寶貴的研究識見。另外則以小型發表會形式邀約莊宜文、尹子玉、解昆樺、許秦蓁，分別報告對琦君書信集、葉榮鐘古典詩稿、賴和新詩稿、劉吶鷗日記的整編研究成果。其中筆者主要從戰前新詩語言典律的編輯（製）歷程，探討賴和新詩手稿研究的重要性。筆者認為，賴和所以是一九二〇年代臺灣新詩發展過程中的領袖人物，這不只是在以白話文為詩的伊始階段，他便創作出足以預視白話詩可能規模的經典作品，同時，也因為他擔任了《臺灣民報》、《臺灣新民報》文藝欄與學藝欄的主編。日治時期臺灣文學的傳播報刊雜誌乃為主力，報紙文（學）藝欄對文壇的影響力極為強大。作為兩報刊文藝守門人的賴和，其對來稿刪省修潤兼而有之，在這語言物件的細膩調動過程中，新文學文體美學亦緩慢雛構成形。因此探述兼具詩人與重要報紙文藝欄編輯的賴和其修辭意識，本身也在間接描繪一九二〇年代臺灣新詩文體美學典律可能的生成脈絡。

在「名典名著寫／抄本」部分，主要分成「佛典寫本」與「中外經典版本」兩類目。在「佛典寫本」類目中，分別邀請萬金川教授講演「佛典寫本學導論——若干跨文化與根源性的思考」以及孫致文教授講演「佛典寫本學示例——上海博物館藏支謙譯《佛經維摩詰經卷上》殘卷」。至於「中外經典版本」則邀請周樹華教授演講「莎士比亞的版本問題——以哈姆雷特劇本為例」，劉廣定演講「閱讀《紅樓夢》『原本』經驗談」。此部分課程主要針對文本的書寫與印刷形式，以及所連帶衍生出的版本形式進行探討。

在「書本／文本讀寫事」部分，主要分成「書本製成與傳播」與「書本製成前的文本發生」兩類目。「書本製成與傳播」類目邀請趙飛鵬教授演講「漢字閱讀圈的圖書版本學」，楊玉成教授演講「販讀——文學評點與印刷文化」以及秦曼儀教授「歐洲近代書籍與書寫文化史」，這些議題主要歸屬於文學社會學與傳播學部分。至於「書本製成前的文本發生」類目主要由易鵬教授講授「文本與創作」、「文本發生學」課程，分析創作由無而有的發

生過程中所涉及各種構思、意識重層交織的積累現象。《文本發生學》為德比亞齊（Pierre Marc de BIASI）的代表理論著作，該書優點在文字簡潔扼要，提供本研究計畫的研究大方向與基本術語，且亦有以小說《聖・朱麗葉修士的傳說》第一句話，進行理論實際運用示範。但其小疵則在於部分理論過於精簡，因說明性不足而略顯武斷，且其論證案例亦主要以小說為主。對詩手稿之議論，以及書寫形式器具，本身所亦能發生之藝術性並未注意。例如中國書寫器具毛筆，以及衍生出相關書畫藝術、文本謄修態度，這值得本研究再進行發展探勘之處。

此外，手稿刪修痕跡本身的符號特性，實也牽涉心理，藝術史與視覺藝術的層次。故該手稿學計畫也邀請宋文里教授演講「形成與成形：任意圖的一條發展之途」，謝佳娟教授演講「『素描／設計』概念在十七世紀中葉至十八世紀初英國的形成與轉化」。

「在地與全球視野下的作家手稿專題研究」計畫為更強化國際研究視野，另舉行歐洲漢學家馮鐵（Raoul David Findeisen，1958-2017 年）手稿學專題系列演講。馮鐵（Raoul David Findeisen）1958 年生於瑞士，曾任德國波鴻－魯爾大學（Ruhr University Bochum）東亞語言文學系教授兼中國語言文學部主任，歐洲漢學研究委員會成員，著有《魯迅：年譜、著作、圖片和文獻》、《對中國現代作家手稿的一個新的文本學研究》等。關於馮鐵的學思歷程，李雪濤〈一位瑞士漢學家眼中的德國漢學及中國現代文學研究──訪德國波鴻魯爾大學馮鐵教授〉《國際漢學》第十六輯（2007 年 12 月）有所詳述。[14]

馮鐵（Raoul David Findeisen）《在拿波里的胡同裡：中國現代文學論集》中〈由「福特」到「雪鐵籠」：關於茅盾小說《子夜》（1933 年）譜系之思考〉細部梳理了《子夜》之手稿版本時間順序，並就字詞層次判別手稿中的修改細節，另也整理了《子夜》的外譯版本狀況。

---

[14] 楊雅儒於《臺灣文學館通訊》第 25 期（2009 年 11 月）發表之〈在手稿中相會──漢學家馮鐵教授臺灣講學記〉整理了 2009 年馮鐵於臺灣講授手稿學的重點足資參考。

　　馮鐵（Raoul David Findeisen）主要由自身的魯迅研究出發，藉著一九七〇年代被系統整理出版的魯迅手稿文獻，完成其研究專著《魯迅：年譜、著作、圖片和文獻》後，便將研究重心轉向現代作家的手稿研究。馮鐵（Raoul David Findeisen）這方面的研究以《對中國現代作家手稿的一個新的文本學研究》為其代表性成果，該書探討書寫工具到修正修訂方式等面象，逐層觸及文學生產的物質核心。綜視馮鐵（Raoul David Findeisen）的現代文學手稿研究，筆者認為其著重於三點：

　　第一、辨析手稿研究與傳統學科，如版本研究、目錄學、校讎學等的異同，進而界定手稿研究的概念和範圍。

　　第二、釐清手稿研究的重心，聚焦於對構寫過程的研究。

　　第三、細密解析每個單篇手稿史料，以另一形式來重新透顯、描述歷史的動態性和寫作的不穩定性。

　　馮鐵（Raoul David Findeisen）也另外點出了其在研究上陷入的困境，那便是範圍相當廣的專業術語詞彙在現有的漢語體系中還沒有對應詞存在，因此關於術語界定與表達方式，實為後續指稱描述手稿各種文本現象需反思重點所在。

　　整體來看，「在地與全球視野下的作家手稿專題研究」計畫反思文本概念聚焦出手稿可能之古典與現代、學術與文學、理論與實作、東方與西方以及文獻檔案的保存運用科技等議題層面，並予以橫縱向整合進行個案研究與抽象探討。儘管在現代詩手稿之論議仍偏少，但其文本發生學（genetic criticism）的理論討論對本研究之方法論思考可說具啟迪性。

　　中央大學英美語文學系易鵬教授自 2010 年 9 月 24 日至 25 日，整合國立臺灣文學館與中央大學之資源，籌辦「手稿、文本與數位文獻」國際學術研討會。該會議檢視創作者手稿到數位文本文獻，企圖檢視原本公開發表作品其內在於私領域創作過程中所存在的現象。

　　2010 年 11 月 17 日臺大圖書館、臺灣大學出版中心與行人文化實驗室合辦「王文興手稿集：《家變》與《背海的人》」將其小說手稿精緻編輯予以的出版發行，使得讀者得以理解王文興創作小說的文字實況。另外，並同時

出版王文興小說手稿的研究論文集《開始的開始》。其中臺灣、奧地利、德國、法國學者，包括易鵬、范華（Sandrine Marchand）、馮鐵（Raoul David Findeisen）、德比雅齊（Pierre Marc de BIASI）的五篇論文與一篇訪談，透過西方已成紮實研究傳統的手稿學觀點，以及臺灣已開始初步發展的手稿研究，跨國式地從手稿學研究傳統、編定本概念、符號學、手稿異質空間等角度，多重展現王文興小說手稿的研究深度。其中馮鐵（Raoul David Findeisen）、德比雅齊（Pierre Marc de BIASI）兩位歐洲學者對臺灣現代文學手稿之發展最有刺激性。

　　而即使是手稿學在歐陸已先行拓展，但若從文類角度細加檢視，可以發現在手稿學研究中，小說還是多於詩，這凸顯了現代詩手稿學在恢復其文本脈絡工程上的迫切性。

　　2011 年為民國百年，蕭蕭策劃《臺灣詩人手稿集》從「唯物史觀」為編輯概念，從人類書寫史關注書寫工具，如何從石刻、金石、毛筆，以至現代之鉛筆、鋼筆、原子筆，如何影響書寫藝術。序言中特別論及：「鉛筆、鋼筆、原子筆來了，筆頭的鉛與鋼，不再是甲骨文時代線型的單刀直入，是以鉛為點線，以鋼而成珠，若是，碰撞出不同於毛筆的書寫藝術。這一段歷史不長，卻是數量最為可觀的時代。」[15]《臺灣詩人手稿集》收錄尹玲、向明、張默、隱地、白靈、蘇紹連、唐捐、方群、李長青等臺灣當時各世代詩人共 39 位之現代詩手稿。在書寫工具的歷史階段層次觀點，所收之詩手稿部分也帶有實驗性，例如：席慕容〈鹿回頭〉、〈亂世三行〉以及張默〈硯台三行〉將詩作搭配自身畫作，設計題寫於畫中，歸屬於一九八○年代的視覺詩實驗；白靈〈風箏〉詩手稿剪裁拼貼風箏圖案；唐捐〈宅男詩鈔Ⅰ〉、林婉瑜〈是夜〉詩手稿使用不同色筆分寫詩行；林德俊〈現實與夢境〉利用中國象棋圖紙書寫，凸顯現實與夢境間的征戰；楊小濱〈書籤〉將詩文字題寫在另一現代性的物質──照片之上，此照片為一九八○年代其所參與《現

---

[15] 蕭蕭、羅文玲[編]：《臺灣詩人手稿集》（彰化縣：明道大學中文系，2011 年 12 月），頁 4。

代詩》復刊之編輯同仁照片；解昆樺〈交換〉則以紅字直書該詩中文版詩作，交嵌該詩深藍字橫書之英文版詩作，在直書與橫書交錯中形成一交織，使詩手稿文本成為文字織物。

2011 年何金蘭《法國文學理論與實踐》在推介分析法國文學理論時，其緒論已指出以探詢「發生論」作為觀點。全書除介紹文學社會學、文本社會學外，亦介紹了文本發生學，其中第二章第二節「追尋作品原始秘密——試探文本發生學及發生論文學批評理論／方法」即探討了對作者各類手稿的觀察，以及相關法國手稿學研究觀點。值得注意的是，何金蘭亦實務進行臺灣現代詩人作品的發生學考察，儘管各篇篇幅簡短，也主要集中在印刷版本的比對，並未真正並列詩人手稿進行對照，但已具有相關現代詩手稿研究的嘗試意義。

易鵬教授於 2013 年主持國科會中法幽蘭計畫「從文本發生學看中文手稿」後，並主編《中山人文學報》第 37 期「文本生成學」專號。在《中山人文學報》第 37 期「文本生成學」專號專號中，刊登了安金娜（Olga Anokhina）〈以文本生成學方法研究具多語能力的作家〉、迪李歐（Paolo D'Iorio）〈文本生成及哲學性分析：探討尼采的一個問題〉、費非（Daniel Ferrer）〈寫在邊緣：手稿〉，三位學者現皆於前述法國「現代手稿語文本研究中心」服務，可以說「文本生成學」專號正是透過論文引介方式，使法國現代文學研究傳統產生對臺灣現代文學學界的刺激。

整體來看，該專號的論文以「文本生成學」作為研究方法論，所開展出的研究方向主要有：「多語能力」、「文本生成的過程」、「頁緣空間的功能」，以及「手稿解決印刷文本潛存問題之貢獻」。

研究「多語能力的作家」篇章有安金娜（Olga Anokhina）〈以文本生成學方法研究具多語能力的作家〉、關首奇（Gwennaël Gaffric）〈多語書寫、翻譯與想像：王禎和手稿初探〉。關於多語能力的研究，在許多學科已有所展開，如神經語言學、心理語言學、心理學、社會語言學等。然唯有文學這個領域，是唯一必須同時深入研究多語現象、寫作與創造力之間的關係。安金娜（Olga Anokhina）認為透過作家手稿等工作資料，可以觀察當

作家精通數種語言時，對於創作有何影響，及影響的脈絡與軌跡。

　　與「多語能力」相關之篇章，還有關首奇（Gwennaël Gaffric）〈多語書寫、翻譯與想像：王禎和手稿初探〉。在此文之前已有文獻針對臺灣作家王禎和的經典小說《玫瑰玫瑰我愛你》進行多語書寫策略的研究，如學者王德威、邱貴芬與李育霖等學者。關首奇（Gwennaël Gaffric）認為，透過王禎和的初稿與手稿之研究，有助於探尋王禎和在多語書寫方面的新層面。進而欲在此為基礎，開發王禎和多語文本研究的新視野。

　　在「文本生成的過程」部分，易鵬於「文本生成學」專號的〈前言〉中指出：「文本生成學家注重的是印刷文本與版本問題出現之前的階段。」[16]，也就是貝爾曼－諾埃爾（Jean Bellemin-Noël，1931-2022 年）提出的「前文本」。透過對前文本的研究，可以了解作品與創作活動間的關聯、邏輯，以及文本生成的過程。保羅・迪李歐（Paolo D'Iorio）〈文本生成及哲學性分析：探討尼采的一個標題〉即透過此一角度探討尼采作品《人性的，太人性的》中一則格言的生成過程，提供讀者理解作品標題的哲學性意涵。

　　在「頁緣空間的功能」部分，有費非（Daniel Ferrer）〈寫在邊緣：手稿〉一文。此文原為專題演講稿，費非（Daniel Ferrer）該文所研究之對象為喬哀思的手稿，其指出頁緣空間是一種過渡時期，結合文本互文與擴展的功能。因此，頁面此一空間具有「擴張」、「過渡」、「連結」與「同化」的功能性。在喬哀思手稿邊緣上，正可見其書寫所展現之延伸力。

　　在「手稿解決印刷文本潛存問題之貢獻」部分，易鵬〈「花心動」：周夢蝶〈賦格〉手稿初探〉一文，以周夢蝶〈賦格〉手稿資料為研究對象，透過文本生成學的觀點與方法，可探查作家整體思想及其創作模式的脈絡，並細部探討周夢蝶手稿謄寫過程涉及的聲音韻律以及歷史記憶問題。此外，許綺玲〈初探侯俊明藝術作品中的文本生成歷程〉探討侯俊明分階進展的書寫經驗，如何反饋其藝術作品的空間中。桑德琳（Sandrine Marchand）〈修改的不可能性：王文興手稿中的刪除、修稿和添加內容〉透過比較王文興與其

---

[16]　易鵬：〈「文本生成學」專號前言〉，《中山人文學報》第 37 期（2014 年），頁 vii。

他作家修改手稿的方式，再深入探討王文興手稿中所「刪改」的相關部分。桑德琳（Sandrine Marchand）該文不但是以草稿為研究對象，更鑽研其中「修改」的部分，發現王文興重視語言之潛在性。這樣的潛在性聚焦於兩點上，分別為：第一、作品突然發生的變化，第二、作者理想狀態與語言之間的衝突性。

2014 年 12 月國立臺灣文學館出版《詩‧手跡》，為位於臺北之齊東詩舍的詩常設展出版品。以現代詩手稿部分來看，《詩‧手跡》收錄了郭水潭、巫永福、吳瀛濤、王昶雄、琦君、陳秀喜、林亨泰、杜潘芳格、錦連、洛夫、蓉子、余光中、羅門、管管、商禽、林鍾隆、張默、瘂弦、鄭愁予、林宗源、李魁賢、岩上、林煥彰、楊牧、席慕蓉、吳晟、曾貴海、李敏勇、蕭蕭、林梵、白靈、李勤岸、利玉芳、陳義芝、陳黎、陳明仁、林央敏、向陽、卜袞‧伊斯瑪哈單‧伊斯立端、瓦歷斯‧諾幹等詩人手稿。《詩‧手跡》重視臺灣多語言寫作的事實，因此《詩‧手跡》中對原住民作家、閩客族群乃至於戰前日語寫作詩人之「非華語中文」詩手稿文本的收錄，亦有其意識。另外，集中也收錄了周夢蝶帶修改痕跡的書法手稿，有便於臺灣現代詩手稿學研究者詳細探究。

2014 年邱貴芬教授主導之「臺灣文學大典」數位平台，呼應著一九九〇年代詩路之數位典藏，以數位策展技術設計臺灣經典作家主題館，同時彙整其他單位籌建之作家數位網頁，以此提供一個臺灣文學家統整入口的想像。儘管相關網頁，因為網路資訊瞬息萬變的現象，在連結上並不穩定，但其中由單位籌建的作家網頁「楊牧」、「路寒袖」數位典藏之部分詩手稿文本，研究者可在「臺灣文學大典」數位平台初期得到寶貴的研究素材資源。

2017 年北京師範大學中國當代新詩研究中心主任譚五昌，主編出版《新詩百年詩抄》。誠如書名所指涉，該書為紀念自 1917 年胡適於《新青年》雜誌發表的第一首中國白話詩〈兩隻蝴蝶〉以來，中國白話詩已發展百年的歷史。《新詩百年詩抄》除了收錄胡適、郭沫若、徐志摩、聞一多、冰心、戴望舒、臧克家等，中國百年詩史 100 位著名詩人 100 首代表經典短詩，同時也收錄了包括臺灣現代詩人在內的屠岸、食指、洛夫、任洪淵、北

島等 68 位現當代詩人的詩歌手稿。不過由於《新詩百年詩抄》屬於紀念意
義的編輯，因此集中的手稿，多由主編委請詩人進行詩作定稿的謄寫，較少
有草稿修改的詩手稿文本。

　　2020 年在臺灣長期推動手稿學研究學科化的外文學者易鵬教授，出版
臺灣首本以「文本生成學」為理論基礎的研究專著《文本與現代手稿研
究》。易鵬《文本與現代手稿研究》借鑑薩依德（Edward Wadie Said，1935-
2003 年，後殖民研究學者）《開始》，透過薩依德（Edward Wadie Said）將
「開始」視為一研究主題的思索，作為手稿研究理論的前身與本事。由此啟
動全書對文學文本與現代手稿研究的「文本到手稿」、「手稿與文本」兩個
層次的研究。其中「文本到手稿」部分，包括：〈《家變》：竊涵，夢或發
微之處〉、〈背向完美語言：《背海的人》芻論〉、〈附屬異議：王文興
《家變》手稿〉，主要是以臺灣經典小說家王文興之小說手稿進行研究。
「手稿與文本」部分，則包括〈手稿與記憶〉、〈手稿母題：《會飲》〉、
〈「序」，或結束之開始：《剪翼史》手稿再探〉、〈「花心動」：周夢蝶
〈賦格〉手稿初探〉。在結論〈手稿，未盡與不成〉中，易鵬論及：

> 以存廢問題考慮，手稿要不是可及既有夙昔典範，就是不成材：手稿
> 要不是可期可及，或就是不成功（不成材）的正文。……手稿的連續
> 漫衍事件，應該有其目的（或目的地），但其多樣性也使得它是承諾
> 在遠處交會的眾平行線條，是幾近、未盡之工作，以及未盡的工作要
> 求。所以相對於不成，未盡可以是指幾近完成但始終未盡全功，所以
> 有無盡的工作要求。無盡地幾近完成，所以不是成與未成的問題，而
> 是將此兩者都推到極致的地步，接近成功，但是卻不斷嘗試……[17]

　　易鵬《文本與現代手稿研究》嘗試通過精神分析、後現代理論、古希臘
哲學進行以王文興為主的手稿文本研究後，最終以對應於薩依德（Edward

---

[17]　易鵬：《文本與現代手稿研究》（臺北市：書林，2019 年 12 月），頁 277。

Wadie Said）的「開始」主體，《文本與現代手稿研究》的結論，並不以「結束」作為理解手稿的總結。反而更指出手稿在發生之時，以及歷程間手稿事件意義——其體現了作家在完成與未成之間，在手稿界面上所投注無盡的、沒有止境的書寫努力。而這努力開展了語言的可能，拓展能指與所指間的幅度。

在詩人詩手稿紙本的整理、典藏，乃至於編輯印刷成集、數位典藏上，詩人楊牧無疑是焦點人物之一。儘管楊牧現代詩之研究不絕如縷，已成「楊牧學」，但針對楊牧現代詩手稿已漸次累積的事實，楊牧最核心的提筆寫詩此一最關鍵事業，所成就文本之研究，卻極其匱乏。目前針對楊牧詩手稿的單篇期刊論文研究，僅有解昆樺〈大海濱城熱蘭遮：楊牧〈熱蘭遮城〉及其手稿之後殖民歷史空間詩學〉一篇。楊牧〈熱蘭遮城〉為第一篇楊牧收錄個人集子的詩手稿，同時也是楊牧自身現代詩寫作史中，第一篇直指臺灣明鄭以前歷史情境的詩作。由此可見〈熱蘭遮城〉在楊牧現代詩歷史書寫，與楊牧詩手稿研究上的雙重意義。對照楊牧〈熱蘭遮城〉，可以發現楊牧〈熱蘭遮城〉手稿中隊「張開」、「她的」、「孤帆」等字詞有繁複的刪補調動，由此建立全詩「蟬樹—眠床—巨礁」核心意象，藉以隱喻詩人對臺南古昔「熱蘭遮城」的後殖民歷史空間建構。

最後，筆者針對上述文獻檢討歸納出五點結論：

第一、在中國傳統學術與古典文學領域中，運用手稿文獻進行研究自成傳統，在一九九〇年代後仍有突破性的論見成果。但是在現代文學領域當中，手稿學研究並不普遍。一九七〇年代後兩岸對新文學作家手稿才開始進行有計畫的文獻整理，至於對手稿之研究，在 1990 年以後才有較多呼籲性質的意見。整體來說，<u>兩岸對現代文學手稿的關注在 1970-2000 年這段期間，偏屬於文獻整理的層面</u>。

第二、2000 年後現代文學之手稿研究重要性仍被陸續被注意，研究成果緩慢累積。2007 年在中央大學康來新、易鵬兩位教授獲教育部人文社會學科學術強化創新計畫獎助之「在地與全球視野下的作家手稿專題研究」計畫，以及易鵬執行 2013 行政院國科會中法幽蘭計畫「從文本發生學看中文

手稿」，與其後接續之「現代手稿研究與術語問題」計畫，在與法國「現代文本與手稿研究中心」（Institute of Modern Texts and Manuscript Studies）、巴黎高等師範學院合作推動下，已漸醞釀出一研究趨勢。至於歐洲漢學家馮鐵以其西方研究傳統，另也提供了一個具參照性的研究視野。

　　第三、檢視目前整體所整理之手稿文獻，無論是臺灣還是大陸，現代詩手稿文獻遠少於現代小說手稿。在當前數位典藏與數位學習的文獻教育概念下，所發展出國家圖書館「當代文學史料系統」、「名人手稿系統」與須文蔚教授主持的「詩路」網站最具突破性意義。但必須指出的是，目前臺灣現代詩手稿資料主要以手寫定稿居多，存有修改者詩手稿非常稀少，因此不易推動較具嚴格地以文本刪改為核心的手稿學研究。現代詩手稿在收藏的「量」上必須突破，在「質」上也必須多關注詩人詩作起草、草擬稿、刪修初定稿等。

　　第四、整體來看，2000 年後之手稿學研究論議不只像一九九〇年代反覆申明其必要性，還在指出其可行性。而最大的突破之處在於畫構出研究方法論概念與可跨領域整合之方向，其中班雅明（Walter Benjamin）原作與複製辯證理論、文本發生學、版本校讎學、文學社會傳播學反覆被點出運用。為便於研究者溝通辨識現代文學手稿文本之文獻狀況與現象，界定手稿版本之術語成為最需要處理的部分。而在現代詩手稿版本研究中相應之版本歷程、類型與研究方法論概念亦亟欲建立，對此筆者將於本書第二章版面歷程現象論的反思中，進行細述。由此以通往更具主題性，如現象學、精神分析、詩美學等論題的詩手稿學研究。

　　第五、手稿學之概論與方法論已鋪建出初步輪廓，但實際現代文學作家手稿文本內容之分析研究成果仍尚待積累，特別是臺灣現代詩手稿部分極其匱乏。目前現代詩詩手稿之研究，除楊牧《一首詩的完成》〈論修改〉、何金蘭《法國文學理論與實踐》、易鵬〈「花心動」：周夢蝶〈賦格〉手稿初探〉與筆者〈雛構新詩文體語言：賴和新詩手稿中的意象經營與修辭意識〉、〈大洋濱城熱蘭遮：楊牧〈熱蘭遮城〉之手稿版本與海戰時空書寫意識研究〉相關拙作外，如今（2023 年）尚無直接以臺灣現代詩手稿文本之

手稿刪修為主題的研究專書，此更呈顯出系統性地進行臺灣現代詩手稿學研究的迫切性。

第四節　問題意識

　　文學手稿本身的文（版）本性，使其衍生出的研究、解讀作業本身便自然具有比較研究的視野。因此，2000 年後各手稿學研究意見中，往往亟欲鏈結相關論述領域，以呈現手稿學本身跨領域研究的可能。但筆者認為，歸屬於現代文學又特別是現代詩文體的手稿學計畫，實應以文學語言文字研究觀點作為主軸。在此主軸下如何：面對手稿文獻介紹式、理論想像模擬應用等研究困境，以及區分出所研究之詩手稿文本內在研究議題的主次，激顯並落實出傳統的現代文學研究方法所未能進行的詩學設問。整合上述「研究動機」與「研究範圍」之意趣、切入點與範圍劃分，實已自動聚焦出本研究之問題意識。具體來說，<u>本研究之問題意識有三，分別為</u>：

　　第一、<u>臺灣現代詩手稿版本中的詩修辭實踐，如何發展出語言姿勢的調配、部署，以反映出詩人自我詩語言意識與詩美學理型</u>？

　　第二、<u>臺灣現代詩手稿版本內前／潛意識的精神地理樣態，與外部詩學典律、話語情境存在的詩語言關係</u>？

　　第三、<u>臺灣現代詩人使用的語文書寫工具與承載文本媒介變化，如何移轉出手稿版本現代性與後現代課題</u>？

　　以下，我們將對《臺灣現代詩手稿學》三大問題意識進行細部陳述，並以現代詩史中具典範意義之詩人的手稿為論述案例，具體深化問題意識的面向。

一、臺灣現代詩手稿版本中的詩修辭實踐，如何發展出語言姿勢的調配、部署，以反映出詩人自我詩語言意識與詩美學理型？

　　當一九九〇年代以來，在現代文學研究領域中追求理論時尚的研究者謬

用解構術語拆解，視一切文本如無物，對本文輕率過眼之際，我們要作的是：透過踏實進入臺灣現代詩手稿文本細節中觀看文本「結構」的發生過程，瞭解臺灣現代詩語言意義的形成方式，檢視語言文字在結構中的細縫所流洩的意圖。誠如簡政珍《臺灣現代詩美學》中所指出：「詩學中，真正可貴的空隙，是在預料之外，邏輯之中。詩的邏輯不是日常習以為常的邏輯，但是完全悖離常理邏輯，又讓詩脫離現實與人生。……空隙的可貴在於，跳出常理邏輯產生新鮮感的同時，又和常理邏輯隱約相扣，產生說服力。」[18]手稿文本成為了神思原初的棲所，他留存了作品文本在印刷版面化前，精緻的比興物像的構思歷程，如何透過修辭作為成就神思，滌清那一時欲言卻又無以名狀的躁鬱。閱讀研究詩手稿之文本版本，本身就在再現、參與一首詩的完成。同時在步武重蹈詩人在現實與想像間如閃電般靈光閃現的細縫，我們亦得克盡職責予以捕捉進行編排整理那些修辭實踐。

這些修辭作業由字而句而結構，不只極其展現語言的彈性與可塑性，還突顯背後的語言技術，多變、待選的語言姿勢，所呈現語言與章法反覆選擇，以及在那過程中作者於語言技術層次上，對詩的審美品味以及詩學思考。

比起一般以作家「已出版」文本為研究材料的現代文學研究，現代詩手稿版本研究更依賴於對文本及其流動狀態的細密檢（辨）識。因此，現代詩手稿版本研究方法論除了是對詩手稿文本觀看方式的思維，更可說是一暗房顯影的過程。因為我們細膩索求的，無非就是為原初定（平）板的詩文本形式展現出可識別、聚焦的手稿景深。在現代文學研究當中，各種文學傳播與文獻校讎方法對所研究之文本反覆界尺的操作，其有價值處不在於對文本如何細膩地界尺，還在於點出文本本身的「位置」。從這些文本被標示出的「位置」，可以發現學界所使用的文本幾乎多數為已被製成、定版而後傳播的文本。

各種文學傳播與文獻校讎方法告知我們所慣於使用之已（被）出版的文本，實讓我們的閱讀無意識地受限於出版社等傳播印刷系統。在方法論的思

---

[18] 簡政珍：《臺灣現代詩美學》（臺北市：揚智，2004 年），頁 19。

考上，這促引我們進入班雅明（Walter Benjamin）對「原本」何在的追想。被出版的語言其前身是如何經歷作者內在語言意識的朦朧流動，而漸次落實於語字之狀態。而我們又該如何化被動而主動，從詩手稿中擷取怎樣的語言素材，以形成一個新的且獨立的研究視野？

　　我們既然已發現當前研究存在著「為出版印刷術箝制」的無意識現象，在手稿學研究的重心設定上，便自然必須聚焦於出版前手稿中那些處於待擇選、辨思的文本語言，而不可過度陷溺於版本的外部數量、傳播。然而，從前面文獻檢討中可知，當前文學手稿學之研究仍較偏近於手稿被製版後的外部傳播問題，而手稿學核心議題語言修辭美學與對文體語言觀之重整，仍較少被關注。

　　若再從現下文學手稿研究的文體類別進行細分，也可發現目前現代詩手稿版本研究，除筆者相關研究外，幾乎未見以此為主題的論述。這不單是因為現代詩手稿版本研究文獻的匱乏，同時還包括缺乏現代詩以語言修辭為核心之文體特性的認識。事實上，現代詩文體以文本語言為中心的概念，即使在當前現代詩研究中也未被注意，以致於研究往往於現代詩論戰、社團典律、一九五〇至六〇年代新詩史等面向重複遊走，早成為當前現代詩研究的潛在危機。手稿學研究逼迫我們去面對這樣的現象，在方法論上豎立以詩語言本身為核心的研究概念，逐次完成對現代詩語言修辭以及個群體詩美學之文本生成細節研究，進而重繪現代詩詩學系譜。

　　詩語言依賴意識而凝塑，而最能呈現語言意識的流動狀態者，便是詩手稿中那變動的語言姿勢。筆者認為現代詩手稿版本學研究內部的核心，本身就在於對「語言的姿勢」以及「修辭對語言姿勢之觸（更）動」的觀察。為具體說明語言指涉及其姿勢更動產生巨大的藝術效力，以及強化詩文本之語言姿勢的方法論概念，我們不妨以另一種藝術語言——繪畫語言進行說明。筆者以為，最能與本詩手稿版本研究計畫相呼應的繪畫語言，莫過於達文西（Da Vinci，1452-1519 年，義大利文藝復興時期藝術家）「聖母、聖子、聖安妮與施洗約翰」草稿以及各版本的「岩窟聖母」這三幅繪畫。

| 圖 1-04：達文西「岩窟聖母」版本一（1483-1485） | 圖 1-05：達文西「岩窟聖母」版本二（1495-1499） | 圖 1-06：達文西「聖母、聖子、聖安妮與施洗約翰」草稿（1499-1500） |

　　蔣勳曾指出：「達文西在繪畫創作上關心的並不是『完成度』，往往反而更強調思考的過程。他在同一主題上反覆推敲、探索、修改的過程，也往往比一般畫家更複雜。」[19] 達文西「岩窟聖母」版本一（1483-1485）、「岩窟聖母」版本二（1495-1499）與達文西「聖母、聖子、聖安妮與施洗約翰」（1499-1500）草稿皆為聖經主題畫作，以四個人物作為畫作主結構，透過四人身體乃至於彼此間的對應姿勢，形就出身體乃至繪畫語言。

　　從「岩窟聖母」版本一與版本二中最右邊女天使那具指向意味手勢的增刪以及十字權杖的有無，都在捏塑、強化畫作主結構的語言細節。藉繪畫語言的指涉細膩地織就出聖子、施洗約翰間身份辨識的曖昧性，以及達文西（Da Vinci）背後自我對聖經的詮釋。

　　至於「聖母、聖子、聖安妮與施洗約翰」草稿（1499-1500）中聖安妮身旁以食指指向天際的手勢則相當模糊，幾乎融入那作為陪襯的遠景草圖。

---

[19] 蔣勳：《破解達文西密碼》（臺北：天下文化，2006 年），頁 70。

可見達文西在作畫時，對做為畫作主體的聖母、聖子、聖安妮與施洗約翰彼此臉部眼神、身軀肢體樣貌皆快速定稿。但是在聖安妮旁這指天手勢卻頗多琢磨，因此反覆擦拭、重繪，而與畫作中其他人物身體姿勢語言產生形式上深濃色澤的差異。這有無於畫面背景指涉天際的手勢，正是本篇畫作中作者形塑或延伸此畫作寓意最重要的語言姿勢。「聖母、聖子、聖安妮與施洗約翰」草稿那未完成的手勢，終於在同樣帶有曖昧笑容的「施洗約翰」（1513-1516）定稿被完成，也成就了達文西自我對愛欲與神聖的永恆辯證。

　　整體來看，達文西所繪之「聖母、聖子、聖安妮與施洗約翰」草稿以及兩版本的「岩窟聖母」中，同樣是以四人構圖，透過彼此視線、姿態的交錯對應塑造繪畫語言的隱喻性。其對繪畫角色彼此手勢——亦即繪畫語言姿勢的增刪與模糊，背後自然演繹出不同的神學寓意，這反覆印證了對繪畫語言形式的細部調動其所存在的修辭效力。藝術家乃至詩人在文本中一個準確的語言姿勢，都將為我們指出這世界中一個意義的所在，進而也將完成一個飽富詮釋可能的永恆象徵。這不只能解釋繪畫語言零件如何在細部微調中，產生不同規模的意義轉折，其實也正以非常具體可徵見的形式，指出與繪畫語言具對應性的現代詩語言，其內在也兼具語言姿勢與風格的概念。

　　同時兼具形式空間性與時間性的現代詩其語言字詞對事物的意象經營，也正如同達文西畫作中對主體身軀物件對應關係的調配，本身都是一系列語言姿勢的完成與組織。畫作與詩作手稿中那所未定稿的，而仍存於朦朧流動狀態的語言姿勢，正以「待完成」或「未完成」的待擇選姿態，標指出繪畫歷程的經營重心與語言姿勢意圖指涉的意旨規模。

　　<u>整合上述由「原本」、「語言姿勢」以及透過繪畫語言實証「語言姿勢在調動過程中所發生的指涉、象徵效力」的探討，筆者認為，手稿「語言姿勢」就是「語言意識」的隱喻。相對於詩人被印刷的詩作定稿，詩人的手稿其豐富性，正在促引我們追索其內在留存著大量的語言姿勢調動訊息。詩人對語言姿勢進行反覆地修辭調動，只為了完成一份能深刻切中意義的象徵。</u>而語言姿勢的轉換不只調動了文本內部的視角，還可能對萬物進行一次次重新的命名。

　　只是如何捕捉每個語言姿勢內在所存之一系列蛻化發展的版本現象，反省其可再深化掘顯出的研究課題？對此筆者認為可透過德比亞齊（Pierre Marc de BIASI）的「文本發生學」以及雅克慎（Roman Jakobson，1896-1982 年，俄羅斯文學理論家）之符號詩學交互援用搭配，做為我們方法論思考的理論切入點。

　　德比亞齊（Pierre Marc de BIASI）《文本發生學》是筆者在進行方法論反省時重要的研讀著作。該書關注於作家寫作行為過程中所發生之情感及猶豫的舉動，主張通過作家一系列的草稿和編寫工作探究作品文本。藉以瞭解作家寫作的內在情況，以及隱秘其中的創作意圖、方法與策略。具體來說，該書對本計劃的方法論刺激有三：

　　第一、在界定文本發生過程上該書已發展出一系列專有詞彙，值得筆者斟酌使用。例如：以「前文本」指稱寫作準備過程的文字記錄，用「前編輯階段」含括這些準備時期。至於「前出版階段」則為手稿定稿化以至正式出版前的一系列文字變動，其中包括了「抄寫手稿」、「修改校樣」、「清樣」等。在方法論反省上，這些專有詞彙有助於我們再行界定手稿內部紛繁的實況。

　　第二、在界定手稿文本的範圍上，強調書寫計畫、構思部分的文字，也歸屬於手稿部分。這除能注意到作家是先寫計劃還是直接投入寫作工作，更讓我們透視到作家落筆文本前的書寫動機、準備以及書寫身份的狀態。特別是作家對過去既成（他者）文本的回顧，關注其在文本中所將行開拓具獨創性之意旨世界。在方法論反省上，這也有助於我們發現作家所預期規劃的書寫策略和寫作方式，譜建出作家所使用過之素材文獻的脈絡蹤跡。

　　第三、具體指出文本發展過程中可能存在迴圜反折的細節案例，例如：注意計劃手稿中反覆醞釀的部分，作家最終所採取保留或刪除的決定。書寫保留處如何進而發揮成主幹固然要探討，但意味著書寫中斷的刪除處也必須多所關注。「中斷」在書寫時間性帶來的各種停止現象，如是否前有所徵或突然中止，都是最必須考量的重點。此外，文本中誤錯字的頻仍出現，是否間接閃現出作家更為深沈的潛意識思慮。在方法論上，這都有助於我們更深入發掘詩手稿文本之形式結構中細密的延展、裂縫現象。

　　檢視實際手稿可以發現，現代詩人們的現代詩修辭學中以具體物像的單
／複字詞進行調換，是最為頻繁的，這樣的調換擴展了詞語的寬泛性。在
動、名與形容詞詞類轉換的大量嘗試，以及挑戰慣性語言的使用狀態，詩人
們進行著字體形式空間組織[20]的實驗。藉此縮合物象情志，創造形神象徵，
調製聲節音韻，乃至於對偶、誇奇、擬人、用典等辭格，以製造意義的曖昧
流動。

　　至於由詞而句，乃至於文法、體式，最能呈現臺灣現代詩人的跨語資
產。面對臺灣現代詩手稿中使用歐化句型、中國古典語言、日語、族群母
語，實不能只以現代詩本來就是「破壞文法」、「無文法」規避分析。若實
際以「圖1-07：賴和〈黃昏的海濱　在通霄水浴場〉初定稿手稿」為例，可
以發現其中龐大的論述意義。

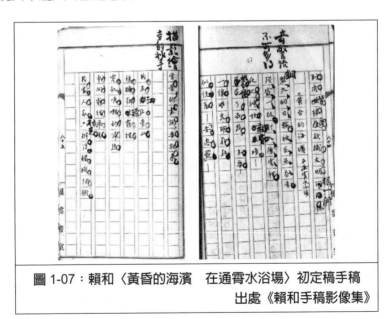

圖1-07：賴和〈黃昏的海濱　在通霄水浴場〉初定稿手稿
出處《賴和手稿影像集》

　　對賴和詩語言「傳統」的理解，向來不外從反殖、現實性予以申說。然
而從賴和於〈黃昏的海濱　在通霄水浴場〉詩作可以發現該詩以奇闊誇奇之

---

20 最具代表性的實驗莫過於圖像詩作品。

意象極盡描寫黃昏通霄海域光影的瞬然詭變，而賴和亦在該詩上自行評注「奇警語不可多得」與「描影繪聲的妙手」。分析賴和新詩手稿內字句意象與修辭意識，可以發現賴和自身以意構象的過程中，很自然便開展出後來現代主義的質地。只是賴和位處在彼時未完全現代化的社會中，因其語言美學趣味，使之認為這種現代話語在表達使用上的不需要，而予以節約。陳昌明教授〈「感覺性」與新詩語言析論〉中「新時代的感知形式」便指出：「詩歌意象的變異，使它內外關係產生了深刻的變化，時間變成了心理時間，空間變成了心理空間，現實時空關係中不可逾越的界限變成富有奇異的彈性，而感官知覺亦隨之變形……。」[21]當賴和驚嘆奇幻語不可多得之際文本風格的自我意會，其實就在預見（約）未來現代性的到達。因此，當戰後臺灣政經社會之時空間轉譯形式更見繁複，對主體之異化更為強烈之際，這種強調時空間陌生化疏離效果的語言形式，因為主體心靈表達之需要才得以發揚。

戰前賴和〈黃昏的海濱　在通霄水浴場〉一詩，突顯白話在文學創作的語言潛能，更啟動了對臺灣新詩文體美學發展史另一個理解方式。在一九五〇－七〇年代，紀弦所論現代主義乃是由大陸「播遷」至臺灣為主流論述，至陳千武提出雙球根論述指出臺灣現代主義在戰前便有發展，方乃扭轉此一論述。若透過上述賴和手稿之分析，我們更可以釐清現代主義的「起源」狀態，進行準確的定位。同時，我們亦能發現現代主義並不完全倚賴翻譯所衍生出的理論旅行，以及接受者的想像接受才得以發展。事實上，當啟蒙概念開始在語言書寫轉型（即由文言轉向白話書寫）上進行實踐時，便已存在這樣的發展潛能與本土起源的可能。

五十多年後，與賴和同觀滄海的楊牧，其海洋書寫的詩手稿也令我們有不同的發現。王靖獻一九七〇年代以來易筆名葉珊而楊牧，詩風漸次脫褪少年的唯美浪漫，寫於 1975 年的〈熱蘭遮城〉最能體現彼時其既上溯中國古典抒情傳統，復遙想回望福爾摩沙的書寫特質。精讀前引之「圖 1-01：楊牧

---

[21] 國立彰化師範大學現代詩學研討會編輯委員[編]：《現代詩的語言與教學——第五屆現代詩學研討會論文集》（彰化縣：彰化師範大學國文學系，2001 年），頁 239。

〈熱蘭遮城〉草擬稿詩手稿」，可以發現其反覆透過刪補修辭，將原初圖構熱蘭遮城浩闊海景而懷古之基調，逐次聚焦出藉戰場殺戮與深閨情慾之比對，辯證殖民與慾望關係的書寫主軸。

　　楊牧〈熱蘭遮城〉定稿前之草擬稿，存留了文本風格移轉、調動之細部延變，說明了在語言字詞的常規與變異之外，書寫策略在語言結構與意旨上的強大作用。相較於單一字詞，文本書寫策略的修正往往能扭轉文本的主題指涉。而詩人調配勉力架（結）構，時時自我刪節，造成文本的塌陷，或自行摺疊，亦在創造新的文本整體閱讀感受。而這種結構策略在獨創外，有時更出現一種弔詭式的依循，透過過往既成的詩體式進行援用或改編，除中國古典體式的改寫延伸外，日本俳句、西方十四行詩都曾在臺灣現代詩手稿中出現應用。

　　翁文嫻教授在〈詩經「興」義與現代詩「對應」美學的線索追探〉曾指出：「新詩用的白話文，早期是有它的方便性、工具性和分析性，但如何承載這古老的漢民族，已經有那麼多幽雅深緻的詩心靈之記憶？其實是非常需要進化的。」[22]詩人文本風格既是語言被選擇後的結果，手稿中實保存了由「意」而「象」，由字而句而篇的種種語言微調與策略部署。總整現代詩手稿中所呈現出的「文言／白話」、「口語／書面語」、「古典／現代」、「本土／歐化」、「國語／方言」、「雅／俗」等相對性的語體風格。這說明了現代詩人在進化過程中所能應用的龐大資產，而手稿的刪修正要引領我們觀察詩人如何在「語域轉換」、「教育文化背景身份」、「話語主題需求」等選項予以考量，藉以生成自我的詩語言意識與詩美學樣態。

　　前述發生學概念啟動對詩語言姿勢的觀察在方法論上，有助於我們捕捉詩語言姿勢在構形之前的構思設想與前源脈絡。至於對文本「正式發生」後的過程中，具體於文本形式上頻繁發生的詞彙調動之研究，俄國語言學家雅克慎（Roman Jakobson）理論則為本計劃提供方法論的啟發與基礎，強化了

22　翁文嫻：〈詩經「興」義與現代詩「對應」美學的線索追探〉，臺北市：《中國文哲研究集刊》第 31 期（2007 年 9 月），頁 129。

我們對詞彙類聚現象的分析。雅克慎（Roman Jakobson）為俄國形式主義重要的理論發展者，其所參與的莫斯科語言學會與布拉格語言學會皆強調開創科學方法以進行語言與詩學研究間的匯通，因此其在研究最關鍵的提問是：「什麼使一語言成為語言藝術品？」對此雅克慎（Roman Jakobson）認為便是語言的「詩功能」與「對等原則」。所謂語言的「詩功能」，雅克慎（Roman Jakobson）以為乃是「以話語本身為依歸，投注於話語本身者」，亦即：詩人在語言寫作過程對語言的連續結構原則、內延自主的發展脈絡，記號的聲音與意義對應關係乃至於文法觀念的聚焦。至於「對等原則」乃與文本內在的「組合軸」、「選擇軸」二軸，以及作家在綿延語字的寫作過程中對兩軸反覆衡量的思慮。

　　雅克慎（Roman Jakobson）在其語言科學概念下，將文本形式上區分成「組合軸」、「選擇軸」二軸，二軸交錯構成了文本語義場。組合軸呈現文本各字詞單位的「連接」（contiguity）關係。文本內部依語意字詞體系構組成大小的單位，各單位的連接構成一組合軸。在寫作過程中組合軸會依情況而產生不同幅度的調整，譬如公文章句的組合和詩句行的組合，其連接的嚴密度就有所差異。選擇軸是文本內部同一位置的字詞選擇清單。同一位置的字詞選擇清單中之各字詞元素間，有著相同或相異等「類同」（similarity）關係。在文本寫作過程中，作者依自身語言系統運作產生字詞選擇清單。而字詞選擇清單中字詞數量的多寡，會依作者的才力而有所不同。雅克慎（Roman Jakobson）認為組合軸依據連接原則，選擇軸依據類同原則發生運作，並進一步以語言的二軸來界定說明詩功能。即：「詩的功能在於從選擇軸上，把對等原則（principle of equivalence）投射到組合軸上」。而由選擇軸向組合軸進行的對等投射，並非只包括相同而已，而是在類同原則下各元素的相同、相似和相異現象。因此學者古添洪教授即將「對等原理」進行細部解釋，認為其乃是：「把一單元的兩面或兩單元的同一面作一等號，然後談求其平行（類同）與對照（相異）。」[23]詩將選擇軸的對

23　古添洪：《記號詩學》（臺北市：東大，1984年），頁100。

等原理投射到組合軸，使詩歌內部的每個組合部分都有了對照的可能。例如語音可和語音對等，詞彙可和詞彙對等，語法上的停頓與停頓對等。運用選擇軸上的類同原則，觀照組合軸各單位在連結之後對語義所造成的相互作用。由於詩中各單位都和其他單位在語音、語法或語意等層次上，發生平衡或者對照的關係，於是使得詩的技巧和內涵因之變得繁複。

雅克慎（Roman Jakobson）一系列由詩功能、語義場與對等原則構成之符號詩學理論與本計劃「手稿時空間轉譯標示法」搭配相發處，乃在從方法論層次強化了我們「手稿時空間轉譯標示法」的使用可能與論述效能。在手稿文本辨識需求下發展的「手稿時空間轉譯標示法」，原本便具有基本的「文中標記」功用，呈顯出文本中特定位置的語詞內在所存在一個系列變衍的過往。雅克慎（Roman Jakobson）的符號詩學不只在選擇軸概念部分與「手稿時空間轉譯標示法」呼應，強化點出其內在潛存候選清單的概念。更重要的是，透過對等原則呈顯出文本內部詞彙，具體地在組合、選擇兩軸的交錯輻軸中，所隱存之立體性對應脈絡。

以上如此對第一個問題意識的探掘，為臺灣現代詩手稿文本分析建立了一論述程序與規制，使我們必須關注字詞語句元素間的橫縱對等關係，完成後續探述文本語言風格與修辭理論，以及考掘作者真正詩美學意圖的整備工作。

二、臺灣現代詩手稿版本內前／潛意識的精神地理樣態，與外部詩學典律、話語情境存在的詩語言關係？

德比亞齊（Pierre Marc de BIASI）「文本發生學」與雅克慎（Roman Jakobson）「符號詩學」在方法論上，分別使本詩手稿學研究計畫，更深刻地發掘到語言姿勢構形前的醞釀計畫以及構形後橫縱對比的細節。這都有助於我們緊密於細勘手稿文本的「本身」，據此我們更深知詩人在語言姿勢中所投注對內在心理與外在事物的再現與隱喻。

在詩手稿文本中作者內外語言意圖的浮現，其實正啟動了詩手稿本身的場域性能以及可介入的研究觀點。德比亞齊（Pierre Marc de BIASI）《文本

發生學》即將發生學與傳記評論、精神分析法、主題評論、現象學、語言學、歷史、文學社會分析學等加以繫連。對各種動人的研究切入點、學科範疇投注這麼多鍊結，其花繁過眼的樣態似乎預約了手稿研究價值的巨型模態，也因而保證了研究可能的價值與規模。

但從方法論與研究可能性來說，檢視德比亞齊（Pierre Marc de BIASI）文本發生學對數個領域的溝通，其論述文字皆相當簡略籠統，在操作上存在許多模糊地帶，尚需要進行方法論上的協調、綴補。例如就精神分析法來說，東方華文世界的精神心理意識便未必全能以西方精神分析模式進行操作。

這讓我們更細加思慮嘗試將詩手稿與各種研究學科進行鍊結，本身的意義與方式。詩手稿最豐沛的研究動能在於提供語言姿勢及其版本的發生，所以任何研究方法與既定學術理論的援用、推論，應當緊密鏈結在「語言」上，避免高蹈、跳躍式的比附，在詩手稿研究中模糊失焦為大師理論的摘要與申說。由於詩手稿文本內在文字語言細密迴圜的推動狀態，我們運用跨學科理論所求的不是快速，而是要緩步環扣於詩手稿語言，方有助於我們對其進行更富含層次的提問與辨識，以剝顯出詩人細膩的詩心。

確立以詩手稿之語言為主體，並於文學場域空間進行內緣與外涉，筆者聚焦在「詩語言中內在意識的焦慮感」、「詩語言對外部歷史語境的回現」兩部分，探討可能進行鍊結的理論並進行方法論上的考估。

「詩語言中內在意識的焦慮感」本身即點出詩手稿本身可介入的文藝心理學特質。從詩手稿那些錯雜的刪改痕跡，我們也發現那些原本與世界中心進行雄辯的定稿詩作，在其手稿版本段落中除了呈現了詩人情緒的激昂，卻也吐露其內心的惴惴難安。而許多看似神來之筆的意象，實則經歷詩人內心洶湧的意識轉折、自持，反覆錘鍊以得。以定稿文本為介面，相對於定稿後整潔文字，潛存於定稿前（下）龐大錯雜文字，正以具體形式接連了佛洛依德（Sigmund Freud，1856-1939 年，奧地利心理學家）冰山理論、拉岡（Jacques Lacan，1901-1981 年，法國心理學家）鏡像理論乃至於布魯姆（Harold Bloom，1930-2019 年，美國文學評論家）影響的焦慮理論。

在詩人定稿詩作反覆出現的慣用意象，我們可以透過追蹤詩手稿內更原

初未加修飾的文本姿態，檢視存藏於詩人自我潛意識的精神原型其模糊、焦灼甚而躁動的樣貌。我們自然要關注詩人定稿詩作對手稿文本中那潛意識字句清廓修飾的方式，但也更要注意詩人潛意識焦慮歸屬的類型，以及關注其對內在壓力的開解突破模式。

除了對現實世界混亂的人道關懷外，在詩文體內部創作場域中，詩人往往也存在著對前在他者的焦慮。在漫長的語言寫作史中許多文字的寫作方式早已被反覆探勘，這使得書寫本身都成為一種複寫，而詩人在自我寫作發展上亦總不免存在著學習仿擬階段。因此在詩人獨創性的自我意識要求下，詩手稿的錯雜本身具有兩種精神分析的切入方法：

第一、詩人自我書寫主體發展程中總經過各種不同的鏡像反射（亦即他者呈現）逐次對自我進行想像，在此歷程中總會局限、誤認或滿足地認同某一個鏡像。然而隨著鏡像想像的階段過去，自我書寫主體意識逐漸生成。在詩手稿中所存在刪修增補的動作，本身便是一種創造自我與他者差異感的嘗試。

第二、作為詩人自我主體生成階段供以辨識、想像的他者，同時更可能是一影響其書寫存有樣貌的前者。因此在創造自我藝術主體性的同時，幾乎都代表著一段離開前者（作）語字脈絡的歷程。在詩中翻演奪胎換骨之技法，乃至假誤讀改寫而進行藝術取徑之實，本身都在以或微或劇的姿態，破壞與前在者的連續性以排解影響的焦慮，以成就自身繆斯的胎骨。

但從華文詩學史料來看，詩人潛意識焦慮的對象也可能在於他自身。此一自身一方面是指其自我前作，另一方面則是其自己在傳播場域中的詩聲明。五四以來，往往透過報紙副刊與文學雜誌的作品編輯，申說展現新文學語言觀以克服新舊文學衝突。其中現代詩因其帶前衛性格的文體特質必須加以申說其理念，當然也因為其體制相對短小，有利於詩刊編輯製作傳播，使得現代詩刊之編輯自成傳統。盱衡二十世紀兩岸現代詩典律、風尚、派別之理論，例如新月派的格律、象徵派的隱喻、超現實主義自動書寫、現實即物書寫，都以現代詩刊作為主要刊載的媒體。

詩刊之發刊詞、刊頭評論、逐期題標、詩論、編語都具有聲明效力，而

這些聲明的寫作者絕大多數正是詩人。在詩人寫作時，如何面對自我或自我歸屬群體（通常以詩社為單位）所提出帶有理想與預視性格的聲明進行實踐，亦往往成為自我創作的焦慮，例如創世紀詩社詩人在一九七〇年代後對超現實主義書寫的反覆修正。因此在研究詩人詩手稿時，應以其詩文本為軸心，並把其美學論述、詩學宣言調至衛星位置，作為辯證的重要論述資產，檢視其詩語言落實過程，是否存在回映、翻修自我詩論的現象。

　　詩手稿最能突顯的，正是如此書寫歷程擴散性，以及寫作本身就是對他者與自我的反覆改寫的事實。德希達（Jacques Derrida）〈被劫持的言語〉曾指出：「在獨白中如在對畫中一樣，說，即意味著傾聽自己。」[24]在手稿的檢視中我們不只看到語言姿態的選擇，還看到詩人對自我的辨析力。詩人手稿中反覆標示的語字乃至於意象，成為自我的標的物（符號），此一意象恰成為主體的情結。例如一九七〇年代龍族詩社以「龍」此一圖騰自我命名以建構國族自我，對抗外在一九七〇年代初釣魚臺事件以來的國際政治危機。而如今我們檢閱「圖3-04：白靈〈讀離騷〉起草詩手稿」亦可以發現手稿中，原詩題為「中國水仙」，手稿中強化對「龍舟」意象的國族指涉與動態感，並透過刪修增補強化對「龍舟」意象的國族指涉與動態感。

　　「詩語言對外部歷史語境的回現」則在凸顯文字擁有的時間性，並將各詩人詩手稿文本內的語言修辭作業，投放入詩學史乃至文學史的景深中進行討論。是以在研究方法上，我們需要以全觀與分析的方式並行，確立手稿中各細部文本內容與製成承載形式，特別是被作者及出版傳播機制滌去、散置的詞彙等手稿各元素的歷史性。其次，則運用以傅柯（Michel Foucault，1926-1984 年，法國思想史家）系譜論與考掘學的概念，將各手稿元素依時序置放入歷史地層。

　　這樣的投置並不是要呈現歷史地層中詩語彙零散瑣碎的狀態，而是要將作者自我寫作時期、社會環境、歷史進程進行語言上的重層比對，並建立詩

---

[24] 德希達（Jacques Derrida）[著]，張寧[譯]：《書寫與差異》（臺北市：麥田，2004年），頁361。

語彙與各場域話語間的脈絡關係。透過這樣的比對我們發現了華文現代詩「文言／白話」、「傳統／現代」、「中／西」、「口語／書面語」、「雅／俗」、「國語／方言」的語言光譜，以及與外部場域縱深關係中所存在語言的對應、競爭、壓抑現象。

　　筆者以為，在探究「詩語言對外部歷史語境的回現」，其探究詩語言向外部歷史場域延伸的研究方法，即在扣緊語言的對應、競爭、壓抑現象上進行處理。以下，筆者即對此進行分項討論。

（一）語言的對應

　　詩手稿研究本就足以建構詩人自我詩（文）法架構系統，但透過現代詩場域內世代、社群比對，乃至於文化、社會場域話語的對照，則能呈現臺灣現代詩人語言修辭的特色。是以在比對策略上，應當聚焦在「既成」、「強勢」的場域話語，藉此才能深入辯證討論詩語言之個性與風尚的議題。

　　詩人積極地在進行自我詩語言書寫過程時，本身即處於詩美學抉擇的狀態。即使詩人在詩手稿中遵循「既成」、「強勢」話語，彷彿維持典律系統的穩固與持續，我們也仍要注意其是否刺激了語言系統的更新。最考驗我們在論述方法上操作細膩度的，莫過於檢視臺灣一九六〇年代臺灣現代主義詩人之詩手稿內容。筆者拙論〈現代主義風潮下的伏流：六〇年代臺灣詩壇對中國古典傳統的重估與表現〉[25]曾指出在一九六〇年代初於詩聲明強調現代主義或超現實主義書寫之詩人，在一九六〇年代後期詩作中卻時時浮現中國古典傳統的意象。以此研究基礎，在本書的探究中我們實應細看現代主義詩人們之詩手稿對中國古典傳統援引、重述乃至刪修的現象，仔細觀察其時間點並分析詩人內在詩學意識實際轉折，進而對現代詩典律史之分期概念予以重新考察。

---

[25] 解昆樺：〈現代主義風潮下的伏流：六〇年代臺灣詩壇對中國古典傳統的重估與表現〉《國文學報（高師大）》第 7 期（2007 年 12 月），頁 119-147。

（二）語言的競爭

由兩岸現代詩史發展中時所頻仍的現代詩論戰，可知現代詩語言中所存在的高度競爭。我們關注的是語言論戰之層次對應，以及語言競爭關係中不和諧與待調適的狀況，而其中的焦點正在於華文二十世紀「新」與「現代」詩語言的生成過程。是以在研究方法上，要以新舊文學論戰、現代詩論戰以及戰前戰後鄉土文學論戰及臺灣話文論戰作為論述範疇，檢視參與者以及論戰前後詩人們詩手稿是否存在變化或固守的狀態。

從方法論來看，這樣對詩語言競爭的研究操作，所要匯聚的焦點在於檢視中文文法如何擴張以及其合法性的問題。由於現代詩文體形式的特徵，使得其可迅速進行藝術理念的實踐（驗）。自二十世紀以降，從翻譯管道介入的歐化句型以及現代主義話語，乃至於由樸素的我手寫我口概念下，一路增衍的「在地」、「母語」、「現實」話語，都為詩人以詩書寫迅速進行操作。這既創造自我語言的現代性，也拓展了中文文法的可能版本。

詩人詩話語在醞釀籌建過程往往會磁吸各種美學資源，並發動聲明整合詩社群的認同，進而塑建出不同的詩典律。各種差異典律間的競爭，例如創世紀與笠詩社的對抗，正可概觀戰後臺灣現代詩壇整體詩典律的走向。檢視比較不同典律系統的詩人，特別是執掌典律論述權者的詩手稿，亦可以一窺這現代語言計畫最初步的草案模態。而微觀差異典律間在「發生」過程在何關節之處發生歧異，以及可能存在交集的曖昧地帶，亦都是詩手稿在研究操作上的重點。

（三）語言的壓抑

從兩岸現代詩手稿中可以看到不同類型的多語言現象，除華文漢語書寫的作品外，還存在著不同國／族群語言。這包括戰前戰後跨語言一代詩人採用的日語，以及歸屬於臺灣話文書寫範圍的閩南語、客語書寫作品。此並不僅止在證成華文現代詩眾聲喧嘩的狀態，因為若將詩手稿投注於歷史場域，詳其所屬時代與作者世代性，可以發現詩手稿中各種語言的並列、跨語言現象並不單純，特別是從國族、語族與族群的角度進行切入。在現代詩史中典

律話語的競爭，並不純粹只立基於詩學與美學之上。詩人寫詩此一真實無比的藝術行動，在公眾出版傳播體系下，有時並不取決自身的自由意志。當語族與國族的概念結合，政治場域中官方政治力量的介入，便會強勢扭轉語言的自由競爭，而造成語言壓抑。遂使非其語系者在政治宰制的公眾語境中幾乎必須沈默，詩人使用什麼語言書寫，竟如此與五四標舉最基礎的「我手寫我口」論見相違，既難由其心，亦難逐其口手。

　　然而，儘管國語是強大的、霸權的，但也可能是流動不定的。以二十世紀臺灣此一時空範疇作為檢視範疇，最能顯示此中吊詭衝突之感——因為所謂的「國語」在一九四〇年代指的是日語，在一九五〇年代指的卻是華語。政治實體對其所轄治理人民所以如此積極地進行語言上的政治替換，乃意在將個體群體化整編入國體（民）的象徵體系之中。強調獨一性的國（語）族其在政治落實過程中產生的壓抑感，不只在對異國語的排斥，還在對族群母語的排擠。國語的公眾性本身更突顯手稿的私領域性，面對政治場域對公眾話語的宰制，詩手稿此一絕對私領域，才是詩人最自由的書寫空間。

　　我們固然可以依此進行語境比對，藉手稿內外之國語與詩人慣習使用的異國語以及族群母語間或差異或雜現交纏的現象，証成在國語政策下詩人所遭受到的語言壓抑。但從史料進行實際檢視，這並非詩手稿版本研究所只能逼近（顯）歷史場域之詩美學事實。因為，手稿空間裡的歷史訊息呈現了其一般論者未注意的公眾／私己的調節性能。可以發現面對被宰制的國語公眾傳播體系，詩人為求作品能「合法」發表並與讀者進行互動，亦會進行國語寫作的學習。詩手稿正成為詩人參與政治公眾語境的調節空間，在進行語言練習過程中調節自我的慣習語言，以趨近於公眾話語情境。詩人對自我語言的反覆刪修、重寫，已成為從語言上進行對自我形象的分娩，以及治療自我傷痛的精神手段。我們該如何看待手稿版本的他者介入，以及與他者間的語言關係？

　　1922 年艾略特（T. S. Eliot）〈荒原〉其第四節「水中死」原 92 行，艾略特（T. S. Eliot）將打字稿寄予龐德（Ezra Pound）指正，龐德（Ezra Pound）刪去前面 82 行，最後艾略特（T. S. Eliot）即以此十行版本為第四節定稿。至於第一節「死者之葬」原有 130 行，在請示龐德（Ezra Pound）前，艾略

特（T. S. Eliot）即自行將開頭 54 行劃去。看似個性獨具的文本，其實經歷過複雜的鏡像階段，從對前在他者或者經典的意會，進行語言上的自我辨析，複雜割裂前在依賴的經典，區分出彼此界線。特別詩人由草萊習作時期進入創造自我個性文字的意會時期，這種刪修更具討論意義。

　　然而他者有時並不全然以「經典」方式進行介入，在臺灣特殊的政治史發展，我們可以發現還因為政治他者，援借官方語言政策作為手段，而在手稿中形就詩人語言前／潛意識中龐大的語言焦慮。林瑞明曾指出：「摻雜臺灣的日常用語、日式漢語，這樣的表現方式，才是二○年代臺灣文學的創作主流。」[26]在戰前一九二○－三○年代臺灣詩人的手稿版本已呈現無國界狀

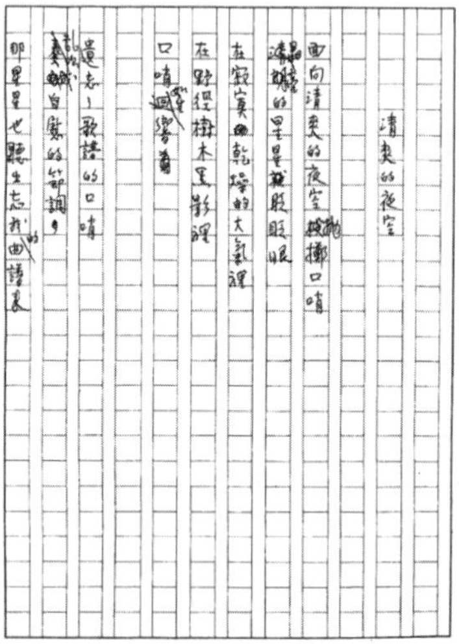

圖 1-08：巫永福〈清爽的夜空〉
初定稿詩手稿
出處《巫永福全集 詩卷Ⅰ》[27]

圖 1-09：巫永福〈春の鶴紙〉
手寫定稿詩手稿
出處《巫永福全集 詩卷Ⅱ》

---

[26] 引見彭小妍[編]：《漂泊與鄉土——張我軍逝世四十週年紀念論文集》（臺北市：文建會，1996 年），頁 128。

[27] 《巫永福全集 詩卷Ⅰ》全書首頁即放上此手稿，足見巫永福對此詩的看重。

態，各有華文、臺灣話文、乃至於雜揉日語與日常用語的書寫文在詩手稿進行沈澱。但是，戰前皇民化運動日語書寫乃至於戰後國語推行運動，這一連串歷史的錯誤，卻在戰後產生所謂「跨語言一代詩人」。

陳千武、林亨泰、巫永福、張彥勳等跨語言一代詩人，他們多數表示在戰後他們往往皆先以日文寫作然後在進行翻譯，上面附圖並列林亨泰與巫永福的華語、日語詩手稿，不只為跨語言一代詩人語言噤聲之受難記憶與語言焦慮進行顯像，還在指出以手稿研究跨語言一代詩人之華日語對照現象，以及交互翻譯的歷程，比起只執著於從他們出版之華文作品的樸實字句，論斷跨語言的艱困，或譏評他們的語言缺乏美感，顯然更具說服力與辯證空間。

不過，典律位置未必由他者獨佔，在經典詩人手稿討論中，我們更可以發現典律如何自我生成，而成為扭製刪修他者作品，影響詩語言美學走向的複雜狀況。此一案例，恰正是前述之賴和。

賴和被目為臺灣新文學之父的原因，一方面是其在文本創作上的突破性表現，另一方面，也較少被深入研究的，則是其在編輯《臺灣民報》、《臺灣新民報》文藝欄與學藝欄工作上的表現。日治時期臺灣文學的傳播，紙媒報刊雜誌乃為主力，特別又必須考慮當時總督府對傳媒的管制，因此報紙文（學）藝欄對文壇的影響力不言可喻。賴和於 1926 年以降主持《臺灣民報》文藝欄，又於 1930 年後與《臺灣新民報》學藝欄在編輯工作，特別是編選稿件上有密切關係。

編輯賴和對當時新文學作家與其文學創作所產生的巨大影響力，我們故可以洋洋灑灑地羅列吳慶堂、廖漢臣、朱點人諸家對編輯賴和知遇之恩的感懷為證，但楊守愚下面這段話，或許更可以說明賴和是如何發揮其影響力。楊守愚曾提及：

> 為了補白報紙留下來的版面，就無法去選擇原稿。他當時幾乎是拼著老命去作這份工作的。他毫不珍惜體力地去一一刪修寄來的稿子，有時甚至要為人改寫原稿的大半部分。……為了潤改來稿，他工作到凌

晨的一、兩點，是常有的事。如果碰到急迫的工作，工作通宵，也不
是絕無僅有的事。這是何等重大的精神上和身體上的犧牲！[28]

　　這段文字記錄說明了賴和在編輯《臺灣民報》、《臺灣新民報》文
（學）藝欄時，受制於版面空間的侷限，以及不忍捨去具潛力的來稿，因此
他往往一一親自「修改」作品，在一九二〇年代中末至一九三〇年代這段臺
灣新文學發展，已實際進入文本創作與該採用怎樣口語的階段。作為當時重
要報紙的守門人，編輯賴和透過實際刪改文字的方式，對來稿的介入修潤乃
至於重建，可說對臺灣新文學文本風貌，乃至於創作精神、方法論走向，有
決定性的影響。然而，我們要知道更多的是，不僅止於編輯賴和修改過哪些
作家與作品的「名單」，而是在於編輯賴和到底怎樣刪改來稿作品，如何更
動文字、撫順語句、調整結構，這種種更為細部的實況。

　　林淇瀁《書寫與拼圖：臺灣文學傳播現象研究》曾指出：「文學、傳播
三者緊密相扣，文學傳播通過大眾傳媒管道，對當時臺灣社會的意義構成已
起學習作用。……《臺灣新民報》系『文藝欄』發揮的正是這種功能，確立
了日本治臺期間臺灣新文化運動及新文學開展的路途。」[29]上述對第一個問
題意識的討論中，我們已指出賴和如何節制白話書寫內在的現代主義潛力，
作為《臺灣新民報》文（學）藝欄的編輯賴和，顯然認同依循了這份報刊的
社會啟蒙話語的調性，透過守門人機制影響了文體典律的走向。這也使得戰
前新詩乃至於文學以這種方式被想像，甚至在一九四〇年代產生對風車詩社
的排擠效應。

　　由於詩手稿以字句刪修這種方式，所呈現繁複錯雜的文本前／潛語言意
識，因此在探諸詩手稿我們顯然更需建立詩文本外部典律狀況與語言情境之
關係，藉此更立體化地建構、分析詩人們詩文本的刪修準則，以及如何滌除

---

[28] 李南衡[編]：《賴和先生全集（日據下臺灣新文學明集 1）》（臺北市：明潭，1979
年 3 月），頁 426-427。

[29] 林淇瀁：《書寫與拼圖：臺灣文學傳播現象研究》（臺北市：麥田，2001 年 10
月），頁 26-27。

削減自我的影響焦慮。

　　總成上述，對現代詩場域中語言的對應、競爭與壓抑現象的探討，更凸顯過往僅透過已出版的詩作定評詩人成就，可能在不自覺中遵蹈了政治實體假國語進行的語言壓抑，若藉此畫構出特定時代詩風更會失真。因此在研究方法上，<u>我們必須注重手稿內差異話語的文化折射度。一方面可透過差異話語建構詩人的文化與知識背景，例如藉跨語言一代詩人詩手稿檢視其交纏日式教育以及漢文化的文化實景。一方面也可進一步結合「語言的競爭」概念，探討詩手稿如何為族群母語書寫匯積語言的壓抑記憶與歷史動能，成為後續倡議族群母語書寫者的論述資產。此外，我們也要注意詩人在手稿中進行差異語言的調節書寫時，其詩作在差異語系表現上的質度變化，其詩意是否在翻（轉）譯過程產生濃淡互見的現象。</u>由此我們將能探問臺灣現代詩手稿文本所存在的場域性能，拓展詩手稿語言的延伸性與比較性研究。

三、臺灣現代詩人使用的語文書寫工具與承載文本媒介變化，如何移轉出手稿版本現代性與後現代課題？

　　現代詩手稿研究瓦解了「出版前後」的界尺，以觸發詩文本的閱讀廣度與可能。現代詩手稿除了上述具有重估解釋詩學史轉折樣態的解釋力，其內部大量涉及的「手寫」狀況，其實也在促引我們認識在「現代化」過程中，手寫及其藝術性本身似乎終將成為一被遺失的記憶景觀。目前所存手稿雖以手寫居多，但是在研究方法上卻不能僅注意傳統之書寫工具與載體——筆與紙。因為隨著一九八〇年代中期以降電腦化與藝術形式製作概念的推進，手稿版本形式上也產生寫作工具的變化。對於書寫工具與文本載體在研究方法論上，所聚焦的第一個問題便是：手寫手稿與鍵打手稿的現象。

　　從藝術形式審美角度上來說，手稿在印刷物之外彰顯著不為人知的文化品格與個性風景。在大量複製的機械年代裡，他成為一個獨特的文化資源。這我們可從手稿的「製成」方式來逐次深化此一議題。檢視臺灣現代詩人手稿的製成工具，儘管「目前」（2023 年）仍以鉛、原子筆為主，但在此之外，還有毛書、電腦這兩種各自具有「中國傳統」與「西方現代」意義的書

寫工具。探討毛筆與電腦兩書寫寫作工具的使用狀況，其實也是一個少為論者觸及，但深具論述趣味的詩史論題。

從上面賴和手稿附圖中，可以發現在戰前以毛筆書寫新詩尚為常態，但是在一九五〇年代以毛筆書寫新詩或現代詩卻已日趨稀少。從臺灣風雲於一九五〇－七〇年代的前行代詩人中，以書法詩作聞世之詩人，有羊令野、周夢蝶、洛夫等可以旁證。戰後世代詩人儘管對現代主義各有正反看法，但是在書寫工具上他們幾乎相當一致追尋現代（化），使用鋼筆、原子（圓珠）筆進行創作最為大量，晚近至一九九〇年代他們也接受嘗試使用電腦寫詩，但接受度則不一定，有些則仍還決定退守至手寫。

當然，也有非常適應電腦書寫者，戰後第一世代詩人中以白靈、向陽等對電腦寫詩之接受度最高，甚至成為臺灣一九九〇年代網路詩書寫的開創者，至於戰後第二世代詩人以後使用電腦者便幾乎是常態。新的書寫工具電腦出現後，使得一九九〇年代後戰後第一世代（一九四〇年代末至一九五〇年代末出生）[30]以及其後世代詩人們逐漸大量使用電腦創作。此一現象還不在於新舊書寫工具的轉換，而在於新舊書寫工具的「兼用」。以電腦寫詩的便利處在於方便整理，但早期電腦畢竟還未普及，筆記型電腦亦少見，因此詩人們以手寫與電腦搭配寫作也相當頻繁。例如白靈〈泡茶〉，唐捐〈我與父親的痰〉便反覆在不同媒介載體（手寫、電腦打字）上進行跨越性的使用以及詩作修改。是以在研究方法上便需要考察版本間的時序關係，因為未必只會出現手寫草擬稿轉打於電腦進行存檔的狀況，有時還會出現手寫草擬稿轉打於電腦，復又列印出來以手寫方式修改，於是再依修改狀況再轉打於電腦等一連串更為交錯反覆之歷程。此所匯聚於方法論上的議題焦點，便在於思考手寫與鍵打詩作的間用或獨用上，詩人所存之擇選意識，以及在一首詩完成中詩人所進行交錯使運用現象，對其言意表現有無較準確、便利的推動。

---

[30] 此世代使用電腦創作最具代表性的詩人為白靈、陳黎等，筆者在洽訪陳黎討論其手稿問題時，其便表示目前他已是以電腦鍵打作為寫詩主要方式，因此已無留存手寫詩稿。

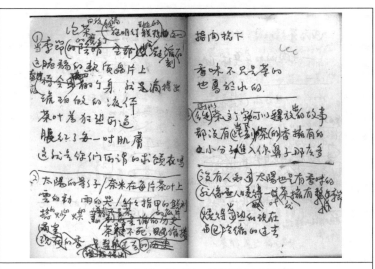

圖 1-10：白靈〈泡茶〉草擬稿詩手稿[31]

白靈授權使用

泡茶（四帖）

白靈

——從施明德開始的聯想

1.

季節的魔幻全凝刻在

這脆弱的軟質晶片上

壺底翻個身　就滴得出

琥珀做的液體

但茶葉為狂熱所逼

脹紅了每一寸肌膚

這就是你們所謂的求饒衣嗎

---

[31] 為白靈提供筆者的原初詩草稿，比對下圖之電腦版本可以發現原詩題副標為「施明德聯想曲」，從詩作第二帖大量的刪修足見此段為詩人用心之處。

2.

無人知曉　太陽的影子早已奈米在每片茶葉上雲的動　雨的哭
纖纖指甲的銳利
揉的　炒的　烘的　薰的不是茶
茶只是不死 的底片
整段過去的縮捲

現在滿室的香正釋放
是從茶的
被季節早奈米過的
底片上[32]

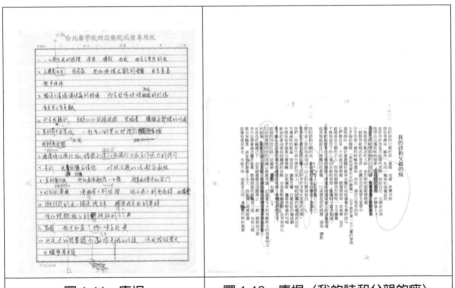

圖 1-11：唐捐〈我的詩和父親的痰〉草擬稿詩手稿　唐捐授權使用	圖 1-12：唐捐〈我的詩和父親的痰〉電腦印刷修改稿詩手稿版本一　唐捐授權使用

---

[32] 此電腦打字檔為筆者進行田調收集資料時，白靈提供，在此筆者直接進行轉引。

　　比對「圖1-10：白靈〈泡茶〉草擬稿詩手稿」與電腦打字檔、「圖1-11：唐捐〈我的詩和父親的痰〉草擬稿詩手稿」、「圖1-12：唐捐〈我的詩和父親的痰〉電腦印刷修改稿詩手稿版本一」除可強化上述論證，還說明一個事實：在最初擬稿上，戰後世代詩人顯然仍喜於使用手寫方式進行，電腦書寫主要是在謄稿階段被採用，且在此階段修改時，手寫仍作為一種修改的方式。

　　這樣的發展使得毛筆書寫現代詩便顯得相當稀少，而毛筆書寫本身的意義比起一九五〇年代也相當不同。一九五〇年代以後，臺灣現代詩人極少使用毛筆進行創作，於一九五〇－一九九〇年代以鋼筆、圓珠筆、鉛筆為主，一九九〇年代後電腦鍵打漸趨主流。一九五〇年代以後，少數如洛夫、周夢蝶與侯吉諒仍會使用傳統書法寫作現代詩，成為在研究方法上必須處理的問題。侯吉諒這番對書法藝術創作現代詩的趣味，也直接促引他編輯《名詩手稿》時利用聚焦圖片，積極地提供讀者一種對詩手稿的注目方式。藉此誘領讀者觀看詩手稿中的文字間架之美，並進而呈顯出書寫工具與文本內容、主題（特別是中國古典傳統）所共築出飽溢藝術文化氛圍的文本性。

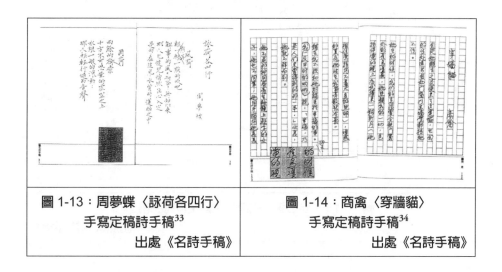

圖 1-13：周夢蝶〈詠荷各四行〉手寫定稿詩手稿[33]　出處《名詩手稿》	圖 1-14：商禽〈穿牆貓〉手寫定稿詩手稿[34]　出處《名詩手稿》

[33] 周夢蝶仍有以毛筆修改詩作的現象，這在戰後顯得相當稀少。
[34] 注意編輯侯吉諒刻意節選出文本內的局部方塊，創造一種注目的效果。

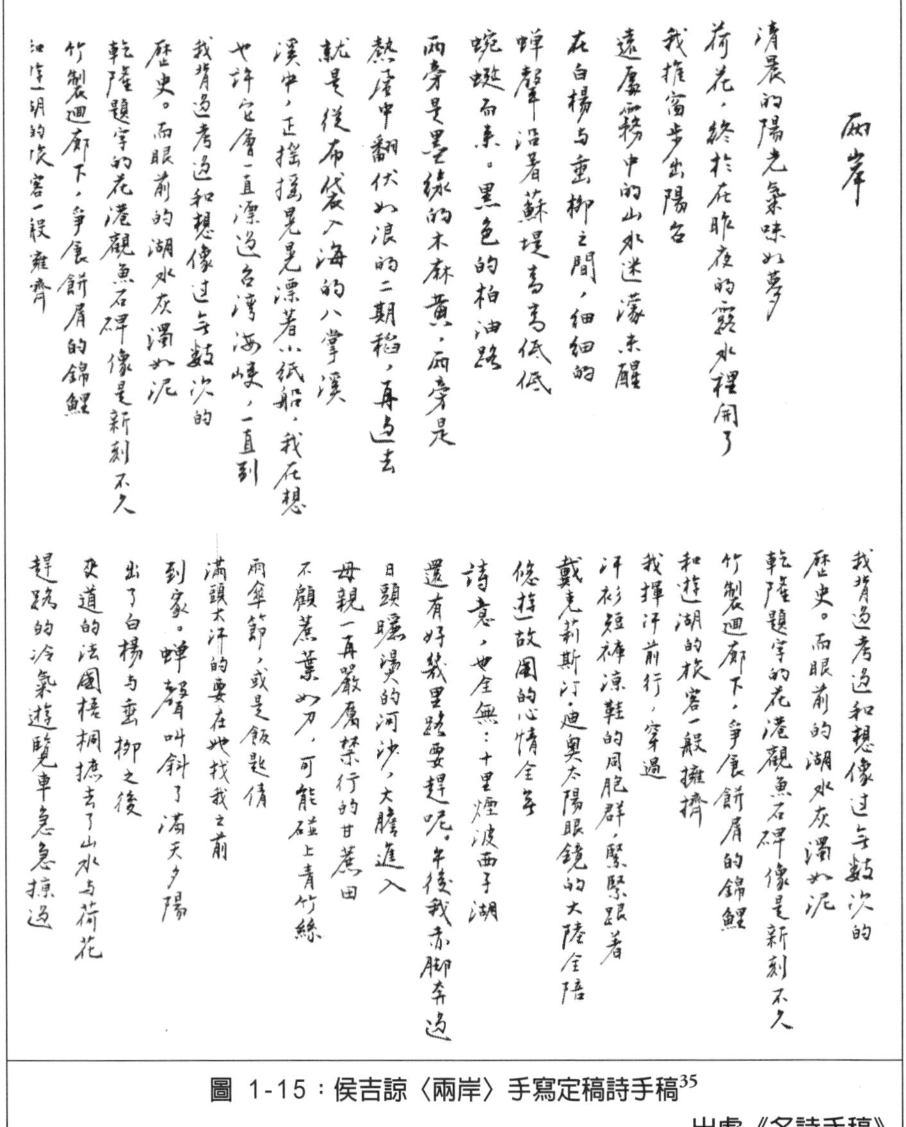

兩岸

清晨的陽光氣味如夢
荷花，終於在昨夜的露水裡開了
我推窗步出陽台
遠處飄移中的山水迷濛未醒
在白楊与垂柳之間，細細的
蟬聲沿著蘇堤高高低低
蜻蜓而來，黑色的柏油路
兩旁是翠綠的木麻黃，兩旁是
熱浪中翻伏如浪的二期稻，再与去
就是後布袋入海的八掌溪
溪中，正搖晃見漂著小紙船，我在想
也許它會一直漂過台灣海峽，一直到
我背過考過和想像過与數次的
歷史。而眼前的湖水灰濁如泥
乾隆題字的花港觀魚石碑像是新刻不久
竹製迴廊下，爭食餅屑的錦鯉
汕佳湖的依窗一段難齊

我背過考過和想像過与數次的
歷史。而眼前的湖水灰濁如泥
乾隆題字的花港觀魚石碑像是新刻不久
竹製迴廊下，爭食餅屑的錦鯉
和遊湖的旅客一般擁擠
我撐汗前行，穿過
汗衫短褲涼鞋的同胞群，緊緊跟著
戴克莉斯汀，迪奧太陽眼鏡的大陸全陪
詩意，也全無：十里煙波西子湖
還有好幾里路要趕呢，午後我赤腳奔過
日頭曬燙的河沙，大膽進入
母親一年嚴厲禁行的甘蔗田
不顧蔗葉如刀，可能碰上青竹絲
兩傘節，或是飯匙倩
滿頭大汗的要在地找我之前
到家，蟬聲叫斜了滿天夕陽
出了白楊与垂柳之後
及道的法國梧桐搖去了山水与荷花
趕路的冷氣遊覽車急急掠過

圖 1-15：侯吉諒〈兩岸〉手寫定稿詩手稿[35]

出處《名詩手稿》

---

[35] 在戰後第一世代詩人群中，侯吉諒是少數能接繼中國古典書畫藝術，並在手稿中進行
實踐者。

　　我們順時比對上述戰前賴和，以及戰後臺灣前行代詩人周夢蝶與戰後第一世代詩人侯吉諒毛筆書寫手稿可以發現，以毛筆進行刪修的動作越來越少。這暗示了毛筆書寫越來越不是一種詩文本普遍的創作工具，毛筆書寫本身變成為一種審美性的展現。以侯吉諒〈兩岸〉詩手稿來看，以毛筆書寫作為詩作定稿的方式，本身強化了定稿本身的藝術性或神聖性，因此如一般書畫展，毛筆書寫的現代詩亦可為展，如洛夫便曾舉辦過自己毛筆詩展，但是該展中仍以洛夫用毛筆書寫之古典詩作品較受青睞，這也凸顯了當代群體大眾的審美興趣以及對毛筆現代詩的接受度。而對書畫深有藝術探求的侯吉諒亦曾編輯過《名詩手稿：最重要的詩人最重要的作品》一書，書中即特別邀請經典詩人以手寫方式刊登其詩作。在版面製成上，如「圖 1-13：周夢蝶〈詠荷各四行〉手寫定稿詩手稿」、「圖 1-14：商禽〈穿牆貓〉手寫定稿詩手稿」乃特別於兩頁攤平版面中的左下角節選出文本內的局部方塊，為讀者提供一種注目，對詩人文字結構間架進行審美性的凝視。

　　當然，毛筆形式也可以與文本內容發生意義上修辭作用，在筆者目前的研究觀念中也較對此作品予以肯定。例如如「圖 1-15：侯吉諒〈兩岸〉手寫定稿詩手稿」一詩乃寫其解嚴後時地行旅大陸的經驗，以毛筆書寫文本中那中國古典山水想像的破滅，便有在形式上獨特的審美趣味。只不過以目前筆者收集檢閱的手稿作品中，具有這樣意義的作品顯得相當稀少。這說明了戰後以來大部分的臺灣現代詩人，儘管深刻思考現代性的存在議題，但顯然並沒有意識為其「自我書寫」這個動作本身，表達對機械複製時代的反抗。

　　隨著後現代概念在一九八○年代臺灣現代詩壇的拓展，創作媒介載體由工具成為文本形式實驗的「本身」，這也成為本計畫必須思維的研究方法問題。例如在詩創作上帶有符號字詞複製、拼貼、鏈結技術的夏宇，即以其詩集為界面透過殘破不堪式裝訂法與剪貼法等手工技術進行製作。企圖以其粗糙質感、無法統編同一的文本狀況，對抗機械複製時代對詩集一致化、批量生產的規製。而對這個問題能產生反省意識的詩人，恰又正是夏宇。夏宇的詩集出版，非常強調「手工製作」的概念，在印刷年代，自一九八○年代夏宇反覆強調「製作」、「手工」自我詩集。例如《摩擦‧無以名狀》刻意不

| 圖 1-16：夏宇詩集
《摩擦‧無以名狀》書影
筆者藏書拍攝 | 圖 1-17：夏宇詩集《摩擦‧無以名狀》
作者序、目錄與內頁
筆者藏書拍攝 |

使用電腦排版，強調剪貼簿概念將紙塊進行剪裁後拼貼，內頁過大的字塊如兒童童稚的美勞作業，儘管詩本文表現的是成人語意匱乏的殘破世界。此外《摩擦‧無以名狀》詩集外部也刻意選擇不裁邊，使得每本《摩擦‧無以名狀》都帶著紙張毛邊，但每本詩集的毛邊紙鬚又不一樣，彷彿在嘲笑複製機器說「哈！你看這次你總複製不到我了吧！」這種形式也為《Ｓａｌｓａ》採用，只是轉換為各頁外部連結處不裁開，因此數頁間往往有接合處，讀者是否選擇裁開由各自決定，有人全裁，有人不裁，有人只裁部分，於是被印刷複製的《Ｓａｌｓａ》最後還是具有無數個存有的姿態。

　　因此無論夏宇製作他的詩集，但是最終製作完成後則又必然交由出版社進行印製發行。她故意要以印刷複製的方式再製出一種手工業的遺跡，這種以符號複製方式大量召喚手工業手稿成品，反而是對複製年代的一種復仇，只是帶著同一版型但無數個版本不一的姿態微笑著。夏宇這樣對語言工具的轉換、應用，不只反撲了複製年代，還把手稿廣義化，即將手「寫」詩稿，演變為手「工」詩稿。夏宇的逆反作業，以另一種形式留存詩人作者對詩稿件呈現的獨特性與審美韻味，但也以「手工」概念拉開了當前詩手稿文本——手稿不再是在紙張書寫、鍵打所呈現的文字物件，文本的手稿歷（旅）程也可能是透過在投影片、影印機、翻譯網站上，反覆進行剪貼、影印、轉譯間轉徙又推進。

　　上述由賴和、周夢蝶、侯吉諒以至於夏宇的討論，深化了手稿書寫、製作與複製的問題意識。傳統手寫工具與文字內部的現代性關係，以及後現代手工與手稿間的關係正值得我們予以深探。正因為詩人對傳統與科技寫作用具的選用，以及對後現代藝術觀念的推展。使得我們在研究方法上，對於詩人選用的各種工具媒介之操作與應用概念，都需要理解，釐清、感知其跨文本與互文狀態。在方法論上，由於此在我們要面對的不只是跨媒體還有跨藝術領域，如傳統書法、繪畫手稿藝術向現代複製藝術攝影、電影的情境。因此在方法論思考上，我們勢必要聚焦思辨詩創作「複製」手法與文本獨創性的縱深關係。在透過後現代理論與研究方法再理解詩手稿的同時，面對複製藝術對傳統手稿概念的衝撞，建立相應的論述評價觀念，對詩手稿研究範圍與研究架構進行辯證。

第二章
臺灣現代詩手稿文本之版面歷程現象論

　　臺灣現代詩手稿學之研究，依書寫場域以及文類範疇，使得其內在潛存著複詞的概念——由複數的詩人，以及複數的詩作文本構成我們的研究對象。一個詩人總有意識地避免重複的言說，包括對自己以及其他的詩人的前在文本。因此在詩的語言、文字上，詩人進行種種突破性的實踐，以完成語言文字的美學修辭顛峰。比起藝／美術創作在工具、媒材改變，可能會造成最終藝術效果的突破。相較之下，在詩語言文字的寫作工具使用上，詩人則未必會在書寫工具、媒材，例如紙、筆，與其他詩人形成競爭關係。詩語言文字之聽說讀寫表達，在現代社會印刷技術支持下，最後重要詩人往往以印刷刊印稿發表，向讀者呈現詩作文本。

　　因此，現代詩的書寫工具、物質，往往也並非臺灣現代詩人最主要的挑戰實驗目標。[1]使用基本相同的書寫工具、物質所形成複數詩人之複數詩作，連帶產生的臺灣現代詩手稿學的文本現象，有著類型化的文本歷程版本、修改形式符號，以及構成物質工具。但從中經過我們對臺灣現代詩手稿學的田野調查、文本收集與仔細精讀，依舊可以發現其細緻之變化，以及需細部析論的細節。

　　本章我們即於「第一節　臺灣現代詩手稿文本版面歷程之形式類型」，探述臺灣現代詩手稿文本所存在生成歷程的版本形式，與協助詩人引導詩文

1　當然，不可否認現代詩書寫表現／達工具也能成為詩人挑戰實驗的對象，而這種實驗往往也能形成與藝術創作的互文。

本生成的修改形式符號，以及構成詩文本所使用之物質工具。由此，作為判別現代詩手稿文本之術語、方法，進一步則於「第二節　詩手稿文本發生現象學：直觀『文─體』跡軌的意向與構形」進行方法論層次探討，建立對詩手稿文本發生的現象研究概念，以此與傳統印刷定稿的現代詩研究進行深刻辯證。

第一節　臺灣現代詩手稿文本版面歷程之形式類型

一、臺灣現代詩手稿文本之生成歷程版本

　　展列臺灣現代詩手稿學書寫計畫所收集的224位詩人共1178篇詩手稿，讓我們對臺灣現代詩手稿文本的研究，從第一章論及「詩手稿／印刷定稿」對現代詩學所提供的突破點，進行第一階段的深入開展。在當前臺灣現代詩研究中現代詩手稿研究的匱乏狀態，使得「書寫」無法成為一個有豐富樣態的事實。為了避免使我們陷入這樣的停止／滯，而在實務面真正開展臺灣現代詩手稿學的文本研究，首先我們就要打開臺灣現代詩手稿文本「詩手稿／印刷定稿」所真實存在的版本框架，呈顯一首詩文本發生歷程中包含印刷出版在內，從詩人書寫開始的各階段版本。

　　整潔的印刷定稿在形式閱讀上，提供研究者一個安逸的陣地；但若要拓展臺灣現代詩手稿學研究，則必須考驗研究者對文本界面上種種文字符號的清淤工作能力，由此才能進行文本地質系譜與能指鍊之杷梳。在實際研究上，要透過怎樣的研究方法，方能進行臺灣現代詩手稿文本界面之文字符號清淤？具體可採取「生成歷程版本類型」、「修改形式符號軌跡」、「構成物質工具」三個分類進行梳理。

（一）生成歷程版本類型

　　在此，我們先論「生成歷程版本類型」。

　　若定稿中心者處在無意識詩發生狀態，那麼現代詩手稿學則在有手稿物件意識後，具體聚焦在「版本性」上進行探究。現代詩手稿版本性要從空間

與時間兩個向度進行探究,就空間上來說,手稿版本乃是由文字符號以及承載文字符號的版面所構成;就時間上來說,則指在通往定稿的過程所產生變化之階段成果。在研究步驟上,當我們取得詩人之手稿,最先應比對與詩集印刷發表刊印稿之同異,理解所獲得手稿在詩人詩集中的分佈狀況。其次更重要的是區分詩手稿的版本特性,分辨出此份手稿在文本生成歷程的「位置」,以利分析手稿與定稿的時空間對應關係,以及內在詩學意識的流動、組織與變化。

臺灣現代詩手稿本身隨著不同詩人、不同寫作期,存在著非常複雜多樣的版本狀態。因此在研究方法論的思索上,我們首先必須先確立對不同版本之設想,以及界定術語的擬定。確立分類準尺,以「歸位」所要分析之詩手稿在詩文本發生歷程的位置。由此,能有效率進行對詩人不同階段詩手稿,與不同詩人不同階段詩手稿間,更細密客觀的比較研究。

檢視目前我們所收集之大量臺灣現代詩手稿,並參考歐陸手稿學傳統界定術語,以及現今臺灣電腦輸出列印之普及成熟的狀況,可具體將手稿牽涉文本生成歷程,區分成「起草」—「草擬稿」—「初定稿」—「手寫定稿」—「印刷修改稿」—「印刷發表刊印稿」,此六個歷程版本。

以下,我們逐一進行分述探論。

1.起草

「起草」係指詩人初步構思的文字,包括筆記、備忘錄、田野調查記錄等形式,在內容上可以看到詩人在詩文本發想最初期的種種準備狀態。「起草」可以單純的只有隻字片語,呈顯文本初步的構思;也可以非常的豐饒,詩人在此書寫著各種為後續詩寫作的準備性的資料,例如所要閱讀相關主題的詩作、故事[2]與知識。

起草有標示文本生成歷程的起點位置,雖偏重於準備的階段,但在詩人詩手稿的研究上,除讓我們可以追溯文本寫作前的資料/源,還可以提供我

---

2 特別是在歷史敘事詩的創作上,對於歷史、神話等故事的閱讀與理解非常重要。

們一個對照考核：讓研究者關注準備階段即被詩人譜建的文本知識資源，如何在後續文本書寫中被消化形成辯證，或者被遺忘形成斷流。

2.草擬稿

「草擬稿」為詩人初步試擬詩作內容之手稿，有時會存在書寫未完中輟的狀態。擬稿在詩文本書寫中幾乎不可或缺，因為詩人真正準確掌握靈感，並且一揮而就完成詩作的狀況，非常少見。擬稿有助於讓詩人得以自由奔放的快速書寫，拋出種種想法現跡於紙面，由此才能對在盡興表達中，所得到各種於書寫前，以及同時就在書寫中，同步萌發的詩句、意象與靈感，進行快速捕捉。

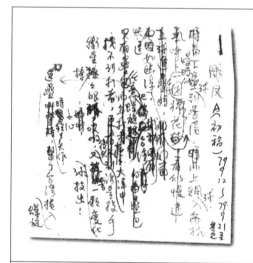 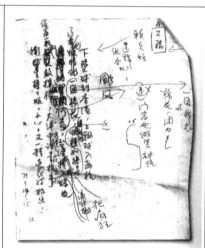

| 圖 2-01-1：白靈〈颱風〉草擬稿詩手稿之一 | 圖 2-01-2：白靈〈颱風〉草擬稿詩手稿之二 |

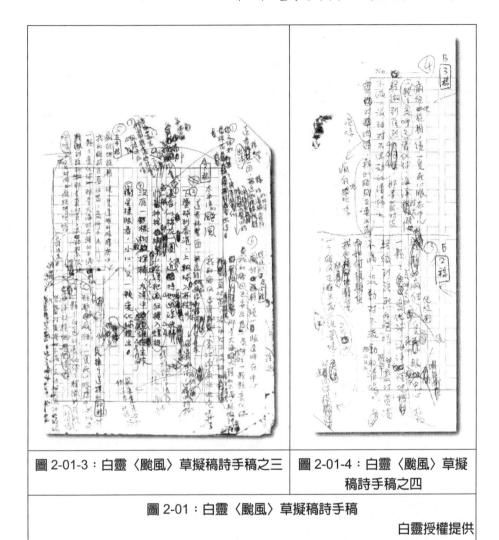

圖 2-01-3：白靈〈颱風〉草擬稿詩手稿之三	圖 2-01-4：白靈〈颱風〉草擬稿詩手稿之四
圖 2-01：白靈〈颱風〉草擬稿詩手稿	
白靈授權提供	

　　詩人草擬稿時的盡興與快速，能反映其書寫習慣，或當下草擬稿時書寫之物質工具與環境所觸動的書寫形式狀況，例如以上「圖2-01：白靈〈颱風〉草擬稿詩手稿」中，可以看到白靈〈颱風〉草擬稿詩手稿文本的書寫，在草擬階段的各張詩手稿都是採取直書方式。而「圖2-02：陳義芝〈一輩子的事

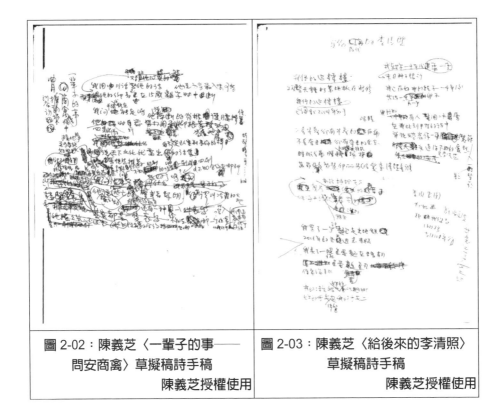

| 圖 2-02：陳義芝〈一輩子的事──
問安商禽〉草擬稿詩手稿
陳義芝授權使用 | 圖 2-03：陳義芝〈給後來的李清照〉
草擬稿詩手稿
陳義芝授權使用 |

──問安商禽〉草擬稿詩手稿」、「圖 2-03：陳義芝〈給後來的李清照〉草
擬稿詩手稿」中，可以看到陳義芝草擬稿時主要習慣為橫書方式。相較之
下，以我們目前所收集的陳義芝詩作手寫定稿，則主要以直書方式呈現，可
以看到詩人在草擬與謄寫間，所存在不同階段詩手稿書寫的轉換差異性。

　　正因為詩人草擬稿時對靈感意念與想像的捕捉，連帶使得所產生的文
本，其形式現象狀態，往往龐雜難辨，例如：「圖 2-01-1：白靈〈颱風〉草擬
稿詩手稿之一」、「圖 2-02：陳義芝〈一輩子的事──問安商禽〉草擬稿詩
手稿」都充滿著龐雜的文字與修改形式符號軌跡，彼此交互掩蓋、調動[3]。

3　因此若要嘗試進行分辨，我們也需要進行對修改形式符號軌跡的分類，以抽絲剝繭的
　釐清。對此，我們將於本節第二部分「臺灣現代詩手稿文本之修改形式符號軌跡」進
　行探討。

但從中我們也可以看到詩人投入擬稿時，書寫意識運動的奔放、停滯的狀態。擬稿是詩人將書寫概念，進行嘗試性的落實，畫構出可能的文本樣貌，也具有解決書寫的問題。從詩人的擬稿「圖 2-01-3：白靈〈颱風〉草擬稿詩手稿之三」，可以發現用數字號碼標示在這份擬稿中，對龐雜修改中的判別，例如：白靈草擬中，開始進行修改，原本被標註為「①」[4]的「下墜球到香港，上飄球入蘇杭」，隨著書寫修改的文本發展，被改為「②」。

　　在進行如此落實性的書寫時，原本在起草階段定義、輪廓之欠明的問題，開始透過書寫被實務化地面對；那些錯雜不是刻意為之，都反映了詩人如何從中試圖尋找建構詩文本最佳的方法。而「圖 2-01-3：白靈〈颱風〉草擬稿詩手稿之三」中那些帶有定標的數字，則反映了釐清與篩選的書寫意識，已經在擬稿中發生，甚至激發出新的文本創造力，產生新的詩作文本延伸，例如：原本草擬稿僅寫有五行，但是詩人在修改中靈感不斷的投入，終而在稿紙字格外，塊莖衍生出「⑥」原寫為「瘋狂的旋轉」，而後又經過修改為「螺旋的狂轉」之詩行。此外，在此擬稿也衍生出新的一首詩之發想，從擬稿的左上角可以看到詩人寫到「B 手稿」字樣，與該手稿稿紙開頭標示的「A3 稿」形成了一版本的對照性。在「圖 2-01-3：白靈〈颱風〉草擬稿詩手稿之三」中開始產生的 A、B 兩個詩文本，其 B 部分確實在「圖 2-01-4：白靈〈颱風〉草擬稿詩手稿之四」形成了「B2 稿」與「B3 稿」，終而完成了詩人〈颱風 I〉與〈颱風 II〉兩首詩。

　　草擬稿在詩文本的生成歷程中，雖然龐雜但其卻微妙地呈顯了詩寫作中混沌卻又充滿生機萌發的狀態。從「圖 2-01-1：白靈〈颱風〉草擬稿詩手稿之一」所特意標示的「79912～79921 至其它」，可以看到詩人如何對錯亂的擬稿，進行重看檢視為其定下書寫的時間歷程紀錄，依賴著擬稿以及其書寫的時間歷程記憶，朝向下一階段進行清樣與重寫。

3. 初定稿

　　「初定稿」為詩文本在生成歷程中，已發展出一個基礎地結構版樣，詩

---

[4]　在陳義芝部分詩手稿擬稿中，亦有如此之詩段落數字標示。

人依此進行各種文字、符號之塗改，但其修改地程度與密度，已經不如草擬
稿般高。初定稿的修改已不呈現大面積、高密度的修改，他的增補、調整主
要是在詩行／句的層次。例如以下「圖 2-04：陳克華三首小詩初定稿詩手稿
文本」為四首小詩，恰能為例，呈顯初定稿的現象，以及對應至手寫定稿的
發展關係[5]。其中由上而下，第一首僅修改第二行，第二首只修改第一行，
第三首沒有修改，第四首則只改第一行。

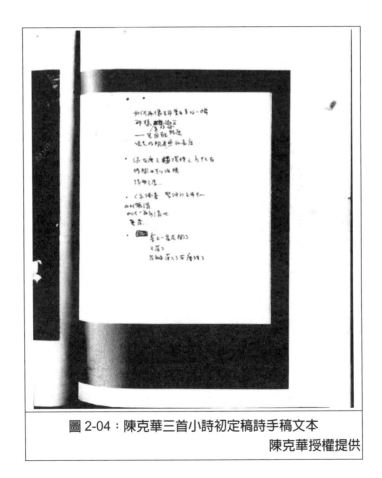

圖 2-04：陳克華三首小詩初定稿詩手稿文本
陳克華授權提供

5　這也可對應前述在擬稿中有發展至初定稿的狀態，說明詩手稿文本生成發展過程中，
　內在所存在的接續關係。

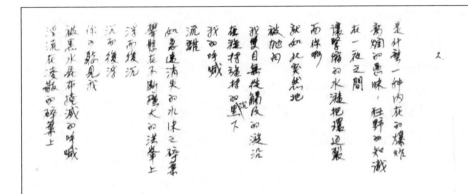

圖 2-05-1：葉維廉〈沉淵〉初定稿詩手稿之一

圖 2-05-2：葉維廉〈沉淵〉初定稿詩手稿之二

圖 2-05：葉維廉〈沉淵〉初定稿詩手稿

葉維廉授權提供

　　葉維廉代表詩作〈沉淵〉的初定稿，在「圖 2-05-1：葉維廉〈沉淵〉初
定稿詩手稿之一」僅在第九行將「的黑」加字「的沉黑」；在「圖 2-05-2：
葉維廉〈沉淵〉初定稿詩手稿之二」中將「浮而後沉沉而後浮」改為「浮浮
沉沉」，因為前張手稿已有「浮而後沉／沉而後浮」這樣將「浮沉」一詞，
以「而後」進行連接關係的寫法，在此若僅只是將原本兩行連接為一行，則

顯得過於機械性的重複。因此改為「浮浮沉沉」顯得精簡，同時也能實現在結構策略上，從拆分浮沉並保持連結關係，到合併浮沉強調彼此連結的動態。而最後一行將世界的「邊緣」改為「旋沿」，使得詩文本情境更具有水的空間感，有一文本整體性。

由此可見，<u>初定稿已能呈現詩人這首詩結構的風格、文法，其前之起草、草擬稿所要運用的知識、概念，在此經過篩選而穩定化</u>。在研究上，初定稿保留了修改痕跡，同時在辨識閱讀的難度又不如起草與草擬稿般高，非常適合作為研究一首詩生成歷程的切入點，有助於我們理解詩人如何為擬稿所帶出的書寫問題與挑戰，找到一個精確的表達結構。詩手稿文本中的初定稿，正凸顯了詩書寫所追求的精確性之必然存在，儘管在內容上可能存在的晦澀，那份晦澀也必須清楚的被結構對焦，表達出應該有的視境。

4.手寫定稿

手寫定稿就文本發生歷程中來看，為詩人以手寫方式，對其前之草擬稿、初定稿所積累出的書寫與修改，從錯雜修改的符號與文字中進行選擇、清樣，清楚地進行手寫謄抄。傳統上，一首詩以文字為其構成物質。當意義、感情被指涉而出時，一首詩便不再只是文字，而充滿著向其他形式物質流動的可能。對詩，我們要探索的是凌駕於形式之上的本質，以及詩如何為更為深刻之形式所湧現。<u>當詩手稿進行清樣過程，去蕪存菁，被遺棄與被留下的事物，都有著現象上的本質。但我們仍要注意「不要的」對顯出「存留」的必要性，這是現象的一部分，他是以揚棄狀態，讓差異發生，並形成意義</u>，提供詩學上的權衡標準形式之可能。

在實際的文學社會現實環境中，也有因為相關文學集冊、策展活動，以及文學史料存錄，詩人受邀進行謄寫供稿之現象，如此便不屬於詩手稿文本原本／發之創作歷程中所產生的手稿。因此，在判別上需要有：（1）選擇清樣（2）邀約手寫（3）謄寫他人作品，這三種類手寫定稿的分類意識，才能有效地面對這在目前臺灣現代詩手稿文本中，所見最大量的現代詩手稿文本類型。

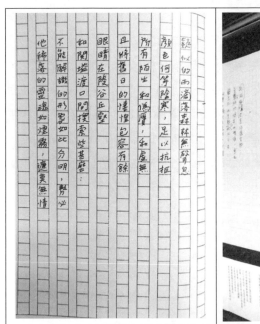

圖 2-06：楊牧〈子夜徒歌〉手寫定稿與初定稿詩手稿比較圖
2010 年政大「一首詩的完成：楊牧手稿暨著作展」筆者拍攝紀錄

　　在一四五〇年代現代印刷術、複印技術發展前，謄寫成為最重要的文件複製方法，例如手抄本。在創作上，謄寫是一個版樣的確定。從以上之「圖2-06：楊牧〈子夜徒歌〉手寫定稿與初定稿詩手稿比較圖」可以仔細看出，初定稿到手寫定稿的清樣過程。即使在初定稿階段，詩人楊牧使用有字格之稿紙，已建立了文本的分節架構，但詩行字詞語句的修改，與所運用之刪除與調動，亦於初定稿共時性的呈現。而手寫定稿的清樣，則正是在分離這樣的共時性，進一步指向刊物投稿發表的階段。

　　為了讓手寫詩作能順利走向可被印刷刊行，詩人除了要力求詩作的內容品質，包括題材特色、語言鍛鍊與實驗性，通過刊物守門人的文學標準；在物質形式上則要力求詩手稿版面文字的清晰可辨，有利於刊物進行編輯打字製版。因此，詩人謄寫行為本身，自我就具有一定的編輯意識。

　　編輯，最基本的工作內容乃是集稿而後編排。從詩人之手寫定稿即可發現詩人內在對自我詩作的整理編輯意識。例如陳虛谷會將詩作謄抄於自己的小冊本，〈牧羊者〉之手寫定稿的詩題下，除清楚標示「一九四二年作」，寫下「P.34 新詩」註明頁碼、文類；亦於詩題上寫下「抄」，並特別對「抄」打圈，此「抄」即為謄抄／寫之意。陳虛谷（1896-1965 年）寫作生涯有相當大的部分，處於臺灣日治時期。《臺灣新民報》在 1932 年創刊，他與賴和等同任編輯委員，負責學藝部編務，這明顯也影響了他對自我作品在手寫定稿上的集稿編輯意識。

圖 2-07：葉維廉早年《小浮雕集》手寫定稿詩手稿
葉維廉授權提供

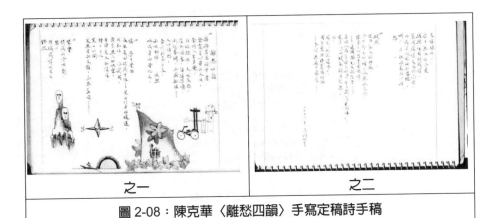

圖 2-08：陳克華〈離愁四韻〉手寫定稿詩手稿

陳克華授權提供

　　詩人對自我手寫定稿這樣的編輯行為，也可於重要的詩人葉維廉身上看
到。《小浮雕集》為一九五〇年代葉維廉以「藍菱」為筆名的手工詩冊原
稿，從「圖2-07：葉維廉早年《小浮雕集》手寫定稿詩手稿」可見，詩人正
是以在筆記本上以手寫定稿方式，進行輯稿編排。在早期印刷不發達的年
代，詩人葉維廉透過謄抄於筆記本的製作方式，來完成對自己作品的整理。
在詩人有意識的詩作手寫定稿中，通常也會以假想其「印刷成冊」的狀況，
進行排版與美編。在「圖2-07：葉維廉早年《小浮雕集》手寫定稿詩手稿」
中，從詩人運用筆記本印刷好的行列線，在（一）、（二）、（三）上下皆
空一行，以使三首手寫定稿詩作可被清晰、明瞭、大方的觀看，同樣以筆記
本為版面的「圖2-08：陳克華〈離愁四韻〉手寫定稿詩手稿」亦有此現象。
而美編可以是字型的美化，例如：葉維廉的「小浮雕集」以手寫鏤空字進行
表現，或者如「圖2-08：陳克華〈離愁四韻〉手寫定稿詩手稿」中，則有搭
配詩人自己的彩筆繪畫，以所繪畫的羅盤、落日漁人等圖像呼應詩作內容之
意象。這些在手寫定稿中的版面美編狀況，也可以看見詩人跨藝術領域的表
現，呈顯謄寫／抄此一詩手稿書寫活動，其所衍生出的編輯意識與行為。這
使得手寫定稿與印刷稿版面空間存在著一種諧合，凸顯出手寫／稿潛存的印
刷性。

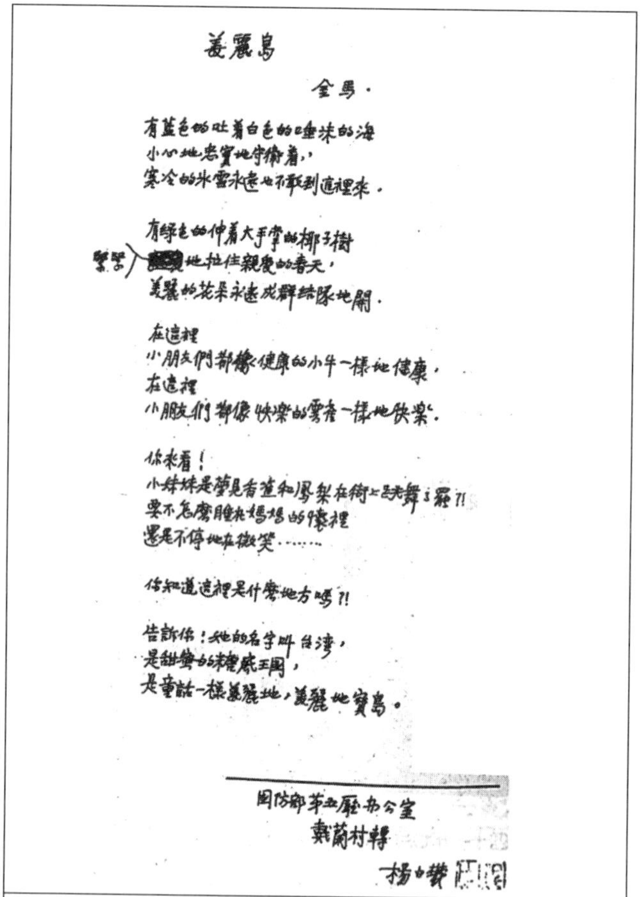

美麗島

金馬．

有藍色的吐着白色的噴沫的海
小心地忠實地守衛着，
寒冷的冰雪永遠也不敢到這裡來．

有綠色的伸着大手掌的椰子樹
緊緊地拉住親愛的春天，
美麗的花朵永遠成群結隊地開．

在這裡
小朋友們都像健康的小牛一樣地健康，
在這裡
小朋友們都像快樂的雲雀一樣地快樂．

你來看！
小妹妹是夢見香蕉和鳳梨在街上跳舞了罷?!
要不怎麼睡在媽媽的懷裡
還是不停地在微笑……

你知道這裡是什麼地方嗎?!

告訴你：她的名字叫台灣，
是甜蜜的糖廠王國，
是童話一樣美麗地，美麗地寶島。

國防部第五廳辦公室
戴蘭村轉
楊白樺

圖 2-09：楊喚〈美麗島 I〉手寫定稿手稿
出處《楊喚全集》

除了詩人自我編輯存錄外，手寫定稿最大的作用還是用以投稿為主[6]，因此詩人的手寫定稿中也會保留相關的投稿訊息。例如：「圖 2-09：楊喚〈美麗島 I〉手寫定稿手稿」楊喚〈美麗島〉手寫定稿除詩題下用「金馬」筆名外，在手寫定稿版面的右下角還使用詩人當時另外一個筆名——「楊白

6　當然隨著一九九〇年代末網路技術發達便利，對刊物的紙本投稿也慢慢轉變為透過電子郵件信箱進行投稿。

鬱」，並且也列上代轉投稿者「戴蘭村」，如此層層筆名、轉投訊息，反映
了當時戰後初期詩作投稿之流動狀態。而楊喚〈美麗島Ｉ〉手寫定稿的第二
段第二行開頭二字，詩人清楚地修改為「緊緊」，並將修改掉的文字塗抹至
不可見的。整個楊喚〈美麗島Ｉ〉手寫定稿也只修改一處，這也印證了手寫
定稿雖可有修改，但需保持在少量，且不可讓刊物守門人、編輯需費力辨
識，以免衍生出後續校對問題。

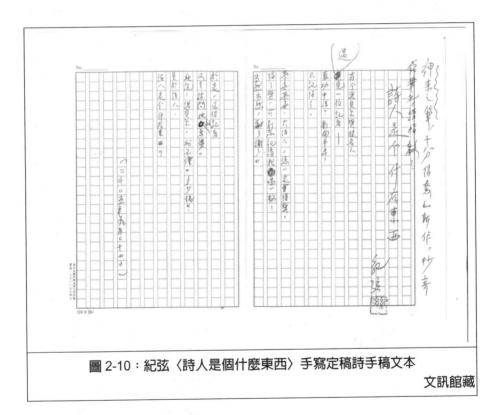

圖 2-10：紀弦〈詩人是個什麼東西〉手寫定稿詩手稿文本

文訊館藏

　　而詩人紀弦晚年留美時期仍持續進行現代詩創作，最主要乃是投稿於
《新大陸詩刊》，在投稿同時並與該詩刊主編陳銘華有書信文字，其珍貴詩
手稿由陳銘華保存。可以發現，在紀弦〈詩人是個什麼東西〉這份手寫定
稿，清楚地呈現共三段的結構，各段都只修改一字。在初定稿完成後，便直

接寄予主編陳銘華，直接視為手寫定稿。[7]此外，在稿紙旁自由口語地寫下
向《新大陸詩刊》主編陳銘華投稿訊息：「神來之筆，十分得意的新作，抄
寄銘華兄，請指教！」我們不只要看到「抄寄」這個手寫動作，而更要看到
詩人自我品評的語言，由此可以看到詩人對自我詩文本的創作情緒。詩人紀
弦對〈詩人是個什麼東西〉肯定的神采可謂躍然紙上，當在討論紀弦晚期風
格時的特色時，無疑可以提供相關的佐／辯證。

　　相對於前述「選擇清樣」類型的手寫定稿所隱含的詩學訊息，「邀約手
寫」類型的手寫定稿，在文獻典藏、文學活動邀請詩人進行文本的謄寫時，
便需要注意重新謄寫是否有發生文字內容的變化。否則，一般來說，在手稿
學研究上，不具變更性的謄寫，在探述文本生成之詩學意義效能上較低，但
能從詩人「自選自己詩作」的角度，點出所謄寫詩作向公眾展示自我風格的
動機進行探論。

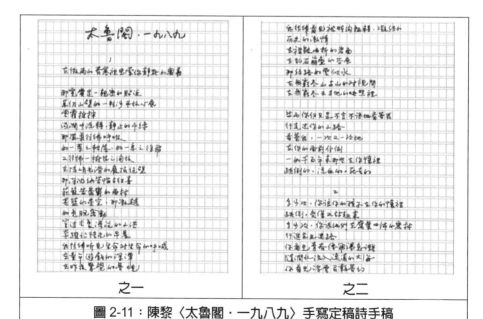

圖2-11：陳黎〈太魯閣‧一九八九〉手寫定稿詩手稿

陳黎授權提供

7　其下「圖2-20：蓉子〈遠上寒山石徑斜〉手寫定稿詩手稿」亦是如此書寫狀況。

　　就「謄寫／列印定稿」來看，手寫定稿與列印定稿即使內容文字無異，但並不能立即斷定其非積極性的手稿研究文本。這些斷定前的考估，必須衡量關注詩人謄寫之作品、時間這些變因，乃至於這些「邀約手寫」的策展人是否具有內在的美學意識與深度，考量這些變因引動的效益，方能對其現代詩手稿學研究效能進行斷定。

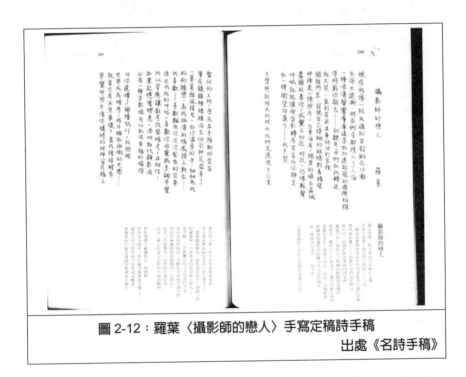

圖 2-12：羅葉〈攝影師的戀人〉手寫定稿詩手稿
出處《名詩手稿》

　　例如「圖 2-12：羅葉〈攝影師的戀人〉手寫定稿詩手稿」中，主編《名詩手稿》之侯吉諒由於兼具詩人、書法家與編輯身分，使其有意識的在邀集詩人名詩之手稿後，進行手寫定稿與打字版本的上下對照編排，誘導讀者觀看彼此間的差異性。在各個詩人的名作書寫中，相對共同使用的排版印刷字體，選取手稿文字進行局部放大，微觀一字中由筆畫、間架、字墨構成的美學世界，讓各個詩人在各自不同的書寫字體中，也釋放各自書寫的溫度與個性。在這樣的手寫定稿的審美觀看視角中，我們能欣賞到如管管個性化的字

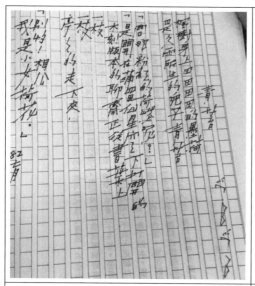

| 圖 2-13：管管〈青苔〉
局部手寫定稿詩手稿
出處《管管・世紀詩選》 | 圖 2-14：劉克襄語錄
手寫定稿詩手稿
國家圖書館授權提供 |

體，如何以筆畫斜長，姓名「管」字上下符號分散寫法，打開漢字在組構上的圖畫性，呼應文本主題的活潑性。而「圖 2-14：劉克襄語錄手寫定稿詩手稿」則為臺灣國家圖書館徵集當代文學史料[8]時，邀請詩人劉克襄所撰寫得之。從劉克襄所自署帶漫畫感的簽名字體，也可以看到詩人透過這樣手稿文字的造型，在我們的觀看中建立了這份童心未泯的精神形象，個性化地進入了文學史記憶。

　　另外在「圖 2-11：陳黎〈太魯閣・一九八九〉手寫定稿詩手稿」中，亦得見陳黎謄抄自己「印刷發表刊印稿」版本詩作所具有之策展功能。詩人從

8　從該份手稿上印刷有「當代文學史料」字樣，以及國家圖書館地址，可知此為大量印刷給國家圖書館進行「當代文學史料」徵集用途之紙張，也可從中看到國家圖書館如何系列性地徵集「當代文學史料」。而這份「當代文學史料」如今確實提供了我們對臺灣現代詩手稿學研究之助，形成一種在當年徵集史料與此在研究落實間，一份別有意味的互涉。

自己大量詩作中特別選取此詩謄寫，兼具判斷策展單位主題，以及擇選自身代表詩作的雙重手稿價值。具體來說，如陳黎〈太魯閣・一九八九〉般以「空間」加「年代」訂題之詩作，有〈花蓮港街・一九三九〉、〈福爾摩沙・一六六一〉[9]，都有建構歷史空間與歷史主體的作用。因此對於陳黎選篇詩作〈太魯閣・一九八九〉，以至於親筆謄寫，亦可從此看到如此建構歷史空間、主體的書寫意識。

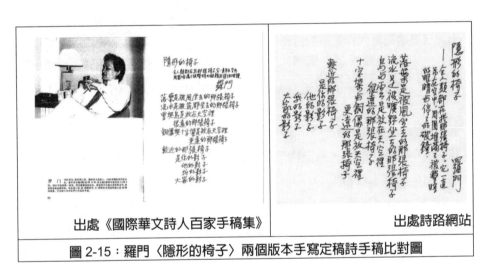

出處《國際華文詩人百家手稿集》　　　　出處詩路網站

圖 2-15：羅門〈隱形的椅子〉兩個版本手寫定稿詩手稿比對圖

　　即使是詩人謄寫，也不保證是定稿化的詩作，其形式結構的等質化書／輸出。例如從「圖 2-15：羅門〈隱形的椅子〉兩個版本手寫定稿詩手稿比對圖」之中，羅門同樣謄寫自己的詩作〈隱形的椅子〉，卻有著直書跟橫書的差異。而在筆者所見吳晟書寫〈角度〉的兩份手寫定稿，亦有如此直、橫兩種謄寫方向。在現代詩手稿的版面，我們可以看到隨著版面空間差異，其所啟動的重寫，會讓詩文本產生質的差異，從中可見空間與詩質間所可能存在的連動關係。

9　陳黎另有〈澄波——嘉義・一九二七〉則再結合嘉義國寶畫家陳澄波進行創作，其中「澄波」有雙關陳澄波之名與自然河海意象的修辭作用。

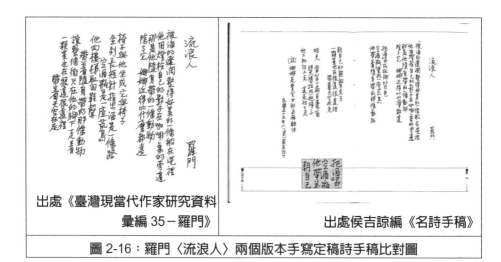

出處《臺灣現當代作家研究資料彙編 35－羅門》

出處侯吉諒編《名詩手稿》

圖 2-16：羅門〈流浪人〉兩個版本手寫定稿詩手稿比對圖

　　手寫定稿的版本比對，不只有直橫向的書寫方向差別，甚至在文字的排列順序、相對位置上，乃至內容上都存在著差異，值得深入研究。例如在「圖 2-16：羅門〈流浪人〉兩個版本手寫定稿詩手稿比對圖」中，開頭第一段皆相同，但《臺灣現當代作家研究資料彙編 35－羅門》版本的第二段前四行為「椅子與他坐成它與椅子／坐到長短針指出酒是一條路／空酒瓶是一座荒島／他向樓梯取回鞋聲」；而《名詩手稿》的第二段前四行則為「把酒喝成故鄉的月色／空酒瓶望成一座荒島／他帶著隨身帶的那條動物／朝自己的鞋聲走去」整個第二段在兩個手寫定稿中產生了巨大的內容差異，說明了詩人在手寫定稿仍留存著於建構一首詩的詩境時，差異化的選擇與猶豫。

　　當然，詩人不只會謄抄自己詩作，也會謄抄別人詩作，此則屬於「謄寫他人作品」類之手寫定稿。從「圖 2-17：吳瀛濤謄錄日治時期臺灣詩人作品之目錄」來看，跨語言一代詩人吳瀛濤以秀麗筆跡抄錄其前世代臺灣日治時期新詩人楊雲萍等之詩作，甚至自建謄寫目錄便於檢閱。吳瀛濤謄抄當時，因為戒嚴時期戰前臺灣新詩傳統尚未全面整理，這份謄抄實具有文獻之功。從此角度來看，「圖 2-18：吳瀛濤謄錄巫永福〈煙〉詩手稿」屬於吳瀛濤「謄寫他人作品」，其結尾特別「自填上 1935 臺灣文藝發表」，也具有這樣引介戰前臺灣文獻的意義——引介著一個被戒嚴時期官方語言政策禁絕，

圖 2-17：吳瀛濤謄錄日治時期
臺灣詩作品之目錄
臺文館策展局部筆者拍攝紀錄

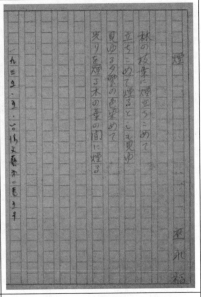

圖 2-18：吳瀛濤謄錄巫永福
〈煙〉詩手稿
臺文館策展局部筆者拍攝紀錄

被陌生化、他者化的自我。

　　而細讀吳瀛濤謄抄目錄所羅列之詩人，包括吳新榮、郭水潭、林精鏐等，也可發現這是有系統的抄錄、學習，展現對鹽分地帶詩人詩傳統的趨尚。由此可觀，在手寫定稿範疇中，詩人著筆謄抄，不只為了陳述、記錄，還有著詩美學認同產生。除了吳瀛濤，重要的詩人編輯家張默亦有一系列以毛筆謄寫臺灣詩人的作品，具有強烈的審美創造意識，我們將於本節後面「用筆」部分進行討論。

5.印刷修改稿

　　印刷修改稿為詩人在已經印刷輸出的稿件，進行修改的稿件。相對於古代文學，現代由於現代印刷工具的發達，印刷修改稿為現代手稿學特有現象。儘管進行現代詩的手稿研究，但我們並不是要割離印刷排版機制於手稿

學研究之外。<u>印刷修改稿因為現今個人電腦高度發展，連帶個人家用列印機、印表機也連帶普及，因此詩人也會將自己在電腦打字之詩作列印成實體紙張，在此印刷列印稿進行手寫修改。</u>可以說，這種印刷列印稿有部分類同手寫定稿，只是謄寫部分交由電腦輸出，但又有著修改意識。另外一種印刷修改稿，則為出版社、報刊、印刷廠輸出的印刷稿，這包括：（1）要「準備」正式發行傳播的樣稿，以及（2）「完成」正式發行傳播的刊稿，在這兩類印刷稿上詩人進行著修改。

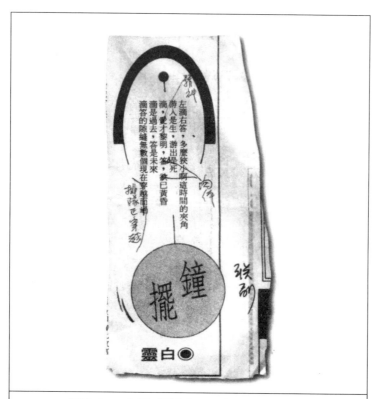

圖 2-19：白靈〈鐘擺〉印刷修改稿詩手稿

白靈授權提供

　　例如白靈即對其發表於聯合報副刊[10]之〈鐘擺〉，再進行修改。可以想見，詩人在面對自己已在副刊發表詩作時，再修改的動機仍然不斷觸動他的意識。最後，詩人終然啟筆，在第三、五行進行修改。檢視詩人白靈最後收於詩集的〈鐘擺〉定稿：

　　　　左滴右答，多麼狹小啊這時間的夾角
　　　　游入是生，游出是死
　　　　滴，精神才黎明，答，肉體已黃昏
　　　　滴是過去，答是未來
　　　　滴答的隙縫無數個現在排隊正穿越

　　可以發現，最後白靈確實依照著其於「圖 2-19：白靈〈鐘擺〉印刷修改稿詩手稿」之修改，作為最後收於詩集之定稿樣態。可以說，在「完成正式發行傳播的刊稿」中修改之有無，也能看出不同詩人對「定稿」所放置階段位置的思考——有些詩人在手寫定稿就確定定稿的樣態，有些即使在出版發行後，在第二次再版時仍然會修改，這樣的狀況暗示了「定稿」終然是未必然會發生之現／想象。而印刷修改稿的發生，因為經歷了一次公開發表的歷程，使得這份修改更有意識面對讀者以及發行體系，如商業市場、政治審查制度的問題。

　　從以上討論可以發現，印刷修改稿在臺灣現代詩手稿的「生成歷程版本發展」中「手寫／印刷」之基本界分間存在著滲透現象。因此，「歷程版本發展」之判別法在推動上，必須有方法論意識，並非僅將詩手稿歸類界定後便了事，而需有著豐富的辨識細節，在實際操作上進行方法論反思。

6.印刷發表刊印稿

　　「印刷發表刊印稿」為經編輯排版，印刷廠印刷後，進行公開傳播的稿

---

[10]　見「圖 2-19：白靈〈鐘擺〉印刷修改稿詩手稿」中詩人於詩題旁書寫之「聯副」可為印證。

件，一定程度上是階段性的定稿。若詩人再版後，都沒有進行修改，此即為最終定稿。「印刷發表刊印稿」理論上是排版印刷後進行公開傳播的版本。但實際在版面製成上，詩手稿不一定會經過電腦打字，而直接刊列，其中往往涉入了編輯排版意識。

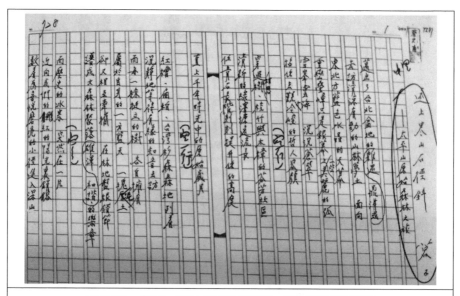

圖 2-20：蓉子〈遠上寒山石徑斜〉手寫定稿詩手稿
臺文館策展筆者拍攝紀錄（局部）

　　從知名編輯蔡文甫所提供的詩人手稿，可以發現編輯在手稿圈標「黑體」、「中黑」印刷字體，由此可以顯示編輯對手稿另一種形式的手寫字樣介入，這份介入也為讀者顯示編輯腦海中對刊列稿的想像視境。不過，「圖2-20：蓉子〈遠上寒山石徑斜〉手寫定稿詩手稿」中《中華日報》副刊編輯除了細心的在每個分段處加標「（空一行）」，卻也將原本手稿中的「厚土」，改為「泥土」。檢視後續蓉子詩集該詩也採取「泥土」之修改進行刊行，因此可推斷應當是投寄詩稿後，再通知編輯進行修改。一份詩手稿也會因為編輯行為的投入，而產生新的創作性，對此我們將在下面「生成歷程版本之互文文本」進行後續探論。

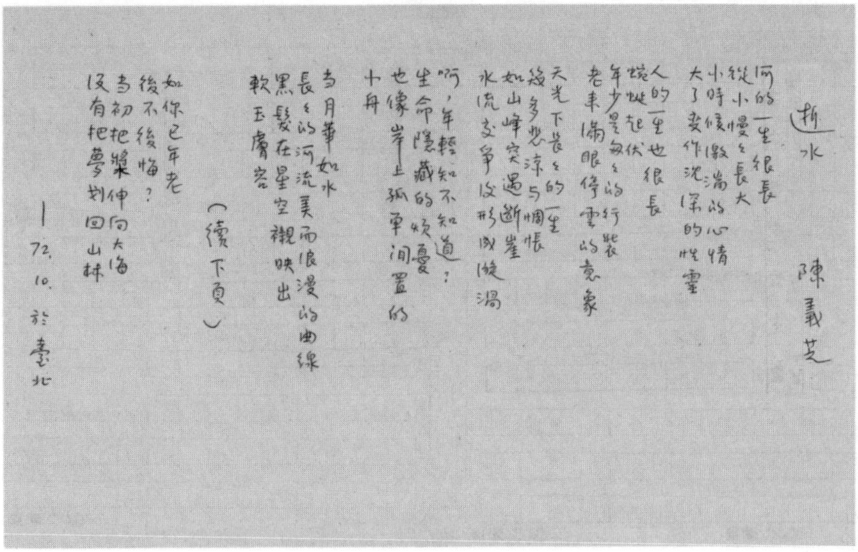
逝水

陳義芝

河的一生很長
從小慢慢長大
小時候激湍的心情
大了變作沉深的性靈
人的一生也很長
蜿蜒起伏
年少是匆匆的行裝
老來偏眼停的雲的意象
天光下長長的一生
幾多悲涼與惆悵
如山峰突遇斷崖
水流交爭或形成漩渦
啊，年輕知不知道？
生命隱藏的煩憂
也像岸上孤單閒置的
十舟
當月華如水
長長的河流美而浪漫的曲線
黑髮在星空襯映出
軟玉膚容
（續下頁）
如你已年老
後不後悔？
當初把槳伸向大海
沒有把夢划回山林
——72.10.於臺北

圖 2-21：陳義芝〈逝水〉手寫定稿詩手稿

國家圖書館授權提供

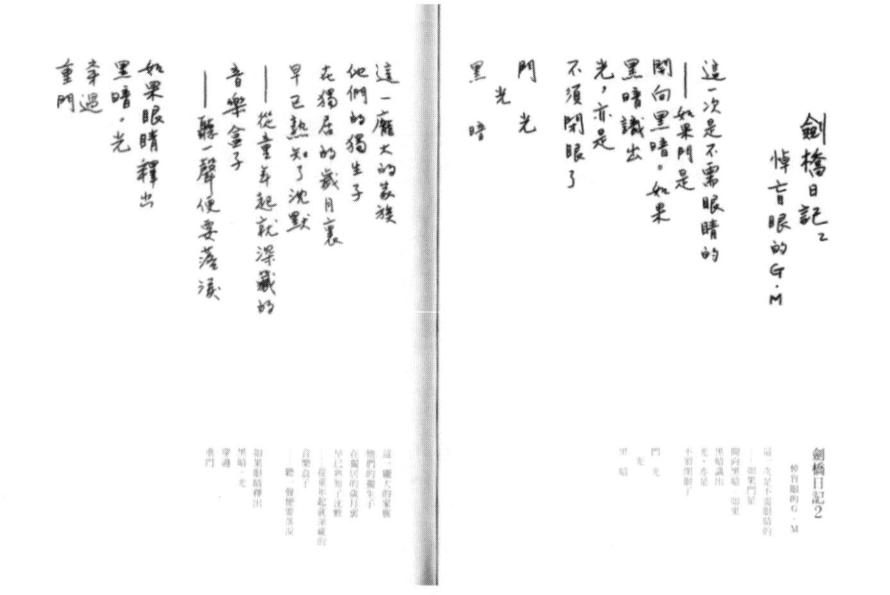
劍橋日記2
悼盲眼的G·M

這一次是不需眼睛的
——如果門是
開向黑暗。如果
黑暗識出
光，亦是
不須閉眼了
門　光
光
黑
暗

這一龐大的家族
他們的獨生子
在獨居的歲月裏
早已熟知了沈默
——從童年起就深藏的
音樂盒子
——聽一聲便要落淚
如果眼睛釋出
黑暗，光
穿過
重門

之一

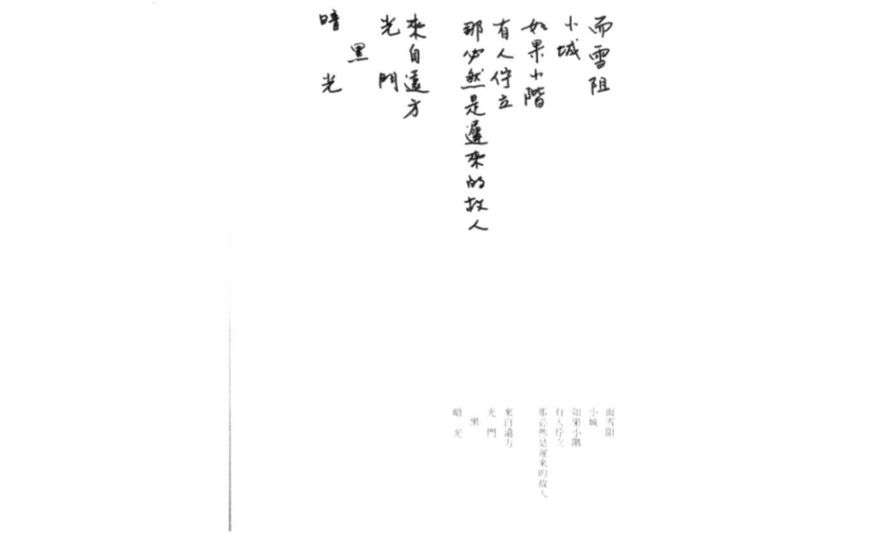

圖 2-22：零雨〈劍橋日記 2──悼盲眼的 G.H〉手寫定稿詩手稿文本
出處《名詩手稿》

　　由此可見，在手稿歷程界分操作上，並不能完全捨棄對手寫定稿、排版印刷的持續觀察研究。由於詩人於報章詩刊等印刷媒體之詩作刊登經驗，以及書籍閱讀經驗的累積，使得詩人也會把排版概念，放入自我詩手稿書寫之中。例如曾任聯合報副刊主編的詩人陳義芝，於「圖 2-21：陳義芝〈逝水〉手寫定稿詩手稿」中，在第五段後寫上「（續下頁）」，這不屬於詩作本文，而屬於提示版面編輯的附註語。除了這樣的附註外，也有將排版概念融入詩作形式者，例如：「圖 2-22：零雨〈劍橋日記 2──悼盲眼的 G.H〉手寫定稿詩手稿」中「之一」的「門　光／　光　／黑　暗」，以及「之二」的「光　門／　黑　／暗　光」，則很明顯不使用一般詩敘述語言，而是以中文漢字特有的一字一音節、方塊特性，使用圖像詩方式進行寫作。[11] 從繪畫觀點來看，當我們檢視「圖 2-22：零雨〈劍橋日記 2──悼盲眼的 G.H〉

---

[11] 也可以說這首詩是間用著圖像詩手法進行創作，而不是通篇皆為圖像詩體制之作。

手寫定稿詩手稿」手稿與印刷打字字體稿這樣共處的文本狀態，對照此一印刷發表刊印稿中的手稿部分，以及向下所對應著的印刷打字部分，我們發展以下如此探問：詩人建構如此詩作中的圖像狀態，其字與字的間隔，需要如此「準確」的以一字為間格嗎？如此從詩手稿中準確的可推至印刷打字版本的視覺現象，正可說明詩人在詩手／書寫時，將印刷機器／制置入自我之中的狀態。

　　整體來看，從「印刷修改稿」中對刊印所選之字體（字型、大小），乃至於「印刷發表刊印稿」，所呈顯另一種作者——編輯，對刊印的想像視覺、品味製作，如前文所分析，這個版面編輯，也可能包括著詩人本身。某種程度上來說，<u>這是一種印刷機制對作者書寫之介入狀況，也是詩人預期著版面編輯行為，而預先在書寫中，誘導著版面編輯進行相對應的製版。</u>

（二）生成歷程版本之互文文本

　　從前文對臺灣現代詩手稿文本生成歷程所產生版本類型的分析中，可以看到臺灣現代詩手稿文本版本的系列性。特別言「系列」，乃是就我們所見之臺灣現代詩手稿文本可以發現，相對於古代文學版本，在現代文學中的臺灣現代詩手稿學領域中，定稿不一定被穩固設定在文本書寫的終點。隨著不同臺灣現代詩人的詩書寫美學，以及外在出版環境的狀態，定稿既並非是文本的終點，看似被定稿的文本，隨時可能被重新啟動，進行其文本化的運動。如此也連帶地，使得詩手稿文本會產生互文性，<u>就目前所收集之臺灣現代詩手稿文本，其生成歷程版本之互文文本有：「他者編輯構成文本」、「自我詩美術創作文本」、「自我講稿文本」三種類型</u>，以下即進行分述。

1.他者編輯構成文本

　　在我們臺灣現代詩手稿文本的收集過程，除透過田野調查訪談詩人，進行詩手稿文本的收集外，另外則有以印刷刊印稿形式，呈顯在詩人詩集、個／群體詩選，與相關詩人史料彙編等集冊中。在前文「（一）生成歷程版本類型」中之「手寫定稿」、「印刷發表刊印稿」中，已經可以看到詩人對自我詩作的刊行版面的想像。

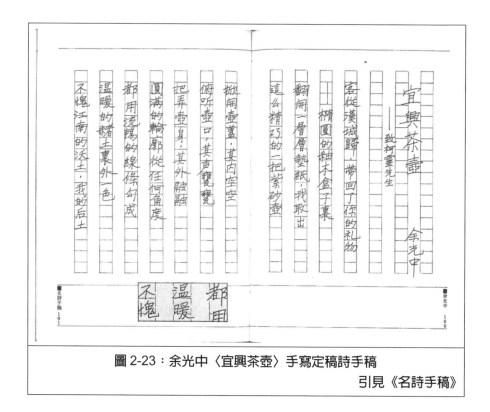

圖2-23：余光中〈宜興茶壺〉手寫定稿詩手稿
引見《名詩手稿》

　　在「圖2-23：余光中〈宜興茶壺〉手寫定稿詩手稿」可以看見，《名詩手稿》主編詩人侯吉諒如此選取余光中〈宜興茶壺〉整份詩手稿文本部分文字，進行局部放大，以讓讀者可以微觀詩人文字書寫，本身的筆畫、間架結構感。這也是《名詩手稿》整個編輯策略之美學訴求所在──詩文字的美感，不只是由被打字排版印刷的內容所全部決定，當我們理解班雅明（Walter Bendix Schönflies Benjamin，1892-1940年，德國猶太裔哲學家）的靈光概念，詩人書寫自己的代表詩作時，在我們一字一字跟隨閱讀時，便能感知詩人書寫的靈光──那種種思維的運動與實踐所寫下的特有創造性時刻。如果主編詩人侯吉諒《名詩手稿》試圖以詩文字手稿，為讀者留存詩人寫下名作的時／靈光旅程影像歷程，那麼局部字體的放大，則是對文字影響的特寫鏡頭──這是編輯誘導讀者對詩手稿文本，進行一種注目。如此特

寫，讓文字產生「臉化」現象，更讓我們體驗到手寫文字如其人的狀態。指涉詩作詩意的手寫文字，依每個詩人特有的手寫文字，提供文本另一份長期被印刷所洗刷調的表情，詩作內在精神狀態也重新依於紙筆頁面，得到了該有的「表現」（expression）時空間。

　　這種透過編排使得詩手稿文本書寫，釋放出臉部特寫般的文字表情感覺，在「圖 2-24：瘂弦〈我的靈魂〉手寫定稿詩手稿」把特寫鏡頭的運用，放在於編排版面對詩人照片的援引互文上。瘂弦〈我的靈魂〉一詩為大陸遷臺之戰前世代詩人典型的浪子書寫，此一主題類型詩作代表作無疑為鄭愁予的〈錯誤〉。相對於鄭愁予〈錯誤〉之「我達達的馬蹄是美麗的錯誤／我不是歸人，是個過客……」那於始與終中，皆處於過而不歸的主體狀態；瘂弦〈我的靈魂〉：「我雖浪子，也該找找我的家」則仍存有一尋索歸宿的欲求。如此浪子，該是什麼模樣？如此手寫下這樣字體以形狀浪子書寫的詩人，又該是什麼模樣？——詩人以文字建構自身的精神主體時，我們也同步產生了知覺主體的臉的欲求。

　　「圖 2-24：瘂弦〈我的靈魂〉手寫定稿詩手稿」版面編輯適時回應了我們的好奇，瘂弦〈我的靈魂〉手寫定稿於版面其右，版面其左編輯放上了瘂弦之個人照片，此為第一層次互文。而且對應右方版面的瘂弦〈我的靈魂〉一詩第二段四行以「我的靈魂」開頭之詩句，左方版面則刻意以四張瘂弦少年而壯年的照片，進行方塊式幾何構成，此為第二層次互文。左方版面於照片組成下又以打字呈現〈我的靈魂〉詩手稿內容，使得兩個版面又形成文字層次內容的連結，此為第三層次互文。如此精簡版面，因為編輯的版面之互文構成，讓瘂弦〈我的靈魂〉詩手稿有了具像又精鍊的文本性。

　　「圖 2-25：簡政珍〈阿里山神木〉手寫定稿詩手稿」在主題上則依於《阿里山詩集》，擇選阿里山最具代表性的意象——阿里山神木而創作。由蘇慧霜教授策劃的《阿里山詩集》收錄臺灣各詩人的阿里山主題詩作之手稿，多進行相對應的美編，而非使用固定模版套用於各詩人詩作，足見其設計編排上的用心。檢視「圖 2-25：簡政珍〈阿里山神木〉手寫定稿詩手稿」可以發現詩人簡政珍的字體之形式，在橫筆左側部分有拉長的現象，例如

圖 2-24：瘂弦〈我的靈魂〉手寫定稿詩手稿
出處《弦外之音：瘂弦詩稿、朗誦、手跡、歲月留影》

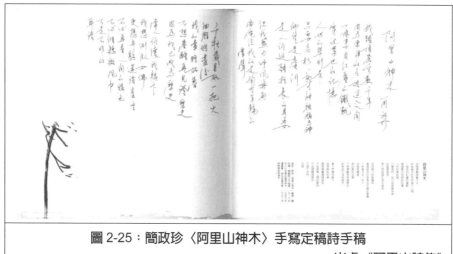

圖 2-25：簡政珍〈阿里山神木〉手寫定稿詩手稿
出處《阿里山詩集》

「世」、「要」、「可」、「姿」、「如」。在編輯美編設計上，版面左側在與右側連綿起伏的綠墨中，也放大獨立一棵樹，其枝幹偏向右曳，恰與詩人手寫文字形成對應平衡。從中我們看到編輯版面設計者，如何以其視覺設計語言，形成與詩人詩手稿間的交互溝通，共構出新的文本性。

2.自我詩美術創作文本

除了報章刊物書籍會為詩人詩手稿進行美術編輯，詩人作為詩作最直接的創作者，在詩作書寫時，也會在詩手稿上進行圖繪。就功能來說有二：第一、為詩手稿文字增色；第二、將寫詩過程中腦海生成意象圖繪而出以為書寫輔助。

以第一類「為詩手稿文字增色」來說，通常能展現詩人之畫藝與繪畫的喜好，展現具體之詩畫互文。「圖 2-26：蘇紹連〈風中的根〉手寫定稿詩手

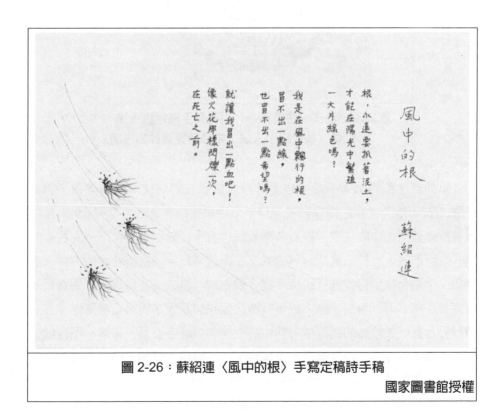

圖 2-26：蘇紹連〈風中的根〉手寫定稿詩手稿

稿」中，詩人蘇紹連搭配詩作之「我是在風中飄行的根」，以運動線代表風的吹／律動，而圖繪中身處於風之律動線的根鬚，則對應著詩句「飄行的根」。至於詩人在根上所點繪的紅色星芒點，則將「就讓我冒出一點血吧！像火花那樣閃爍一次」予以具像。

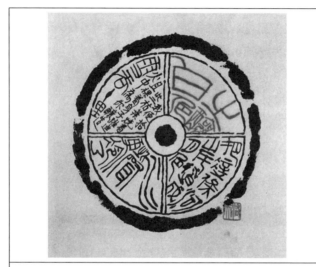

圖 2-27：洛夫〈金龍禪寺〉視覺詩手寫定稿手稿
引見《視覺詩十人展：中國詩覺運動的序曲》

　　另外詩手稿的美術手段，也並非只能依靠在詩稿文字旁的繪畫，例如「圖 2-27：洛夫〈金龍禪寺〉視覺詩手寫定稿手稿」為洛夫參與 1986 年的視覺詩運動所創作的文本。視覺詩相較圖像詩，打破原本「上下─左右」的制式排版形式，也打破圖像詩只依靠文字符號僅行字塊拼排圖像的方式。直接讓文字結合繪畫符號進行組織。從「圖 2-27：洛夫〈金龍禪寺〉視覺詩手寫定稿手稿」可以看到，洛夫以更具圖像意味的篆體字書寫自身詩作，並將詩行分行置於如輪軸的四格中。其中右上詩句以紅字書寫，象徵一個啟動輪轉的意圖，而外圈之自然墨痕，也呈現出一種輪轉的動勢，使得嵌寫於輪格中的詩，在閱讀上也能感染著形式上的動能。

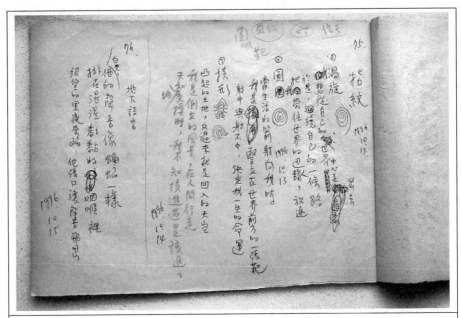

圖 2-28：蘇紹連〈指紋〉初定稿詩手稿

蘇紹連授權提供

　　至於第二類「將寫詩過程中腦海生成意象圖繪而出以為書寫輔助」，可以蘇紹連〈指紋〉詩手稿文本為代表。「圖2-28：蘇紹連〈指紋〉初定稿詩手稿」中針對指紋指紋，詩人特別針對「渦旋」、「圓圈」、「拱形」三種指紋，圖繪對應的圖形。[12]相對「圖 2-26：蘇紹連〈風中的根〉手寫定稿詩手稿」的情境構圖意識，在此主要是用以輔助詩書寫，而其詩行都透過如此圖案發展，例如「拱形」第一行，用原子筆寫「凸起的土地，反過來就是凹入的天空」，「凸起的土地」對應右邊第一個圖案，「凹入的天空」則對應右邊第二個圖案，其後詩行則接續以鉛筆書寫。如此現象正呈顯詩手稿文本中此類圖繪，在書寫上如何成為後續詩作靈感萌發據點的功能。

　　在臺灣現代詩人中，其他如陳克華、管管、白靈等，在詩手稿文本中也

---

[12] 其中「拱形」還圖繪兩種拱形圖案。

都有著繪畫行為，後續我們將在本書第五章探述詩人在現代詩手稿中對繪畫性的誘發，對藝術文本與手稿書寫間的美學空間共構。

3. 自我講稿文本

一如於「生成歷程版本類型」中所觀察，詩手稿文本在審稿、排版、製版等印刷階段時，最容易有作為他者的編輯介入。但隨詩人詩作手稿印刷、傳播後，能介入的他者也向更廣域的讀者開放。僅以詩人讀者來看，我們可以看到另一詩人讀者在詩作上的書寫，裡頭所涉及的評點，也有觸動詩人讀者再書寫的可能。

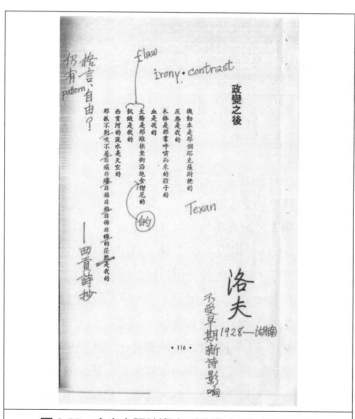

圖 2-29：余光中評論洛夫〈政變之後〉講義手稿
國家圖書館授權提供

　　例如「圖2-29：余光中評論洛夫〈政變之後〉講義手稿」即為國家圖書館所典藏余光中的演講稿手稿，從余光中在洛夫詩作〈政變之後〉印刷發表刊印稿之評點，可以看到余光中對洛夫詩作最直接的評議。特別是余光中與洛夫兩位臺灣重要的經典詩人，曾在 1961 年彼此間有過「天狼星論戰」。從「圖2-29：余光中評論洛夫〈政變之後〉講義手稿」可以看到，有著外文學者背景的余光中使用英語，甚至是中英語混用的片段語，整理講談洛夫〈政變之後〉的觀點。

　　具體來看，「圖2-29：余光中評論洛夫〈政變之後〉講義手稿」開頭右上之「irony‧contrast」可譯為「諷刺‧對比」，點出對之主題意欲以及修辭策略的判斷；開頭右下之「Texan」則為詩作中「塔克薩斯」的英語地名。洛夫〈政變之後〉詩作中間「太陽是那堆挨坐街沿絕食僧尼的／飢餓是我的」，余光中特別對此兩行加上框號，並在其上拉引線寫「flaw」。「flaw」即為「缺陷」之意，在此余光中表達對兩詩行的批評。當然，也可能是在表達對所諷刺政治現實其悲慘內容的點明。但從余光中於「太陽是那堆挨坐街沿絕食僧尼的」中在「絕食」與「僧尼」間，所加之「的」字，可以看出余光中對此詩的視讀、修改看法。而對於洛夫之「那抓不到咬不著非痛非癢非福非禍非佛非禪的茫然是我的」，余光中則修改為「那抓不到／咬不著／非痛非癢／非福非禍／非佛非禪／的茫然／／是我的」，試圖以「／」此一符號，為此詩行建立閱讀的辨析，特別是「的茫然」後還加強使用「／／」，這都展現了余光中對洛夫〈政變之後〉詩作的修改傾向。

　　講稿最後余光中寫到「格言、自由？／仍有 pattern」，表達了對此詩在書寫實驗上的看法，如何與格言與自由語言間的辯證中，鍛鍊、設計詩語言為其重視之所在。由此可以看到，詩人詩手稿文本走至印刷稿階段，如何進入另一個被話語述說、審視的文本狀況中，被詩學知性的審視，啟動另一個讀者的書寫介入。

二、臺灣現代詩手稿文本之修改形式符號軌跡

　　從前述對各版面的分析，可以凸顯詩手稿帶連結的文本性。相對於印在

詩集、報刊上的詩作，詩手稿文本的意義，不是另一台影印機器所能含括——創造性地書寫不是一個「快速」的「複製」行為。從詩人腦海到版面間，語言文字在絕大多數的時候，都非瞬間的等質輸出，中間經過書寫的詩學審美考估，總產生書寫意識的流動，綿長了文本生成的時間、空間，書寫路徑與版本也因此繁複。這份緩慢與繁複，經過前述「版本類型」進行界分，在此我們則要探述版本類型界面中所存在的修改形式符號及其軌跡，依我們所田調收集的詩人手稿，可類分出「增補」、「刪去／補」、「調動」、「標示」這四大類型，以下我們即分別進行探述。

（一）增補

增補為詩人詩手稿修改中，最普遍的書寫行為，用以增添、補足原詩句／行不足之處。而詩人用以標示、啟動增補的符號，也集中在「Ｖ」與「／」這兩種。

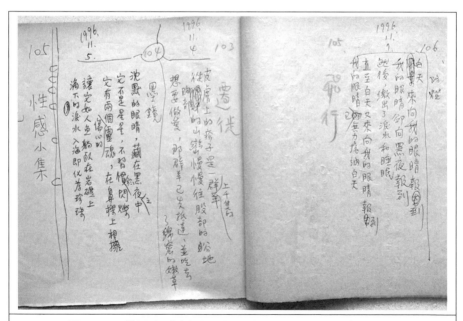

圖2-30：蘇紹連〈路燈〉、〈遷徙〉、〈墨鏡〉初定稿詩手稿

蘇紹連授權提供

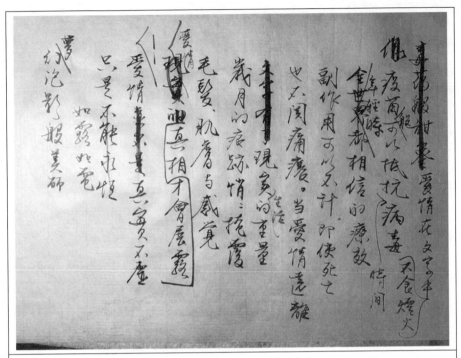

圖2-31：侯吉諒〈情悟〉初定稿詩手稿（部分）

侯吉諒授權提供

「Ｖ」符號指向了所要增補的位置，同時也開展了所要增補文字之空間。例如「圖2-30：蘇紹連〈路燈〉、〈遷徙〉、〈墨鏡〉初定稿詩手稿」中，〈遷徙〉第一行的「一群羊」，詩人在「一群」與「羊」之間，加上了「Ｖ」，並開展寫下「上千隻的」之詩文字；「圖2-31：侯吉諒〈情悟〉初定稿詩手稿（部分）」中，後半段倒數第三行以「愛情」開頭之詩行，則加上了「Ｖ」，並開展寫下「──」此符號。

不過，「Ｖ」、「／」之開展方向，並不限定為朝右開展，也有朝左開展者。例如「圖2-30：蘇紹連〈路燈〉、〈遷徙〉、〈墨鏡〉初定稿詩手稿」中〈墨鏡〉前兩行，第一行「黑夜」與「中」之間，由朝右「Ｖ」介入指涉，開展增補「之」字；第二行「不習慣」與「閃爍」之間，亦由朝右

「V」介入指涉，開展增補「於」字。但第三行「兩個」與「靈魂」之間則是朝左之「V」介入指涉，開展增補「傷心的」。而以「圖 2-31：侯吉諒〈情悟〉初定稿詩手稿（部分）」同樣增補之「不食煙火」，相對其他例子為朝左。以詩人蘇紹連、侯吉諒的詩手稿文本案例看來，詩人書寫習慣是朝右去進行增補，唯有兩詩行間的空間不足時，才朝左尋索增補空間。

　　「V」與「／」也會結合為「↗」這樣的箭頭，例如「圖 2-29：余光中評論洛夫〈政變之後〉講義手稿」在「絕食」與「僧尼」間加上「↗」，增補字「的」另外打上字圈。

　　增補的需求，除了要使原本詩行句字更為完善，有時也在補足修正明顯之缺字。例如「圖 2-28：蘇紹連〈指紋〉初定稿詩手稿」中〈拱形〉一詩最後一行，原寫為「天和交換時，我不知該進還是退？」，依照此詩在第一行所建構的「凸起的土地／凹入的天空」對比結構，明顯在「和」字後確實必須加上「地」字。從這份增補，也可以反推詩人在初稿寫作完後，必然進行重看審視，才發現了這樣的書寫錯誤，而予以改正。

（二）刪去／補

　　延續前面的增補點出在詩書寫上，所具有的強化與改正功能。刪這個手寫動作所後續產生的「刪去」，以及「刪去再補上」兩種型態，更能體現其在強化與改正的歷程感，也更能體現出寫作詩學的訊息。事實上，即使是「手寫定稿」的詩手稿，詩人在謄寫過程都不免有所錯誤，使得「刪去／補」成為臺灣現代詩手稿文本版面空間最普遍出現的現象。整體來看，臺灣現代詩人詩手稿文本中的刪去／補，主要包括「線劃」、「圈劃」、「塗抹」這三種形式。

　　以「圖 2-32：楊牧〈介殼蟲〉初定稿詩手稿（部分）」來看，便兼有「線劃」、「圈劃」兩種刪去／補形式。

　　「圖 2-32：楊牧〈介殼蟲〉初定稿詩手稿（部分）」中，「線劃」有第六行詩人對原本所寫「當初」之線劃刪去，以及第八行最後詩人原本所寫「男孩和女孩」之線劃刪去。另外，前引之「圖 2-05-2：葉維廉〈沉淵〉初

圖 2-32：楊牧〈介殼蟲〉初定稿詩手稿（部分）
作者拍攝於 2010 年「一首詩的完成：楊牧手稿暨著作展」

定稿手稿之二」中第二行對「而後」、「而後浮」；以及「圖 2-19：白靈
〈鐘擺〉印刷修改稿詩手稿」中第五行對「穿越而過」；「圖 2-31：侯吉諒
〈情悟〉初定稿詩手稿（部分）」第一行對「毒藥般對象」，第三行「全世
界都」，第六行「文字有了」，第十對「並不是」，第十一行對「不能永
恆」都是採取線劃刪去模式。

　　「圖 2-32：楊牧〈介殼蟲〉初定稿詩手稿（部分）」中，「圈劃」有第
一行對「而」，第七行對「。」，第十行對「止步」之圈劃刪去。另外，前
引之「圖 2-31：侯吉諒〈情悟〉初定稿詩手稿（部分）」有第九行對「現
實」；「圖 2-30：蘇紹連〈路燈〉、〈遷徙〉、〈墨鏡〉初定稿詩手稿」有
〈遷徙〉一詩第二行對「腿部」，以及對「浴」之部首「氵」；「圖 2-28：
蘇紹連〈指紋〉初定稿詩手稿」有〈渦旋〉一詩對該詩中之「你」，〈圓

圈〉一詩對「攤」，進而對「攤平」之圈劃。

　　可以發現，在臺灣現代詩手稿文本中，詩人刪去的圖劃，有仍可辨識者，亦有完全不可辨識者。例如：周夢蝶的詩手稿文本將要刪去的文字，以方塊塗黑。這樣修改方塊形式的出現，主要乃是周夢蝶詩手稿文本之修改，以尺作為輔助[13]，因此他的刪補，都是以尺畫出直線，引出要修改的文字；而刪去則以尺在要修改文字外，筆直畫出字框，然後將之完全塗黑，呈現出其修改的嚴謹、工整。但在臺灣現代詩手稿學研究上，則因無法辨識其前修改文字，較難進行書寫歷程性的研究。

　　除此之外，「圖 2-10：紀弦〈詩人是個什麼東西〉手寫定稿詩手稿」有對第一段第二行第一字，第二段第二行第十一字，第三段第二行第六字；「圖 2-09：楊喚〈美麗島Ⅰ〉手寫定稿手稿」有對第二段第二行開頭二字的刪除。這些刪補都不易辨識原本書寫文字，這主要乃在對應這些稿件，已經進入出版編輯體系，詩人已意識到自己的詩作，已開始準備有他者的視覺觀看進入。因此意在建構、維持自我的書寫風格形象，避免要刪除之文字產生干擾、感染。

　　相對來說，塗抹痕跡不密的狀況，就提供研究者容易辨識的機會，例如「圖 2-33-1：紀弦〈散文詩 2 首：晚安火星、又見黑貓〉手寫定稿詩手稿」中〈晚安火星〉一詩最後一段的第一個修改，詩人圈劃掉的文字可以看到為詩人未寫完／全的「我」字。這時為強化印證我們的推論，我們可以此詩手稿第一段開頭的「我憑欄而眺望」的「我」字相比對，可以發現兩者字形筆畫確實相類似。另外，在「圖 2-33-2：紀弦〈散文詩 2 首：晚安火星、又見黑貓〉手寫定稿詩手稿」中第二行的圈劃案例中，也可以從「雪白『的』」、「半熟『的』」，推斷所圈劃掉之字為「的」字。由此，我們可以恢復當時詩人的書寫情狀——詩人原本寫到「半熟」時，便順勢寫上「的」，但對「的」字之使用有所遲疑，於是圈劃掉。但後來經過思考，還是選擇「的」字，因而再重新寫一次「的」字。

---

[13]　周夢蝶以尺進行修改的照片，可在《聯合文學》第 439 期（2021 年 5 月）得見。

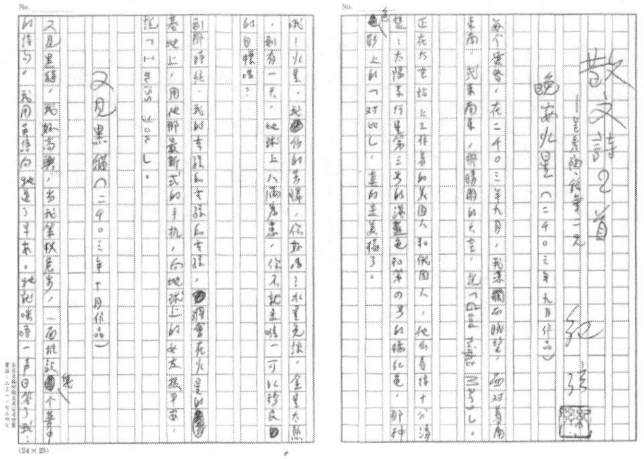

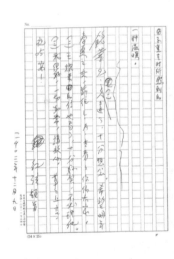

圖2-33-1：紀弦〈散文詩2首：晚安火星、又見黑貓〉手寫定稿詩手稿

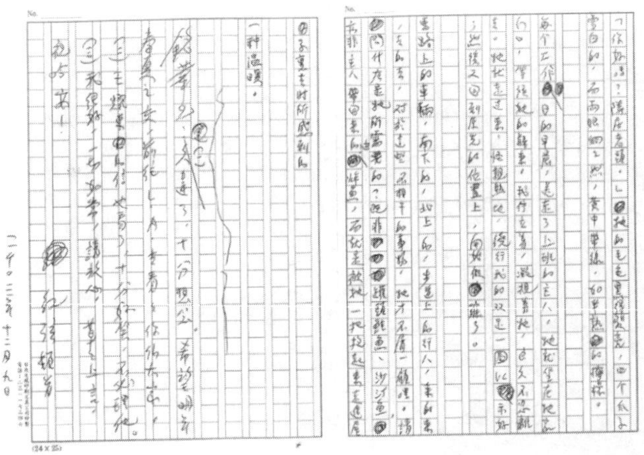

圖2-33-2：紀弦〈散文詩2首：晚安火星、又見黑貓〉手寫定稿詩手稿

圖2-33：紀弦〈散文詩2首：晚安火星、又見黑貓〉手寫定稿詩手稿

文訊典藏

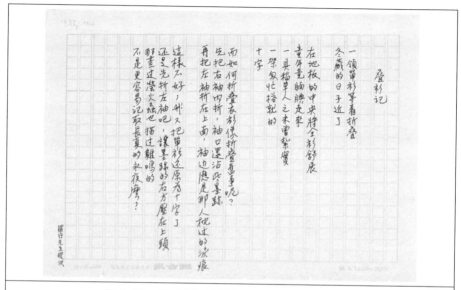

圖 2-34：鄭愁予〈疊衫記〉手寫定稿詩手稿

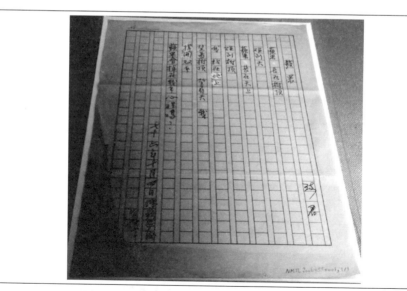

圖 2-35：琦君〈蘋果〉手寫定稿詩手稿（部分）

　　詩人刪除所使用的工具，除了最直接的筆外，也有如周夢蝶般會使用相關輔助工具的詩人。其中以現代文書產品——「立可白」，塗蓋掉要刪去的文字，以進行修正運用者，最為普遍。例如：「圖 2-34：鄭愁予〈疊衫記〉手寫定稿詩手稿」以立可白修正，改動為第三段第一行尾之「舊事」，第四段第三行之「畫」、「火蟲」。「圖 2-20：蓉子〈遠上寒山石徑斜〉手寫定稿詩手稿」、「圖 2-35：琦君〈蘋果〉手寫定稿詩手稿（部分）」亦有許多對單字詞的立可白修正運用。除了立可白，也有如余光中〈因為我不能停下來〉詩手稿文本之「停」、「謝」、「偏」這些字是用貼紙貼上去，然後再寫上替代字，這是其他詩人少見的修改方式。

　　必須指出的是，刪補並非即劃，即改，即確定，而擁有其歷程性。例如「圖 2-32：楊牧〈介殼蟲〉初定稿詩手稿（部分）」第一段最後一行之刪補，詩人原本寫為「當初」後刪補為「曩昔」，最後再確定為「原先的」，展現了一個系列性的刪補歷程思考。而最後一行原本的「雌」，也經歷了「雄」，然後最後再重回到「雌」字。這是在面對科學與人文時，思考「雄／雌」哪一個較適合介殼蟲的性別。最後詩人選擇以雌性，作為介殼蟲體之性別，讓即使是死亡的介殼蟲身體，依其雌性，仍隱存母性重生的可能力量。

　　除了字、詞層次上的刪去，自然也會有行、段層次上的刪去。例如：「圖 2-36：唐捐〈我的詩和父親的痰〉電腦印刷修改稿詩手稿版本二（部分）」刪去了 17-20 這三行，刪除方式為在此三行頂端打上「X」符號。仔細閱讀詩人唐捐此一詩手稿，可以發現這三行刪除並非憑空而來。這三行刪除的脈絡，可以延伸至前一行對「把咖啡攪成黑色的唱盤」此一關鍵意象。此一在詩中主體所掌握的咖啡唱盤意象，乃在形成與兩百公里外，在醫院與疾病艱難抗爭的父親之間的甜苦對比。刪去的內容是詩人由咖啡唱盤所引發的聽覺想像——〈補破網〉、彌猴野豬呼喊——民謠、野／獸性的聲響，是詩人聯想天賦的展現，衰朽的父身在對比中，削薄了其血性。但這個書寫任務，是否與後續的「灌入我充血的筆桿」重複，而所寫的「看到冥紙與筍干」則又略顯離題，因而詩人斟酌是否刪去。整體來看，「圖 2-36：唐捐

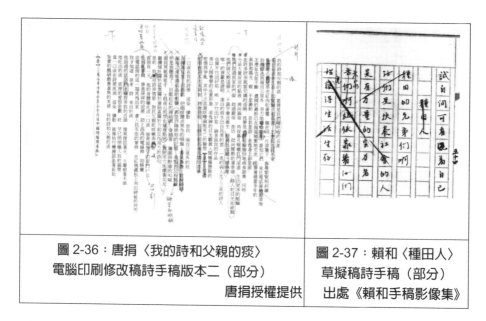

圖 2-36：唐捐〈我的詩和父親的痰〉
電腦印刷修改稿詩手稿版本二（部分）
唐捐授權提供

圖 2-37：賴和〈種田人〉
草擬稿詩手稿（部分）
出處《賴和手稿影像集》

〈我的詩和父親的痰〉電腦印刷修改稿詩手稿版本二（部分）」之修改，意在讓與父親相對，膨脹的自我形象，在詩行誘導下所走向的不是勝利，而是另一個倫理學與詩學的困境，使詩題〈我的詩和父親的痰〉被聚焦。此外，「圖 2-37：賴和〈種田人〉草擬稿詩手稿（部分）」也可見賴和以打大「X」符號的方式，刪去了〈種田人〉整個開頭第一個段落。必須指出的是，比起字、詞，行、段的刪除／補，更需要割捨的力量，以及對整體文本結構的思考斟酌。

　　整體來看，在臺灣現代詩手稿文本中，刪補為多層次的書寫存有——由字而詞而句而段落而通篇，刪補符號、原字詞句段落、被修改的字詞，舊有結構與重組結構間，共時性地存在於詩手稿文本版面之中。由此展露了詩人添加、刪除、延遲的書寫意識，形成一特殊的文本空間性，值得詩學研究者一再探勘。

（三）調動

　　調動是詩手稿中，對字、詞、行，甚至段的移動。在臺灣現代詩手稿文本中，調動最普遍使用的形式是「S」符號，亦即將兩個為由弧線括住的字

詞，進行彼此位置之調換。

　　在初定稿、手寫定稿中的調動，主要多為「S」符號所表示的型態。主要乃是因為初定稿、手寫定稿階段的詩文本，在文本結構上已經趨於穩定。因此在充滿修改痕跡的擬稿中，則會採取「圈加箭頭線」方式，以便進行跨行、段落的調動。例如：「圖 2-20：蓉子〈遠上寒山石徑斜〉手寫定稿詩手稿」第一行使用 S 符號將「雜遝」與「鼎沸或」位置對調；「圖 2-31：侯吉諒〈情悟〉初定稿詩手稿（部分）」第九行使用 S 符號將「真相」與「才會展露」位置對調；「圖 2-32：楊牧〈介殼蟲〉初定稿詩手稿（部分）」第三段第三行使用 S 符號將「參與」與「觀察」位置對調。

　　另外，「圖 2-01-4：白靈〈颱風〉草擬稿詩手稿之四」中，左側「一個颱風在（要）出發」即被打圈，加箭頭線向下調動；「圖 2-03：陳義芝〈給後來的李清照〉草擬稿詩手稿」中，右上之「建築一座」即被打圈，加箭頭線向下一行開頭調動。

　　必須指出的是，也因為手稿，若是電腦打字書寫詩作，除非詩人特意在文書軟體，如「Microsoft word」按下「追蹤修訂」予以保存就非常難記錄下來，難以為詩學研究者保留的書寫歷程細節。

（四）標示

　　臺灣現代詩手稿文本中也會出現標示符號，用以進行版面、頁數、書寫者、修改確認之標示。

　　白靈在「圖 2-01：白靈〈颱風〉草擬稿詩手稿」中，於書寫階段衍生出另一新書寫，因此在書寫中，詩人為其稿件表示 A、B 兩篇作品稿件。例如：「圖 2-01-1：白靈〈颱風〉草擬稿詩手稿文本之一」標有「A（初稿）」，「圖 2-01-2：白靈〈颱風〉草擬稿詩手稿文本之二」標有「A 2 稿」，「圖 2-01-3：白靈〈颱風〉草擬稿詩手稿文本之三」同時標有「A 3 稿」、「B 4 稿」，「圖 2-01-4：白靈〈颱風〉草擬稿詩手稿文本之四」則由上而下，標有「B 3 稿」、「B 2 稿」。這些 A、B 與阿拉伯數字結合的標示，都有助於詩人進入初定稿時，進行稿件整理。

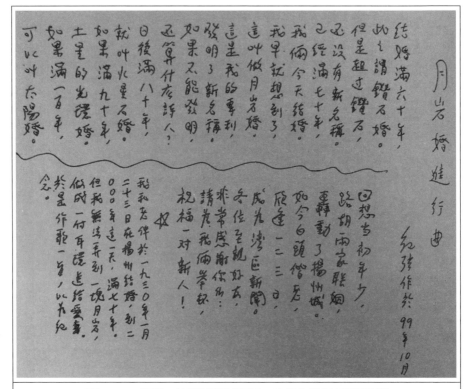

圖 2-38：紀弦〈月岩婚進行曲〉手寫定稿詩手稿局部
出處《台灣現當代作家資料彙編》，吳慶學典藏

　　在詩手稿文本頁面內部，也需要運用標示符號，進行結構整理。例如：「圖2-38：紀弦〈月岩婚進行曲〉手寫定稿詩手稿文本局部」中，詩人於此一手寫定稿中加上一條起伏線，做為上下段落間之區隔。這個區隔之必要，因為每行皆為六字，避免讀者詩行閱讀跳到下面的詩行，例如：從「但是超過鑽石，→回想當初年少」，而不是向左的詩行。這潛在的詩學問題是詩語言的跳躍性，起興之法，確實容易能讓這種詩人非要讀者進行的閱讀方向，也能形成一個文本性，而可相進行深化辯證的案例，為侯吉諒〈交響詩〉一詩。

　　除了版次，頁次數字符號更常為詩人所使用。一方面是因為詩作書寫的內容一旦累積，確實需要頁碼之編列以為識別；另一方面，則是許多詩人在詩手稿書寫上，會使用稿紙，而一般稿紙的左右上角處，多會印刷有「NO.____」或「____」，使得詩人也會很自然的填上頁碼數字。例如：「圖 2-32：楊牧〈介殼蟲〉初定稿詩手稿（部分）」詩人便於「____」填上 3，表示此為詩手稿第 3 頁；「圖 2-20：蓉子〈遠上寒山石徑斜〉手寫定稿詩手稿」詩人便於稿紙右上方的「NO.____」填上 1，表示此為詩手稿第 1 頁。當然，也有習慣在稿紙上，不標上頁碼者，例如：「圖 2-10：紀弦〈詩人是個什麼東西〉手寫定稿詩手稿」、「圖 2-11：陳黎〈太魯閣‧一九八九〉手寫定稿詩手稿」則可發現詩人並未編上頁碼。

圖 2-39：賴和〈可憐的乞婦〉初定稿詩手稿（部分）
出處《賴和手稿影像集》

　　在臺灣現代詩手稿文本中另一重要的標示符號，為確定符號，是因應詩作修改後，詩人對修改字句的一種確定。有助於詩人從繁雜的修改歷程中，

進行最後的確認，或另有意涵。例如：「圖 2-39：賴和〈可憐的乞婦〉初定稿詩手稿（部分）」中，部分詩行字格旁有打圈，相比對可知，未打圈並非詩人捨棄不用，因為在此詩手稿，刪除這份需求，是由前述之「圈劃」符號所擔負。因此，在此之打圈，乃是加強肯認此為全詩優秀、耐讀處之意。可以發現，確認符號必然緊鄰於要確定的字句之旁，但隨著不同詩人之習慣，所採取標示確認符號之圖形，或用「△」，或用「○」等，不一而足。

圖 2-40：羅門詩話語錄－完美是豪華的寂寞－手寫定稿
出處《臺灣現當代作家研究資料彙編》

　　另外，標示符號也有成為代號，用以標示作者。饒富趣味地，當「圖 2-38：紀弦〈月岩婚進行曲〉手寫定稿詩手稿局部」中詩人紀弦以星星符號，區隔詩作本文以及後記之空間結構關係時，詩人楚戈或會以星星符號作為代號代表其署名。這與楚戈的本名袁德星有直接關係，另外也與其畫家身份有關，通常在畫作中畫家也會運用相關代號方式署名。「圖 2-40：羅門詩話語錄－完美是豪華的寂寞－手寫定稿」中，詩人將自己的筆名音譯為「Lomen」，並且用毛筆將其中開頭的「L」寫成帶銳角感符號，包裹住剩下的「omen」，這除標示自我外，也展現了個人審美趣味。

三、臺灣現代詩手稿文本之構成物質工具

詩手稿上的字跡是如何起源，在詩學討論上，我們首先自然著重於詩人內在精神思慮上的醞釀，但文字的發生卻也需要物質工具，才能成形。或謂，書寫可以不使用筆這個物質工具，而以手指在沙上書寫，或手指霑墨在葉子上書寫。但即便如此，手指為人的身體，在崇揚主體性的概念下，在物化與工具理性的辯證下，不能／宜視為工具；但前述之沙、墨、葉子，在書寫行為中仍確實為構成書寫之物質工具。

因此，在臺灣現代詩手稿學的討論中，書寫的起源存在著精神與物質工具間的協同，方能成就最基本的字跡。由此之字跡，方能為人類學、心理學、社會學、歷史學所涉入，豐富字跡手稿的詩學脈絡。是以我們仍必須釐清臺灣現代詩手稿文本中，這些最基本構成書寫物質的工具類型，穩健對書寫行為發生之精神與物質工具的認識，從中理解書寫符號與構成工具間的結合關係。

比起臺灣現代詩人各人筆跡之龐大差異，書寫構成物質工具則大致趨同，主要為「紙張」、「用筆」、「用石」、「電腦」。從中可以看到，對比於遠古、傳統書寫（如甲骨文、鐘鼎文），臺灣現代詩人現代詩創作，是在最基本的紙筆書寫型態上，加入現代化書寫工具，而更進一步帶有其「現代性」。同時，<u>在現代主義的大方向下，也有詩人會強化對書寫工具的實驗，回饋於現代詩寫作而有其書寫工具的「創作性」</u>[14]<u>。以下我們即針對「紙張」、「用筆」、「用印」、「電腦」這四種，臺灣現代詩手稿文本的書寫構成物質進行分述。</u>

（一）紙張

傳統《毛詩序》有「情動於中而形於言」之說，此乃就詩情感的發微與表現，來思考詩意承載問題。而詩的文字性如何可「被形於」？亦即，被書寫承載？在如此思索下則紙張的必要性，便不言可喻。然而這份必要，卻並

---

[14] 例如：前述「圖 2-27：洛夫〈金龍禪寺〉視覺詩手寫定稿手稿」所涉及的視覺詩實驗。

非書寫史的當然，因為紙張作為一種書寫載體，並非天生而成，而仰賴著製紙工藝技術的歷史發展。在紙張被現代化資本機器大量複製印刷前，古代人類使用石頭、獸骨、泥板、刀削羊皮等作為書寫載體。可以想見，這些非紙類的載體，在書寫上的不便，但更重要的是他們難以被定版化，以及難以其固有既定的物質形式進行廣泛傳播。

　　紙張，平整易書寫、輕盈易傳播，就物質層面上的優勢，使紙張成為人類書寫史的主角。特別是，現代印刷複製技術的參與，使紙張書寫成為社會文化傳播之主力[15]。但也不可否認地，在現代性的龐大作業下，紙張也成為「工具理性」的一部分。回到臺灣現代詩手稿學來看，紙張書寫幾乎等同於詩手稿之書寫載體物質形式。相對來說，如「圖 2-41：李豐楙〈小鎮〉手寫定稿詩手稿展覽平臺」、「圖 2-42：林央敏〈毋通嫌台灣（台語詩）〉手寫定稿詩手稿刻石」以及余光中於國立海洋生物博物館相關詩手稿，在利用平臺與石塊進行詩手寫定稿的手稿公開展示，便具有特殊的銘記、典藏、展覽之意義。

| 圖 2-41：李豐楙〈小鎮〉手寫定稿詩手稿展覽平臺 嘉義高中旭陵文學步道，筆者拍攝 | 圖 2-42：林央敏〈*毋通嫌台灣*（台語詩）〉手寫定稿詩手稿刻石 梅山公園現代文學步道，筆者拍攝 |

---

[15] 當然現代電腦網路發達，可以使用各種電子訊息，如：電郵、手機簡訊，進行傳播。但若考慮法律層面，相關重要文書／件，仍以紙張為主。

圖 2-43：余光中國立海洋生物博物館手寫定稿詩手稿

筆者拍攝

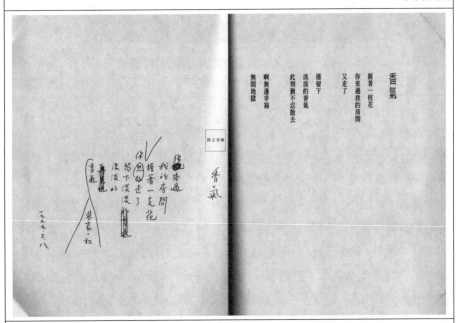

圖 2-44：許悔之〈香氣〉手寫定稿與印刷發表刊印稿

許悔之授權提供

圖 2-45：許悔之〈香氣〉咖啡館紙巾詩手稿文本

許悔之授權提供

我們可以看到，詩人在「圖 2-44：許悔之〈香氣〉手寫定稿與印刷發表刊印稿」以一般紙張，於 1999 年 2 月 8 日進行擬稿。但詩人念茲在茲此詩，在 1999 年 4 月 9 日，與朋友相約咖啡館的等待時光時，於靈感造訪之際，遂趕緊隨手以咖啡館紙巾進行書寫。在此我們可以看到紙張，以及紙張延伸性產品的靈活性，如何提供詩人快速捕捉靈感時刻的可能。並看「圖 2-44：許悔之〈香氣〉手寫定稿與印刷發表刊印稿」、「圖 2-45：許悔之〈香氣〉咖啡館紙巾詩手稿文本」就詩學上，可見詩人「擬稿」中因無以為繼完成香氣之隱喻而中斷，而後於「初定稿」終以幸福地獄完成詩意指涉，而後在「刊印稿」上進行分段放鬆。而以上〈香氣〉的詩手稿，皆收錄於許悔之《有鹿哀愁》詩集，在詩集版面上也呈現了各版本並列的美感，以及豐富的閱讀性。

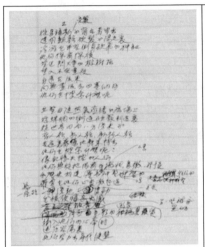 

| 圖 2-46：葉維廉〈紀元末重見塞納河〉初定稿詩手稿 葉維廉授權提供 | 圖 2-47：李敏勇〈遺物〉手寫定稿詩手稿 李敏勇授權提供 |

　　臺灣現代詩手稿文本中，也存在著大量的稿紙形式詩手稿。其中屬於手寫定稿部分若對應相關策展活動，可看到詩人慎重為之的書寫意識。何以稿紙書寫能展露這樣的慎重感呢？主要乃是其在現代印刷技術下，預先標準化的印刷上工整字格，如此提供了一個有方向感的書寫秩序[16]，方便詩人在書寫中，讓文字、詩行能方便對齊，另外一如前節「標示」一目所討論，稿紙有時印刷上的「NO.＿＿」或「＿＿」，讓詩人填寫稿件編號。在進行長詩寫作，或大型寫作計畫時，這無疑提供詩人方便整理累積，進行稿件次序閱讀的幫助。進一步，稿紙字格的工整堆疊，也能方便詩人進行現代詩文字的空間實驗，特別是擬像事物輪廓，或建構幾何圖像。[17]而對應著不同詩人的書寫習慣，其所選取的稿紙類型形式，也會有慣用大／小字格，或不分字格

---

[16] 當然詩人可以選擇是否接受這樣的書寫秩序的設定。當然，詩人選擇以稿紙進行詩書寫，除非隨手之便，多少還是願意借用稿紙所預設的書寫形式秩序。

[17] 另外，現代稿紙字格主要為紅色與綠色兩種用墨，但目前未見有臺灣現代詩人進行對硬性的書寫現象與實驗。

只分行的稿紙。例如：「圖 2-46：葉維廉〈紀元末重見塞納河〉初定稿詩手稿」為美式橫行稿紙，對應詩人葉維廉作為比較文學學者，需以英文橫式書寫進行研究、翻譯的需求。

　　從稿紙的規格、形式等物質基礎，我們可以看到稿紙對現代詩手稿書寫所存在的微妙作用。正因為稿紙的便利性，從「圖 2-39：賴和〈可憐的乞婦〉初定稿詩手稿（部分）」中的稿紙印有對應賴和筆名「懶雲」之「懶雲書室」，可以看到從臺灣戰前的詩人賴和，便開始會訂製自己專屬的稿紙。戰後臺灣印刷業更為普及進步，如此詩人專用稿紙之訂製例子亦不少，例如：「圖 2-47：李敏勇〈遺物〉手寫定稿詩手稿」的稿紙，左上部分也有「李敏勇文學工房」之印刷。

　　這些稿紙上預行印刷標示的詩人之名，意謂著什麼？對研究者而言，提供了一個[18]判斷詩作手稿作者的方式。那對詩手稿發生的詩人作者而言呢？詩人在已標示自我姓名的稿紙上書寫時，在此將發生的寫作文字，將就代表著「是我所寫出」。印刷詩人自我姓名的稿紙，代表著自我已先在此期待著觀看，使得詩人更警覺於詩作品質的鍛鍊。

　　除了具有自我書寫標示意義的姓名印刷外，現代稿紙預先印刷下的文字，也具有輔助推斷詩人寫作詩時背景，以及文學社會互動關係。例如「圖 2-48：楊守愚手寫定稿詩手稿（部分）」之寫作稿紙印有「臺灣省立彰化工業職業學校」，係 1938 年昭和十三年之「臺中州立彰化工科學校」，於 1945 年改制為「臺灣省立彰化工業職業學校」，1984 年改為「國立臺灣教育學院附屬高級工業職業學校」，而後於 1989 年再改為「國立彰化師範大學附屬高級工業職業學校」。因此據此可推斷，楊守愚此一詩手稿應寫於 1945-1959 年[19]之間。「圖 2-49：巫永福〈沉默〉手寫定稿詩手稿（部分）」稿紙印有「中國時報　人間版作家專用稿紙」可以看到巫永福寫作此詩時，

---

[18] 注意，是指「一個」，而非「唯一」。

[19] 楊守愚於 1959 年過世。

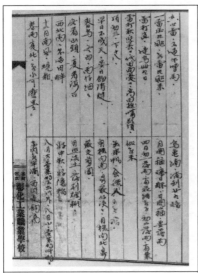

圖 2-48：楊守愚手寫定稿詩手稿
　　　　（部分）
　　　　出處《臺灣現當代作家
　　　　　　研究資料彙編》

圖 2-49：巫永福〈沉默〉手寫定稿詩手稿
　　　　（部分）
　　　　臺文館策展筆者拍攝紀錄

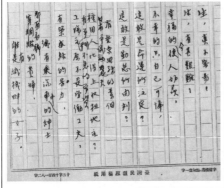

圖 2-50：賴和〈生與死〉
草擬稿詩手稿（部分）
出處《賴和手稿集　漢詩卷》

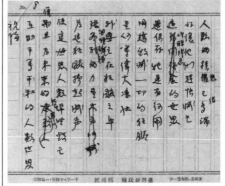

圖 2-51：賴和〈低氣壓的山頂〉
草擬稿詩手稿（部分）
出處《賴和手稿集　漢詩卷》

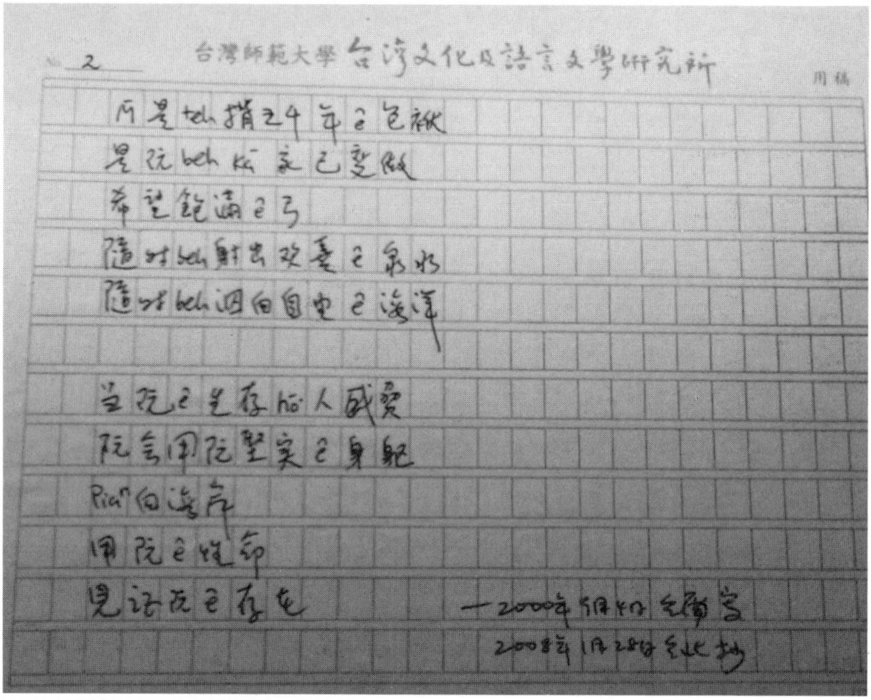

圖 2-52：李勤岸〈海翁宣言〉手寫定稿詩手稿（後半部分）
臺文館策展筆者拍攝紀錄

在文學場域與《中國時報‧人間副刊》間有著的寫作互動關係。另外，「圖2-50：賴和〈生與死〉草擬稿詩手稿（部分）」中稿紙下印刷有「臺灣民報原稿用紙」以及「字體楷書、點句空一字」、「十三字十四行一八二字」；「圖2-51：賴和〈低氣壓的山頂〉草擬稿詩手稿（部分）」中稿紙下印刷有「臺灣新民報　稿用紙」以及「體楷書、點句空一字」、「十一字‧十四行‧一五四字」這其中的史料價值，一方面點出賴和詩書寫上與《臺灣民報》、《臺灣新民報》之間的發表編輯關係；另一方面則可看出當時的報刊編輯排版上推行印刷標點，以及透過稿紙註語幫助後續版面區塊製作。「圖2-52：李勤岸〈海翁宣言〉手寫定稿詩手稿（後半部分）」為橫式字格稿紙，其上印刷有「台灣師範大學台灣文化及語言文學研究所　用稿」可以看

到詩人李勤岸在臺灣師範大學臺灣文化及語言文學研究所任職的經歷[20]，對應於有《海翁台語文學雜誌》發刊詞效益的〈海翁宣言〉一詩，所訴求的臺灣本土與台語母語書寫，亦有相得益彰之效。「圖1-11：唐捐〈我的詩和父親的痰〉草擬稿詩手稿」稿紙上則印刷有「台北醫學院附設醫院病歷專用紙」，對應於詩人之〈我的詩和父親的痰〉的疾病書寫，更能想見詩人在現實中身處其境的守望。

| 圖2-53：蘇紹連〈三行詩〉系列初定稿詩手稿裝訂狀況　蘇紹連授權提供 | 圖2-54：白靈〈茶館〉初定稿詩手稿寫作於隨身手札之狀況　白靈授權提供 |

　　除了單張紙張外，將紙張進行裝訂的筆記進行書寫，例如「圖2-53：蘇紹連〈三行詩〉系列初定稿詩手稿裝訂狀況」可看到詩人將紙頁進行裝訂，然後在其上進行書寫，傳達了他有意識進行「現代絕句」系列書寫，從前引之〈三行詩〉詩手稿的討論，確實可以看到詩人蘇紹連實驗寫作之毅力與恆心。而筆者進行臺灣現代詩手稿學田野調查時，白靈則提供筆者拍攝「圖2-

---

[20]　李勤岸並曾擔任臺灣師範大學臺灣文化及語言文學研究所所長。

54：白靈〈茶館〉初定稿詩手稿寫作於隨身手札之狀況」的書寫札記本。[21]
這種隨身筆記本，也有利於詩人進行隨身寫作，快速捕捉靈感。例如在
2021 年 10 月筆者至屏東的田調中，也發現詩人曾貴海也是採取隨身筆記本
形式進行詩寫作，在行醫與社會改造運動中，一有靈感即打開隨身筆記本先
行記下，再利用其他時間將詩完成。在裝訂型的紙本上的詩書寫，相比單張
型書寫，展現了更豐富的書寫活動性，產生翻頁，前翻尋索、對照等更進一
步的書寫行為，有利於詩人拓展其書寫平台空間。

　　紙張作為書寫的載體，提供了書寫意識與書寫行為的平台，使得詩人腦
海之詩美學靈感得到展演之處所。紙張的物質，讓詩美學靈感得到棲息地，
使之可以持續發生，在不一定能一口氣完成的文本寫作歷程中，得到重複再
投入的書寫可能。在現實生活環境中，紙張的紀錄、承載功能，使詩人寫作
一首詩的時間可以暫時中斷，也可再次重啟，讓文字終能不斷地投入、落
實，以至一首詩的完成。

（二）用筆

　　如果紙張是承載，是書寫行為的受詞，那麼用筆，如其筆尖所能隱喻
的，是發端，是書寫行為的動詞。比起紙張，詩人之筆與詩書寫過程中修改
行為細節，有更為緊密的相關性。檢視目前所收集之臺灣現代詩手稿文本，
所出現詩人之用筆，主要包括有：原子筆、簽字筆、鉛筆、鋼筆與毛筆。

　　用筆在臺灣現代詩手稿文本中在物質工具的修改輔助功能，通常在「用
色」，特別是紅色的運用上最為普遍。以紅筆進行相關文字作品之批改與修
改，其來有自。賴和在書寫習慣上，會用深淺不一的墨筆，作為草擬稿與初
定稿的書寫階段區別。這我們也可以在侯吉諒的毛筆詩手稿文本看到現象，
看到詩人對筆墨的掌控能力，如何應用到詩手稿文本的修改上。從「圖 2-
55：賴和〈希望〉初定稿詩手稿（部分）」可以看到，賴和先以毛筆書寫初
定稿，其後再用毛筆修改第一次，其中對於第四行開頭「精神」一詞的圈劃
刪除，另外也加牽引線增寫「精神」等詩行。最後，則使用紅墨將要確認的

---

[21] 前引之白靈詩手稿文本，即為筆者田調拍攝之成果。

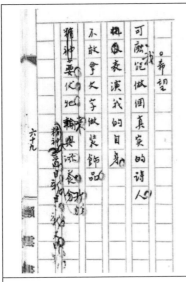

圖 2-55：賴和〈希望〉初定稿詩手稿（部分）
出處《賴和手稿影像集》

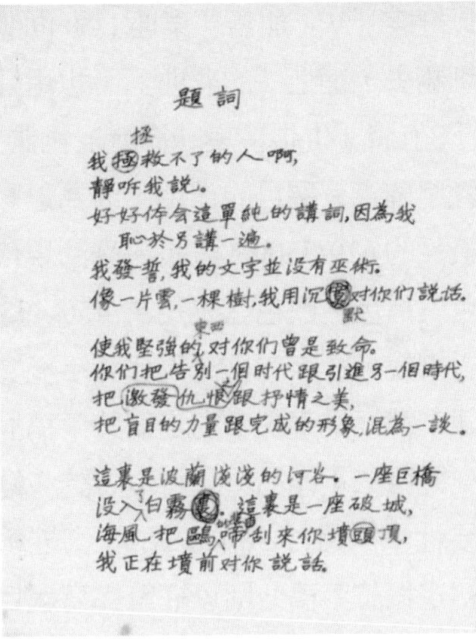

題詞
拯
我極救不了的人啊,
靜听我說。
好好体会這單純的講詞,因為我
恥於另講一遍。
我發誓,我的文字並沒有巫術。
像一片雲,一棵樹,我用沉默对你们說話。
使我堅強的东西,对你们曾是致命。
你们把告別一個时代跟引進另一個時代,
把激發仇恨跟抒情之美,
把盲目的力量跟完成的形象,混為一談。
這裏是波蘭淺淺的河岸。一座巨橋
没入白霧裏。這裏是一座破城,
海風把鷗啼刮來你墳頭頂,
我正在墳前对你說話。

圖 2-56：余光中〈題詞〉初定稿詩手稿
國家圖書館授權提供

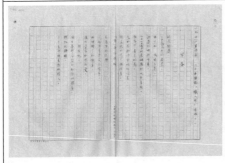

圖 2-57：陳千武〈早春〉手寫定稿詩手稿
國家圖書館授權提供

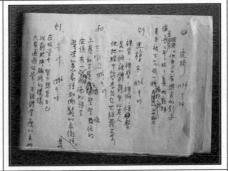

圖 2-58：蘇紹連〈皮椅〉、〈黑檀木〉、〈三明治〉、〈果汁〉初定稿詩手稿
蘇紹連授權提供

詩行跟文字進行增寫、打圈確認、圈劃刪去。「圖 2-56：余光中〈題詞〉初定稿詩手稿」則使用紅字筆主要修改該詩的錯字，例如全詩第一行的「極救」改為「拯救」；也用紅字筆進行增補，例如第二段第一行在「堅強的」

後面以紅字「V」加寫「東西」；也進行刪補，將「白霧裏」的「裏」以紅字圈劃刪去，補上「的悲曲」；也用紅字筆進行調動，例如第二段第三行以紅字「S」將「仇恨」與「激發」兩詞進行調動對換位置。

　　紅字確實有醒目的作用，因為以彩虹七色來說，相對於其他顏色，紅色擁有最長的 620-750nm 波長。臺灣現代詩手稿文本中其他最常出現的用字色為藍色與黑色，藍色之波長為 450-495nm，黑色則吸收了所有波長的光，因此相對來說，紅字在臺灣現代詩手稿文本中本就有突出書寫的效能。「圖 2-57：陳千武〈早春〉手寫定稿詩手稿」即在稿紙開頭第一行，特別以紅字寫上「一九四二年作品，（日本詩誌"蠟人形"佳作。）」點出〈早春〉一詩的重要性。「圖 2-58：蘇紹連〈皮椅〉、〈黑檀木〉、〈三明治〉、〈果汁〉初定稿詩手稿」則以紅筆書寫題目，是在書寫歷程中同時參與詩作書寫構成，而不是在詩作完稿後再進行增添。

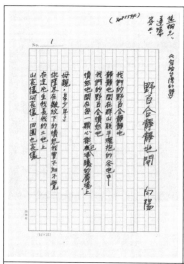

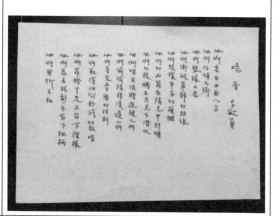

| 圖 2-59：向陽〈野百合靜靜地開〉手寫定稿詩手稿　國家圖書館授權提供 | 圖 2-60：李敏勇〈噪音〉手寫定稿詩手稿　李敏勇授權提供 |

　　在臺灣現代詩手稿文本中主要之用筆，其物質形式筆尖構成會影響詩手稿文本中的字跡狀態。臺灣現代詩人最主要大量使用的原子筆，方便攜帶、購買，筆尖由球座體與球珠構成，文字字跡順滑，得以讓詩人快速捕捉腦中想法。相對來說，鋼筆與毛筆以現代化書寫角度來看，並非書寫便利性的首選。鋼筆與毛筆在臺灣現代詩手稿文本的出現，主要涉及詩人自我對書寫工具的審美品味，以及對文字書寫美感的追求。

　　臺灣現代詩人中使用鋼筆書寫者，具代表性的詩人有余光中、向陽、李敏勇。檢視余光中、向陽、李敏勇三位的鋼筆詩手稿文本可以發現，由於鋼筆本身之物質工具特性與中文構字法，會形成彼此共有的文字筆法風格，例如「地」字。「圖2-23：余光中〈宜興茶壺〉手寫定稿詩手稿」——「把」最後的「亅」筆劃都有拉長，形成帶安穩承接感的書寫方式。「圖2-59：向陽〈野百合靜靜地開〉手寫定稿詩手稿」的「地」，「圖 2-60：李敏勇〈噪音〉手寫定稿詩手稿」中的「他」都有相同的書寫表現。其中李敏勇「他們」兩字緊密書寫，造型風格是相同，但細部不可能完全一樣。但我們可以轉而利用風格相同這件事，進行手稿的判斷。特別是手稿真偽，或者是手稿中刪除時不易判斷的字眼，藉著字跡輪廓去校讀。

　　相對於西方，毛筆是華文現代詩最具特色的書寫工具，臺灣現代詩人手稿中以毛筆書寫詩作的文本，就書寫目的而言，有二：

　　第一、透過書法之藝術性，展現對現代詩文本的視覺美學，進而展現詩人對詩作的慎重感、紀念意義，乃至於策展之效力。臺灣現代詩人中在鍛鍊書法美學上，以羊令野、洛夫、周夢蝶、羅青、侯吉諒、許悔之為代表性人物。以現代詩手稿毛筆書法文本的出版上，洛夫有豐富的成果[22]。洛夫五十歲後攻書藝，結合現代詩人詩藝，形成其書藝風格。臺灣重要書法學者杜忠誥教授於〈剛健含婀娜——我看洛夫的書法〉一文曾指出：

---

[22]　如洛夫於 1999 年書法獲「臺灣文學經典」的《魔歌》並由探索文化出版社出版，此外其《雪樓詩稿》之「現代詩文」亦擇選自身現代詩作進行毛筆書法書寫。

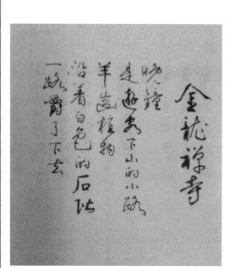

| 圖 2-61：洛夫〈金龍禪寺〉毛筆手寫定
稿詩手稿（部分）
出處洛夫《魔歌（詩與書法合集）》 | 圖 2-62：周夢蝶〈仿波蘭女詩人
Wisława Szymborska〉毛筆手寫定
稿詩手稿（部分）
臺文館策展筆者拍攝紀錄 |

| 圖 2-63：吳新榮〈故鄉的回憶〉
毛筆手寫定稿詩手稿
出處《臺灣現當代作家
研究資料彙編》 | 圖 2-64：羊令野〈井〉
毛筆手寫定稿詩手稿
出處《中國現代詩小集：
第四屆世界詩人大會特輯》 |

這位具有強烈的主體自覺意識與自我批判精神的詩壇老將，一旦挾其豐富的奮鬥經驗，以其「豹變」的開拓性格，大力投入現代實驗性書法之創作。誰敢說在不久的將來，洛夫不會像他在現代詩中由原本的「樂詩不疲」轉為「玩詩不恭」一樣，施展其慣長的「魔」法，也從目前的「樂書不疲」快速轉進「玩書不恭」的「所向無空闊」境地呢？[23]

　　杜忠誥指出書法也可透過現代詩，實驗出新的書寫美學可能。但這份可能也必須在書法刻苦的習字基礎上，才得以實現，例如周夢蝶便長年習歐陽詢，而成其書法字體；侯吉諒日日習字，除現代詩集外，更定期出版書法賞析講授書籍[24]，開設書法講堂，為臺灣當代最具代表性的書藝傳習者。

　　毛筆書法的藝術性，使得被書寫的華文現代詩有了新的，屬於臺灣的本土現代性特質。「圖 2-64：羊令野〈井〉毛筆手寫定稿詩手稿」收錄於《中國現代詩小集：第四屆世界詩人大會特輯》，在中英對照中正透顯出書法詩作特有的東方性。當詩人擇選自我詩作，並進行毛筆謄寫時，不只是讓自身被謄寫的詩作被聚焦，更由於毛筆書墨的表現性，讓詩文字產生詮釋表情，可體察詩人對詩作內在的情感意識。例如「圖 2-63：吳新榮〈故鄉的回憶〉毛筆手寫定稿詩手稿」為詩人於戒嚴時期的一九五〇年代初擇選自身詩作〈故鄉的回憶〉，其中的「熱戰」二字字體放大，足見用力所見，表現了在自身鄉土卻懷鄉的複雜意識。

　　第二、以毛筆作為最直接的起草、擬稿書寫工具，毛筆儘管不如現代原子筆便利，但是對於攻練書法的詩人來說，這樣的不便利性可以大幅減低，最具代表性的即為賴和、周夢蝶、侯吉諒。由於賴和寫作時期，現代書寫工

23　引自《聯合副刊》（2001 年 10 月 23 日）。

24　侯吉諒除出版有《侯吉諒書法講堂：（一）筆法與漢字結構分析》、《侯吉諒書法講堂：（二）筆墨紙硯帖》、《如何寫瘦金體：剖析基本筆畫與部首》等，《筆花盛開：詩酒書畫的年華》更以散文筆法追溯自身所經歷與詩人、書法名家的學習、交遊寶貴經驗，為重要的詩學書藝重要文獻。

具尚不普及，加之以他本就以古典詩之寫作出發，開啟他的文學創作史，使得他非常日常化的使用毛筆進行書寫，甚至創作。但這樣毛筆創作現象，到戰後隨現代書寫工具的日益普及，產生轉變的現象。因此戰後臺灣現代詩人周夢蝶、侯吉諒在日常書寫中便使用毛筆，成為臺灣現代詩手稿書寫獨特的風景。

　　從「圖2-62：周夢蝶〈仿波蘭女詩人 Wisława Szymborska〉毛筆手寫定稿詩手稿（部分）」可以看到詩人修改詩題，以毛筆寫上缺少的「S」，展現一種毛筆現代書寫的趣味。「圖2-31：侯吉諒〈情悟〉初定稿詩手稿（部分）」則可以看到侯吉諒自由的使用毛筆，進行擬稿。<u>相對於便利的原子筆、簽字筆等現代書寫工具，書寫需要準備工作的毛筆，在沾墨、順筆之時，也能整理、斟酌等下要寫的字句，延展書寫思索時間，可以看到詩人書寫意識的流動。</u>

（三）用印

　　在臺灣現代詩手稿文本中亦可見詩人之用印，亦即鈐印。本節前引的詩人詩手稿文本中，「圖2-61：洛夫〈金龍禪寺〉視覺詩手稿」、「圖2-40：羅門詩話語錄－完美是豪華的寂寞－手寫定稿」即有用印。鈐印為傳統書法作品中，書寫作品最後階段的蓋印。因此，可以連帶發現在臺灣現代詩手稿文本中，用印之文本即為手寫定稿的狀態。印章與書法藝術緊密相關，是因為篆刻的傳統，特別是在宋元書家重視題跋屬款。「用印」成為另一種作者的

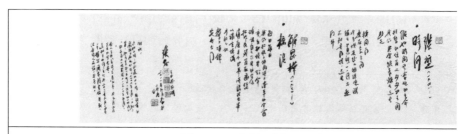

圖 2-65：張默〈從覃子豪到解昆樺・當代新詩人

引文，引述了「刻印」之文字，以及「刻印」所歸屬的華文書寫文化傳統，這也成為臺灣現代詩詩手稿的一種「現代書寫——古典用印」間的文本脈絡。

　　具體來看，在「圖2-65：張默〈從覃子豪到解昆樺・當代新詩人卅五家小詩萃〉毛筆手寫定稿詩手稿（部分之一）」中，用印兼具「朱文印」與「白文印」。「白文印」乃是在刻印時，字是凹陷雕刻出的，連帶地印在紙上的字便是白色，亦即白文。張默此一詩手稿文本中的「白文方印」，有「望丹苔豁出去」、「張默」、「無塵居」。「朱文印」乃是在刻印時，字是凸起雕刻出的，連帶地印在紙上的字便是紅色，亦即朱文。張默此一詩手稿文本中的「朱文印」，在造型上比「白文印」更為豐富。其中「朱文方印」有「無塵居」、「張默」、「張」、「默」；「朱文長方印」有「無為」；「朱文橢圓印」有「無塵藏書」；「朱文圓印」有「緣」。

　　可以發現，「朱文印」與「白文印」中，可再細分方圓造型，以為變化。「圖2-65：張默〈從覃子豪到解昆樺・當代新詩人卅五家小詩萃〉毛筆手寫定稿詩手稿（部分之一）」的兼用「朱文印」與「白文印」之變化，說明了用印與書法在形式上，緊密相聯。除了用以標明作品的創作者，甚至是所有權，慎重顯示寫作者的作者意識，亦能呈顯書寫之雅趣。就鈐印位置來看，「圖2-65：張默〈從覃子豪到解昆樺・當代新詩人卅五家小詩萃〉毛筆手寫定稿詩手稿（部分之一）」開頭與結尾進行壓印，此為最經典的起首印、壓腳印；在「圖2-66：李敏勇〈二月〉毛筆手寫定稿詩手稿」、「圖2-

卅五家小詩萃〉毛筆手寫定稿詩手稿（部分之一）

國家圖書館授權提供

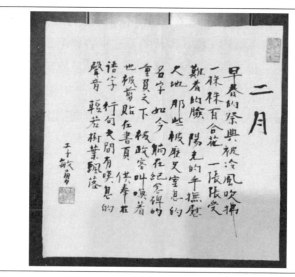

圖 2-66：李敏勇〈二月〉毛筆手寫定稿詩手稿

李敏勇授權提供

圖 2-67：李敏勇〈在世紀大橋的禱詞〉毛筆手寫定稿詩手稿

李敏勇授權提供

67：李敏勇〈在世紀大橋的禱詞〉毛筆手寫定稿詩手稿」亦有用印[25]。而在張
默〈從覃子豪到解昆樺‧當代新詩人卅五家小詩萃〉中，由於是一長卷形式，

---

[25] 李敏勇這兩篇毛筆手寫定稿詩手稿文本作品開頭之用印，為朱文白文並行。

因此在各毛筆謄寫之詩人作品前，逐一在詩人之姓名第一個字之右側鈐印。由此提供觀／讀者段落視覺焦點，並形成作品與作品之間的結構區隔感。

　　臺灣現代詩人儘管書寫現代詩，但是在用印上，頗可見與華文古典書法傳統間的知識、審美聯繫。例如商禽獲得《2007 臺灣詩選》「年度詩獎」之詩作〈散讚十竹齋〉的後記，在追溯年幼如何在父親引領下，如何用膠、松煙、水，擺紙、卡紙，以印書本板印刷書籍，帶出對胡正言《十竹齋書畫譜》的賞玩研究。商禽如此論及：「胡正言後來又刻印了《箋譜》，運用了『拱花』法，用凸版壓印出無色或有色的花紋來，也是風靡一時。胡正言也精篆刻，不但曾為史可法、董其昌等人刻過私章，也為南京朝宏光帝創造玉璽」[26]從印鑑畫譜展現詩人對傳統印刷刻印的整合性之文史知識。

　　觀看臺灣現代詩人之現代詩手稿文本中的用印，我們可以想見，詩人在書寫畢，於用印之時，如何帶著喜悅、莊重的審美情緒，思量整個詩手稿結構空間狀況，以用印確證自我曾如此書寫；又藉用印之形色，為整篇詩手稿文本之視覺，微調視覺重心，與文字相映成趣，甚至寄託自我風格抱負。

（四）電腦

　　在筆者進行田野調查階段，有些詩人已言目前都用電腦打字為主。例如在筆者向陳黎詢問詩手稿問題，陳黎便回應自己主要以電腦書寫，所以只有以手寫定稿為主的詩手稿。從中可以發現，隨著電腦數位科技之發展，臺灣現代詩的書寫行為，除有手持筆寫文字，更有手敲打鍵盤打文字。電腦打字，依舊有著手工運作，這固然是「最廣義」的手稿。而在臺灣現代詩手稿學研究中最重視的文本歷程，以及修改詩學，則可以創作者在電腦打字創作時，所不斷另存新檔，留下之電腦手稿的「歷程版本」，進行比對體現。因此，電腦同樣是構成臺灣現代詩文本的物質工具。

　　但不可否認的是，電腦在臺灣現代詩手稿學的研究上，主要扮演著對紙本詩手稿的翻拍圖檔，進行數位典藏的存錄工具；對於存錄電腦打字寫詩的歷程檔案，則相當寡缺。有意識地存錄電腦寫詩歷程檔案者，最具代表性的

---

[26] 引見商禽：《商禽詩全集》（臺北縣：INK 印刻文學，2008 年），頁 431。

名稱	修改日期	類型	大小
Thumbs	2011/5/25/週三 上午7:56	Data Base File	6 KB
泡茶	2006/9/1/週五 下午10:37	DOC 檔案	25 KB
泡茶_01	2006/9/1/週五 下午11:08	DOC 檔案	25 KB
泡茶_02	2006/9/3/週日 上午10:36	DOC 檔案	25 KB
泡茶_03	2006/9/3/週日 下午4:08	DOC 檔案	26 KB
泡茶_04	2006/9/3/週日 下午4:18	DOC 檔案	26 KB
泡茶_05	2006/9/3/週日 下午4:25	DOC 檔案	26 KB
泡茶_06	2006/9/3/週日 下午4:27	DOC 檔案	26 KB
泡茶_07	2006/9/3/週日 下午4:50	DOC 檔案	27 KB
泡茶_08	2006/9/3/週日 下午6:16	DOC 檔案	25 KB
泡茶_09	2006/9/4/週一 下午11:12	DOC 檔案	26 KB
泡茶_10	2006/9/4/週一 下午11:28	DOC 檔案	26 KB

圖 2-68：白靈〈泡茶〉詩手稿文本之電腦另存新檔檔案紀錄頁面

白靈授權提供

為詩人白靈。可以發現相對原子筆，電腦提供一更具階層性的工具秩序，從「圖 2-68：白靈〈泡茶〉詩手稿文本之電腦另存新檔檔案紀錄頁面」可以看到白靈運用電腦 Microsoft Word 軟體進行詩寫作，並利用隨寫轉存新檔的方式，留下了自己的各版本「另存新檔」之書寫歷程版本。透過電腦檢視檔案詳細資料方式，我們甚至可以清晰地知道詩人寫作此詩時間，在 2006 年 9 月 1 日晚上 10 點到 11 點間完成初版後，在同年 9 月 3 日下午 4 到 6 點頻繁修改，於 9 月 4 日晚上 11 點 28 分終於定稿。這正呈現不同書寫工具之書寫框架，如何產生不同的書寫路徑跡軌。事實上，在 Microsoft Word 軟體中也可透過「追蹤修訂」此一選項，將詩寫作修改記錄進行呈現。

　　電腦——既是現代詩作承載、存錄的工具，又是書寫工具；如此多功能的電腦以其鍵盤打字，改變了創作者與文字間，傳統且經典的紙筆書寫型態。現今二〇二〇年代電腦科技發展，電腦平板以及觸控筆已問世，也有利於在數位電腦平板上進行手寫書寫，但仍未見有相關案例，值得後續研究者進行收集分析。以數位模擬了紙筆型態，電腦書寫詩作也能從鍵盤打字型態，遞轉回經典紙筆書寫型態，並且兼取電腦在存錄、整理上的優點，實驗

臺灣現代詩人的書寫現代性與後現代性的可能。

四、如何再現、引用詩手稿文本

　　考量在臺灣現代詩手稿文本在書籍出版上如何被閱讀顯示，這也是另一個手寫與印刷的界面辯證。只是更涉入了如我們《繆斯胎骨：臺灣現代詩手稿學》這般的研究印刷書籍，如何對詩手稿文本進行再現的問題。這個再現，比較單純的部分是，將詩手稿影像數位圖片化，直接以插入圖片方式再現。此一方式若排除掃描的照片畫素問題，以及原圖到翻拍掃描圖的等比例縮放問題，基本上就是最完整再現。

　　但在書籍的文字論述上，會有在論述過程中必須以打字方式進行引述再現的需求，例如特別指出詩手稿文本影像中那個文字部分，如何更適合閱讀，精省讀者觀看辨識手稿時間。特別是我們對詩手稿文本的辨識，也提供了一個屬於我們的辨識版本，可以讓後續讀者／研究者再進行考估辯證，推進該詩手稿的後續研究。而在辨識之際，我們也需要釐清詩人手稿在歷程版本的位置，甚至可能交錯的脈絡。在詩人不同版次的手稿中所存在不同的創作思維，使得詩手稿版次現象中也存在定稿再發生更動的情形。在出版詩集時，進行大量修改的例子則為洛夫《靈河》。另外，筆者在執行國家文藝基金會審核獎助之「七〇年代新興詩社及其核心詩人與詩刊訪查研究」時，亦曾就詩手稿學問題請益向陽教授，向陽教授曾表示：

> 我的臺語詩分別收編於《銀杏的仰望》、後來出的《土地的歌》，然後再過來是《向陽臺語詩選》，中間還有一個是《向陽詩選》。在洪範版中裡面也有臺語詩，林香薇教授的國科會研究計中把各版本進行比較。她追問裡面用字，為什麼改變了，然後為什麼有些後頭的反而又回到了最原早的版本。這些研究很有趣，我也對此進行自我的反思。我為什麼會這樣呢？其實我給洪範作品的時候，想說裡頭的字句順便改一下就給他們了。可是我再給其他家出版社時，心裡面的想法又變了，我想要維持《土地的歌》的版本，所以就整個不變，連註都不變。本

來改的也不改了，就按照原來，那這個版本文字上也會不同。[27]

　　因此在研究方法操作上，以字與句讀乃至於單一空格為單位，檢辨詩作各版本的差異以及進行詩學意義分析，成為最基礎且重要的研究方法。不過，我們也要注意排除排版中可能存在的誤排狀況，以避免衍生出詮釋分析上的錯誤。

　　另一方面，這樣可以進入排刷排版的語序之中，便利於論述之推進。因為在焦點引用中，比起列出全部手稿圖片，聚焦呈現焦點處以提供論述才是重點所在。若對焦點部分進行截圖，在放入論述文句，手稿焦點截圖與一般文句進行排列時，就必須進行比例調整。這會使圖片中的文字會對應變化，使得圖片畫素失卻，造成印刷時文字內容不清晰，特別是詩人手寫文字有時因為要求快速，而有潦草的字跡，這樣截圖引述會造成畫素更為失真。因此，使用打字方式「再現」手稿，提供論述引述，是目前相對比較好的方法。

　　以打字方式保留並呈現具體的現代詩手稿文本研究質素前，我們要問的是：什麼是「現代詩手稿文本研究質素」？誠如我們在第一章所述，積極的詩手稿學研究不僅只在數位典藏，更在詩學研究，思維詩法與詩美學課題。所以積極的詩手稿學之研究，乃在於對有刪改增補現象之詩手稿進行研究。

　　因此我們所要保留並呈現具體的「現代詩手稿文本研究質素」，在研究的引用方法上，便要思考建構一個合於書籍文／打字排版的標示法。具體來說，我們主要針對增補字、刪除字兩大類，進行標示。

　　屬於增補字類型者，於所加之字，上「字元框線」顯示。例如：「圖 2-05-1：葉維廉〈沉淵〉初定稿詩手稿之一」第九行的標示為「在旋轉旋轉的 沉黑下」；「圖 2-30：蘇紹連〈路燈〉、〈遷徙〉、〈墨鏡〉初定稿詩手稿」中〈遷徙〉第一行的標示為「一群上 千隻的 羊」；「圖 2-31：侯吉諒

---

27 解昆樺：《七○年代新興詩社及其核心詩人與詩刊訪查研究》（臺北：國家文化藝術基金會文學研究獎助計畫報告，2009 年）。

〈情悟〉初定稿詩手稿（部分）」第二行的標示為「疫苗般可以抵抗時間病毒」。

　　屬於刪除類型者，於所刪除之字，則加刪除線。在本書現代詩手稿學研究上，於引用詩手稿文字時，為配合書籍排版呈現，以及讀者閱讀辨識性，若刪除符號下文字可辨識，即在被刪除字上加上「刪除線」。對應於前文「刪去／補」一目所論，此刪除線在形式上，代替個別詩人所使用的不同刪除符號。例如：「圖2-36：唐捐〈我的詩和父親的痰〉電腦印刷修改稿詩手稿版本二（部分）」倒數第四行的標示為「他說過的話語~~將~~永遠捏弄我的舌頭　像風提拔著火　火雕刻著木頭」。用刪除線，而不是用■，主要刪除線還可以看到所刪除之字的狀況，有助於我們討論分析，刪改前後的詩學課題。

　　但有時詩人會用力塗抹，刪除文字詩行，造成我們肉眼無法辨識的狀態。若詩人詩手稿中刪除符號下的文字，已使用相關辨識方法後仍難辨識，則使用「■」符號代替。例如：「圖2-09：楊喚〈美麗島Ⅰ〉手寫定稿手稿」中第二段第二行開頭的標示為「■■地拉住親愛的春天，」。另外，詩人若使用立可白修正液，依使用型態，若使用立可白後直接寫上更改文字者，則上網底。例如：「圖2-34：鄭愁予〈疊衫記〉手寫定稿詩手稿」第三段第一行「而如何折疊衣衫像折疊舊事呢？」。

　　若詩人詩手稿文本中兼具夾注與刪去，則同時標列「字元框線」跟「刪除線」。例如：「圖2-51：賴和〈低氣壓的山頂〉草擬稿詩手稿（部分）」第三行的標示為「這~~弱肉強食~~冷酷殘忍的世界」；「圖2-56：余光中〈題詞〉初定稿詩手稿」第三段第三行「海風把鷗的悲啼聲刮來你墳頭頂」；「圖2-53：蘇紹連〈三行詩〉系列初定稿詩手稿裝訂狀況」中〈魔法師〉第一行的標示為「從螢幕中出來的，從衣櫥眼睛出來」；「圖2-31：侯吉諒〈情悟〉初定稿詩手稿（部分）」倒數第二行的標示為「只是~~不能永恆~~如霧如電」。

第二節　詩手稿文本發生現象學：
直觀「文─體」跡軌的意向與構形

一、直觀詩手稿現象的意向性

　　透過本章前節探析，我們客觀地呈顯出現代詩手稿本身能透顯出詩文本在發生上的「歷程版本」與「書寫構成物質工具」。貼近於詩人寫作「文本生成歷程」的詩學效益，乃在於讓我們得以經歷著定稿所未呈現「寫作時」的精神狀態──那些欲言、難述、勉力，甚至靈感造訪時迅筆落字的快意。正是在這豐富的精神狀態中，詩人對文字琢之磨之，體現其自身詩學。

　　可以說草稿正以其版面空間性，提供著兌現詩人寫作時間的可能──如果我們願意努力梳理草稿錯雜的訊息，這些錯雜訊息亦可視為詩人給我們的一份隱喻。相對於詩作定稿的手稿，其所存在的字跡，本身便是詩人詩書寫以及其意識的流動跡軌，是詩作之為文本的生成明證。只是<u>有別於印刷發表刊印稿的手寫手稿，詩人創作詩歷程的手稿其所呈顯的紛雜塗寫修改現象，讀者、研究者該如何關注？面對此一問題，當以直觀之道予以解明。</u>

　　在方法上將詩人創作中所發生之詩手稿視為現象，對現象進行直觀。而直觀現代詩手稿現象的核心為何？就是透過「直觀」此一方式，看出詩手稿發生現象其中的「意向性」。

　　本節即在針對直觀詩手稿之意向性，進行方法論上的反省，探述此一觀看方式本身的辯證意義，並由此梳理出在現代詩手稿研究上的方法細節。

（一）直觀與現象：現代詩手稿文本時空間的密度顯現

　　何謂「直觀」？

　　直觀，被拼為 intuition，其中的字根「tuit」即有 watch（注視）之意，同樣以「tuit」為字根的單字，亦有tutor（導師）、tuition（講授、教誨）。可以發現，tutor（導師）、tuition（講授、教誨）同樣都帶有照看／顧（watch over, a looking after）之意涵。所以直觀是一種對詩手稿之形式現象，正對、全面地進行無所遺漏的觀看，由此啟動對之的視覺等感官知覺。

「直觀」作為手稿學的研究方法論，讓所有現代詩手稿版面上的文字符號都均齊化——明晰的文字符號是現象訊息，不明晰的文字符號同樣也是現象訊息。直觀所以作為現代詩手稿學研究方法之必要路徑，首先在於應對著一般人在觀看草稿時的迴避心理；其次，則在得以將手稿現象如實顯現於研究者的閱讀意識中，使其存有。

在閱讀現代詩手稿文本時，光是壓抑對錯雜文字符號的觀視不耐感，這樣的情緒便已經大量消耗了我們對真實的理解力量了。以直觀作為閱讀現代詩手稿文本的第一個閱讀姿態，有助於我們預先排除這樣的觀視不耐感。因為「直觀」具備著如實、等齊而觀的概念——直觀重視對事物如實不遺漏的全面性觀看，即使事物的符號狀態並不清晰且充滿著遮蔽，依舊不棄守。是以在直觀概念下，即使現代詩手稿文本無法被辨識，其仍被如實而觀，成為顯現於我們意識面的表象，依舊是一導引我們進入現象學討論的文本。

必須指出的是，表象被視為一種現象本質，而不是浮光掠影的符號。直觀的「如實」概念，除了指將現代詩手稿文本版本界面上的文本訊息，一五一十地觀入、顯現於讀者／研究者的意識面中，更意謂著在文本研究價值上，把對本質的探索，重新放置於對現象的接收態度。

現代詩手稿的所有一切，都是世界最直接的存在，他們的意義就在於他們的存在本身。所以正因為他們的已然存在，其意義就不再是匱乏的——他們終究都是被詩人「書寫下」的事物。

我們過於習慣挖掘式的探討，預設了有效的信號才能是有效的意義，如此反而使信號被預先以線性方式區分為「無效—有效」與「表象—內裡」的對應結構。在這樣的對應結構中，會發展出現代詩文本的一切，都在於內在有個核心概念，一切都不需要推論跟過程，只要找到、說出那核心概念即可／止。如此說來，似乎所有的詩都關乎，或價值於愛與和平；那麼，我們又何需讀詩、研究詩，只要擁有最終的核心概念，不就等於讀完世間之詩？詩終究不是被特定幾個關鍵詞包裹的文本。

所以，顯然一首詩的閱讀歷程，我們所經歷的一字一句詩語言的文本旅程與時間，同樣擁有著現象上的意義。直觀要求感知地毯式接收事物所有之

所是、之所構成，而不是零件式以被「理論」合法化的角度，對現象進行篩選式的閱讀。因為，我們用什麼網眼大小的網，就只能捕到什麼魚。

文本如魚，確實也是一則對現代詩手稿文本的隱喻。

現代詩手稿相對定稿符號，其文本現象呈顯出一非固著、非定點的主體狀態，一如游動的魚。只是當此被直觀進入意識後，我們如何有效捕捉一首詩手稿中游動如魚的訊息現象？

就詞語概念對「現象」一詞進行追蹤，可以發現「現象」出於「$\phi\alpha\iota\nu\omicron\mu\epsilon\nu\omicron\nu$」此一希臘詞。「$\phi\alpha\iota\nu\omicron\mu\epsilon\nu\omicron\nu$」又為「$\phi\alpha\iota\nu\epsilon\sigma\theta\alpha\iota$」一詞所派生，意謂著顯示／現自身。「現象」的本意既然為對自身的顯示／現，那麼，我們可以透過「在何處」顯示／現，切入捕捉現象的有效方法之問題。

正如我們問魚之游動現象時，其所處的水並非背景，而是實實在在地提供了魚游動現象的發生可能，並牽動了游動現象的細節狀態。捕捉現代詩手稿現象，要追求其有效性，則亦必須透過「手稿作為詩的載物」此一概念，檢視容納文字的界面及版本。而這樣方法論的思考，也突顯了前面本章第一節，對於臺灣現代詩手稿文本之發生歷程中所出現之各版本，以及各修改符號界定，在研究方法的重／必要性。

易鵬教授於《中山人文學報》第 37 期「文本生成學」專號（2014 年 7 月）的專號〈前言〉曾論及：「手稿中的痕跡，就像手稿本身，其實也是介於可見與不可見，或是不可能得見與不知是否能見的幽微之處。」[28]草稿痕跡錯雜的可見與不可見之界限，隨著讀者的檢視慾望、能力，而開展出一個閱讀空間。因此草稿痕跡在觀視的深入時，被凝視（gaze）為皺摺，痕跡一如捏皺、捏揉的紙團，可以被打開、張開。當我們在那些版本歷程中釋放，解除其被包裹／遮蔽的狀況，同時也在釋放著詩手稿空間作為詩文本之載物處所，其本身的現象。

---

[28] 易鵬：〈「文本生成學」專號前言〉，《中山人文學報》第 37 期（2014 年 7 月），頁 ix。

面對詩手稿空間充滿的符號痕跡，較靜態的理解，是將之理解為一文本肌里紋路。但在此我們則以不一樣的動態方式理解，將之視為一文本動能跡軌。所以文本如魚，還意謂著容納魚之水澤的流動現象本身，也有著魚存有游動的參與。因此詩手稿書寫的歷程有其密度，但卻不可把密度視為雜訊與干擾。因為一如我們可透過水流動波紋，逆推魚之所、所游止；同樣地，我們也可透過符號跡軌，去追蹤詩中所在、所有。

現象學釐清了待修改軌跡之詩手稿這樣的事實——詩手稿的不可見，不是沒有。它只是在種種可見之物中，所形成不易見的表象。可見之物形成對詩的遮蔽表象，我們要解除這樣的遮蔽，則必須拉展出遮蔽符號與文字，以及修改文字與確定文字的「之間」。在自我辨識分析上，將詩手稿中的各符號物處在一個並列，而不是階層的關係。這些價值上並列的符號，之間游動的跡軌，是固著、非定點的文本動能，貌似帶有意義指涉的不確定性，但終然指向著文本生成，亦即一首詩的完成之目的。

在意識上肯認詩手稿跡軌現象，並進行直觀，進一步便能掌握其具動能的意向，捕捉詩在發生上的行藏，以及串連歷程中的各版本序列。跡軌蔓生之枝節，既指著文本的發展，也指向詩手稿上所拉展時、空間。

（二）意向之開展如素描

「直觀」既能檢視出現代詩手稿發生現象與意向性，只是為何我們要特別著重詩寫作發生現象／場的意向性呢？

主要在於一般詮釋文本的作業上，過於「直線導入結論」的論述公式操作方式。在這樣的狀況中，詮釋被視為將表象符號重返作者所設定的意義，其所操作的語法往往是——這首詩原作者的意思是如何的，他表達的意義是怎樣的。這個重返，把作者意義當成創作唯一的本源，唯一所要探看的。如此的詮釋分析成為單向的運動，儘管真正現場狀況如何豐沛。

必須指出的是，每一次詩學詮釋都是在拓展一全新的隱喻，如果我們研究的對象是如此積極的詩人。詩人如果是為萬物重新命名的人——詩人便不會把玫瑰永遠隱喻為愛情，我們也就不要機械性地看到玫瑰就說這首詩是情

詩。要不斷隨詩人更新對世界的重新理解。我們不能把所有世界都的解讀，都機械化地指向至特定先存的觀念。觀念是從世界現象歸納而來，不能反向綁架這個世界。對於觀念的使用都要放入時間的語法，進行表述，例如我們會說：這世界曾一度……，在當時世界是如此……。因為我們存有的世界，其現象如此持續湧生，變動而不居。所以真理都應保有保持微小的過去式，以時時被考驗。

　　創作與探究真理的詮釋一般，其發生歷程皆同樣充滿著動態性的歧出枝節，並於詩手稿上自然顯影出多毛邊現象，這使得研究者在探析詮釋現代詩手稿時，彷彿正在穿過生成的密林。這些現代詩手稿文本上「生成」的軌跡，這些為我們所意會的密林，我們實可以素描譬喻之。初步來看，詩人手稿版面是一個對將為之詩的預想界面。在此界面上，詩人可以自由地對所要創作、再現對象，進行粗略的結構，將心中腦海之詩，摹寫搭建出其粗胚。

　　但就細部來說，素描不單純只是對事物的手繪描摹，而這才是我們欲以素描深廣詩手稿方法論之處。素描在十七、十八世紀英國以「design」、「designing」指涉素描行為，而就字源來說，「design」、「designing」乃源於義大利「disegno」。「disegno」除了素描外，還具有設計的意涵。例如沃騰（Sir Henry Wotton，1568-1639 年，英國作家）於 1624 年出版《建築要素》便以設計作為評判素描好壞的標準之一，宮廷細密畫家諾給特（Edward Norgate，1581-1650 年）寫於 1648 年的《細密畫，或水彩藝術》中便有〈論設計〉一文。而後英國第一任皇家藝術學院（Royal Academy of Arts）院長雷諾茲（Sir Joshua Reynolds，1723-1792 年，英國畫家）更強調「素描」乃是「繪畫之文法」，以及「藝術的語言」[29]，主要乃是英國「designing」在與「drawing」轉用過程中，又吸納了法國「dessein」一詞的意圖、計畫概念。因此「素描」存在著豐富的描繪、設計、意圖意義，並且不侷限於對外物進行輪廓描摹的框架，更在其中涉入了主體的再現想法、

---

[29] Joshua Reynolds, Robert R. Wark ed., *Discourses on Art*, (New Haven and London: Yale University Press, 1997), p. 26.

美學性格。所以「素描」實則成為繪畫與設計間，彼此交相溝通連結的關鍵詞彙。

　　素描傳達著的視覺體驗，就歷時性來說，也在紀錄著體驗與設計理念之生成。手稿作為一種素描──在這則隱喻中，於方法論上我們重視的是，手稿如何紀錄詩人的美學設計之作用，以及從中也存在著的詩學知識作業，包括對其詩美學依准，乃至微調、重塑。紙張上素描般地的細節現象，翻新著我們解讀詩手稿現象之方法論思考，具體來說包括對「速度感」、「開展面」、「對焦力」之關注三點，以下分論之。

　　第一、對現代詩手稿現象之「速度感」的關注：

　　現代詩手稿如素描，在研究方法上使我們關注其對事物之觀察，甚至稍縱即逝之靈感的「快速保存」現象。現代詩手稿，特別是所謂打草稿，使書寫主體在腦海中事物，得以在紙面上被物質化，成為可被自我與他人實際觀看、閱讀之事物，並成為一種紀錄，以供作者翻檢，進行再修正。

　　打草稿也是用來快速捕捉靈感，以及腦海中稍縱即逝的圖景、字句、語言，因此現代詩手稿文本中的潦草狀態，一定程度上展現詩人亟欲捕捉、描繪腦海中白駒過隙事物的速度感。事實上，這種快寫素描，在現代素描中也會使用拍照攝影方式進行輔助，甚至認為照相機、攝影機本身就是可替代素描之工具。張小虹教授〈快照吳爾芙·驚嚇現代性〉一文即以吳爾芙〈過去的素描〉為研究文本，探討「快照驚嚇」如何啟動對影像事件的思想。快照的驚嚇經驗，乃是在一瞬之間完成底片顯像。但這「一瞬之間」也具有歷程性，在早期拍照攝影器材仍需要長時間的曝光。此一曝光時間使得瞬間帶有明顯的區段感，隨著現代拍照攝影工具進步，而使曝光時間縮至極短。

　　快速正是現代性的特質，在發現、關注現代詩手稿文本中的快速時，我們更要反省手稿快寫本身中，是否呈顯出詩人對意義最初步，或者也可能最赤裸之觸擊。同時，當現代詩手稿被現代電腦鍵打技術介入後，在其選字過程中那種直覺速度感，是否反而被稀釋？此外，儘管詩手稿是靈感的快速視覺物質化，但物質化也意謂著其速度感，也可成為被一再重返的事物。詩人與研究者都可透過重讀，回溯／播重現其速度感，並在其中思考修改增減詩

語言文字的可能。此一可能，意謂著速度中也能介入差異的發生，從差異形成詩的特性意義。

第二、對現代詩手稿現象之「開展面」的關注：

正如同即使只是素描一籃蛋，每顆蛋都因為擺放堆疊的角度，以及其本身的獨特，而使得每顆蛋沒有一顆在視覺上是完全等同的[30]。每次素描時，同一顆蛋也會隨著描繪者心情、經驗、感悟，而產生形體設計的差異，特別是就主體創作時期、階段層次來看。一枚橢圓形的蛋其現象富含完滿之生機，就是詩人所面對的世界現象。詩人參與著一個看似同一，卻實則充滿趨變感的世界，在自身與事物群像的變貌中彼此相對。詩手稿在書寫中，所增衍出的文字／句，就是詩人對這些變貌的意向，以及懇切地捕捉。

詩人在詩手稿所顯像的種種意向變貌，可視為畫家在勾繪事物輪廓時的重重線鬚。這些意向變貌，不只是詩人對目前／心理事物的有所猶疑，有時更是對目前／心理事物的另有想像，這使事物就其自身上形成差異變項。

差異意謂著開展面的意向擴展，物之結構由點、線、面所構成；而變項的發生，也無非是感知的變衍發生。變項打開了目前事物外貌的輪廓線，而聯想融入了其他事物的可能。由此，對事物再現的路徑得以開展。這也是一種對事物意向經驗的拓展，在此過程中物與其仿／類同物，形成可交互連結的想像物類。這樣的連結展現了物之變化越界的可能性，對於傳統重視意象的詩學非常重要，在詩手稿研究上則能體現詩人的意向活躍性。

現代詩手稿各版本中那些意向的每個變項、點，共存又可區別，共構出流變現象歷程的一個「重要」切面，都是現代詩文本之本質現象。在順著詩手稿文字／句進行閱讀檢視過程中，每次看到詩人拉展出待選擇的開展面，以及從開展面導回主要文本字句時，這些變項、點，所形成非直線的閱讀曲線，實則形成了在創作與研究上的皺褶結構空間，呈顯出現代詩手稿學在研究方法論獨特的現象學、後現代精神。

在審美上，定稿是一種完足、判斷後的結果，是文本發生的終止點。但

---

[30]　這也呈顯了素描在鍛鍊主體觀察上的作用。

在文本生成歷程中最具豐沛創生力的階段，並不在此，而是在充滿多選擇時那豐富想像力并現的時刻。定稿要欣賞的是詩人作為作者的決斷，但試想若沒有詩手稿的存在、鋪墊，我們又何以能看到這樣的決斷力呢？

第三、對現代詩手稿現象之「對焦力」的關注：

延續第二點，檢視素描時，畫家不斷嘗試描繪出事物輪廓的多重線鬚，最終則必須清樣，從多重線鬚選出一條輪廓線。這條輪廓線連結的點，包括了物象之端點，還包括畫面場域中物與物間的對應點，以及創作者的風格思維點，正是因為涉及如此多點的考量，所以素描涵涉了設計的概念，這也同樣在詩人手稿現象中出現。比對手稿與定稿，比起只單一看手稿或定稿，會發生出一新的現象，那便是感知到詩人對所開展多重意向的決斷。此一決斷，是詩人對事物多重可能意向之「對焦力」，「精準」地對焦出「美學樣態」。

對詩手稿多重意向對焦力的鑑別，關注的不是鋪展，而是對「準確」的掌握能力。詩人發展意向形成書寫選項，在形成文本多層皺摺時，也需要擁有控制擇選選項的能力。這種控制，牽涉了割捨[31]，這取決於詩人對自身美學的評估，透過詩的審美完成選擇決斷。不同的詩人有不同的詩手稿寫法與意向發展，從中也體現了不同書寫者對意向的發展與支配能力。面對詩手稿意向所啟動一系列事件，無論過程如何曲折，如何發生皺摺，最後總是因為詩人所做出的選擇，將對再現物象之思索，交由內心兌現。

所謂詩文本的天衣無縫，在詩手稿學的觀點來看，是將皺摺收束而為平滑。詩人在手稿草寫階段自由書寫[32]，鋪展放縱意向的無限可能，但仍必須在整體文本的設計考量下，對意向進行掌握。掌握意向是意識上對所表現之詩得以控制的狀態，在支配、駕馭意向過程中，展現詩人對自我主體的控制力。而多項選擇的發展以及最後的選擇，可視為其對所開展意向之掌握能力

---

[31] 對一些珍惜、重視每一個意向發展，將之視為血緣孕生繁衍的詩人來說，對意向之割捨，本身就是情感的難關。

[32] 此一自由書寫推到極致，最具代表性的莫過於布勒東在「超現實主義宣言」中所提出的「自動書寫」。

的雄健展現。反向說，無法掌握意向，其實也是對開展選項的乏力狀況，無法進行準確而美學性的選擇。

　　在這能放且能收的過程中，展現出了詩人在書寫上帶戲劇性的力度。也正是這內蘊的力度，詩作也才能真正成為主體之所在的所有印證，而與詩人互為主體，展現主體的本質世界。統整地來說，在研究詩手稿的鑑別力課題上，重點有二：（1）是要去檢視作者詩人拉展皺摺以及控制之道，並去理解其辯證決斷的過程，以及調理意向成為語序之策略。（2）詩手稿的發生既有其階段，每一階段版本，在接續下一階段版本之間，都完成一次對擴展意向的收束，充滿線鬚的輪廓線也得到梳理，向下一階段生長脈絡。

（三）現代詩手稿文本意向／象的在場顯現

　　如今當我們問：「現代詩定稿」能顯現什麼？「現代詩手稿」又能顯現什麼？——這兩個問題有何差異時，透過上述對現代詩手稿現象之「速度感」、「開展面」、「對焦力」方法論思考，答案如此具體：現代詩的定稿與手稿之間，存在著顯現意向清晰度的差異。

　　現代詩的定稿與手稿間「意向之清晰」的差異，實深具辯證性。一般來說，是經過出版編輯工作後乾淨美觀的定稿比較「明晰」，而錯雜的手稿是「不明晰」的。但如果已深入明白，現代詩手稿學對詩手稿現象的探究，乃在於關注詩人「為詩之意向」，那麼，錯雜反而是提供清晰的可能。特別是有前述第一章第二節兩個基礎工具：（1）版本歷程界定（2）符號分類，則能客觀、有效地檢測出其意向之跡軌，看出結構之勾勒畫構。事實上，比起傳統對詩的研究，所著重對「意象」的探析，在手稿學研究上，我們更增添了對意向的關注。由「意象」到「意向」，兩者確實也能交相輔助，加深對詩學的研究深度。意向提供我們探析文本生成的概念準尺，使痕跡成為跡軌——文本生成運動的軌道。

　　正因為「直觀」最基本要對「現象」能誠實而觀，而不被過往認識框架排斥，讓文本「如實顯現於意識」，追求意向清晰度便成為重點。在方法論上，必須思考操作方法是否能更有效地使意向脈絡明晰，而不是單純只是在

辨識文字[33]。現代詩手稿文本意向上的清晰，本身也意謂著檢視文本運動意象上的清晰，也讓文本更得以在場顯現。

我們要閱讀詩手稿，不只在閱讀詩、比較著詩，還在恢復詩與書寫生成關係的清晰度，這同時也能給予詩手稿一個詩學的位置。因為在閱讀詩之前，手稿已經是一個不可被剝奪的界面，呈載著詩，並且存在著，將現代詩在手稿界面的文字符號，成為可意識的現象之「在場顯現」。

直觀使現代詩手稿文本可以被意識，而得能在場。「直觀」讓研究者的主體面對了現代詩手稿文本在場顯現之現象，現象中的意向導引主體跟隨文本一同發生感官／覺之脈絡。這個研究者主體對現代詩手稿文本現象、意向之面對、跟隨，可說具有兩個細部特性：

第一、是「在場存有」的：

現代詩手稿文本現象中的意向因為反應了詩人五感感知的擴展狀態，而有其綜合意向性。而主體由於跟隨著現代詩人手稿文本感官／覺發展與之共感，使得在閱讀研究時也同詩人於文本中在場存有。且因為手稿學研究特性，使「場」（field）不是傳統意義上的單一固定空間。這乃是前述之意向變項，因為「待選」，而有其變量，具有一種「時刻」（moments）之感，成為被詩人賦予、內醞時間感的據點。是以研究者主體在現代詩手稿文本中的在場存有，也參與著詩人手稿文本的演化史。

第二、是「在場運動」的：

承前述研究者的「參與演化」是一個動詞，但在實際上隨意向變項，所引動出的線、面、結構、版本，而充滿運動細節。一方面是在單一版本詩稿的結構空間中移動，這個移動同時印證了意向的拓展，而在結構中的移動狀態也呈顯出文本的可動性，同時本身也是帶動能的意象。另一方面在版本與版本間，則有跨越的運動感，沈澱著對過往變項結構的時間記憶，因此這個跨越也帶有回憶的疊加。

---

[33] 如此也對應本章前節所論，除了文字外，更應擴展在「符號」層次，同樣注意對書寫輔助記號的辨識研究。

　　因為直觀，使得研究者能面向現代詩手稿文本的現象。直觀作為一個方法，除了呈現現象的什麼，也呈顯出現象的如何意向，由此才能辯證再現出現代詩手稿文本的存有意向／象狀態，使得研究者與詩手稿文本真正的共同會面。在此，我們可以白靈〈白鷺〉現代詩手稿文本作為研究例證說明。

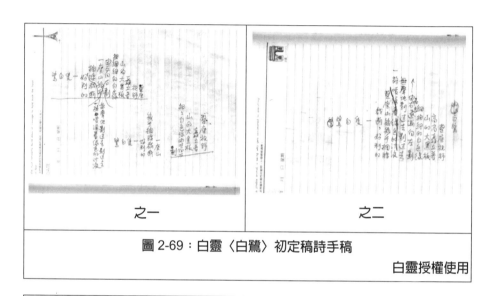

圖 2-69：白靈〈白鷺〉初定稿詩手稿

白靈授權使用

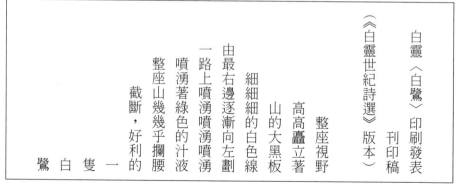

白靈　〈白鷺〉　印刷發表

（《白靈世紀詩選》版本）　刊印稿

整座視野

高高矗立著

山的大黑板

細細細的白色線

由最右邊逐漸向左劃

一路上噴湧噴湧噴湧

噴湧著綠色的汁液

整座山幾幾乎攔腰

截斷，好利的

一　隻　白　鷺

　　透過我們對詩人白靈的實際訪談，我們獲得了詩人寶貴的〈白鷺〉詩手稿，共兩張三個版本。細讀可以發現，「圖 2-69：白靈〈白鷺〉初定稿詩手稿」的「之一」，分別於左上跟右下寫了兩個版本，「之二」則為獨立一個

版本。為求論述精簡，對於白靈〈白鷺〉詩手稿這三個版本，以下分別簡稱〈白鷺〉「之一左」、「之一右」、「之二」。

　　直觀如此誠實而又自由，直觀著白靈〈白鷺〉的詩手稿發展歷程時，我們打開「排版定稿」中，所無意識被定向化──「直書：由上而下，由右而左」、「橫書：由左而右，由上而下」的閱讀方向。這也凸顯了直觀顯示出文本結構的意向動靜，以及版本次序歷程。手稿紙面是我們自由讀寫的紙張，像童年攤開在桌案上的那張圖畫紙。我們得到了那份多向的自由，加以善用，便也能在「圖 2-69 之一」左邊版本中，其上面底部齊平的詩行形成的三角（△）圖形，以及向下增補入的修改兩行句子「無聲……」，形成的柱狀（■）圖形，直觀到一把傘，一株樹。我們如實直觀，雖這直觀得之的趣味，沒有在詩人創作中被採用，但能成為我們讀詩，而後亦寫之的意象創意。

　　經過最初的直觀，我們在對〈白鷺〉「之一左」直覺意識中，立起一棵樹的形體意象。但更深入直觀文本之紋理──文字符號，則發現原本支撐樹的枝幹，原來是在「右劃」與「幾乎」兩個分列兩行尾端的詞之間的「∧（夾注號）」，所意向牽引帶出的兩行詩句所構成。在〈白鷺〉的三個系列詩手稿版本所形成的文本發生歷程[34]中，此一「夾注號」便成為我們細部探究其現象意向脈絡的切入點[35]。從「夾注號」擴大到「修改符號」層次，可以發現白靈還使用了「─（水平線符號）」跟「↑（上箭頭符號）」輔助其詩文本書寫，都同樣展現了文本發生之細膩意向運動狀況。「∧（夾注號）」作用在於增衍詩句，在〈白鷺〉「之一左」狀況單純，在此我們主要

[34] 在此需要注意，白靈〈白鷺〉的三個詩手稿只是其文本發生歷程的一部分，至少還要在發生歷程後端設下「出版定稿」此一據點，我們對白靈〈白鷺〉詩手稿的現象、意向分析，會進行此一思考比對，以求論述周全。

[35] 由於每個詩人的詩手稿書寫作習慣不同，所以要切入關注不同詩人之詩手稿現象、意向的方式也會有所不同。而有時同一詩人在面對不同書寫題材、對象時，其手寫現象也會產生不同於其既有書寫現象的「現象」，研究者都必須有所注意，並產生研究切入方式的對應。

討論「—（水平線符號）」、「↑（上箭頭符號）」。

　　「—（水平線符號）」最初出現於〈白鷺〉「之一右」，但僅只於出現在第一段而已，並未向第二段延伸。而到〈白鷺〉「之一左」則全行下都劃上「—（水平線符號）」，這時在意向運動上，將各詩行立足點予以齊平，並「之一右」原本的一、二分段進行聚攏，已經成為了確定的設計，這可從〈白鷺〉「之三」中延續「之二左」的設計概念看出。「之一」兩個版本中的「—（水平線符號）」恰正是一個線索的意象，為我們具體呈顯出意向運動脈絡。

　　但「—（水平線符號）」還以立足點齊平方式，形成一個揚尖的山勢的文本結構意象。這個山揚尖形式的設計，是有設計意識的。〈白鷺〉「之一右」版本嘗試每行尾齊平，形成高低落差起伏的山勢。另一個同樣採取這樣形式設計的例子，為陳黎得獎詩作〈島嶼飛行〉。陳黎於該詩最後同樣羅列臺灣各種不常為人所知的山名，形成一錯綜起伏的視覺感受。在〈白鷺〉「之一右」中，因為分成兩段，且各段行數較短，山勢在視覺上無法給人聚焦感，是以後來這個版本也沒有被續寫下去，進行發展。但是「—（水平線符號）」概念被延續，沉澱著閱讀記憶的我們，知道「之一左」中的每行下的直線，都是「之一右」的意向運動的延伸。

　　而在〈白鷺〉「之二」中雖然已經抹去了那水平線，但是那各詩行齊平的現象，都直指著那在「之一」水平線的落實。對於知道文本過往發生歷程的我們來說，齊平現象中那水平線是在場的，亦即所謂的在場顯現。換個角度來說，「之二」同時也強化了「之一右」版本在文本發生發展中的基礎性。

　　正因為「之一右」在整個〈白鷺〉詩文本發生歷程的基礎性，我們發現其第一段下的水平線結尾，同時也是以一字獨立成行的「劃」字被聚焦而出。事實上，透過對〈白鷺〉「之一」、「之二」與「之三」版本發展的精讀，可以發現「劃」這個詞彙在白靈〈白鷺〉不同版本中，不論文本形式結構如何變化，都對應著之一右版本第一行收尾獨列的「劃」，穩固地發散詩學修辭效力，開展變／選項。

「劃」是一個帶有力度的動詞，且具有動能方向。詩人聚焦「劃」此字，乃在讓動詞，參與〈白鷺〉的結構塑型——文本之山形於焉，也被賦予了力度感與動能向量。在詩文本中是誰使用了「劃」這個動詞？正是〈白鷺〉詩名所指涉之白鷺。就整個詩文本有意識地造型結構來觀察，〈白鷺〉的結構性還不只是對山高低形勢，也對白鷺飛行進行仿擬。「一隻白鷺」雖是四行，但不是表示四隻白鷺。我們這個否定所以會出現，是因為其前乃在擬仿山的外部造型。以水平線式呈現的「一隻白鷺」四行字，乃在顯示白鷺直行飛翔的運動軌跡，這也視為對速度現象的象形。

在手稿詩行中以文字試圖細部勾勒飛行的水平方向，例如：「之一左」較「之一右」開始於第六行增寫出的「由左向右劃」，到「之二」第五行再調整增補為「由最右邊逐漸向左劃」，以「最」字強化擴展飛行的寬廣幅軸，並加以「↑（上箭頭符號）」符號，自我點出飛行現象之向量。所以說是自我點出，乃是在整體上臺灣現代詩作極少有在出版詩作定稿中使用「↑」符號，且〈白鷺〉最後定稿中也確實沒有此一符號。詩人特別強調其飛行是水平直飛的，乃是因為就排版上也可將「一隻白鷺」，作上下起伏如波浪式的排版。就運動性以及對運動軌跡所進行象形設計來說，波浪式的飛行軌跡有一種迂迴舒緩的感覺，而筆直則有一種速度感。

在詩手稿中檢視對「一隻白鷺」文字序列的擺置，也有著另外的閱讀趣味。

在排列「一隻白鷺」上，詩人不只確立了其懸空飛行的模態、速度感，在「飛行高度」上，也開展出兩個變項。第一為「之二」對應著前一行「截斷，好利的」的「斷」字這個高度，要凸顯筆直而飛的白鷺之飛行力度；第二則為「之一右」選擇「好」字這個高度。最後定稿選擇了第二個，因為這可以連帶地在原本由上而下，由左而右的閱讀方式，亦即「『截斷，好利的』—『一隻白鷺』」外，同時可以將「好」與「一」水平連讀，形成另一個語言閱讀序列「『好』—『一隻白鷺』」。

「『好』—『一隻白鷺』」，為白鷺之飛行帶著爽利的肯定語氣。若選擇「斷」這個的位置，雖可以讓文本聚焦「斷」字，來呈顯白鷺飛行的鋒利

感，但事實上詩人在文本中已透過其他修辭作業予以完成，詩人認為不必再特意強調。而「好」則能賦予整個〈白鷺〉詩文本空間結構樣態一個「聲腔表情」。這樣的聲腔表情，可說是一修辭策略，在詩中出現，使得圖像詩不再只是一種拼圖，更有著聲音、時間上的音響向量。

　　從橫向閱讀角度來看，所讀出「好一隻白鷺」的語句，可與上而下的直向閱讀出的「好利的一隻白鷺」，形成雙層肯定的意涵。不過，我們整個檢視〈白鷺〉的文本發生歷程，可以發現「『好』—『一隻白鷺』」，首先出現於「之一右」，其後「之一左」也予以繼承，但在「之二」被捨棄，最後在印刷發表刊印稿中被採用。由此我們也可知，版本的生成發展不是單一線性的，各版本雖然在形式呈現後，已經產生了出現時間上的先後，但仍會彼此疊影，成為多元結構。

　　在與「一隻白鷺」搭配位置上不被選擇的「斷」，在〈白鷺〉詩手稿文本可說與「劃」字的一系列修辭作業相搭配，成為支撐「劃」割裂效果的一部分。在「之一右」中「劃」被單字獨立成行[36]後，在「之一左」即透過夾注符號，夾述「無聲地劃過去劃過去／一路上噴湧著綠色的汁液」，意向出一噴濺的效果。詩手稿中加添入的兩次「劃過去」，強調了「劃」的速度，更加添了力度。「劃」被點出的速度、力度，將白鷺之飛行，隱喻如刀。而白鷺此一飛行真如刀鋒，使詩人想像山受了傷，噴濺出濃綠的綠色血液。這綠色之血，讓我們不禁想到詹冰經典之作〈綠血球〉：

　　　五月，
　　透明的血管中，
　　綠血球在游泳著——。
　　五月就是這樣的生物。

　　五月是以裸體走路。

---

[36]　亦即一字一行。

　　在丘陵，以金毛呼吸

　　在曠野，以銀光歌唱。

　　於是，五月不眠地走路。

　　對於「五月」這個抽象不易捉摸的時間，予以具像擬生物化的詩書寫。第二段的五月如牧神般在自然中呼吸、歌唱，不眠而行更顯得其生命意志的無時不刻。但這首詩最令人醒目之處，還在於第一段以透視、顯微鏡的視覺方式，微觀而見「五月」此一時間生物的血管中血液的奔流。這份特殊視覺於無形之間，暗示了整個五月生命盎然之綠，皆為五月之綠血球；同時在此語言指涉中，活在時間、季節的我們就在五月的體內，觀看著綠血球在血管中的活動。回到我們自身，我們究竟在五月之內的那個肢節、臟器中觀看著五月？

　　〈綠血球〉中的綠血球，就如同〈白鷺〉的綠色汁液，都代表著對自然血力的理解，由此呈顯自然物象內蘊之活躍生命力。不過透過比較，可以凸顯出相對於〈綠血球〉是從主體之於內，〈白鷺〉則是採取主體之於外的角度，觀看著青山之汁液繃發。這之於外的主體位置，也在呈顯出白鷺飛行的鋒利現象。白鷺飛行這份如刀的鋒利，還以重複音韻方式呈現，除前述「之一左」中重疊兩次的「劃過去」，還有「細細細」[37]。一般對事物的疊字形容以兩次為主，在此則用三次，具有鼓點三次的力度。這種重疊使用的修辭思維，終也促成了詩人繼續將「之二」中以延伸加添線跟紅字加添的「噴湧著」形成三次，到印刷發表刊印稿則省去「著」字，在第六行底噴湧出現三次，在下一行又再加一次「噴湧」，綿長「噴湧」的音樂節奏感受，最後才添用「著」字，穩固音樂感。

　　透過直觀白靈〈白鷺〉「之一右」、「之一左」、「之二」的初定稿詩手稿以及印刷發表刊印稿，所檢視出初定稿詩手稿中的輔助符號「─（水平

---

[37] 從此，我們可以發現，在〈白鷺〉的文本發生歷程上，「之一左」無疑發展開展面變項最主要的版本。

線符號）」、「↑（上箭頭符號）」與夾注符號，為我們更具體呈顯了詩人白靈在手寫草稿素描時，對文本結構的形式設計意識。進而看到其中的詩文本結構，如何隨詩人之在場意向發展，而產生結構形式內容次序，以及版本的生成。詩人驅使著詩語言，使詩文本發生了豐富的在場意向運動現象，所塑型而出的山形與白鷺飛行，恰成一個靜與動的象形結構。此一動靜以「劃」為焦點，使靜態的山形結構中，內蘊了一個白鷺於其間的飛行動能，終而在最後尾段部分，從字句指涉層次，具體化為一帶鋒利感的具像飛行直線。

二、詩手稿中在場意向之運動與範疇結構之生成

（一）在場的顯現／不顯現

　　直觀得以全面性、地位均等地，將手稿各種現象，帶入主體的意識場域，使現象得以真正的在場進行顯現[38]。在方法上，能跟隨著現代詩人於詩手稿上活潑／躍的自由書寫動作，並如實而觀，正也說明了直觀「自由」、「如實」的作用。

　　將現代詩手稿現象帶入意識場域後，便可進行更為細部地能指與所指符號連結的探索，手稿現象能透過能指與所指的詩學修辭活動之觀察，更清晰地呈現詩人的意向運動，揭顯詩手稿文本在發生過程中，意義發生與運轉的實況。在方法論的反省上，這也引動我們進行更細部地反思，「直觀現象—在場顯現」的連動關係，其也能凸顯了「不見」所存在的三個層次性：第一種是「單純的事物不在場」，第二種是「事物在場卻不顯現」，第三種則是「事物在場卻不全顯現」。

　　而第二種「事物在場不顯現」與第三種「事物在場不全顯現」的關鍵，便在於「意向」是否運作，以及「意向」運作之深淺廣狹的狀態。意向為意識之所向，本就帶有意識的運動性，呈顯了主體對事物結構之認知與推理的開展。一般來說，見而可見、識而可識的顯現，即意謂著在場，這是容易理解的。但不顯現何以能在場？更進一步來說，「在場」與「不顯現」間是否

---

[38]　例如白靈〈白鷺〉詩手稿的水平線作為例子的延伸。

衝突？「不顯現」在文本結構上的功能又是如何？

在場之顯現與不顯現間的辯證關係，以下我們分就「時間歷程」、「空間前後景」兩個角度進行析論。

先論「時間歷程」角度。

在現代詩文本整個由起草稿而至印刷發表刊印稿的文本發生歷程中，可以說在後期階段定稿的顯現，有著其前之起草、草擬稿歷程的不顯現性來進行支持。因為這些起草、草擬稿儘管在定稿中被擦拭、抹去，但那些修改跡痕所意謂的意向運動，以及所開展變項與擇選的皺摺，都是一首詩發生歷程的音階，甚至具有半音階的作用，成為分析演化歷程的發生時，必須細部體驗的節點，由此方能解釋發生歷程之律動感。因為手稿發生過的種種事實，使得在定稿中不顯現的痕跡，也成為組構詩文本的組構因子。

詩手稿發生歷程中的跡痕，都像是我們人生過往留下的足跡，試想，若不是那些足跡的踵進？我們不會現在就站在這裡，以如此面貌度過此刻，以及將來的一分一秒。在對時間的直觀中，過去不只是過去，過去如此與現在緊密相關，試想：因為「過去」不也曾經「現在」過，所以才能成為過去。是以所謂「現代詩手稿現象」，從不是單指起草、草擬稿、初定稿的單一狀況，而是整個發生歷程產出的版本與版本「們」的關係表象之顯現。這樣突破單一版本框架的觀看，使得前在版本儘管不顯現，但依舊在整個歷程中在場，而為我們所意識。

再論「空間前後景」角度。

詩人所表現、書寫的對象具有結構立體性，但受限於語言形式，詩語言帶有一定的序列性。這個序列性使得每次再現，都有著視角上的選擇。但寫作則可以透過序列的時間歷程推進[39]，所積累語句對事物的多次再現，而完成對含括著事物輪廓、特質等之結構。但一個詩作不可能以一種鉅細靡遺的方式，對事物進行展現，隨著文本主題，以及詩人所設定文本整體風格取向，甚至詩人對自己書寫技巧的挑戰，事物在定稿文本中的細部段落、行

---

[39]　就此來看，也可看到寫作時間歷程的作用。

句，只會以事物結構的特定角度、面表現。

起草、草擬稿中則可自由進行翻動、嘗試，形成不同角度、面的組合變項[40]，進行抉擇。如此便形成了顯現與不顯現的層次，但因為他們同屬於作者意識中的事物結構，一如海面上的冰山，我們可從被寫出表現的部分，追蹤、意識其不被表現，亦即不顯像的部分，完成自我解讀版本的事物結構。而草稿階段文字跡痕的浮現，則是一種間接性的印證，以其在定稿中不顯現的符號狀態，支撐著定稿的顯現。在這樣空間角度對顯現與不顯現的判讀，也形成了一個帶前後景的立體式觀看。

為具體說明意向在「直觀現象—在場顯現」之關鍵性，我們再以繪畫的觀視、呈現，說明其中在場的顯現、不顯現的細節狀況。

傳統的繪畫透視法便帶有在場但不顯現的狀況，表面來看透視法所繪之物栩栩如生，但是卻是在紙面上侷限於單一視點，進行近大遠小的事物構形。事實上，以一個正方體來說，應當是每面均整，如何有大小之別呢？所以透視的逼真，其實是以變形來完成的。此外，在單一視點下，無法被看見的那面實存但卻消失了。如果能辯證思考，若非不見的那些面向支撐著，我們又如何能看見我們所看見的呢？

可以發現，繪畫藝術受到在形式上，受到單一視角的影響非常之大。畫家如何選擇特定單一視角，就是在進行在場顯現與不顯現之權衡。而畢卡索（Pablo Ruiz Picasso，1881-1973年，西班牙藝術家）的「立體派」繪畫，例如最具代表性用以再現西班牙內戰地毯式轟炸後災難圖景的「格爾尼卡（Guernica）」，以及身體空間重構曲扭以呈顯慾望的「亞維儂姑娘」，本身正是在挑戰傳統的透視法。同樣是在一張紙上，畢卡索（Pablo Ruiz Picasso）將物體的多樣面向提取出來，重新進行分析，再進行組織疊組，這產生了在一個觀看中，並存著多重視角的效果。現代詩文本之創作，雖然也是有著單一語序形式問題，但他本身因為中文漢字的方塊性，以及分行特質，使得其可以在單一語序形式中進行突破，透過相關的組構、調動實驗，

---

[40] 這些嘗試，亦即前文所述之開展面。

克服單一視角再現事物的問題。這也使得原本不容易意會的在場不顯現，如何能被讀者意識，並思索不顯現與顯現對事物結構的同等組構意義。

從在場顯現／不顯現的「時間歷程」、「空間前後景」兩個辯證討論，也可以發現一首好詩所以好，其實正涉及了其所在場顯現的文字，是否有其暗示性，並且提供讀者進入其中，朝向種種不顯現之處，進行意向運動的解讀、審美。進而能從一個閱讀點，推斷、想像出全部結構。具體來說，<u>單端點的顯現，如何依其由詩人所賦予的暗示、意向，誘導讀者、研究者去意向、想像事物所不顯現的狀況，而使之在場，並由此讓我們全知地感受到文本範疇全貌。</u>在此，我們可再從本節第一部分所析論之白靈〈白鷺〉作為探析例證。

在閱讀白靈〈白鷺〉印刷發表刊印稿時，我們會因為自我受傷、閱讀詹冰〈綠血球〉的經驗[41]，而關注到文本中所噴濺著的綠色汁液。由此我們開始以印刷發表刊印稿中的「噴湧著綠色的汁液」為核心，專注閱讀此詩，經驗這份文本現象。聚焦，意謂著前後景的生成可能。聚焦綠色汁液，並不是只看綠色汁液而已，而是看到了在〈白鷺〉這首詩的這個點，是否被特點化。我們於是繼續直觀詩文本的現象，尋找文本其他現象對這個特點支撐性的強弱。所以我們逆著詩行看到重複的「噴湧」，透過這個重複詞，呈顯了綠色汁液原本不顯現的空間量性；再向上看，則看到「劃」這個字詞，讓綠色汁液原本不顯現的動因，而使文本產生了一時間脈絡。

在白靈〈白鷺〉印刷發表刊印稿中，這帶逆向感的持續知覺追蹤，讓綠色汁液成為一確切的凸顯，以及對詩文本的認記。細部來說，此一在場關係中，是整個〈白鷺〉詩文本容納了「綠色汁液」，而「綠色汁液」又是建構〈白鷺〉詩文本結構的重要端／特點，成為以整個定稿詩文本為背景的前景。

在這樣的閱讀意識上，白靈〈白鷺〉不單只是一首詩，而是帶有被劃濺出綠色汁液的一首詩。在我們的經驗中，是因為「綠色汁液」這個前景／部

---

[41] 這也讓我們細部思索到，一首詩一開始為讀／研究者所注意，可以是因為一首詩本身獨具的語言特質，也可以是因為讀／研究者有著與這首詩共感的經驗。當然，也可能互有重疊，一首詩的獨具之語言特質，恰巧就是讀／研究者內在與之共感，但卻無法說出的經驗。這些因素也會影響著讀／研究者如何開始討論這首詩。

分，而接續認識到〈白鷺〉的後景、手稿歷程，並意向到原本字詞所不顯現的事物狀態、動因，而使詩人白靈〈白鷺〉，產生一帶讀者、研究者個性化理解的在場整體。

（二）運／流動的詩書寫現象

現代詩手稿文本定稿的顯現，既有著發生歷程各版本的不顯現性支持著，但若不透過直觀意向的精讀，這個現象事實終然是無法呈現的。意向閱讀，往往必須從一特定結構端點開始。這個端點是整個詩文本整體的一部分，彼此有在場關係，但必須透過非靜態化的閱讀，才能從端點出發，連結其他端點，進而整個詩文本之面與結構，才能被予以理解。例如透過對白靈〈白鷺〉初定稿詩手稿的精讀，我們已找到另一個文本帶力度感的動詞端點──「劃」。由此而意向關注到整首詩在結構上對山之象形，有鳥空中飛行高度、速度的再現。在這樣的意向追索中，可以看到詩人對「劃」，如何在初定稿階段，就進行連動性的組織修辭設計。

在定稿中的閱讀已有其運動性，在詩手稿參與後，這個閱讀性運動因為直觀，涉入了文本發生歷程的時空間現象，則會更為活躍。對詩手稿之現象直觀與感知意向，說明了對事物的觀看是可以「流動的」，不一定非得要限制單一位置上。就後結構的角度來說，我們不要無意識地將自己置身在作者於印刷發表刊印稿給我們的觀視位置上，無意識於我們所接受的真實，或者說，我們看似的真實，其實都存在被製作狀態。

指出詩定稿中的真實，是被選擇的事實，或許聽來令人沮喪。但所謂的真實，真是一不可有疑的固狀物嗎？

我們的問題是一個對真實的質疑，這份質疑也是真實的嗎？或者更具體地來說，質疑也可以歸屬於真實的範疇嗎？

承認真實是有所範疇的，本身就打開了真實所位處及擁有的語法狀態。真實不是一個單一指涉的名詞，真實也可以是動詞。所以，我們不再只會說──這是真實的；我們更會說──我可以將之真實嗎？

「我可以將之真實嗎？」這句話含有兩個語意，第一、將某物／義真

實，第二、如此是否可以？在第一個語意中，真實作為動詞使用，意謂著事物可否真實化，透過辯證，將物／義歸屬於真實範疇。在第二個語意中，是否可以？內在除了蘊含著「這是真實的嗎？」、「這足以真實嗎？」的探詢，還對應存在著的質疑，與探索意欲。

　　質疑不是要完成真／假的二元結構，還具有強化、辯證真實質地的作用。當單一固狀的真實，特別可以歷史政治場域中的歷史政治真實為例證，往往會隨時間崩毀。<u>當真實不斷在辯證中去蕪存菁，便可以發現，啟動辯證的「質疑」也是真實的。真正承認單一、絕對真實的不可能，其實正也點出真實，所也能帶有豐沛感的個性化光譜。</u>

　　詩所呈現的真實空間範疇、現象，會因為詩人之稟／個性，而帶有不同的情／美感。特別在詩語序分行上，先選擇什麼物象、場景，以及視角，決定於主體情感狀態、生命歷程與詩美學審美觀，這逐使真實成為與寫作者主體相連的表現物像。

　　真實在被詩人主體選擇的狀態下，隨詩行次序推進，而被完成其結構表現。在這個過程中，可以發現詩書寫的意向性，比起形式偏近於空間的繪畫，則更帶有時間特質[42]，這主要乃是因為書寫文字本身帶有語言記音特質。當我們注意、意識自己說一句話，聲音發聲形成句意後，其在空氣中的音頻振動便消失了。更具體來說，是在時間中消失。我們說話了，是指在空氣中創造一段時間振動；我們說完後停一下再說，是指在空氣中創造的時間振動結束後，再啟動下一段時間振動；我們說了又說，則是指我們不停地在空間創造時間振動──雖然我們的時間走到最後，最終會讓我們安靜下來；而在那時就得靠我們曾書寫下的文字，代替我們發聲。

　　正是因為時間，使得詩語言與之的書寫，能更突破繪畫空間對單一視點的限制，所以在詩文本中我們能看到意象的流動，以及詩境的遷變。特別是現代詩內存的敘事詩，乃至於後續發展出的文類複合型的文體，如散文詩、小說詩等，其被凸顯的敘述性，更能得見時間在詩文本語言中的流動效能。

---

[42]　當然中文漢字其在六書造字原則下，使其另帶有圖像空間性。

這個流動，能穿過時間，尋索適宜事物，作為範疇節點，參與對真實範疇的結構再現。相較於只能據守在文本中此時此刻的繪畫[43]來說，無疑具有時間意向流動的優勢。從現代詩手稿學角度來看，沒有固著點的書寫，就是書寫的實體現象[44]。

　　當流動就是書寫發生過程的真實現象，甚至就是書寫的真實本質時，閱讀上的不固著也同樣是閱讀本質。這讓我們能細部理解羅蘭‧巴特（Roland Barthes，1915-1980 年，法國文學批評家、符號學家）「作者已死」之論。

　　詩人在起草、草擬稿階段，詩手稿文本處於一個繁密的生成階段，靈感、動機複雜地存在碰撞的運動。初定稿、手寫定稿，則趨於穩定，仍存在著字、詞層次上的微調活動。但即使冠上印刷修改稿、印刷發表刊印稿之名，詩手稿的生成運動仍在持續，因為就算已經印刷，作者依舊可以去修改詩作，例如：詩人發表於報刊雜誌上的詩作，也可以再進行修改，收入其詩集；發表在詩集中的詩作，同樣地，也可以再修改，於下一版詩集進行調整。即使詩人生命告終，不要忘了與詩人詩作始終相伴的讀者，仍不斷投注詮釋，在自己想像中調整詩作的模樣，以閱讀詮釋進行詩意創作。

　　所以正如我們前述認為「質疑」也是真實的範疇般，我們也可以用所收集到的臺灣現代詩手稿文本之事實，質疑、探問詩定稿的穩固性。詩文本從不會完成，這也意謂著，<u>詩文本永遠不會終結，只要其從詩手稿階段所埋設的意向，具有文本結構的流動性、搭建性，便富含著可再創作性。</u>

　　意向的運動是詩人知覺的擴展，但對事物的廣泛知覺於寫作界面上進行詩語言的落實時，便存在語序、視角的選擇。在此，我們不妨以陳千武〈信鴿〉為例，詩人原詩如下：

　　埋設在南洋

---

[43] 所以畫家必須透過對運動事物的繪畫暗示，向觀者傳達下一刻時間流動的變化可能。但如果畫家的暗示無法準確交給觀者，畫作仍舊只能停／凝止在實質上的此時此刻。

[44] 唯有先認清這樣的事實，文學寫作才能被理解，以及真正設計出對應寫作的教學課程。

我底死，我忘記帶回來

那裡有椰子樹繁茂的島嶼

蜿蜒的海濱，以及

海上，土人操檜的獨木舟……

我瞞過土人的懷疑

穿過並列的椰子樹

深入蒼鬱的密林

終於把我底死隱藏在密林的一隅

於是

在第二次激烈的世界大戰中

我悠然地活著

雖然我任過重機槍手

從這個島嶼轉戰到那個島嶼

沐浴過敵機十五糎的散彈

擔當過敵軍射擊的目標

聽過強敵動態的聲勢

但我仍未曾死去

因我底死早先隱藏在密林的一隅

一直到不義的軍閥投降

我回到了，祖國

我才想起

我底死，我忘記帶回來

埋設在南洋島嶼的那唯一的我底死啊

我想總有一天，一定會像信鴿那樣

帶回一些南方的消息飛來──

　　全詩開頭結尾兩段，即對同一對象，做了兩個不同的表達。開頭為「埋
設在南洋／我底死，我忘記帶回來」，結尾則是「我底死，我忘記帶回來／

埋設在南洋島嶼的那唯一的我底死啊」。就核心句子來說，開頭段落先講位語，後則為主語動詞；結尾段落則反之。但結尾還另有兩個發展，第一、原本的「南洋」強化為「南洋島嶼」，這可視為開頭第三行之「那裡有椰子樹繁茂的島嶼」的擷取。第二、將開頭「我底死」發展為「那唯一的我底死」。「唯一的」我底「死」，正點出這首詩的興味所在——在經歷大時代南洋戰爭的我，可以分化為「生」、「死」二者。我倖存的身體可以返回臺灣，「死」則可以遺忘、隱藏於南洋島嶼密林中。回返臺灣的我，成為「無／不死之人」。

「無／不死之人」是原本非生即死的人類，一個曖昧的邊界。在戰爭中求存的我，超現實地透過「埋藏死」，便能穿越槍林彈雨，甚至成為重機槍手，無感地的掃射。既有之死亡，讓生命有了期限，更讓我們在有限中思索超越身體死期的恆常與不朽。「無／不死之人」有著無限延長的生命，當真無憂？是否要永遠背負戰爭中所見識過的生死？面對著綿綿無止期的日常，百無聊賴一意綿長，反而稀釋了生命的意義。「無／不死之人」另一狀態，則為行屍走肉，心中無主，茫茫度日。〈信鴿〉正提供／選擇了主體我的這兩種類似的表達，讓意向穿越了大時代的太平洋戰爭，交錯呈顯從南洋島嶼到臺灣島嶼的我，其生死的辯證層次。

所以意向的結構運動，讓陳千武〈信鴿〉結尾重現的詩句，有了中間段落詩句的沈澱，展現了意向運動的效能。這也說明了詩意的意向，因涉及了主體與世界，使其運／流動現象，並非單純的基礎幾何樣式，而更為複雜。是以詩手稿中的意向運／流動現象，與其說要觀察其是否存在著結構核心，我們更要注意詩手稿中的流動生成意識。

關注詩手稿中的意向能讓我們更有意識地跟隨詩語言流動發展，對於詩語言之流動，司空圖〈二十四詩品・流動〉寫的非常精彩，其謂：「若納水輨，如轉丸珠。夫豈可道，假體如愚。荒荒坤軸，悠悠天樞。」水輨即水車，這首先便說明了流動不是流逝，流動之動還有著週行的意涵存在。轉丸珠，更進一步凸顯了流動不僅止於平面，而有立體多元的向度。必須指出的是，轉丸珠通常是在掌中轉兩顆以上的丸珠，這也呈顯在流動中存在著物與

主體之間的感知對應。這感知對應，也一如轉丸珠在掌中時，帶著所轉出之晶瑩、滑潤的聲音、觸感等一系列豐富的感覺。

透過司空圖〈二十四詩品‧流動〉，可以更細膩地發現，當事物成為書寫意向的對象時，詩人如何在書寫中對其全結構進行流動／轉環看，並在這過程中選擇、組織進行書寫發展。所以意向流動更為積極的意義，更在於物與物之間得到一個辯證點，由此強化意向流動的向度與力度。這遂使詩人得以在物與物間搭建了相通的意義結構，而在詩文本中這意義結構通常便以意象作為聚焦點。

因此可以發現，遣動意向運／流動，本身涉及了詩人的詩美學。這使得同一主題對象，會隨不同詩人，而有著不同的意向運動方式與感覺模式。我們不妨以商禽〈穿牆貓〉、蓉子〈我的粧鏡是一隻弓背的貓〉與陳黎〈貓對鏡〉，這三首同樣以貓作為全詩核心關鍵意象的詩作，具體探析、呈現詩人意向運動的狀態。

首先，我們先看商禽〈穿牆貓〉，在該詩中詩人如此寫到：

> 　　自從她離去之後便來了這隻貓，在我的住處進出自如，門窗乃至牆壁都擋牠不住。
>
> 　　她在的時候，我們的生活曾令鐵門窗外的雀鳥羨慕，她照顧我的一切，包括停電的晚上為我捧來一勾新月（她相信寫詩用不著太多的照明），燠熱的夏夜她站在身旁散發冷氣。
>
> 　　錯在我不該和她討論關於幸福的事。那天，一反平時的呐呐，我說：「幸福，乃是人們未曾得到的那一半。」次晨，她就不辭而別。
>
> 　　她不是那種用唇膏在妝鏡上題字的女子，她也不用筆，她用手指用她長長尖尖的指甲在壁紙上深深的寫道：今後，我便成為你的幸福，而你也是我的。
>
> 　　自從這隻貓在我的住處出入自如以來，我還未曾真正的見過牠，牠總是，夜半來，天明去。
>
> 　　　　　　　　　　　　　　　　　　　　　──一九八七年　中和

在此詩中，詩人意向著貓的活動——無法被擋住的貓，自由出入著我的居所。這隻穿牆貓無孔不入、來去自如，展現了其動物任性。但詩人意向到的不只是貓在表象上所呈現的活動表象，而是「貓—她—幸福」的交／替換結構。

商禽以散文詩聞於詩史詩壇，這首散文詩確實散發了一個散文敘事的優勢，讓我們清楚看到「貓—她—幸福」交／替換結構的生成——「她」走後，「貓」便來。原本「她」於家居的在，如此替「我」散佈著幸福感。這種幸福感幾乎是一種母親對孩子的照顧[45]，從第二段新月寫詩的超現實段落，可以發現這照顧甚至包括精神照養層次。而從我提出「幸福，乃是人們未曾得到的那一半。」的荒蕪謬見，她全然成全「我」所要的幸福感，以其「不在」。

在意向上，她的身體表象在住處「不顯現」，把自己成為詩中那個「未曾得到」。儘管身體表象「不顯現」，她卻又在我之後的念茲在茲中「顯像」。而作為她身體表象上的替換物——貓，從詩中所謂「我還未曾真正的見過牠」，其可被意向，但明顯不是以視覺方式被意向，也辯證性的呈顯另一個「在，卻不顯現」的物象，為全詩提供一個耐人尋味的悵惘感。

至於蓉子〈我的粧鏡是一隻弓背的貓〉則展現了不同的對貓之意向，在該詩中詩人如此細寫：

> 我的粧鏡是一隻弓背的貓
> 不住地變換它底眼瞳
> 致令我的形像變異如水流
>
> 一隻弓背的貓　一隻無語的貓
> 一隻寂寞的貓　我底粧鏡
> 睜圓驚異的眼是一鏡不醒的夢

---

[45] 當然我們也可以質疑這是一種女人對男人的「侍奉」。

波動在其間的是

時間？　是光輝？　是憂愁？

我的粧鏡是一隻命運的貓

如限制的臉容　鎖我的豐美於

它底單調　我的靜淑

於它底粗糙　步態遂倦慵了

慵困如長夏！

捨棄它有韻律的步履　在此困居

我的粧鏡是一隻蹲居的貓

我的貓是一迷離的夢　無光　無影

也從未正確的反映我形像。

　　蓉子〈我的粧鏡是一隻弓背的貓〉一詩就詩題來看，本身就是一個隱喻。這份隱喻就其表面探析，為「鏡—貓」之關係，但實不可忽略詩題內在，在一開始所寓存的所有格「我的」，以及此鏡物之「化妝」功能。正是因為如此，使得這份隱喻必然存在著女性主／身體的性別論述問題，以及連帶地的意向鋪展。

　　「妝鏡」是我所意向之物，以及所意向之對象，鏡子在物上的反射顯像特質，使其表／現象，與一般物多了份層次[46]：一為單純鏡子的表象，包括鏡框、鏡面、鏡座等；二則為在其鏡面表象上所顯現之映照物象。是以鏡子不單只是顯像，而更在容受著其中所顯像的。誠如前述，我們真正意向某物，除了意識到其所面向我們的，還包括著其於同一結構中所背對我們的。因此對鏡子意向性的發展，從意向某物的同一性，而到主體與物之雙向、混

---

[46] 因此不只是在現代詩，自文言古典詩開始，便成為了重要的意象，例如東漢・秦嘉〈贈婦詩〉：「寶釵好耀首，明鏡可鑒形。」唐・張若虛〈春江花月夜〉：「可憐樓上月徘徊，應照離人妝鏡台。」清・江世銓〈題畫〉：「不寫晴山寫雨山，似呵明鏡照煙鬟。」等。

同的狀態。

　　當然，這樣的層次推展可能，需仰賴詩人之詩才、詩想的細密，才能予以推及。蓉子〈我的粧鏡是一隻弓背的貓〉所以經典，便在於其意向鏡物的細膩與幅度，創造了女性主體與貓鏡物的雙向容受現象。詩人在此詩中建立了「我—鏡—貓」的意向連鎖關係，在這意向對物我結構的蜿蜒推展中，一方面鏡子因貓，而發展出形象上的弓背、聲音上的無語、個體上的孤單，以及局部上以貓眼進行意象對焦；另一方面我們卻也要注意到詩中詩人使用「其間」、「在此」，所意向到其對自身主體的容受作用。

　　「其間」即在其之間，表現出詩人意向到所見物象是在鏡子之間／中，是存在於一個有框架、輪廓界限的空間裡。這個限制感，也表現於「在此」——儘管不斷為詩人所開展，但鏡子其實依舊僅能「在此」，亦即「靜止」在特定位置中。是以可發現，細品全詩在「其間」一詞後，正以第二段最後一行「時間？　是光輝？　是憂愁？」作為一分界點，詩語言調性由開展而到限制。詩人主體豐富活潑的意向幅度，超越了妝鏡的「其間」與「在此」，所隱喻男性對女性身體形象的特定定義體系，僅能夠反現的。此詩最後詩人終也以「從未正確的反映我形像」，以質疑釋放被譬喻為鏡子的貓[47]，並釋放被鏡像如此捕捉的主體我。陳黎的〈貓對鏡〉同樣也展現一個男／女性意識，只是在意向啟動上，不是把貓與鏡進行互喻，而另有發展。詩人如此寫到：

　　　　我的貓從桌上的書中躍進鏡裡
　　　　它是一隻用膠彩畫成的貓
　　　　被二十世紀初年某位閨秀的手
　　　　在一位對窗吹笛的仕女腳旁
　　　　我把書闔上，按時還給圖書館
　　　　而它依舊在鏡裡，在我的牆上

---

[47]　特別是對看商禽〈穿牆貓〉那自由於家宅出入的貓。

有時我聽見笛聲從鏡中流出
夾雜著月琴和車輪的聲音
那朱紅的小口未曾因久吹剝落
唇膏（我猜想時間的灰塵模糊了
那些旋律）我輕擦鏡面，看到
蜷臥的貓打了個呵欠，站起身來

它依舊在畫裡活動，在音樂與
音樂間睡眠，沈思，偶而穿過
畫面偷聽隔壁房間我女兒與
她同學們的對話。它甚至看到
她們攬鏡互照，討論化妝品的
品牌，手排車與自排車的優劣

它一定在她們手上的鏡子裡
瞥見了自己，慵懶，然而依舊
年輕，寄住在我書房一角牆上的
鏡裡，瞥見鏡子外面坐在桌前
閱讀寫字的我，並且好奇什麼
時候，我再攤開一本書，一張紙

　　讓它跳回桌上延續下來，陳黎〈貓對鏡〉之「貓」，是一個運動的意象，有其意向性。從書跳到家居，再跳到牆中，在牆內建設意象，也向外擴散、感染這世界。延伸往前看，貓的靈活性，本身就是手稿意向運／流動的隱喻。詩中以膠彩繪成的貓，其活動無疑帶有超現實意味，從其畫冊中躍出，又以圖／影像形式，生活在我家中掛於牆上的鏡子。且不說第二段貓如何在鏡中散發的活動訊息，第三段貓穿出畫面傾聽女兒與同學的對畫，便在

其活動中建構了一個家居中，父親所不易涉入的女兒話語空間結構。當然，這個觀看也在文本結構中，呼應了「貓對鏡」的原畫之發生特質。詩人所見之「貓對鏡」畫作，乃出自於 1978 年的法國畫家巴爾蒂斯（Balthus，1908-2001 年）之手。巴爾蒂斯（Balthus）的繪畫風格，擅長處理成長期女性的身體情慾狀態。除了「貓對鏡」三幅系列畫作外，「青春期」中獨坐床前裸身的少女，背後投影於牆面上，那不規則如另一襲捉摸不定長髮般的影子，正隱喻了青春期少女不知如何應對自身，於青春期身體變化的恐懼心理。特別是，若細看畫中女子直視正前方，彷彿與我們對看的眼睛，可以發現女子也在面對他人觀看自己身體變化，處理身體被視覺侵犯的焦慮情緒。這份被觀看的視覺課題，也在「貓對鏡」畫作出現。在「貓對鏡」畫作裡，裸身少女手持鏡子將鏡面對著貓，便是讓貓所隱喻的關注者，觀看自己觀看少女的樣貌。而巴爾蒂斯（Balthus）「貓對鏡」後續同題系列畫作，少女的服飾逐漸增添而上，持鏡面對貓的基本姿態繼續維持，反映了其中寄寓的身體情慾觀看課題。

圖 2-70：Balthus「青春期」
151.5x110cm，布面油畫，
藏於奧斯陸國家美術館。

圖 2-71：Balthus「貓對鏡」
170x180 cm，布面油畫，私人收藏。

誠如奚密〈世紀末的滑翔練習——陳黎的《貓對鏡》〉：

> 從英文字源來看，鏡子（mirror）和奇蹟（miracle）兩個字是相關
> 的，它們都來自拉丁文動詞 mirari，原意是「注視」，進而引申為
> 「奇觀」、「奇蹟」的意思。我們可以想像，當人類初次看見並認出
> 自己面貌的影像時，那份驚愕或驚喜實無異於目睹一個神蹟。陳黎的
> 《貓對鏡》帶給我們的又何嘗不是一個個令人讚歎的小奇蹟呢？[48]

　　陳黎詩作〈貓對鏡〉與巴爾蒂斯（Balthus）同名畫作間的互文，也在
進行多層次的跨越與接引。具體來說，其中的貓不只跨越了由畫而鏡的空間
媒介，更跨越了時間，也跨越了身份目光。先就跨越時間來說，跨越時間初
步係指由畫家繪畫「貓對鏡」的 1978 年，而至詩人寫作此詩的 20 世紀末。
但更深刻之處的時間跨越性，則表現在〈貓對鏡〉中前三段出現的音樂片
段。例如：第一段中的「對窗吹笛的仕女」，第二段中的「有時我聽見笛聲
從鏡中流出／夾雜著月琴和車輪的聲音」，第三段中的「它依舊在畫裡活
動，在音樂與／音樂間睡眠，沈思，偶而穿過／畫面偷聽隔壁房間我女兒與
／她同學們的對話。」可以說，在貓的意向運動上，是伴隨著音樂這個時間
形式進行，使貓涉足「我」的家屋空間，瀰漫／沾染著音樂。詩中也從音樂
延展到對另一個時間形式—話語上。「語言」也是另一種聲音時間形式，同
樣也具有聲音空間滲透性，憑任於音樂行動的貓，從牆中提取了我女兒與同
學的對話。
　　詩人在第四段特別寫到「它一定在她們手上的鏡子裡／瞥見了自己，慵
懶，然而依舊／年輕……」，在意向上自然提取、接引了「圖2-71：Balthus
『貓對鏡』（1978）」的重要貓對鏡情景，互文而為詩句。喜歡貓，並也在
畫中召喚貓形體的畫家巴爾蒂斯（Balthus），在畫作「貓對鏡」中，當然

---

[48] 奚密：〈世紀末的滑翔練習——陳黎的《貓對鏡》〉，《中外文學》第 28 卷 1 期
　　（1999 年 6 月），頁 53。

也存在把自身化為貓，投置於那窺視的關係。所以當詩作〈貓對鏡〉中的貓，回返我的書房牆面之鏡，又跳上我的桌上時，也間接完成一個男性畫家到男性詩人的跨越。這個跨越，也移轉了貓那結合空間視覺、時間聽覺，一種帶間接感的窺視／聽。可以說，在詩畫互文中作為意向運／流動隱喻物的貓，提供了一個跨時／空間與身份的性別身體辯證。

　　從前述三位經典詩人商禽〈穿牆貓〉、蓉子〈我的粧鏡是一隻弓背的貓〉與陳黎〈貓對鏡〉的探析，可以發現即使是一隻貓，但卻可隨不同詩人彼此間不同的性別、際遇、氣質，而產生不同的直觀意向，進而產生不同風格的詩作。正是一隻貓所發展出的差異化詩書寫，也凸顯出詩書寫的意向性，並不只是指向「書寫」的「對象」，更包括對於「書寫」本身的意識，亦即「以語言」，以「什麼語言」指向物的意識。而對象也非扁平的事物，自有其結構。所以意識指向結構之一點，也有另一結構中相對位置點，當被意識到，被迫欲指出。也就是在這指涉的當下與下一刻中，事物之現象擁有其積極的立體化意識，不再只是平面表象。

（三）顯現／不顯現的複數範疇結構端點

　　從前節探論中可以發現，意向運／流動對文本結構的生成現象，在這樣的生成歷程中，所生成之結構往往具有多端／據點。對應著這多端／據點，最基本是詩人話語中「與」、「和」這類詞彙的使用，而為讀者所感知。例如：吳晟〈我不和你談論〉中每段的同題「我不和你談論」引領句，「我不和你談論」即為「我不與你談論」、「我不同你談論」的意思。在這樣的狀況中，儘管有著「不」此一否定詞彙，但我和你仍並列在文本內。同時「談論」這個動詞，也將「話語」投置於其中，並且在每段引領句後，形成意向運動，拉展出詩人要引領你走出書房要感受的「田野」。「我—你—談論」可以說便是「和」所展現之文本多端／據點。

　　楊牧〈但丁〉詩手稿另外提供我們更細微的思考，「圖 2-73：楊牧〈但丁〉草擬稿詩手稿（第 5 頁）」中的第二行末與第三行開頭，詩人如此寫到：「惟有實與虛／虛字的指認，歸納，分類，並且嘗試賦與」詩人原本

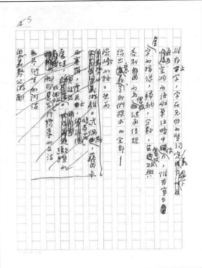

圖 2-72：吳晟〈我不和你談論〉
手寫定稿詩手稿
國立臺灣文學館公開展覽筆者拍攝

圖 2-73：楊牧〈但丁〉
草擬稿詩手稿（第 5 頁）
引見楊牧數位主題館

在透過第二行末的「與」字，將「實」、「虛」兩者並列。實虛的並列，是一個等同太極圖在一圓中，將黑、白兩色，以 S 形並列交涉，以呈顯陰陽交涉相生，反思道生萬物以及有無循環性的思想命題。但這個語序上以「與」字進行的並列，卻又在形式結構上透過分行，將「虛」隔分到下一行的開頭。如此，創造拉展出「虛實之間」的「之／空間」感。

在意向上，「與」的詞彙作用，將所連結的複數據點，予以共同知覺化。「實與／虛」的詩意在於，他不只召喚了實虛的思想意義，還在結構形式使用斷開「實／虛」的方式。這陌生化的運用，意向出一個「實─虛」間在分行閱讀時的空白空間感，綿長了實與虛間的辨識距離。在閱讀上，也形成一個意向管道，使讀者反覆在「實」、「虛」兩個結構據點間，往返閱讀，形成是否「實則虛之」、「需則實之」的反思。

上述對吳晟〈我不和你談論〉手寫定稿、楊牧〈但丁〉草擬稿的兩個分析也凸顯了「與」、「和」的辯證作用，將並列物擺置在文本結構的端點，

或將之交揉為同一物的潛在意識。這個辯證交揉，也指涉出其內在的隱喻作用。

　　透過閱讀即可見的「與」、「和」，具有搭建結構的句法作用。搭建結構的句法，呈現我們感受世界，並給予世界擬像的功能。為世界的擬像，也投注了詩人對世界現象的感官思考。讀者可以將詩作中搭建結構的句法，其所帶出的複數詞彙，明確地直觀為文本結構的感官據點，於意識中進行並列、連結，譜建出文本之結構以及其性質狀態。但「與」、「和」帶出的顯現，只能視為整個文本結構範疇的「部分」，並不能視為整體。因為整體的現代詩文本結構範疇，除了「顯現」的部分，應該還包括一般不容易注意的「不顯現」的部分參與著。事實上，比起相對易見[49]的「顯現」，「不顯現」的考掘，涉及了詮釋上主體對文本結構的立體度、意在言外與創造性解讀。一如海面冰山，必須兼顧海面以上顯現，以及海面以下不顯現所構成。在真正有著豐沛解讀意義的文本中，不可見之處是一個具想像力的實存，極度仰賴意識提取。

　　顯現與不顯現，都是整體結構範疇的「另一」部分，他們與整個文本結構範疇，形成「部分─整體」的「同一」關係。詩人寫詩的過程，是從另一到同一的生成過程。我們在詮釋閱讀現代詩文本時，進入文本結構範疇內部，識見、參與詩人所埋設的意向運動時，本身也在參與一辯證性的「另一─同一」、「部分─整體」建構。具體來說，讀者在啟動閱讀時，是在文本的顯現之部分活動，在結構端點間，逐次完成對面的理解。顯現的複數據點形成之面，依其意向性，引導著讀者繼續翻轉到不顯現的部分，這些詩人埋設，但未完全給予，需讀者完成的面。在應對顯現，與尋索不顯現間，誠如楊牧〈但丁〉所寫：「惟有實與／虛字的指認，歸納，分類」我們才能得到詩人所賦予我們當完成的文本結構。詩的完成，完成於往日的詩人，也完成於來日的讀者。

---

[49] 在此言相對易見，並不表示其更易詮釋。當匆促而觀，或對字詞理解不夠深入時，字詞指涉的「在場顯現」，其實也只是意會薄弱的模糊存在，甚至只是被視而不見。

　　處在來日的讀者，也必須擁有對等於詩人寫作技藝的直觀閱讀技藝。這直觀閱讀技藝，包括了：在文本中進行自主運動的能力，順讀、重讀、跳讀、領會、比較、尋索，還有翻躍顯現與不顯現的明暗面。特別是直觀閱讀不顯現的部分，就細節方法上，是要直觀顯現與不顯現間，或由詩人明示，或由詩人暗指之交連處。而這明示暗指，都可歸屬文本的意向脈絡。正是前述所謂直觀文本，乃在直觀文本意向性的研究方法細節。

　　透過如此細密閱讀技藝，使得文本內部的各字詞不是規整的馬賽克貼面瓷磚，而擁有了無數的連續性（continuity）。詩人在詩文本中譜／埋設意向，是如此重要。詩人也惟有更深沈地感知世界，領受、觸動世界的顯隱明暗，才能進行連續性與意向作業，調配顯現與不顯現，使詩文本的範疇性，更見廣深立體。

　　詩人所埋設的潛在而豐沛的意向性，也凸顯了意向的可寫作狀態。現代詩手稿文本不顯現之冰山以下的狀況，也具有生成性。由此延伸回詩手稿研究來看，若非有那些不見的草稿及其歷程支撐，我們又如何能看見我們所看見的詩定稿呢？這也意謂著事物在場不顯現，儘管不顯現，也因其對文本立體感的豎立、支撐，對應出其在場的事實。但在詩語言文本上，在語序上只能進行有限定的表現，所以必須有足夠的暗示性，才能讓讀者於無意識間自然感知，或誘導讀者去想像不可見的結構端點。而加入詩手稿學則提供了另一對範疇結構部分中的「在場不顯現」之體察方式。以下我們不妨透過對楊牧〈希臘〉詩手稿的探析，印證對現代詩手稿文本中，意向如何於那顯現與不顯現的複數範疇結構端點[50]間進行運／流動，並深廣詩意層次的現象。

　　楊牧〈希臘〉一詩為其詩集《長短歌行》開卷首篇詩作，對此篇章結構安排，詩人於《長短歌行・跋》中自有明說：

　　這本詩集以一首題目〈希臘〉的十四行詩開始，不能說不是有意的。惟其如此，早年讀書曾屢次接觸到有關古代希臘的文本，半屬原始神

50　這樣的複數範疇結構端點也展現了一種搭建性。

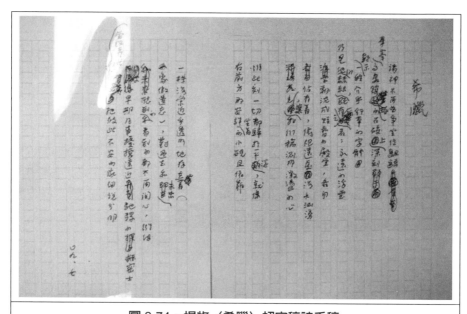

圖2-74：楊牧〈希臘〉初定稿詩手稿
「一首詩的完成：楊牧手稿暨著作展」筆者拍攝

話的傳誦，演繹，其餘可能多為輾轉脫胎的形似或某種病變詮釋，不
得而知，零星散落於人間，挾其遼夐深邃和永不缺少的美麗與哀愁，
曾經教我們追求之餘，也從而為其中變化無窮的預言製作出我們自己
一代的倫理和品味，在我們各執一辭的想像天地，在如今已完全退入
時間雲霧深處的記憶裏。但這並不表示惟神話傳說才沉沒在我們的記
憶裏，何況我也並不覺得可歸諸其中的惟古代的文本一類。我也曾經
獨坐無端的夜半，黯然秋懷，想起一些不常想起的舊事，又將它一一
放下，彷彿體會到一種遺忘，惘然，一種失落的感覺，或其實是因為
我捨不得脫離那感覺，寧可沉湎在那接近無意識的狀態，和過去纏綿
迎拒，目的還是為了尋獲現在的自己。[51]

---

[51] 楊牧：《長短歌行》（臺北市：洪範，2013年），頁137-138。

　　這首詩在長短詩行之行止中，不只在紙面上隨書寫文字向下向左擴張書寫空間，還在那空間拓展中遙溯至詩人早年之閱讀體驗，古代希臘的神話文本那些浪漫、悲劇情節，以及類屬物象混淆共融之變形，都影響著詩人對所書寫事件／物之倫理判斷。而古代希臘也成為華文世界，特別是一九五〇—六〇年代臺灣詩人對歐洲文化想像的據點，進而也成為話語詩修辭的一部分。例如覃子豪〈畫廊〉中即有「海倫噙著淚水回希臘去了」、「心神分裂過的軀體／蒼白如一尊古希臘的石像」，這將「希臘」作為空間地點的運用。一般被訛為「今天的天空很希臘」，實則出於余光中《五陵少年》〈重上大度山〉（1961 年 10 月 12 日）中，其作為本源的詩行是如此寫到的：

> 姑且步黑暗的龍脊而下
> 用觸覺透視
> 也可以走完這一列中世紀
> 小葉和聰聰
> 撥開你長睫上重重的夜
> 就發現神話很守時
> 星空，非常希臘
>
> 小葉在左，聰聰在右
> 想此行多不寂寞
> 燦亮的古典在上，張著洪荒
> 類此的森嚴不屬於詩人，屬於先知
> 看諾，何以星殞如此，夜尚未央
> 何以星殞如此
> （其下詩行略）

　　在詩中，詩人將「希臘」一詞的標舉，由名詞上的地點，轉品作為形容詞進行使用。這樣的用法，在余光中所鑽研的莎士比亞（William

Shakespeare，1564-1616 年，英國傑出戲劇家）中可找到關連，莎士比亞（William Shakespeare）《凱撒大帝》第一幕第二景裡，卡沙斯（Cassius）的提問：「Did Cicero say any thing?」[52]（李思文譯為「薛西羅講的是什麼話？」[53]亦可譯為「薛西羅講了什麼？」）卡斯嘉（Casca）回應：「……those that understood him smiled at one another and shook their heads; but, for mine own part, it was Greek to me……」在《凱撒大帝》的戲劇時空中，希臘話為具一定教育水準的人才懂的語言，所以前引台詞最後一句，中譯即為「我只曉得那是希臘話」[54]，或「我只知道是希臘的事。」

　　「希臘」的可形容性，其中一個脈絡在於他所發展出的神話文本，但另一脈絡則在余光中〈重上大度山〉第二段中的「燦亮的古典在上」一句，有意無意被表明。「燦亮的古典在上」呼應著「星空，非常希臘」的詩句，細密地來說，「燦亮」即指星星之閃爍，「在上」則指星星所位於之天上夜空。正是在這樣的呼應，也表述了詩人的詩語意結構中，「古典—希臘」的意向對應關係。

　　「希臘」被視為「古典」相交流之符號，有戰後臺灣現代詩史之敏銳度的研究者必然知道「古典」，在此詩完成的一九六〇年代初是如何具有特殊詩學敏感的詞彙——是時方過發生紀弦、覃子豪與蘇雪林間交互的兩次現代詩論戰，新詩自五四時期後，再次面對西方與東方的辯證，其中涉及文學政治上的國／民族辨識之外，當時所引動出新的帶切割感之論述方式「橫的移植／縱的繼承」，內在便更細密地在思索「古典」、「傳統」的問題。

　　是以，單獨來看「星空，非常希臘」看似是在形容天空很西方，或有以此不協調摩擦出新意，或是疏離了文本所表現的在地（臺灣大度山）空間。

---

[52] 威廉・莎士比亞（William Shakespeare）[著]；李思文[譯]：《凱撒大帝》（臺南市：復漢，1971 年），頁 11。

[53] 威廉・莎士比亞（William Shakespeare）[著]；李思文[譯]：《凱撒大帝》（臺南市：復漢，1971 年），頁 11。

[54] 威廉・莎士比亞（William Shakespeare）[著]；李思文[譯]：《凱撒大帝》（臺南市：復漢，1971 年），頁 11。

但上面這兩種批評意見所存在之對反，恰也指出了這樣的表現，其所採取之陌生化修辭的再現策略。然則若我們再續讀，因為前行太具話題性而往往被人忽略的第二段，在很希臘的星空下，那主體運動姿態亦饒富意味。主體在小葉、聰聰[55]左右共行之間，亦有左右逢源意涵，正也暗指了「古典傳統」是具有一種兼容著東西方的文化資源，實也不需以傳統作為區分東西方的界尺。

　　楊牧在〈希臘〉中因「希臘」引動的神話，相對余光中意向於自然與東方傳統，他更向個人過往私密的閱讀經驗進行調度。除了神話——此一被目為眾人之夢的文本之外，詩人私我個人過往舊事，也在記憶的得以提取與無法再提取之間，成為或強健或稀疏的文本脈絡，容或詩人辯證，是經歷什麼「曾發生過時間」，自己成為了現在的自己。從上面對詩人自述之探析所摘出之「時間」與「群己過往敘事文本」，成為重要的參酌指標，有助於我們進入楊牧〈希臘〉詩定稿與手稿之比較中，檢視其書寫現象內存的意向性。

　　比對楊牧〈希臘〉詩定稿與手稿可以發現，「圖 2-74：楊牧〈希臘〉初定稿詩手稿」中第一個修改意識之運作點，為第一行末尾之「羣峯」一詞，跨越調動至第二行開頭，以牽引線再加寫「羣峯」一詞完成。這樣的調動明顯是連鎖性的，因為手稿中的第二行末尾之「顯示」，同樣以圈劃掉以及牽引線方式，將之調動至第三行開頭。

　　為何要進行這樣的跨行調動呢？乃是意在形成詩文本結構與所要表述詩境世界，一彼此相對應的空間感。亦即：在這由右而左，由上而下的直行書寫格式[56]中，詩人有意將「群峰」轉置於詩行之頂，由此在形式呈現其高；至於「顯示」則是在運動面上，在強調其「外露」、「彰顯」的動作特性，而將之轉置於行頂。這也顯示了詩人創作意識上，於文本空間結構上的意向特性。

　　但這樣的意向思維與操作，在此手稿中仍有所游移。因為在「圖 2-74：

55　在此兼指共伴而行的友人以及地景。

56　當然這個直行書寫形式，也跟其所使用的稿紙有關，可以看到詩人楊牧的詩書寫慣習。

楊牧〈希臘〉初定稿詩手稿」第四行末尾的「浮雲」，若依前述邏輯，就這個詞的運動狀態與位處空間，應當要同樣置頂，但卻被放置在行末。然而，我們卻不能就此推斷，楊牧沒有這樣的移置思考。因為在下一行頂，詩人確實也寫下了「浮雲」，只是將之劃去。這說明了詩人也在自我考驗著於「羣峯」、「顯示」所建立的意向模式。在〈希臘〉詩手稿第一段中，另一個與「浮雲」同樣處於跨行位置重複書寫，等待著後續析理考驗的狀況，還包括第一段第五行末尾的「各自」，第一段第六行末尾與「洶湧」兩個詞彙。這可說是楊牧這個〈希臘〉詩手稿版本的特殊現象狀態——共存著景物與運動狀態在文本結構中跨行滑動的軌跡現象。

　　就本章前節所論，在研究方法操作上，詩手稿學研究是一帶有時、空間感的比較研究，在手稿發展歷程中形成之版本，皆必須進行比對。在不同版本間不斷往復比對中，形成紡錘式閱讀研究。比較楊牧〈希臘〉初定稿與以下的印刷發表刊印稿：

　　　　諸神不再為爭坐位齟齬
　　　　群峰高處鑴琢的石磕上深刻
　　　　顯示一種介乎行草的字體
　　　　乃是他（她）們既有之名，永遠的
　　　　浮雲飄流成短暫的殿堂，各自
　　　　佔有著，俯視遠處海水洶湧
　　　　發光，讓我們揣測那激盪的心

　　　　惟此刻一切都歸於平淡，就像
　　　　右前方那安詳坐著的小覡且依靠
　　　　一株海棠近乎透明地存在著（象
　　　　徵遺忘）對過去和未來
　　　　聽到的和看到的都不再關心，縱使
　　　　早期凡事擾攘遠近馳驟的赫密士

曾經奔走把彼此不安的底細說分明

　　相對來說，從發表定稿去檢視「浮雲」、「各自」與「洶湧」這三個詞彙，最後在文本上的位置，就可以看到楊牧對於文本空間結構的意向規則，是否持之一貫。

　　我們先看「浮雲」。

　　檢視詩人於初定稿相對應的發表定稿之第四行位置可以發現，在詩人將原本在初定稿中，暫時選擇放於第四行行尾的「浮雲」，最後決定移動到下一行的開頭。這個定稿上的置頂位置，對應著現實主體的自然空間經驗。詩人在詩文本語言結構為浮雲設下據點，在此與前面於第二行置頂的「羣峯」，是相同的概念。將「浮雲」高之揚之置頂於第五行開頭，也使詩語言結構對等了自然結構，成為共同的範疇。予人感懷的自然氣象，也交相溝通了詩語言氣象。誠如李白〈登金陵鳳凰台〉：「總為浮雲能蔽日，長安不見使人愁。」天空之浮雲不只浮動，也有了遮蔽的力量，形就了人世大地的陰影。而〈希臘〉則把空中浮雲隱喻成希臘諸神於空中，各自佔據的飄盪殿堂。這空間提供了諸神一個俯視視角，也因為這由上而下的觀看，穩固了「自然─語言」，共同結構中的力量關係。

　　再看「各自」。

　　檢視〈希臘〉發表定稿可以發現，相對於「浮雲」，「各自」最後則依照初定稿原意，將之選擇放在定稿第五行行末位置。「各自」一詞，乃指事物之各個所屬狀態，帶有對彼此之分別意涵。詩人將之放於詩行之底部，著重的是「各自」的「自」是向下的四聲。以向下仄聲，提取一個與詩文本意義上相對應的語音切斷力度，形成分別感。

　　「各自」儘管有分別之感，但難道不是先有把後來相異事物，先並置而觀的狀態，然後才進行比較分斷嗎？可以說，相異事物在「各自」發音、寫下時，已經在詩人書寫主體意識中聚集了。這表示有複數之詞物，也間接方式帶出了文本結構內當顯現之物。在詩語言的修辭作用上，近同於前述「與」、「和」，可視為顯現修辭的應用。當然，在楊牧其他詩手稿中，也

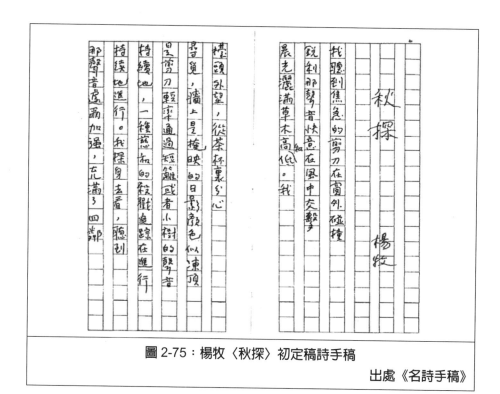

圖 2-75：楊牧〈秋探〉初定稿詩手稿

出處《名詩手稿》

是有對「與」、「和」詞語的使用，例如「圖 2-75：楊牧〈秋探〉初定稿詩手稿」第三行中這樣寫到：「我聽到焦急的剪刀在窗外碰撞／銳利那聲音快意在風中交擊／晨光灑滿草木高和低」詩人在「高低」兩字間特別加上「和」字，正顯現詩人對所感知草木之「高—低」生命空間的拉展。不過，致力於詩藝的詩人並不耽溺於這樣的操作，在〈希臘〉中的「各自」使用，除同樣以意向帶有帶出文本結構範疇的複數端點外，更滲透了一昔同而後異的時間邏輯。時間如此在結構顯現點間潛伏其中，使文本另存著活動性。

最後，我們來看「洶湧」。

在自然空間中，與天形成高低對立的，除了大地，還有大海。張潮〈春江花月夜〉云「春江潮水連海平，海上明月共潮生」能如明鏡倒映天空明月的海潮，在海面回映中迴盪共振著明月的光輝。月光相對於日光的朦朧感，又柔化著主體事物間的輪廓，這使位處於為月光籠罩之空間中主體，在被月

亮情韻隱喻中包容時，打開身體的疆界／枷鎖，而與外物交融。另外，海水也有洗滌的作用，例如《楚辭・漁父》：「滄浪之水清兮，可以濯吾纓；滄浪之水濁兮，可以濯吾足」，觀滄海，復又能透過視覺，滌濾心神，如此種種都展現了海洋有別大地的美學效能。

〈希臘〉初定稿詩手稿中的觀滄海者，為第一行開頭即點出的主詞希臘諸神，而由定稿第五行開頭之「浮雲」，則帶出諸神位處之地乃在天堂宮殿。在此意向脈絡對文本結構端點的標列下，定稿第五行自然以俯視方式觀看大海。俯視為由上而下的觀看，所以海水自然是於下而洶湧。如此可以推斷，詩人在初定稿中，何以在猶疑該將「洶湧」擺置在第六行最後，還是第七行開頭時，最後在定稿中選擇了第六行最後的位置。

表 02：楊牧〈希臘〉文本內在結構端點對比整理表

	上	下
自然物象	羣峯、浮雲	河（海）水洶湧
現象狀態	顯示、發光	深刻、洶湧、各自

檢視「表 02：楊牧〈希臘〉文本內在結構端點對比整理表」可以發現，〈希臘〉初定稿呈顯了詩人楊牧細膩的意向結構端點設定，顯現出上下二元空間開展架構，以及細膩的層次區分。不過，若再綜整探析前述「深刻」、「各自」、「洶湧」，這三個在同樣「前行底—後行頭」間斟酌徘徊，而最後都一樣被決定放置在前行底的字詞，可以發現這個字詞皆是仄聲收尾的字詞。詩人楊牧顯然也要創造一個聲、義與自然空間，共同上下對應的文本空間結構。「深刻」投注的力量是向「下」；「各自」的區分，也有在邏輯活動中，向下進行彼與此的分判切斷力道；海浪「洶湧」往來，或驚濤裂岸，或退潮如熄，實則海水都只在原地，因匯聚醞積四處向此，積累而下的力量，而進行變化。就此來看，「深刻」、「各自」、「洶湧」的仄聲音感，確實與詩情境行動現象相整合的狀況。

詩人透過同類字詞的高低位置對應擺放，形成複數結構端／據點，由此

拉展顯現出的文本結構空間。讓我們進入文本範疇，在部分與整體之間的關係，進行多向的感官意向運動，並進行感覺思考，特別是對不顯現處的意向運動。這顯現到不顯現間的細膩暗示推動，在〈希臘〉中正以第一段結尾的海浪洶湧作為據點。詩人在第一段結尾言「俯視遠處海水洶湧／發光，讓我們揣測那激盪的心」，「發光」放置於第一段最後一行最上處，與諸神視線一同垂臨於海的光，呈顯出海面波紋的紋理脈絡，此對物像本質的意向，存在著現象作用。

　　《文心雕龍・原道》：「文之為德也大矣，與天地并生者何哉？夫玄黃色雜，方圓體分，日月疊璧，以垂麗天之象；山川煥綺，以鋪理地之形：此蓋道之文也。」[57]即認為山的自然文／紋理，是山之名，可以藉此指涉著山之實，並成為自然豐華的事實。對應到語言，文學之文，或者說，其文采之運用，也應要本於自然。〈希臘〉可說同此理路，海面洶湧著並且由光照耀更顯紋理的波瀾，不是表象。而是能成為我們推斷意向海深沈內裡那不顯現的心，並容我們推斷海底激盪內心的本質信號，具有指涉本質的脈絡性。

　　延續著由海面光照洶湧，對其不顯現內心的意會，或當有所意會，詩人在〈希臘〉初定稿第二段續寫到：「惟此刻都歸於平靜淡，就像／右前方那安詳坐著的小覡且依靠／一株海棠近乎透明地存在著象（／一象遺忘）對過去和未來」在顯現與不顯現處，建立了「小覡」、「海棠」顯現意象作為中介點，讓我們去意向尋索不顯現。

　　由於「小覡」的安詳面容，等同現下所顯現的「平淡」，但詩人又言「歸於」，所以形成與第一段結尾「洶湧」相連結的意象時間線。儘管在第二段中，一切不復顯示所曾洶湧。但在閱讀上，因為詩人所設下的意向，仍讓我們持續去溝通前段／面風景所依舊維持現象，這形成了一個疊層的閱讀經驗，產生「顯現—不顯現」並置的視覺意象風景。而且由於「安詳坐著的小覡」與「一切歸於平淡」間的譬喻辭格關係，也讓我們去意向小覡所不顯現，一個可能也飽富洶湧浪濤的過往。另外，「海棠」所謂的依靠，並不是

---

[57] 劉勰[著]；王更生[注譯]：《文心雕龍讀本》（臺北市：文史哲，1991 年），頁 2。

讓人依靠此去抵抗生命的洶湧。「小覘─海棠」共建的穩固感，是對他所已知過去未來，已顯、將顯，但現下並不顯現事物的解脫觀點。

　　結構範疇並不單指空間，也可指向著時間。商禽〈音速〉草擬稿詩手稿文本現象之意向性，正展現著時間作為一個範疇的手稿現象。

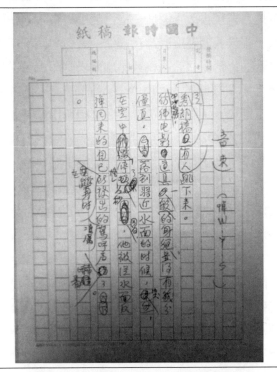

圖 2-76：商禽〈音速〉草擬稿詩手稿
「夢或者黎明──商禽文學展暨追思紀念會」筆者拍攝

商禽〈音速──悼王迎先〉印刷發表刊印稿

有人從橋上跳下來。

那姿勢零亂而僵直，恰似電影中道具般的身軀，突然，在空中，停格了 1/2 秒，然后才緩緩繼續下降。原來，他被從水面反彈回來的自己在蹤身時所發出的那一聲淒厲的叫喊托了一下，因而在落水時也祇有淒楚一響。

　　　　　　　　　　　　　　　一九八七年八月二十八日　中和

　　直觀商禽〈音速〉草擬稿詩手稿時，顏色的豐富性令人印象深刻，除了上頭印刷著「中國時報稿紙」字樣的綠格子稿紙，詩人以藍色筆打底稿，以黑色筆進行修改。綠藍黑透過顏色差異，具體地反映了手稿學字跡形式與內容的層次性。更細密來看，在書寫修改這個關注點上，底稿藍字也存在著圈劃、夾注增補的字跡。在商禽〈音速〉詩手稿文本的發生歷程中，藍筆是隨寫隨修改，黑筆是寫完後再改；因此在這份詩手稿中，內在可說共時性地存在兩個修改層次，提供我們理解商禽在搭建〈音速〉詩境結構的意向發展。

　　比對商禽〈音速〉草擬稿詩手稿與印刷發表刊印稿，從詩題副標就有所差異。在詩手稿上，副標標為「（悼 W‧Y‧S）」，到《商禽詩全集》中則明確標上「悼王迎先」，明朗地指涉此散文詩所指當時 1980-82 年的「李師科」事件。李師科於 1980 年 1 月射殺教廷大使館員警搶奪其手槍後，在1982 年 4 月搶劫臺灣土地銀行後逃逸。警方追捕李師科時，誤將王迎先當作李師科並予以刑求，王迎先被警方帶至秀朗橋找尋凶器時，跳秀朗橋自盡，舉國嘩然。後對此不當事件，刑事訴訟法第二十七條進行修正，使被告得於偵察過程中隨時選任辯護人，以避免警方刑求。

　　商禽〈音速〉草擬稿詩手稿即選定「王迎先跳秀朗橋自殺」作為此一帶社會批判性散文詩作的戲劇化場景。在藍筆底稿中，原本為「秀朗橋上有人跳下來」，但在藍筆修改時便先改為「有人從秀朗橋上跳下來」，印刷發表刊印稿僅取消掉「秀朗」二字。詩人在對整個事件場景轉化呈現為詩語言文本之時，將人轉為第一序，明顯有意將人作為整個文本的意向起點，先將人予以突顯而出。事實上反省我們上一句，言轉化「之時」，也說明了詩文本由詩人腦海情境圖像，譯寫轉換為詩語言於稿紙版面落實過程中，所存在的時間性。儘管主體被拉高至文本開頭，但詩人卻僅言主體為「有人」。這不明指的寫法，恰也是一個將主體匿名的過程，藉此隱喻此人之微末，或是被警察刑求機器取消其本名，以致於無名的主體狀態。

　　與第一段開頭呼應，在黑筆修改層次再改時，在第二段開頭特意加上「姿勢」二字，開始將主體進行細部顯像。只是這個主體姿勢，處在一個工具異化狀態──他如電影道具般被擺弄，而成為了「它」。在商禽〈音速〉

一詩中使用「電影」系列用詞，並非突兀之舉，事實上商禽對於發表於《創
世紀》第 18 期（1963 年 6 月）的〈逃亡的天空〉一詩：

> 死者的臉是無人一見的沼澤
> 荒原中的沼澤是部分天空的逃亡
> 遁走的天空是滿溢的玫瑰
> 溢出的玫瑰是不曾降落的雪
> 未降的雪是脈管中的眼淚
> 升起來的淚是被撥弄的琴弦
> 撥弄中的琴弦是燃燒著的心
> 焚化了的心是沼澤的荒原

其在孟樊進行的對談〈詩與藝的對話──現代詩創作與理論的鴻溝〉中
曾指出：

> 我們在創作的時候也曾經故意模糊，有時候我覺得我已經給了人家訊
> 息。一個詩句，其出發點可能會是從文字的思考到演出的劇場，例如
> 我當初寫〈逃亡的天空〉，就是為劇場寫的，當時我寫這首詩的時
> 候，就有「創造性的模糊」的概念，要怎麼去把它演出，其實本來應
> 該有一些聲音的，結果變成啞劇，只是一些影像。我當初寫的時候可
> 以分成兩段來寫，基本上的結構，分行即是分鏡，如果有機會再重寫
> 〈逃亡的天空〉，我就會加一個註腳：「分行即是分鏡」，其實也可
> 以說裡面有很多內心的獨白。[58]

商禽〈逃亡的天空〉一詩採取意象接龍的方式，全詩前七行每一行結尾

---

[58] 商禽、孟樊：〈詩與藝的對話──現代詩創作與理論的鴻溝〉，《創世紀詩刊》107
期（1996 年 7 月），頁 61-62。

意象，在下一行繼續擴散，並撞球般撞擊推敲出新的結尾意象，然後再於下一行繼續擴散、推敲。意象意向著下一則意象，看似如線性彗星，但最後卻又從第七行末到第八行開頭，所演繹燃而後燼的心，以隱喻的方式意向回第一行末尾的沼澤。綜觀整個詩文本內在這樣回圜的意向跡軌，題目所標明「逃亡的天空」實則只是一條圈索，那回圜感不是一種圓滿感，在「逃亡」二字的滲透，反而帶有一種令人窒息的感受——終究詩人在詩中行尾行初不斷地意向的馳騁，成就的只是一套緊箍、一把韁繩。特別是在前引文中商禽還特指分行即分鏡，分鏡係為電影劇本之術語，意指電影鏡頭圖景之構成，而所分之鏡頭與鏡頭接連在一起，便形成電影鏡頭之運動。而鏡頭與鏡頭的組合，能形成氛圍、敘事[59]。分行如為分鏡，那麼詩行之運動所形成的，便帶有蒙太奇鏡頭的效果。那兩鏡頭的重疊淡化殘影歷程，在觀者目前明確建構了一軌跡，創作者讓觀者看見彼與此一度的共時性，也暗示觀者牢牢心想彼與此的關係，即使在蒙太奇鏡頭之後，鏡頭持續運動。

商禽在詩行中進行如此細膩鏡頭意向的推想，其來有自。早在一九六○年代中，商禽參與過於 1965 年創刊，帶著戰後臺灣現代戲劇開啟意義的《劇場》之活動。商禽之女羅珊珊於〈黎明，才正要降臨〉中曾如此回憶與父親的互動：「我提出想改念戲劇時搬出一疊他也曾經參與的泛黃《劇場》雜誌告訴我非看不可（多年後才知道這些東西多麼珍貴）。」[60]這種劇場實驗使得他的詩帶有一種劇場感，人物、時間與場景在詩行（特別是散文詩）活動中，隱匿著待解釋的情節[61]。商禽的現代主義性格終然要使他的詩、他的語言，從劇場帶往電影。鴻鴻〈從咆哮轉為輕歌：推薦書《商禽詩全集》〉一文中便曾指出：「商禽主要以散文寫作，可以藉敘述的語法呈現冷靜的觀察。作為觀察者，他往往將題材凝聚為一齣紙上的劇場表演或實驗電影。」[62]而以更大的戰後臺灣現代詩劇史角度來看，電影詩劇在紙面上的實

---

[59] 注意敘事只是鏡頭運動的效果之一，並非唯一的功能。

[60] 羅珊珊：〈黎明，才正要降臨〉，《聯合文學》第 310 期（2010 年 8 月），頁 81。

[61] 是以商禽稱之為啞劇。

[62] 鴻鴻〈從咆哮轉為輕歌：推薦書《商禽詩全集》〉，《聯合報》（2009 年 6 月 26 日）。

驗，除了商禽外，在一九七〇年代也有洛夫在《藍星》新 2 號（1975.2）所發表副標標註「電影詩劇」的〈水仙之走〉，以及後來的〈大寂之劍〉。同樣於 1975 年的 12 月《創世紀》詩刊更推出「詩劇專號」，其中亦刊登了管管〈布袋戲〉、苦苓〈二度戰爭〉。

　　在〈音速〉中，商禽同樣以詩語言作為鏡頭，但有別於〈逃亡的天空〉鏡頭所顯示的意象場景，在此商禽努力讓詩語言鏡頭在修辭上對準的是「時間」，以之為整個文本結構範疇。直觀〈音速〉草擬稿詩手稿可知，進入黑筆修改層次時，詩人之時間修辭大量發生，極力處理對於時間感的調配。

　　例如商禽將第二段第二行底部的「竟」劃去，轉寫為「突」然。竟然指的是居然、意料之外的意思，突然則有倏忽、驟然，指一瞬間快速產生變化的意思，帶有時間性的聚焦。接著在藍筆層次「稍微」一詞，被圈劃塗抹去；至黑筆層次原本之停頓一詞，被加強改為停格，還特別加上「」此一夾注符號予以凸顯，並以更精確的 1/2 秒。停格是時間上的鎖定，然後對主體的呈現。在意向上，呈現詩人有意識地以時間為場，「在時間」中顯現出事物之狀態。

　　〈音速〉最後的超現實反諷部分，也是詩人不斷加強處理的。詩人反覆修改這個意象，要解釋何以主體能在半空中停格自我。得以在詩語言中停頓 1/2 秒的他，是以什麼作為這樣反科學定律的代價？在詩文本的意象經營上，水面往往與鏡面相互為喻。但在這裡，水面並不只是我們前述探析蓉子〈我的粧鏡是一隻弓背的貓〉所指，帶有鏡子／面的影像反顯功能，例如宋‧朱熹〈活水亭觀書有感之一〉：「半畝方塘一鑑開，天光雲影共徘徊。」、清‧毛先舒〈詠西湖〉：「船行明鏡裡，人醉畫圖中。」水面彷彿牆面，隨主體而墜的驚呼之聲，打落至水面時「超現實」地反彈成為一道托起下墜主體身體的力量。就現代詩跨文類複合實驗這個大命題來看：詩人如何將散文，變成散文詩？一篇散文詩如何獲得詩性的保證？至少在此，商禽以戲劇化結尾的方式與超現實身體狀態的顯現，展示了自己的看法。

　　主體身體這個半空停頓，因「僅能」兩字隱含了反諷，鏡頭裡的 1/2 秒是個體對國家機器僅能有的抵抗，僅能對自己的挽留。用自己的憤怒、驚

恐，以及接下來重新回到地心引力瞬間如彗星般之死亡。整體來看，商禽〈音速〉草擬稿詩手稿中如此反覆對事物的「時間」現象狀態之意向、書寫，成為此詩修辭與詩美學主軸。詩人從電影鏡頭可調動顯像物的速度快慢（例如快播、縮時鏡頭）得到靈感，藉此形成主體身體墜落之時間與速度感的調配，由此也牽動著意向營構的運動，呈顯主體對世界體制僅能的抵抗──片瞬對身體的自毀，以獲得更微末 1/2 秒的被凝視，在這世界。

三、詩手稿意向性對詩理型的指涉實踐

（一）詩理型作為主體與世界的環節空間

　　從前述對商禽〈音速〉草擬稿詩手稿之分析，可以發現意向能指向所書寫對象、情境之結構端點，也能指向結構之速度、氛圍等抽象質感。如此可見意向能指結構之實，亦能指其虛。結構之虛，可為抽象質感，更可為詩之理型狀態。理型可視為文本書寫現象的一部分，理型儘管不具實物性，但他卻更指向於實虛間所顯露的理念，促動創作者殫精竭慮藉詩文本予以實現。所以理型成為可以兌現的根源。心中有理型的詩人，為了完成合於理型的詩，將會磨練其詩藝，將理型成真。相對來說，有無理型，也可以說有無心中最美好的一首詩的想像，成為了詩人有無存在詩美學意識的準尺。詩人研磨一首詩，同時也需要研磨對一首好詩的想像，在書寫現象中理型也具有其現象，在不同的詩人，甚至同一詩人的不同時期，都可能存在對理型不同的差異化想像。

　　如本節前述在文本現象中，因為詩創作視角的擇選，以及語言語序的線性，使得文本內在的結構空間，不能進行一次性的全景呈現。在詩話語策略以及修辭調配下，結構有顯現與不顯現的層次。被看見的顯現是存在，但在視聽覺上的不顯現端點們，並不意謂沒有，而是以其對顯現的端點各方向之支撐，而體現其存在。這份不顯現端點的體現，可透過詩人在文本中投注的意向脈絡予以追蹤。理型也歸屬於不顯現，但與顯現端點，歸於結構上的同一。理型歸之於結構的不顯現，其不顯現的特殊之處在於，他決定了整個架構的理想質感，換句話說，他所要支撐的是詩文本結構的理想，都對文本結

構各端點進行質感的實踐、考核與維持。

　　一首好詩中字與字的連結，不只是為了成句；一首詩中句與句的連結，不只是為了成段。而是在文句段落的連結中，完成對「外物」與「內理型」的雙重指涉。因為解讀與詮釋，讀者、研究者參與著詩文本脈絡，遊於結構，也遊於文本內的事物空間，而好詩則更提供了詩人所反覆琢磨的理型，以及理型所隱喻的世界圖景。

　　比起詩文本之可見形式，以及所指涉之有其具像之外物，詩的內在理型雖難以把握，但卻是詩人對所經驗世界後的理解。詩理型並非是被抬高的理想，指導著文本之何為，而是成為詩人所體驗世界的環節之一。書寫者──詩人主體，本身是以肉身之重，位處於世界而寫著，他自身就是在世經驗的一部分，是一個經驗主體。詩人是世界經驗之一，同時也經驗著世界，拓展著世界經驗。當詩人主體發言為詩，下筆成詩，難道不是一種現實風景，向紙張平面的延伸拓展？透過詩文本之意象／向，讀者跟研究者便能意識，並參與著文本世界觀，以及世界觀中物之結構。世界由原本無此詩，而有了詩，世界圖景因為詩人新發之詩，而有了新的一字一句之再現、增添；也因為詩理型，而有了重塑、改造的可能。詩予人不只是感慨，也能是一份美學的理想。

　　在詩的寫作再現中，自我與世界成為了交互的環節。環節的意義，除了連結，還在於彼此成為彼此的構／生成。「詩理型」釐清出這交互環節之連結、共生，所存在的美學規律與結構。有著「詩理型」的詩人，更具備著寫作上的自主意識。在詩的寫作上，原本存在（1）因外在而感內，於內進行外在的再現；（2）內在之感懷發想，而於內進行兩種寫作路徑。可以說，理型是詩文本與世界的中介，儘管理型具備著對詩書寫過程理想狀態的篩選約束與預期擬造作用，但卻不可將理型視為一始終固狀、定型的空間物件，而是同詩文本生成的一部分。如果理型是寫作路徑，我們該如何更具體地為之譬喻呢？

　　如果以現實空間建築進行譬喻，現代詩的理型可以為「拱橋」此一空間建築體所指涉（represent）。拱橋的橋墩、支座指涉著詩理想狀態的支撐與

墊基，可說殆然無疑；但我們更要描繪的是，那橋面上的來往軌道。我們以為橋面的來往軌道，指涉了理型的中介性。這份中介，使得書寫對象與完成的結構，都經歷詩人理型梳整。換個角度，<u>在詩文本從無而有，識見而取用過程中，理型提供了中介，也提供了承載，對象由此得以環節入詩人的風格世界。</u>

　　<u>但世界作為對象，通過理型之橋的經驗是雙向的：橋對世界對象提供了篩選溝通經驗，世界對象則有其重量與氣息要給予橋。</u>理型的篩選雖然會不合於理型的世界對象，在理型之橋上折返回他原本的世界，但世界對象終究在理型之橋留下了其經歷，那些重量與氣息。即使世界對象通過了理型，成為詩人文本風格的一部分，乃至於其證成。但我們也不能否認，若當我們偶然驚鴻一瞥，或讀詩時，獨自去文本脈絡化地玩索品味特定詞彙時，特定詞彙所指涉的對象，會帶回他們原本在世界的一切。這時閱讀的分神，會將那些事物在世界的精神，疊加入詩文本。

　　所以詩的理型之橋長期在經歷世界事物的篩選、通過與擬變時，也可能會經歷世界事物的重量而扭變，以及為其氣息所感染。理型之橋於此勢必發生轉型（transformation），甚至重建，這也說明了所謂詩人詩風遷變，此一詩史屢見之現象。因此無論是詩人詩理型的生成，還是在詩文本上成為被落實的想像，其具有高度的辯證意義。

　　以橋設喻詩理型，更能細節化地呈現詩理型並非只是一固狀的刻模，詩人依此將詩理型拓蹼於世界事物之上，以削足適履的方式，將世界事物生硬地，甚至帶割除感地規限入其輪廓框架。<u>詩理型的空間現象細節，是一帶有運／流動感的整流、溝通空間，將詩人、文本與世界之間成為彼此共生環節。</u>正因為彼此共生，使得理型固然會在詩文本結構進行理念上的投影，但呈載、整流世界經驗的理型，也共同位處在寫作之中，成為被世界、文本寫作的對象。詩理型是被詩人所實踐的想像，他跟文本結構具有同一性，他也會同文本結構一般被創造。

　　詩理型正因為其繁複的內外辯證細節，使得詩理型成為主體意義的印證。詩理型體現了詩人與文本對於世界的風格化隱喻，但當詩作文本完成

後，因為讀者的閱讀，以及受感動而改變對世界的觀感，乃至於以此詩理型改變／建世界之樣貌。如此詩理型則不只是向文本結構投影，更也完成對世界的投影。[63]

理型的發生為主體之所為，當主體理型進行世界經驗的梳理，文本結構的投影，以及承載、調節世界與文本經驗時，即可能促引轉型。這些細節都說明了主體在世界中存有，但並非被存有，在為世界投放一首詩時，也同時使世界的質量形成變化，介入了世界生生湧動的現象。可以說，我此一主體性所以存在，在於能體現生理肉身的物質面，同時更體現了情理的思索，進而能予以體現，在與世界、他者的互動中發散展現。是以如果只考量肉身是否在世界中佔據位置，那麼我只是一個等待被經驗的事物，缺乏主體的主動動能。主動的動能，在詩中，就是以寫下的詩，考驗在這個世界中的自我，在這個世界中的我們，以及這個世界。主體依理型為世界創造詩，形成世界現象之影響，卻也依靠著世界體驗去預想下一個世界的可能。詩人之偉大在於他詩作文本所體現的世界圖景，以及理型所能指涉真善美烏托邦面貌。那些規模感，不是現有的時空間細節所拉展拓寬撐起，而更是他對時間上的將來感，以詩理型預想建構。

正因為詩理型如此豐富的內外辯證效力，使得其成為一個寫作訊號，在我們考估詩人之詩作，乃至於分析其風格層次，提供了判準指標。需要專業讀者、研究者以詩學分析言辭，方能描摹出理念形貌與修辭運作的詩理型，其實也說明了其在文本之結構現象中，所位處一個在場不顯現，但卻提供結構文本效能的位置。

因此我們在探查文本結構那些在場卻不顯現的端點，還必須就同樣屬於在場不顯現現象之一的詩理型，進行探查。詩理型如此與文本存在的共生現象，恰正與詩手稿學研究專擅於文本生成歷程現象之體現相發。可以說詩人詩作中那不在場顯現的詩理型，以及詩人對之的建構、運作與轉型，正是詩人主體與本體性的展現。在詩手稿研究中，詩理型是重要命題，並且提供研

---

[63] 如此也呈現了詩之語言文字的現實影響力。

究操作上的方法資助。此一方法論資助，具體可從「詩手稿細節作為詩理型的言說與實踐」、「詩理型對詩手稿在場實虛結構的揭示」兩個層次來說，以下即進行分項深入論述。

（二）詩手稿細節作為詩理型的言說與實踐：詩理型資助手稿學研究方法論之一

　　若我們願意閱讀詩人詩作手稿，就能像商禽〈穿牆貓〉般，由實穿越到虛，從印刷版本詩作已然僵固的閱讀分析傳統，跨越至一混合生成時間與版本空間的文本生成歷程。此一歷程充滿語言與文字的野性，特別是當我們獲得的是詩人的起草稿、草擬稿，我們將有非常大的機會，涉入一錯雜著草莽與墾荒痕跡的世界。面對瑣碎或紛亂的詩手稿修改現象，研究者的思慮與觀看若只對等其手稿現象，而缺乏方向時，可將各手稿修改視為對理型的一種說辭，是描摹理型的細節，是對理型言說的文法。由此，修改的枝節性，不再只是一首詩的，而是詩人的。如此，作為研究者的我們便可在如實、基本對文本現象的觀看中，從被動位置，轉到掌握到一主動的位置，關注詩手稿之文字軌跡，是否、如何也存在對不顯現之詩理型的拉展。在此我們不妨以覃子豪的〈畫廊〉初定稿詩手稿為例證，呈顯對其詩手稿之理型言說的研究方法操作。

　　覃子豪〈畫廊〉一詩為其最後一本詩集《畫廊》詩作，該詩集以此詩定名，說明了此詩的重要性。檢視比對覃子豪〈畫廊〉之手稿與定稿，兩者間存在著極大的差異，這份差異正存在著豐富的詩學訊息，更可從中看到覃子豪意向的發展，以及在發展中對詩境的勾勒與擇選。

　　在此，我們同時附上覃子豪〈畫廊〉詩作印刷發表刊印定稿，以與初定稿詩手稿進行交互對照。覃子豪〈畫廊〉之印刷發表刊印定稿：

　　　野花在畫廊的窗外接著粉白的頭

　　　秋隨落葉落下一曲挽歌

　　　追思夏日殘酷的午時

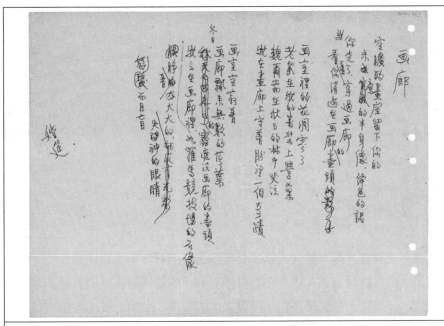

圖 2-77：覃子豪〈畫廊〉初定稿詩手稿

國家圖書館授權使用

月球如一把黑團扇遮盡了太陽的光燦
而你此時亦隱沒於畫廊裏黑色的帷幕

火柴的黃焰，染黃了黑暗
燒盡了生命，亦不見你的回光
你的未完成的半身像
毀於幽暗中錯誤的筆觸
摩娜麗莎的微笑，我沒有留著
留著了滿廊的神秘
維娜斯的胴體仍然放射光華
貝多芬的死面，有死不去的苦惱

　　海倫噙著淚水回希臘去了

　　我不曾死於斯巴達士的利劍下

　　被赦免的留著

　　服永恒的苦役

　　在畫廊裏，無論我臥著，蹲著，立著

　　心神分裂過的軀體

　　蒼白如一尊古希臘的石像

　　髮怒而目盲

　　就形式來看，覃子豪〈畫廊〉前兩段皆為四行，第三段則為五行。仔細閱讀第三段第四行，在「我立在畫廊裡」與「如羅馬競技場的石像」之間，詩人勾出一條線，強化描寫到「睜著大大的失神的眼睛」後面衍生出的「怒髮而目盲」最後成為全詩關鍵戲劇性的終結點，並從詩手稿中延續至定稿。就現代詩手稿學的角度來看，這樣的延升，其實也存在了另一個戲劇性——衝破了原本帶形式典雅感一段四行的詩文本秩序。[64]這個戲劇性的意味，不只在覃子豪〈畫廊〉一詩版面之中，更涉及覃子豪自身詩寫作史有意識的努力轉型。

　　彭邦楨在《皇冠》第 18 卷第一期（1962 年 9 月 1 日）〈論《畫廊》〉中曾指出：「〈畫廊〉這首詩，這個名字，是我早在五年前就聽見他說過的。他說要以《畫廊》作書名出版一本詩集，但遲遲未能實現；而方在五年後的今天出版。」[65]可見 1957 年覃子豪便在構思〈畫廊〉一詩，這已是1955 年出版的《向日葵》一年多之後。覃子豪《向日葵》全詩集最明顯的特色便是形式的典雅，詩集中的詩作每段行數齊整，例如覃子豪〈花崗山掇拾〉之一：

---

[64]　當然，也可以說若非有詩手稿的比對意識，我們便無法發現詩在定稿前，所存在這樣詩文本的發生歷程。

[65]　彭邦楨：〈論《畫廊》〉，《皇冠》第 18 卷第一期（1962 年 9 月 1 日）。

花崗山上沒有釋迦牟尼的菩提樹
不羈的海洋，是我思想的道路

我是海岸邊一棵椰子樹的同夥
孤獨的旅人，並不寂寞

沒有人會驚訝的發現我的存在
我有不被發現的快樂

　　警句、抒情、機趣，覃子豪〈花崗山掇拾〉為六首詩合組之組詩，除「之一」外，其他五首亦同樣兩行一段[66]。在《向日葵》中，也有其他全詩以不同行數規律成段的作品，例如〈向日葵之一〉為三行一段：

你是太陽
我是向日葵
每天每天迎接你

向撲滿紅氈的天上迎你
在露水消失的園中望你
傍微風初起的黃昏送你
（後略）

　　〈樹和星〉同樣也是三行一段，這些形式上行數的統一，使得詩語言必須節制，如處理的好會使詩文本語言產生穩定的韻律感，但如處理不好則會使詩作語言艱澀不自然。後來的大陸詩人北島也有意識地使用段落固定詩行的形式，例如〈回答〉為四行一段：

---

66 覃子豪《向日葵》中，〈詩的播種者〉同樣為以兩行為一段成詩的作品。

卑鄙是卑鄙者的通行證，
高尚是高尚者的墓志銘，
看吧，在那鍍金的天空中，
飄滿了死者彎曲的倒影。

冰川紀過去了，
為什麼到處都是冰凌？
好望角發現了，
為什麼死海裡千帆相競？

我來到這個世界上，
只帶著紙、繩索和身影，
為了在審判前，
宣讀那些被判決的聲音。

告訴你吧，世界
我——不——相——信！
縱使你腳下有一千名挑戰者，
那就把我算作第一千零一名。

　　比對各個四行一段落，詩人於第一段使用排比句法形成一格言式的批判，旋即於第二段復同樣以排比結構，再涉入反詰，可說有承有變。第三、四段，形成一我與世界的對話關係，我一方面以判決宣讀者作為此世之使命，另一方面拉長語音作為世界的質疑者、挑戰者。北島以如此豐富的詩語言表情，讓詩行於典雅中又於內在夾帶著生命力，也以其詩作展示詩典雅形式在實驗上的要義。覃子豪在《畫廊‧自序》曾明確地指出：

　　　　我不欲在此說明《畫廊》裡有什麼發現，我只是在探求不被人們熟悉

的一面。《畫廊》裡有一部分詩，便是探求的結果。《畫廊》分為三
輯，表示我的探求經過了三個階段。第一個階段：我頗為強調詩的建
築性和繪畫性，有古典主義的嚴密和巴拿斯派（Parnasse）刻劃具象
的傾向。然而，結構過於嚴謹，詩的生趣將蕩然無存，意象和色彩過
度炫耀，則會失去詩本質上的純樸。詩到了素色和無色以及嚴密而不
呆滯，才耐人咀嚼。因此，我否定了許多在第一階段所寫的作品，只
留下幾首詩為這時期的代表。而〈畫廊〉一詩，顯示了我的創作有了
一個新的動向。[67]

　　所以我們可以從覃子豪對〈畫廊〉一詩的理型轉型意識作為視角，有系
統地去關注、考察覃子豪〈畫廊〉初定稿詩手稿。由被動的觀看詩人手稿現
象，轉而主動去研究其詩手稿。在此覃子豪〈畫廊〉詩手稿中，這份主動性
包括了（1）對覃子豪其前典雅之詩理型如何在〈畫廊〉詩手稿仍留有語言
基底，以及（2）覃子豪對之進行修改、調適的努力，以呈顯對新的詩理型
之言說。

　　可以發現，覃子豪經過《向日葵》的典雅形式的實驗，一方面已經累積
了典雅風格的寫作經驗，但也亟思突破。〈畫廊〉的初定稿詩手稿中由「4
─4─4」擴寫為「4─4─6」的現象，正可足見這樣的過渡；到〈畫廊〉印
刷發表刊印定稿中，則進一步發展為「5─8─4─4」，產生前兩段行數不
同，後兩段行數相同的現象，形成全詩內部「啟動變化─典雅凝止」的詩語
言動線。由此，正解釋了何以前文認為此詩具有轉型戲劇性。

　　在覃子豪〈畫廊〉初定稿詩手稿中，用以對應結尾被設定為詩戲劇性結
尾的「髮怒目盲的古希臘石像」，無疑正是開頭那於畫室中被「留下你的／
未完成的半身像」[68]。此一意象的重要性可從其被保留到定稿中進行發揮，

---

[67] 原載覃子豪：《畫廊》（臺北：藍星詩社，1962 年），此轉引自陳義芝[編]：《覃子
　　豪》（臺南市：國立臺灣文學館，2011 年），頁 97。

[68] 另外在詩手稿中此行其下的「絳色的裙」，也提供了你的性別訊息，只是在詩定稿中
　　此訊息被略去。

以及從原本詩手稿中第一段開頭即出現，移到定稿第二段，花前面一整段來烘托、帶出此意象看出。

在詩手稿「未完成的半身像」只是單純呈現未完的狀態，但是在定稿中，寫得更具辯證性。把「未完」的未顯現狀態，更透過加寫的方式[69]，具體指涉在「毀於幽暗中錯誤的筆觸」。幽暗在此並不單純指光源上的短缺，而更意指著因錯筆而塗抹的錯雜線條。由此可見，「未完」是「成而毀之」的狀態，那一半不存在的形體，隱喻著無法被正確、美學化明顯於這世界的存在。就實質上它其實與已完成的另一半形體共同存在，彼此構連著於畫面中，等待著讀者意向之後，即可發散其詩意。

在更實際的詩寫作狀況中，詩人在寫詩的同時，作為作者的自身，本身就是一個文本最原初的讀者。詩人既啟動詩的語言、文字，又伴其發生，復又同時閱讀著，反省著這個文本生成的當下現象與歷程。詩人寫詩──這樣兼具著作者與讀者的語言文字行動，使得詩理型被自然地意識並操作，詩人「邊寫邊閱讀」，正在自我操作與檢測是否接近「理型」。於這樣的落差中，啟動書寫修改。但「邊寫邊閱讀」是個在文本生成歷程中，時時進行靈感投放與意向運動的共時行為。作為研究者，當我們理解到這樣牽涉詩理型且極具辯證性的共時行為，我們在研究方法操作上，可以前文所積累的「在場意向運動」與「範疇結構生成」論述成果為基底，再就「靈感投放」層次進行耙梳觀察，而其具體方法焦點正在於對「文字語詞」的經營。在詩手稿寫作中，靈感的投放、起念，在其將成之際，甚至無以名之，而諾貝爾文學獎桂冠作家馬奎斯（Gabriel García Márquez，1927-2014 年）《百年孤寂》開頭，正可以一種情節方式，進行設喻。馬奎斯（Gabriel García Márquez）如此寫到：

　　許多年以後，當邦迪亞上校面對行刑槍隊時，他便會想起他父親帶他

---

[69] 必須指出的是，這個「加寫」動作，也是透過了詩定稿與詩手稿的比較才可以發現，凸顯了詩手稿在詩學研究上的檢測作用。

去找冰塊的那個遙遠的下午。那時馬康多是個二十戶人家的小村子，房屋沿河岸建起，澄清的河水在光潔的石塊上流瀉，河床上那些白而大的石塊像史前時代怪獸的巨蛋。這是個嶄新的新天地，許多東西都還沒有命名，想要述說還得用手去指。[70]

　　事物存在且渴求命名，因為惟有藉此事物方能獲得能指符號，使符號充滿事物於現世時空的實質，一旦現世事物受損、消逝，可以成為替代事物的存有。但我們以為馬奎斯（Gabriel García Márquez）這段敘事能與現代詩寫作生成手稿研究相發處，還在於他「天地如此之新」這句，讓我們意識現代詩人的先鋒性，使他們在開展其詩作時，都在創造一個「新」的語言文字世界，他們每一次投放靈感，都是向充滿生機的湖水，拋擲著鵝卵石。這不只激起漣漪，更使湖中魚汛自由四散，這隨生隨起的生機活動，呈現其不能預想設定的活潑性，一如靈感的各自萌生，以及擴散、感染，擴展了文本空間之感覺、意義的幅度。由此，更促成下一刻由詩人之意向活動的投射想像，刺激詩人思考如果這樣寫，文本當如何形狀。

　　理型角度的字詞觀察，是在直觀那些詞語的刪補修改中，更關注其內在詞語美學秩序的組織。由於分析細節在檢視詩人落筆之後的規劃，因此建立詞語修改的序列關係便顯得重要，除了關注詩人對於詞語的控制，更要檢視其「不可控」與「勉力控制」的刪修現象，其中所涉入復寫復讀的猶豫不決，以及對理型界域的擴展感。詞語的勉力刪修，使原本定稿詩作生成發展中的難言之隱，成為在場顯現的語言現象。

　　因此，相對於探述覃子豪〈畫廊〉詩手稿保留至定稿中的意象，那些被剝落，不在定稿中出現的詞語，也值得深探。具體來看，直觀原本覃子豪〈畫廊〉詩手稿中第二段：

---

[70] 馬奎斯（Gabriel García Márquez）［著］；楊耐冬［譯］：《百年孤寂》（臺北市：志文，1990 年），頁 25。

　　　　画室裡的花凋零了

　　　　老鼠在我的書架上營巢

　　　　魏爾當在秋日林中哭泣

　　　　我在畫廊上守著盼望一個奇蹟

　　這整段被取消掉的詩手稿文本結構現象，其中「老鼠在我的書架上營巢」已是不錯的寫法，它對應著詩手稿第一段第二行「未完成竟的半身像，絳色的裙」[71]這一開始的未成之半身人像畫。當直觀面對這樣詩手稿而定稿中，所存在抹消、未成、改寫、調動的現象，在此對詩理型的研究方法論之探索舉證，我們要問的、分析的是，此現象如何展現了對詩理型的言說性？並讓我們掌握詩人覃子豪在這個書寫階段對詩理型的掌握與操作意識。

　　我們可以細節化地檢視，覃子豪〈畫廊〉詩手稿第二段「老鼠在我的書架上營巢」與第一段「未完成竟的半身像，絳色的裙」的對應。這份對應是這樣的：老鼠可以意謂著低賤、不潔，在此可能更有意味地要提取其「啃齧」性——帶文化、精神性的文字與詩被物質化，成為被啃齧的對象，凋蔽零餘為骨架，表達了詩人對文明的困頓無依之感。然而，在定稿中轉以達文西（Leonardo da Vinci，1452-1519 年，義大利文藝復興時代藝術家）著名畫作「摩娜麗莎的微笑」取代之。詩人覃子豪提取摩娜麗莎，這個在形象上已成，但是在意義上未明的微笑，顯然也要與那半身像一般，共同建構一個身體顯像，但亟待精神意向捕捉的詩主題氛圍。

　　據此可見詩理型的實踐操作方式，第一是在抹消原本典雅齊整的詩行結構，第二則再放大感覺感官書寫，對事物場景感覺意識予以綿延，使得詩行開始舒展，解消其前詩行典雅結構的詩理型之約束。在這樣的詩理型研究方法操作上，也產生了詩手稿文本中詩理型「成／未成」的辯證——具詩理型修改意義的詩手稿，成為了其前舊的詩理型與當下新的詩理型之邊界。前後

---

[71] 此句在定稿中被調移至第二段第三行，並省去「，絳色的裙」，強調所有格，精省為「你的未完成的半身像」。

詩理型在詩手稿文本中形成交錯的地形，儘管詩人渴望著越界至新的詩理型，但那仍可見的舊的詩理型，以及那些修改痕跡，都代表著一種詩語言文字的掙扎，而有著過渡心理意識的投射現象。對此之細部論述，隨著本書在後續論述推進對現代詩手稿學研究成果的涓滴積累，將於第三章探述詩手稿文本內在連續性與異常為的詩書寫心理意識時，予以深論。

（三）詩理型對詩手稿在場實虛結構的推測：詩理型資助手稿學研究方法論之二

　　意識到詩人詩理型的言辭作用，並熟悉其在詩文本中的操作後，在研究應用上我們可以再搭配詩手稿現象，除了可揭示、判准文本生成階段中的語言基底，也能引為推測文本結構中，各個在場不顯現之端點的投射指標。例如：前述「圖2-77：覃子豪〈畫廊〉初定稿詩手稿」的詩手稿，將之搭配定稿進行並看，我們可以看到「前理型」的如何消褪，但也可以看到詩手稿中理型漸次如何在刪補調動的手稿細節，被言說成形。在研究方法操作上，我們可從手稿中更細膩看到詩人對詩理型，如何以文字符號之運作／動，進行理型之塑形言說。一旦我們對特定詩人手稿的閱讀經驗得到實際上的累積，並搭配相關詩手稿資料[72]，就能得到其理型操作的文法，進而便能進行詩手稿學的研究操作應用，由現象之實虛，擴展對在場不顯現結構端點的層次認知。

　　在閱讀與研究上，我們都在挑戰不顯現，並創造顯現，使得對詩手稿文本之實虛結構的認知更見立體。除一般研究中將語意隱晦、包裹寓意，這類不顯現的象徵、意象，還包括詩手稿學研究重視的在特定視角下，將具有支撐顯現端點但不得見顯現的端點，予以解明，帶入我們的意識，並陳述而出。我們不斷花費時間，將不顯現的詩意結構，帶往顯現；此一「帶往」，可以用理型來輔助，完成我們對不顯現的意向運動。對於意向運動的推斷，以詩人之詩理型尋找無疑更有效率，且更貼近詩人之風格。

　　詩理型除了可以前述之「橋」為喻，在方法論操作上，對於詩理型我們

72　例如其他詩人之詩手稿，以及針對該首詩作的定稿與研究論述等。

也可以用「眼鏡」作為譬喻。這一方面是因為眼鏡的鏡框，代表一種理型的感知視框[73]。視力不佳的人們所看見的風景是模糊的，光線無法準確抵達視網膜，僅能在視網膜前聚焦，為近視；而在視網膜後聚焦，為遠視。我們面對大幅修改的詩手稿，其潦草難辨的風景，同樣是模糊的風景。視力不佳的人們透過戴上眼鏡，進行聚焦調整；同樣地我們需要一副如眼鏡般的詩理型，輔助我們去辨識，讓詩人詩意進入我們的理解。事實上，回到以橋對詩理型的譬喻中，當我們在橋上行走時，面對前方所要溝通的風景，以及後方要離去的風景，不也是有著遠近感的變化？

另外，面對詩手稿中模糊的文本風景，我們固然可以用極逼近的方式去克服，但一旦文本修改現象一多，這樣逐一逼近，會消耗過多檢視量能，透過詩理型眼鏡可以更有效率的進行檢視，且更貼近於詩人風格。如此，都在在凸顯了「眼鏡—詩理型」這個譬喻的輔助性。

但在閱讀的實際狀況中，詩人並不會直接把詩理型眼鏡拋給我們。因此在研究方法操作上，除了可透過詩人自我詩論／觀／想的陳述，去打造這副眼鏡。現在我們更可以從手稿去打造，這比起詩人自我詩論／觀／想的高理念陳述，更能看見詩理型在操作上的艱困、挫敗與協調行為，這些行為協助了寫作歷程逐次向定稿對焦。

在打造這副詩理型眼鏡的過程，我們更可意識到，同時更具辯證的說法是——追求意義突破的詩人其實不斷扯掉我們原本戴著的眼鏡，而使我們必須隨詩人，重新找到一個新觀看詩作文本及其所指涉世界的對焦之道。詩人扯掉我們原本的眼鏡，呼應的是現代詩人反叛既定觀看方式的前衛傳統，因此相對其他散文、小說文類，現代詩文本的不顯現數量，顯然較多，這也是為何一般人總認為詩難懂。是以在現代詩手稿文本結構中時常出現的「不顯現」，本身還可能涉入了一種詩人的創作性。

---

[73] 前面將詩人寫作之各種意念的投放，譬喻為在湖面投放石頭，並引動帶擴散感的漣漪。在此將詩理型譬喻為眼鏡時，這座湖即是詩手稿文本的頁面空間，理型眼鏡是以其作為感知視框，進行篩選取景，以完成詩手稿中部分修改細節與整體結構的溝通權衡。

如果說現代詩寫作真有什麼慣性的話，「不要重複」就是慣性，形成對其結構端點的探查難度。連帶地，在閱讀現代詩文本，又特別是現代詩手稿文本時，閱讀的過程存在著對現下的揣想，以及下一刻的期待感，引動我們對下一個文字／句的預測。在閱讀現代詩手稿的界面空間與生成歷程時間中，我們也回應他們以自己時間與空間，以對詩人在期間寄寓的實體文字，所閃爍虛掩的那些將發而未發之意向企圖。

那些實與虛的種種，正能體現詩語言在情理動於中，乃至於發維成草稿之際，那真實面的紛雜。使得在詩語言的時間，以及落實為文字的空間中，意義被遲疑而延異的現象，不斷接續出現。語言在被寫下時，更有意識地被組織，講稿正能體現語言被文字組織化的作用。由此，在現代詩手稿學的層次上，我們看到了手稿的清樣整理工作，不只是在文字，更涉及了語言。紛雜的語言狀態，正連結著五感感官的多樣性與組合可能之事實。

這些紛雜的事實，都是主體的枝節與部分，可以連結到感覺體系，或者換一個角度說，可以透過感覺體系予以統攝組織，在寫詩之時，並為詩理型使用，組織那些已被語言言涉的種種。語言言涉感官，詩人將之寫下為文字，並非為感官造句，而在為真理提供感覺，使詩理型有造型結構之可能。五感奔馳，在詩手稿界面上，所幸隨著著詩手稿文本版本逐次走向定稿，我們得以透過詩人之詩理型的操作，看見其統御之道，甚至可以提前預視／估其所未盡，或將發的語言文字感覺脈絡，這便是應用細節。詩人之自我是以語言在語言中領會自己，因此詩的理型同樣是要在語言中領會。因為詩作是語言文字，而不能寬泛將詩人之日常生活、姿態都視為詩。在閱讀、研究詩人上，達到能掌握詩人之詩理型，甚而能進行前述的推斷應用，才可說真正到達熟識詩人之詩的層次。

在現代詩手稿學中，要達到這樣以其詩理型，指向其「虛」的研究應用操作，可以具體地從檢視出詩手稿中的詩語言基底，此一「實」，進行著手。在詩手稿中頁面上文字書寫以及修改的累積，在詩理型的溝通下，隨著詩手稿形成版本，並向著定稿推進時，我們可以看到，<u>儘管向著定稿發展的版本們間或有變化，但已有著一基礎的，可明朗得見，亦即明確顯現的實體</u>

化[74]語言基底。語言基底的可見與顯現，其背後都存在一個角力關係（un rapport de force）。固然文本需要以語言去進行最真實而根本開展，即使如何紛雜，也代表著詩與主體所存在的語言可能，但這些也需要詩理型進行協調、規劃，甚至控制。

理型建構了語言基底，使文本的各部分，有了基石般的框架，而擁有整體感，走向了整體。這也凸顯了詩手稿研究中，理型的環節、溝通性，也展現在詩文本在生成中的「部分—整體」。因為理型的作用，在詩文本中詩的字、句，以及修改，不再只是各自的本身，不再只是各自現象，也不再只是單一容納在紙張形式的符號。一如我們看待一座火車站，我們不是侷限在那些各自的樓層地板、站台、鐵軌去認知，而是在這些部分的共構中，豎立起火車站空間的整體形式感，以及其交通連結的理型功能。由此人在火車站之內，以及其所帶動人的抵達、離開現象，亦即對應著詩手稿之中，所牽動讀者的觀入與詮釋[75]。

理型將詩手稿部分現象彙整，完成整體形式感的塑造，在過程中詩語言基底代表一個過程的成果，是一艘被搭建，用以航向彼岸之船隻的甲板。我們可以本節前述之楊牧〈希臘〉詩手稿為例。從「圖 2-74：楊牧〈希臘〉初定稿詩手稿」中，詩人在第一段第一行末與第二行開頭斟酌「群峯」，最後將之調動至第二行頂端，這特意援就內容與文本形式搭配形成的拔尖、孤懸，都能指向事物的狀態。在第一段形成的群峯崎嶇感，在第二段則轉為平淡。詩人在第二段特別加上「坐著」，讓小覡的坐姿對比第一段創造的群峰起伏與激盪洶湧河水的上下空間現象，並且加強將「平靜」改寫為「平淡」，「淡」此字部首為水，以此呼應洶湧河水。以此有著「動／靜」的對稱性，並指向時間，詩手稿中的「過去和既在／和未來」被精簡改寫為「過去和未來」這樣時間向量，使得空間要指向的時間性更為明確。在「圖 2-

---

[74] 這份明確顯現，被目為實體，這也讓我們思考到實體化與明朗得見的關係，深思「文字之可見」是否為實體的唯一條件。

[75] 在這樣的對應關係中，觀入是一種閱讀的抵達，詮釋的離開性是什麼？是攜帶著意義去散佈播種，在他方滋長意義的根苗。

74：楊牧〈希臘〉初定稿詩手稿」裡，打開主體應對的世界空間感，並投注以時間思索就是理型眼鏡，而其詩手稿中試圖拉開，對應主體感知之天地物象的上下形式，便是語言基底。

　　擇取「圖2-74：楊牧〈希臘〉初定稿詩手稿」除了能說明詩理型對語言基底之實的檢視，更能說明如何以語言基底之實，去指涉文本所要指涉的虛。這份虛，正是時間中的在場，更細節化地來說，即詩手稿中所寫下「過去和既在／和未來」，所指涉的時間中曾在場與將在場事物之指涉。只是在定稿中，「既在」明顯被刪除，將原本在下一行開頭的「未來」移於「既在」的位置。在手稿研究上，這個移動「既在」就是第一段所寫的，楊牧認為他就是讀者能自己發現的「既在」，不必再凸顯。然而，就書寫當下，手稿明白顯示了楊牧在往昔與將來的「時間」詞彙「之間」，擺上「空間」詞彙的思考。這促引我們思考「時間─之間─空間」的辯證關係，以及其間的虛實存有課題。在此，月亮可為此「時間─之間─空間」作為明證。月亮此一空間形體，隨一月之週期時間，而有上／下弦之缺與圓滿之變化顯現，對這形體顯現的時間週期變化，讓我們始終意識到在上／下弦的顯現中，其實有著未顯之對半，並進而能在意識中同時想像未顯對半而能成圓滿的狀態。相對地，亦能在月亮圓滿顯現之狀態中，於其內在意識中畫出其上／下弦輪廓。

　　如此，月亮在時間週期其所顯現的運動變化，亦對應著手稿中意向對範疇結構的認知運動。範疇結構中的運動力量甚至其向度、速度，說明了手稿意向本身，不只存在對實體物的指涉，更存在對虛隱之物的指涉。實虛並非單純是有與沒有的關係，也存在有無間相循環發生的辯證關係。就字詞指意上，虛固然有「虛空」之意，但虛的本義，如《說文解字・丘部》所錄：「虛，大丘也。」虛是一種大型土山，《詩經・鄘風・定之方中》一詩即為：「升彼虛矣，以望楚矣。」主體登上此土山，藉以遙望楚地。「虛」也是一個處所與方位，例如：《易經・繫辭下》：「為道也屢遷，變動不居，周流六虛。」所以虛，乃是與實，合在一辯證性的空間。可以說，「在場顯現─在場不顯現」與「實─虛」，形成的辯證觀點，能說明詩手稿文本意向運動現象全貌。虛透過多層的語言基底之發展與推斷，而能厚實成詩文本的

存有，是以虛，並非缺殘，而是虛存。

　　虛的存有性，乃是依其詩理型的質感向量，更充盈實之。詩手稿的意向運動，是指涉，也是實踐，它可以指涉著詩人企及的質感向量，並賦予言詞的明指與暗示，進行在場顯現與不顯現的勾勒。當虛指涉於理型時，將理型進行在場化的同時，也使得詩的語言文字之言述與書寫活動，不只是句法，而是等同對真理之推理、體證。

　　因此在研究方法上，援借著理型眼鏡，我們自然可以對語言基底之實，看到其可於時間脈絡中的虛存。熟稔詩人手稿之修改方式，成就理型眼鏡，研究者便越來越能看見，詩語言變化多端之詩人其核心理型之重要性，看到文本生成中種種不顯現，那些消逝與將來。

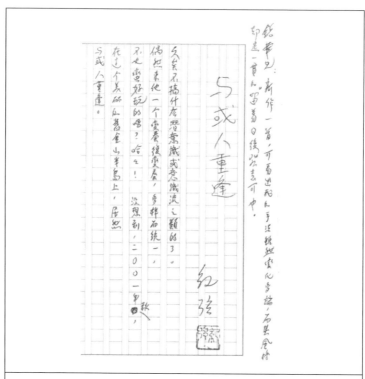

圖 2-78：紀弦〈與或人重逢〉手寫定稿詩手稿（部分）

出處《新大陸詩刊》

　　我們不妨以紀弦〈與或人重逢〉詩手稿中，稿紙格外空白處，一開始寫予陳銘華之文字為例，紀弦如此寫到：「銘華兄：新作一首，可看出我的手法雖然變化多端，而其風格卻是一貫的。」此一風格一貫，乃在於對個性化、風格感主體的建構。詩題之「或人」為虛指某人的意思，從詩題開始，或人就是一個在場但卻不明確顯現之人，吸引讀者去透過詩行之閱讀，去完成填補。進入詩行，更發現詩人更有趣地，多樣化的建立了「或人甲」、「或人乙」、「或人丙」的風格形象，並以之進行角色對話。從首段詩人寫到「久矣潛意識或意識流」，而首段第三行底於「沒想到，二〇〇一年」下又加上「秋」字，可知詩人在對時間有意識地聚焦，並從此使與「或人」們間之相逢，帶有「時間─主體」的潛意識關係，遙遙指向詩人在 1956 年 2 月提出的「現代派六大信條」對詩理型之聲明。而此「現代派六大信條」由於發佈於《現代詩》季刊第 13 期，因此紀弦此一詩理型聲明又有向公眾的傳播性。紀弦〈與或人重逢〉詩手稿其中涉及的超現實、潛意識乃至於詩史課題，我們將在本書第三章「連續性與異常為之意識論」予以深論。

　　從詩理型我們既能發現詩手稿在實虛之間，不顯現的虛存性，自然能運用這樣帶著從定稿這相對完成的狀態──理型，以及所存在的語言基底，去觀看詩人之手稿。誠如在本章第一節我們將臺灣現代詩手稿文本的刪補調動修改狀況，視為種種事件，那麼，詩理型將使我們得以依傍，得能用一可能的倒敘式、預視性的方式觀看詩手稿文本。使得此時的不顯現，並不意謂著沒有，而成為了具時間脈絡，可以被推斷其因果的事物。在具體的延伸運用上，我們可以從在詩人這首詩手稿中所發現詩人之理型，去推斷觀看下一首詩手稿，這樣的應用也能凸顯詩手稿之間的文本性。例如：我們可以檢視賴和發表於 1925 年 12 月 20 日《臺灣民報》第 84 號，同時也是他「第一首正式發表」之新詩作品〈覺悟下的犧牲〉以及其詩手稿。

　　從賴和〈覺悟下的犧牲〉一詩之詩題中的「犧牲」，就可知其詩主題跟「生命」有關。進入「圖 2-79：賴和〈覺悟下的犧牲〉初定稿詩手稿文本（部分）」可以發現，在第三行詩人原本寫「唉這多麼難能」，又在「這」下加上「是」。「這」字已經具有指示形容詞的作用，詩人在修改時又加上

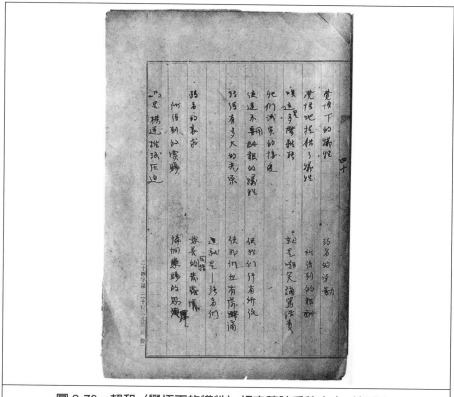

圖 2-79：賴和〈覺悟下的犧牲〉初定稿詩手稿文本（部分）

「是」，則更加強化、引領讀者對前兩行「覺悟下的犧牲／覺悟地提供了犧牲」之關注。換句話說，若沒有進入手稿，我們無法從定稿中，看到「是」這個字的語言力度，所帶來的回看開頭詩行的效力感。我們領受賴和引導我們的關注，再精讀可以發現這兩行詩缺乏主詞的設置，這是一種犧牲的狀態——犧牲者已逝的結果，使「覺悟下的犧牲」成為詩人要將之意義化的命題。這個「生」之命題的意義化，透過「死」與「犧牲」來發展，其後透過代名詞化的「牠們」、「強者」、「弱者」，讓前兩行失卻不存的主詞位置，得到反省。

　　就此來看，賴和〈覺悟下的犧牲〉初定稿詩手稿，已呈現了詩人反思

「強弱個體之間─生死辯證」的詩理型，我們以此作為一種應用方法，進行倒敘式的追蹤，即可發現賴和在這 1925 年「第一首正式發表」〈覺悟下的犧牲〉其前，早已進行新詩的嘗試寫作，在其 1924 年的詩手稿中，便可發現具有呼應「強弱個體之間」與「生死辯證」之詩手稿文本。具體來看，1924 年的詩手稿中，呼應「強弱個體之間」的詩手稿文本為〈多數者〉、〈有力者〉，就題名可見賴和分別批判寡頭的、掌握政治權力的有力者，以及呈現多數者如何犧牲只為著少數的「他者」；至於呼應「生死辯證」的詩手稿文本則為〈生命〉、〈生的苦痛〉，就題名也可見詩人如何思考主體生命所釋放燃燒的能量，在社會情境中如何遭受束縛，而轉為一種壓抑的苦痛。

這兩個脈絡例證，正體現了賴和原本在〈覺悟下的犧牲〉詩手稿中「強弱個體之間──生死辯證」的詩理型辯證，如何在這首詩的文本發生歷程中，為研究者提供一個倒敘式的文本連結理路，如何可以在手稿發生歷程中提供可追蹤的脈絡，讓研究者能有意識考察其意向運動。而這樣倒敘紋理之確建，不只鞏固了原本我們對詩人詩理型的判斷，也可以從中提取詩人寫作形式、修辭之慣習，讓我們有效率地，以此為焦點預先去觀看詩人不同主題的詩手稿。

例如本節前述探究楊牧〈希臘〉詩手稿文本時，我們看到楊牧習慣於一行之底部與下一行之開頭進行同一詞彙的調動實驗，這展現了其「斟酌文本結構空間感與語言音律感」理型，依此我們可以在楊牧其他詩作之詩手稿文本，看到對應的修改狀況。例如：「圖 2-80：楊牧〈以撒斥堠〉編號 8 之初定稿詩手稿」可以看到楊牧在詩手稿稿紙上左上角標註 8，在第四行底原本寫下「蕭颯的崢嶸的」，後來則將「的崢嶸的」刪去，在下一行，亦即第五行開頭的「王國」前，以增補符號加入「崢嶸的」。而就在第五行底部刪去「，跨越」，在第六行開頭「真實」前，以增補符號加入「跨越」。經此修改，「圖 2-80：楊牧〈以撒斥堠〉編號 8 之初定稿詩手稿」第四到第六行而成為：

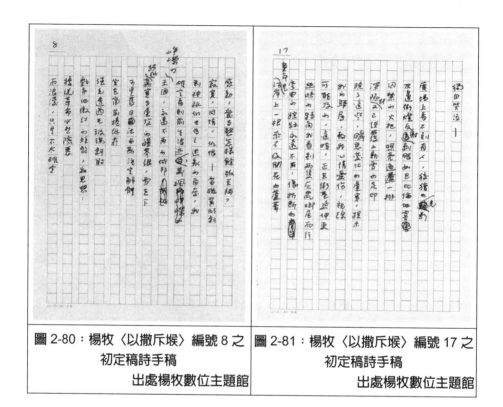

圖 2-80：楊牧〈以撒斥堠〉編號 8 之
初定稿詩手稿
出處楊牧數位主題館

圖 2-81：楊牧〈以撒斥堠〉編號 17 之
初定稿詩手稿
出處楊牧數位主題館

確定看到前生浪迹，蕭颯

崢嶸的王國，永遠不再的城邦

跨越真實與虛設的疆界線，雪正下

　　而再對照印刷發表刊印稿，發現兩者是相同的。「圖 2-80：楊牧〈以撒
斥堠〉編號 8 之初定稿詩手稿」的調動於前述楊牧〈希臘〉詩手稿文本中的
調動相類，著重於空間性。「崢嶸」依其部首「山」，為指涉高峻突出的山
勢之意，因此楊牧將之調往第五行開頭頂端，在直行書寫的結構形式中，能
象形化的搭配呼應「崢嶸」。而「跨越」則具有超越之意，也具有帶空間高
度的運動性，呼應這份運動高度，楊牧也將之調往第六行開頭。「跨越」本

身身體的具體運動感，也能與其下接連較為抽象的「真實與虛設的疆界線」，形成具體／抽象的戲劇衝突感。

「圖 2-81：楊牧〈以撒斥堠〉編號 17 之初定稿詩手稿」是該首詩作之手稿的最後一張，楊牧在該頁詩手稿之倒數第二行底部的「童年」刪去，以增補符號調往倒數第一行頂端，再加上「是」，而成為「童年是河岸上一根來不及開花的蘆葦」。此行雖獨立成句，但內在指涉的蘆葦卻是生機頓挫之植物，此「蘆葦」字詞在倒數第一行的底部空間，恰正與倒數第二行空間底部的「折斷」，形成了字詞位置的對應關係。

「圖 2-81：楊牧〈以撒斥堠〉編號 17 之初定稿詩手稿」中依楊牧修改，詩作則為：

幽昧的轉角我看到兩隻灰鼠啣尾而行
彎曲的踪跡永遠不再，像折斷的
童年是河岸上一枝來不及開花的蘆葦

但比對楊牧〈以撒斥堠〉於《介殼蟲》（2006 年）之印刷發表刊印稿，對應之詩行則為：

幽昧的轉角我看到兩隻灰鼠啣尾而行

彎曲的踪跡永遠不再，像折斷的
童年是河岸上一枝來不及開花的蘆葦

可以發現，在《介殼蟲》中，楊牧〈以撒斥堠〉印刷發表刊印稿有兩處差異，第一、是手稿的「踪跡」被改為「蹤跡」，這部分乃是「踪」字為「蹤」的異體字使然。第二、詩手稿初定稿的「幽昧的轉角我看到兩隻灰鼠啣尾而行」與「彎曲的踪跡永遠不再，像折斷的」兩行進行了分段。這樣的分段，藉著分段間的留白空間，更強烈凸顯了（1）「兩隻灰鼠啣尾而行」

那彎延曲展的移動空間；（2）喻代童年之蘆葦的折斷感，同時也呈顯了童年時光與以撒斥堠現下命運間，宛如隔世的時空距離。

　　透過詩手稿研究，我們發現楊牧〈以撒斥堠〉印刷發表刊印稿中的最後一段，原來前續著前一詩行，是一個結構更龐大的段落。被詩手稿研究所發現這斷裂的分段現象，飽含著文本現象地誌學——「彎曲的蹤跡永遠不再，像折斷的／童年是河岸上一枝來不及開花的蘆葦」像是從大陸分裂，飄離成島——但被詩人楊牧詩想踴動而形成的斷裂，更引導我們重回詩手稿中去觀察與「彎曲的蹤跡永遠不再，像折斷的」將成對岸遙看的「幽昧的轉角我看到兩隻灰鼠啣尾而行」本身隱含的意向運動，「圖 2-81：楊牧〈以撒斥堠〉編號 17 之初定稿詩手稿」中自該行逆看，可以發現詩人中間毫無修改，直到該段開頭第一行、第二行，楊牧也對「街燈」此一意象進行了複雜的經營。這其間的修改經營包括了將「陰影」改為「光影」，下一行寫「左邊街燈」，在 20 世紀冷戰時代中「左」與「右」都有政治隱喻，這隱喻著詩作所寫之主體／角——「以撒」，一個對應著楊牧現實世界中，曾告知楊牧將前往南斯拉夫執行任務的猶太友人馬修，所可能存在的政治行動。在詩行中的光影左右，以及虛實對位結構之間，詩人準確無疑寫到的是「提示我的歸屬」，這份準確無修改的句子，其實也一個恆常的提問：我當歸於何處安穩之地？如此看來，街燈的光影明滅，到蘆葦的斷折，兩個各自代表「人為文明」與「自然植物」的根柱物間的意象呼應，著實形成了一個在精神上灰暗頓挫，缺乏支撐感的文本氛圍。

　　整體來看，在「詩理型對詩手稿在場實虛結構的推測」此一手稿學應用中，我們藉著楊牧的詩理型，確實有效地進行對詩手稿現象的推測與判讀，並且體現詩人楊牧在其間一連串於文本虛實結構的意向運動。

第三章　臺灣現代詩手稿連續性與異常爲之意識論

臺灣現代詩人對詩藝的要求，在現代詩所使用的現代白話，對於中國古典文言文、西方歐化話語的高度涵涉力[1]下，使一個積極丟卻古典詩格律這個保障機制的現代詩人，更需要對語言進行打煉，為自我詩文本提供自足的語感韻律，以及文本的結構感。

如此對現代白話進行錘鍊、壓縮，確實如對鋼的鍛鍊一般，通過冶燒與錘打，使語言詩質更為精純，提供更為精確而靈活的指涉。而對語言冶燒與錘打，呈現著詩人主體意識內在的煎熬與撞擊，詩書寫於焉成為一種精神意識的耗竭。一個詩文本的寫作，是詩人靈感欲力的釋放，而一個詩文本的完成，則是詩人話語理型可能的實踐。文本成就之時，卻可能同時是作者之死時——亦即一種書寫意識的剝落。一首詩到下一首詩，詩人如何再次鼓脹書寫欲力，重造自身新的書寫機制，終是詩人詩文本另一死生的考驗。而在此詩文本死生之間，詩人書寫意識的精神焦慮，自不難想見。

面對現代詩人在應對社會通順／僵固話語、古典現代詩傳統，對自我詩藝試圖在連續性中，開創新發以完成差異，所形成種種的精神焦慮，我們並非要將現代詩手稿視為精神分析者的另一座沙發。而是要關注現代詩人如何從詩手稿文本繁複的意識中坐起身子，再次行動，尋索、創造新的象徵，使得想像恢復活力，以分娩創造詩話語的真實性。於是乎詩手稿空間更像是一具遊戲創造力，並且帶有母性意義的子宮空間，連結著書寫者的意識與潛意

---

[1] 這種涵涉力從二十世紀初的發展過程來看，內在具有了一個國族的現代啟蒙需求。

識，建構文本的身體。

　　文本的確一如身體，但在手稿歷程中，我們更細密化的發現，向公眾公開的「印刷發表刊印稿」，本身就是一明意識層次的文本；對應之下，「起草」、「草擬稿」、「初定稿」這些原本意識還未成形，或將成形並準備向公眾發表之版本，則為一隱意識層次的文本。透過現代手稿的空間自由度，潛意識可自由／動藉著書寫湧現，使精神官能現象得以被提取，於無意識之間產生一種「我已說出」愉悅感，成為疏壓的快感形式。因此，現代詩手稿文本，特別是「起草」、「草擬稿」、「初定稿」，具有精神分析的文本性。

　　這個文本性，不只指向著自我內在精神面貌，也幽微指出了內在精神中的「他者」。此一他者，在詩書寫中可單純為詩人所要表現的對象，更可以是要應對、挑戰的崇高他者。可以說，在建立一首審美意義上的全新詩作，便是要對前在文本──無論是他者還是自己的──書寫秩序進行顛覆，亦即：使其帶秩序感的連續性，面臨失序／常的斷裂，形成一文本異常感。在這樣使前在文本秩序「失序／常」之目的下，文本現象與書寫主體，開始有其現象變貌。如此亦使得手寫稿與印刷稿間的差異，形成了意義發生甚至是潛意識的流洩缺口。

　　本章即針對臺灣現代詩手稿文本所存在的連續性，以及異常行為，亦即異常為現象進行探索，關注文本在形式空間上的書寫現象，本身的精神地理地／變貌；以及書寫主體的層次變化，進而探索這些差異／異常化，如何成為對他者，或者更細密地說──書寫主體所身處之他者秩序的違抗，在反秩序與建立文本新秩序中，展現現代詩文本欲求能量的快感與可能性。

第一節　缺口、歧路、冰山、深海：
詩手稿的精神地理學

　　　夢是一個內臟，為誕生的靈魂準備。

　　　　──帕斯（Octavio Paz，1914-1998 年，墨西哥諾貝爾文學獎桂冠

　　詩人）〈復活之夜〉

　　如果現代詩是語言最顛峰的使用狀態，那麼現代詩人於主體內在意識中，進行不斷被探掘，以致於形成與外在語言文字之顛峰相對應，鏡像般對倒的意識幽谷則可以想見。由此轉換在詩手稿上，體現更為複雜的精神地理。這主要乃是意識於內在語言的言說，和外在書寫工具的文字間，所存在複雜繁密的連動實踐。

　　語言文字原初就為了理性而設計存在，特別是文字符號上的記憶理性功用，例如結繩記事。語言文字工具既然對應著理性功能，在其發展上自然便強調其使用上的精確性，由此形成一種強調簡潔、清楚、精準的文體風格。因此，對應著不簡潔的文體，我們會視其為拙劣而缺乏效率之冗文。這是理性對文字語言的節制狀態。

　　就現代性來看，其除魅（disenchantment）工程也包含了對語言、文字的除魅。

　　然而，只要「非理性」不被言說，就不存在嗎？

　　以意識來說，佛洛伊德（Sigmund Freud, 1856-1939 年，奧地利心理學家、精神分析學家）為代表的心理學與潛意識分析，便指出這些被壓抑的非理性意識，會轉成潛意識，而於我們的睡眠中的眠夢所言說。而夢的言辭，不只存在著奇詭，還存在著跳接、變形、轉喻的文法。夢這種內容現象，確實對應著現代詩的形式分行、跳躍性與意象狀況。

　　這引動一個值得我們細思辯證的提問：試問當我們理性、翔實的方式，一五一十地記錄下我們奇詭的夢時，那所形成的文本是理性的，還是非理性的？

　　亦即：工具理性與內容非理性之間該如何對應？我們要以工具理性去約束不理性的內容，還是要以不理性的內容感／污染工具的理性？

　　非理性語言文字的非法性，是被語言文字的工具理性所形成之規範所後設的，與其說是非理性對既有語言理性的掙脫，不如說非理性本來就應有其話語空間，以及指涉、表達他的文法。人類原初發明語言，使用語言，乃在

於去指涉事物，使事物可被言語。但隨著使用慣習，形成文法後，指涉的方法也被穩固，甚至僵固化。於是我們不是遵其所願而去指涉，反而是被語言，限制了指涉事物的內容與方式。

詩的實驗本質，便是恢復、賦予自我言說在內容、形式上獨特的意義，而不被公眾語言世界所歸限。「獨立」不只在國界中發生，也在語言的可指與無法可指之間發生。

對潛意識、夢境的自我覺察，正在於發現主體內在所存，真正的不為外在規範、意識，所役、所感知的語言文字需求。這份需求，是潛意識所存在那種對於非理性內容的言說書寫需求，同時也是對一種非理性語言文字的創造需求。

但我們不能總是依賴入夢，才能發現自我的非理性真實。我們不能隨心所欲時時入夢，夢終究存在一種隨機性，我們如何更能自主地揭顯潛意識呢？推動超現實主義書寫的布勒東（André Breton，1896-1966 年，超現實主義作家、詩人）在《超現實主義宣言》便提出超現實主義的自動寫作方法：

> 超現實主義寫作，初稿及定稿
>
> 在來到一個非常適合集中精神地方之後，你們就讓人拿來寫字的紙和筆。你們要盡可能地讓自己處於被動狀態，處於易於接受新鮮事物的狀態。你們要撇開自己的天賦，不要考慮自己的才能，還要撇開其他所有人的才能。你們要認識到，文學是通向萬物的最淒慘的道路，你們要快速地寫，拋開帶有偏見的主題，要寫得相當快，不要有任何約束，也不要想著再把寫過的文字反覆讀幾遍。第一句話肯定會獨自冒出來，因為真實的情況是，每一秒鐘都會有一個與我們清醒的思想不相干的句子流露出來。但就寫出的一句話去發表自己的看法則顯得相當困難，這句話大概同時源於我們有意識的活動以及其他活動，即使人們承認寫出的第一句話必然會引起微小的感知。然而，這微小的感知對你們來說也是很重要的，從很大程度上看，這正是超現實主義遊戲最有意思的地方。不管怎麼說，斷句大概會阻礙流暢的絕對連續

性，而我們極為關注這種連續性，雖然表面看起來，這種連續性十分必要，就像有必要在震動弦上分配節點一樣。只要你們喜歡，就可以一直寫下去。你們可以指望心潮起伏那無窮無盡的特性。你們只要稍微犯一個錯誤，哪怕是疏忽引起的錯誤，沉默就會降臨，假如這種情況出現的話，你們要毫不猶豫地中斷那行寫得過於明確的文字。要是你們覺得一個字的起點顯得很古怪，就在那個字的後面隨便寫一個字母，比如字母「I」，而且一直用字母「I」，並將這個字母作為後面文字的起點，重新建立起文字的隨意性。[2]

　　布勒東（André Breton）運用了詩書寫歷程版本的概念，去解釋超現實主義寫作方法，在方法操作過程中凸顯了「起草」在釋放潛意識的作用性。這個寫作方法的推動，乃是因為他「十分關注佛洛伊德，而且熟悉他的診治方法，在戰爭期間或多或少也有機會用這種方法診治過一些病人，我決議拿自己做實驗，就像人們嘗試著從病人身上得到某種成果一樣……」[3]而具體方法，可細分為「對自己說」、「快速書寫」、「預防提白」三個細項。

　　其中「對自我說」，無疑是有意識地以自我語言，進行對自我內在的說服，排解自我與他者在既定知識與框架上的干擾。而「快速書寫」則透過在紙面上不斷快速地書寫，避免既定意識的介入，讓潛意識自我得以不再受明意識約束，得以躍上紙面。「預防提白」說明了自我的明意識也成為外在他者的一部分，代替外在他者監督、壓抑著潛意識的自我書寫。由此可以發現，布勒東（André Breton）有著佛洛伊德（Sigmund Freud）心理學「本我—自我—超我」的概念，以自動書寫的操作策略，釋放潛意識本身具有的書寫動能。

　　透過布勒東（André Breton）《超現實主義宣言》可以讓我們重新回看

---

[2]　安德列·布勒東（Andre Breton）[著]，袁俊生[譯]：《超現實主義宣言》（重慶市：重慶大學出版社，2010 年），頁 37-38。

[3]　安德列·布勒東（Andre Breton）[著]，袁俊生[譯]：《超現實主義宣言》（重慶市：重慶大學出版社，2010 年），頁 28-29。

詩人手寫之手稿。布勒東（André Breton）此一自動書寫方法，不只提出如何以時間上的速寫，完成他者在自我內在建構的自我意識審查機制，讓潛意識以文字、語言方式流洩出來。因此，我們探述的現代詩人手稿——特別是那些詩人自由書寫而顯得潦草的草擬稿，其實正提供一個實例，呈顯接近於自動書寫下的詩文本狀況，讓我們亦可以自動書寫概念，就其詩手稿界面進行其潛意識分析。具體來說，詩手稿之文字、語言以及負號，成為主體精神分析最重要的質素與文本，使不易顯現，甚至被既有社會機制消音、禁寫，成為可以被現實感知，並且細細分析的精神文本。詩手稿之紙面於焉如同佛洛伊德（Sigmund Freud）《夢的解析》冰山理論中的海平面，成為潛意識可躍然顯現的界面。

潛意識不只被夢文本化，更因為被語言、文字再現，而在詩手稿的界面上，成為可回溯反覆再探的形式。就現代詩手稿學來說，詩手稿空間具有趨等於夢的潛意識精神分析之可能。我們要面對潛意識因為現實與意識的壓抑，在手稿上由字而詞而句後，所形成各種轉喻、跳接的修辭。除了要從中耙梳、理解其修辭的過程，對主體話語情結的舒展，以及所能轉譯出其意旨、願望。同時，更要關注如同布勒東（André Breton）所論對「來源可疑的詞句」以「I」暫時取代，這樣的符號運用。

仔細來看，如此的符號運用指涉了一個權且為之的寫作狀況，但當自動書寫完成後，這個符號在手稿界面上，成為一個必然需要回顧之標的。而在真正的現代詩手稿中，誠如我們在本書第二章地毯式的閱讀所收集之臺灣現代詩人手稿，進行各種書寫調度符號的整理，其也具有著自動書寫所謂的取代，甚至更複雜的刪修增補調動性。但這些符號的運用狀態，特別是不齊整、紛亂，不只代表著書寫推動過程時內在心緒的複雜，更也代表著「既有公眾語言文字」在主體自我潛意識寫作上的已然不足。不足，意謂著一種創造的必要接續。

就此來看，現代詩手稿文本在紙面上不可／易見，乃至不可言傳的狀況，正在醞釀著不受公眾話語用字框限的自我寫作方法。這份獨特言述自我潛意識的寫作發明，具有精神主體層次存續的意義——若找不到那份寫作，

潛意識將持續隱沒，如在海平面下的幽靈；若找到那份寫作，潛意識則成為主體可被感知的層面，成為主體肢體。我們殘缺不穩定，踽踽獨行的意識，需要的不是義肢，而是不能但終得能言述表現的潛意識。

　　因此在詩手稿文本書寫中的符／代號，是言說書寫的暫時，卻也是主體的可能，在詩人回看後勢必要賦予其對應字詞書寫，予以清朗。一如隨著文明的發展，嶄新事物的發明出現，而使世界產生了造詞需要般，覺察到潛意識現象後，尋找語言，或創造語言，也成為了必要。自我覺察的自動書寫，使獨特書寫成為必然，如果每個主體都是如此獨特，又如此為公眾世界所壓抑。

　　使用書寫符號，其實也展現了精神意識在發現面的活絡，即使只是「指出」自我不可見的精神面貌。但這已比原本茫然未知、無意識自我坐擁一精神面貌狀況，開始產生了開掘可能。因此在詩手稿上這份「指出」，與其說呈顯自我言說書寫在用語、用字上的詞窮，反而更呈顯一個渴望造詞的欲求。

　　現代詩手稿文本紙面上紛雜的內容，不只形成了一書寫以及判讀上的視覺工程，也對等呈現一文本的精神地理。我們不再滿足於只是運用佛洛伊德（Sigmund Freud）冰山理論的概念，而要就此駐足，一窺其海平面下的冰山樣貌。仔細來說，既然現代詩手稿流洩了詩人書寫潛意識的內容，當潛意識表象化為文字後，在文字界面上自然也形成了一種空間地理樣態。

　　事實上，現代詩手稿紙面上其紛亂、交錯、碎裂帶切割感的字句，正由語言文字呈顯、再現主體潛意識狀況，所存在那精神心理空間那不統一、齊整的事實。只是手稿因紛亂複雜，讓書寫者難以向公眾顯示，因為公眾閱讀要求的是一份形式上的清晰，使詩手稿的內容版面樣態，總是被隱沒、壓抑。如今以精神意識研究角度出發，正是由如此探求角度，突破了一種穩定書寫以及清晰版面的想像，引發出一精神地理學的探看。這研究觀點的運用，從中讓我們也看到了現代詩手稿文本的地形，也存在之紋理脈絡的文法。

　　現代詩手稿文本紙張界面上，各種分布的書寫字句、段落，以及書寫符號在其間所進行的切割、夾注、牽引，呈現了豐富的空間精神地理／貌。特別是由於現代詩最主要的分行形式以及實驗傳統，更強化了手稿界面的精神

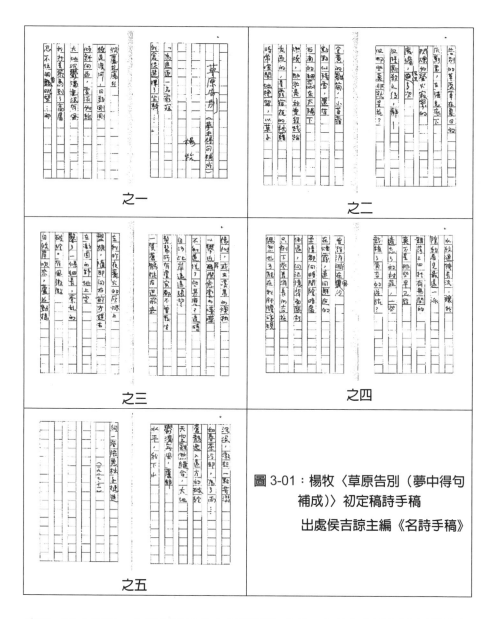

之一

之二

之三

之四

之五

圖 3-01：楊牧〈草原告別（夢中得句
　　　　補成）〉初定稿詩手稿

　　出處侯吉諒主編《名詩手稿》

地理／貌之樣態。主體生活於此在最積極的意義，在於如何生活在距離與超
越之中，對於縮短與理型間差距的距離努力以求，並進行超越。現代詩手稿
各階段版本，就是階段追求的明證，而使各版本間的精神地理，產生時間性

的趨變。在這份精神地理趨變，使精神狀況能成為內容，也能成為修辭，我
們不妨以楊牧〈草原告別（夢中得句補成）〉詩手稿文本為例。

　　楊牧〈草原告別（夢中得句補成）〉之印刷發表刊印稿：

　　　「為追逐一名窮寇
　　　我倉促選擇了坐騎……」
　　　從蘆花蕩外
　　　繞道渡河，日頭剛剛
　　　傾斜向西，雲淡如紙
　　　大地沉鬱濁重沒有風
　　　我於是策馬到了高處
　　　忍不住回首眺望：那
　　　告別的草原罩在夏日的
　　　灰影裏，在強光底下
　　　閃爍如螢火寂寥的
　　　廢墟，經過多次
　　　血腥廝殺之後，靜──
　　　但那些莫非就是花？
　　　金黃的雛菊，小苜蓿
　　　點點似殘雪，還有
　　　石南的細蕊在太陽下
　　　燃燒，那些是我曾經踐踏
　　　走過的，是露宿夜的枕藉
　　　時常喧鬧地挽留，以草子
　　　緣附，或在凌晨的燠熱
　　　以攀近耳際窸窣的唼喋
　　　不知道說了些甚麼？這時
　　　自河此岸遙遙張望

髣髴所有虛實都不曾發生
一隻蒼鵑從左邊飛來
在我昨夜篝火的灰燼上
盤旋，隨即向右前方趄去
在凝固的野地上空
鑿了一條細長，紊亂的
破綻。有風微微
自彼岸吹來，蘆花動搖
水紋漣漪長流，讓我
隱約看見最遠一派
錯落三四於有無間的
莫不是那些早已經
遺忘了的村莊，一些
栽植了黃杏的逆旅？
曾經消滅在風沙
在煙霧，連同邂逅的
柔情都向時間陰暗處
倒退，向記憶背面腐朽
只剩下參差消長的杏花
偶然也可能在我肝膽浮現
沉沒，激起一點苦澀
如春茶冷卻，為了雨……
蒼鵑逸入遠方的破綻
天空雖然縫合，大地
鬱濁無風，蘆靜
水平，我下山
向一座險惡林子挺進

——1987 年 11 月

此詩之詩題，楊牧以夾注括號，標明了「夢中得句」，進行〈草原告別〉一詩之引注——文本的來歷是夢，夢以句的形式，成為了文本之引注。詩人寫下他曾如實發生的夢，夢的不可捉摸，歸屬於虛的層次，如今卻以寫下的字句使之成為實物。此虛／實間之衝突，乃文學藝術作品之經典修辭。然則我們卻要注意，此引注之「補成」二字。這意謂著寫作之夢與現實，潛意識與書寫意識間，俱在此交互交織。特別要指出的是，詩人強調在夢境，在詩手稿中已經是「字句化」的狀態。

誠如拉岡（Jacques-Marie-Émile Lacan，1901-1981 年，法國精神分析學家）〈精神分析中的言語和語言的作用和領域〉所言：

> 詞語是以遠隱組成的現顯。以詞語為中介，遠隱可在一個初始時刻得到名稱。佛洛伊德的天才是在兒童的遊戲中找到了這個初始時刻的永久的再生。中國的占卜的卦所用的劃在沙上的連線及斷線也足以構成這對現顯和遠隱的伙伴。從這個對子產生了意義的世界而事物的世界則來排列於其中。詞語只有作為虛無的痕跡才能成立，其承載體於是不再會頹壞；依助詞語，概念將消逝者留住而育化出事物。……是詞語的世界創造出了事物的世界。事物開始是混雜在將成的總體的現時和現地中，詞語賦予它們的本質以其具體的存在，並將它無處不在的位置給予恆久者：萬世的財富。[4]

楊牧〈草原告別〉不只要以夢得之句溯夢，更要在手稿界面上成詩。夢句作為夢的片段，同時也是詩文本的初始，並非僅止於讓主體於清醒時拼湊瓦全的記憶，更在創造出詩行之連篇。這固然呼應著佛洛伊德（Sigmund Freud）、拉岡（Jacques-Marie-Émile Lacan）所認為夢本身語言化，而潛意識的建構方式就如同語言建構之論述。但在此，「字句」比語言，更能呈現

4　雅克・拉康（Jacques-Marie-Émile Lacan）[著]；褚孝泉[譯]：《拉康選集》（上海市：華東師範大學出版社，2019 年），頁 265-266。

在詩人楊牧的夢與潛意識中，書寫意識如何本質化參與其中的狀態。是以延伸性的來說，潛意識之建構不只如同於「語言」，對詩人而言，更是細節化地是一「語句」的建構。

　　潛意識已是語句，但終究在詩人甦醒後，仍舊難逃剝落，這涉及夢的遺忘。對於「夢的遺忘」，佛洛伊德（Sigmund Freud）於《夢的解析》有兩點分析：

> 第一、我們所記憶的以及加以解釋的夢本身就受到那不可信賴的記憶所截割──它對夢印象的保留是特別的無能，而且常常把最重要那部分忘卻。……第二、有許多理由懷疑我們對記憶不但殘缺不全，而且是不正確與謬誤的。一方面，我們懷疑夢是否真的如記憶那般的不相連；另一方面，我們也要懷疑夢是否像敘述那樣的連貫──[5]

　　「遺忘」是對「記憶」的挑戰，或者，反之──「記憶」是對「遺忘」的挑戰。儘管遺忘代表著「失去」，但也不意謂著記憶，就能絕對記得，絕對的擁有過去。對於記憶的善忘，在賴和〈寂寞的人生〉也如此寫到：「唉！寂寞的人生，寂寞得／似沙漠上的孤岩」其後原本接續寫到「這句誰曾說過話／忽然回到我的記憶」，後來即修改為「這句經誰說過的話／忽回到我善忘的記憶」。賴和這個修改，特別在原本的記憶之前，加上了「善忘」。不只是遺忘，而更是善忘，賴和強化了對記憶力量的懷疑，但他也呈顯「語言」如何在記憶中重現其音量與意義的現實。這份重現，說明了記憶在清醒意義中儘管或僅成片段，但其他片段則可能仍消失，遁入主體的潛意識中，在偶然之間得以重回，或說重新浮現於意識面。這份重回，使得記憶因回憶，而得能稍稍補全，所遺忘的亦得能深刻。所以佛洛伊德（Sigmund Freud）指出記憶對夢恢復上的失能，然而儘管記憶失去夢最重要的部分，

5　佛洛伊德（Sigmund Freud）[著]：賴其萬、符傳孝[譯]：《夢的解析》（臺北市：志文，1993 年 5 月），頁 425-426。

但有時反而遺忘，才指向了深藏於潛意識的重要之物。對於如此記憶與遺忘
的辯證，楊牧名作之一〈給時間〉：

> 告訴我，甚麼叫遺忘
> 甚麼叫全然的遺忘——枯木鋪著
> 奄奄宇宙衰老的青苔
> 果子熟了，蒂落冥然的大地
> 在夏秋之交，爛在暗暗的陰影中
> 當兩季的蘊涵和紅豔
> 在一點掙脫的壓力下
> 突然化為塵土
> 當花香埋入叢草，如星殞
> 鐘乳石沉沉垂下，接住上升的石筍
> 又如一個陌生者的腳步
> 穿過紅漆的圓門，穿過細雨
> 在噴水池畔凝住
> 而凝成一百座虛無的雕像
> 它就是遺忘，在你我的
> 雙眉間踩出深谷
> 如沒有回音的山林
> 擁抱著一個原始的憂慮
> 告訴我，甚麼叫記憶
> 如你曾在死亡的甜蜜中迷失自己
> 甚麼叫記憶——如你熄去一盞燈
> 把自己埋葬在永恆的黑暗裡

「告訴我」——詩人設下了一個詢問對話結構，讓遺忘與記憶可以被話
語處理。詩中的「你」，無法肩負回應者的身份，你我共處在一個既為有

形，即必然遭逢衰老病痛毀壞的命運。為「遺忘」應答的，詩人交之以回答的，是「時間」。因此，詩題「給時間」，與其說是要給予時間什麼，不如說是將一份空缺著答案，關於遺忘的，交給時間回答。時間如何回答？時間報以詩人以其自身的自然空間現象為答。時間在自然空間中具有四季週序感[6]，詩人選擇「夏秋之交」——這個自然景物由壯盛而成熟，由炎熱而蕭索之時刻，作為遺忘的現象譬喻。

　　於是時間上的夏與秋現象，不只是一線性上的壯盛而成熟，或兩個極端上炎熱與蕭索之對比，遺忘在此滲透的意義，代表主體在成熟而難復記憶壯盛之樣態，在蕭索而難復記憶炎熱。於是詩人使用「突然」這個副詞，突然發生之時間，果熟掙脫了枝枒，落了地，落於塵土，而埋葬。「突然」正代表著現象被主體感知發生之前的時間現象，不被主體捕捉的事實。這就是遺忘——一份感知的不可能，一個主體感官記憶的失能。主體未發現的時間現象，都存在著明證，例如下降的鐘乳石與上生的石筍。

　　主體對每時每刻時間捕捉的不可能，遺忘代表自我記憶的失能，或者更細密的說，主體記憶的效能不足。當主體活著卻不感知時，是生？是死？這無疑形成了詩人的主體焦慮。於是詩人轉問，何謂記憶？[7]時間的回答則為「死亡的甜蜜」與熄燈埋葬自我於黑暗的時刻。這裡的死亡，其實含蓄地指向著眠夢。睡眠之時，人的身體已不大活動，看起來正處在一彷彿假死的狀態中。但在睡夢中，人卻能突破身體的現實限制，在夢中自由活動，甚且超過身體形狀輪廓的疆界，進行跨物種的變形。主體的身體性，也可由轉喻所實踐。

　　當佛洛伊德（Sigmund Freud）懷疑記憶與夢是否對等之時，對詩人楊牧來說，記憶惟有回到不限制的夢的狀態時，才能全然恢復。楊牧〈草原告別（夢中得句補成）〉的「補成」，其書寫動機起於夢的發生，也帶有恢復夢想像力的書寫欲力。誠如拉岡（Jacques-Marie-Émile Lacan）〈精神分析

---

[6]　當然這建立在現代文明沒有破壞、污染地球自然環境的狀態之前提。

[7]　楊牧如此追問時間中的記憶，以至於遺忘，在詩人另一名作〈瓶中稿〉亦有所展現。

學中的言語和語言的作用和領域〉所論：「只要有言語，就得要有回答。我們將要證明，即使言語碰到的是沉默，只要有一個聆聽者，所有的言語都是有回答的。這就是言語在分析中的功能的關鍵點。」[8]詩人楊牧以書寫詩，完成對在清醒意識僅存殘句之夢的回答，讓潛意識得到回應，讓原本位處於夢的記憶，恢復其既有的感官想像力。

這份恢復夢中感官的書寫意識，也落實在楊牧〈草原告別（夢中得句補成）〉的詩手稿修改中。楊牧〈草原告別（夢中得句補成）〉目前可見的詩手稿版本為初定稿，稿件文句結構都已經底定，詩人在定稿最後，仍為這將由夢孳得的餘句進行修改。可以發現，「圖 3-01：楊牧〈草原告別（夢中得句補成）〉初定稿詩手稿之一」中，詩人將該頁詩手稿最後一行的「回頭」改為「回首」，這個更改除使文字為文言[9]，也有音韻上的考量，「回」為二聲，「頭」亦為二聲，「回頭」連用讀來顯得過於平，改以為三聲的「首」，則較有音韻之變化。「圖 3-01：楊牧〈草原告別（夢中得句補成）〉初定稿詩手稿之三」中，詩人將該頁詩手稿第二行的「的際」，更改為「耳際」。「的際」之「的」字明顯為誤字，改為「耳」，方能對應該行接續其下「悉索的嗱喋」。比對最後定稿，詩人將「悉索的嗱喋」再改為「窸窣的嗱喋」，這更動同樣使用狀聲詞，可是「窸窣」在部首上為「穴」，於字面看來則更具空間具像感。

楊牧〈草原告別（夢中得句補成）〉詩手稿文本中「回首」的更改，歸屬於視覺；「耳際」的修改，歸屬於聽覺。兩個修改，不約而同地都在為身體感官姿態具像。這份主體感官具像的修改，連帶刺激著語言的活絡。詩人馬拉美（Stéphane Mallarmé，1842-1898 年，法國詩人）曾以錢幣的流通譬喻公眾世界的語言流動溝通，錢幣在頻繁流通中，經過人們不斷的持有、遞

---

[8] 雅克・拉康（Jacques-Marie-Émile Lacan）[著]；褚孝泉[譯]：《拉康選集》（上海市：華東師範大學出版社，2019 年），頁 256。

[9] 中國古典詞句中以「回首」成就經典名句所在多有，例如蘇東坡〈定風波〉：「回首向來蕭瑟處，歸去、也無風雨也無晴。」；辛棄疾〈青玉案〉：「眾裡尋他千百度，驀然回首，那人卻在燈火闌珊處。」

送中，儘管錢幣幣面上雕刻形象已經日益模糊平整，但人們卻能夠毫不在意繼續使用。物質形式鈍化的錢幣，仍舊保留著其購物上的功能。這正如公眾在使用語言上，只求使用能達意，而忽略了語言形式上的精緻與精確。

　　誠如馬拉美（Stéphane Mallarmé）之論，我們認為，<u>語言與主體緊密相關，主體與語體一如硬幣的兩面，語體的鈍化其實等同主體的鈍化。如何恢復語體的立體度，就如同思考恢復主體一般，以恢復感官的感知為方向，無疑是最佳手段。從各種感官的覺察積累體驗，讓話語得到立體化的知覺內容，自然可以重新恢復譬／換／隱喻的操作。而語言中譬／換／隱喻操作，內在所存最基本的喻體、喻詞、喻依，其實正在從感官上，發現、創造不同感覺個體間的連結可能。同時，在話語上以互喻，完成兩個個體的交融，這正對應著前述潛意識想像力。</u> 可以說，在楊牧〈草原告別（夢中得句補成）〉在書寫修改意識上所進行的感官擴散，是對稱著潛意識的那份自由，進行補成、修改。

　　楊牧在〈草原告別（夢中得句補成）〉對視聽覺感官的修改，細膩化地呈顯出恢復夢中語體自由可能的探求，但這視聽感官性在語言上官能的恢復，也連帶於更能聽聞、更能觀視中，增廣了對可感空間的幅度，以及追索可能。透過細讀可以發現〈草原告別〉有著豐富的地景，我們依文本詩行順讀，其中包括了「渡河」、「大地」、「高處」、「草原」、「廢墟」、「野地」、「彼岸」、「村莊」、「天空」、「大地」。這豐富的地景在這首不分段的詩中，更具有一連綿感。

　　在「圖3-01：楊牧〈草原告別（夢中得句補成）〉初定稿詩手稿之二」的第四行中，詩人將「在多次」改為「經過多次」。「在」是位處，改為經歷，強調了經驗的歷程性，這與全詩不分段的形式，恰有內容對應之統整感。這也讓我們思考到，分段的形式作用之一，在形成語言上的段落與間斷。一個好的段落與間斷，應該是能賦予、恢復話語以意義。

　　可以說，在這以「補成」夢中字句以為詩的書寫中，詩人楊牧顯然更意欲完成一帶主體細膩連續性的精神地理感官經驗，而不使用段落形式切斷所要形成的主體連綿感經歷。只是，我們不禁思索到：這個主體是什麼？啟動

主體的歷程動機又是什麼？在詩人一開頭使用夾注號，標注的「為追逐一名窮寇／我倉促選擇了坐騎⋯⋯」得以回答我們的疑竇。這兩行詩，以夾注號標示，有可能標示了這兩行詩正為夢中所得之句。在詩手稿中開頭這句不修改，代表在書寫上的穩定，成為我們可探勘潛意識的穩定據點。但所以曰可能，乃是詩人將之以作為詩中主體「我」的心聲獨白，如此巧妙地使夢中所得之句，於這補成中得能天衣無縫。

　　獨白中，追窮寇成為動機，動機則能反顯出僅以代名詞「我」代之的主體角色，當為英雄武士。綜觀楊牧之詩，儘管其在葉珊時期予人浪漫抒情的風格印象，但若細讀楊牧實則在其不少詩作中，以英雄武士為題，發為悲壯感慨之音。除最著名的〈林沖夜奔〉，晚期〈黃雀〉、〈卻坐〉亦可為代表。許又方教授在〈詩學理念的實踐：讀楊牧的〈黃雀〉與〈卻坐〉〉便如此論及：

> 相較於曹植的〈野田黃雀行〉，楊牧的〈黃雀〉與〈卻坐〉明顯開拓出更為深闊的時空格局：前者是古代的武士跨越綿亙的時空向現代走來，而後者同樣是古代的武士，卻是持續遺落在迢遞的時空裏，彷彿他的歷險永遠不會結束般，比之前者又更形無窮無盡、更具悲劇義涵。[10]

楊牧的英雄武士詩作固然有以中國古典小說為本，但明顯更深受西方荷馬史詩以降的英雄史詩與騎士文學影響。例如楊牧〈卻坐〉與西方《甲溫與綠騎俠傳奇》（*Sir Gawain and the Green Knight*）敘事詩[11]具有關係。英雄「我」倉促取馬，壓縮了空間行為的時間幅度，一意追逐窮寇。我們再問：那騎馬馳騁的真實感官經驗是什麼？如果詩人一意要恢復夢中的感官知能——除了鄭愁予名句「我達達的馬蹄是美麗的錯誤」那馬蹄聲外，對應著前述從〈草原告別（夢中得句補成）〉所提取詩中各精神地理的地貌，則還有騎馬縱行

---

[10]　許又方：〈詩學理念的實踐：讀楊牧的〈黃雀〉與〈卻坐〉〉，《東海中文學報》第32期（2016年12月），頁20。

[11]　楊牧並曾翻譯《甲溫與綠騎俠傳奇》，於2016年由洪範書店刊印出版。

過程中的身體晃動感，並連帶影響到主體視聽覺所感知。

主體在其中騎馬奔馳，使得場景的連接，帶有著晃動感。帶著這份夢中征途的晃動感，「……」符號的運用也耐人尋味。「……」既能以省略的方式，代表夢中征途所經歷的地景，如何在晃動／眼間，模糊難辨；也代表了一種角色獨白的話語，在奔馳中如何被快速的時間撕裂。因此在開篇「為追逐一名窮寇／我倉促選擇了坐騎……」後不分段的綿長篇幅，正也代表對夢潛意識那些消逝、撕裂之精神地景的補成恢復。

追逐的窮寇，以及所經歷的廢墟，乃至詩句「血腥廝殺之後」之明示，都使詩產生了敘事作用，點出追逐之前所發生的戰役。窮寇是為餘孽，「餘孽」有殘餘的意思。至於「孽」字之本義，則為旁出。因此，餘孽不只在「餘」上，還在他因種種可能而產生的再生性。在〈草原告別（夢中得句補成）〉中，窮寇之為餘孽，其孳衍的不僅在所餘續的生命，還是在追逐之間所滋生的精神地理，這些精神地理正由掌握夢中的餘句，進行意識組織的詩行所開展。

夢中得句之補成，使夢成為記憶可以探勘的文字文本（verbal text），並在醒後的意識所進行的補成書寫，發展對破碎夢境這份殘卷文獻的一種詮釋。窮寇追捕與文本補成在此息息相關，他們都成為餘夢的回應與孳息。試想，如果夢中僅有廢墟，這夢中廢墟就只是一盤待解的字謎，但在〈草原告別（夢中得句補成）〉中因為其由夢中殘句，所建立的英雄征途脈絡，廢墟成為可以理解的精神空間。對應著殘缺的夢，一個待詮釋的文本；廢墟的殘缺結構，也是一待理解的事件。主體觀看廢墟位處何處？詩人寫到「我於是策馬到了高處」，將之放置於高地，如此俯瞰的位置，正對應於佛洛伊德（Sigmund Freud）冰山理論對海平面下冰山的俯瞰。所以，這份高地觀看是一意識對潛意識的精神探勘，其中廢墟只隱喻著過往事件，另外「一隻蒼鶻從左邊飛來」、「蒼鶻逸入遠方的破綻」則代表引發「我」再行動的動機，成為足以推測未來的徵兆。

「蒼鶻逸入遠方的破綻」在空中畫出的裂隙，成為新的缺口，導引著詩人從原本追捕窮寇的脈絡走出，下山開展新的精神地理。詩人在〈草原告別

（夢中得句補成）〉的最後如此安排，把對「我」將遭逢的精神地理之想像，交給了讀者。事實上「裂隙」作為重要的精神地理開展之隱喻，在紀弦〈自由與不自由〉之詩手稿也可得見。

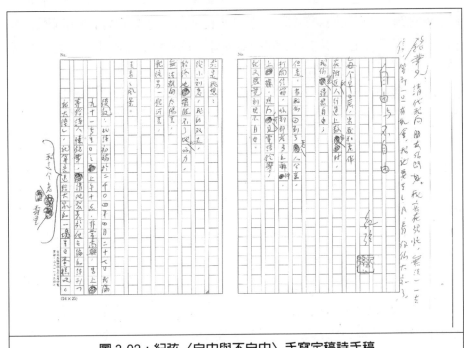

圖 3-02：紀弦〈自由與不自由〉手寫定稿詩手稿
出處《新大陸詩刊》

　　紀弦〈自由與不自由〉此詩在自由與不自由間，談的是自我肉身與地心引力間的牽絆命運。全詩共四段，前三段每段皆出現重要的關鍵字——「老」，例如第一段第一行的「當我和老伴」，第二段第一行「當我們回到了老人公寓」，第三段第二行「從小到老」。

　　但在詩手稿中，我們可以看到，第二段的「老」原本被寫下後，卻被紀弦圈劃掉。之後經斟酌後，又再填寫於一旁，予以恢復。這我們不禁追問：這份斟酌是什麼？可以發現，若第二段的「老」徹底被刪去，將無法產生

「老」語字的呼應效能。詩人在第二段恢復老字，終而能完成第一到第三段老字語感的連綿。這份連綿呈顯衰老無盡的時間感，以及衰老代表的體重減輕，但仍被地心引力所緊緊牽引的無奈感。

「老」是從紀弦〈自由與不自由〉手稿中，方可以看到紀弦在初定稿階段，所意圖要經營的隱藏旋律；至於「自由」則為紀弦從題目就明確標出的旋律。而從「自由／不自由」的旋律經營，以及與前三段「老」的交互搭配，可以看到全詩之結構，可謂清楚井然。具體來說，紀弦〈自由與不自由〉第一段結尾言「覺得很自由」，第二段結尾言「就又感覺到很不自由」。這「自由／不自由」的辯證，明顯意在與「老」相發。

相對於自由，詩人感受到主體的不自由，建立在第二段（1）上樓此一身體動作，以及（2）情感的牽引束縛，這兩個交互重疊的壓抑上。情感的牽引束縛可以第二段的收信、接電話代表。但「上樓」則需要細部探討，才能釋放其隱喻。

在手稿中，「上樓」一詞同樣原本也考慮刪除，但後來被保留。[12]主要乃是上樓代表自我將自我肉身進行向上的提升，本身其實類同薛西弗斯神話中那推石上山的身體形象。只是，在紀弦〈自由與不自由〉中那被肉身所承擔、上推的石頭重量，轉為肉身自身──主體肉身在此，跟衰老連結、相發，自我肉身成為自我衰老主體勉力承擔的重量。同時，正因為肉身非為外物，與主體同而為一，使得這沉重之重量無能揮去，更加重其悲劇性。

在「自由／不自由」與「老」兩個書寫旋律的辯證中，導向如何解除生命時間與肉身的束縛，走向絕對之自由，便成為書寫後續之命題。一般世俗與文學之寫法，可能以升天、上天堂，呈顯靈魂不為肉身束縛，得到自由之境地。但詩人卻以科普知識一新耳目，以願望的方式，希望自我能擺脫地心引力，離開太陽系而至另一銀河系。最後則以「去看風景。」一行，獨立為一段收束全詩，呈顯出自我真正的自由灑脫。以天文科普詞彙為詩，其實在

---

12 這明顯為紀弦寫詩的習慣，例如紀弦〈自由與不自由〉詩手稿第一段的散步的「步」字，寫完後，詩人再寫「時」，「時」字未寫完，即將其上字格中的「步」字，以及未寫完「時」字圈劃掉。之後再經斟酌，再重新寫上「不時」二字。

紀弦年輕時便多所嘗試，例如詩人著名的〈戀人之目〉（1937）：「戀人之目：／黑而且美。／／十一月，／獅子座的流星雨。」在現代詩書寫的二十世紀中期發展上，在詩中進行異域書寫，夾帶亞洲以外的地理詞彙，帶出異國風情，成為一階段的趨尚。[13]特別是在戒嚴時期的臺灣，以如此之道，呈現出詩人突破兩岸政治戰亂僵局，於世界自由行旅的意識趨力。異國／域作為詞物，在詩人一筆一畫的寫下時，彷彿便提供足夠距離的遠方，或以遠遊，或以忘憂，或以奇想。只是詞盡詩成，詩人又得回到現實，與詩中異國風情相映成虛實風景，在自我與他者的閱讀與重讀間，自成繁複之往來。

　　然而，紀弦卻轉從地球與星系而為，刷新既有異國風情書寫策略的平面感，也呈現出詩人對太空科學知識、嗜好之取向。[14]對客觀科學，轉以個體主觀想像，其實也呈現了科學與想像，主觀與客觀的平衡，就榮格（Carl Gustav Jung，1875-1961 年，瑞士心理學家）的心理學角度來看，絕對的客觀化，實則展現了一種對外在偏執。紀弦將外在客觀科學概念，轉資為內在幻想，讓主觀予以書寫發揮，本身正提供一種調整，避免主／客觀失衡。上太空與去異國除了空間的立體度差異外，上太空背後隱藏所需的太空科學／技，實則呈現了是時華語詩人另一主題──迎向現代化的意識訴求。就手稿來看，可以發現第三段這個五行段落，僅修改第三行兩字：「擺」字寫一半劃掉，於下一字格重寫；「心」以加添符號補入，明顯是詩人將在寫「地心引力」一詞時的缺字，予以補正。對比全詩前兩段，第三段整個段落寫得果決，這個詩手稿書寫歷程也呼應著在「自由／不自由」辯證上，在此要完成主體的自由灑脫形象。然而誠如邁可・潘恩（Michael Payne）在《閱讀理論》中曾指出：

13　例如：《瘂弦詩集》「卷之四斷柱集」便有〈巴比倫〉、〈阿拉伯〉、〈耶路撒冷〉、〈希臘〉、〈羅馬〉、〈巴黎〉、〈倫敦〉、〈芝加哥〉、〈那不勒斯〉、〈佛羅稜斯〉、〈西班牙〉、〈印度〉諸詩。

14　2000 年後紀弦類似以太空科學知識為詩之詩手稿，另有〈月球上的田徑賽〉（2001年 6 月）。

「話語」乃拉康心中的高級仲介，但依德希達看來，在表呈事實的時候，話語往往心口不一，夾藏著許多子虛烏有。他認為書寫語言最為可貴之處不在當初以為的重點或中心，而在其邊緣思想和部分隱藏著的罅隙或空隙。每當事實在原本自足的論述結構中找到出口之際，也就是既興奮又恐怖的「觀念分娩」發生的一刻。[15]

我們注意到，紀弦〈自由與不自由〉這首以太空科學的知識，將肉身解離地心引力的束縛以得自由的詩作，從「圖 3-02：紀弦〈自由與不自由〉手寫定稿詩手稿」可發現實則還附以「後記」，以及在「稿紙格外書寫」兩部分。此詩之「後記」在詩刊刊稿中也予以刊出，就熱奈特（Gérard Genette，1930-2018 年，文學理論家）的文本概念來說，「後記」屬於「副文本」（paratexte），在此，從熱奈特（Gérard Genette）的概念延伸，更引我們關注作為副文本的「後記」如何與作為正文的詩作，乃至於「稿紙格外書寫」，形成一多重互文關係。

　　檢視紀弦〈自由與不自由〉「後記」，詩人交代了正文所未呈現的寫作時間——2004 年該年生日，在互文性上，也為我們打開了詩中第二段所謂的「那麼多郵件」以及「電話鈴響」之內容——那可能正包括了詩人賀壽之來信與賀電。詩人也明確說道此將刊載於《新大陸》之詩刊，乃作為給友朋關懷自己的替代蛋糕。這與正文形成的互文，帶出詩人的地心引力，不只是科學物理上的，還包括情感的引力。這使得不自由，不只是肉身生命衰老的自我承擔，還包括甜蜜的情感眷戀，以及自身不由自主的情感呼應。

　　而「稿紙格外書寫」就正式刊稿版面上來說，雖是會被刪除，而與正文無法形成互文。但在手稿書寫階段與版本上，卻得能產生互文，當然隨著詩刊版面製版成為印刷發表刊印稿被刪除，而失去互文脈絡。但這正能呈顯詩手稿文本的價值在，我們可以看到詩寫作原存的歷程性與真實面；在紀弦

15　邁可・潘恩（Michael Payne）[著]；李奭學[譯]：《閱讀理論》（臺北市：書林，1996 年），頁 29。

〈自由與不自由〉之「稿紙格外書寫」中，「稿紙格外書寫」與正文的互文，比起「後記」，更呈顯出一個明確的話語對象——刊物主編守門人陳銘華。詩人簡短地向其述說自己的忙碌，但也定下了飛去洛杉磯，會見「你們大家」之約，這比起「後記」更為口語述說，也更強化了詩人對朋友的情感依戀。

依戀，是人我情感的引力，是否成為依賴，在此詩中不可得知；不過，卻豐富了地心引力的意象。詩人在正文詩作中，那地面散步與公寓上樓的「下而上」主體活動狀態，與詩人於「稿紙格外書寫」所預約的搭飛機由此在之地飛起的狀態相呼應。正可看到稿紙字格之外，如何成為詩人詩作潛意識之流洩的缺口。這些呼應與缺口，使得我們重看紀弦〈自由與不自由〉詩手稿的修改，更可見其在重寫過程中意識之延展與收束，本身也隱喻的身體行為之自由與不自由。

整體看來，檢視「圖 3-02：紀弦〈自由與不自由〉手寫定稿詩手稿」之正文的修改共九處，這些修改中卻高達五處，直接或牽涉著動詞，高達 55％。這包括了第一段的「散『步』」、「『覺』得」；第二段的「上『樓』」、「『听』見」；第三段的「『擺』脫」這五處。而且這五處修改，在形式上，皆為重寫。這樣的比例現象正呈顯了「修改—重寫」，或者更細密地來說，以「重寫作為修改」的書寫現象，內在所存在的詩書寫心理意識。而我們更要由此關注「修改—重寫」在詩手稿上，所形成的精神地理樣式。

重寫，使得字詞，在脈絡上，與其自身產生一種對立性。重寫，讓我們關注到「一個／組字」的重複，但其內在更深沉的意識課題，更在於「同一性」的概念。具體來說，乃是關注複數化的字，其複數化所存在的延異動機，如何走向同一？

在詩人的複數動機下，儘管最後寫回原初字，但其間實則延展出：「書寫—修改動機—修改符號操作—修改思慮—重新書寫原本字—書寫同一字完成」這樣帶有辯證意義的時序歷程。從中我們可以看到，「同一性」在重寫

的「返寫」[16]形式中，所也能延展出的書寫時間。在詩手稿精神地理的空間化思考中，比起重寫，返寫亦具有其少為論者所注意的意涵。返寫突顯出一種書寫時序：在書寫到一個詞、句後，於書寫時間歷程上，「再返回」至原本開頭寫原本的詞、句。因此，重／返寫的完整輪廓是「帶著刪除然後重寫」這樣的書寫路徑；也因為對時間歷程如此之發現、勾勒，寫下與重寫的同一字詞，實存在著一個時間歷程的虛線。若把這個虛線連結一起考慮，便得以感知到詩重／書寫歷程所存在那帶皺摺並交互重疊的精神地理。

　　此一所延展的書寫時間路徑，以及形成對應之皺摺重疊的精神地理，使詩手稿文本折疊、收束了一書寫力量與回聲感。若在分析詩作時，能並看詩手稿，則能進行一文本性的釋放。

　　我們先探述重／返寫回聲感的文本效應。在華文現代詩中以回聲作為修辭策略，最具代表性的文本莫過於北島〈你好，百花山〉，詩人如此寫下：

　　　　一隻紅褐色的蒼鷹，
　　　　用鳥語翻譯這山中恐怖的謠傳。

　　　　我猛地喊了一聲：
　　　　「你好，百—花—山—」
　　　　「你好，孩—子—」
　　　　回音來自遙遠的瀑澗

　　　　那是風中之風，
　　　　使萬物應和，騷動不安。

　　主體我拋擲向百花山的問好聲，在百花山的山谷胸膛中迴盪，重寫／響

而回的語言，儘管句型相同，但卻加乘寄寓了山谷的力量，自然如此以聲音之力溫柔涵養著主體我。我與百花山彼此回聲應答，在風中交融，遂成萬物混聲天籟，也打開了此在生存空間的立體感。所以，重寫也能形成力量——看看河道上不斷「重複」流逝的河流，如何形成綿延恆常之力；畫家在油畫中堆疊的顏料，如何在我們視覺中留下斑駁刻痕；日復一日的重複，在我們身上不只留下年齡，還累積了經驗智慧。

重寫／複不只如夏宇〈蒙馬特〉所言：「他重複。／他知道重複可以讓我幸福。」在重複之中，還可獲得恆常、傷痕與智慧。所以重複在詩美學上的重點，在於詩人是否能以物易物，做了怎樣的細節交換，由此獲益／義。

「重複」在詩書寫中所擔任的詞義，並不只是複製這件事。在作品中將語言重之複之，有時並不意味著「剪下—貼上」，並使語言一般化。重複有時更帶有一種力量的迴盪，由此回看前述「圖 3-02：紀弦〈自由與不自由〉手寫定稿詩手稿」那五處涉及動詞的重寫，展現了老邁詩人對動詞，以及所內蘊身體活動力的嚮往。紀弦在〈自由與不自由〉詩手稿頻繁對動詞的重寫，打開了在身體內在綿延的時刻，這個綿延意謂著寫下原初字後，綿延的後續時刻容涉了意識拓展，同時也充滿回抵的回聲。

這原初字的回抵／聲，並非等同於原初，儘管字詞相同，重寫有著歷程涉入其中，在詩手稿中展現了他對身體動詞的不斷聚焦，以及對之的無可替換。身體活動成為意識根本欲力，對高壽詩人來說，書寫動詞代替了他的身體感官／知行動，由此應對「自由—不自由」與「身體—情感」的命題，進而使身體生活在此在，也得能存在於距離與超越之中。

重／返寫在時間上的回聲感，落實在空間上，則代表一種重複相同地層的疊加。我們可在此返寫的掉頭，形成的文本曲折皺摺，以及再寫的疊加中，看到書寫原初字涉入意識的疊加重量感。這賦予詩手稿文本閱讀者的，還包括「記憶」。也可以說，詩手稿在重寫現象中為我們保存的，不只是「相同」，而是我們極易輕忽的精神「記憶」。

書寫之記憶具有雙面性，我們可以說，因為書寫記憶，使得原本預備歧出發展，形成差異化的現代詩書寫，回返於原初字；也可以說，因為書寫記

憶，使現代詩書寫主體，避免自身重複而驅動脫離。在重寫中，記憶在詩手稿文本界面上，形成文字的取消／收縮，以及綻放／推進，一如板塊的推擠，形成了精神地理皺摺，造成了地質的紋理。在此「取消／收縮─綻放／推進」中，詩人筆下的文字彷彿活／生物，只是在面對文字如此的活／生物性時，我們要思考的更是，一旦如此之重寫狀態不斷反覆出現，其內在書寫精神意識處在怎樣的狀態。

　　但當我們重複時，耽溺於過往，過往對自我的磁吸力，使主體在記憶與重複重寫時，產生重返／複的快感。重複，總存在著一種肯定，「重／返寫」使得原本寫下的，成為在時間上的初寫，也成為空間上的原初地，這種時空上的回頭肯定，是重寫所具有深刻的動詞效果。重寫保存了初寫，重複了自身，也疊加了自身，他繁殖了相同的自己，在詩手稿文本中形成了帶保存感的厚度。初寫與重寫在詩手稿文本中共存，建構出了文本的記憶。但一再地操作重寫行為[17]，是豐碩了文本記憶，還是在那重複策略中，飽足了一種眷戀原初的快樂／感？但這都不是透徹這反覆重寫意識的所有方式，從佛洛伊德（Sigmund Freud）「fort／da 線軸遊戲」觀察則更可看見詩人重／返寫內在深層，對主體困境的控制意識。

　　佛洛伊德（Sigmund Freud）在《超越快樂原則》（*Beyond the Pleasure Principle*）一書中，曾記錄到他對自己孫子的觀察：

　　某次佛洛伊德（Sigmund Freud）的女兒，亦即他孫子的媽媽離開家門後，佛洛伊德（Sigmund Freud）發現被留在家的孫子，開始抓著線軸的線，然後把捆著線的線軸拋丟出去，讓線軸消失於家具間，並喊著「O」的發音。接著扯著手中的線，將原本消失於家具間的線軸拉了回來，當線軸出現時，孫子便會喊「da」的聲音。

　　在這個「fort／da 線軸遊戲」中，佛洛伊德（Sigmund Freud）認為孫子發出的「O」聲響代表「消失了」（fort／gone），「da」聲響則代表「在

---

[17]　在此所指之「一再操作重寫行為」，並不單指在單一詩手稿中單一詞語的一再重寫，更指詩人在單一甚至其他詩手稿中，對「重寫」行為的重複操作。

此」的意涵。在《超越快樂原則》中，佛洛伊德（Sigmund Freud）即針對遊戲指出：

> 兒童把經驗變成一種遊戲是出於另一個動機。他最初是被動的，被經驗所壓倒，但是現在他把經驗作為一種遊戲重複著，而不管其令人不快的性質如何，他便身臨其境地扮演一個主動的角色。這個結果可歸功於獲得控制環境的衝動（權力本能）……兒童在遊戲中重複現實生活裡給他們留下深刻印象的一切事情，他們由此來發洩自己的力量，可以說，就是使自己成為環境的主人。[18]

因此整個「fort／da 線軸遊戲」展現了主體面對事物的消失與重現。在這其間應對著詩手稿的重／返寫，有兩點值得注意：

第一、在「fort／da 線軸遊戲」中展現了主體對消失與重現的控制力：「fort／da 線軸遊戲」不僅只是一個遊戲，而是一個小嬰兒展現對出現與消失現象的得以控制，從中獲得主體的快樂。

第二、「fort／da 線軸遊戲」的發生，是主體面對自身無能抵抗的困境而來：關注「fort／da 線軸遊戲」不只其遊戲內容，更在於他發生的動機——母親離開的困境。遊戲本身並非移轉對困境的悲傷，而是在推動遊戲中，替代性地讓自己擁有對困境的可控制性。

是以在「fort／da 線軸遊戲」中，象徵不斷展現其作用，主體發出之聲響象徵的消失與在此，主體手持拋擲拉回的線軸所象徵的母親。主體面臨的困境透過象徵，微型化地濃縮在遊戲中，並且透過可控制，將悲傷移轉為快樂。詩手稿文本中的重／返寫，一如「fort／da 線軸遊戲」，重／返寫的文字代表線軸，被詩人寫下、刪去又重寫而回，詩人從中展現了對文字書寫可寫可刪又可再寫，這般可控制的快樂，同時也展現了對困境的可控制性。在

---

[18] 引見弗洛依德（Sigmund Freud）[著]；楊韶剛、高申春等[譯]：《超越快樂原則》（臺北市：知書房，2000 年），頁 44-45。

此與其說，文字是詩人的困境，不如說文字所指涉的，以及文字修改的類型，整體象徵了詩人所面臨的困境。「圖3-02：紀弦〈自由與不自由〉手寫定稿詩手稿」中對動詞類型詞語的一再重／返寫，正呈現了詩人對身體困境的應對，動詞的能動性，象徵了對不可動彈、不可驅動之身體困境的控制與轉移，並從中獲得重／返寫之快樂與快感。

楊牧〈草原告別（夢中得句補成）〉詩手稿的綿延現象，以及紀弦〈自由與不自由〉詩手稿的重／返寫現象，正代表現代詩手稿文本中主體所透顯連續性與異常為，這兩種最具代表性的書寫精神意識狀況。這讓我們細部聚焦現代詩手稿文本內部「茲與孽」之問題意識，綿延的滋生代表一種穩固的「種生」作用，得以讓我們看見詩人精神的推衍，以及其版本地圖的推展；遭逢刪除符號遮蓋的字詞，雖被棄置，但不被徹底刪去的餘孽文字，仍與刪除符號在手稿版面上留下標記，以及詩人精神上留下跡軌。如此猶有存遺，在詩手稿中以餘孽之姿存在的符號，不只成為作為詩手稿文本閱讀者的我們字詞考古的據點，更可能成為一種隱潛，在未來寫作時序中復發，以再寫、重返，甚至變形的方式重現。

固然，錯雜的修改痕跡，其不可辨識的塗抹，就現代詩手稿文本的精神地理上，彷彿是冒著濃煙的火山。但楊牧〈草原告別（夢中得句補成）〉的綿延與紀弦〈自由與不自由〉的重／返寫，則讓我們看見詩手稿文本地形上的拓展與皺摺，如此成為詩手稿文本精神地理的修辭。必須指出的是，無論是綿延還是重／返寫，其在書寫過程中，都內蘊著文本續寫的意欲衝動，在文本精神地形上產生缺口、歧路，以尋求一個再次差異化的可能，讓文本得以在同異交互推展中，延續書寫者的生命。

現代詩手稿文本中的綿延與重／返寫，存在著精神意識的辯證關係。重／返寫在「初寫—刪除—返回重寫」，在其放與收的歷程中，最終仍是回返；相對來說，綿延則呈現推進。所以，綿延與重／返寫兩者並看，展現了在文本結構層次上的「張馳—收束」、「推進—重複」整合關係。正是因為如此的整合關係，我們才能看到表面上較為單純的綿延，內在也存在的精神意識。綿延是精神釋放，是精神面貌的發展，但這樣一意的發展，所操作的

意象之凝縮、位移，甚至是整個文本推展的戲劇化，是否其實與我們在夢境中潛意識對意象與夢敘事，所進行的操作是相同的呢？

　　佛洛伊德（Sigmund Freud）在《夢的解析》指出夢的凝縮是意象隱喻，內在更涉及了移置與複合修辭，其中「移置作用的結果是讓夢的內容與夢念的核心不再有類似的地方，夢所呈現的是存在於潛意識之中的夢的欲望的一種偽裝。」[19]而複合修辭的作用狀態則是：「夢中的情景有時把各種人的特徵綜合在一起，但並不表現為一種相同的特性。這些特徵集中到一個統一體，就成為了一個複合人物。」[20]夢的移置與複合修辭策略，包括了對現實的提取、總和，其變化並非不具分析性。因此，當意象變化也變成可重複操作的策略時，意象的表象雖然變化，但意象的意義卻已然固化，成為固狀化意義的偽裝。

　　特別是在現代主義的異端傳統下，變異成為其特色，詩人如何避免陷溺於為變異而變異的精神狀態，讓變異本身也成為重複的同一性，便成為了重要的課題。可以說，那些重複在手稿文本與文本之間的歷程中，又彷彿反覆的幽魅。我們要研究這樣的連續性所可能存在的異常為，正是對幽魅的排遣，也是現代詩實驗傳統用力所在。現代主義總試圖讓表達，脫離既有之指涉模式，不要用「意象」去固定意義。更不用說是使用已固著化的意象了。所以，要反覆去尋找「想像—象徵—真實」重新活絡的可能。對於如何將主體活潑的想像，賦予語言象徵，而被真實化，拉岡（Jacques-Marie-Émile Lacan）在〈精神分析學中的言語和語言的作用和領域〉曾指出：

　　　　夢有一個句子的結構，或者用他（佛洛伊德）的話來說，有一個字謎
　　　　的結構，也就是說有一個書寫的結構。在兒童的夢裏出現的是這個書
　　　　寫的原生表意形態；而在成年人的夢裏重現的是能指成份的語音和象

---

[19]　弗洛依德（Sigmund Freud）[著]；周豔紅、胡惠君[譯]：《夢的解析》（上海市：上海三聯書店，2007 年），頁 164。

[20]　弗洛依德（Sigmund Freud）[著]；周豔紅、胡惠君[譯]：《夢的解析》（上海市：上海三聯書店，2007 年），頁 170。

徵的使用。這種兩重性使用我們可以在古埃及的象形字中看到，也能在中國至今還用的方塊字中看到。

這還只是工具的破譯。真正重要的工作開始於文本的翻譯。佛洛伊德告訴我們重要的工作是給予夢的構作的，也就是說是夢的修辭的。省略和選用，倒詞序和按詞義的配合，倒敘，重複，同位，這些是句法的移位；借喻，謬詞，換稱，寓言，換喻，提喻，這些都是語義的壓縮。通過這些佛洛伊德教會我們看出主體用以改塑他夢幻言談的那些炫耀的或指示的，掩飾的或說服的，反駁的或誘惑的等等的意圖。

佛洛伊德可能是在此規定了一條原則，就是說必須永遠在夢中尋找出某種欲望的表達。但……說徹底了，最顯著的事實是，人的欲望是在他人的欲望裏得到其意義。這不是因為他人控制著他想要的東西，而是因為他的首要目的是讓他人承認他。[21]

現代主義的傳統讓現代詩的語言，有著一種新變推展的話語現象，誠如前引拉岡（Jacques-Marie-Émile Lacan）所論，這使得詩與夢有著相同的字謎性。這份字謎是因為層疊著多元／價的形式與內容，其中有著幾乎近於隨機的活潑性，物與物得到新的接觸，產生意義的碰撞。有時不合邏輯，是因為原本不可能相逢的事物，因為詩人而展開新的、隨機性的遭遇。正是因為這些如此具彈性的語言象徵的發生，由來於詩人，因此保持詩人心靈、個性、語言上的自由、恣意，便顯得如此重要。詩人的主體不是問題，詩人的主體本身就是一種回答，他的精神意識就可以是動機，也能提供場所，而不是由外在機制決定物與物之間，是否能相遇，並且讓此物於他物中形成一個隱喻慾望的實踐。

現代詩手稿文本上，那種種創新、陌生的象徵，使得意象生成的象徵系統，不斷被回頭檢視、查驗，精神讓書寫與再現物如何發生，並進行細節的

---

[21] 雅克・拉康（Jacques Lacan）[著]；褚孝泉[譯]：《拉康選集》（上海市：華東師範大學出版社，2019 年 10 月），頁 278。

交／替換，完成詩語言的象徵意象。比起象徵了什麼，詩手稿提供更重要的是，象徵發生的文字細節，以讓我們能查驗其生成結構歷程。讓我們檢視詩人在語言呈現上，是否已經遭逢他者的介入，其想像是否具有那種衝撞的欲力企圖，而不是缺乏真正動機的衝撞，象徵語言又是否能刺激、恢復詩人對物與物活潑相逢的自由想像。所以我們認為，詩手稿文本的綿延、重／返寫本身正都提供了一種精神回憶的文本，讓我們體察連續性與異常為的精神細節。

綿延發展了陌生化的、不斷變貌的精神地理，重／返寫看似重複，但實則也經歷過刪除符號的操作。此一刪除符號的操作，就是要引動差異化的發生，只是發生後，又回到原本的字詞。因此，比起聚焦於回返原初字詞的精神眷戀感，我們更需要注意詩人在啟動刪節時，對現代主義固有差異傳統的運作。

重／返寫是一內在的綿展歷程，他的重述性，可能是對主體內在精神困境的重蹈與控制，也可能是重複書寫衝動的滿足與耽溺。重複滿足了對精神困境的主體可控制想像，使得現實中主體對困境無能以為的空缺，能得到填補。重／返寫的積極面是主體對困境失能的克服動機，消極面則展現在如果主體過度反覆操作，會停留在對可克服困境的想像主體之召喚快感，而形成詩文本中相似段落的循環出現，形成類型化的精神地理。

因此重／返寫若是要被視為一種書寫方法，必須在不斷持續表達，所延展書寫歷程的時間幅度中，為困境與衝動找到裂隙，以此形成出路。書寫者——詩人終究是在時空間中座落著，只要進行書寫，時空間外在因素，便會投入變量。書寫中投入的變量，將會與常量相整合，形成詩手稿文本書寫中的韻律，一如水流的波動與大河的恆常，共組成一空間場所的規／韻律。因此只要書寫主體——詩人在時間中重複活下去，就會有變量，例如變老。紀弦〈自由與不自由〉詩手稿文本中正投注了這樣主體衰老的力量，表面看似歸屬於肉身衰敗的衰老，卻在此不斷修改中，以其身體動作的重複再寫，提供變量，由此正形塑薩伊德（Edward W. Said，1935-2003 年，後殖民理論代表學者）《論晚期風格：反常合道的音樂與文學》所論之「晚期風格」：

死亡與衰老當前，前途遠大的早年已成既往，阿多諾以晚期貝多芬為模型來忍受以晚期這個形式出現的終結，不過，是為了晚期本身之故而用之，而不是當作其他什麼事的準備，也不是為了抹滅其他什麼事。「晚」就是要終結了，完全自覺地抵達這裡、充滿回憶，兼且非常（甚至超自然地）知覺當下。[22]

　　薩伊德（Edward W. Said）之論晚期風格，乃是意在回應阿多諾（Theodor Ludwig Wiesengrund Adorno，1903-1969 年，社會學者、哲學家）〈貝多芬的晚期風格〉。阿多諾（Theodor Ludwig Wiesengrund Adorno）〈貝多芬的晚期風格〉則在處理托爾斯泰（Leo Tolstoy，1828-1910 年，小說家、政治思想家）寫於 1898 年《藝術論》中認為貝多芬（Ludwig van Beethoven，1770-1827年，作曲家、鋼琴演奏家）晚期音樂之不諧和，特別是1816 年的第二十八號鋼琴奏鳴曲根本不能成為音樂。然而阿多諾（Theodor Ludwig Wiesengrund Adorno）卻認為那些不和諧，實則為對現代資本主義的率先抗議，那些聲響於是成為了疏離、異化的聲音文本。薩伊德（Edward W. Said）由此延續，試圖思考創作者的晚期對風格形塑的能力，並延伸至文學層面，除了論蘭佩杜薩（Giuseppe Tomasi di Lampedusa，1896-1957年，小說家）晚期如何推出他唯一的長篇小說《豹》外，也討論了詩人卡瓦菲斯（Κωνσταντίνος Kaváfis，1863-1933年，希臘詩人）的晚期詩作。

　　生命時間的累積，似乎自然會讓年老的創作者戴上冠冕，但年老的創作者卻放棄了這樣的冠冕，仍嘗試對晚期——這樣將終止的生命時區中，投注了書寫變量。不諧和只是實驗的一種，如何融入人生閱歷的回顧，回應當下處境，更是關注創作者晚年風格的關鍵。詩人創作主體的存有，在晚年依舊存有，只是終點在迫，存有原本便會自然涉入了其書寫的種種訊號，更具有

---

[22] 薩伊德（Edward W. Said）[著]；彭淮棟[譯]：《論晚期風格：反常合道的音樂與文學》（臺北市：麥田，2010 年），頁 94。

牽動著主體肉身的象徵意涵，更為詩人所意會，引發書寫上的變動，使差異化契機更具可能與暗示性。

重／返寫引動的書寫差異性，也使得重寫帶來一種對原初陌生化的感受。就手稿書寫上來說，當我們反覆練習寫一個漢字時，寫到後來，我們會對這個字型產生陌生化的感受，懷疑所練之字，其字形是否就能匹配其所指涉之意。這樣的異化感受，正建立在重複上，而回憶原初則成為對照佐證。

每一個被完成的詩文字都成為了過去，含括了詩人對書寫的常／異、相同／變化種種考量的時刻，以及已然既成的精神地形。試問：如果我們不去回憶，不在精神中去回想，在書寫意識中反覆過往書寫現象，又如何能覺察到過去的自我書寫狀態？而缺乏自我詩書寫的覺察，也就可能無意識的不斷重複自我的過往，形成詩手稿文本中相同書寫地形的一再重現。重／返寫的皺摺，其地理修辭樣貌或許呈現一種迴旋式束縛，讓自我困限、壓抑在迴圈中，但實則其中也能介入了否定、意識與再現自我重複的積極書寫意識。因此，綿延此一精神地理修辭，實則也存在著回憶介入以及記憶的辨識意識在，而能完成對不斷差異發展之精神地理風景的實踐。我們可再以詩人賴和以「孩子的可愛」之未命名詩題名之詩手稿文本為例，探述綿延與重／返寫在書寫精神地理上的綜整現象。

檢視「圖3-03：賴和以『孩子的可愛』開頭之未命題名初定稿詩手稿」可以發現，這首兩個段落的詩手稿，開頭都以「『N』＋『的可愛』」這樣的句型開頭，只是首段名詞為「孩子」，第二段開頭名詞為「兒子」，這裡呈現段落開頭的句型重／返寫，同時也呈現名詞的綿延。首段共有八行，第二段基本上也意在完成文本結構對應感，因此也寫了八行。只是在詩手稿中，賴和又試圖寫下第三段的一行，依照版面空餘空間看來，可以判斷詩人似乎並沒有繼續發展第三段。而在第一段第七行中則有這樣的修改：「純然出於愛的愛的 沒有雜念在內／這就是人類的偉大」。在此，「出於愛的愛的」明顯重複了「愛的」這個詞兩次，賴和原本要以此從愛中，再抽離出更深沉的愛，以此強化「純然」一詞。原本「出於愛的愛」太過抽象，但反覆重寫「愛」卻又能凸顯書寫精神主題。賴和最後決定刪去，但在下一段，以

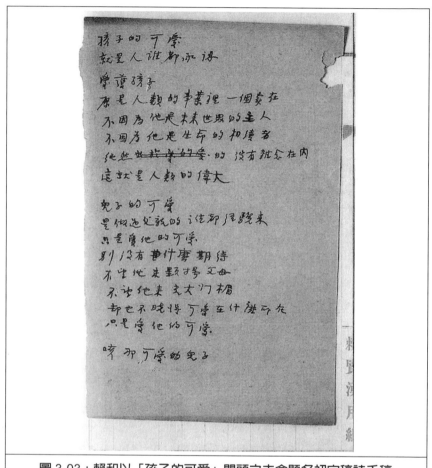

圖 3-03：賴和以「孩子的可愛」開頭之未命題名初定稿詩手稿
出處《賴和手稿集》

相同「『N』＋『的可愛』」形成差異發展，以更角色化的關係「兒子─父親」，讓「愛」一詞，更具體、有節奏的重現。

　　在「圖 3-03：賴和以『孩子的可愛』開頭之未命題名初定稿詩手稿」中有重複，有刪節，讓重複更具節奏性，同時推展書寫。在此，重複呈現了主題的聚焦，而不過度耽溺。我們也關注到，在臺灣現代詩手稿文本中，個體時空間上綿延與重／返寫，也會推向於個體以外的群／集體，在連續性與異

常為的書寫精神狀態中，產生豐富的精神地理。其中白靈〈讀離騷〉，從對中國古典文本〈離騷〉的書寫召喚，而對集體潛意識的探勘，無疑是非常具代表性的詩手稿文本。

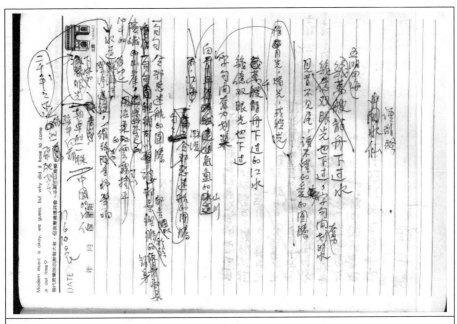

圖 3-04：白靈〈讀離騷〉起草詩手稿

白靈授權使用

白靈〈讀離騷〉印刷發表刊印稿：

　　千百龍舟競逐過的汨羅

　　幾億雙眼光也下水划過

　　字句間奮力搖動木槳

　　借月光借燭光借燈光

　　越大澤雲夢，向氤氳瀰漫的山川

　　一句句令辭彙迷航的河渠

　　彎來彎去愛之圖騰

　　衝古撞今鏗鏘了多少豪氣

　　心中險巇，才容萬朵白雲停泊

　　兩千年毫無污染唯水道這條

　　容你眼光水面貼住

　　眉批的筆可以掀波搖槳

　　惚兮恍兮，音節若擊響了喧天鑼鼓

　　古老的荊楚將向後飛馳

　　恍兮惚兮，白袍衣裾飄飄在前

　　注目前探，靠近趨近更貼近

　　水光閃爍伸手欲抓——

　　啊　卓然一株　中國的水仙！

　　比對以上「圖3-04：白靈〈讀離騷〉起草詩手稿」與定稿，可以發現手稿首段成為一個重複性的地理板塊，在寫完後整段被詩人打上「X」刪節符號，於後面被詩人重／返寫。這裡還需要比對白靈〈讀離騷〉的定稿，可以發現首段之詩手稿文本發展，便有「初定稿—原初首段段落」、「初定稿—再寫首段段落」、「定稿首段段落」三個可交互參照討論的版本區塊，讓我們探述其中的書寫精神意識現象。

　　「圖3-04：白靈〈讀離騷〉起草詩手稿」原初首段段落的首句，便存在三個細密的修改，首先是「龍舟」的量詞，原本詩人寫「幾萬艘龍舟」，後來在前面再加上「五湖四海」，試圖透過四處地方的強化，呈現龍舟之散佈，以及群體對此詩之主題——屈原的精神認同。但在「初定稿—原初首段段落」被整段刪去，進行重／返寫時，幾萬艘再加上「千」，更強化數量。但白靈〈讀離騷〉首段首句這種不斷加量詞的寫法，在定稿則變為「千百龍舟」。這明顯可以看到詩人避免跟首段第二行的「幾億雙」重複詞語，而捨

棄「幾萬艘」、「幾千萬艘」這樣標示龍舟數量的寫法，避免文本開頭過於呆板。其次，這樣的修改意識，也可從前兩個版本之首句跟次句，都出現的「下過」，在定稿中首句改為「競逐」，第二句被加添為「下水划過」之修改看出。最後，「初定稿—原初首段段落」首句之「水」，在「初定稿—再寫首段段落」被改為「江水」，但在「定稿首段段落」中連同「五湖四海」都被取消，具體為「汨羅」，讓此詩之文本得到了場所空間的聚焦。

　　比對「圖 3-04：白靈〈讀離騷〉起草詩手稿」之「原初首段段落」與「再寫首段段落」之第二行，可以發現主要在形式空間上，對「字句間奮力划槳」進行跨行調動的思考。「字句間奮力划槳」是虛實寫法，是此詩首次出現較具現代主義詩修辭性之處，因此詩人特意從「原初首段段落」第二行末尾，在「再寫首段段落」中調動至第三行開頭，這個調動也為定稿所確定。因此我們要關注的是，在「原初首段段落」與「再寫首段段落」其第一段的重／返寫現象內在的精神意識。就書寫的時間層次來說，「再寫首段段落」形成了對「原初首段段落」的回聲，誠如前述，<u>重／返寫所引動的回聲現象，其實在回抵過程中實則容納了新的時空間元素，使得其回聲帶有新的意義參與，形成意義的迴盪感。而就書寫空間層次來說，這個再寫意識可與手稿中「氤氳瀰漫」相發。</u>

　　這使手稿中重複的段落，可說成為了塊狀之書寫意識的海蜃。書寫的欲望展現主體書寫動作意識的意欲衝動熱能，使得「原初首段段落」與「再寫首段段落」兩個書寫板塊，形成了「意識的蜃景」。讓我們關注到詩人如何渴切地書寫的荒漠中，發展自己的書寫跡軌，乃至於在書寫意識的生發中，創造了相似的段落，乃在同異的辨識、辯證中，形成分裂新生點確定文字書寫最終的架構。白靈在〈讀離騷〉中即是在第一段寫完後，意欲進行重整而透過重／返寫以重啟段落，以「字句間奮力划槳」作為重／返寫之分裂新生點，形成首段之文本鏡像。如此藉著讓文思重複運動，形成基本之對照，並延展出意識的時空間，尋求岐出新創的機會。在此，我們便可看到在重／返寫中發生了（1）「愛的圖騰」之詞語變化，以及（2）「二十五篇辭賦」之詞語投注。以下，我們即進行分述。

　　先就（1）「愛的圖騰」之詞語變化來看。在「原初首段段落」中詩人原本之收尾為「讀不懂的愛的圖騰」，轉至「再寫首段段落」則經過繁複之修改後，改成具挑戰性、壓抑性的「句句令邪惡迷航的圖騰」。原本帶朦朧之感的「讀不懂的愛」成為具對抗性的，讓邪惡迷航的圖騰。這個修改中帶出的「對抗」、「迷航」，為後續要呈現的文本主題可說形成了初步的鋪墊。若不是檢視〈讀離騷〉之詩手稿，我們也很難看到原來詩作在首段，即發展有此主題聚焦的細膩生成細節。

　　再就（2）「二十五篇辭賦」之詞語投注來看。「二十五篇辭賦」所指為何？王逸於〈離騷後敘〉曾指出：「（屈原）獨依詩人之義而作《離騷》，上以諷諫，下以自慰。遭時闇亂，不見省納，不勝憤懣，遂復作《九歌》以下，凡二十五篇。」[23] 而《漢書・藝文志》亦依據劉向、劉歆父子所著《七略・詩賦略》而定屈原賦篇之數量。因此「二十五篇辭賦」所要指涉的，正是全詩之題名「離騷」，以及其不明確直指的《離騷》作者「屈原」。

　　透過比對「原初首段段落」與「再寫首段段落」兩個段落，尋索出在連續書寫行為中，兩者間的同異以及刺激文本續寫的歧異點，正可看到何者將沉澱進入意識地層之下。其中「汨羅」與「二十五篇（《離騷》）」兩者，可說共成文本場所空間。

　　特別是「二十五篇」所指之《離騷》，後來在定稿時成為詩人訂題之名，其指向文本的書寫精神意識不言可喻。可以說，在現代詩手稿文本發生歷程中，在版本的重複，乃至於同一版本中文本字句段落板塊的重複是一種回聲。但回聲，不只向著自我，還向著自我的過去，甚至是自我以外的過去。在〈讀離騷〉中，正呈現了詩人走出自我，向自我以外的中國古典文學史記憶進行扣問，而延遞而回的回聲。

　　當我們從書寫文本的書寫時間，談論到書寫文本的記憶，正從詩手稿版面上的客觀現象，指向主體、個體化意識部分。固然，文字重／返寫形成的

---

[23]　王逸[章句]；洪興祖[補注]：《楚辭章句》（臺北市：五洲，1965 年），頁 27。

重複代表著一種自我的回憶；但書寫文本的記憶之所在，並不只在內的作者自身中，更可以透過閱讀提取他者的記憶。[24]閱讀對於寫作、知識獲取之大用，在此已不需贅述，我們在此要細論的是在詩人白靈閱讀經典《離騷》後的精神意識影響問題。

在傳統的影響研究，乃至於哈羅德・布魯姆（Harold Bloom，1930-2019 年，美國文學評論家）《影響的焦慮》概念下，往往澄明出詩人所受之經典影響後，我們似乎就將影子覆蓋在詩人的重寫上，厚重如濕衣。在此影子與影響論述脈絡下，接下來我們應當驅遣文字期勉／待，詩人應要穿過一個乾燥的季節或者沙漠。特別是在現代主義的書寫傳統下，在書寫中追憶起經典，勢必就得肩負起再消去經典的書寫作業。這份書寫乾燥感的期勉，蒸發了書寫中他者也能存在的詩學意義，減低了他者也能觸動文本差異化的發生作用。

「原初首段段落」與「再寫首段段落」兩個段落中，經典《離騷》正座落於結構的歧異點上，撞擊出文本結構之裂隙，使得主體潛意識得以流洩呈顯出一個由屈原所代表的知識份子集體意識。屈原於汨羅江自盡，乃以死酬志，這份死絕也反顯出知識份子見棄君王時，那淑世慾望的不得舒展，終而必須以死亡對應慾望的不滿。

經典以「二十五篇」此一符號所意指的《離騷》，撞擊了文本結構，打開了書寫的裂隙。與其說《離騷》代表著影響的焦慮，在〈讀離騷〉的首段詩手稿中，反而提供詩人走出自己的契機，提供了再寫時歧出的裂隙，使得書寫更有效率地指向群體價值確認的精神記憶。在重／返寫的書寫時間歷程中，反蹈的不只是主體之生命記憶，更是以《離騷》經典所寄寓主體生命之前群體的歷史記憶。因此在〈讀離騷〉中，詩文字是否存在掠奪與引用，乃至於對影響焦慮感的卸卻已非重點，而是詩人如何以他者／經典文本作為裂隙據點，藉此航向了知識份子群體，那士遇／不遇的精神意識焦灼感。

---

[24] 重複的回憶力道，也表現在所謂的傳統節慶、個人生日等，透過在來日如此的重複標誌，將發生之日的原初性持續特殊化、意義化。

　　白靈在〈讀離騷〉詩手稿的重／返寫中，在辨識自我的書寫連續性時，不只走入自我潛意識中，也因為其如此敏於考掘語言的可能，使其走入屈原〈離騷〉所代表的群體意識之中。不過從「圖3-04：白靈〈讀離騷〉起草詩手稿」的題目部分，可以看到詩人原本將題目寫為「中國水仙」，後來則刪去，更改為「讀離騷」。參酌本節前論布勒東（André Breton）《超現實主義宣言》自動書寫寫作方法，詩人在更改題目的那一刻，其實正在以一個新的符號，調動整首詩最具標的性的能指。在我們的閱讀這詩手稿文本時，這提供了一個能指的潛意識缺口以及可探勘的路徑，讓我們關注在詩手稿文本發生過程，文本至此裂隙所引動出新的書寫意識。

　　「中國水仙」乃意在對照「西方水仙神話」，並且從中觸發新的辯證。「西方水仙神話」中納西瑟斯為河神與水澤精靈之子。盲眼預言家曾預言納西瑟斯只要不看見自己的臉，就能生命永續，因此即使納西瑟斯外貌極其俊美，他卻從未親眼看過自己的臉龐。許多女神愛慕著俊美的納西瑟斯，納西瑟斯卻無動於衷。無法得到納西瑟斯情感回應的女神們，要求復仇女神懲戒納西瑟斯。復仇女神讓打獵歸來的納西瑟斯，看見湖面中自己的倒影，納西瑟斯竟迷戀起自己的湖面倒影。納西瑟斯凝視著湖面人影，人影也凝眸回望，但納西瑟斯一旦用指尖觸摸湖面倒影，湖面倒影卻模糊暈散。迷戀自己的湖面倒影，卻又無法靠近自己湖面倒影的納西瑟斯，只能日復一日癡癡凝望湖面，終而枯守成一株緊鄰湖面的水仙花。

　　「主體對湖面的映照」成為詩人白靈提取水仙神話以喻屈原，並且為〈讀離騷〉詩手稿提供一個主體對自我層次帶析離感的悲劇架構。<u>汨羅之河面具有鏡像功能，初步乃在呈顯了自我現下面貌，但透過納西瑟斯水仙神話，則更細膩地點出屈原內在與自我現下面貌相衝突的情志理想面貌。</u>若納西瑟斯檢視自我反顯面貌之美而慾望著，那麼同時屈原也在鑑照自我情志理想面貌中慾望著。這份互喻中，也自然讓屈原陷入了想真正觸碰自我情志理想面貌，將之提取入現實空間時，一切復又在現實汨羅江河面上暈散的悲劇。由此我們可以發現，〈離騷〉經典在詩手稿文本中，初步提供了詩人白靈之自我書寫差異的切入點，但詩人白靈是否能予以發展、鞏固？則還需仰

賴〈離騷〉之汨羅場所及其存有活動，進行發展、壯盛。尼爾·W·伯恩斯坦（Neil W. Bernstein）在〈奧維德《變形記》裡「優勝之地」與「可怖之地」之探討（Locus Amoenus and Locus Horridus in Ovid's Metamorphoses）〉曾論及：

> 奧維德採用了古羅馬奧古斯都時代前輩詩人文學作品裡關於風景描繪的傳統，如輓歌詩人提布魯斯（Tibullus）想像與情婦們嬉遊於桃花源之中，遠離戰爭煩擾、政治角力、都市喧囂；或維吉爾《牧歌》裡擁有詩意力量的優勝之地，能激發且回應歌者。然而相對的，這些奧古斯都時代文學裡原先與歡愉、靈感相連的優勝之地，竟成了《變形記》裡經常發生強暴、身體變形的地點。如宙斯強暴卡莉絲托（Callisto）；如納西色瑟斯（Narcissus）帶有毀滅性質的顧影自憐，皆發生於風光明媚之所。這些地點的優美與恬靜被作者刻意安排與發生的暴行做為對比。[25]

　　上段論述說明了文本空間場所，與文本中的主體遭逢之事件具有對比的修辭關係。空間模態能成為主體事件的修辭，不僅止於對比，以〈讀離騷〉來說，除前述之鑑照再現外，還包括了追索綿延兩者。鑑照使得自我理想情志被顯現，卻也使這淑世家國的慾望，不得在現實中遂行滿足，而陷入一種主體虛與實的破碎感。因此汨羅江河的場所流動性，也提供了主體的移動追尋可能。汨羅江於是成為一條主體的精神之河，類同著本節前述對楊牧〈草原告別（夢中得句補成）〉詩手稿文本之分析一般，在白靈〈讀離騷〉詩手稿文本也呈顯了一段綿延的精神場景，包括了手稿中已寫下的「氤氳的山川」、「險巇的山崖」，特別是以詩手稿為基礎，還可發現詩人在定稿中還

---

[25] Neil W. Bernstein：〈奧維德《變形記》裡「優勝之地」與「可怖之地」之探討（Locus Amoenus and Locus Horridus in Ovid's Metamorphoses）〉，《文山評論：文學與文化》5 卷 1 期（2011 年 12 月），頁 69。

後續加上了「古老的荊楚」。

加上詩手稿上未見之「古老的荊楚」，可說意在呼應本文《離騷》中屈原之「路漫漫其修遠兮，吾將上下而求索」，而對文本中之場景進行擴展變化，以三個場景之遷變，以呈顯求索路徑的廣與遠。而這求索情景變化的動機，自然起自於詩人對屈原內心不安的揣想，亦即呼應互文了《離騷》本文於「路漫漫其修遠兮，吾將上下而求索」之後的「心猶豫而狐疑兮，欲自適而不可。」本文中猶豫於求美人，乃香草美人之美政隱喻。猶豫與懷疑，是帶著擇選的意識，也折顯出現下自我的多層次感，使得屈原下決絕之心，擇選出其一，遂在自我存有之現下，存在歧異，拉拒於內心對「淑世」之理想，以及「懷鄉」之思間。

追尋理想，勢必游離於既有之家國，相對於是時周遊列國求仕的百家諸子，這裡展現了一種少見，或者說少被前在文本所書寫得見，對故地／國之情感認同。屈原的猶豫狐疑，給了當時遊仕群體不只是「得仕」與「不得仕」的思辨，更投射了一個「依於本土」與「天地飄盪」的複雜情感面。在周游中，懷鄉代表曾生於此、居此的場所情緒，讓周遊之遊，更帶著「游離」──離於曾出生、所在的意識。因此遂言「自適」之不可得，除了最基本的將「自適」理解為自我調整適應外，若我們再微觀注意「適」字，可發現其部首為「辶」。「辶」為「辵」之簡寫，是帶有高度運動形象意味的部首，「辵」之符號，上面符號以三撇劃，喻為階梯或道路行徑，下面符號則為足指，上下符號共構，代表或行或止，以及快速的狀態。

比起猶豫，自適顯得更為艱難，因為那是對生命痛楚狀態的應對。自適同時所帶有的調整適應、或行或止與疾走，正說明了應對之艱難。試想，如果啟動求索旅程，乃意在修復破碎自我；那麼，是否即使遊歷至更遠的遠方，我，仍然是那個破碎的我？而更廣大的歷程，其實是對映出更深沉、更巨大的焦慮，那一如深海下冰山不可見的體積？

在表現身體所存在的移動，以及主體猶豫且不得自適的複雜性上，「龍舟」成為極佳的意象。事實上，若我們廣泛閱讀詩人白靈另一詩手稿「圖3-05：白靈〈龍舟競渡〉草擬稿詩手稿」，可以發現〈龍舟競渡〉草擬稿原本

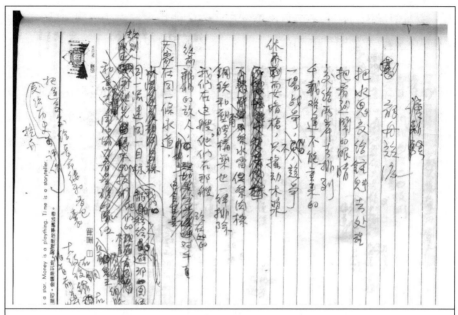

圖 3-05：白靈〈龍舟競渡〉草擬稿詩手稿

白靈授權使用

詩題竟正就是〈讀離騷〉，只是後來在詩手稿書寫的推進中，改題為〈龍舟競渡〉，這呈顯詩人白靈對「龍舟」的標舉。因為，龍舟使得汨羅此一河的精神地理，兼具了主體「鑑照」、「追索」之特質。龍舟所以在屈原主題書寫上提供高意象效能，乃是因為龍舟作為交通器物，提供了身體的乘載。主體坐在龍舟上，看似身體不動，實則被擺置在一求索旅程中，由龍舟移動著他的自身，同時坐於龍舟時，也上下觀看、左右盼望，發展其感知感官。對比於納西瑟斯在定止的河岸化為水仙，屈原所搭乘的龍舟是帶有移動感的。如果說，納西瑟斯在定止的河岸上，以手指觸碰凸顯靠近親暱之不可能；那麼，乘坐於飄動龍舟上的屈原，他臨江鑑照理想自我的悲劇，則成為了更具行動性的悲劇。

　　佛洛伊德（Sigmund Freud）精神分析的冰山理論，呈顯了冰山、汪洋，這個潛意識精神地理。在中國化的情境中，飄盪的龍舟，如同飄盪的冰

山，成為對冰山以下，不可見之潛意識內容的能指。龍舟的華麗，是一個被雕琢的，與人言傳溝通的語彙，正在對應著潛意識原本混亂不可言傳的混亂狀態。在龍舟行動中的觀看，其實也在不斷擴展著潛意識下層的焦慮，不斷增腫、巨大化其焦慮的體積。這也對應著白靈〈讀離騷〉詩手稿後半段那繁複的修改，這些詩手稿的符號碎片，也正是詩人探掘屈原所代表的古代知識份子階層，在仕不遇的群體焦慮意識中，主體亟待重組的狀態。另外，龍舟之龍為中國傳統的動物象徵圖騰，也具有強烈的神話性以及原型意義。相對於詩人白靈對水仙神話的追索，對於進入神話，此一群體潛意識文本，屈原也曾以對「楚國南郢之邑，沅、湘之間」之民間巫祭神話有所紀錄，而成就〈九歌〉。在〈離騷〉中，屈原為知識份子理想，而自我放逐、追索之間，所兼具的神話敘事、人物，不只在提供文辭作用，而與美政、主體之追求，彼此共成陰陽生生之隱喻。

　　透過上述的精讀，可以發現詩人白靈在〈讀離騷〉詩手稿之書寫中，乃是透過對西方水仙神話的引入，使得對中國經典文本〈離騷〉的再讀能產生差異，使得收縮、重複，有了新的融合。收縮不是退返，而是讓新的差異被說／寫出。綿延與重／返寫的交互搭配，於是產生了更向屈原所代表之群體潛意識的探索。詩手稿文本中的差異點，以及繁複的修改重寫，無疑更具群體潛意識深淵扣問的震盪回聲感，展開深邃的意義幅度。而具像化的龍舟在汨羅所隱喻的河海精神地理上飄盪，在不明確的起點與終點間，同時有著不同的航程。對應這樣的狀態，從河面轉到地面，所對應呈現的便是歧路，以及由歧路更精神建築化的迷宮，這正在羅智成〈夢中書店〉詩手稿文本中被體現。

| 夢中書店　　　羅智成

我們最敬畏、最著迷的叢林
正是那家書店。
在沒落社區一個
屢被郵差錯過的門牌裏
幾百里長的各式書架以及
石鋪、鑲木以及
泥濘的甬道
壅塞、盤據
把知識延伸到
店內一些還沒接上電力的地方：
佈滿蛛網、迷瘴、
老鼠與蠹蟲的<del>■■</del>廳房、下水道
水深及膝的地毯和
永遠失落了鑰匙的秘室……
而高達數十層的書架、架上的巨型標本
殘破的旗幟、族徽、
封死的軒窗、失憶的抽屜
便一窟又一窟地向我們展示
人類心智猙獰的原貌……

之一 | 羅智成〈夢中書店〉印刷發表刊印稿：
我們最敬畏、最著迷的叢林
正是那家書店。

在沒落社區一個
屢被郵差錯過的門牌裡
幾百里長的各式書架以及
石鋪、鑲木以及
泥濘的甬道
壅塞、盤據
把知識延伸到
店裡一些還沒接上電力的地方：
佈滿蛛網、迷瘴、
老鼠與蠹蟲的廳房、下水道、
水深及膝的地毯和
永遠失落了鑰匙的密室……

而高達數十層的書架、架上的巨型標本
殘破的旗幟、族徽、
封死的軒窗、失憶的抽屜
便一窟又一窟地向我們展示
人類心智猙獰的原貌…… |

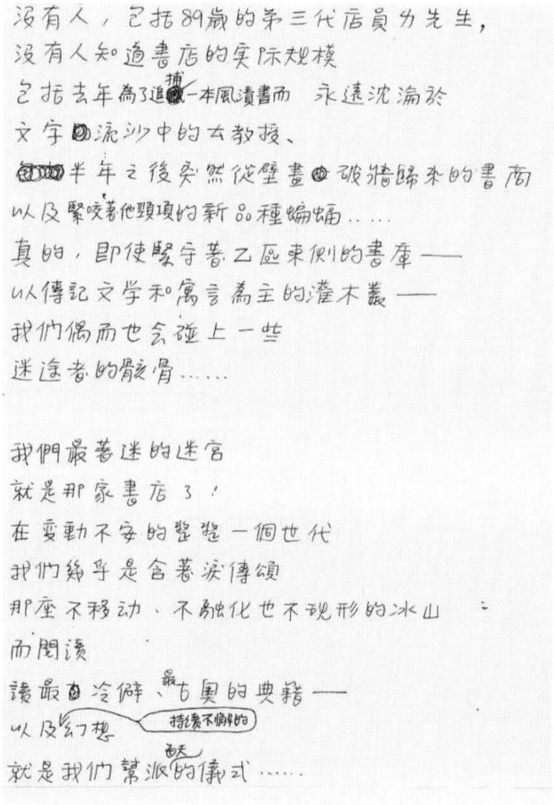

沒有人，包括89歲的第三代店員力先生， 沒有人知道書店的實際規模 包括去年為了追<u>捕</u>一本風漬書而　永遠沈淪於 文字<u>的</u>流沙中的去教授、 ~~的~~半年之後突然從壁畫<u>的</u>破牆睇來的書店 以及緊咬著他頸項的新品種蝙蝠…… 真的，即使堅守著乙區東側的書庫── 以傳記文學和寓言為主的灌木叢── 我們偶而也會碰上一些 迷途者的骸骨…… 我們最著迷的迷宮 就是那家書店了！ 在變動不安的整整一個世代 我們絕是含著淚傳頌 那座不移動、不融化也不現形的冰山 而閱讀 讀最白冷僻、<u>晶</u>古奧的典籍── 以及幻想　持續不懈的 就是我們<u>軟</u>幫派的儀式…… 之二	沒有人，包括第三代店員八 十九歲的力先生， 沒有人知道書店的實際規模 ── 包括去年為了追捕一本風漬 書而 永遠沉淪於文字流沙中的文 學教授、 多年以後突然從壁畫中破牆 逃回的書評家 以及緊咬著他後領的新品種 蝙蝠…… 真的，即使緊守著乙區東側 的書庫── 以傳記文學和寓言為主的灌 木叢── 我們偶爾也會碰上一些 迷途者的骸骨…… 我們最著迷的迷宮 就是那家書店了！ 在變動不安的整整一個世代 我們幾乎是含著淚傳頌 那座不移動、不融化也不現 形的冰山 而閱讀 讀那些冷僻、艱深的心靈 ── 以及持續不懈的幻想 就是我們青澀的教派每天的 儀式

圖 3-06：羅智成〈夢中書店〉前五段初定稿詩手稿與印刷發表刊印稿比對圖
羅智成授權使用

　　以上為「圖3-06：羅智成〈夢中書店〉前五段初定稿詩手稿與印刷發表刊印稿比對圖」，羅智成〈夢中書店〉全詩共七段，最後兩段為：

　　　　像隻深藏不露的巨獸
　　　　書店以不起眼的門面對外經營
　　　　在重重書架後頭
　　　　它卻兀自生長
　　　　以一種初生星球的能量、暴力
　　　　和不可思議的可能性……

　　　　向晚時
　　　　我們總聽見近處、遠方
　　　　各種支架鬆動、潛行躡行的聲響
　　　　或土著在斷簡殘編中搬桌動椅……
　　　　對此我早已見怪不怪
　　　　我踮腳取下一本殷代出版的植物誌
　　　　水聲從架上空出的縫隙傳來
　　　　我專心翻閱
　　　　端坐如暑
　　　　渺小如蟻
　　　　然後換另一本書
　　　　好奇索讀
　　　　直到知識打烊……

　　在詩手稿文本中，因詩人書寫現象與內容而形成的精神地理上，除了平原、火山、深海、冰山外之類的自然地理，也存在屬於人文地理類型。例如本節前所分析之紀弦〈自由與不自由〉中主體所位處需上樓、下樓的公寓，其內在雖對應著薛西弗斯神話中帶斜坡感的山；但也突顯出神話與其所隱涉

的集體潛意識，在現代社會空間產生的對喻變形現象，以及人所對應產生的現代參與性，由此正可見神話之恆常，以及現代神話的建設衍變。羅智成〈夢中書店〉的詩手稿歷程版本中則以更繁複，與對集體精神意識層次更具敘事整合性的訴求，搭建了一個具明／潛意識流動感的「夢中書店」。在探析羅智成〈夢中書店〉詩手稿歷程版本時，也要注意這首詩在其所被收錄之《夢中書房》詩集的脈絡性。

〈夢中書店〉被編集於《夢中書房》詩集中的「卷一　夢中書房」一輯，且為全輯，同時也是全詩集的第一首詩。首先，就可從編排位置看出，詩人對此詩的看重。其次，「卷一　夢中書房」輯中詩作之題名，皆以「夢中」進行開頭，除了〈夢中書店〉外，還包括〈夢中書房〉、〈夢中旅者〉、〈夢中花園〉、〈夢中厝〉、〈夢中之城〉、〈夢中東路〉、〈夢中拖鞋〉、〈夢中之島〉、〈夢中飛行〉、〈夢中孩童〉、〈夢中村落〉、〈夢中電話亭〉、〈夢中鋼筆〉、〈夢中主播〉、〈夢中婚禮〉。從中可以看到，詩人羅智成對「夢中」有非常明確的書寫意識，以及對精神意識的探掘。

檢視「圖 3-06：羅智成〈夢中書店〉前五段初定稿詩手稿與印刷發表刊印稿比對圖」可以發現詩手稿部分是相對乾淨的手稿。固然，手稿中修改符號構成的修改紋理，其跡軌與塗抹，足以指涉詩人書寫意識之膠著與發展等現象。但修改的紋理，有時並不僅以具像符號狀態呈現。透過「圖 3-06：羅智成〈夢中書店〉前五段初定稿詩手稿與印刷發表刊印稿比對圖」，進行文本化對照時，便可以發現乾淨的手稿，未必沒有存在細膩的修改脈絡。[26]也正是透過羅智成〈夢中書店〉詩手稿與印刷發表刊印稿的對照，我們才能發現於詩文本發展歷程中，在場卻不顯現的詩人修改。

以「圖 3-06：羅智成〈夢中書店〉前五段初定稿詩手稿與印刷發表刊印稿比對圖」來說，正是以沒有符號標示的「分行」、「分段」，作為修改現

---

[26] 這也呼應著本書前章，在對臺灣現代詩手稿學研究方法上，所陳述研究現代詩手稿文本時必須進行的對照式研究，不能僅止在單一手稿、定稿版本上進行探究。

象。這包括三處，分別為：（1）詩手稿中開始部分之「正是那間書店。」原本緊接下一行「在沒落社區一個」，在定稿中進行了分段。（2）從詩定稿之第二段結尾詩行「永遠失落了鑰匙的密室……」，對照詩手稿，該行緊鄰「而高達數十層的書架、架上的巨型標本」而沒有分段。（3）詩定稿第三段之「包括去年為了追捕一本風漬書而」詩句後，下一分行為「永遠沉淪於文字流沙中的文學教授、」。在詩手稿中「永遠沉淪於」則接於「包括去年為了追捕一本風漬書而」，兩者空一格。

　　羅智成〈夢中書店〉中的分段與分行之修改現象，不在紙面之視覺直接顯現，亦即詩手稿於定稿的在場不顯現之現象。惟有提取、意識，此一分行／段的在場不顯現現象，我們才能看到詩人對夢中書店之空間感的聚焦意識。我們具體以（1）、（2）來看，就可以發現這樣的分段，顯現了在手稿而定稿的歷程中，詩人意欲強化一種對「空間」的聚焦表達。（1）中「正是那間書店。」下面的分段留白，以及詩行「正是」、「那間」的詞語特指，都凸顯了「書店」此一詩題標示的書店空間；（2）中同樣以分段留白式，凸顯了「永遠失落了鑰匙的密室……」，這讓我們更注意到密室的永恆封閉性，而「……」則讓空間更具有一禁忌氛圍，也讓詩題之「夢中」潛意識感，亦被提點而出。

　　在印刷發表刊印稿與初定稿詩手稿的交互指顯，分行／段的調動，在手稿上因其顯跡，我們發現羅智成〈夢中書店〉詩手稿中，其文本精神現象地理所存在對超現實空間質感之搭建細節。誠如羅智成《夢中書房》於序言所自敘：

　　　　《夢中書房》裡的作品所涵蓋的創作時期十分長（超過十年），但是
　　　　十分湊巧，它們絕大部分都保有某種空想、幻想的素質。
　　　　因此，雖然本書只是某一時期詩作的結集，自始並沒有一個要刻意經
　　　　營的主題，我卻漸漸從中發現到：在這些年來許多創作時辰裡，我所
　　　　渴望去探索出來的「力場」正在成形、現形。它閃爍在對每一種心
　　　　境、每一件事物的詩化狀態（入神的、超越的、最能突顯意義、負載觀

點的、可以對生活經驗形成有趣對照的）的好奇、想像與呈現的過程
當中。它和現實必須有所距離。不論是蓄意的疏離或是無辜的執迷。
「夢中」、「夢想中」的特質，於是瀰漫在這本詩集的各個角落。[27]

　　詩人透過「夢中」建立了文本的力場，一方面將事物投注於「夢中」，
「中」有著投注於「其中」的力度方向以及容納感，種種幻想在「夢中」這
個空間性中匯／聚集，正足以體現夢所存在著的空間彈性；另一方面則在夢
場域之其中，組織搭建了書店結構。必須指出的是，夢之場域是不同文類創
作者皆會處理、探求的書寫。比起小說因其敘事形式，而可以用浩瀚文字細
細描述夢之規模；詩的搭建，則重視以精準／簡的語言，呈現出其象徵質
感。檢視羅智成〈夢中書店〉詩手稿可以看到，詩人以向下的力度拉扯，拉
展出文本結構特質。

　　這個質感可以從「圖 3-06：羅智成〈夢中書店〉前五段初定稿詩手稿與
印刷發表刊印稿比對圖」之二的詩手稿中，對「永遠沈淪」一詞語的分行移
動為代表。在詩印刷發表刊印稿中，將「永遠沈淪」移到下一行，形成與
「文字流沙中的文學教授、」相結合，成為一個長句子之形式。此一以「永
遠沈淪」開頭的長句子，乃在詩行情境中強化了「沈淪」之在時間與空間的
力道綿延感。在此一初定稿詩手稿版本，呈現了原初詩人將「永遠沈淪」放
在該行之最後，所要投注對沉淪力道的呈現。而比對初定稿詩手稿與印刷發
表刊印稿，正展現了詩人在此詩書寫發展歷程上，精神書寫意識的流動方
向，如何以呈現在夢中書店，主體緩緩「陷入」流沙時的身體意識感。至於
「下水道」、「水深及膝的地毯」，對應流沙，帶有水的濕溺感，可與流沙
沉淪感相對應。

　　「陷入」，在此詩中，既呈顯了由醒而陷入夢，也是由明意識向潛意識
的陷入，也是書店中的書籍群所代表的文明，對懵昧的而陷入。「陷入」代
表兩種狀態間的轉折／換歷程，這兩種狀態，也因「陷入」這個動詞本身的

---

[27]　羅智成：《夢中書房》（臺北市：聯合文學，2002 年），頁 9。

運動向度特性，使兩種狀態間自然存在著「上—下」的結構關係。此一「上
—下」結構的鋪建，除了可從對「永遠沈淪」與「文字流沙」所形成的「上
向下」結構得見，也可在詩手稿中，於「圖3-06：羅智成〈夢中書店〉前五
段初定稿詩手稿與印刷發表刊印稿比對圖」之一已然召喚的「下水道」、
「水深及膝的地毯」，以及該圖之二之「冰山」彼此相鞏固。「冰山」非常
明顯與佛洛伊德（Sigmund Freud）之冰山理論互文，呈顯書店的「夢
中」，所存在的精神意識課題，以及潛意識空間特性。

　　羅智成〈夢中書店〉除了將書店「夢中化」，以超現實與下掘/陷開展
方式，所搭建的超現實空間，不只是個體的，更由個體而連結著榮格（Carl
Gustav Jung）「集體潛意識」（collective unconscious）群體的潛意識狀態。
在詩人的自我寫作中，其在獨自的喃喃自語的話語空間中，潛意識侵入書寫
獨白，連帶侵入的種種時空間符號，除了蔓延感，更具有搭建感。

　　我們可以注意到，對比於前述手稿到定稿中的分段/行，所形成向下挖
掘、建構的狀態，可以看到手稿中書店「而高達數十層的書架」實存在著反
差性的高聳、崇高感。只是，這是真正帶著聖性、光明感的崇高嗎？必須注
意到，在高聳的形式中所承載的內容卻是「巨型標本／殘破的旗幟、族
徽」。首先，「旗幟、族徽」這隱喻著被崇高化的族群象徵；其次，「巨型
標本」代表巨大生命體的標本化。兩者相整合，暗示著什麼？

　　就佛洛伊德（Sigmund Freud）的本我（id）、自我（ego）跟超我
（superego）結構，以及各自對應的快樂、現實跟道德的活動原則來看。
「旗幟、族徽」代表著群體社會，甚至是國族體系，對主體施予道德約束。
明顯的，詩人言其「殘破」，說明了其毀壞不堪，但實則仍以「巨型標本」
的巨大化狀態，控制著自我與本我。這個控制是理性的嗎？在「人類心智猙
獰的原貌……」點明了超我的道德原則，實則也是一種獸性的猙獰展示，未
必代表啟蒙、理性。而此一原貌，也是一種榮格所謂的原型，代表著群體潛
意識集體性地遭逢，偽裝以理性面貌的超我所壓抑。

　　細讀「人類心智猙獰的原貌……」，可以發現「猙獰」二字俱為「犭」
部，加以其所指涉的集體性，以及「夢中書店」夢的集體潛意識性。而受榮

格集體潛意識影響甚深的神話學者坎伯（Joseph John Campbell，1904-1987年，美國神話學家）在《千面英雄》曾指出：「夢是個人的神話，神話則是非個人的夢；兩者都以同樣的普遍方式象徵心靈的動力。但夢中的形象受到夢者個人特定的困擾扭曲，而在神話中顯現的問題和解答，則對全人類直接有效。」[28]，循其睿見，重省我們前述的發現，可以看到詩人深刻寫到的「我們最著迷的迷宮／就是那家書店了！／在變動不安的整整一個世代／我們幾乎是含著淚傳頌／那座不移動、不融化也不現形的冰山」不只將帶集體世代意義的「夢中書店」與「冰山」、「迷宮」互喻，還在指涉了一個同樣具掙獰感的米諾陶（Minotaur）迷宮神話。

牛頭怪米諾陶（Minotaur）被囚禁在名匠代達羅斯為克里特島的國王米諾斯，在克諾索斯所設計搭建的迷宮中。因為米諾陶本身就是一個混雜著懲戒、禁忌與慾望的結果：牠由國王米諾斯妻子與白公牛所生，這是海神施予國王米諾斯不信守諾言獻祭白公牛給他的懲戒。因此迷宮這個空間，成為遮掩獸性的懲戒、禁忌與慾望之精神地理。迷宮以繁複的內在路徑，進行空間包裹。在詩人〈夢中書店〉中，那深陷迷宮中的文學教授、書評家，本身代表一種對文明知性探求者的角色。深陷其中的寓意，不在於夢中書店那文明知識的龐大，而是在那旅途中夢中書店內蘊的迷宮、冰山，所隱喻超我道德原則所變形出的空間。可以說，是道德原則所偽造的文明空間，誘人陷入追索，而其路徑的追索感，則可為迷宮、冰山空間所互喻。

可以注意到，詩人對冰山特別以「不移動」、「不融化」、「不現形」指涉冰山，在精神地理空間的意向上，詩人既以「書店—迷宮—冰山」形成互喻結構，如此冰山之性質，實則也等同對書店與迷宮性質的定義。在這首詩中，不只是存在迷宮般的書店這樣的設喻，更潛存著冰山般的迷宮，乃至於冰山般的書店迷宮如此之設喻。

如此具整合性之設喻，乃在點出夢中書店被壓抑的集體潛意識，所形成

---

[28] 喬瑟夫・坎伯（Joseph Campbell）[著]；朱侃如[譯]：《千面英雄》（臺北縣：立緒文化，1997年），頁17-18。

的迷宮路徑擠壓感。迷宮的路徑擠壓感，乃是將原本抵達核心終點的直線，進行不斷的多重分岔，由此在創造偏離中鋪展路徑，這種鋪展，本身的訴求不是為了抵達，而是為了遮掩與囚禁，對於主體潛意識的慾望。

原本「圖3-06：羅智成〈夢中書店〉前五段初定稿詩手稿與印刷發表刊印稿比對圖」詩手稿寫為「讀最古冷僻、最古奧的典籍——」，一開始寫下的「古」被刪去，可以知道詩人原本應是要寫「古奧」，一個指涉著過往時間的詞彙，只是再以「冷僻」替代，將「古奧」移到後面。在定稿中則將「古奧」替換為「艱深」，並將手稿中的「典籍」，替換為「心靈」。典籍後面發展為心靈，在交互對照過程中，可突顯出心靈所也存在的精神紀錄／功能，事實上也是由此心靈而能與集體潛意識相匯通。

夢中書店內以書與書架，架設的文明框架，以其毀壞、塌陷狀態，反而洩漏了內在所包裹的集體潛意識之樣態，使其與冰山互喻。夢中書店將以路徑化鋪展的集體潛意識，凝縮於迷宮的界域中，更加深了潛意識混亂難解的密度。集體潛意識包括了讓人沈淪陷溺的慾望，也包括了引動人生死焦慮的恐懼。在迷宮神話中，被投置的畸形獸米諾陶，既代表禁忌慾望的結晶，同時也代表一種致死的恐懼。無法走出迷宮的主體，其無法細細言述分析的死亡恐懼感，正以其所處的迷宮空間行動狀態，代為申說。不只是陷入迷宮，還陷入了將要相逢野獸的死亡恐懼感。迷宮在設計上延遲抵達的設計所形成的精神地理，也意謂著延展了遭遇迷宮中畸形獸米諾陶的歷程，並將恐懼予以蔓延。

在潛意識與明意識的辯證上，野獸本身就是一個極佳的隱喻，與迷宮形成對應關係。何以如此說？理性所鋪排的迷宮迷徑、多路徑，固然對野獸產生對視覺上的遮掩，但仍能透過其所發出的聲響、氣息，傳達其存在的訊息，這也正是夢中所釋放的言語符號。迷宮中的畸形獸米諾陶代表著真相與目的，但是這份符號象徵的恐懼，卻未必會定止／位於迷宮的核心一隅，或者出／入口，而不移動。如同畸形獸米諾陶的活動性，其所象徵的恐懼，也會在迷宮中游移、移動。在文本的精神地理中，首先，野獸所隱喻的潛意識實則充滿著伏流的流動感，在迷宮中移動，在潛意識空間中散佈其被壓抑的

情慾、焦慮與禁忌感。其次，這也形成了主體潛意識焦慮的一部分，具體展現在身體的奔跑狀態，也構成了其主體在潛意識中存有狀態的象徵。

但我們認為潛意識儘管混亂，但行履於迷宮所代表的精神地理之時，在所繁衍的路徑中，主體儘管迷路了，但在每個叉路中所進行的選擇，會共組出一個屬於當下處於迷宮之主體的新路徑。從中可以看到，迷宮空間對非理性狀態的生產性。而對應著主體在對各迷宮分叉路徑的種種選擇，所移轉形成的整體路徑版本，正是將意識流動的路徑選擇線，錯綜、編織成各自潛意識版本的紋理。由此可以看到迷宮作為人為的精神地理空間，其如何在主體行動中形成對符號之選擇，而產生對主體精神意識版本的生產性。

並看「圖3-06：羅智成〈夢中書店〉前五段初定稿詩手稿與印刷發表刊印稿比對圖」詩手稿之二與定稿，可以看到主體精神意識的版本性。例如：詩人在詩手稿之二到定稿中，「去教授」被改寫為「文學教授」，「破牆歸來的書商」被改寫為「破牆逃回的書評家」，正能呈現文本中群體精神所能分裂出的多重人格光譜。從中也可以看到，如何將他的多重經驗取用、整合，塑造、召喚角色，投置入夢中書店，所連帶牽動互喻的迷宮空間中，將複數主體投置於迷宮的焦慮困局，形成集體的潛意識活動樣貌。

然而，誠如詩人於書寫主體在迷宮此一精神地理中迷途沉淪、恐懼歸來乃至於迷途死亡的各角色段落後，另起段落所寫下「我們最著迷的迷宮／就是那家書店了！」這呈顯出走不出迷宮的恐懼，也可能會成為群體所耽溺的空間，而使群體陷入其中產生難以拔升的玩物喪志狀態。這玩物喪志的精神狀態，乃在於意欲在潛意識迷宮中蔓延、延展的歧出路徑，渴求翻轉出新的可能。正如陳黎〈小宇宙俳句〉：「我等候，我渴望你：／一粒骰子在夜的空碗裡／企圖轉出第七面」我在擲只有六面的骰子遊戲中，卻渴望擲出骰子表面所不存在的第七面，這個第七面表象的不存在，但實則也喻指著在表象世界中我所等候著，不在我身邊的你，如何渴望將空缺，轉出至在場顯現的狀態；然而在這份中表像的不可能，又如何以在夜的空碗，這樣夢的潛意識界面中，得到在場不顯現的可能。

海德格（Martin Heidegger，1889-1976 年，德國哲學家）言：「語言是

存有之屋。」[29]而詩人羅智成在〈夢中書店〉的詩手稿與定稿之文本生成歷程中，更一意將語言這座存有之屋，搭建成與迷宮、冰山互喻，具有陷落感的書店。這高度與迷宮、冰山互喻之夢中書店，一方面指涉著集體那本我潛意識空間，另一方面也在調取迷宮神話寄寓書店書架蒙塵的搭建結構，所指涉固舊的超我結構干涉集體潛意識的猙獰狀態。特別是，當詩人投置複數角色於那多重路徑高度集中化，並有著混雜敗德慾望結晶與死亡威脅感的野獸之迷宮時，那在綿長無解又帶逼迫感的旅程中，主體在潛意識中無助的飄盪、欲求感、生死焦慮，無疑被更為放大。詩人在〈夢中書店〉的夢之界域中，所匯連、連接產生變形的空間與事物之精神地理，不一定是由理性所進行的邏輯操作，而是被理性所壓抑的潛意識所牽動，終能超越被超我壓抑成之「遺忘」層次，從被遺忘，到被記起。

第二節　書寫主體與一體分化：身體作為一種抗辯

> 惟四肢深陷封閉型空間
> 與隱花植物類進行了一次無性生殖
> 彷彿不屬於自己
>
> ──楊牧〈形影神〉

　　在閱讀詩手稿時，面對於其繁複刪除修改之狀態，或有論者以為此皆詩人為詩之糟糠，相對定稿，實為詩語言之病理。然則，從前節對文本紙面之紋理、內容、形式之論析可以看到更豐富的書寫意識與潛意識相涉之精神地理。因此並非能以語言病理予以概括、定義。

　　從前節所見詩人之詩手稿文本中，位處文本精神地理中諸般主體的身體現象，所呈現由個體而集體的遊蕩感、矛盾感與荒謬感，這引動我們本節對

---

[29] 海德格（Martin Heidegger）[著]：孫周興[譯]：《走向語言之途》（臺北市：時報文化，1993 年），頁 217。

身體思考，其在手稿界面上所呈現的被詩人書寫狀態，以及在與詩人主體間所存在的寄寓、表達關係中，所存在的分化現象。

在詩手稿文本的精神地理上，無論是缺口、歧路、冰山、深海，還是草原、高樓、河面、迷宮，他們都在潛意識層面提供了明意識，具對照性的叉路。明意識存在超我與自我對道德原則的身體實踐，由此建構出帶秩序感的身體。那麼，詩人手稿文本的精神地理，則提供了帶辯證意味的叉路，透過脫序的文本路徑，變現出對應的精神地理／貌，凸顯脫離「既定秩序」的意圖。甚至我們可以說，詩手稿中對於叉路的反覆勾勒、修改，實凸顯了書寫主體那脫離「既定秩序」的意圖與慾望。

在詩手稿中一旦形成文／版本化的精神地理，也會連帶地，有了隨之而生的身體感。手稿的漸次生成以及帶選擇性的文／版本叉路，所產生的身體感與賦予讀者的閱讀感受，往往帶有遊蕩感與矛盾感。細膩地分析出詩手稿文本的遊蕩感與矛盾感，正說明詩文本的手稿其刪補調動的紋理，其紋理顯現不會只是一種表象，具有現象的意義，既指涉了內裡的精神狀態，也是身體活動的現象。

因此詩手稿在字詞與語法上，所呈顯的不穩定與荒謬，與其說是意義上的缺乏，不如說是主體感，或主體感受已逸出既有敘述框架之狀態中。可以說，荒謬者的存在荒謬感，在於無法感受到框架的適切自我，在詩手稿中搭建出這樣身體感的詩人，本身正是一個新理型的求道者。詩人所書寫的手稿精神地理之變化、改裝，所帶出對應種種轉移分化、脫逸延遲等身體狀態細節，成為我們對詩手稿之寫作精神分析之重要標的。

詩人作為新理型的求道者，在手稿中所試圖投顯出的理型鏡像，其衍生出種種刪補調動符號之書寫細節，實存在著種種複雜空間與身體的精神辯證。本章前節，楊牧、紀弦、白靈、羅智成的詩手稿正在文本如夢的現象界域中，以精神想像進行發明出草原、高樓、河海與書店，使許多看似不關連的多重因素，被地理、場合化的結集，並以身體感呈顯被經驗的狀態。這都說明了詩人如何擁有著對所遭逢之現實進行經驗化與記憶的能力，以及在書寫中予以調動，這使得書寫成為可以自由地調度現實，而不為現實所框架。

詩手稿正展現了對種種經驗的自由召喚，以致於如夢。但詩手稿文本如夢的另一面，卻也可窺見詩人主體、身體與理型間的掙扎。

　　誠如前節所徵引海德格（Martin Heidegger）之「語言乃存有之安宅。」[30]這詩手稿的精神分析來說，更意謂著如何對手稿中那些主體、身體在精神上為理型與自我間關係所形成之噪動的平撫，以使文本語言成為一存有的安宅。拉岡（Jacques-Marie-Émile Lacan）於〈助成「我」的功能形成的鏡子階段〉曾指出：「我們只需將鏡子階段理解成分析所給予以完全意義的那種認同階段即可，也就是說主體在認定一個影像之後自身所起的變化。理論中使用的一個古老術語『意象』足以提示了他注定要受到這種階段效果的天性。」[31]當我們追問這份主體、身體的理型噪動如何可視時？追尋詩作中牽涉於主／身體意象的生成，無疑是最直接的手段。我們可以夏宇〈salsa〉這首在詩題上唸音帶有沙礫摩擦感的詩作，作為引介切入。夏宇在〈salsa〉如此寫下：

　　　我穿上印有他頭像的Ｔ恤睡覺
　　　對那種再也愛不到的男人只能如此
　　　真想去摸摸他的頭髮
　　　替他點一根煙
　　　為他找治氣喘的草藥
　　　革命我懂一點
　　　沼澤的水淹沒長征的膝蓋
　　　他愛的唐吉訶德我也懂
　　　與他同一時代的加洛克在路上我也懂
　　　同樣的事物逼近我

30　海德格（Martin Heidegger）[著]；孫周興[譯]：《走向語言之途》（臺北市：時報文化，1993 年），頁 217。

31　雅克・拉康（Jacques-Marie-Émile Lacan）[著]；褚孝泉[譯]：《拉康選集》（上海市：華東師範大學出版社，2019 年），頁 84。

用不同的形式
我是切・格瓦拉今天早上在鏡子裏
我把Ｔ恤脫到一半
那頭像罩住了我的臉
露出一隻獨眼
盯住這罕見的一刻

詩中Ｔ恤所印上切・格瓦拉（Ernesto Guevara，1928-1967 年，古巴社會革命家）的頭像，成為了詩中「我」移情歷史現場中的切・格瓦拉（Ernesto Guevara）之符號。言歷史現場，正代表我與切・格瓦拉（Ernesto Guevara），涉及生與死的時間距離。「我」與所穿的切・格瓦拉頭像共眠，這個對擬像切・格瓦拉（Ernesto Guevara）的形式符號，成為我相擁入夢的意圖。擬像物以攝影方式保存了切・格瓦拉（Ernesto Guevara），極為逼真，卻又是我所明知的假象。尚・布西亞（Jean Baudrillard，1929-2007 年，社會學、哲學家）〈擬仿物的形構進程〉：「可見的符像機制，取代了單純可解的上帝理型──這就是反符像者（Iconoclaste）最怕的東西……他們精確地預測到，擬仿物的全能──擬仿物的能耐，足以將人類的意識從上帝那裡歧異出來。……就在最深處，上帝從未存在，只有祂的擬仿物存在。就算是上帝，也只是祂自身擬仿物的化身。」[32]擬仿物的符號圖／塑像，是如此具有移轉了上帝之理型，於其形式的強大可能，因此使得上帝的本源，反而也被誤導、根植於形式之上。如此，遂使得在基督教、天主教不主張對上帝進行具像化地擬／造，使上帝信仰超脫於圖／塑像，而直指於信仰者的內在精神。由此概念，我們回頭省視夏宇詩中這件切・格瓦拉（Ernesto Guevara）頭像Ｔ恤，它確實分享了切・格瓦拉（Ernesto Guevara）的魅力，但卻被導入了「我」的愛情敘事，成為愛情的嚮往。切・格瓦拉（Ernesto

---

[32] 尚・布西亞（Jean Baudrillard）[著]；洪玲[譯]：《擬仿物與擬像》（臺北市：時報文化，1998 年），頁 20。

Guevara）頭像T恤物化了切‧格瓦拉（Ernesto Guevara），它從不提供切‧格瓦拉（Ernesto Guevara）絕對的真實，而是提供切‧格瓦拉（Ernesto Guevara）「真實的假象」。詩中的「真想」帶出對切‧格瓦拉（Ernesto Guevara）頭像的行動，都呈現了切‧格瓦拉（Ernesto Guevara）頭像如何「誤導／解」了「我」。或者，「我」自己驅動了對切‧格瓦拉頭像的表象視覺，去迻譯切‧格瓦拉（Ernesto Guevara）的意義路徑。

夏宇〈salsa〉詩中用了「懂」字三次，重複的字眼一如詩題那沙礫滾動的沙沙聲響，引發著讀者的關注。「懂」的對面，是「不懂／解」，是存在著疑惑。應對著切‧格瓦拉「真實的假象」，這些「懂」，被組合為「懂一點」的狀態──在一個似懂非懂的狀態，與切‧格瓦拉（Ernesto Guevara）精神生命最核心的事件──革命，在以我的鏡像理解，反而成為「懂一點」的事物，而且只被懂成「沼澤的水淹沒長征的膝蓋」這樣帶形象感的行動。對於只「懂一點」的切‧格瓦拉（Ernesto Guevara），究竟「我」愛的是什麼呢？或者是，「錯愛」什麼樣的切‧格瓦拉（Ernesto Guevara）呢？「同樣的事物逼近我／用不同的形式」，這樣的逼近，也是一種逼問，逼迫我回答：我愛的是表象的理型──愛情在外表上最理想的樣子。

「我是切‧格瓦拉今天早上在鏡子裏」中的「我是切‧格瓦拉」是肯定句，把自己全然等同了切‧格瓦拉（Ernesto Guevara），藉著其所穿T恤上的頭像。特別是在「我把T恤脫到一半／那頭像罩住了我的臉」的戲劇化時刻中，切‧格瓦拉頭像T恤轉而成為一張布質的面具，替換了我的面容。在法律文件上，我們的頭像與我們的指紋，成為識別我們的符號。[33]我們在我們的身份證 ID 上，留下了頭像，而不是指紋。這說明了頭像，如何更具便利地，有風格感的，成為了指涉主體的能指。因此在戲劇中，面具能快速地轉化角色的外貌，甚至在京劇中，帶面具特性的臉譜，更能指涉角色的個性、氣質與命運。榮格（Carl Gustav Jung）的精神分析中特別點出人格面具

---

[33] 注意在此所謂的頭像，並不是我們真正身體的頭部，而是透過照相機，影像符號化的頭像；指紋也不是我們真正手指的紋路，而是透過印泥、紙張，圖像符號化的指紋。

（persona）的作用，呈顯我們的社會化的狀態。戴上面具有著遮掩本身／質的寓意，看似具有一種掩沒本性的假偽，但事實上自我人格面具的多樣性，卻也代表著自我在社會中的成長，生命在現實中自然前行時，所自然累積出不同關於家庭血緣、社會職業、公共脈絡的複數人格面具，讓我們適切地轉換不同身份。

只是，在前述的論述知識上，我們該如何理解這半臉切‧格瓦拉（Ernesto Guevara），或者說，半張名為切‧格瓦拉（Ernesto Guevara）的人格面具？——回頭看詩作中，那「鏡子裏」的位置，明顯可以作為一個切入點。

正是因為「鏡子」，使得這共時性地，於一體存在的半臉切‧格瓦拉（Ernesto Guevara）與半臉之我，可以「被我看見」。而且，必須指出的是：這是一個在鏡前的歷程。具體來說，是切‧格瓦拉（Ernesto Guevara）頭像T恤被我穿在身上，到被拉到我臉部一半處，而最後脫掉這個歷程。由此回讀「我是切‧格瓦拉今天早上在鏡子裏」，這也將是一個在鏡前，從「我是」切‧格瓦拉，到「我將不是」切‧格瓦拉（Ernesto Guevara），而「我不是」切‧格瓦拉（Ernesto Guevara）。可以說，鏡子與被看見的半臉切‧格瓦拉（Ernesto Guevara）／我，點出了「我是切‧格瓦拉」這個帶肯定句意味的隱喻，所存在的裂隙。

鏡中那原本穿著切‧格瓦拉頭像T恤的我，正以自體擁抱的方式擁抱著切‧格瓦拉（Ernesto Guevara），直到識別這不過是切‧格瓦拉（Ernesto Guevara）圖像時，這擁抱，就如母親對嬰兒親暱的擁抱般，讓嬰兒難以識別自我主體的獨立存在。直到要將脫去T恤的半臉切‧格瓦拉（Ernesto Guevara）／我時刻，在鏡像界面上，這一半一半，是代表著「我是」，但也同時代表著「我所不是」，割分出原本對切‧格瓦拉（Ernesto Guevara）一個如母親擁抱嬰兒的擁抱中，所存在的母親與嬰兒的身體疆界。當前行詩作已經析離、意向出多層次，甚至是帶偏離感的切‧格瓦拉（Ernesto Guevara）影像，其對我而言的愛情表象理型，在此則更透過鏡像，將這份表象理型從身體與主體進行割裂。

這一切發生在鏡前，對切・格瓦拉頭／影像的擁抱，以致於臉切・格瓦拉（Ernesto Guevara）／我的割離，都被鏡子完成可／被識別的鏡像，而得能被有意識地辯證。誠如尚・布西亞（Jean Baudrillard）於〈幻象投影機〉：

> 在自己看到自己的幻魅（就像是鏡子，或者是攝影）之後，來到的是可以看到自己全向度地迴轉，也就在最終的時候橫跨自身，通過自己的鏡相身體。任何一個投影化的身體，就是你自己身體的鏡相式星光體。但是，就某種狀況來說，這也是媒介的美學與勝利。[34]

夏宇〈salsa〉中的鏡像，讓我們看到了那份自我身體對他者影像化身體的情感意欲，以及將之割離的必然，把那些將自我橫跨入他者成為他者的不可能。這其中有兩個層次，可以與詩手稿文本的分析呼應：

第一層次：在T恤上切・格瓦拉頭／影像的平／布面化，使得這些我主體動作的不完成，即使折射於鏡面上被再現，也仍無法完成，如此逐層、多重地積累了我主體對愛戀理型的慾望能量。但也正因為這份慾望的積累，使得對「切・格瓦拉」本體的影像，有了對擬像的雜質。這擬像存在著雜質，對應著照相機來說，乃是拍照畫素不足，所形成的顆粒、粗糙感。而在詩手稿文本中，對理型擬像的粗糙感，則呈現出擬像者——詩人的擬像動機，以及自我在原初書寫以及稟性，與理型之間所存在無法逼近的間距。

第二層次：對於切・格瓦拉頭／影像的穿著擁抱，到與我自身面容被切・格瓦拉（Ernesto Guevara）半遮面，鏡子讓這歷程投影於鏡面而鏡像化，在「可見」之中，使之可以被命題化。我們看到了<u>理型對主體，如何進行影像幻詐，以及我如何識別自我對理型的偽裝扮演，以致於在觀看過程中，終於在鏡像的視覺歷程中，產生更具動詞意味的割離、分別（division）。</u>由此，原本在鏡像中共時發生，存在著的主體／身體與理型，被析離而出。

透過現代詩手稿學的研究方法，我們在詩手稿的紙張介面，如同鏡子投

---

[34] 尚・布西亞（Jean Baudrillard）[著]；洪玲[譯]：《擬仿物與擬像》（臺北市：時報文化，1998年），頁209。

映出書寫的歷程鏡像，也區分出其詩人書寫鏡像的次序歷程。<u>在這樣書寫鏡像分析中，我們不只看到詩手稿所展現書寫功能，而更展現詩人「書寫—主體」功能的成形。詩手稿文本在書寫精神分析上，提供了研究者、讀詩者的效能在於保留了那些書寫的理型嚮往，自我與理型交互纏繞擁抱的可能狀態。</u>當然，<u>也因為手稿的可被看見，也坦露了主體與理型相互嵌合、融會與析離的裂痕或脈絡狀態。</u>對理型的嚮往，也是主體對理型的意欲、仿同與鑑照（identification），主體在模仿中自我可能會發生異變與變形。而仿同透過鑑照被意識，可以說是「找回」自我，更可以說是「找出」自己。因為，自我不會固著在一種特定狀態被找回，我們剝除他者理型對自我的覆蓋，但覆蓋的經驗仍然留存自我，我們真正帶出、恢復的，是主體的主詞／導狀態。在詩手稿文本中的自我，更是以語言文字的狀態顯現。那些對不同層次主體的表述，以及層次之交織，都是被語言表現的，這可以說，在身體性的構成上，語言也是重要的一部分。甚至也可以說，即使是身體的匱乏與殘缺部分，也是由語體所構成、表述的。

　　語體是身體性的一部分，潛意識、夢中之所見，始終必須透過符號而能於現實中投影。一般精神分析，可以依賴言說、圖繪表現夢，但以詩來說，除了言說，書寫文字更具有關鍵性的鏡像投影作用。超我—自我—本我，都是一種言說結構。超我—自我—本我，我們最能現下意識感知到的自我，正是超我—本我所交錯定位之處，在這個角度來看，自我被兩個他者所存在的驅力所拉扯，其所遭受到的拉扯狀態，所置身在力量網路、情境狀態，以及自我主要表現的模仿、析離、拒絕、調適、整合方式，形成了自我主體各層面的風格。自我主體所謂的矛盾，主要乃是自我對於超我、本我雙向驅力的抗拒與迴避，使得自我定位在明意識中失焦。主體的矛盾看似消極，但也具有其形式，單一自我如何能雙向抗拒超我與本我？可以仰賴對超我與本我的符號簡化與擱置，以建構自我的防衛機制。正是因為自我防衛機制的操作，身體也呈現了對主體之超我、本我的對抗／應姿態。而在<u>詩手稿中，這些對抗／應，則轉以一種身體的抗辯，這樣符號修辭形式的呈現，呈顯出自我對本我與超我的種種細膩化的光譜化選擇。</u>

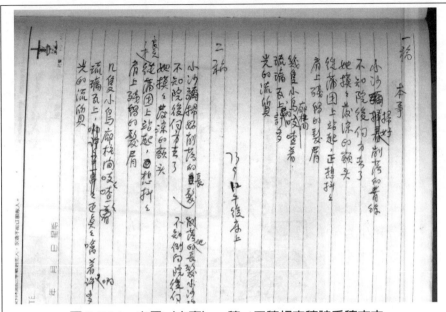

圖 3-07-1：白靈〈本事〉一稿、二稿初定稿詩手稿文本

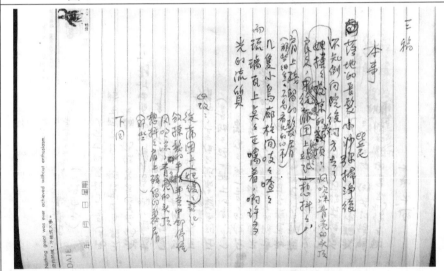

圖 3-07-2：白靈〈本事〉三稿初定稿詩手稿文本

圖 3-07：白靈〈本事〉一稿、二稿、三稿初定稿詩手稿

白靈授權提供使用

　　在詩手稿文本呈現身體的語體抗辯上，白靈〈本事〉詩手稿，就是以對身體的斷離感之反覆書寫修改，來呈現對超我、本我的擱置。

　　白靈〈本事〉之印刷發表刊印稿：

　　　落地的長髮小比丘尼掃淨後
　　　不知倒向院後何方去了
　　　從蒲團上，緩緩她立起──
　　　欲撩髮的手指半空中卻停住
　　　風吹涼，青青微亮的頭頂
　　　想抖抖肩上殘留的髮屑
　　　（那些細黑、不易看見的心事）

　　　幾隻小鳥廊柱間吱吱喳喳
　　　而琉璃瓦上點點正嚙著，啊許多

　　　光的流質

　　　　　　　　　　　　──《商工日報》1984 年 10 月 21 日

　　王德威教授在《小說中國》之〈從頭談起──魯迅、沈從文與砍頭〉中，分別探述二十世紀初兩位經典的華語文小說家魯迅、沈從文如何以見證歷史的小說筆法，呈顯是時大陸因戰亂與革命的時代局勢，不時出現人頭落地，震攝人心的衝突畫面。而由此，看到現代性在二十世紀初中國寄寓於「頭顱─身體」實況，逐層抒解「砍頭」的生死焦慮情結，以及所牽涉之國體與國魂的象徵系統。本節前述面容如何成為辨識主體的能指（signifier），事實上，面容寄寓的頭顱的身體性，更在其砍與存間，界分著死生的精神焦慮。而白靈〈本事〉則更從身體上的頭顱，再追蹤頭顱上的頭髮之剃剪。

　　表面看來，剪頭之「剪」，其運動動作的張力，乃至於對肉體生死之脅迫，雖不及於砍頭之「砍」；但他卻能影響著身體的身份，白靈〈本事〉一

詩告訴我們原來「死亡」也具有層次性，不僅止於砍頭那般極端——但就在髮絲的毫末之間，身體、身份與人格面具之死亡間的間距，是如此成為可思索的命題。

　　白靈〈本事〉詩名的「本事」一詞，乃是詩歌、小說等文類創作，所根據之文本外部事件。在詩作中，有時會於文本中交代本事，以與詩作交互互文，擴展文本虛實效力。例如白居易〈長恨歌〉寫就之後，甚至邀請陳鴻撰寫《長恨歌傳》以為本事，形成跨作者的文本互文，這也呈顯出本事本身的敘事性。白靈〈本事〉直接以本事為詩題，說明了詩作有著敘事的意味，同時讓我們關注何者為主體之「本」，頭髮之斷捨離又是否影響著主體的故事？

　　上述之提問，當然是就白靈〈本事〉的印刷發表刊印稿所設，但將白靈〈本事〉的初定稿詩手稿進行整理，則可以發現其擁有著豐富一稿、二稿、三稿，以及三稿中還包括的「四改」的手稿書寫歷程，這本身讓這首詩有著手稿形式上的豐富故事可說，亦自成本事。

　　將「圖3-07：白靈〈本事〉一稿、二稿、三稿初定稿詩手稿」與印刷發表刊印稿進行對照觀看，可以發現詩作在第一稿便確立了兩段式的結構，而修改重心則聚焦在第一段。第一段的兩個修改點，分別為：第一、對被削落後長髮的處理呈現，這主要在一、二稿版本中可見。第二、削落長髮者對自身削落長髮後身體的感知，這集中在三稿版本。以下我們分就第一段這兩個修改點，逐層細說。

　　在表現處理被削落之長髮的方式上，一稿跟二稿的開頭詞語皆為「小沙彌」。動詞在一稿之「掃著」，改為「掃好」，被二稿沿用，但在三稿處則改為「掃淨」。而「長髮」在一稿中原寫為「青絲」，在二稿中改為「長髮」，於三稿中確定，並以為定稿。「青絲」比「長髮」更具典故意義，古典詩中以李白〈將進酒〉「君不見高堂明鏡悲白髮，朝如青絲暮成雪」為名句，白髮與青絲的顏色對比，恰正呈顯出頭髮與年歲的互喻關係。這「白髮／青絲」的對比修辭，也可在白靈〈楓紅了〉一詩中得見，詩人如此寫到：

　　　　美麗和老，都是從外表開始的嗎

　　　　風來湖上摺紋，白髮初附青絲上

　　　　便說成熟，便有個聲音在心底蒼弱地迴　響

　　　　說：「唉，心情該老，不宜浮躁」

　　　　仿彿自攜一顆顆迷你的小炸彈

　　　　到體內各個器官，轟　炸

　　　詩中對於年歲之積累，以外表頭頂之白髮為喻。但白髮在此指向著衰老，這時光中身體的衰敗，形成主體精神的壓力，遂使白髮彷彿在身體內將爆炸，使身體致死之「定時炸彈」的引信。然而，回到白靈〈本事〉詩手稿文本，詩人所以捨「青絲」而「長髮」，顯然以頭髮之長，隱喻坐擁此一「身體」的時間。髮又代表一種可捨的身體。這被捨去的身體，在此詩的佛教情境中，代表剃度。象徵著對身體與世俗聯繫線的折斷，而遁入空門。長髮，代表具世俗空間的聯繫線性。因此，長髮更具有人格面具的主體作用，於是一、二稿原本以「小沙彌」為全詩開頭詞語，在三稿中替換為「落地的長髮」這樣戲劇性的意象，作為全詩開頭詞語，使詩作一開始便能為讀者確立焦點。

　　　對於剪落頭髮的掃動，以及掃動者的身份，詩人也有細膩的修改。在白靈〈本事〉一稿中，原寫為「小沙彌掃著」，但詩人便在此版本中將「掃著」改為「掃好」。「掃著」是掃動仍持續發生，「掃好」則有完成的意思，加上其後詩行「不知院後何方去了」，意謂著自我過往女性人格面具，已經全然消失了。二稿原本沿用，但是在開頭兩行上方，詩人加上了括號，並將這兩行劃上一斜線，這顯示詩人是將開頭這兩行進行連動的整體處理。在二稿括號正下方，詩人增寫出一個替代版本：「削落他的長髮小沙彌不知倒向院後何」，其中的「他」為增補入之字。但這個替代版本並沒有在三稿採用，三稿恢復對「掃」這個動詞的經營，將一二稿形就的「掃好」，改為「掃淨」。相對於具有完成對過往人格面具完整除卻意味的「掃好」，「掃淨」的「淨」更對應著佛門之「六根清淨」意味。佛教之六根，係指眼、

耳、鼻、舌、身、意六個識根，這些感官所識、所得之對應經驗，乃為六
塵。對六塵的識得，往往讓人起分別、執取、煩惱。

　　髮根在白靈〈本事〉成為六根六塵的隱喻觸動，因此正可得見「掃淨」
的「淨」之文字效能。「掃淨」理清、濾淨了六根六塵，也讓前面一、二稿
的過往人格面具加上了「紅塵女子」的調性。紅塵將六塵色調化，產生新的
文學象徵自不在話下，白居易〈後宮詞〉：「紅顏未老恩先斷，斜倚薰籠坐
到明。」吳偉業〈圓圓曲〉：「慟哭六軍俱縞素，衝冠一怒為紅顏。」這使
得紅塵與女性之美顏相連結，讓「掃淨」不只在掃六塵，更在掃紅塵之煩惱
──女性可能連結的紅顏情愛，諸般愛得復又愛不得之苦。不只紅顏，髮根
對身份的指涉性，也有趣地成為詩人白靈詩學論述的媒介，在詩集《後裔》
之〈寫詩餘話〉，詩人如此寫道：

4.
「他是寫詩的。」
沒有感覺，宛如碰到畫抽象畫的。

「他寫小說。」
哇！立即正襟危坐，宛如碰到新寫實派的畫家，一髮一鬢都必須梳
齊，以免隨時入畫。

5.
「唯上智與下愚不移」，這句話若用在人類愛照鏡子的天性來說，可
譯做：只有那最漂亮和最不漂亮的人不必常常照鏡子，因為打扮或不
打扮都一樣。也就是說，最愛照鏡子的都是居中間的人，今日認為自
己醜，明日又誇自己漂亮，別人多看自己一眼，回家照照鏡子，別人
少看自己一眼，回家也照照鏡子，照來照去，也只期望有朝一日百分
之百地肯定自己，但美不美在未肯定自己以前早已宿命。
新詩目前在寫作者的眼光中是「下愚」的行為（浪費精力，我也會

寫，不寫罷了），在讀者的眼光中是「上智」的行為（陳義太高，我
輩不及也），在自己的眼光中，則是「居中不定」的行為，卻始終不
肯宿命，還不斷地在鏡裏雕塑自己，槌鍬刀斧，刮磨針銼都用，慢慢
想走向澄清。就是因它面目尚可雕鑿，可塑性強，從事者乃披荊斬棘
削足斷掌在所不惜。[35]

　　這段引文討論了社會對詩人再現的反應，頗能反映臺灣當時文學社會學
層次上的書寫現象，以及詩人對自我書寫身份的意識。在第 4 節處，白靈指
出主體身體面對詩人與新寫實派畫家的差異，因為創作風格的再現概念差
異，使得面對新寫實派的畫家，主體身體必須「一髮一鬢都必須梳齊」，相
對於面對詩人的無所謂，明顯有巨大的差異。這一方面指出時下讀者對詩文
本的抽象看法，但與在此要談〈本事〉詩手稿文本相輝映的是，我們從中可
看出白靈對身體性的展現上，「髮鬢」確實是其調取的重要能指。

　　而第 5 節，則可看到白靈對鏡像識別上，主體如何以鏡像識別鑑定自我
的美醜位置，在此點出一個有趣的觀點，絕對美與醜之人是不必照鏡子，透
過鏡像去確認主體。依尚・布西亞（Jean Baudrillard）的擬像概念來說，鏡
像並不具有取代絕對美醜主體的作用，反而是不穩定狀態的主體，依賴著擬
像對自身進行建構。當作為詩人的白靈在文學社會學上，以寫作者目光將詩
人所投影出不上不下「居中不定」的狀態，正是需要細細析離、塑建自我的
鏡像。如此鏡像主體被詩人認識為一種具成長性的歷程，因此其抽象，不指
向於難懂難讀，而指向於可塑性。

　　上述引文呈顯了詩人白靈對身體頭髮與主體鏡像的意識，以及書寫的運
用，依此脈絡回到〈本事〉，削去頭髮的主體——她，正是處在一個已被塑
／定形的狀態之中，但詩人在三稿更進一步書寫主體對新人格面具的適應。
這個頭髮的削除，完成對過往主體的鏡像割離，並且對新身體的適應，此為
從〈本事〉的一稿開始，詩人白靈便設下的內容。

35　白靈：《後裔》（臺北市：林白，1979 年），頁 145-146。

　　一稿中寫為「她摸摸發涼的額頭／從蒲團上站起，正想抖抖／肩上殘留的髮屑」，二稿將原本的首段後三行重寫，予以增補刪改：「她摸摸發涼的額頭／良久，才從蒲團上站起，正想抖抖／肩上殘留的髮屑」。被增加入的「良久，才」是時間性的用詞，「良」也有「好」的意思，「良久」意謂花好久時間。這點出落髮後的她如何長坐於蒲團上，以長時間去適應新的身體人格面具。二稿也將「正」字刪去，避免詩句太接近散文。

　　三稿首段第三、四行繼續強化修改，從「圖 3-07-2：白靈〈本事〉三稿初定稿詩手稿」可以看到這兩行明顯是三稿的修改熱區。這裡的修改，沉澱了一、二稿的成果，而有所刪補。刪除之處乃將原本的「額頭」刪改，更精細定位在「頭頂」。畢竟頭髮確實是更大面積的生長於頭頂，而非額頭處。增補之處則新增寫「風吹涼青亮的頭頂」，這個增寫有延伸入最後的定稿，只是再精修為「風吹涼，青青微亮的頭頂」，透過逗點創造節奏，以及將青亮更細部地進行光澤化的處理，使得詩句更為細膩。

　　特別是，以三稿為基礎，我們可以發現在〈本事〉的詩手稿文本歷程，在進入定稿時，詩人又在第一段增寫了「欲撩髮的手指半空中卻停住」此一動作。從此也看到三稿中，所新增寫之「風吹涼青亮的頭頂」的效能，「風」提供了「撩髮」的動機。儘管，對一個已削去長髮的她來說，這是個失效的動作，但同時也是無意識的動作──過往的長髮頭顱仍保留在她的潛意識中，而被這無意識的抓頭髮動作提取出來。儘管長髮形象，已經不能在現實中被鑑照而出，但卻仍在她腦海中投影。詩行前段不知所蹤被掃淨的長髮，仍然被留下，「撩髮」這個前在仍有長髮的身體，所遺留下的習慣性動作，去指涉長髮的仍在，一種記憶的鏡像。

　　在拉岡（Jacques-Marie-Émile Lacan）鏡像階段（Mirror Stage）中，將鏡像歷程分成：想像─象徵─真實三個階段。在白靈〈本事〉的詩手稿文本中，其書寫的焦點乃在於「頭髮的斷離」之呈現。其中，頭髮成為想像身體美的象徵物，特別又以女性為然。長髮的象徵性，既然建構了女性對身體的想像，甚至是對女性美感身體的建構。

　　「撩髮」觸動的是自我美學的身體，但這失效的動作，凸顯自身意識中

長髮的身體，仍與剃度的身體，共享著自我——長髮是一個擁抱，擁抱著自我的身體。可以說，詩中現下之斷髮，此一剪斷象徵的活動本身，也是將身體重新調動回想像的層次。更細部來說，是一個如何在重回對身體的想像，去發現新的象徵，以重構自我新的真實的歷程。鏡像階段（Mirror Stage）中的嬰兒是如何發現被母親擁抱的自我，是一個獨立的自我呢？這包括母親擁抱後的離開，以及隨著自己身體肢體的成長，自己運動並看見鏡中自我的連動，由此知覺到自我身體的可活動性[36]，而初步感知到獨立的「我」。明顯地，身體的運／活動是觸引「我」此一主體完成，重要的關鍵點。[37]而嬰兒在想像的階段，所處自我與母親是一共同體的想像，也在自我活動的當下，被發現為是一鏡像幻詐，這是鏡像階段最戲劇性的時刻——原來當初我所相信過屬於我的樣貌、體積，都不是真的，無法得到穩固的象徵以為真實。

白靈〈本事〉詩手稿文本中，三稿中加寫「撩髮」的動作，雖然是「她」失效的運／活動，但在詩作書寫上卻具有詩意能量：首先，這份失效反而提供了一個戲劇化的衝突場景，使詩作產生張力。其次，為讀者指出了「她」內在潛意識中長髮鏡像的仍在，洩露了「她」對過往人格面具的難捨。

可以說，現下削髮的自我，是代表空門比丘尼的新人格面具；過往長髮的自我，則是代表紅塵女子的舊人格面具。白靈為強化這個對比，強化這首詩的女性主體／角性，在始終原本的主體代名詞「她」外，那在一、二稿中掃著落地長髮的小沙彌，於三稿中改為比丘尼。在佛教中，比丘尼乃是受具足戒[38]的出家女僧侶。詩人將原本不特別標註性別的小沙彌，聚焦為女性的

---

[36]　這包括甚麼是我可控制活動的身體肢體（如手指、腿部等），以及身體活動之範圍、影響等。

[37]　值得延伸思考的是，相對於嬰兒，在身體時光年歲的另一彼端——老年時，因老病衰敗而使得其運／活動能力失去時，「我」的主體性是否也連帶退卻呢？

[38]　包括「波羅夷」、「僧殘」、「不定」、「舍墮」、「單墮」、「悔過」、「眾學」、「滅諍」八大類的戒律，相對十戒，戒品具足，故名為「具足戒」。

比丘尼，正也在此一詩手稿文本的生成歷程中，輔助完成一個「她」的女子身份。為代名詞的「她」，提供了一個具名詞意義層次的比丘尼之形象。

　　撩髮動作可說恰正與詩手稿中，一稿即寫下「從蒲團上站起」這個有效動作，形成對比。「從蒲團上站起」是從長久沉湎往日長髮人格面具的狀態起身之動作，準備適應並尋索削髮後新人格面具的象徵，內在正蘊含著對新身體的動態塑造。由此，重新想像自我身體的層次，重整出「我」的功能。

　　白靈〈本事〉詩手稿文本從一稿開始就確立了兩段式結構，第二段在內容上為鳥鳴聲轉／超現實化的光質感。相對於首段修改之繁複，第二段不只行數短，詩人對之的修改也簡單明確，例如：一稿中第二段的修改，為在第一行「幾隻小鳥」後加上「廊柱間」，提供文本場景空間感；第二行「琉璃瓦上」後，加上「，啊」形成對後面所轉化出之「許多／光的流質」的感嘆。二稿第二段的修改，沿襲「廊柱間」的空間設定，再將鳥鳴原本一稿的「吱喳」疊字化為「吱吱喳喳」，這繁複的鳥鳴聲響，使得其下的「著」不顯得必要，而為詩人刪去。不過第二行中一稿的感嘆詞「啊」被移往後面，中間加上與鳥鳴相關的嘴喙活動細節「正點點噙著」。三稿的第二段延續二稿，僅在第二行的「琉璃瓦」上加「而」字。四改中，更簡單以「下同」代替改好的三稿第二段。不過，在定稿中，可以發現「光的流質」被獨立隔開，變成第三段。第三段也就只有此行，這明顯是詩人在最後定稿時，銳意要為讀者建立一個矚目的效果，形成與第一段髮屑的對比。

　　探述這個對比是什麼，其實也在讓我們思考鏡像中的主體，在詩人的思考中析離的精神作用。詩人在〈本事〉中第一段的一再重／返寫，雖對於初寫的被削髮者如何在詩中成為主體，有著鞏固的作用，但其所深陷的久坐時間，陪襯的小比丘尼，戲劇化撥髮的動作，在在都形成一對比性的差異。亦即在重／返寫，在主體重複面對鏡子時，時間歷程發生作用，內化著差異的可能。白靈〈本事〉詩手稿文本的版本化書寫，正從中可看到書寫主體對分化主體的符號建構作用。我們正由此，呈顯出「她」的時空間、女性、人格面具等層次，這也說明了鏡像的析離作用，不只是區分出概念，更要為溢／異出之層次完構其言說、意象，甚至如前述將原本代名詞層次的「她」，鏡

像生產建構出其主詞狀態。

　　這份對概念層次之動態塑形，是詩，甚至是文學的必然。因為，文學既為哲學思想的戲劇化，自然需要將概念賦予血肉、事件與時空。很自然的，精神意識一如話語結構，再次於我們分析白靈〈本事〉詩手稿文本時所發現。詩中主體「她」在撩髮的運／活動中，洩漏了內在自我鏡像狀態；而詩作動態意象之書寫，又是一首詩文本結構的必須——動態的精神意識與動態的詩語言，彼此互為生成之結構，擁有一致性。

　　在詩手稿書寫生成中，詩語言對概念的塑形要有一致性的風格。一致性並非對相同的複製，應當說，是表現在對辯證書寫的風格一致性。因此，儘管詩作中有著戲劇性的對比與衝突，也當要辯證風格的一致性。依此，回到白靈〈本事〉詩手稿文本的第二段，以及其修改現象，便可以知道第二段的廊間鳥鳴之書寫生成，乃在形成與第一段間的「比興」關係。比興之修辭，是詩之常為，這乃是詩人在詩作聲色與情感抒發的自然需求。遠紹《詩經》即有豐富的比興詩作，例如：〈蒹葭〉：「蒹葭蒼蒼，白露為霜。所謂伊人，在水一方，溯洄從之，道阻且長。溯游從之，宛在水中央。」以深秋河岸大片蘆葦，興想對戀人的追求。〈淇奧〉：「瞻彼淇奧，綠竹猗猗。有匪君子，如切如磋，如琢如磨。瑟兮僩兮，赫兮咺兮。有匪君子，終不可諼兮。」以曲岸邊盛美綠竹，興想君子氣質舉止風範。而白靈〈本事〉的廊間鳥鳴，則引人反向興想削髮女子之心事。

　　<u>興想帶有主體情智的迴盪，這迴盪是對於有呼應意義之外物的共振／感，以及主體—外物的距離感[39]，而形成所謂的文本情境。相對於以「賦」、「比」建立情境，興發所存在的跳躍性，使得文本情境更具虛實層次。</u>興想雖然具有跳躍性，但仍屬於一首詩的同一結構中，在文本解讀上更見詩人之意向運轉。興發也因為存在詩意上的呼應，因此也能看見「興」在建構上所存在的重複詩學。例如：前引之〈蒹葭〉內在「溯洄從之」、「溯

---

[39]　例如前引《詩經》之〈蒹葭〉的「在水一方」與「溯洄／游」是帶著距離，又試圖克服距離。〈淇奧〉的「瞻彼」，則是帶著距離去看彼岸之綠竹。

游從之」，有著「溯□從之」這樣的句型重複，但「溯洄」乃是逆流而上，「溯游」則為順流而下，讀者從中可以感知到〈蒹葭〉文本中存在的河岸，以及其上下游結構的幅度感。另外，上引之〈蒹葭〉為該詩之首段，其下一段則為「蒹葭萋萋，白露未晞。所謂伊人，在水之湄。溯洄從之，道阻且躋。溯游從之，宛在水中坻。」明顯是以前段之句型為主結構，進行「萋萋」、「未晞」、「水之湄」、「躋」、「水中坻」之換詞。無論是句還是段的重複，都展現了文本情境結構的意向運動。

　　上述例證，說明了興發的重複詩學之重點，並非複製，而是如何創造文本結構的推展，建立出其文本情境空間，以及重疊複沓的感受。重複詩學是在呼應的「同」上，去推展對文本結構中其他「異」端點的意向。在現代主義詩人的書寫意識上，興發的重複詩學所存在的「同／異」辯證，讓原本對同質與重複的壓抑，得以釋放。在對詩人白靈〈本事〉詩手稿文本歷程的閱讀上，「重複」具有兩個層次：

　　第一、就詩手稿書寫歷程的層次來說，由一稿就確定，到二、三稿的重寫，手稿版本歷程讓追求實驗的詩人，可以合法地「重複」，穩固對第一跟第二段興發結構，在精神意識上的確認。詩人在手稿中可以不再壓抑重複，在重寫／看中嘗試對其他可能面向的連結，減低遺忘在詩書寫中的作用。就如同詩人拿著探照燈，走入自己潛意識幽暗的地下室，仔細尋找過一遍般。在這個層次中，重複成為書寫歷程對第一、二段興發結構的確認與探詢。

　　第二、就第一、二段興發結構的層次來說，他以建構戲劇性的對立面向，使得重複產生辯證，而其重疊複沓的韻律，不是建立在明顯的字詞／句，而是建立在興發中兩段落間語意的聲響。而這個語意聲響，是透過文本的戲劇空間來完成。可以說，這戲劇空間在書寫設計上，當要一如音箱，要能將觸發的聲音，產生往復迴盪共振。〈本事〉就詩題即存在的敘事性，使得詩作內在擁有一個敘事空間，文本的詩意自然能從戲劇性的角度進行提取。詩人將敘事空間強化為戲劇空間時，以符號與面具進行建設，以帶一致結構風格的虛實對比組織，使意旨的重複也具備詩學修辭的意義。

　　具體來說，第二段開頭的「外在」廊柱鳥鳴，代替第一段尾聲戴上面具

女子發出其「內在」言說。鳥鳴由琉璃瓦更加折顯的流質光芒，也對比著三稿開始寫下，並特別加上括號標示女子髮屑般，隱隱存在其身體內的細黑心事。讀者的閱讀記憶，與其記憶一般，都具有時長之限制。詩人在手稿一稿即藉興發重複以緊鄰的行句形式出現，讓兩段間「外在／內在」、「光與暗」的對比，為讀者快速地發現，並且在心中編織出文本結構的呼應迴盪感。而這「外在／內在」、「光與暗」的對比，引動出的存有聲響，特朗斯特羅默（Tomas Gösta Transtörmer，1931-2015 年，瑞典諾貝爾文學獎桂冠詩人）的〈四月與沈默〉也有深沈的表現，詩人寫到：

> 這個春天很荒涼。
> 絲絨般黑暗的水溝
> 在我身旁爬動
> 沒有鏡子圖像。
>
> 唯一閃光的
> 是黃色花朵。
>
> 我在我影子中被帶走
> 如一把小提琴
> 在自己的黑琴盒中。
>
> 我唯一要說的
> 在不可觸及之處閃光
> 好像銀器
> 在當鋪那裏。[40]

---

[40] 特朗斯特羅默（Tomas Gösta Transtörmer）[著]；萬之[譯]：《早晨與入口》（香港：牛津大學出版社，2013 年 3 月），頁 153。

　　春日，然而荒涼。這使得隱喻時光流動的河水，窄縮為黑暗的水溝。然而，又如絲絨一般，即使是無生機的時光，也仍然細緻，但本質的黑暗，卻又無法折顯任何鏡像。這時，在其旁的我，也不能從黑暗水溝的水面看見自我的鏡像。是水溝水面失能？還是我也是黑暗，而同樣不可見？下一段獨立發著生命之光的黃色花朵，回答這個提問，以其本質的花色，突破了黑暗。黑暗不掩沒黃花，反而反襯出黃花形色之存有。詩人由此回看我，我不被吞滅、遮掩的存有本質是什麼？我的身體與小提琴互喻的言語／音樂聲響，卻又衝突地，收容於自己影子與黑琴盒互喻的黑暗中。在此，詩人精彩地將時光與黑暗的對比，層遞入自我之中。自我沒有絕對的明與暗，明／暗就在主／身體中共存。自我的幽暗，也能收納自我的存有。這是一首對應荒涼春日的荒涼自我之詩。

　　讀者對文本之閱讀，乃是將文本的意義結構，放在腦海、意識中進行翻面、對倒與斜擺的理解。正如特朗斯特羅默（Tomas Gösta Tranströmer）〈四月與沈默〉的文本架構運轉，白靈在〈本事〉三稿正式創造的「外在／內在」、「光與暗」乃是為詩文本拉出結構兩極對立的端點。在詩書寫中，將其緊鄰並現本身就具有戲劇性。而對比端點間的興發修辭，更能刺激讀者去發現兩者的意義相關性，讓對比端點產生一對應的共同在場。必須指出的是，光質感的廊柱鳥鳴代替著削髮女子進行興發言說，代言了其身體對新人格面具的抗辯，這份在人與物間的「代言」，在無意識間不也是將廊柱之鳥「擬人化」，亦即：為廊柱之鳥戴上一個擬人的面具。

　　誠如拉丁文的「擬人」一詞，其字根源自於 prosopon 此一指涉面具、臉孔的詞彙。戴上擬人面具的鳥，如同人類夢境與神話那豐富的人面動物之類屬，代表人類試圖對他物的同化與控制，同時也因為對動物擬人化的轉喻不完成，那動物身軀的部分，又代表著一種對人吞噬的野性。在書寫上對擬人法的使用，本身就有潛意識的精神分析存在。擬人法讓原本的主體名詞，轉至代名詞的狀態——讓主體被他者暫時代名／鳴。因此，可以發現在這第一、第二段的興發中，總存在著詮釋運／流動狀態中，究竟廊柱鳥鳴要傳達身體對「新」人格面具的掙脫，還是對「所有」人格面具的掙脫？這都讓削

髮女子的起身，其潛意識動機有著豐富的詮釋可能，讀者對這詮釋距離的駕馭、掌控，一方面能考驗讀者的詮釋創造力，另一方面也誘導讀者進入對被書寫主體的精神欲求分析之中。

在白靈〈本事〉詩手稿文本生成中，髮是反覆被操作的線性象徵，它不只指涉著身體髮膚的想像，同時還指涉著女性身體的想像，而有著強烈的凝縮作用。削髮讓主體雨季有身體「脫位」（dislocation），對過往身體真實的依戀，使得戴上新人格面具充滿著「延宕」（deferring）。斷髮這類同對男性身體陽具閹割，讓女性身體斷離其性徵，充滿自我發現的瞬間戲劇性。削髮分離的不是身體，而更是女性對女性身體的割離；連帶地削髮不只是一種對自我身體離開俗緣塵世的聲明，更是對紅塵——包含自己在內的紅顏身體的告別聲明——儘管那是文本中被括號化的心事。括號是詩人在即將進入定稿的三稿階段，為讀者「明其所隱」的修改，但在一稿階段，實則他已在一、二段落經營，修飾興發，為讀者提供距離與音響的暗示，提供讀者詮釋的運／活動可能，這也呈現了文本中詩人對主體、身體、鏡像的活絡演繹。

白靈〈本事〉詩手稿中一、二、三稿，以及四寫與印刷發表刊印稿中，透過主體的斷髮／離，乃在尋索更深沉的主體意義——對於身體人格面具的主體抉擇，與鏡像中所析離出將來人格面具，所對這份身體抗變的象徵生產。再對詩人詩手稿中那將主體的書寫，逐漸帶至定稿的過程，進行更細部思索，當我們問，主體的意義是什麼時？其實也在發問——主體的差異是什麼？——是有別於什麼，以及做出了什麼選擇，使我們擁有全然獨立的意義體系？差異形成意義的發生，本質上是以「區別」推動之，就此完成一個本體形成的功能。只是如果「我」不被區別化呢？就形成了無差異的存有焦慮。

差異就是一種主體的生產，把主體被劃分而出的存有帶到我們的感官感覺中。差異如何生產？在現代詩手稿學中，表現為詩人對差異的發現，以及書寫的選詞、創詞的權力作業。紀弦在〈與或人重逢〉詩手稿文本中的鏡像書寫，其不只析離／生產字詞符號，更展現了自我對自我身體與歷史時間的書寫權力，從自我詩史擷取、調度出三個想像個體，在與對應之現代主義、超現實主義之象徵典型對話中，探求主體的真實。

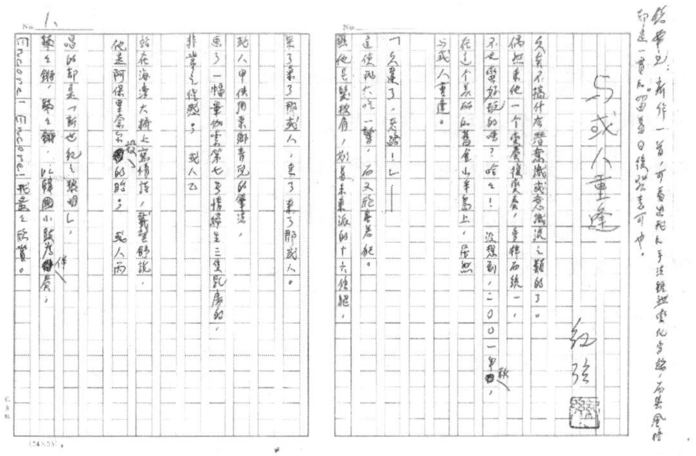

之一

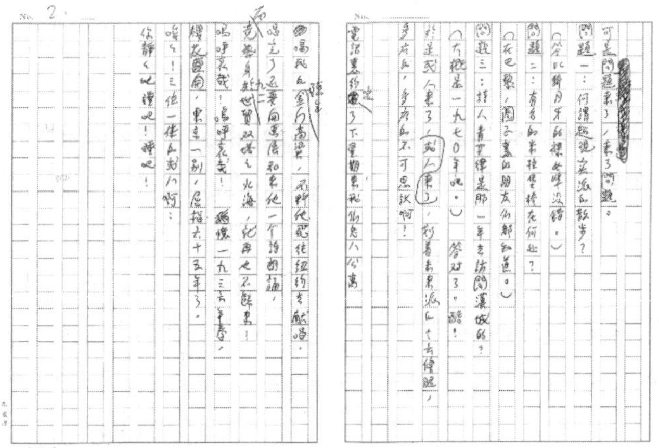

之二

圖 3-08：紀弦〈與或人重逢〉手寫定稿詩手稿
出處《新大陸詩刊》

紀弦〈與或人重逢〉詩手稿文本一開頭即寫到：

> 久矣不搞什麼潛意識或意識流之類的了。
> 偶然來他一个變奏復變奏，多樣而統一，
> 不也蠻好玩的嗎？哈哈　沒想到，二〇〇一年秋，
> 在這个美丽的舊金山半島上，居然
> 與或人重逢。

全手稿以「久矣」開頭，點出時間之長。這份時間距離感，必然設定了一個在書寫當下，過往與現在的時間標的，使之方得以被丈量。此一時間標的，在「現在」為「二〇〇一年秋」，而詩手稿中的秋字，為替代詞，原詞未寫完，但顯示出有斟酌季節性與文本情境之關係。而「過往」呢？詩人設定的不是一個具體時間，而是「潛意識或意識流」此一書寫主體風格的過往。

在此，對過往時間，甚至可以被名為歷史的時間，詩人以個體風格化作為回憶方式，展現了個體對歷史時間的控制。而這正是個體文學書寫，超越國家機器歷史書寫，形塑個體感覺歷史的權力作業。紀弦〈與或人重逢〉詩手稿文本中，以「變奏」進行「潛意識或意識流」而演繹出的「或人」，正是以不同版本的個／身體潛意識，進行國家機器歷史書寫所意欲形塑之國民集體意識的抗辯。對國家此一巨型他者，詩人如何在個體私密詩手稿中進行面／應對，將在本章第三節進行深入，在此先按下。我們在此要問的是，何以「潛意識或意識流」成為紀弦這位被目為戰後臺灣現代主義重要的推動源流之一者，變奏書寫的利器呢？彼得·蓋伊（Peter Gay，1923-2015 年，耶魯大學斯特林歷史學榮休教授）《現代主義：異端的誘惑》曾指出：

> 現代主義的第二種態度（致力於自我審視）要比第一種態度（不遺餘力追求不落窠臼）有著更久遠的根源。……現代主義者是有一些顯赫遠祖的。在現代主義者看來，自我解剖和解剖題材都是他們反傳統大業的基本構成部分。這種趨勢在一八四〇年前後由波特萊爾發其端

（雖然有許多可能選擇，但我個人認定波特萊爾是現代主義的第一個主角），愈到後來愈是大膽。因為藐視傳統的詩歌和正派題材，詩人開始實驗各種詩歌語言。小說家開始以前所未有的大膽查探筆下角色的思想感情。劇作家開始把最細密的心理衝突搬上舞台。畫家開始拋棄藝術最年高德劭的理想（模仿自然），轉而向內心尋找真實。音樂也在現代主義者手中變得愈來愈「向內」關注，讓聽眾愈來愈難獲得即時快感。

這種對焦於自我的趨勢一旦形成，許多浪漫主義（盛行於法國大革命及其餘波）的元素便被吸納了進來，而一些大名鼎鼎（或曰惡名昭彰）的浪漫主義詩人則成了現代主義者反叛心態的模仿對象。[41]

從著名的耶魯大學歷史學家彼得・蓋伊（Peter Gay）對現代主義的歷史追蹤，可以發現到現代主義者對於「內在潛意識」的追蹤有著遙遠的傳統，由此去應對快速的現代化。現代化工業革命帶來快速的時空間感覺與聲光機械生產，也影響現代主義創作，產生了一種多感官與主體感異／物化的多變書寫。多變，是一種現代主義的書寫表象，內在精神包括了對「內在」的省視，而對現代化形成一個異端反叛的批判態度。相對於一般散文所追求平白易於傳達，乃至於日常用語的散漫雜蕪，這些散文語體所可能誤導或反向「教育」出一平板化思考的主體[42]；現代主義詩人走入內向潛意識，而形成的意識流書寫，這語體上變異感，來自於內在精神對世界的挑戰／釁。書寫主體提出反向的思索，思維世界可以擁有，或已存在，或被壓抑的內在變貌，就會有對應的語體產生──顛反既定文法的語言。所以在傳達上言說被延遲了，他的表達帶入複合性的感覺。如我們的夢境一般，無法立即可解，因為融入了非常態性的嵌合意象，跳躍連接的情境，這也亦如詩。

---

[41] 彼得・蓋伊（Peter Gay）[著]；梁永安[譯]：《現代主義：異端的誘惑》（臺北縣：立緒文化，2009 年 12 月），頁 22-23。

[42] 這反應出教育體系中，語言教育與文學教育的相關性，以及對教材教本的文本編選問題。

　　紀弦〈與或人重逢〉詩手稿文本中以「變奏」，名其此詩之書寫，固然在精神上依循現代主義的傳統，但在方法上實則調動了音樂創作的手法。音樂創作中的變奏（Variation），乃是樂曲建立主題後，為求後續再現不予人重複感，或隨音樂感覺推進之需要，將主題旋律或伴奏加上變化予以再現，此即為變奏。變奏本身也有許多變化形式，包括樂節變奏（Sectional Variation）、連續變奏（Continuous Variation）、輪旋式變奏（Rondo-Variations）、交替變奏（Alterating Variations）等，種種變奏形式，也考驗著作曲家的變奏思維。紀弦〈與或人重逢〉詩手稿文本的變奏，在詩行形式層次上可以「圖3-08：紀弦〈與或人重逢〉手寫定稿詩手稿」之二中第八行原本的「或人來了，或人來了」，運用調動符號，更改為「或人來了，來了或人」為代表。這個變奏變化，相較於原本的「或人來了，或人來了」詩語句重沓感，更形成了靈活的回環音感。呈顯了音樂性的經營，說明了即使上個世紀詩人要放棄詩的音樂性，但事實上在詩寫作時，還是有對語句音樂感的經營意識。而就整體書寫結構層次上，則以變奏變衍、分化出三個「或人」。這順著現代主義傳統中內向觀照脈絡，進行「潛意識或意識流」而演繹出的「或人」，則更意在形成「變異」，帶變化感的異體。

　　紀弦〈與或人重逢〉詩手稿文本的「變奏」，複合著音樂感與主體變異感，這種複合感有著現代主義的多重感官書寫調性。更要注意的是，「久矣」所賦予對這樣書寫風格的時間距離。詩人現下所書寫的「久矣」，凸顯了過往以潛意識、意識流書寫的事實，以及距離現在時間距離的長遠，我們看到了詩人內在所存在對「變奏」的「回顧」姿態。「回顧」多數引動過往時間之回想與不可挽回之情緒，但在紀弦〈與或人重逢〉手稿文本中，我們卻可以看到詩人紀弦展現了對變奏回顧的可控制性。

　　檢視「圖3-08：紀弦〈與或人重逢〉手寫定稿詩手稿」之一，正可以看到其在稿紙字格外的邊側空白寫下：「銘華兄：新詩一首，可看出我的手法雖然變化多端，而其風格卻是一貫的，留著日後發表可也。」[43]這份詩手稿

---

[43] 而另外不見於稿紙字格的亦有第二頁開頭處，「圖3-08：紀弦〈與或人重逢〉手寫定

中於詩作本文外，所寫下的書寫此詩之自述，正能呈顯詩手稿的研究功能。從中我們看到對本文中「偶然來他一个變奏復變奏，多樣而統一」的呼應。紀弦〈與或人重逢〉書寫的意識內裡，詩人展露了此時一個老邁自我對於自我變奏風格的控制意欲——讓其歸於「一貫」。變奏風格也存在著部分與整體的問題，自我潛意識中分化出的三個「或人」，「他們」代表統一的原型就是「變奏」。而這個「變奏」技法，則又是現下書寫主體所能控制，而歸於所謂的「一貫」。詩人詩手稿本文旁的自述，其所同時強調的「變奏」與「一貫」，展露了詩人主體既有的書寫焦慮：恐懼自我書寫主體僅只是對他者話語的復原與複製；或者是自我書寫主體為他者話語所復原與複製。

　　紀弦言「偶然」亦即偶而為用，乃是有意識的避免對超現實書寫的重蹈，這個在戰後臺灣一九五○年代－六○年代成為典律焦點的書寫系統。試圖在或人的對話中，建立具變奏控制力的書寫主體。但這份抗拒，若再對照前引彼得‧蓋伊（Peter Gay）《現代主義：異端的誘惑》之論，可以知道紀弦作為現代主義者，要反叛的也包括作為現代主義者的自己。試想：不斷的變異與變奏，會不會也是一種自我的框架？而一貫與統一，又是什麼呢？這樣並看「圖 3-08：紀弦〈與或人重逢〉手寫定稿詩手稿」之一中的詩作首段與稿紙字格邊側詩人紀弦手寫文字，可以發現老邁詩人讓自我陷入了這樣的書寫戲劇性時刻。詩人變奏的自信，對統一一貫的控制，實則展現了在呈顯自我的變化性之矛盾，以及在薩伊德（Edward Wadie Said）《論晚期風格：反常合道的音樂與文學》所謂尋求晚期風格的焦慮。

　　紀弦〈與或人重逢〉詩手稿文本詩手稿第二段，以「久違了，老路！」這個呼喚開頭，並由此正式變奏出的或人與詩人進入互動。從一般重視多重感官感覺之對換與組合的現代主義詩美學角度來看，這並不能視為好詩；但

稿詩手稿」之二開頭刪去的為題目名，不寫於格子中，應當是作者用以標示跨頁手稿之用，完稿後塗抹掉。第二頁一開始刪去「與或人重逢」，但要注意書寫的位置不在字格中，這不是紀弦的書寫習慣，在分析上必須注意。比較接近應是，詩人自我提示這首詩的題目，然後去發展提問，再完成提問後，再把他劃去。應不是要將詩題融入詩句中的設計作為。

紀弦對於這樣沒有複合意象美感的口語書寫，本身並沒有所謂缺乏濃烈意象的不安感，而於「圖 3-08：紀弦〈與或人重逢〉手寫定稿詩手稿」之一就如此明暢地，且毫無修改的寫下。對於一個推動「橫的移植」的詩人來說，這樣的現象說明了現代主義也有字詞意象實驗此種表現方法以外，另一個寫作路徑。紀弦這個版本的現代主義寫作，可說有其一貫對自由詩的詩學看法，是以不受一九六〇年代臺灣塑建出現代與超現實主義詩風影響。誠如劉正忠教授〈伏流，重寫與轉化——試論 1950 年代的鄭愁予〉曾指出：

> 格律詩與自由詩之爭，在 1930 年代的漢語詩壇，曾是重大的議題（所爭不僅在於韻律形式，還涉及「詩質」）。到了 1940 年代，自由詩壓倒格律詩的態勢，基本上已經底定。無論是紀弦戰時在淪陷區所推行的詩歌運動，或戰後蓬勃發展的九葉詩人，莫不以「自由語」為主。不過，由於歷史發展的斷裂，形式拘謹的「豆腐干體」在 1950 年代的臺灣，又有重新流行之勢。因此，紀弦來臺初期的詩論，首要便在於重新推展「自由語的自由詩」。自由語係指以「散文」為表現工具，不受韻腳與對仗的約束；自由詩則是指分段不規則，詩形可以自由排列。[44]

　　紀弦的自由詩，他選取白話為詩的反叛性，是建立對傳統字數格律，例如五言、七言詩規定之每行字數的抵抗。固然，在五四時期胡適於 1918 年〈建設的文學革命論〉的八不主義，已對文言文傳統文學進行了對抗，但就其與詩最相關的第五條來看，胡適指出：「不重對偶：——文須廢駢，詩須廢律。」從這條意見所使用的「：」來看，胡適是在破壞傳統詩結構內，對於「對偶」的強迫要求，來言廢律。這也引伸出對於格律中「押韻」之要求，是否也應該連帶廢除的爭議——因為就一定程度來說，傳統格律的押韻

---

[44] 劉正忠：〈伏流，重寫與轉化——試論 1950 年代的鄭愁予〉，《清華中文學報》第 24 期（2020 年 12 月），頁 226。

也是一種音質素的呼應與相對，由此來形成韻律性。有趣的是，破除韻律，甚至音樂性，倒是紀弦後來的主張。嚴格的來看，胡適要廢除對偶，紀弦則是根本打破傳統詩，如五言、七言這樣齊整文字形式結構。這順勢完成了胡適八不主義的第八條「不避俗話俗字」，而以自由白話為詩。

以白話為詩，當詩文本情境設定了多重角色時，便極易形成如〈與或人重逢〉般「久違了，老路！」這樣白話書寫。這個白話，內在隱藏一個觸動對白的動機。「久違了，老路！」讓「老路」這個詩人紀弦自我同義詞，得以在文本中從代名詞「我」，得到暱稱性的名詞，同時也讓發語者在文本中間接地指出了其「所在」與「已在」。「或人」這多重主體的「發聲」，讓詩人自我被解開現在的實體肉身之侷限，一方面析離出「老路」這個部分，且被放置在對話的另一端，也讓聲音找到發語主體，其所分化出的——或人，亦即：某一個人。

或人這個發語主體，在「圖 3-08：紀弦〈與或人重逢〉手寫定稿詩手稿」之一的第二段第三行有了形象，其以長髮披肩、十六條腿形象被建構出現。原本正常人只有兩條腿，這多衍異出的十四條腿，詩人在詩手稿中明其系譜，乃是「未來派」。這裡詩人與自己早年的詩作〈致或人〉形成了一種時間的對話：

> 而我們是緊密地結合為一體了，
> 然後，以馬的速度，我們跑，
> 划著未來派的 16 條垠，
> 投影於一堅而冷的無垠的冰原上。

在「16」此一分化／衍的數量，有所呼應[45]，由此也可以看到詩人在「或人」、「未來派」上的喜好。未來派受到現代攝影機影響，試圖捕捉現

---

[45] 另外紀弦〈與或人重逢〉中「重逢」的字眼，在〈致或人〉：「哦，或人，／我們將有一個欣喜的重逢，／在表狀行星之最危險的邊陲。」也有呼應，可見〈與或人重逢〉與〈致或人〉間的跨世紀書寫關係。

代的速度、動力狀態，藝術作品中往往呈顯了對個體連續運動狀態的捕捉。因此這「十六條腿」的異端形象，更可被視為一個體奔跑的捕捉，彷彿單眼相機降低快門速度拍攝一個時間內單一主體的運動，得到單一主體多重形象一般。「十六條腿」的異端形象，卻來自於主體的現實運動，如此超現實戲劇性，也讓我們回看到「老路」，這書寫當下，詩人現實中拄著枴杖[46]的老邁形象。

在紀弦〈與或人重逢〉中「十六條腿」在潛意識上，乃是詩人紀弦枴杖的轉譯。枴杖不再是現實中老邁詩人的行動輔具，而轉化為更強健的肉身自我，被化入身體中，飽足詩人自體恢復壯健，得以自行快速移動的慾望。詩手稿中「來了來了那或人，來了來了那或人」在單句中重寫的「來了」，以致於重複一模一樣的句子，都在音樂節奏上強化出那肢體運動性。但要注意，這個回到並不是獨立而為，他也依賴著對未來派這個現代主義的認同與想像而能進行作業。在此可以看到，未來派的「十六條腿」如何成為鏡像的象徵資源，讓紀弦從「現實」回到「象徵」階段。

十六條腿所投射主體高效活動的慾望，也代表一種裂解衍生的慾望。對於「主義」的追求，這變奏與分化主體為或人，是反傳統的慾念的實踐。在紀弦〈與或人重逢〉發散析離出三個人，呈顯了主體開裂生殖的慾望。「開裂」（dehiscence）發生於植物之莢角，呈顯自體成熟後的分裂，例如豆莢、孢子囊在成熟後會開裂一般，蹦散出新的種子。在精神分析重要的文本希臘神話中，天父烏拉諾斯與地母蓋亞為宙斯預言，指出他第一任妻子智慧女神墨提斯產下的孩子，將比他更為強大。宙斯於是吞掉了他的妻子智慧女神墨提斯，沒想到引發劇烈的頭疼。頭痛難耐的宙斯命令火神赫費斯托斯（Hephaestus）拿斧頭劈裂自己的腦顱，在宙斯裂開的頭顱中迸生全副武裝手持長矛的雅典娜。開裂看似暴力，卻使得內在「混沌」（primordial Discord）得到一個開裂契機，而得到可初步分辨的狀況。

---

[46] 從須文蔚[編]：《台灣現當代作家資料彙編──9.紀弦》（臺南市：國立臺灣文學館，2011 年 3 月）所收錄紀弦照片，可知抽煙斗與拄枴杖為紀弦重要的形象物件。

　　而主體，例如前述神話中的宙斯，堅固於自我現下主體的生存狀態，最終仍必然要迎接著自我的開裂，完整統一化的自我，終然只是一種想像。在時間的流程中，自我不只會與父母產生一定程度的疏離，也會與過往的自我產生疏離，開裂出新的自我，尋找新的象徵符號予以建構。每一個開裂的自我，未必能有妥善的象徵資源，可以建構完成自我想像，通往真實。不完成／善的想像，是一個生存的過往，得以被回憶進行時間調度，追憶自己的不完善，也能成為理解自我的方式。當然，也可在現下運用象徵符號，去重構過往的版本。

　　「或」此一字詞作為代名詞，有指「某一人或事物」，以及「誰」的意涵，因此「或人」這個詞彙本身就有一模糊、朦朧，待釐清析離的意味。在紀弦〈與或人重逢〉第二段所引動的開裂下，「老路」以現下自我的視覺為鏡，在第三段將「或人」析離出三個部分，分別為或人甲、或人乙與或人丙。這或人甲、乙、丙的析離而出，從「二○○一年秋」、「問題來了」可知，此鏡像主體的析離帶有時間性與問題性。

　　一個戲劇事件無非需要人、時、地，在詩人紀弦書寫建構與或人甲、乙、丙相逢的文本事件上，其所需要的時間「二○○一年秋」，檢視「圖3-08：紀弦〈與或人重逢〉手寫定稿詩手稿」之一，「秋」這個字其前，詩人曾寫下一個未完之字，然後圈刪掉，而後才再寫「秋」確定事件之時間。從如此修改的現象，以及「二○○一年秋」這由年份而季節帶層次的設定，說明了在與或人相逢的時間感上，詩人所存在的思量。

　　詩人帶有對時間的主導權，在他的書寫他兌現了在不可違抗的，那年歲衰老現實中腦海對掌控、調動時間的想像，乃至於慾望。詩人何以選擇秋天？乃取用其蕭索與豐收的意味，這也是長久以來所積累的文學秋季書寫傳統。就整個〈與或人重逢〉詩手稿文本後續段落的閱讀，可以發現文本前段乃先以豐收為主調，文本最後則轉以蕭索為終。

　　我們先細論作為主調的豐收時間感，關注其所分化出的或人甲、乙、丙所連帶的質感。具體來看，或人甲的身體活動，詩人寫到乃是：

　　或人甲使用東鄉青兒的筆法，
　　画了一幅畢伽索第七號情婦生三隻乳房的，
　　非常之性感；　　或人乙

　　東鄉青兒（1897-1978 年）乃是日本現代畫家，其代表畫作正是具未來主義風格的「撐陽傘的女人」。詩人調動了東鄉青兒，與他留學日本的經歷有關，由此試圖去「重畫」的「畢伽索第七號情婦」。這裡頭的詩意，帶有藝術知識性與創作性，因為詩人要刺激我們去想像：一個日本的未來派的畫家如何去表現一個歐洲的立體派畫家對女性身體的慾望呢？

　　我們當然能看到其中的跨國性議題，他呼應了 2001 年寫下此詩句的紀弦，在上個世紀所提出帶有強烈迴響與辯證意義的「橫的移植」之說，只是將華語詩的地理範疇（中國、臺灣），更放大到東亞繪畫這樣跨洲／國、跨文藝領域，去思考風格的再現與辯證。東鄉青兒與畢卡索（Pablo Ruiz Picasso，1881-1973 年，西班牙藝術家）為詩人所並列，除了他們都可歸屬於現代主義這個大系統下的畫家外，也因為兩人現實生活中對女性的多情，以及所實際付出的行動。他們實現身體中對女性身體情感的慾望，以生活中的追求、同居與生育，以及對應的繪畫實踐。另外，選擇東鄉青兒，也與1936 年紀弦東去日本，對日本現代主義藝術的實際體驗有關。

　　「畢伽索第七號情婦」指的便是多情的畢卡索（Pablo Ruiz Picasso）在名義上，所追求的最後一個女人，亦即第七位女性杰奎琳・洛克（Jacqueline Roque，1927-1986 年）。杰奎琳・洛克（Jacqueline Roque）是畢卡索（Pablo Ruiz Picasso）名義上最後的女人，1953 年兩人相遇，1961 年兩人成婚[47]，並且陪伴畢卡索（Pablo Ruiz Picasso）到生命的最終。

　　「畢伽索第七號情婦」這幅畫，就對象來說，是畢卡索（Pablo Ruiz Picasso）一生情慾的終結，儘管她的形體本身仍被分衍出多個乳房，試圖分

---

[47] 畢卡索（Pablo Ruiz Picasso）雖風流多情，但這七段被公開認可的感情中，他只與其中兩位有正式的夫妻關係。

衍出最後的子嗣。選「畢伽索第七號情婦」與再畫者東鄉青兒，對應出暮年詩人在〈與或人重逢〉詩手稿文本中分化／娩出三個或人的意欲。或人甲成為詩人紀弦實踐書寫慾望後，其中的一位子嗣，在書寫中，這分化／娩的或人甲，有其自身的鏡像歷程。

　　在鏡像歷程中，嬰兒看到鏡子中自己的「等同運動」，而產生對鏡像的初步認同。認同與活動息息相關，而活動除了身體活動，也包括想像活動。在此，正以或人甲運用東鄉青兒筆法，繪畫「畢伽索第七號情婦」作為身體與想像的活動。以一個畫家「已建立」的風格，畫一幅另一位畫家已畫成的畫作，這再現又再現的過程，內在正存在著一鏡像多次折射的現象。由此我們可以看到，鏡像概念並不僅侷限在鏡子中，也可以是偶像照片這樣的東西。在偶像照片中，認同也需要透過想像尋求共同感，這可以是局部形象、生命歷程的相像；或者尋求自我空缺的填補感，從偶像有，而我所沒有之處，找到自我空缺補全的慰藉。「畢伽索第七號情婦」是象徵的標的物，讓或人甲——此一詩人紀弦變奏而出的個體，可以索求象徵符號。以東鄉青兒這個日本未來派畫家筆法，除了對的美學想望之外，也透過一個靠近自我的東亞畫家，讓這與自己有著東／西方跨國與跨種族距離的畢卡索（Pablo Ruiz Picasso），能以一種東方的折射式再現，得以縮減距離。這也使畢卡索（Pablo Ruiz Picasso）的現代主義立體派風格，乃至於情慾生活，能遣動未來派的十六條腿，更快速地靠近我，成為這主體所化出或人甲建構自我想像的象徵。

　　「畢伽索第七號情婦」的繪畫圖像性，以及東鄉青兒的繪畫風格，提供了或人甲鏡像倒影的內容，作為帶鏡像功能的文本，他不是現實自我，而是提供影像自我索要「現代」、「情慾」象徵符號的淵藪，而產生牽動、連動，發生認同與等同作用。從「畢伽索第七號情婦」到東鄉青兒，從或人甲到紀弦，說明了「想像」距離「真實」存在著漫長的間距與路徑，讓欲力可以在此中流動，攫取象徵符號，進行多重組構；想像具有像鏡子一樣的界面／空間，可去索求象徵的符號，以進行自我主體搭建的作業。

　　在第三段「或人甲」的結尾，詩人寫到：「；　　或人乙」，對照下一

段，亦即第四段，詩人所寫到：

> 站在海灣大橋上寫情詩，戴望舒說，
> 他是阿保里奈尔 投 的胎； 　　　或人丙

檢視上段的結尾方式，可以發現詩人存在著結構形式設計的用心。「；
或人乙」、「； 　　或人丙」的分號，有區分但語意不中斷的意涵。而且兩
者帶有主詞意義，在一般散文中都是設定為開頭第一句，但在可以發揮文本
空間形式建築感的現代詩中，則被詩人調動、置放在前一段的結尾，這產生
了兩個效益：第一、透過同一個段落中包裹「或人甲—乙」、「或人乙—
丙」呈顯了或人甲、乙、丙之間，內在所存的聯繫感。第二、這種主詞前置
前段結尾的方式，在連段閱讀上，連結一個斜對角的視覺虛線運動，除為一
種意向性的顯現外，也挑戰既有主詞理當緊接動詞的散文句構。這帶著對角
虛線，被綿長了的視覺歷程，也類同法國精神分析大師拉岡（Jacques-
Marie-Émile Lacan）鏡像理論圖構中的對角折射線。

　　第四段中提及的「戴望舒」，為中國一九三〇年代具代表性的象徵主義
詩人[48]，而阿保里奈爾（Guillaume Apollinaire，1880-1918 年）則為法國著
名的超現實主義詩人。詩人調動戴望舒一如前段調動東鄉青兒，都有將西方
現代主義進行轉化、拉近自我的意味。檢視「圖 3-08：紀弦〈與或人重逢〉
手寫定稿詩手稿」之一可以發現原本「投」字寫的是「的」，如為原初所
寫，所形成的句子當為「他是阿保里奈爾的胎」，為強化動詞關係，而將
「的」畫去，改寫為「投」。投胎這個被細修的詞彙，一樣亦就母性的生
育，連結「或人乙」與「阿保里奈爾」的血緣。在海灣大橋寫情詩的或人
乙，就正以海灣海面為鏡，得到了阿保里奈爾（Guillaume Apollinaire）以為
象徵。只是更就鏡像理論的對角折射線角度，我們也可以看到或人乙如何在

---

[48] 同時代另一具代表性的象徵主義詩人為李金髮。紀弦曾與戴望舒等人創辦《新詩》月
刊，也可看出紀弦與戴望舒的實際接觸經驗。

紀弦所想像的中國現代詩人戴望舒的辨認與言語中，成為詩人紀弦一個想像的東方自我，而向阿保里奈爾（Guillaume Apollinaire）汲取象徵組構主體。

　　第五段為或人丙的象徵段落，則同樣是採取西方的「新世紀之黎明」，搭配東亞的「韓國小鼓」相搭配，只是此段以音樂為文本對象。至於該段手稿中「以韓國小鼓為伴奏」將原本的「伴」抹去，應當是在思考有無其他可替換的演奏形式，但最後仍選擇伴奏而非主奏，來點出韓國小鼓在「新世紀之黎明」中的音樂位置。就書寫上，我們也可注意到詩人的藝術喜好對音樂的涉及，以致於以音樂術語「變奏」言其書寫風格。

　　從對「圖3-08：紀弦〈與或人重逢〉手寫定稿詩手稿」之一的詩手稿文本分析，可以發現詩人紀弦如何有意識地在自我一貫的自由詩走向中，進行形式實驗。紀弦曾於《現代詩季刊》第3期〈社論〉指出：

> 每個詩人的每一首詩有其隨著內容之開展與凝定而必然到達與完成的可一而不可再的特殊形式。韻律詩的形式是對稱的，自由詩的形式是均衡的。前者是圖案化的形式，後者是繪畫化的形式。均衡高於對稱，繪畫高於圖案。因之採取自由詩形的新詩的確要比採取韻律詩形的舊詩為難寫得多了。[49]

　　紀弦〈與或人重逢〉詩手稿文本正透過三個或人的對應，創造均衡感。時間不再成為詩人的精神困境，在詩人擇選了秋季中的豐收時間感，開裂了三個身份，三個身份皆與經典的西方現代主義的藝術文學創作者進行互動。這個三個汲取，分別為繪畫、詩與音樂，呈顯了分化／裂的向度，但他共同皆為現代主義之類屬，這個統整，使得分化／裂這些變奏，呼應著詩人於「圖3-08：紀弦〈與或人重逢〉手寫定稿詩手稿」之一自言「手法雖然變化多端，而其風格卻是一貫」。對於「風格」此一文學批評概念，陳國球教授曾指出：「『風格』就是語言的表現形態；『風格學』（Stylistics）的研究

---

[49] 紀弦：〈社論〉，《現代詩季刊》3期（1953年8月），封面。

重點是作家如何運用以至安排語言材料以構成文學作品；所以有時被認為是「修辭學」（Rhetoric）的近義詞。」[50]變奏依歸著一個主旋律進行變化，以此而能得到均衡。在此，「均衡」即為一種風格的修辭，需要從詩手稿文本中追索細探。

　　檢視「圖 3-08：紀弦〈與或人重逢〉手寫定稿詩手稿」之二手稿可以發現，詩人的均衡修辭，並不僅滿足於建構出具有「鼎立」結構意味的或人甲、乙、丙即止，從「圖 3-08：紀弦〈與或人重逢〉手寫定稿詩手稿」之二的第一段第八行的關鍵修改[51]「或人來了」可知或人甲、乙、丙的鼎立，並不是均衡設計的全部，而是他們所對映的問題。三人之間，三人與他們各自與交叉對映的問題之間，如此之交織感，才是紀弦這首自由詩的設計感所在。

　　「圖 3-08：紀弦〈與或人重逢〉手寫定稿詩手稿」之二的第一段第八行原本寫為「於是或人來了，或人來了，划著未來派的十六條腿，」其中的「划著未來派的十六條腿」位處於紀弦〈與或人重逢〉全詩最後一段前的位置，本身大致鏡像對映著全詩開頭第二段第三行之「瞧他長髮披肩，划著未來派的十六條腿，」除此之外，原本重寫兩次「或人來了」，詩人運用調動符號，將第二個「或人來了」改為「來了或人」。若僅論此句，可以理解詩人乃在避免重複相同之詞句。但若以整段來看，可以看到此乃要形成與該段開頭之「問題來了，來了問題。」之呼應對映。誠如前述，在鏡像歷程中「對照」與「活動」深具含意。對照使得想像獲得象徵，並且可見；但是主體開展的活動，卻又會使得原本由象徵支持的象徵，遭逢差異辯證。在此，詩人紀弦意欲為讀者展示，或人的主體建構內在也存在問題／議題性，必須經歷、遭逢「提問—回答」的活動。

---

[50]　司空圖[著]；陳國球[導讀]：《二十四詩品》（臺北市：金楓，1987 年），頁 4。

[51]　另外「圖 3-08：紀弦〈與或人重逢〉手寫定稿詩手稿」之二開頭也有個小修改，詩人將原本寫下的「與或人重逢」塗去。這應是詩人在手寫過程中，標示此稿紙為「圖 3-08：紀弦〈與或人重逢〉手寫定稿詩手稿」之一的延續段落，也有提點自己此詩原本在設題可能存在的主題書寫取向之用。

　　或人甲、乙、丙的議題性是什麼？在「圖3-08：紀弦〈與或人重逢〉手寫定稿詩手稿」之二詩人如此寫下：

　　　　問題一：何謂超現實派的散步？
　　　　（答以新月牙的裸女準沒錯。）
　　　　問題二：有名的米拉堡橋在何處？
　　　　（在巴黎，圈子裏的朋友们都知道。）
　　　　問題三：詩人青空律是那一年去訪問漢城的？
　　　　（大概是一九七〇年吧。）　　答對了。酷！

　　這三個提問以及回答的問／議題性，乃在以一明朗語感且帶有生活感、地方感的現代主義互動經驗，對應一九六〇年代臺灣式的現代主義、超現實主義的晦澀感，提出另一條詩人寫作的風格路徑。第一個提問，是以白話帶出一個超現實散步的活動，但「新月牙的裸女」回答表面聽來有點讓人摸不著頭緒。仔細追蹤可以知道，「新月牙的裸女」乃是法國古典繪畫大師安格爾（Jean Auguste Dominique Ingres，1780-1867，法國畫家）的名畫「大宮女」。安格爾（Jean Auguste Dominique Ingres）「大宮女」一畫，以回眸的半身裸女展現身體姿態美，然而畫中半身裸女的美，就人真實的身體肌肉來說，是無法擺出這樣的姿態美。所以，這便成為了一種對現實身體的超現實美感想像。儘管安格爾（Jean Auguste Dominique Ingres）的繪畫風格歸屬於新古典主義，但他這樣對現實身體的超現實想像突破，啟迪了後來的畢伽索（Pablo Ruiz Picasso）對現實身體的立體主義表現。詩人紀弦在此如此之回答，連結了「圖3-08：紀弦〈與或人重逢〉手寫定稿詩手稿」之一中，對或人甲一段與畢伽索（Pablo Ruiz Picasso）的象徵提取。
　　第二個提問的知識性，則放在人文地理層次。米拉堡橋何處的提問，被回答在巴黎，但這答案也隱藏著知識。巴黎市區內最為著名的塞納河上，共有 30 多座橋連結塞納河劃分出的城市左右岸，這許多橋中一些橋具有特殊的歷史文化意義，例如：伊納橋乃為記念普法戰爭而建，協和橋之石材取自

巴士底監獄寓意人民對舊皇權的抵抗，藝術橋則與羅浮宮相呼應。而詩人紀弦所寫下的米拉堡橋，則正是因為前述或人乙一段，所提及之阿保里奈爾（Guillaume Apollinaire）曾為此橋寫下同名情詩，而得到文化記憶的位置，此詩之後亦被刻在米拉堡橋上。阿保里奈爾（Guillaume Apollinaire）〈米拉堡橋〉一詩，曾為戴望舒所翻譯：「密拉波橋下賽納水長流／柔情蜜意／寸心還應憶否／多少歡樂事總在悲哀後／鐘聲其響夜其來／日月逝矣人長在／手攜著手兒面面頰相向／交臂如橋／卻向橋頭一望／逝去了無限凝眉底倦浪／戀情長逝去如流波浩蕩／戀情長逝／何人世之悠長／何希望冀願如斯之奔放／時日去悠悠歲月去悠悠／舊情往日／都一去不可留」細讀此詩，可以發現主題乃為情詩。原本對第二提問的簡單回答，細加考究，與第一提問一般，回返了「圖3-08：紀弦〈與或人重逢〉手寫定稿詩手稿」之一中大橋寫情詩、戴望舒與阿保里奈爾的呼應。

在第一、第二提問與回答的書寫上，詩人紀弦雖然提取了現代主義的文學、藝術史知識，但在整個文本的閱讀語感呈現上，則顯得輕鬆自然。這份輕鬆自然到了第三提問，則從對他方／者的現代主義記憶，轉而為向自我的生命經歷挖掘。第三個提問中的「青空律」，乃是紀弦另一個的筆名。問答中提及的 1970 年至漢城之事，亦為實情。1970 年 6 月，紀弦與鍾鼎文前往南韓漢城，參與第 37 屆國際筆會。詩人在回答中，使用美國年輕人表達肯定、讚嘆的「酷／cool」口語，也連結了寫作當時的暮年美國移民生活。但更重要的是，以時下口語也與此段現代主義書寫，一股年輕而活潑的力量。這種書寫質調，是其臺灣同世代的現代主義或超現實主義詩人中少見。

「酷／cool」年輕流行的口語，這意欲從年輕身體發出的聲音，現在被詩人老朽的手，執筆寫下，用以肯定的，與其說是自問自答那記憶的正確性，不如說是，往日自我文學史經歷的懷想。紀弦的口語詩寫作，在如此身體分化出的或人甲乙丙中，巧妙運用三者之身體話語與問題間的交錯、對應與幾何，形成了均衡感。這份由變奏形成的均衡感，便是詩人為此詩提供的戲劇性。分化／裂身體中，形成共同的話語空間，以詩人所汲取對現代主義的風格喜好，而產生文本的韻律。

在這擁有主調的變奏聲音空間中，或人甲、乙、丙擁有著他們各自獨立的時間。詩人驅遣或人們分裂，依照著他現代主義理型內在的繪畫、詩與音樂典型，發展詩人所意欲的夢想以及指涉，讓文本產生了歧出（bifurcations）事實。從或人甲、乙、丙共同的現代主義質地，可以發現詩人如何以現代主義為主調，有效地協調主體分化的意欲動能，將或人甲、乙、丙的分裂衝動，組織成一個共同的審美體系。在各自的分裂場景中，召喚而來的畢伽索（Pablo Ruiz Picasso）、東鄉青兒、戴望舒、阿保里奈爾（Guillaume Apollinaire）、安格爾（Jean Auguste Dominique Ingres）。

話話者有移情重力（gravity of transference）的話語中心，在話語空間的活動中，提供了或人們組構主體想像的象徵資源對話的內容，傳達了詩人書寫者在空間上，將現代主義快速拉近東方自我的意欲；在時間上，則是將自我過往生命史分裂出支點，與現代主義進行嫁接。詩人紀弦在自我詩史中尋找三段可分裂、歧出的過往變奏出三個或人，展現了詩人在暮年時光，對時間的分裂繁衍以及控制意欲。

詩人紀弦在手寫詩作時，回到自己過往三段生命史的時光，鏡像投影、想像三段時間點歧出的自我，各自可能的活動。這份對過去的可能推斷，恰也能提取「或人」的「或」之意涵。或人，被時間感染為「或者那人」、「某一個」過往之人的將來。如果在現實攝影中，投影、對照的可視性，所依傍的，除了自我的視覺之外，還包括著光影的媒介。那麼，或人的媒介，除了詩人的時光記憶，還包括著現代主義系譜大師們的啟蒙資產。啟蒙這個詞彙，無論是英文的 Enlightenment，德文的 Aufklärung，還是法文的 Lumières，內在都與「光」這個詞彙有關，這說明了啟蒙本身就是一個以光破除黑暗般的蒙昧。詩人要讓不可見的或人顯影，如此對這三個被提取的過往個體想像，就一般文學書寫的層次來說，詩人紀弦乃是對之進行選詞、創詞的作業，以完成對個體之詩語言建構；然而就精神分析的層次來看，我們看到的是主體如何以書寫發展分裂，在歧出中，調動現代主義作為啟蒙光源，產生各種象徵選項，其內在實涉及了既有語體的分裂不穩定狀態與移情作用。

　　儘管紀弦說好久沒有使用意識流的潛意識，但書寫此詩的時間中，我們可以發現到現代主義如何仍然成為詩人對分裂身體版本，在分衍建構上的恆定光源，從想像通過象徵，而成為真實。被召喚而來的意識流書寫，都說明詩人既曾經操作過意識流書寫，就不會遺忘，也凸顯現代主義與意識流的緊密相關性。在意識流書寫中，穩固地供給或人象徵資源，使其脫離「某一」這樣不確定的輪廓。在意識流書寫中，詩人從現代主義理型汲取象徵，去建構完成想像個體的真實。這對現代主義理型象徵的依傍，展現了在潛意識對之的戀物情節，儘管回到書寫詩手稿的當下現實中，他是以「久矣」，這樣隱喻不再迷戀意識流書寫的皓髮老者姿態書寫。但那些汲取恢復了過往的書寫時間與風格型態，使得歷史、修辭的重現，都有著一種以現代主義為恆定光源的書寫姿態。

　　詩人這樣透過或人甲、乙、丙進行身體分裂書寫的變奏，最後收束在「圖 3-08：紀弦〈與或人重逢〉手寫定稿詩手稿」之二中的最後一段詩句：

　　　唉唉！三位一體的或人啊：
　　　你靜靜地睡吧！睡吧！

　　詩手稿第二張言「三位一體」，或人甲、乙、丙三位在書寫上，本身在原初應就有對應「三位一體」此一概念，而進行如此數量的設計構思。這也說明了或人甲、乙、丙，乃是從共同一個身體為主幹，而裂解分化而出。而在此之睡眠，乃是意謂著死亡長眠。鏡像歷程在詩書寫運用中，突然發現自我真實樣貌，並不如原初依想像而調動之象徵，這如此之戲劇場景時刻，往往是詩人調度提取的重點。例如：隨著四肢身體與眼球辨識能力的成長，而更能自主活動的嬰兒，面對鏡子活動，發現自己並非與擁抱著自己的母親是一共同體，或自己舉起右手，鏡中的自己卻舉起左手，就在此發現的瞬間，推翻過往對自我身體的想像。但是在〈與或人相逢〉中，更發展為自我一部分過往，如何在變奏出三個版本，在從過往進行重逢／構後，於往日歷史帶到歷史現場時死亡。由此，成為此詩鏡像事件的結尾。

「圖 3-08：紀弦〈與或人重逢〉手寫定稿詩手稿」之二的第二段即為〈與或人相逢〉全詩的結尾事件，詩人寫到：

電話裏約 定 了下星期來我們老人公寓

喝我的 陳年 金門高梁，不料他飛往紐約去獻唱，

喝完了還要開画展和來他一个詩朗誦，

而 竟葬身於 九一一 世貿雙塔之火海，就再也不歸來！

嗚呼哀哉！嗚呼哀哉！　　猶憶一九三六年春，

櫻花盛開，東京一別，屆指六十五年了。

　　細讀這段可以發現詩人以單數的「他」，設定彼此間的飲酒約定。但是這個單數的他，卻兼具了「獻唱」、「開畫展」、「詩朗誦」的文藝才能，恰又正對應了前述或人丙、甲、乙分具的「音樂」、「繪畫」、「詩創作」行動。這便可知詩人藉此預先設下最後帶出「三位一體」的線索。從中我們也可看到紀弦〈與或人重逢〉內在書寫的主體分化、發展，漸趨疊合以致於終而疊合，這般細微的文本動線。集結三個或人的「他」，卻以在文本中的死，做為終結。誠如前述，全詩首段設定與或人相遇的秋季時序，有著收穫豐饒與凋零蕭索兩種時間氛圍。在變奏或人甲、乙、丙的歷程，語言的活潑，展示的詩人積累的豐碩現代主義象徵資產，信手拈來的想像建構之豐饒。但全詩走向或人甲、乙、丙疊合之際，其時光氛圍也轉向了蕭索，形成了雖呼應前面的秋季之設定，但卻變奏為蕭索的現象。

　　在此最後一段的再次變奏，為經營或人之死，詩人在詩手稿的修改上也很頻繁。檢視「圖 3-08：紀弦〈與或人重逢〉手寫定稿詩手稿」之二這些修改，加強了時間的作用，例如「金門高梁」前加添「陳年」，「世貿雙塔之火海」特別標上了「九一一」[52]。這與原本該段中具有時間標的，以及時間積累意味的詞彙，如「下星期」、「老人」、「一九三六年春」、「六十五

---

[52]　「喝」上面有未寫全之符號，被詩人畫去。

年」，讓紀弦〈與或人重逢〉最後一段，充滿著時間的刻度。

　　特別是「九一一」的加入，使得紀弦詩手稿文本中一意變奏出具現代主義象徵符號的三個想像個體，最後以帶歷史裂解感、焚燬感的死亡屍身，終結鏡像歷程。這個歷史性的瞬間，因其所再現的災難，使得其所含括的建築與曾以象徵建構的身體，都變成考掘而出呈現帶損毀感的化石。這凸顯了不是自然的時間──四季──腐蝕了合一的或人，而是人為的歷史損毀了合一的或人。

　　而這一個「或人」，於是成為了歷史災難中，共同死亡的其中之一的某一個人。合一的或人，於是也與歷史災難事件的亡者合而為一，共享一個歷史災難的象徵，以作為自身之名。讓我們具體示範一下，當我們共同有著「九一一事件發生於 2001 年」這個歷史知識後，面對「死於九一一事件之人」與「死於 2001 年」何者，何者對你而言更具「歷史性」？詩人正是藉此九一一事件，雕刻或人的身體想像。或人的身體層次性至此，也從原本的秋季、詩人自我生命史、現代主義史的層次，而具有國際政治史的層次。

　　過往自己的分身，被詩人自己帶往、合一於歷史中的國際政治死亡事件，分化身體的合一，伴隨著歷史的終結。那些或人們曾經在手稿段落中活動／潑的象徵，是否也暗示了儘管現代主義企圖突破現實對身體的框架，而產生種種未來派、立體派與超現實主義的實驗。最終這些從過往現代主義汲取象徵，而分裂推衍出的或人，最終仍死於現實中的政治。身體援借的現代主義的象徵，最終能完成對現實的抗辯嗎？以及現實政治體系對肉身的緊密綑綁嗎？

　　可以發現，檢視「圖3-08：紀弦〈與或人重逢〉手寫定稿詩手稿」之二最後一句，詩人寫到：「你靜靜地睡吧！睡吧！」在這發展變奏中，死亡並非最後的終結，而是沉睡。在鏡像歷程中，歸屬於現代主義系譜的身體死亡，以沉沉入睡的形式為之，是否讓自我重新入夢，重新汲取自我乃至集體潛意識，發動身體對政治現實的抗辯，這便成為讀者可以發展的想像閱讀。

　　在分裂變奏出或人，以及對其進行象徵建構，充分展現詩人如何企盼掌握逆時地自由出入過往的時間，以及種種現代主義象徵資產，這展現了對時

間與現代主義的依戀。老邁的現下自我可以對時間與現代主義的嚮往，而移情（transference）於現下對或人的書寫，讓從書寫主體分裂出的或人們，如此與現代主義的大師們相似，又以「三位一體」的方式，試圖歸整回自我。在這鏡像書寫中，我們看到了「老」，也看到了「生」與「死」。而人生歷程，不外乎生老病死，也同樣使用「三位一體」詞彙的許悔之〈病〉詩手稿便關注身體的病理，值得我們探述其在手稿書寫歷程所透顯的書寫精神意識。

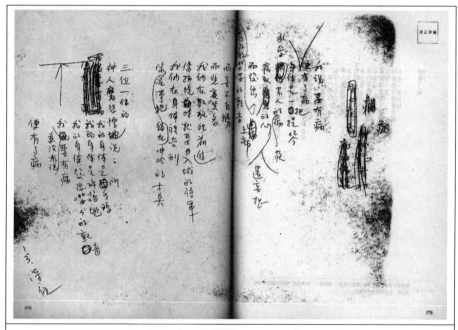

圖 3-09：許悔之〈病〉初定稿詩手稿

許悔之授權使用

許悔之〈病〉之印刷發表刊印稿：

　　我說，要有病

便有了病
身體是一把提琴
承受眾人的疾病
還妄想
竊取上帝的心
而發出魔鬼
魔鬼般嚶嚶的顫音

而喜不自勝
而哀悲莫名
我們在癲狂裡前進
像拂曉時就要入城的將軍
我們在身體裡受刑
像躺在泥濘地呻吟的士兵

三位一體的
神人魔怨憎地說：
我的身體是所多瑪
我的身體是許諾地
此刻我發出了嚶嚶的顫音
我並沒有說要有病

便有了病

　　許悔之〈病〉一詩，以一開頭之「我說，要有病／便有了病」建立其最核心的詩語感，全詩結尾「我並沒有說要有病／／便有了病」遙與開頭呼應，彼此以共同句型，產生差異辯證的共振。詩中關鍵的小提琴意象，為語言找到身體，並誘發著由琴身到詩人身體間「嚶嚶的顫音」的傳遞與過渡。

而在這傳遞與過渡中，「嚶嚶的顫音」不再是等質的聲音，聲音不是衰變，而是質變，綜整著神人魔「三位一體」的聲響，在此琴身般有著共鳴腔的身體。身體三位一體的共鳴，共鳴著身體的精神病理。

「圖3-09：許悔之〈病〉初定稿詩手稿」中，可以看到對首尾詩句的經營。開頭之「我說，要有病／便有了病」寫下後，其後緊接寫下「身體是一把提琴」[53]，但在後續修改上，詩人在「便有了病」、「身體是一把提琴」間加上了一添加符號「V」，然而卻未加上文字。這傳達了詩人在兩行間，曾有加上文字的想法，但詩手稿中這空缺下來，又被符號明示的增補空白，反而凸顯詩人對開頭兩行的寫作聚焦，以及「病」與「如琴的身體」間，已不容文字增補、干擾的詩意關係。詩手稿中，這不容增補、干擾的語意，更加凸顯了「我說，要有病／便有了病」一句的果決，以及主體一種權力的展示。

我說，即能有，自我語言如此實現對物質現象的兌換，以一種必然的命定。這最高的展示，是聖經中神的創世。《聖經》創世記第一章寫到：

Gen 1:1　　起初神創造天地。

Gen 1:2　　地是空虛混沌；淵面黑暗；神的靈運行在水面上。

Gen 1:3　　神說，要有光，就有了光。

Gen 1:4　　神看光是好的，就把光暗分開了。

Gen 1:5　　神稱光為晝，稱暗為夜；有晚上，有早晨，這是頭一日。

明顯地，詩人之「我說，要有病／便有了病」，使用了「神說，要有光，就有了光。」這樣的句型，內含著以語言創造自我世界的欲望，儘管他創造的是身體內的病理。詩語言的這份創造性，偏離原本以語言符號在發明的原初，用以「客觀」記事的傳述功能。詩人在〈病〉中建立怎樣病理的身

---

[53] 許悔之〈病〉詩手稿中，「身體是一把提琴」原本寫為「身體是一支提琴」，將「支」換為「把」這量詞的替換，應為唸音上的考量。「把」在此句中，較「支」柔順。

體，也正對應著他要建立怎樣容納這樣身體的世界。詩人的詩題，單只一個字「病」，但檢視「圖3-09：許悔之〈病〉初定稿詩手稿」開頭，即可見詩人對「病」的詩題斟酌。可以發現，詩人原題為「身心病者」，後有著「病」、「身心病者的」、「病的佛經」這三種改寫，最後選擇最簡單的「病」，以為讀者進行聚焦。

　　產生「病的佛經」這樣的詩題選項，乃是詩人以佛教思想為詩，為其重要的風格之一。例如同樣收錄許悔之大量的詩謄寫定稿的《消失的哈達》，便有〈我的佛陀〉、〈跳蚤聽法〉、〈我佛慈悲——阿難毀懺〉、〈覺有情〉、〈喇嘛下山〉等佛教詩作。然而，在〈病〉中，固然「病的佛經」甚具以佛法思維人生老病死的深意，但明顯與詩內容中沿用聖經的創世句型，以及「三位一體」之內容有所衝突，因而詩人予以棄用。

　　至於「身心病」儘管不被詩人選擇，但其為我們明白揭示了詩作的主題內容，乃是主體在精神與身體的官能拉拒，在收錄〈病〉的詩集《有鹿哀愁》，詩人在此詩定稿的頁面下，如此自述：「聽德國女提琴家慕特演奏〈魔鬼的顫音〉，激烈極了，身為魔鬼，理應用顫音來詠唱。這首詩，試著理解精神與官能。」[54]可知提琴的琴聲顫音，引動的聲音官能，如何觸動精神的痛楚。而在此，我們更加關注手稿書寫的刪補調動，如何將這份難以言傳的痛楚，予以詩意上的精準。

　　許悔之〈病〉詩手稿所呈現的詩題選擇，讓我們知了詩人書寫之過去的方式，知道定稿〈病〉的主題設想以及書寫走向，也讓我們知道襲就《聖經》創世記話語的詩人，其創世的規模乃在身體內在的精神界域，以及聽覺官能牽涉的提琴。在〈聯副・為你朗讀 18：許悔之／我的強迫症〉詩人曾自言自身與《聖經》緊密的閱讀關係：「其實我非常喜歡讀《聖經》，我最常讀的是香港聖經公會翻譯的版本，年輕時旅行，包包裡總是放著這本《聖經》，我尤其喜歡讀舊約，〈雅歌〉和〈詩篇〉總是使我吟詠沉思再三。」[55]

---

[54]　許悔之：《有鹿哀愁》（臺北市：大田，2000 年 5 月），頁 77。

[55]　引見聯合新聞網（2019 年 6 月 19 日），網址：http://si.secda.info/modern_literature/?p=6717（查閱時間：2021 年 6 月 21 日）。

於此更細密的來看，詩人的精神創世，是精神創傷的身體地理，而琴聲則是誘發詩人自我話語的顫音。而在《聖經》創世記話語中，神以語言命定了世界的誕生，語言的權力與效能無比在此展現，但神創世的動機為何？我們是否是以我們自我的現下生存慾望，移情為神創世的動機？此足以細思審辨。但在〈病〉中，我們看到身心病在自我身體中如此被命定時，主體莫名之感──病不知所起，竟一往而深──如此之不知，乃為莫名。既莫名病之所以，在詩中，詩人就且由我說出，以我的話語給予精神病理的起源。

詩人不能操持神的話語權力，宏大地創造建構世界，但他權以自我命名的「病」體，以「病」感的精神意識，創造自我文本的空間世界。語言文字可以向外在進行指涉與記憶。

在「圖3-09：許悔之〈病〉初定稿詩手稿」第四行，詩人原本寫「模仿眾人的病」，之後將「模仿」圈劃掉，改為「承受」，另外在「病」字之前加上「疾」字。比起加「疾」字，形成了更好的閱讀詞語感，「承受」這個動詞的修改，具有強化文本寓意層次的重大效能，我們分兩個層次來討論。第一、原本使用「模仿」，運用的是經典的文學「再現」論，使身體琴音成為眾人病中各種身體發出之哀苦聲響的轉譯再現。第二、替換使用的「承受」，表面是指如琴的身體，如同提琴接受著提琴手的按壓與運弓等力量一般，承受著眾人的疾病。如此博愛之承受、犧牲，順著〈病〉開頭對《聖經》創世紀的句型援取，身體以及隱喻自我的提琴，無疑便是詩作文本世界中的基督十字架。同時，也內建了一人子耶穌基督與上帝耶和華的父子關係；此外，由於耶穌為造萬物的「聖父─聖子─聖靈」三位一體的神，也成為文本最後一段「三位一體」的鋪排。拉岡（Jacques-Marie-Émile Lacan）在〈論精神錯亂的一切可能療法的一個先決問題〉曾指出：

　　對於精神錯亂，佛洛伊德的貢獻造成了一個回覆。……所有這些概念都遵從了一個根本的模式：如何使內在的外顯出來？因為主體在這兒徒勞地包括了一個晦暗的原始本能，實際上在精神錯亂的動因中它是作為自我，也就是說是以在目前的精神分析取向中完全表達了出來的

方式，是作為這同一個摧殘不了的感知者（percipiens）而被提出來的。這個感知者（percipiens）對於它的同樣不變的相映物現實具有完全的支配力。而這個支配力的模式是取之於普遍經驗都可感知的一個事實中的，這就是情感映射的事實。……佛洛伊德在其分析斯瑞伯的嘗試中應用了語法歸納的形式以表達精神錯亂中與他人關係的轉向，也就是說否定「我愛他」這句話的不同方法；在此，這個否定判斷由兩個步驟組成，第一步是改變動詞的意義：我恨他，或者是改變主語或賓語的性：這不是我，這不是他，是她（或相反）；第二步是主語的互相改換，他恨我，他愛的是他，是她在愛我。[56]

　　精神病理的發生，並不完全由可見、可感的壓力造成，有時不可名之的空缺，也會造成幻覺。當詩人以聖經創世話語，使精神病理得以名之時，便讓精神病理得到了實質化為文本的書寫路徑。這份書寫路徑，暫時——至少是在詩書寫的歷程中——滿足了主體內在的慾望，包括身體能否續存、情慾能否飽饜。病理的書寫路徑以身體如琴的譬喻，讓自我指涉內在狀態的語言，得到意象化的感知可能。提琴所以能成為主體情感心理狀態的映射，不是由提琴的表象形狀予以呈現，而是透過提琴的琴音。琴音因為其音樂形式，以及與身體的譬喻狀態，而在詩中成為身體指涉自我內在的言語。

　　然而，提琴的言語，自有其語法，特別是其所言語的是身體內在的現世幻覺。可以說，提琴作為自我另一個身體聲腔，他成為主體身體「言說—聽見」的聽覺系統。從詩人許悔之〈病〉的定稿下所自述：「聽德國女提琴家慕特演奏〈魔鬼的顫音〉，激動極了。身為魔鬼，理應用顫音詠唱。這首詩，試著理解精神與官能。」[57]仔細說來，在身體如琴的隱喻中，身體聽到了的琴聲，也無非是聽見了自己。身體於是成為了「被聽聞者」、「聽聞者」以及「發聲者」三種層次，在身體如琴的隱喻中。

56　雅克・拉康（Jacques Lacan）[著]；褚孝泉[譯]：《拉康選集》（上海市：華東師範大學出版社，2019 年），頁 438-439。

57　許悔之：《有鹿哀愁》（臺北市：大田，2000 年 5 月），頁 77。

　　細析身體如琴的隱喻，便已能初窺一體三化的層次，何況詩人如此在手稿中最後的段落開頭，確切寫下：「三位一體的／神人魔怨憎地說」。如果說，這般書寫乃為全詩之意象收束，那麼其神、魔開展點則在「圖 3-09：許悔之〈病〉初定稿詩手稿」開頭第四行之後的修改增補。詩人將原本第四行「模仿眾人的病」修改為「承受眾人的病」後，在後續詩行開始有了許多修改。可以發現，原本第四行後緊接著寫下之「竊取魔鬼的心」此行，在後續修改時，於中間加入增補符號「V」，寫下「還妄想」；另外也將「竊取魔鬼的心」的「魔鬼」一詞，改為「造物」後，再改為「上帝」。原本之用「魔鬼的心」，明顯是要與詩作附記所提之琴曲〈魔鬼的顫音〉相呼應。如此寫來，詩作在內容與表現的關係上，明顯較為平直。詩人改為「上帝」後，順勢連動地以「↑」上箭頭符號，帶出連鎖增寫出的「魔鬼般嘤嘤的顫音」。

　　因此透過詩手稿，我們回看定稿，便能知道首段「上帝／魔鬼」對比的特殊意義。事實上，此一「竊取上帝的心」的魔鬼之舉，也與聖經中撒旦敘事有所連結。上帝創造了撒旦，在希伯來語中「撒旦」一語，意謂著對抗。在但丁（Dante Alighieri，1265-1321 年，義大利中世紀詩人）《神曲》、彌爾頓（John Milton，1608-1674 年，英國詩人）《失樂園》中，上帝創造了自我對抗者，而後又創造了聖子基督。上帝要求天使臣服聖子基督，但天使路西法拒絕了，率領了三分之一的天使們反抗。上帝懲罰天使路西法，讓他們從天堂中墜落，而成為在人間、地獄的墜天使，進而成為魔鬼撒旦。在許悔之〈病〉詩手稿文本中，如此之神與魔所存在的衝突，便在一己身體發生，只要將「魔鬼的心」一易為「上帝的心」。

　　「魔鬼般嘤嘤的顫音」使莫名與壓抑的身心痛楚，成為聲音上的實質。在身體如琴的隱喻中，提琴不是代言體內的魔鬼顫音，而是與身體共感交鳴（synaesthesia）。這魔鬼顫音，顫動了情感的穩定性，而喜又而悲，就在換行之間，內在精神心緒便如此顛倒。手稿中對於落實於身體的癲狂、受刑之感，以戰爭意象對喻，並細加修飾。入城的將軍，似乎就將展開屠城，詩人將入城時間由「拂曉前」微調為「拂曉時」，讓即將展開的悲劇，得到時間

的光源而更為可見。身體內在的痛苦，則以躺在「像躺在泥濘地呻吟的士兵」為喻。而就手稿來看，詩人此行是先寫下「像泥濘地」而後空一行，續寫「躺在呻吟的士兵」。但如果這樣寫，明顯詩句語法不通，因而再調動符號，將「躺在」移到「像」之後，以為定稿之詩句。泥濘地的濁混沾黏，像是將士兵拖入地心黑暗，恰與前行之天空拂曉，形成暗與明，空間與時間的對比。

　　〈病〉第一段援用《聖經》創世話語，又窄縮至體內以自言自語的音量，為體內的身心病理建立始源。在身體如琴的隱喻中，自身琴音既承擔眾人病，又發出魔鬼的顫音，多重的神、魔與自我在身體內產生多重拉鋸的現象。這個現象終而在最終段落，命名以「三位一體的／神人魔」。「三位一體」亦為聖經之教義概念，係指「聖父、聖子、聖靈」三位同為上帝之一體。「聖父、聖子、聖靈」都歸屬於一個上帝，因此彼此無須區分大小先後。〈病〉藉著三位一體，呈現詩中我之罹患身心病的病體，在精神上的複雜構成。這兼具「神、人、魔」的病體，呈現身體在身心失常／衡中複雜的情緒：渴求救贖。

　　病把主體帶到了另一個身體中，我們的精神意識要讓主體去適應，這與過往大所不同的病體，本身就有對自我的一份陌生感的調適。如果是肉身器官的病體，我們要讓心理去適應的可能是發炎的疼痛感，移動身軀四肢的艱難發麻感，器官切除的空虛感。但，如果是如詩人〈病〉手稿中原本之詩題「身心病」呢？我們連要用以調適肉身感覺的「心理」也都毀壞了，又如何進行調適呢？〈病〉中主體的「神、人、魔」三位一體，正呈現這樣精神機制的交錯毀壞狀態：有著對身為人的無力感，有著對神渴切救贖的追求感，更有著如魔咒怒摧毀一切的破壞感。回到手稿可以發現，最後一段詩人原本寫為：

　　　　三位一體的
　　　　神人魔怨憎的說：
　　　　說要有病

便有了病

　　這樣的四行結尾，可謂精簡，特別是最後兩行，皆為四字，在整齊的形式感中，與開頭形成了對應。但可以發現這樣的等同詩行的對應，一方面顯得機械，另一方面也意謂經歷過這詩作行數的推衍書寫下，原初的詩行意旨並沒有產生質上的更佳深刻。詩人於是將「說」改寫為「並沒有說」，這否定句的狀態，完全否定了開頭的詩行，形成了一文本的辯證。這個辯證性，無疑是由此段明確點出之三位一體的神人魔言談所刺激。對於這神人魔言談的語態，詩人原本寫為「怨憎的」，而後改為「怨憎地」，以副詞詞性，強化「怨憎」此一言說的動詞效能。

　　以這份怨憎的語態為基礎，我們來細讀「神—魔—人」三位一體所言說吐露的三行。這三行在手稿原初之書寫並不存在，詩人明顯地是劃掉原本結尾與開頭的詩行後，進行思維而寫出的。這三行的第一行「我的身體是所多瑪」之「所」字，原本寫為「索」，兩字為同音，詩人特意將之更改，乃是就中文聖經和合本即寫為「所多瑪」；這也意謂著，此行乃用典於《聖經》。

　　《聖經》創世記 19：24-25，記載到：「當時，耶和華將硫磺與火從天上耶和華那裡降與所多瑪和蛾摩拉，把那些城和全平原，並城裡所有的居民，連地上生長的，都毀滅了。」由於所多瑪城罪惡甚重，神於是降下天譴。因此詩人在「圖 3-09：許悔之〈病〉初定稿詩手稿」中所寫之「我的身體是所多瑪」，彷彿身體就如所多瑪城，並已然聽聞了內在的神，對自我身體的憤怒，以及將逢的毀滅。《聖經》創世記中亞伯拉罕曾求告神，讓所多瑪城的義人免去所多瑪城的毀滅，神對亞伯拉罕的求告有所回應，詩人亦將身體化為許諾地，實踐神的許諾。

　　最終所多瑪城一切成為灰燼，詩人手稿寫下「我的身體發出了嚶嚶的顫音」，定稿則將「的身體」刪去，在「我」之前加上「此刻」。這時間當下的指涉，一語雙關，可指聖經創世中的所多瑪事件，也可指在聆賞慕特（Anne-Sophie Mutter，1963-，德國女小提琴演奏家）提琴演奏〈魔鬼的顫

音〉之當時。在此之身體內在「嚶嚶的顫音」的詭譎感受，與琴音共振，彷彿波特萊爾（Charles Pierre Baudelaire，1821-1867 年，法國詩人）《惡之華》的聲響版本，兼具著邪惡與華美，顫音擾動著惡與美傳統的邊界。在其間我們彷彿看到惡魔遠遠竊笑地，看著所多瑪城大規模的毀城悲劇；又彷彿惡魔就在所多瑪城烈焰之中，狂笑地享受著自我身體被毀滅的痛楚。

「神─魔─人」三位一體所言語的這三行，讓三位一體的神人魔各能有一行，作為身體的話語主體，內在其餘的兩個他者，則以參雜語意方式混聲其中。只是，定稿最後歸屬於魔鬼的第三行，省去「身體」，也在避免三行句法重複進行思量，同時這也使全詩最終之「我並沒有說要有病／／便有了病」更清晰的被看見。特別是「便有了病」被刻意地獨立成單獨段落的一行，讓讀者可以細加玩味、辯證。但是真正刺激與全詩開頭「我說，要有病／便有了病」形成意義對反的還在於最後手稿所增寫的「並沒有」。在內在精神、潛意識結構，對等於身體語體狀態的概念下，誠如前引文中佛洛伊德（Sigmund Freud）歸納了精神混亂狀態的語法，呈現出對語言肯定與否定的對換，這乃是對應於與他者關係的轉變。在此，可以發現在〈病〉隨著身體內在神、人、魔層次的紊亂，死亡與瘋狂的顛顫，使得全詩開頭的「我說，要有病」，在經歷這精神歷程的牽／擾動後，從肯定句，顛倒為「我並沒有說」如此否定句。我是否說，成為了自我疑問，他呈顯語體不為主體準確掌握的事實，在〈病〉這首詩的手稿中，詩人也正是在書寫的歷程最後，掌握了自我這個事實，讓我的一個身體，卻成為神、魔、人三個語體的隱喻，如此三位一體，也如此成為精神官能的病理。

詩人以詩完成身心精神官能的病理書寫，他不是自我文字的病人，而是以自我文字書寫，成為自己病理的探勘者。如果寫下，就能放下，那他的書寫也能讓他成為自我的醫師。如果詩人的潛意識官能意象，一如榮格（Carl Gustav Jung）集體潛意識之論，那麼，更也指涉集體潛意識所存在的病理現象。那麼詩人的疾病書寫，也可能提供集體身體病理的寬慰。

疾病不只是在身體上形成衰變、痛楚、斷裂的空間感，同時他也會形成記憶與時間感。在人一生的生老病死歷程中，病凝塑出一段非常理的時間，

即使恢復健康，疾病的記憶，仍會穩固地駐紮在身體中；然而若無法恢復健康，那病的時間更會讓身體成為歷史。而在〈病〉的書寫史中，詩人在追溯自我身心官能上，找到一種《聖經》創世語言句型為起源，但終而仍在惡魔的顫音感染下，手稿書寫不斷描摩出，自身內在點召起神、魔、人的語體喧嘩。終而，反使語言也生語病，成為身心的病灶。

第三節　面對巨型的他者：詩之欲求的快感與能量性

從前論觀察臺灣現代詩人白靈、紀弦、許悔之手稿中，隨其書寫意識的流動，而呈顯出之的主／身體分化，以及潛在對文學藝術宗教的鏡像象徵調動，形成了豐富的辯證。而詩人在詩手稿中，於刪補調動中所進行這主體內外的書寫探索與建構，展現了其書寫意識內裡的索求與慾望。我們如何理解如此的索求慾望，與書寫創造／作之間的關係呢？佛洛伊德（Sigmund Freud）於〈作家與白日夢〉中曾如此論及：

> 不可思議的作家從什麼源頭提取創作素材，他如何用這些素材使我們產生如此強烈的印象，在我們心中激起我們自己根本無法想像的情感。
>
> 每一個人在本質上都是一個詩人，除非最後一個人死掉，否則，最後一個詩人便不會消失。[58]

每個人都有白日夢，但作家能掌握書寫修辭予以寫下，並進行公開發表，使得他的白日夢，得以在公眾閱讀的管道，有著動人的可能。一般人，除非如佛洛伊德（Sigmund Freud）〈作家與白日夢〉所「轉述」，以為白日夢討論例證的男孤兒，否則難以使其白日夢，為他者所共感。儘管每一個

---

[58] 西格蒙德・佛洛伊德（Sigmund Freud）[著]；徐偉、劉成倫[譯]：《論藝術與文學》（北京市：國際文化出版公司，2007 年），頁 93。

人的白日夢，也可能是集體的白日夢，但是否能準確地道出、寫出，是否掌握書寫修辭體系，終究使自我的白日夢產生是否群體召喚性的可能。相對來說，常人之白日夢並非沒有創作性，只是表現在其潛意識內部、腦海之中。佛洛伊德（Sigmund Freud）曾指出一個例子：一個貧苦又是孤兒的男子，得到一位雇主的工作邀約，前往應徵這份工作的路上，他做了白日夢。在他的白日夢中，自己備受雇主肯定，為雇主家庭接納，跟雇主女兒結婚。之後成為雇主事業體系中的董事，從雇主的合夥人，到最後更成為了繼承人。

這個白日夢類似於中國唐代沈既濟《枕中記》的「黃粱一夢」，以及唐代李公佐《南柯太守傳》的「南柯一夢」，但並不仰賴著睡眠，進入睡眠中的夢，而就在日常活動展開潛意識慾望的想像實踐，幻想創作出他理想的未來生命史。佛洛伊德（Sigmund Freud）依照一般人的白日夢，證明了每個人內在所也存有的詩人想像力；不過相對地，我們也可以發現，廣受讀者認同的詩人，可能是因為其具審美性的語言修辭，但也可能是其內容上表現出人們共同的慾望——讀者們感知的不是語言，而是那慾望。

在日常醒時狀態下做著白日夢，與在日常醒時狀態下寫作詩，是如此相似，他們不必身陷入身體的生理睡眠，等待有無作夢的機緣／率，就能完成對慾望的再現創作。詩人就是一個白日夢的寫作家，他們驅遣著文字，不只更誠實而認真地做著白日夢，在詩中延續白日夢，更把詩的文本線索、紋理，向童年的遊戲蔓延，書寫成為白日夢的文字版本。而手稿的文字刪補調動的修改，則是童年沙坑中的沙堆捏塑遊戲。詩手稿的文字在此，如一粒粒沙礫，成為童年沙堆遊戲的移轉，有著自成世界的可能，葉維廉〈孕成〉詩手稿無疑是具代表性的例證。

葉維廉〈孕成〉之印刷發表刊印稿：

在狂喜過後

在歡樂製造者

沉入無覺無礙的睡眠的同時

生命的戰爭便開始

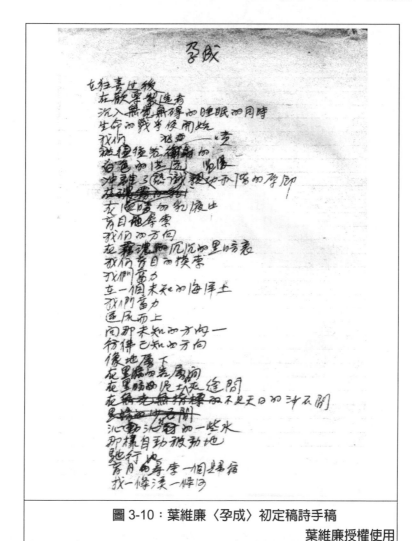

圖 3-10：葉維廉〈孕成〉初定稿詩手稿

葉維廉授權使用

我們被猛然噴射的

白色的洪流

沖離了溫暖和諧的原鄉

依著熟識的乳液

盲目地搜索

我們的方向

在濃濃的沉黑裡

我們盲目地摸索

我們奮力

在一個未知的海岸上

我們奮力

逆流而上

向那未知的方向——

彷彿已知的方向

像地殼下

在黑暗的岩層間

在黑暗泥土的夾縫間

在不見天日的沙石間

沁沁然的一些水

那樣自動被動地

流行

盲目地尋找一個歸宿

找一條溪而失路

找一條河而受阻

　　推動臺大圖書館典藏葉維廉手稿的柯慶明教授曾如此觀察：「葉先生初露頭角的早期詩作，側重複雜與多層次的表達，以憂國憂世的現代情懷，借感性與意象的語言，創出一種重新詮釋世界的個人神話來。後來受古典詩的淬鍊與啟發，轉向短語短句的物象自化的表現，走向宇宙真意的頓悟冥會。」[59]

---

59 http://www.lib.ntu.edu.tw/cg/manuscript/yip/review/review.htm（查閱時間：2019 年 5 月 9 日）。

葉維廉以現代主義的沉鬱語式，構築再現冷戰年代的個人神話。此弓張弦緊的高力度、密度文本，固然完成對世界結構的審美評斷，但終受個人學思歷程對道家自然美學與中國古典詩之研究轉而舒淡。臺大圖書館所藏葉維廉詩手稿中，最能體現此兩種話語系統協商運作細節者，莫過收於《移向成熟的年齡》（1993 年）的作品。詩人以「成熟」命名，正點明自我對此階段作品詩話語運作，已能將過往自我書寫史所實驗的各種詩美學面向，以一從容調和的姿態進行嫻熟運用。因此，錯雜難辨的手稿，正是一理解詩人詩話語系統協商細節的捷徑。

　　葉維廉〈孕成〉是《移向成熟的年齡》（1993 年）中的代表性手稿，透過上圖之定稿與手稿的比較可知，詩人在以伏流於地殼岩層的水，隱喻精子進入子宮的狀態時，不斷琢磨呈顯岩層黑暗、狹細之情境。例如定稿之「在不見天日的沙石間」，詩人原本在手稿一口氣寫下「在無光無指標的不見天日的沙石間」，後在精緻短句的詩語言風格意識下，刪掉了「無光無指標的」這樣指涉、說明意味強烈的描述詞語。「指標」屬於人主體意識的用語，然而實際上萬化遷動任其自然，何有指標？詩人手稿中以此述水之生發

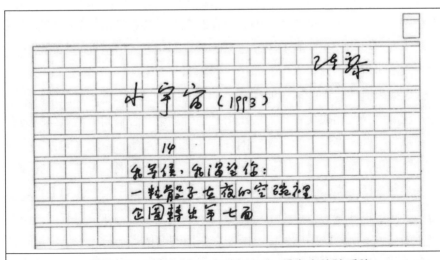

圖 3-11：陳黎〈小宇宙徘句.14〉手寫定稿詩手稿
出處陳黎文學網站

流動，本身便無意識地進行擬人辭格的運用。因此在定稿排除這樣帶擬人辭格延伸效用的詞語，即在去除人對萬化的語言干涉。此外，「圖 3-10」中〈孕成〉手稿最後一行「找一條溪一條河」，在定稿中也放大為「找一條溪而失路／找一條河而受阻」兩行，並且強化其中主體行進狀態。這都體現了一九七〇年代後葉維廉去繁重形名，如實而寫的詩美學運作。

　　慾望的深刻，在於現實中我們空匱的深度，那些關於沒有的、不能擁有，以及力求擁有的掙扎。例如陳黎〈小宇宙徘句.14〉謄寫於洄瀾之書的稿紙上的詩句：

　　　　我等候，我渴望你：
　　　　一粒骰子在夜的空碗裡
　　　　企圖轉出第七面

　　陳黎《小宇宙徘句》誠如手稿所寫，為 1993 年詩人出版的華文現代三行詩，共收有一百首。這份詩手稿特別選出第 14 首進行謄寫，凸顯了詩人對之特別重視的意識。詩人丟骰子，他的遊戲在有著時間隱喻的夜的空碗展開。空碗在形狀上，接近蒼穹，因此言夜的空碗，其實也指的是無星星的夜空。詩人在無星的夜空中丟骰子，已有超現實的詩意，但這裡的戲劇性，在於詩人試圖以現實中只有六面的骰子，骰出第七面來。

　　這個遊戲既然以不能擁有的事實，作為終局，以為慾望，遂使得詩人處在走不出的困局。如果骰子真能骰出第七面，那麼，必須向潛意識翻轉方有可能。這份可能，展現了詩人陳黎內在有一種拒絕意識。對現實的否定，可以生硬地使用否定詞，但也可以透過一種對現實異化的渴／想望予以完成。

　　等候與渴望，堆疊出慾望驅力，但現實不存在的骰子第七面，又拒絕了驅力的實踐。這回擲的力量，不會消解慾望驅力，反而力促著力量，為讀者打開了潛意識這個實踐場域。潛意識解除了他的潛伏，在詩人手稿中被符號化地寫下時，也使潛意識被言說出來。本章前節所論證臺灣現代詩人詩手稿中一體分化的文本，其在書寫歷程的現實時空中，意圖蘊藉自己的想像，乃

至精神鏡像、宗教體系，如同陳黎〈小宇宙徘句.14〉意圖翻出骰子第七面般，將自我分化出／至不同的象徵主體層次，乃至類屬。在這份詩文字書寫所透顯的主／身體分化慾望，滿足了詩人對多樣主／身體的想像，以及對之進行召喚的時間自由感。

現實中骰子向潛意識尋索現實中自我不可得那面的機運，其實也隱喻了，詩人在現實中尋索著既有歷史空間，所不能定義的自我之機運。骰子只有六面的現實戲局規則，被詩打破了；那麼，「一體分化」，要打破的是什麼？明顯指涉著他們現實中的秩序，那些界定著主體的樣貌行為之世界結構框架。詩書寫滿足了詩人對現實，那由巨型他者建構的單面秩序化體系的抵抗。以書寫進行抵抗，以及精神心理壓抑感的排解，都展現了詩人如何面對現實秩序，無論是書寫的體系，還是所處的時代。

詩人在詩手稿中，以一體分化的書寫，打開被巨型化他者單面化的自我，重新創生、賦予自我的主體感。這份言述、寫作，都藉由改變言語秩序開始，投注了改變由巨型化他者所掌控之現實秩序的種種可能。當紀弦〈與或人相逢〉、許悔之〈病〉，以非常態、傳統文法方式的書寫，道出主體我的變衍、析離，正也易／異動著自我身體、巨型他者與世界間的關係。詩文字書寫一旦對主體的被捏塑產生意識，便已存在著對國家社會話語體制的擾動可能。這也是為何國家社會話語體制總存在言論管制的機制，而一句詩，比一句話，更有著革命效能，只要詩如此發現了自己，也可以有另外一個精神面，另一種該被理解的瘋狂時，被巨型他者架構好的理性，就會產生裂痕。由此看來，精神分裂的文本，有可能也是導向對既有體系塑造之理性的質疑，提供另一個精神正常版本的定義細節。

現代詩手稿未加修飾的語言文字原初狀態，以及刪補調動的跡軌，讓自我內的潛意識，成為一個可以提取的對象，由此展露出主體的慾望，以及對秩序的重構。固然傳統精神分析，往往將慾望的內容，指向飽足與性慾，但在現代詩手稿中，我們看到更為形式本質的言說、書寫的慾望感。

用語言言說，用文字書寫，不只滿足表達時相對應的嘴部與手部肌肉在活動時的快感，更在這系列活動中完成對事物之表達、指涉，以致於在語言

象徵上的擁有，進而產生愉悅感與成就感。例如：與其他人聊天分享看法，完成一個文學作品的寫作。當然，在更積極的詩語言、書寫層次上，乃在於發現既有語言文字的框架，並進行突圍／破以形成快感。例如：想理解不同外國語言系統，於是透過翻譯，跨越原本使用語言的框架，來進行學習理解；想進行不同事物的比較，避免既有論述定軌化的解釋、再現邏輯。

　　每一種系統的語言文字，都有其高效能的意義生產作用，但也會有其無能為力的疲頓之處。力求實驗的詩，就是先承認語言文字需要革新的事實，然後保持永遠離開既有說／寫法的突擊姿態。這使得詩寫作本身的歷程感，帶有一種對已然的言說模式，與無法言說之事物的伏擊，賦予框架死刑，又給未知進行分娩。白靈〈詩脫稿後〉詩手稿文本即以寫詩歷程，作為書寫對象，其中的修改正能展現詩人對寫詩歷程中精神意識的流動，以及意欲感的

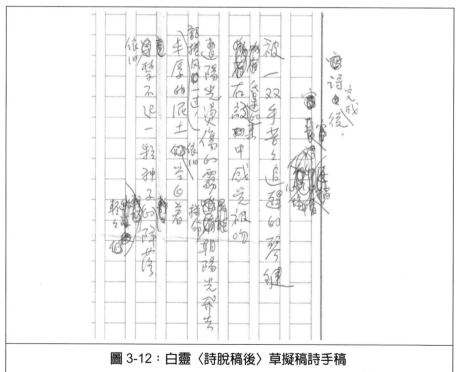

圖 3-12：白靈〈詩脫稿後〉草擬稿詩手稿

白靈授權提供使用

狀態。「圖3-12：白靈〈詩脫稿後〉草擬稿詩手稿」如上，而其印刷發表刊印稿如下：

被一雙手苦苦追趕的琴鍵
在昏迷的敲擊中感覺被吻
遭陽光燙傷的霧拚命朝陽光飛去
龍捲風一過，豐厚的泥士空白著
禁不起，唉仍禁不起一顆種子輕輕的　　　降　　落

檢視「圖3-12：白靈〈詩脫稿後〉草擬稿詩手稿」可以發現，詩人在題目的設定上就有許多繁複的修改跡軌。在稿紙字格上，詩人原本訂題為「寫長詩的心情」，而後有在「詩」字之下，加上「人」，題目變為「寫長詩人的心情」。對於這個更改後的題目，詩人並不滿意，之後分別將「心情」更改為「心境」，意在凸顯寫長詩的書寫境界[60]；另外，則於「的」後加上「逐指」一詞。「逐指」並非日常用語，光看此詞不容易理解。需要進入詩作內容的第一行「被一雙手苦苦追趕的琴鍵」，才能知道「逐指」乃是「手指追逐琴鍵」之意。「逐指」雖與詩作內容直接相關，但如此詞彙濃縮，顯得突兀、生硬，「心情／境」作為題目，又太接近於散文，因此皆被詩人放棄。

而原本的「長詩」一詞也被取消了，並沒有被保留，可見詩人明顯斟酌到整體詩作內容，並沒有特別針對書寫長詩進行的表現，而更聚焦在創作詩作將成之際的時間歷程感受。但可以發現，這原初題目的修改中，「寫」這個字，被詩人進行三次考量。這三次分別可見於（1）原本題目中；（2）修改原詩題時在「長」旁詩人再寫一次；（3）開頭稿紙字格外的修改詩題「寫詩之後」中。重複三次的「寫」字，正可說明這首詩是如此對「詩書寫」行為進行聚焦。

---

[60]　王國維於《人間詞話》中亦以「境界」論詞。

但詩人對於修改後的詩題「寫詩之後」仍不滿意，最後再經修改，更改為「詩完成後」。「寫」字在題目定稿被隱匿了，但閱讀手稿的我們已深知詩人內蘊之用心，隱匿的「寫」字，事實上，都成為詩作本文的用心。而最後的定稿題目，詩人又將「完成」更改為「脫稿」。相對於「完成」，「脫稿」更具身體活動感，有著「脫離」動作，但也指出了「稿紙」這個物質界面，形成主體、文體間交相辯證的據點。

刪除的字眼，如「寫」與「逐」，反而都是文本的主題。這主要是因為這是一首短詩，題目把主題說盡，反而會使整個詩作與詩題間不易形成層次性。其中，「寫」字的修改，潛存了對書寫慾望的時間感；「逐」字的修改，則涉及了主體對文體文本的構成與脫離之生死焦慮。以下我們依據「圖3-12：白靈〈詩脫稿後〉草擬稿詩手稿」與定稿，分別就詩題中「寫」與「逐」兩字修改，在內容文本中的脈絡性，進行細部探述。

在「圖3-12：白靈〈詩脫稿後〉草擬稿詩手稿」中，詩書寫一開始第一句，便被詩人以「被一雙手苦苦追趕的琴鍵」準確譬喻，在詩手稿中全詩共五行，這是唯一沒有修改的一行。在形式結構上，白靈出版有《五行詩及其手稿》對五行詩有意識地進行小詩美學的探勘。在小詩美學的實驗上，對特定行數的系列書寫，往往成為書寫重點，形成詩人對自我的形式限定，依此翻變出新意。例如前述陳黎《小宇宙俳句》全部皆以三行為一詩[61]，另外瓦歷斯‧諾幹《當世界留下二行詩》則以二行為一詩。在重視形式精簡與精準的小詩書寫中，對每行的錘鍊密度必然更為頻繁，「被一雙手苦苦追趕的琴鍵」毫無修改，表示是詩人對這個意象的肯認。因為這句提供了書寫的時間速度性，其追趕的焦灼感，透過「被追趕的琴鍵」具體透顯。琴鍵，事涉琴音，正是音樂此一時間藝術，由此足能比賦書寫詩作所經歷的時間感。

葉慈（William Butler Yeats，1865-1939 年，愛爾蘭諾貝爾文學獎桂冠詩人）於〈在學童中〉曾有如此細膩的書寫：

---

[61] 這種俳句形式的現代詩寫作，在臺灣現代詩壇自成一系，例如林建隆《林建隆俳句集》、洪郁芬《渺光之律──華文俳句集》。

　　栗樹啊，根柢雄壯的花魁花寶，

　　你是葉子嗎，花朵嗎，還是株幹？

　　隨音樂搖曳的身體啊，灼亮的眼神！

　　我們怎能區分舞蹈與跳舞人？

　　在這段〈在學童中〉結尾段落中，葉慈（William Butler Yeats）思維著部分與整體的關係，我們如何理解一棵栗樹——我們看到了整體的一棵樹，是由葉子、花朵、株幹構成，它的美也是如此成形。但葉子、花朵、株幹又是否能獨立出來，對之進行審美？對樹構成的各個局部，關注入深，甚至也讓我們開始懷疑，是否局部能取代整體？所以詩人疑問著：「你是葉子嗎，花朵嗎，還是株幹？」如果讀者順勢回答著詩人的問題[62]，回答道：「是的，樹是葉子」時，其實就正引動著一個隱喻的完成，部分成為、代表了整體，成為整體的絕對象徵。這份象徵內在就隱含著時間，亦即當你詢問對於一棵樹，你最先想起什麼時，你的回答也將是一份隱喻。

　　樹不會自主移動，但我們已能用部分與整體的追尋，賦予他整體在言說上的次／時序性。但如果關注對象移往會活動的人呢？在活動時間的人，作為其生命史的部分，是否能代表他的整體，特別是藝術性的舞蹈。人無法無時不刻的跳舞，而在跳舞中舞者神采飛揚，但舞停後氣喘噓噓的模樣，又與之大所不同。甚至在跳舞以外的日常生活中，舞者可能所身陷的生命難題桎梏中的模樣、神情，都難以讓我們去疊合跳舞中舞者的神情。舞蹈時間似乎獨立於舞者之外，處在舞蹈中的舞者，是舞蹈外舞者的他者嗎？

　　對日常現實的身體而言，藝術活動的創造過／歷程，能使處在其中的身體擁有另一個主體版本。佛洛伊德（Sigmund Freud）於〈文明及其不滿〉中曾論及：

---

[62] 在詩中疑問修辭積極的詩學效力，正在於誘引讀者對詩人提問進行回答，由讀者依據其各自的秉性、記憶與知識，得到不同答案，建構出單一詩作的多樣詮釋版／文本性。

> 個人不願意放棄一些東西，因為它們給人帶來愉悅，但它們不是自
> 我，而是對象；而個人試圖拋棄的一些痛苦實際上因為它們的內在根
> 源而無法與自我分離。個人逐漸學會一個過程，在這個過程中，通過
> 審慎地指出處己的感覺活動，通過適當的肌肉運動，個人就可以區分
> 內部與外部，即屬於自我的東西和起源於外部世界讀東西。[63]

　　對比於舞蹈這樣大肌肉群的運動，寫作詩文字的肌肉群運動，其處在的
創作時間感是相同的。詩人操作身體進行詩書寫，在詩文字書寫歷程時間中
生成了一個書寫主體版本。於是我們就能理解第一句中的時間速度感，那急
促，是因為書寫的愉悅，以及對之的追逐、索求，此即為詩書寫之慾望。白
靈〈詩脫稿後〉及詩手稿文本中第一句這份被穩固寫下的追逐，就是原本詩
題多重修改中被隱匿的「逐」字，所要表現的內容。書寫慾望突顯了生成文
本時，孳衍一字一句的快感，這由白靈〈詩脫稿後〉及詩手稿文本的第二行
表現。在「圖3-12：白靈〈詩脫稿後〉草擬稿詩手稿」詩手稿中，第二行原
本寫為「唯有在敲打中感覺被吻」，之後省去「唯有」，於「在」旁以加字
符號加入「昏迷的」，並把「打」字換為「擊」，經過這樣的書寫修改，最
後改為「在昏迷的敲擊中感覺被吻」。

　　詩人所以在第二行省去「唯有」，在手稿中我們可以清楚看到原來詩人
在第三行原本寫為「遭陽光燙傷的霧唯有朝陽光飛去」。「唯有」一詞在第
二、三行重複出現，詩人在第二行進行刪除。只是第三行也刪去「唯有」，
改為「拼命」，這也是對具體形象的書寫追求使然。「敲打」改為「敲
擊」，較符合一般對演奏鋼琴的用詞。新增的「昏迷」一詞，呈顯被手指快
速彈奏，追逐、實現的美好音樂之鋼琴，其所承擔的速度、重量後的意識狀
態。昏迷——意謂著身體與精神主體間所失去的意識連結。琴鍵在此間接被
擬人，其所感受的吻，也有了情慾之感。

---

[63] 佛洛伊德（Sigmund Freud）[著]；嚴志軍、張沫[譯]：《一種幻想的未來：文明及其
不滿》（石家庄：河北教育出版社，2003年8月），頁61。

奏琴人主體不斷追逐那份快感，在琴鍵上灑落吻，追求所慾望的音樂。而這是其旁詩題所指涉，寫詩所經歷的精神時間感受。書寫時間中的主體要成就一首詩是事實，然而主體耽湎其中的精神愉悅，卻是另一個需要辯證的事實。可以說，書寫主體成就的詩作語體文本，分享了操作書寫主體的精神記憶，自成一文本的生命。詩作語體文本如此被生命化，也意謂著寫作完成後，他會形成一個獨立的語體。書寫的快感，亦正將演變成眷戀，以及焦慮。

執取於書寫的焦慮，在於作者將不再是書寫者的死亡焦慮。將詩作完成之時，是否自己一部分就將死去。作者是否可能再繼續書寫言說下去，這不只是書寫言說時的肌肉，而是已被所寫下的文本，言說過的自我精神界域（記憶、思維），是否有可再言說之處。魯迅小說〈祝福〉中祥林嫂的故事，可以作為一個相對應的例子。守寡的祥林嫂，害怕被婆婆強賣給他人，於是逃到了魯鎮的魯四爺家中作女工。但仍不幸地，祥林嫂仍為婆家人搶擄而去，賣給人為妻。祥林嫂改嫁的第二任丈夫賀老六，因傷寒去世，生的兒子又被狼叼走。頓失依靠的祥林嫂，再返魯四爺家做幫傭，但精神氣力早已不如前，每遇到一個人，就說起自己過去悲慘的故事。原本大家都同情著祥林嫂，但一次兩次後，大家都厭倦了祥林嫂所重複述說的故事。任何的悲慘，都禁不起相同的方式，重複述說，詩語言更是如此，所以詩學，正是在修辭基礎上探掘意義的層面。在白靈這首詩中，自我言語成為對象內容，使得自我精神面更被聚焦，精神是否在言述後被淘空，或難有變貌，形成另一種主體的死亡，便成為主體焦慮所在。

死亡，並不僅有肉身之死的層次。<u>詩語體本身的死亡，可以是被詩人刪去的字詞，為最完整／善的一首詩而進行的自我獻祭；也可以是無可言說卻又意欲言說，於是僅能重複相同的言說，遂變成一種對自我空無的淘空，而如此有聲卻如同靜默著。</u>詩作文本分享、挖掘著詩人主體的精神，又在詩人充滿著書寫精神快感的書寫中，也分享甚至佔據了書寫主體的精神內容，以及書寫主體所能調度的知識記憶，形成語體文本的自足性。

另一個層次的死亡，則是意識到羅蘭‧巴特（Roland Barthes，1915-1980 年，法國文學批評家、符號學家）所謂的「作者已死」——作者在完

成作品後，便已經失去了對作品的絕對發言權，作品文本化地讓讀者能自由詮釋。作者完成的作品，類似完成了一個字典，作品的字詞可透過讀者，連結到其他的文字／本。詩人在寫作之中如此意識，自己將不擁有他的詩作；相對來說，已然將有獨立生命的詩文本，又何嘗不急於脫離詩人的書寫，而擁有獨立的自我，脫離詩人精神意識的界域，向讀者所代表的公眾話語進行連結——因此回看詩作中的「逐」字，與連動的書寫，正陷了這樣複雜的情緒中，全詩第三、四行分別表達詩作與詩人作者的不同意識狀態。

　　「圖 3-12：白靈〈詩脫稿後〉草擬稿詩手稿」第三行原本寫為「遭陽光燙傷的霧唯有朝陽光飛去」，其中「唯有」兩字如前述，因為與手稿第二行原本之「唯有」重複，所以刪去改為「拼命」。「拼命」展現了動態，呈顯詩作如何奮不顧身地掙脫詩人作者；但「命」字，在詩作脈絡中，更有文本生命的意涵，呈顯將誕生的詩作，如何就要在書寫意識那幽暗子宮的分娩、產出，迎接光。詩人在此運用帶對比性的設喻，運用霧隱喻詩作文本在書寫成形階段，那朦朧不定的狀態。

　　霧之將散，等同於詩之將成，在這份清晰感中，詩人更以「燙傷」賦予一份灼燙感。由此凸顯詩作即使如此，也要完成脫離詩人作者，完成獨立自我的文本狀態。「圖 3-12：白靈〈詩脫稿後〉草擬稿詩手稿」最後兩句的修改，則呈顯了詩人如何在霧散詩成之後，陷溺於再生產的慾望中。其中「依舊」這個帶有持續與回返意味的詞，在最後兩行修改都有出現，只是最後在印刷發表刊印稿中都不使用，但可從中看出詩人原本所要表達，詩人在詩作脫離後，再次勃發的書寫慾望。我們除了可以看到詩人如何巧妙地以泥土與落下種子這樣自然意象，譬喻鋼琴琴鍵與手指，乃至於書寫界面與書寫者，這樣複合多重的關係；更看到了詩人如何拒絕著自己的「作者已死」，而亟欲在這首詩最後的完成中，後設著自我對新作的孕生慾望。

　　詩人在自我之死中投注的種子，使得快速釋放的「詩書寫慾望」，保持著再慾望的動能，讓其永遠保持可以再書寫／生育的可能。這使得詩作手稿中那消逝的「逐」字，無時不刻地在這針對詩書寫為對象，而啟發的詩意中恆存。於是詩作書寫的力道，詩作脫離作者書寫的力道，構成了與死亡彼此

一體兩面的力道，在詩人對自我詩書寫的觀察中交互作用，並以詩手稿作為證言（testimony）。這份詩手稿證言，讓文本構成歷程後，將離席各自死生的作者與詩作，帶回來到我們的閱讀，成為事實，說明書寫中誰也未曾是書寫歷程中的缺席者。但如果，觀察界面從詩書寫界域，到了時代歷史場域中，詩書寫在道出作者之過去時，他又將重演怎樣的「作者已死」，流洩其中作者乃至於其所隱喻時代集體的痛楚與慾望？對此，我們可以瘂弦〈上校〉以下兩個版本手稿作為切入點，進行考察。

瘂弦〈上校〉之印刷發表刊印稿（《瘂弦詩集》臺灣洪範出版社 1985年版）：

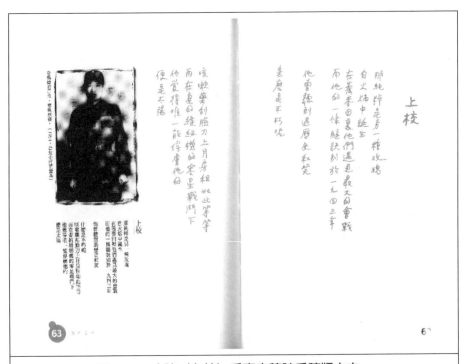

圖 3-13：瘂弦〈上校〉手寫定稿詩手稿版本之一
出處《弦外之音》

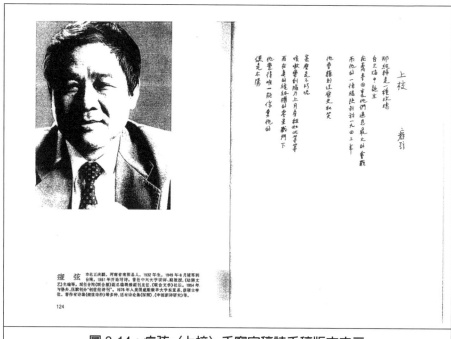

圖 3-14：瘂弦〈上校〉手寫定稿詩手稿版本之二
出處《國際華文詩人百家手稿集》

那純粹是另一種玫瑰
自火焰中誕生
在蕎麥田裏他們遇見最大的會戰
而他的一條腿訣別於一九四三年

他曾聽到過歷史和笑

甚麼是不朽呢
咳嗽藥刮臉刀上月房租如此等等
而在妻的縫紉機的零星戰鬥下
他覺得唯一能俘虜他的
便是太陽

　　瘂弦作為臺灣代表性的經典詩人，作品時常入選兩岸華文詩選集。每種詩選集都有其編選上的詩美學訴求。誠如本書前章「臺灣現代詩手稿文本之版面歷程現象論」所觀察詩選集的編輯上，為訴求版面構成，以及留存詩人書／手寫的真跡，會邀請詩人提供手稿以為美術編輯。瘂弦〈上校〉手稿至少便有兩個版本，其一為聯經為詩人所編選的《弦外之音：瘂弦詩稿、朗誦、手跡、歲月留影》，其二則為《國際華文詩人百家手稿集》，這說明了編選者，以及瘂弦對〈上校〉此詩的重視。

　　檢視瘂弦同一首〈上校〉的兩手稿筆跡，雖為瘂弦所寫，但細部字跡並不完全一致。不過最具體的，還是在第一行出現了一字之差。「圖3-13：瘂弦〈上校〉手寫定稿詩手稿版本之一」詩人寫為「那純粹是另一種玫瑰」，「圖3-14：瘂弦〈上校〉手寫定稿詩手稿版本之二」則為「那純粹是一種玫瑰」，兩個版本差在「另」字。比對印刷發表刊印稿，可知少了「另」字的版本，是相對「錯誤」的版本。但從精神分析的角度來看，我們更願意將之視為一種「差異」、「歧出」、「分裂」的版本。

　　「另一種」這個詞彙，以更強的提示詞義，強調了想像玫瑰的超現實特殊性。詩人在詩手稿謄寫上省略的錯誤，反映了一種潛意識的狀態。在無意識省略的現象中，呈現了玫瑰從火焰誕生這樣的超現實指涉，已進入到無意識層次。玫瑰之美與戰火之死，彼此成為必然無疑的隱喻，而無須進行特指。

　　玫瑰成為死亡美學的象徵，成為主體對戰爭的想像物。玫瑰具有兩個衝突的意象點：紅豔的花瓣跟刺。以之譬喻愛情與戀人，愛情與戀人的甜美以及愛不得苦之時的傷人。以之譬喻戰爭，依照詩下文，主要指涉的是戰火。詩人潛意識展現了對戰火的複雜心理，火之焰帶有絕美，以及文明的隱喻。除了中國特別標舉的燧人氏外，希臘神話中的盜火者普羅米修斯，實亦具有深沉的潛意識寓意。

　　普羅米修斯知道泥土蘊含著神的種子，於是與弟弟厄毗米修斯一同將泥土捏塑出人與世界上各種動物。厄毗米修斯將良好的能力各選一種，分配給動物：兔子分配到了良好的跳躍能力，老鷹分配到了良好的視覺能力，魚分

配到了良好的游泳能力……分配到最後，已沒有能力可以賜與人類了。成為零餘者的人類，痛苦的在世間掙扎。哀憐人類的普羅米修斯，教導人類如何辨別星辰理解時序，如何鑿石伐木建立屋房，但人類卻還沒有一個關鍵能力——用火，這使得人類無法熟食，生活充滿疾病。為天界所控制。因此，普羅米修斯哀憐人類，於是決定上天界盜取火種。

眾神之王宙斯為方便控制人世，禁止將火種所隱喻的用火能力傳到人間。普羅米修斯違抗了宙斯，手持茴香枝等在太陽神馬車路經之處，讓茴香枝燃燒，作為火種，由此傳天火至人間。儘管人類們獲得了有別於世界上其他動物，獨有的用火能力，但普羅米修斯卻遭受到宙斯的懲罰。震怒的宙斯除了故意製造潘朵拉盒子在人世間散佈罪惡的誘惑，也將普羅米修斯鎖在高加索山峰之上，讓禿鷹白日啄食普羅米修斯之肝臟。而晚上普羅米修斯的肝臟又重新長出，這使得普羅米修斯日復一日地，永遠受到肉體肝臟的痛苦。

普羅米修斯神話除了帶有對人類的憐憫之外，更由火所代表的文明，以及盜火者性格特質，隱喻著追求文明的主體意識。在希臘神話中人類的出現，及其關鍵有別其他動物所擁有用火的技能，皆由普羅米修斯而起。這使得普羅米修斯，具有創發／造人類文明的隱喻。細看普羅米修斯（Prometheus）一詞的字根「Pro-」本身即有「在前」的意涵，而普羅米修斯（Prometheus）的弟弟厄毗米修斯（Epimetheus）之字根，則相對意涵著「在後」，兩者恰形成「先知」與「後覺／悔」者。

普羅米修斯應對著諸神之王的權威，而做出反對之舉，這凸顯了人主體、文明的創發與突圍，起於對權威體制的反叛，而反叛更帶有一種突圍、先鋒的姿態。回到瘂弦〈上校〉詩中，第一段開頭「那純粹是另一種玫瑰／自火焰中誕生」，那火焰對應的正是普羅米修斯；但同一段中，緊接著的卻是「在蕎麥田裏他們遇見最大的會戰／而他的一條腿訣別於一九四三年」，這失去腿的後退意象，對應的則是厄毗米修斯的退卻。諾貝爾文學獎桂冠詩人施皮特勒（Carl Spittler，1845-1924 年，瑞士詩人）曾以普羅米修斯（Prometheus）的弟弟厄毗米修斯（Epimetheus）以為史詩，榮格（Carl Gustav Jung）〈詩歌作品的類型問題：施皮特勒的史詩《普羅米修斯和埃庇

米修斯》〉對這部作品曾如此論及：

> 在施皮特勒這部以希臘神話為題材的史詩作品裡，為何先知先覺的普羅米修斯和後知後覺的、喜於行動的埃庇米修斯這對兄弟，分別是內傾型和外傾型的發展路線在同一個體身上的鬥爭，只不過在這部敘事長詩裡，這兩種相反的發展路線分別是由兩個獨立的神話角色及其典型的命運所體現。[64]

　　瘂弦〈上校〉的首段，隱然呼應著普羅米修斯與厄毗米修斯在血緣上的整合，既誕生又訣別，如榮格（Carl Gustav Jung）在施皮特勒（Carl Spittler）《普羅米修斯和埃庇米修斯》所看到的一體性，以及一體內在的矛盾。戰火內在確實如玫瑰一樣，具有文明與反文明的辯證，並且以肉身為其中之一的載體。身體意象的建構，往往有動人的效果，主要乃是身體感如此為我們所有、所感。但這些身體的所有、所感，甚至其感官的多重運作，卻並不時時為我們意識覺察。由波特萊爾（Charles Pierre Baudelaire）所代表的現代主義象徵書寫，正在細密地為我們捕捉在現代化快速、多樣的現代聲光情境中，主體在其間意亂情迷之際，多重身體感官複合運作的狀況。在現代主義象徵書寫中如此狀況，被詩的言語、文字道／寫出，正是讓主體感官無意識運作，進入到意識層次被覺察。詩人之詩文體於是成為群體的敏銳主體，先行感受並書寫，然後成為觸動世界群體覺察自我感官經驗的可能。只是在瘂弦〈上校〉中，其身體感官書寫的特殊性，不只是書寫身體的腿，更是以那有著切膚之痛的，腿的匱缺（manque）感，去承受那「玫瑰—火焰」的絕美。

　　在身體感官經驗上，瘂弦〈上校〉詩中腿的匱缺感指涉的並非單純的「不存在」，而是還由詩手稿中所書寫的「一種」，所指涉的「轉化」——

64　卡爾・榮格（Carl Gustav Jung）［著］；莊仲黎［譯］：《榮格論心理類型》（臺北市：商周，2018 年），頁 196。

一個由戰爭歷程，使得腿喪失了，而腿內蘊的蕎麥田行走經驗，所被轉化為死亡經驗。我們可以說，是戰火內在隱喻的慾望、爭奪，構成了匱缺。但瘂弦〈上校〉這首詩首段標註的「一九四三年」，讓腿的匱缺，永遠能讓身體回行，抵達至那腿在與不在的邊界。同時，也將「火焰中誕生」的普羅米修斯文明創生經驗，轉化為厄毗米修斯文明倒退經驗——誕生的玫瑰綻放的不是美，而是戰火的壯烈，與文明的退轉。因此，匱缺並非「不存在」，只要賦予時間，它便存在著折射再現的功能，依舊具有鏡像歷程中想像據點之功能，提供主體推展自我，縮結能指、所指的作用。

確實，在詩行中上校的另一條腿就消逝於過往戰火之中，但他還有另一條腿，使他還能立於此在。另一條還存在的腿，讓匱缺得到了現世的支撐，使得匱缺與其所轉化的，永遠可見。檢視存錄瘂弦〈上校〉兩個詩手稿的兩本書籍，可以發現不約而同地都檢附了詩人的照片，這形成了一種詩手稿與照片間的互文，乃至於能指與所指間的象徵交換。在詩文本的書籍構成上，個人照提供了作者的影像，讓詩文字有比作者名字，更視覺化的圖像。具體來說，為讀者標明〈上校〉這首詩，不只是「瘂弦」這位詩人寫出來的，而是「瘂弦相片」中這個模樣的詩人所寫出來的。

仔細來說，就形式來看，在集子中，詩手稿也是以一種「翻攝的照片」存錄。這讓我們在這詩作與攝像存真的相片，產生了作者與書寫的實貌性課題，讓我們思索在詩作中寄寓的主體鏡像歷程中，寫真相片能為之提供真實嗎？

其中，收錄「圖 3-14：瘂弦〈上校〉手寫定稿詩手稿版本之二」的《國際華文詩人百家手稿集》包括兩岸華文詩人在內的華文詩人合集，經由全書對各詩人進行統一體例的編輯方式編輯而成。而瘂弦《弦外之音：瘂弦詩稿、朗誦、手跡、歲月留影》則是以瘂弦為獨一對象的集子。由瘂弦提供詩作、手稿、錄音、照片，經由編輯群體以及個人的編輯、審閱，因此在詩手稿、圖像建構的版面文本上，便有了更多的詩人意識的流入，使我們在並看中，感知這內在意識的流動。

《弦外之音：瘂弦詩稿、朗誦、手跡、歲月留影》中為瘂弦軍服個人

照，讓我們知道詩人主體如何以軍人身份在歷史現場中駐足、行止。瘂弦在攝影師的鏡頭中，被建構出英挺、勇健的男性主體[65]，在《弦外之音：瘂弦詩稿、朗誦、手跡、歲月留影》的瘂弦軍服照片旁即由編者附註：「配槍的瘂弦，意氣風發。（1954，臺北小坪頂營區）」[66]但詩手稿文字呢？卻在書寫中，存在著斷肢崩解的文本主體。他確實的將兩版本的「另一」字詞之詞義再次發揮了，在圖像與詩手稿間的互文性中，文字干擾了圖像，或者應該說干擾了圖像那背後寄寓的、被掌控的時代攝像美學。

　　在「圖3-13：瘂弦〈上校〉手寫定稿詩手稿版本之一」這個由瘂弦〈上校〉詩手稿、詩定稿與軍服照片共構的文本中，詩作與照片間所帶出的衝突，就鏡像理論來看，這呈現了上校主體在戰爭意象中的象徵不完全。從照片看往詩作，我們發現軍服配槍的瘂弦成為詩作中戰火玫瑰的隱喻；從詩作看往照片，我們發現詩作中失腿的匱缺，所引動的在與不在的邊界感，也觸動了，賦予了照片「（1954，臺北小坪頂營區）」的時空間位置感。我們看到詩文字，以一字一行的方式，腐蝕了配槍軍服照的男性壯健。其中精神意識的細節運作是什麼？羅蘭・巴特（Roland Barthes）在《明室・攝影札記》曾指出：

> 反身自觀（而非對鏡自照）從歷史階段看來是晚近才出現的行為。油畫、素描、細密肖像畫，直到攝影大量風行之前，只是少數者的專利，況且其用途僅在於彰顯社會或經濟地位；無論如何，一幅畫得再酷似的肖像（這正是我試圖證明的）也不是一張照片。奇怪的是不曾有人想到這一反身自觀的新行為（對文明）造成的困擾。我期待有一關於看的歷史。攝影帶來的是：我，有如他人，即認同意識的扭曲分化。攝影肖像為一封閉的眾力之場。四種想像在此交會、互相對峙、

---

[65] 當然，就性別思考角度，女性軍人在攝影鏡頭中如何建構身體風格，亦成為足以探討的主題。

[66] 瘂弦：《弦外之音：瘂弦詩稿、朗誦、手跡、歲月留影》（臺北市：聯經，2006年），頁63。

　　互相扭曲。面對鏡頭，我同時是：我自己以為的我，我希望別人以為
　　的我，攝影師眼中的我，還有他藉以展現技藝的我。換言之，多麼奇
　　怪的舉動：我竟不斷在模仿我自己。[67]

　　誠如班雅明（Walter Bendix Schönflies Benjamin，1892-1940 年，德國猶
太裔哲學家、文化評論家）觀察到攝影攝取事物靈光，使得事物被複製到照
片中，透過機械大量複製、沖洗後，失去了其唯／獨一的量詞。攝影使得主
體本質不再固守於身體之中，而在影像管道中發生外延，特別是具有捕捉神
韻的好照片中。我們的身體感被放置在個人照片中，但這再現卻具有許多操
作性，甚至具有扮演性——我們期許自己的影像，攝影師操作他的鏡頭，我
們的身體開展出被鏡頭觀看的角度，光圈、感光度甚至快門，都能創造出相
片框架中，我們身體周遭的氛圍，進而以氛圍影響身體的氣質。因此，一張
個人照片，如果被拍照者不願草草了事，他都涉及了一個自我與自我認識，
自我與攝影師鏡頭的拉拒，最終形成自我與攝影師共同創造，可供他者觀看
評價的影像。

　　可以說，在「圖 3-13：瘂弦〈上校〉手寫定稿詩手稿版本之一」、「圖
3-14：瘂弦〈上校〉手寫定稿詩手稿版本之二」這兩張瘂弦個人照，呈顯了
羅蘭・巴特（Roland Barthes）所謂的「知面」（studium），而其「刺點」
（punctum）則由彼此互文的詩作及詩手稿所強化透顯。

　　「圖 3-13：瘂弦〈上校〉手寫定稿詩手稿版本之一」的提供了瘂弦男
性、軍裝訊息，「圖 3-14：瘂弦〈上校〉手寫定稿詩手稿版本之二」的照片
則提供了瘂弦轉為編輯人的形象，以及退伍後時間在身上積累的訊息。這兩
張照片的視覺訊息，建構了照片的「知面」，我們看到時間與時代在主體上
發生的作用，軍服與西裝，壯年與知天命之年，反向去標誌了時間／代。如
此被身體、性別、服飾彰顯了的歷史，將與我們——包括被拍攝者的瘂弦，

---

[67] 巴特，羅蘭（Roland Barthes）[著]；許綺玲[譯]：《明室・攝影札記》（臺北市：臺
灣攝影，1995 年），頁 22-23。

以及觀者的生活連結。具體來說，軍裝瘂弦與西裝瘂弦，正就形成了一脈絡曲線，展顯了其生活的歷程與走向。

而照片中的刺點，那具刺穿照片平面形式的意義衝突意欲，則由圖片文字的「1954 年」，詩作中的「而他的一條腿訣別於一九四三年」完成埋伏。藉著這個時間與殘缺身體的刺點，我們可洞見、考掘了一張照片內在的歷史底層。軍裝瘂弦拍攝於 1954 年，他的詩則標誌 1943 年——該年正值第二次世界大戰，以中國大陸為範疇來看，則為南京汪精衛政府與日本發表《日華共同宣言》，宣布「與英國美國進入戰爭狀態」。照片刺點提供了縱向、切入式的閱讀，他提供文本的歷史地層，但更重要的是我們如何探問這地層剖面的地質。

如同在本書臺灣現代詩手稿學形式類型論專章所述，佛洛伊德（Sigmund Freud）在〈文明及其不滿〉認為遺忘不是記憶毀壞了，而是要記取之物被埋在自我的精神意識歷史地層之中，一如探掘羅馬古城，我們可以從其遺跡反向建構出他不同時代階段的城市地貌。追蹤記憶過往的事實，就如同在追蹤羅馬古城的階段發展。在一首詩的之記憶中，手稿學就是那份歷史地理學的知識，讓我們可以探查定稿之下的「隱跡文稿」（palimpsestes）。

手稿學的比對研究，讓〈上校〉的詩人照片照片擁有了記憶的刺點。刺點打開了「隱跡文稿」內醞潛意識的地圖與意圖，一張照片的物質性，讓所見即為物質的全部，亦即相對於羅馬古城，必須帶著挖掘工具，上下挖掘，乃至於進入錯落的遺址，高高低低的走動。照片的物質表象，就是一個平滑的照片紙面，這使得觀看者更需要視覺上對表象中刺點的觀察力。發現刺點，才能感覺平滑紙面中的人事物內容，不再囿於「知面」；同時，也讓相片拍攝時那些被攝影師與被攝者，所經營的光影明暗、透視景深、擺置結構，乃至於表情姿態，產生對知面的意義干擾。鏡頭的攝像，不再只是在紀實、美化記憶而服務，而挑戰了記憶結構本身——為何我們「只能如此」進行「拍攝—記憶」？可以說，是刺點讓平滑的照片及其知面，所可能存在的隱／遮蔽可以被考掘出意義脈絡的細節。

　　帶著這份刺點知識，回到被建構的〈上校〉照片、詩作版面，我們發現詩作及手稿，意欲反詰著那套軍裝，包括照片說明所提點的「配槍的瘂弦，意氣風發。」所存在的「知面」。這其中的刺點，包括兩個：

　　其一、為前述全詩開篇首段，那在節奏與結構書寫策略下，帶埋伏性的「他的一條腿訣別於一九四三年」，形成對軍服照片勝利者形象的瓦解。

　　其二、則是全詩第二段的「他曾聽到過歷史和笑」，在此歷史與笑被聲響化同時，我們可以看見／讀出，作為後者的笑聲，對前者歷史聲響的嘲諷、覆蓋。被包容入歷史的，無論是勝利者，還是挫敗者，俱皆付之一笑。

　　為何笑聲是對歷史的嘲諷？而不是被解讀為歷史勝利者的笑？這主要乃是由前段「其一」刺點所形成的詮釋路徑。「其一」刺點的形成，建立在「戰火中誕生玫瑰」與「戰火失去一條腿」這樣的並列，我們由此瞭解這兩者間意義的交換。這樣的交換也可延續，也發生在「歷史和笑」之間。是什麼歷史聲響交換了笑呢？延續首段那殘缺著腿的身體，我們知道是殘酷爭伐的歷史，交換著付之一哂的笑。

　　對歷史的嘲笑，是刺點，也是另一次槍枝的擊發，打破了軍服。這刺點繼續以聲響方式延伸與交換，詩人寫到「在妻的縫紉機的零星戰鬥下」，正也讓瘂弦軍裝個人照中那身上的軍事配槍擊發。詩人巧妙以「妻的縫紉機的零星戰鬥」為喻，縫紉機的使用會發出達達達的聲音，這正是機關槍射擊時所發出的聲響。妻子縫紉機運作時發出的戰鬥聲響，與槍枝擊發聲響之間的相似性，也將主體從戰時退回到日常的狀態，這便由笑聲—槍響—縫紉機運作聲響，形成的刺點，使得詩不僅止有歷史戰場的層次，也打開了日常生活的層次。

　　在這路徑建構中，詩人也投下了疑問的聲響，他所追問的「不朽」，疑問了生活，也疑問了歷史。歷史戰場中那些「主義」、「理念」偽裝的政治戰事行動，是可以不朽的嗎？就如同生活戰場中那些「咳嗽藥刮臉刀上月房租如此等等」必要的消耗、負累，能不朽嗎？或者更深入其語句語意，這「不朽」能「終止」嗎？

　　在此，手稿中的「一種／另一種」的書寫差異，在此流洩了詩人的書寫意識——那往往成為主體建構重要象徵物之政治信仰，不過是日常戰場的

「一種」消耗，並且從「另一種」政治戰場運輸而來。我們可以看到一束火焰玫瑰，如何開展其意向運動，提供照片刺點。只是這意向運動在〈上校〉詩中段，由失去一條腿的主體，拖蹋而行、而成。這行徑的姿態，正是作為精神意識分析重要的引據神話之一的伊底帕斯那瞎眼、缺一條腿的結局。[68]伊底帕斯在弒父娶母的悲劇後，瘸腿持續行動，以流放自身。可以想見伊底帕斯瘸腿不穩定的行動，其身體的「匱缺」，如何形成了移動的負／重擔。伊底帕斯自我向邊界的流放，正也是在〈上校〉中主體從歷史戰場向日常戰場的移動，壯盛的政治神話象徵，也退行成不過是另一種想像。

　　〈上校〉詩中主體肉身僅存一條腿，處於政治神話的象徵不完全狀態。照片中的軍裝，如果不由詩文字形成刺點，則提供一個政治神話中的英雄軀體，提供一個想像身體的鏡像版本。且不論往往訴諸於國仇家恨的國族政治史，在我們個體的生命成長史中，鏡前兒童本身便是由鏡像啟動的區別、辨識，讓自己進入到符號系統世界中，讓自我不足、待成長健全的身體，尋求一個象徵版本。象徵版本的破碎並非壞事，因為在自我發現之際，個體也越具備著建構來日自我主體的權力。

　　有時，我們不只重複正確，也重複錯誤。詩人特意在兩個集子提供〈上校〉這首詩的兩種詩手稿，一方面展現了詩人對此詩的鍾情，另一方面也展示了對文本重寫／蹈的字跡，以及歷史錯誤軌跡。詩中的笑，以及移轉至日常戰場中的縫紉機，顫動著國族政治神話的莊嚴性，產生對國族政治神話的否定動能。重寫，正在重複著對那龐大的國族政治神話的否定快感，間接也建構一個能「否定錯誤」的主體。比起穿軍服的個人照，〈上校〉這首詩本身更具有提供主體鏡像象徵符號的功能。

　　無獨有偶，管管的〈七絕：絕句 1〉同樣也有著兩個詩手稿版本，而其內容也存在著「槍」這個意象刺點，以及對國族政治機器的應對，並更將「笑」恣張出帶自我風格的戲謔快感。以下，我們進行精讀細論：

---

[68] 微妙的是，在伊底帕斯的旅行中，曾遭遇到一個關於腿的謎題：「哪一種生物同時用雙腳、三隻腳與四隻腳？」這腿的謎底，正是「人」，這讓我們思索主體的殘缺、完整與多餘。

圖 3-15：管管〈七絕：絕句 1〉初定稿詩手稿版本

詩路網站

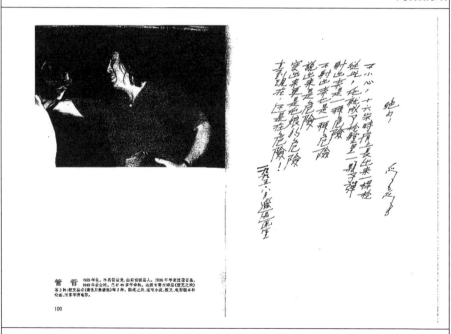

圖 3-16：管管〈七絕：絕句 1〉手寫定稿詩手稿版本

出處《國際華文詩人百家手稿集》

管管〈七絕：絕句 1〉之印刷發表刊印稿：

不小心，十六歲時身上長出來一枝槍來
從此他就成了槍瞠裡一顆子彈
射出來是一種危險
不射出來也是一種危險！
說出來是一種危險
寫出來更是他媽的危險
直到現在，還是在他媽的危險危險
危險呀，革命老在革命
射與不射都是危險
愛人同志這麼告訴吾

　　管管〈絕句 1〉一詩歸屬於其〈七絕〉系列組詩，該組詩共七首。但檢視「圖 3-16：管管〈七絕：絕句 1〉手寫定稿詩手稿版本」可以發現詩人並未標註「〈七絕〉」，這乃是《國際華文詩人百家手稿集》為國際華文現代詩人之詩選集，每位詩人之篇幅有限，是以詩人僅選擇〈七絕〉中的〈絕句 1〉，這也呈顯了詩人對〈七絕〉，以至於其中的第一首〈絕句 1〉之喜好。但比對管管〈七絕：絕句 1〉定稿、「圖 3-15：管管〈七絕：絕句 1〉初定稿詩手稿版本」與「圖 3-16：管管〈七絕：絕句 1〉手寫定稿詩手稿版本」我們可以很明顯的從形式結構上發現差異。管管〈七絕：絕句 1〉定稿與「圖 3-15：管管〈七絕：絕句 1〉初定稿詩手稿版本」為十行，「圖 3-16：管管〈七絕：絕句 1〉手寫定稿詩手稿版本」則為七行。發現這樣不同版本的行數差異，可顯影出詩人書寫時的詩文體意識。

　　蓋「七絕」、「絕句」乃是中國古典詩代表性的詩格律體，一個現代詩人特意以之為詩名，已有「現代—古典」的辯證意識。「七絕」為「七言絕句」，乃是傳統格律中每行七字，共四行的詩格律形式。在「圖 3-15：管管〈七絕：絕句 1〉初定稿詩手稿版本」中的詩題名「絕句 1」上，可以看到

詩人寫下「七絕」這個組詩詩題名。但仔細檢視，可以發現這個字跡顏色，相對於詩作本文之文字較淡，這樣的淡色字跡與其後打圈符號、拉線的修改文字「他媽的」、「革命老在革命」是一樣的。這說明了詩人在〈七絕：絕句 1〉的寫作歷程中，存在著寫完初稿後，再進行修改的過程；詩人增寫下的「七絕」，也點出詩人有意識地以「七」作為形式結構的思考。

　　但「圖 3-15：管管〈七絕：絕句 1〉初定稿詩手稿版本」這樣十行版本，無論就每行字數，還是行數，都不符合古典七絕的形式結構中，出現的四行與七言形式結構，這何以成「絕」？由此，就能理解「圖 3-16：管管〈七絕：絕句 1〉手寫定稿詩手稿版本」何以將看似已定稿的十行詩作，再進行手寫時刪去最後三行，而為七行。至少藉此搭配原組詩之題名「七絕」中的「七」。而在原本之〈七絕〉組詩，則是以七首作為「一組」的結構方式，來完成對「七」此一數字的對應。管管在〈七絕：絕句 1〉的修改，說明了在一首印刷發表刊印稿詩作，詩人會因為內外在原因，再進行創作。這呈顯了詩作定稿並未代表一個詩文本的終結，詩作的文本性可以發生在詩作寫作歷程之內，意即詩人寫作一首詩從開篇草稿到定稿，也可以在詩文本寫作歷程之外，例如定稿之後，他者再進行跨媒體改編。

　　當然，就羅蘭・巴特（Roland Barthes）「作者已死」的概念來看，詩人也以他者身份，重新轉生恢復為作者進入了詩作進行修改。詩人曾是這首詩作的死者，他在這首詩的重寫中重新復甦，帶來的是新的自我，時光經驗在詩人身上累積，終究，他已不是當時寫下這首詩作的那個人了。為一首詩的寫作，重新復活的詩人作者，將會給往昔的詩，新的美感經驗、記憶。

　　詩人管管對「圖 3-15：管管〈七絕：絕句 1〉初定稿詩手稿版本」的裁截，使得「圖 3-16：管管〈七絕：絕句 1〉手寫定稿詩手稿版本」詩作醒目地以連續五行，皆為以「危險」作為結束的詩句。「危險」凸顯了「絕句」另一種表現方式，以內容之乖戾絕怪，去表現「絕」。在〈七絕：絕句 1〉詩手稿中我們看到主體身體異化出「一枝槍」，相對於瘂弦〈上校〉詩手稿文本是由詩文字外的個人照，這呈顯了槍乃是從從身體變形，乃至衍生為體外異物——槍的現象。在超現實主義書寫中，自我身體的異化乃是經典的修

辭技巧。

在遠古神話中，人的身體往往與動物交互嵌合成半人半獸的型態，展現人與物的流動性；甚或與本節前述之厄毗米修斯在捏塑各種動物的神話，將對應的一種優良能力分配給各種度物，半人半獸也代表著人類希望獲取特定動物優越能力的潛意識慾望。但在工業革命以來，現代文學中的異化，指涉的卻是人被生產機械工具化的狀況。如此現代主義的異化書寫，不像遠古神話般牽涉於對自然之理解，或慾望之獲取，而呈顯出主體身體被剝削、消費的現象。

西方現代主義的異化書寫其超現實意象，反顯出西方現代化過程的生產機械、銀行資本、殖民擴張等現象構築的現代性神話。但在東亞，特別是兩岸，以管管、瘂弦所屬的戰前出生世代詩人來說，他們所使用的異化意象，對應的卻是國族政治戰爭，乃至於冷戰結構中的身體處境。戰爭的殺戮創傷改變了戰前世代詩人的知覺想像，使得他們不約而同地以「槍」這樣現代化的兵器作為意象入詩。[69]戰前出生世代詩人們明顯地被戰爭的記憶所苦，創傷影響了他們的想像力。外在戰爭以身體經驗的方式，影響了他們內在深處的潛意識。

想像力的作用是什麼？或者，我們的身體何以需要想像力？想像力讓身體可以脫離既有空間的限制，跳躍至白日夢、充滿活力的狀態；想像力也可指向時間的未來，展望出來日全新的可能。但一世代詩人不約而同，在詩中以想像力聚焦於槍砲意象時，我們可以發現詩人這樣變動指涉，其想像力內在的心理意識，是焦慮還是快樂？而這觸動我們如此提問的，也展現了槍與子彈的刺點作用。

在「圖 3-15：管管〈七絕：絕句 1〉初定稿詩手稿版本」中的第一行，我們看了一個身體異化的書寫細節。詩作定稿「十六歲時身上長出來一枝槍來」的「身上」，在詩手稿中原本寫為「肩上」。用「肩上」，乃是一般行

---

[69] 除了槍，現代武器砲也在瘂弦詩中出現，例如瘂弦〈如歌的行板〉：「歐戰，雨，加農砲，天氣與紅十字會之必要」所呈顯的戰爭情境。

軍時，槍乃是由肩扛。用「肩上」顯示槍不處於射擊狀態，這與第二行之後要表現的槍枝擊發矛盾較不匹配。改以「身上」則能強調整個身體，都處於異／衍化的悲劇中，這與第二行的身體又化為子彈，能有一整體感。如此身體意象的書寫，可以看到主體對十六歲身體的自我檢視。

十六歲正是成年之際，臺灣民間更有「七娘媽生，做十六歲」的習俗，即在小孩十六歲成年之時，至七星娘娘廟祭拜答謝。這感謝宗教信仰層次上帶護佑身體的母親，也是表示著一種母親與孩子間關係的階段性改變。鏡像階段雖以嬰兒成長期為重要例證，但並不意謂我們人生就僅止於嬰兒時期，才會出現辯證彼此與建構主體的鏡像階段。在各自人生的因緣際會下，都可能在不同生命的歷程，特別是艱難的困局時刻，引動自我的鏡像階段。而通常處在少年—成人轉換階段的身體，正由成人儀式所標誌的一般，都會進入一個身心轉型，經歷著重新辨識自我與他者的關係，汲取象徵塑建自我身體的時刻。

管管〈七絕：絕句 1〉中特別標註十六歲的身體，正處在一個鏡像階段。然而他卻是從身體，長出了槍。本來需要象徵符號建構身體想像的所指，反而衍生出了異化的能指。這樣的想像，實則成為外在戰爭陰影的倒影。不是美好、甜蜜的人事物提供了身體想像的象徵，而是巨大的國族神話、政治機器陰影所提供。從自身衍化的槍枝，更像是國族政治機器如此之他者，強迫灌食的象徵，而自我進行排離／斥的狀況。只是詩人復又寫到「從此他就成了槍瞳裡一顆子彈」，乃將自己化為子彈塞入槍中，在自我異質化，又與之本質化的過程中，形成軍隊機器的整體的物質。

在身體異化出槍，到自體又全部異質化，並與之本質化為上膛的槍枝後，從「圖 3-15：管管〈七絕：絕句 1〉初定稿詩手稿版本」可以發現進入連續五行，同樣以「危險」作為結尾的詩行書寫。其中，前兩行（亦即手稿中的第三、四行）存在的是，開頭「射出來」與「不射出來」的差異。其內在寓意明顯展現自我與軍事體制的關係，「射出來」代表殺戮，「不射出來」代表自我對體制的抵抗，拒絕殺戮，但同時也意謂著違抗體制後所面臨的生死懲戒。

　　在此，被重複的「危險」，形成了力量感。這個力量是一種行為與拒絕行為的心智拉拒，同時也呈現主體對自我知識道德如何影響外在事物／件的判斷力。「否定」讓射擊行為產生阻絕，但後三行（亦即手稿中的第五、六、七行）卻以一種反覆，讓否定並不被決定。在詩行缺乏絕對肯定的狀態下，呈顯主體面對巨型他者時的渺小。知識道德無法作為象徵，以壯健詩中主體，也暗示了主體所陷入的矛盾張力。而後三行（亦即手稿中的第五、六、七行）則開始避免句型單調重複，詩人開始有所修改。原本詩人寫為：

　　　　說出來也是危險
　　　　寫出來更是危險
　　　　直到現在還是在危險

　　第五行用「也是」，重複了第四行的「也是」，詩人將之進行修改。其中將第五行的「也」去掉，然後在「是」字下加上「一種」。這讓第五行的句型與第四行產生差異，但卻又與第三行的句型相同，皆為「○○是一種△△」，藉此產生一種隔行呼應的句型音樂感。在這語言音感的呼應中，「說出來」與「寫出來」就與子彈的射擊，有了交互隱喻的關係。「說／寫」的「更是危險」，不能僅就因為「說／寫」會留下精神意識的語言文字證據，而被國家政治機器懲戒；而可從被國家政治機器強烈的禁止，反顯「說／寫」如何使主體具有甚至能超越槍與子彈的攻擊性，這與其後第八行「危險呀！」後續修改增寫的「革命老在革命」[70]形成呼應。
　　在第六行的「更是」是對應著第四行的「也是」，可以發現在「更」字上有個刪去符號，刪去符號下可看出是一個未寫完的「也」字，可知詩人在此明顯意識到如果再寫「也是」，會使第五、六詩行與第三、四詩行形成結構句型上的雷同。因此，詩人有意識地寫為「更是」。不過這樣的字詞修

---

[70]　在此修改增寫中，「革命老在革命」原本寫為「革命永遠在革命」，為符合本詩其前已形塑之戲謔口語化狀態，詩人亦將「永遠」改為「老在」。

改，也顯得過於生硬，詩人於是在初稿完成後的後續修改中，畫出修改引註線，進行從「非常」到「他媽的」的修改。儘管在管管〈七絕：絕句1〉定稿中使用「他媽的」這樣的字眼，頗符合管管這位詩人有別其他詩人特有的戲耍／謔風格，但實際檢視「圖3-15：管管〈七絕：絕句1〉初定稿詩手稿版本」也存在著「非常」與「他媽的」兩個字詞的斟酌。手稿第六行下，詩人在增補修改的字詞「非常」打了一個圈，旁邊又外延打圓弧，與既有的「非常」外之字圈，形成另一個衍生的字圈「他媽的」。由此，我們可以看到詩人在「非常」與「他媽的」間思考選擇。在選擇上，「他媽的」固然有「非常」之意，但內在又借用其性別、母體的蔑視，完成對巨型國家機器的語言對抗。

管管在詩中使用「他媽的」，乃是中國的「國罵」，魯迅〈論「他媽的！」〉：「無論是誰，只要在中國過活，便總得常聽到『他媽的』或其相類的口頭禪。我想：這話的分佈，大概就跟著中國人足跡之所至罷……」[71]我們如何理解「他媽的！」中的「他」所代表的他者所有格，以及「媽」所代表的母親，在鍊結成詞／片語時，便成為罵人的髒話？他者，已經具備著異離的詞語作用，進而排除的作用，但是要表達這個排離他者自我身邊，不屑與之為伍的語意，可以使用「割袍斷義」、「割席分坐」等詞／片語，為何特別是「媽」，具有一種賤斥、羞辱的語言快感？鄭雅怡在〈客語及台語與性相關的髒話初探〉曾指出：

> 髒話是一種民間的語言行為，普遍存在於各種語言，並長期施行於日常生活當中。從古至今，髒話不但發展出多種表達方式與用途，更兼具多重的社會心理功能，因而可藉由探索髒話來探究歷史與風俗的演變。然而，由於精英階層的文化歧視，像髒話這麼突顯又長久遍存的語言行為，至今卻鮮少被學界注意。……所有的髒話之中，與性相關的語詞向來被認為禁忌度（taboo loading）最高，不只數量多而發

---

[71] 魯迅：《魯迅全集》第一卷（北京市：人民出版社，1981年）。

達，還展現鮮明的性別意識。[72]

在日常生活中我們口吐髒話，是處於什麼樣的狀況？首先，攻擊性的場合，用以辱罵、蔑視他者，髒話成為語言攻擊的工具。相對於毆打，語言的攻擊有其虛實性，它不直接在人的身體上留下撞擊力量，而是以聲音律動撞擊人的精神、感覺。髒話這樣達成的語言霸凌，因為輕易能以唇齒喉舌的運動完成，反而更成為人類社會對他者進行的攻擊手段。而髒話的語言系譜中，又以牽涉「性」之器官與行為最為大宗。有意還是無意間口吐性髒話，都反應了潛意識對性行為的慾望，以及道德原則的性禁忌——對他者講髒話，一方面藉著道德原則讓他者陷入性的批判困境中；另一方面，卻也反映了說髒話者內在之性需求不滿的狀態。因此，精神病患在超我失去對本我的控制狀態時，時常展現出各種牽涉性器官的動作與言談。尤金・布魯勒（Eugen Bleuler，1857-1939 年，瑞士精神病學家）在《早發性痴呆》曾指出：

> 在思覺失調症患者的身體幻覺中，迄今最常出現且最重要的是性幻覺。病人會經歷正常或異常性滿足帶來的所有狂喜和歡愉，但更常經歷的是荒誕幻想所引發的各種淫穢可憎的情形：男性患者會感到精液被人從陰莖中抽走，或強加於他的痛苦勃起。女性患者則感到被姦污或遭受最殘忍的傷害……雖然這類幻覺都有象徵意義，但絕大多數也都與真實的感覺相符。[73]

我們看到「身體性器官—精神病理—髒話」間的辯證關係。這其中引我們提問的是：如果我們一般將精神病患的身體，乃至於性器官的裸露視為異

---

[72] 鄭雅怡：〈客語及台語與性相關的髒話初探〉，《台灣學誌》第 5 期（2012 年 4 月），頁 51。

[73] 尤金・布魯勒（Eugen Bleuler）［著］；J. Zinkin［譯］：《早發性痴呆（*Dementia Praecox or the Group of Schizophrenias*）》（Washington, DC: International Universities Press, 1950），p.227.

常行為之舉，那麼又為何在日常生活中，刻意或無意識言語著性器官並將之符號化？異常與日常並沒有想像那樣明確的分界點，語體符號讓女性身體性器官的間接再現，讓女性性器官在日常生活，被污名化的呈現更具彈性，更具容忍度。具體來說，女性性器官髒話——這樣的語言符號輕易地在生活現場被使用，女性性器官髒話的彈性、容忍度持續擴展，巧妙地拉展了其應用幅度，進而在布爾迪厄（Pierre Bourdieu，1930-2002 年，法國社會學家）慣習（Habitus）概念下，完成了父權對女性身體的宰制。每個人隨口的髒話，一次次完成對女性身體的霸凌，進而無意識化，成為個人無心的口頭禪，甚或成為「國罵」——這意謂著不只男性會使用女性身體性器官髒話，女性也會使用女性身體性器官髒話。

女性身體性器官的國罵，這另一種型態的「共同語言」，使得其內在對女性性器官的裸露、侵犯，成為共同的慣習，讓我們維護女性身體的意識能力逐步失能。換一個例子來說，在單元劇集化的偵探片中，一個人的死亡已經成為習慣，慣例的身體死亡已經被結構化為故事歷程公式，我們不會聚焦在一個人的死亡去傷悲。我們在偵探敘事中習慣了死亡，並消減因之而起的感官傷悲。這也對應地在女性性器官髒話中出現，性器官的言語指涉，並進行貶低性的運用，隨著髒話的普遍使用，也已經無法撞擊人的感官與反思，對女性性器官的賤斥，成為共同的慣習（Habitus）。我們一起省略了性別反思操作這樣的語言，只為告知我們的憤怒甚至是戲謔。

國罵髒話粗俗，但提供了不被文明禮儀秩序約束的彈性。歸屬快樂原則的髒話，代表「否定」的動詞作用。他讓前述第三、四行的拒絕殺戮射擊的矛盾，得到了強化，特別是強化了射擊出來的危險，由此凸顯那樣被巨型他者的壓抑性。否定使身體在面對國族政治機器時，有了主體性；而使用牽涉於母體的髒話，也凸顯了國族政治機器的父權性，透過以國罵反擊父權，父權也帶入母體生育系統中，解離父權原本獨一的位置，同時也解開父權對自我的壓抑空間。

以國罵髒話攻擊父權，雖然並不知性，但他以語言暴力的方式，提供一個否定的管道，解開一個讓潛意識浮現至意識面的路徑。當然，若沒有前述

之深意，至少說髒話也滿足了潛意識的快感，以此非理性力量撞擊國族政治機器龐大的語言符號，提供符號的遊戲性運作，試圖建立新的象徵系統。分析出國罵髒話的效能，也能看出何以管管詩作〈七絕：絕句 1〉第五、六行寫到「說出來」、「寫出來」是危險的，「圖 3-15：管管〈七絕：絕句 1〉初定稿詩手稿版本」中詩人在初稿完成後的淺色字跡，即寫到「革命永遠在革命」，而後又將之修改為「革命老在革命」，以作為定稿。這「永遠」替換為「老」，乃在使詩語言符合全詩一貫的口語活潑感。

　　「革命老在革命」指涉了一九一○－五○年代間，兩岸軍閥政府／權的競爭實況，呈顯大型政治動員與交互抵抗之頻繁。手稿中第三行開始頻繁出現八次的「危險」一詞，有了明確跟政治「革命」的話語關係，也標明了此詩中語言文字與社會革命之辯證關係。而〈七絕：絕句 1〉全詩收尾處也相當精采，詩人管管如此寫到：「射與不射都是危險／愛人同志這麼告訴吾」「同志」原本為在政治場域中，有相同政治方向者彼此稱呼的用詞，在此「愛人同志」則將此概念挪用至愛情領域中，具有一定的詼諧性。正是這樣政治場域到愛情場域的挪用，使得「射與不射都是危險」也具有政治與情慾間的曖昧性——一方面既指愛人同志擔心「吾」拒絕、抵抗國家政治機器，而使性命堪憂；另一方面卻也指涉著性行為中是否射精受孕，由此亦暗暗將手槍進行陽具此一性器官的隱喻。這使得此詩在遵從與拒絕之間的危險處境，也成為一個主體陽具是否閹割的困境。

　　管管〈七絕：絕句 1〉一詩的手稿，從手槍、言語、文字到性器官的動作禁制，凸顯了國族群體到個體情慾場域的連結性，當詩人在一端設下隱喻時，也連動地形成互喻關係。特別是在修辭行為中，設下了嘲諷，實則也使原本隱蔽的潛意識，提供了對力求獨一、父權意味的國族政治，一個生猛草莽的批判能量。以原本自我身體的性慾禁忌，挑戰國族政治的威權禁忌，此正是詩之曖昧的大用所在。這也凸顯詩如何從自體之潛意識汲取意象，謀獲象徵，醞藉語言動能，革命大道無他，就在詩與身體之間。管管〈七絕：絕句 2〉的初定稿詩手稿，即特別就身體進行超現實處理。

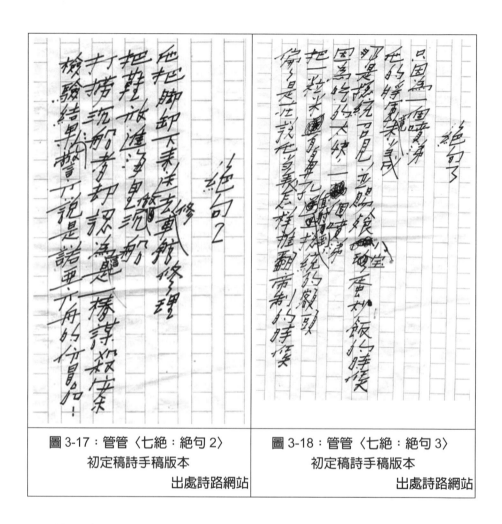

圖 3-17：管管〈七絕：絕句 2〉
初定稿詩手稿版本
出處詩路網站

圖 3-18：管管〈七絕：絕句 3〉
初定稿詩手稿版本
出處詩路網站

管管〈七絕：絕句 2〉之印刷發表刊印稿如下：

他把腳卸下來送去修車館修理

把鞋放進海裡做沉船

打撈沉船者卻認為這是一樁謀殺案

檢驗結果：警方說是諾亞方舟的仿冒品！

　　管管〈七絕：絕句 2〉以「鞋子—船」這樣的譬喻作為核心意象，發展出管管特有的戲謔風格。許多詩作的意象或許相同，例如以玫瑰譬喻愛情，密絲特拉兒（Gabriela Mistral，1889-1957 年，智利諾貝爾文學獎桂冠詩人）寫：「我深愛玫瑰，／又被那刺所深愛！／彷彿一對孿生的果實」聶魯達（Pablo Neruda，1904-1973 年，智利諾貝爾文學獎桂冠詩人）寫：「我是絕望者，沒有回聲的言語，／一個一無所有，也擁有過一切的人。／最後的纜索，你牽繫著我最後的渴望。／你是我荒地上最後的玫瑰。」玫瑰意象在不同詩人的文本語境與語言風格，其意象寓意沒有巨大的指涉改變，卻能得到不同的氛圍感。「鞋子—船」在意象建構上，乃在取兩者間造型的相似，以得到意象構成那互喻的立基點。但這首詩嘲諷的發生，在於對「鞋子—船」此一意象，帶有漫畫感、擺盪感的「誤認」。

　　管管〈七絕：絕句 2〉詩作第三行，打撈沉船者對「鞋子—船」意象的認識偏向為被謀殺者的鞋子；第四行，警方則將之擺盪為船，亦即諾亞方舟仿冒品的認識。從「圖 3-17：管管〈七絕：絕句 2〉初定稿詩手稿版本」可見在第三行，詩人加上「這」，以完成對「這是鞋子—這是謀殺案」的特指，產生指涉的語言重量感。詩手稿第四行所加之「：」，同樣也具有如此由警方宣告特指「這是沉船—這是諾亞方舟仿冒品」的語言重量感。這使得第三、四行間「鞋子—船」指涉重心的擺盪，更具重量感。

　　若再深入細讀，可以讀出這嘲諷的趣味性，帶有政治黑色幽默。其中，「警方」又夾帶著國家機器判定的寓意。其次，熟悉戒嚴時期臺灣副刊史，也能延續讀出「諾亞方舟」的政治黑色幽默，有暗指林海音所遭遇的「船長事件」——1963 年 4 月 23 日，林海音主編的《聯副》刊登風遲〈故事〉一詩，此詩語言直白：「從前有一個愚昧的船長　因為他的無知以致於迷航海上／船只漂流到一個孤獨的小島　歲月悠悠一去就是十年時光」被舉報影射國民黨政府從大陸，跨海遷移至臺灣，林海音被迫從副刊主編工作去職。管管〈七絕：絕句 2〉所寫沉船，在連結著諾亞方舟聖經故事中，也隱隱與國族政治神話相連結。

　　管管〈七絕：絕句 2〉「鞋子—船」的意象起源是什麼？乃是源於第一

行的「他把腳卸下來送去修車館修理」。這一行詩展現了主體對身體，如模型玩具一般自主拆卸的超現實意味。在第一行拆去腳後，於第二行順道將腳穿著的鞋子丟到海中，產生沉船之意象，然後在第三、四行產生擺盪。在這由身體異化，而意象，而再被否決的詩語言進路，與商禽散文詩〈長頸鹿〉有類似的文本脈絡。商禽散文詩〈長頸鹿〉如此寫到：

> 那個年青的獄卒發覺囚犯們每次體格檢查時身長的逐月增加都是在脖子之后，他報告典獄長說：「長官，窗子太高了！」而他得到的回答卻是：「不，他們瞻望歲月。」
> 仁慈的青年獄卒，不識歲月的容顏，不知歲月的籍貫，不明歲月的行蹤；乃夜夜往動物園中，到長頸鹿欄下，去逡巡，去守候。

商禽散文詩〈長頸鹿〉也是起於對現實肉身肢體的書寫，由現實反顯超現實的不可思議。從青年獄卒轉而至動物園去觀察對喻於囚犯超現實長脖子的長頸鹿時，展現了他試圖在現實中找到合理對喻的實物，藉此理解那「虛」的、「概念式」的「瞻望歲月」之回答。超現實者身陷於困局，現實者又何嘗不在詩文本中，被詩人的書寫點出其身陷於權力體制所教育／定義的概念困局呢？比起獄卒戲劇化的夜夜到動物園長頸鹿欄，去觀察，甚至監視、禁止長頸鹿的脖子變長，這首詩的戲劇性更展現在青年獄卒，如何被現實概念所監禁，成為一個行動的監獄。

相對於商禽散文詩〈長頸鹿〉中因監禁而異化延長的脖子，管管以需要「被修理」的腿，完成對大時代政治現實的戲仿意象。從管管此詩，到前述分析瘂弦〈上校〉，以及商禽〈用腳思想〉：「找不到腳　　在地上／在天上　　找不到頭」，可以發現<u>「失去的腿」不約而同地成為戰後臺灣現代詩人伏擊自我時代體制的身體意象，失去腿的不得行動，更被深刻化地引伸帶出，有腿但依舊不得自由地在現實中行動。他們試圖從沒有腿的虛實書寫中，帶領自我的精神意識擺脫政治體制概念的束縛。</u>呈顯沒有腿的異化困境，可說是重要的詩修辭手段，所以我們能看見在「圖 3-17：管管〈七絕：

絕句 2〉初定稿詩手稿版本」的第一行看見詩人管管便有了加上「修」字的修改。

「他」拔除而卸下的腳，如同對機械零件一般輕描淡寫。因為增添的「修」字，使得他與腳，不只與「車」有了交涉，暗示身／肢體感官的異化、工具化的狀態，更點出他在移動機能上的工具失效／能，而必須被送入修車廠修復。在詩手稿中第一行增添的「修」字，加重了原本第一行最後寫下的「修理」的語言重量。「修車館修理」讓「失去的腳」文本化，從第一行的腳，延伸出的鞋，連帶出的撈船者、警方的評判，指涉著「身體─潛意識─社會」所存在的脈絡。

「圖 3-17：管管〈七絕：絕句2〉初定稿詩手稿版本」第一行的「修」與第二行的「做」之修改，都有強化「腳─修車館」以及「鞋─沉船」間的「指示」意涵。這呈顯了腳與鞋之間的對應，以及管管試圖為此詩帶入更具動態化，或者應當說「被動態化」的效果，也說明了超現實如何能作為一種批判方法。腿的殘缺以及需要被修理，既指涉其生理上的不良於行，同時也符變（signifiance）出在概念、心理上的不得自由，他的正確行走，需要仰賴外部他者系統─修車館來恢復，如此暴力展示社會機制給予主體的壓抑困境。

「失去、待修的腳」指向一個不完整的主體，以及這份不完整由國家社會機制所打造出，如甕般的圍困感。而鞋子被國家機制的公務執行者之一的警察，判定為諾亞方舟的仿物，則使得腳與鞋，如何成為神話的隱喻物。「圖 3-17：管管〈七絕：絕句 2〉初定稿詩手稿版本」的他，以及他的腳與鞋，由此搭配的前述第三、第四行修改，帶有的評判敘事效能，脈絡化地被歸屬於國族政治神話。

在如此混雜著超現實以及國族政治神話的書寫中，詩中的「他」被迫成為失足者。失足的兩個涵意：第一、失去腳，這是肉身層次的；第二、在政治神話中失能，這是主體層次。失去肉身的腳，讓我們哀憫；但在國族政治神話中失能，卻反而可能帶有一份解脫於國族政治神話的快感，這也是管管〈七絕：絕句 2〉嘲諷質地的所在。

詩人透過腳與鞋的書寫，在詩手稿中細部修改中，讓主體不易言傳的時

代精神困境，得以被指明而出。腳與鞋提供了一個具象精神困境的書寫著力點，使得身體所處的受阻、停滯不動狀態，在指明後，可以被發現，然後得以有意識地予以解除。可以說超現實的身體異化書寫，讓自我身體內在反秩序的潛意識現象，成為可以提取的對象。從這個概念來看，在「圖 3-17：管管〈七絕：絕句 2〉初定稿詩手稿版本」中的動詞添加，實則讓主體開始從國族政治神話象徵系統突圍，產生意識驅力，自書寫場域而流向文學傳播場域。使自我從既有的鎖鍊——腳的國族政治神話的失能狀態中誕生，這對於國族政治神話的衝擊力與嘲諷戲劇感，也可在「圖 3-18：管管〈七絕：絕句 3〉初定稿詩手稿版本」中得見。

對照「圖 3-18：管管〈七絕：絕句 3〉初定稿詩手稿版本」，管管〈七絕：絕句 3〉印刷發表刊印稿詩定稿如下：

> 只因為一個噴嚏
> 他的將軍竟未當成
> 那是總統召見，並賜餐八寶蛋炒飯的時候
> 因為吃的太快，一個噴涕
> 把一粒米自鼻孔直射到，總統的額頭
> 偏偏是在說他當年，怎樣推翻帝制的時候

將詩人管管的「圖 3-18：管管〈七絕：絕句 3〉初定稿詩手稿版本」與〈七絕：絕句 3〉印刷發表刊印稿進行比對，可以發現詩手稿中有簡單的修改，例如：第三行原本「四珍蛋炒飯」將四珍換八寶；相對來說，更重要的修改是第二行增寫的「竟」，以及第五行緊密的「送」字之刪除，與將「送上」刪除改為「直射到」。後者之修改所以相對重要，乃是這形成一帶嘲諷意味的修辭力度感，這力度也指向管管絕句系列一貫的對象——政治權力者。

就詩作內容來看，管管〈七絕：絕句 3〉基本上呈顯了「他」無法成為將軍的悲劇。但他的嘲諷意味，建立在「他」不是因為在「戰場」上的勝敗

而無法成為將軍；而是因為在總統的召見餐會，打了一個噴嚏。軍人的榮耀是戰死在戰場上，這裡的反諷意味，在「圖3-18：管管〈七絕：絕句3〉初定稿詩手稿版本」中正由詩人在第二行加添的「竟」字，強化點出一個軍人的主體建構，無法與「將軍」這個象徵符號，所理應獲取管道相對應的悲哀。

　　至於「圖3-18：管管〈七絕：絕句3〉初定稿詩手稿版本」第五行的修改，則在於凸顯出打噴嚏對主體象徵的中斷力度。他打噴嚏不只中斷了主體獲取「將軍」這個象徵的夢想，同時他也中斷了噴嚏所朝向的總統所進行的國族建構敘事，亦即「怎樣推翻帝制的時候」。手稿第五行原本寫為「把一粒米送自鼻孔送上總統的額頭」，而後修改為「把一粒米自鼻孔直射到，總統的額頭」。這樣的修改將原本「送自……送上」如此較為散文歷程敘述的句子，透過「，」的運用特別隔出、聚焦出「總統的額頭」。

　　「總統的額頭」以肉體層次，象徵了國族政治敘事的頂端。當「他」對「總統的額頭」打噴嚏，實則帶有一種羞辱意味。中文成語「唾面自乾」，即指接受別人對自己吐口水，並且不擦拭掉，任由臉上的口水乾掉，由此隱喻對所遭受到的羞辱逆來順受。肉身的額頭、面部，其輪廓與運動具有辨識主體身份。特別是當我們運用臉部運動，創造語言／音活動時，其實更豐富地展現了我們主體的個性、特質。事實上，人類也是掌握了細緻的語言，以及語言內在的構詞、語法，而有別於一般動物，而創造了文明。因此尊重一個人說話的過程不予以打斷、干擾，其實也在尊重一個主體與語體的生成、活動。

　　由此細讀管管〈七絕：絕句3〉可以發現，固然我們看到「他」在「將軍」此一象徵符號上的中挫，但我們也可以看到另一個主體——總統之語體被他的噴嚏所打斷。總統說了什麼？詩定稿第六行寫為「偏偏是在說他當年，怎樣推翻帝制的時候」對照詩手稿原本此詩行中，並沒有「，」而後為詩人所添加。其效用與前行以逗點隔開「總統的額頭」予以凸顯一般，乃在聚焦「推翻帝制」的國族敘事。

　　在詩行空間結構上，「總統的額頭」與「推翻帝制」可以說恰成對應。如果說「總統的額頭」代表國家權力機器的肉身器官頂端，「推翻帝制」則

可視為總統這個所歸屬之中國民主體制國族史敘事的源頭。因此打噴嚏不只羞辱了總統，他的否定性，還展現在對總統國族敘事語音時間的中斷。國族主體以語音時間的被噴嚏中斷方式，造成了另一種截肢，失去了源頭，斷了頭。因此表面看來，「他」在〈七絕：絕句 3〉是承受悲劇的人，但就主體受斷裂的角度來看，「他」也未嘗不是一個對他者——亦即國族敘事主體，施予象徵暴力的人。

只是「他」施予象徵中斷的力度，並非由「他—總統」這樣的直線路徑所展示。而是在「他」自身的內部，由詩手稿中加添的「竟」，所呈顯的自我對自我肉身身體的強力壓抑後，終於壓抑不得，而釋放出來。這樣經歷自返收縮壓抑，而釋放出來的力道，不只強化了暴力的力量感，也昇華了力量的象徵意義，以下我們分為兩個層次進行討論。

首先，力量釋放對「他」的內在感受而言，是全然的懊悔嗎？在整個文本嘲諷風格主導下，這力量釋放可能還展現出一種潛意識愉悅，亦即佛洛伊德（Sigmund Freud）所謂的「快樂原則」。精神疾病所謂的「非正常」，乃是本我潛意識慾望，超過了自我、超我層次所能進行的壓抑，而在意識行為上進行展現。潛意識慾望是在意識顯現，可被他者感官感知的狀態下，依據超我標準，被定義為「非常」，得到應接受「懲戒」、「治療」的判斷，但潛意識慾望在本質上依舊是肉身的快樂——真實與道德倫理上的正確，並不必然等同。我們將超我的標準定義為理想、良善，是經由一套秩序定義的機制所完成，這份定義的動機可以是為了社會秩序，但也未嘗不涉入國家權力者的慾望。因此，「他」的打噴嚏，內在舒展了肉身感官的快樂，同時也舒展了反撲超我他者對自我肉身壓抑的快樂。

其次，一個打噴嚏的力量，同時讓「他—將軍夢」、「總統—國族敘事」形成象徵中斷。這對象徵的摧毀，也讓我們思維主體真正索求與需要的象徵是什麼？將軍夢、國族敘事作為象徵，是我們想像身體所必要的符號嗎？是打噴嚏對象徵的中斷力量，反顯出「將軍夢」、「國族敘事」如何也是一種主體的障礙，讓力量無法壓抑，將之突破，去尋找新的可以想像主體的象徵系統。打噴嚏於是也是一種慾望的衝動，他不滿足於既有僅能選擇與

身處的國族象徵系統，藉此展示自身對主體的建構權力。揮別「將軍夢」、「國族敘事」的力量，也表現在管管〈七絕：絕句 4〉及其詩手稿之中，以下我們進行細讀。

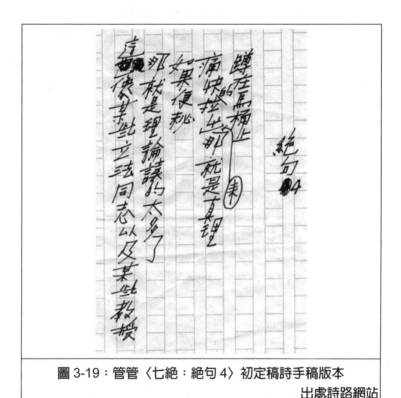

圖 3-19：管管〈七絕：絕句 4〉初定稿詩手稿版本
出處詩路網站

管管〈七絕：絕句 4〉之印刷發表刊印稿如下：

蹲在馬桶上

痛快的拉出來那就是真理

如果便秘

那就是理論讀的太多了

這像某些立法同志以及某些教授

　　管管〈七絕：絕句 4〉這首短詩，以蹲在馬桶上排泄作為核心內容。從精神分析來看，立即可以看到詩人把自我放置在嬰兒成長歷程中的肛門期位置。嬰兒 0-1 歲為口腔期，進行吸吮、吞食都能產生快感，滿足原始慾望。1-3 歲則進入肛門期，在這段期間肛門排泄也會產生滿足感，但矛盾的是，慢慢地卻又開始必須接受控制排泄的訓練，避免隨時隨地排泄，限制自己在廁所才能排泄，這都是為了讓嬰兒適應未來社會化的制度、空間。比起口腔期的口腔滿足對應的食物，或是替代性的奶嘴；肛門期涉及了衛生、禮儀，使得對渡過肛門期的教導、控制與約束，明顯更呈現出力量強度。

　　詩人特別以排泄為書寫題材，印刷發表刊印稿中並強調「痛快的拉出來那就是真理」，這份強調也是透過詩手稿的修改才予以完成。檢視「圖 3-19：管管〈七絕：絕句 4〉初定稿詩手稿版本」可以發現，詩人第二行原本寫為「痛快拉出那就是真理」。將詩手稿與詩定稿進行對比，加上「的」，讓痛快的形容詞狀態被強調出來；「來」則讓「拉出」更有排泄運動的空間狀態。「的」與「來」，使原本詩句的運動快感更行延長。相對於前面瘂弦〈上校〉，在面對歷史中國家政治機器所形就出的巨型他者，詩人管管不止對肢體異化進行處理，更還選擇了一個讓整個身體的快感追求型態，微型退化至嬰兒肛門期的書寫策略。

　　排泄是生理需求，釋放本身就是生理上的解壓，但從管管〈七絕：絕句 3〉打噴嚏的力量運轉狀態與受力對象之經營，我們也發現這退化至肛門期的狀態，其排泄力量也有一個欲指之對象，意即：第四、五行所指的「理論」、「立法同志」、「某些教授」。必須指出的是，這三個詞語對象，都是歸屬於第三行的「便秘」。便秘是一種生理的鬱結，在這首同樣具有象徵寓意的詩作中，便秘代表著位處肛門期中的主體之反快感。相對來說，排泄本身不也是要克服便秘？於是「理論」、「立法同志」、「某些教授」也代表對引渡主體脫離叛逆期的象徵辯證符號。

　　在詩書寫上，詩人將佛洛伊德（Sigmund Freud）精神分析的排泄期概念轉而運用，成為對抗他者的工具時，就又點出詩書寫所存在另一種抵抗他者的快感機制。為何我們要用這種濁污方式製造快樂呢？因為他者過於巨

大，而我又過於弱小，沒有／不能掌握對等的權力機制／工具，以之進行對抗——這也是為何，我們總在政治抗議、社運現場中，看到如此裸露性器，拋擲排泄物（無論是實物還是以言語髒話調動）的畫面。不可否認，在傳統，甚至一般的詩書寫中書寫排泄物，並非經常為之事物。因此詩人管管在〈七絕：絕句 4〉書寫排泄物，本身也調動了前述於社會現場中的文化震驚，形成了閱讀衝突，挑戰詩書寫的邊界，由此為讀者點出主體長期處於所謂的「正常位置」，所存在的框架感與疆界性。

是以對排泄物的詩書寫，表面看來為詩作帶入一個抒情風格崩毀的狀態，但實則透過一個帶非典型的、帶瀕危感的身體，形成對既定風格的挑戰。以思想場域來說，《莊子・知北遊》即有「道在屎溺」之說，乃是指「道」作為普遍真理，自然不會侷限非要在特定場域；在屎溺排泄物中亦能普遍地存在著「道」。因此以詩書寫排泄物，實則也挑戰了所謂的「詩意」，是否僅能侷限在浪漫主義的抒情範疇中，而由此完成現代主義、超現實主義書寫的前衛性。

在精神失常的案例中，於公眾場合進行裸露性器官的案例並不少見，被社會／禮儀制度遮掩的性器官，在展露之際，完成對制度的抵抗，同時也滿足了一性慾慾望的呈現滿足。那麼排泄物呢？一方面排泄物的污濁，在非衛生場所的出現，也提供了一種殺傷力；另一方面，排泄物也代表對異質的排離，意圖以排泄為革命修辭者，內在的快感正表現於將要對抗的事物與排泄物等質化。當我們追問詩手稿修改的意識力量，如何向外，不只向於所謂的定稿與印刷定稿進行擴散；詩人管管正以詩手稿所加「的」、「來」，產生對排泄快感的綿長，完成一種對「理論」的解構。排泄的排離、解構之效，也可在商禽〈分水觀音〉中得見：

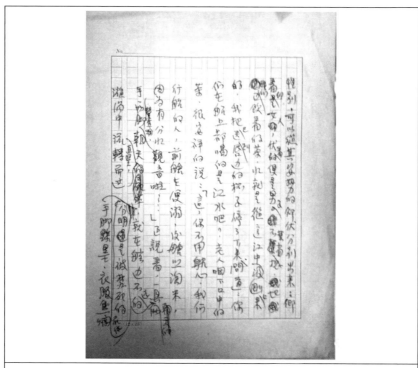

圖 3-20：商禽〈分水觀音〉初定稿手稿
商禽文學展暨追思紀念會作者拍攝紀錄

　　商禽〈分水觀音〉初定稿手稿後半段提到「前艙在便溺，後艙上淘米，因為有分水觀音」後，大幅度地對從江上飄過船舷的屍體進行修改。其中原本簡單描述的「一具兩手兩腳朝天的屍體」，被強化書寫為手腳漆黑，衣服焦爛，遭到焚燒而死的屍體。這樣的修改，乃在對比著分水觀音的渡化。恐懼著飲用被排泄物污染的身體，對比著遭到焚燒棄置的屍首，究竟我們的生命追求與計較的是什麼？事實上，渡船與浮屍乃是佛教渡化眾生的重要隱喻，例如《大方廣佛華嚴經》：「譬如船師常以大船，於河流中，不依此岸，不著彼岸，不住中流，而度眾生，無有休息。」[74]《大慧普覺禪師語

---

[74] 實叉難陀[譯]：《大方廣佛華嚴經》，卷 73，頁 398c。

錄》亦有：「說來年春夏間，棹無底船，吹無孔笛，施無盡供，說無生話，要了無窮無始不有不無巴鼻，但請來與遮無面目漢商量。」[75]而《西遊記》最終唐僧一行人抵達西天靈山，渡「凌雲渡」時，亦乘無底船。而在乘無底船為渡之際，河面竟出現唐僧之浮屍，以此隱喻取經之唐僧至此已經解脫凡身。

　　如果說鏡像歷程是攫取象徵符號，建構自我想像；那麼，與嬰兒肛門期牽涉的排泄書寫，則展現一種自我將他者視為異質的排離，並且享受這份排離快感。這份排泄快感一方面是因為自我能施展排離的權力，另一方面則是知曉排泄在公共衛生秩序上的不合常規，由此建立自身的叛逆形象。正因為詩人管管有意識的運用排泄／離，建構主體想像，因此與其說他意在書寫污濁的排泄物，不如說他將排泄物轉為可運用的象徵符號。所以我們看見他在「圖 3-19」第二行將能「痛快的拉出來」之排泄物，運用譬喻詞格「就是」，指涉為「真理」；在第四行同樣運用「就是」，將不能順利排出的「便秘」，指涉為「理論」。

　　相較之下，同樣運用排泄以為象徵，比起管管銳意於〈七絕〉系列創造的嘲諷風格，而在〈七絕：絕句 4〉中建立的主體快感形象；商禽〈分水觀音〉在將排泄物，象徵主體過往待渡化的身體臭皮囊時，卻又帶著一種悲憫感。具體來看，商禽〈分水觀音〉在手稿後段呈顯排泄／離世俗身體的修改外，對於前段由「我」引動如此辯證，亦有所經營。其中原本寫為「我不禁想」，之後則改為「不禁省想」，「禁」字原本被刪去，但詩人卻又重新再寫上。事實上，「不禁」可說是詩人商禽在詩作中著意使用的詞彙。例如商禽之〈行徑〉：

　　夜鶯初唱的三月，一個夜行人告訴我那宇宙論者的行徑：想起他日間拆籬笆的艱辛，我不禁哭了：『因為你是一個夢遊病患者；你在晚間

---

75 宋・普濟[著]；蘇淵雷[點校]：《五燈會元》（北京市：中華書局，1986 年），中冊，卷 6，頁 322。

起來砌牆，還埋怨為何看不見你自己的世界⋯⋯』

商禽之〈滅火機〉：

憤怒升起來的日午，我凝視著牆上的滅火機。一個小孩走來對我說：
「看哪！你的眼睛裏有兩個滅火機。」為了這無邪告白；捧著他的雙
頰，我不禁哭了。
我看見有兩個我分別在他眼中流淚；他沒有再告訴我，在我那些淚珠
的鑒照中，有多少個他自己。

　　乃至於商禽〈無言的衣裳——一九六〇年秋、三峽、夜見浣衣女〉後記
亦有：「因憶兒時偕諸姑嫂濯衣河上之歡，水花笑語竟如昨日，不禁戚然。
欲推流沙再飲未果，獨酌尋句又未得，遂輾轉以終夜。」[76]「不禁」何意？
何以詩人商禽如此對此詞進行慣用，或者無意識間將主體導／陷入如此情緒
質感中？「不禁」一詞蓋有兩意：其一，為身體難以承受，經受不起的狀
態；其二，為主體難以控制自身身體，以致於處於不由自主的狀態中。這兩
個詞義，身體都成為了重點。我們可以從中看到一個軍旅詩人商禽，如何總
感受到身體的莫難自主，不由自主的被擺置。或者說，被時代強制地從母體
排離、流產而出，而自己卻仍未長成，完成自我的想像。這份主體與身體的
不完成，使得自我陷入對自我的悲憫，悲憫於自我的不完成如排泄物般污
穢。所以商禽〈行徑〉、〈滅火機〉中「我不禁哭了」，內在總隱藏一種
「不知—告知」的律動，知道無法改變身體的異化困境，但至少能知曉自我
主體的悲劇。
　　相對於商禽的悲憫感，管管則在快感中展現自為／甘異端，以為報復的
叛逆狀態。他不只不被馴化，還反控由「立法同志以及某些教授」建構的理
論，阻礙著排泄快感所隱喻的快樂原則。「立法同志」指涉了國族政治體制

---

[76] 商禽：《商禽詩全集》（臺北縣：INK 印刻文學，2008 年），頁 152。

中制訂法條規律者，而「教授」指的自然是文學教授，意在指出文學書寫如何也被教授們依照他們的理論，而被條規化。

誠如前引布爾迪厄（Pierre Bourdieu）「生存心態」探述管管〈七絕：絕句 1〉，點出特殊階層會建構共同語言，讓人無意識使用，以成為共同群體，這使得語言包裹的價值觀，被反省的可能被鈍化。學院體制的教授，依照其知識位階也建立了「正雅」、「抒情傳統」系列的「共同語言」。這裡所謂的文學「共同語言」其內裡，實則為「共同『需遵守』語言」，否則難以為文學典律所容。因此，儘管批判了如此宏大的國族政治、傳統正雅文學知識典律機制客體，實則我們也可以看到管管如何與本章前節探述紀弦〈與或人重逢〉般，在「共同語言」之外，變奏出自我前衛實驗語言。

雖然，以長遠的現代文學史與現代詩史來看，正如紀弦〈與或人重逢〉中的系譜展示，管管在〈七絕〉系列所塑建的嘲諷風格，仍歸屬現代主義一系的文法。但他確實在肯定自我快感行為，以及承認自我不由自主的狀態時，辨識出自我所欲求的主體形象，在日常生活為政治與文學「理論」所控制的共同語言中，以為自我突圍之舉。這不一定是真理，但卻是詩人在自我認識論上的真實。

現代詩手稿以其本身所呈現、紀錄下書寫意識的精神歷程，提供了如此在精神面上的真實。也可以說，現代詩手稿作為詩文本發展的生成形式，同時也成為了一種書寫意識的顯像形式，照鑑了現代詩人的精神困局。相較於神話中上下天堂地獄的英雄旅程，在國族政治體制那潛伏底幹的生活日常，就賦予了臺灣現代詩人衝撞主體與身體象徵的戰場感。而在詩手稿的細膩修改字跡，脈絡化地體現了他們書寫意識與精神上的婉曲隱微，展現出夾帶斷裂感、快感乃至悲憫感的主體象徵建構，以及時代賦予他們的精神地理。

第四章　臺灣現代詩手稿母語與
跨國語之語言政治論

　　臺灣現代詩手稿僅就形式而觀，其書寫所呈現自由、帶發展感、慎重等等豐富情緒所連動出的刪補調動之符號現象，即已為一種文字符號之意象。在臺灣現代詩手稿這個研究範圍來看，在「文字符號」這部分的符號類型上，最大宗的無疑是中文字。然則也另有中文以外的，包括日文、英文與台語漢羅甚至全羅拼音等。

　　臺灣現代詩手稿手稿中，這些文字符號在詩人書寫過程中，除了文字審美外，最主要反應了詩人在創作上所使用的自然用語，以及工具性語言，此最直接對應的，便是詩人所使用的母語與跨國語。臺灣現代詩人能使用這些語言，自有因緣，包括了其所歸屬之母語系統、族群關係，以及教育系統與主動學習等。然而，檢視臺灣現代詩手稿的版本，可以發現隨著手稿進入印刷狀態，印刷所代表的公共狀態，涉入了語言政治課題——因此詩人所使用之語言，更牽涉了時代與政治機器之脈絡，並產生對應的適應、抉擇，以及辯駁、反抗及辯證，且隨詩人筆下漫漫長途發展的寫作史，在詩手稿中存跡。

　　因此，臺灣現代詩手稿的語言政治討論，我們可從跨國語言接續到跨語言一代詩人。每一種族群之語系，都代表了一種存有價值系統最自然表達的生存環境觀，趨尚以及看重。但在臺灣歷史中的殖民與戒嚴體制，所形成中心—邊緣，以及文化資本，這如何影響詩人的詩語言文字書寫，甚至牽涉記／拼音形式與歷史記憶公共政治書寫，正是本章所將要展開細部探論之處。

第一節　詩語言權力的意志／抑制：
詩手稿中文書寫的界域與跨域

一、現代詩手稿中的巴別塔神話模態

　　臺灣現代詩的現代知識以歐美現代主義為重要根源，因而帶有強烈的跨國跨域特性。但從現代詩手稿學的角度來看，比起探索其間的傳播路徑，更重要的是探索臺灣現代詩手稿中，跨國語言在詩書寫生成歷程中究竟意謂著什麼。可以說，跨國語言、多種族語言的複數性以及差異性，本身就是一種語言神話。關於語言的神話，最具代表性的莫過於聖經中所載之巴別塔故事——遙遠的人類使用共同的語言，他們聚集起來相約建立巴別塔。一同建立高聳通天的塔，讓人類彷彿就能與在天堂的上帝平起平坐。於是上帝變亂了人類共同的語言，人類有了不同、相區別的語言，於是不再能直接進行溝通。語言看似儘管無形，但這段聖經的神話性，卻表現在是差異化的語言，讓塔無法建成，而不是其他。曾慶豹在〈解構巴別塔：空間、權力與上帝〉亦曾深刻論及：

　　　　值得注意的是，猶太思想或托拉（Torah）的論述從來就沒有打算把神學和政治割裂來看的想法，沒有把神學當成是某種「只是關於內心的東西」，或把政治當成「僅僅是世俗之域」。換言之，聖經透露了不可能存在著一種不具有神學意涵的政治，也不存在著一種不涉及政治的神學，當我們考察巴別塔此一空間的權力事件時，它不能被理解為一神話語式的懲罰說，也不是一種為解說民族誌或人類學的演化論。聖經透過了建築空間的語意突顯了總體或多元、同一或差異的神學和政治之持久性鬥爭。此處提及的神學—政治，實與言說性或語言互動的問題息息相關。從聖經的語境來看，巴別塔是一個「語言事

件」正確地說，這是一個關於「語言事件」的空間論述。[1]

　　挑戰古典詩文言傳統的獨一性，正是現代詩的語言事件，現代詩人跨國
援引差異化的語言，使得既有的文學語言政治多元化。這份「橫的移植」的
衝擊之感，以及革命性在文學運動風潮後，被當時的鼓吹者紀弦在「圖 4-
01：紀弦〈超現實的三十年代〉手寫定稿詩手稿」，以一種帶神話意味的語
言進行回顧。

　　「圖 4-01：紀弦〈超現實的三十年代〉手寫定稿詩手稿」為詩人紀弦
2002 年暮年之際所寫，詩題之「三十年代」已為全詩預設了一個回顧的基
調。詩人以「寫了許多超現實派的詩，在三十年代」為段落引領句，形成全
詩回顧自身超現實寫作史的節奏。紀弦這份自身超現實寫作史的寫作節奏，
其內容意義主要為超現實的非邏輯性、一般人不易理解欣賞、超出於政治左
右派的自由、孤寂的書寫者，這四個意旨所構成。手稿其末，紀弦特別寫下
後記，第三點具有詩人自我所觀察超現實主義傳播的討論。

　　如此超現實主義對於政治霸權的挑戰，以及世界播散，實亦可就曾慶豹
〈解構巴別塔：空間、權力與上帝〉之語言事件概念進行重新理解。仔細檢
視「圖4-01：紀弦〈超現實的三十年代〉手寫定稿詩手稿」手稿後記第三點
部分，可以發現詩人將超現實主義的起源地，從「法國」改為更為具體的城
市「巴黎」，強調了超現實主義的城市空間性。彷彿曾於 1899 年至 1930 年
作為世界最高建築物的巴黎艾菲爾鐵塔，就是另一座巴別塔，只是它的意旨
目標轉而為對現代神話進行標誌。超現實主義的空間性，更表現在其於世界
傳播的幅度，詩人原寫為「影響了我」，後將「我」刪去，改續寫為「世界
各國的詩壇，上海，台北，也不例外」。超現實主義的傳播，使超現實主義
成為世界詩壇現代詩的共同語言，但是反向追蹤來看，世界各國不同語言語

1　曾慶豹：〈解構巴別塔：空間、權力與上帝〉，《中外文學》32 卷 5 期（2003 年 10
　　月），頁 131。

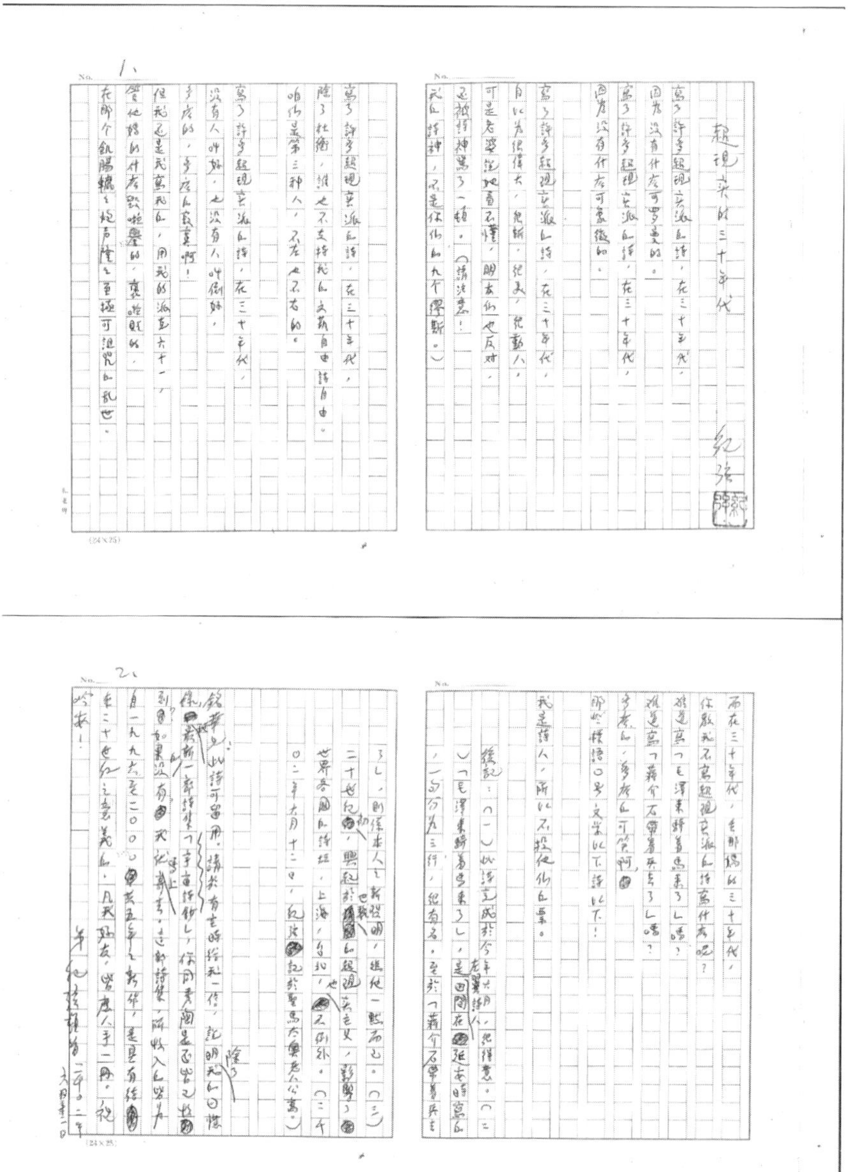
超現實的三十年代

寫了許多超現實派的詩，在三十年代，
因為沒有什麼可羅曼的。
寫了許多超現實派的詩，在三十年代，
因為沒有什麼可象徵的。
寫了許多超現實派的詩，在三十年代，
自以為很偉大，很新，很美，很動人，
可是老婆說她看不懂，朋友們也反對，
還被詩神罵了一頓。（請注意：
我的詩神，不是你們的九個繆斯。）

紀弦

No. 1、

寫了許多超現實派的詩，在三十年代，
除了杜衡，誰也不支持我的文藝自由詩自由。
咱們是第三種人，不左也不右的。
寫了許多超現實派的詩，在三十年代，
沒有人叫好，也沒有人叫倒好，
多麼的，多麼的寂寞啊！
但我還是我寫我的，用我的派克六十一，
管他媽的什麼毀啦譽的，褒啦貶的，
在那個飢腸轆轆之炮聲隆隆之至極可詛咒的亂世。

而在三十年代，在那偶的三十年代，
你教我不寫超現實派的詩寫什麼呢？
難道寫「毛澤東騎著馬來了」嗎？
難道寫「蔣介石帶著兵來了」嗎？
多麼的，多麼的可笑啊！
那些標語口號文學以下詩以下！
我是詩人，所以不投他們的票。

後記：（一）此詩完成於今年六月，（先寄詩人）紀弦意。（二）「毛澤東騎著馬來了」，是[illegible]在[illegible]延安時寫的，一句分為三行，很有名。至於「蔣介石帶著兵來

No. 2、

了」，則係本人之新發明，進化一點而已。（三）二十世紀初[illegible]，興起於[illegible]的超現實主義，影響了[illegible]世界各國的詩壇，上海，台北，也[illegible]不例外。（二千○二年六月十二日，紀弦[illegible]記於聖馬太奧老人公寓。）

銘華兄：此詩可留用。請於有空時給我一信，說明我的回憶[illegible][illegible]最新一部詩集「宇宙詩鈔」，[illegible]副刊上。如果沒有[illegible]我就寫上出書，這部詩集，將收入的[illegible]自一九九六至二〇〇〇[illegible]共五年之新作，是具有結束二十世紀之意義的。凡我朋友，當應人手一冊。祝
吟安！

弟紀弦頓首 二〇〇二年六月十二日

圖 4-01：紀弦〈超現實的三十年代〉手寫定稿詩手稿

出處《新大陸詩刊》第 138 期

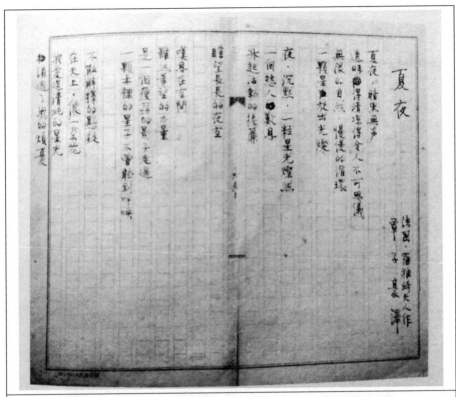

圖 4-02：德國‧羅雅綺夫人〈夏夜〉之覃子豪翻譯詩手稿
出處《臺灣現當代作家研究資料彙編》，向明收藏

系，則又必須翻譯。「翻譯」一詞另外具有的語言政治作用，正點出中文世界中外國語的潛存。在此我們所並列「圖 4-02：德國‧羅雅綺夫人〈夏夜〉之覃子豪翻譯詩手稿」，固然呈顯了中文翻譯其德語本文的存在，同時也可見即便紀弦、覃子豪曾於一九五〇年代於《文學雜誌》有「橫的移植」與「中國的傳統」之論戰，但對於現代主義的外文翻譯，仍存在於他們手稿中，留下了共同的軌跡。

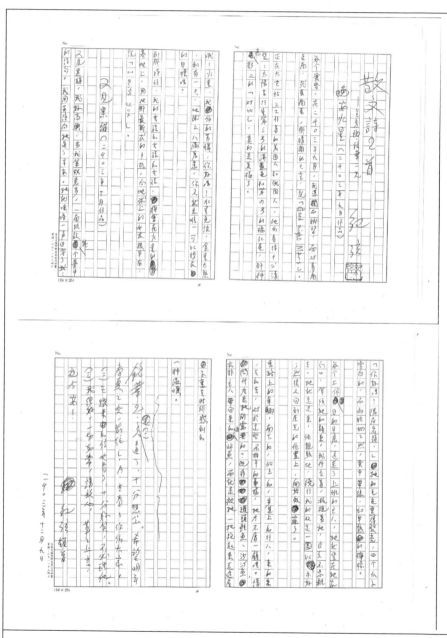

圖4-03：紀弦〈散文詩2首〉手寫定稿詩手稿

出處《新大陸詩刊》第138期

　　對比於「橫的移植」與「縱的繼承」之現代詩論戰，實則我們更要從口號式的意見走出，檢視詩人在創作上真正落實的面貌。從「圖 4-03：紀弦〈散文詩 2 首〉手寫定稿詩手稿」中〈晚安火星〉首段末之「Good night Mars」這對火星（Mars）[2]的問晚安，以及用手機向地球女友報平安的「I miss you」，英語在此是一日常用語，表面如同〈又見黑貓〉：「我用英語向牠道了早安。牠……『你好嗎？隣居老頭』」但又另潛存著「英語」所「理所當然」對應的現代科技／幻情境。反省英語與現代性在文本情境上那理所當然的交相適配，正由十九到二十世紀西方遠勝東方的科技史發展所提供，也反顯出詩人運用跨國話語提供特定美學風格時，所涉及的時代歷史語境課題。

　　至於「圖 2-40：羅門詩話語錄-完美是豪華的寂寞-手寫定稿」中值得注意的是詩人羅門對其筆名之英文譯名，以中國書法進行造型書寫，形成一在書寫上對自我能指之陌生化的美感造型。這樣的書寫將原本具差異的中文與英文，在自我能指上所進行的平衡協調，這是書寫主體在本／跨國語中的美學組織，其中另所涉及的美學動靜空間問題，我們將在下章進行細論。

　　而就整體臺灣現代詩人詩作中對跨國語言之使用現象進行觀察，最容易能看到的，還是對跨國語言文字的引文。以下，我們以「圖 4-04：葉維廉〈一週之死〉手寫定稿詩手稿」、「圖 4-05：楊牧〈俯視——立霧溪一九八三〉初定稿詩手稿」為例。

---

[2]　Mars 為羅馬神話中戰神之名，火星亦以 Mars 為名。

圖 4-04：葉維廉〈一週之死〉手寫定稿詩手稿

葉維廉授權使用

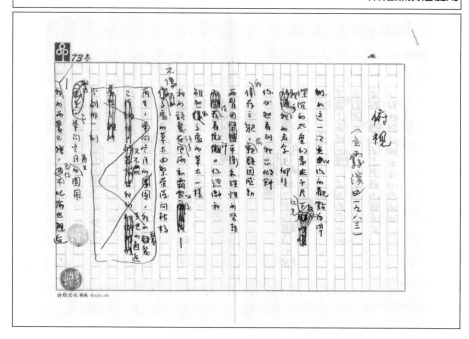

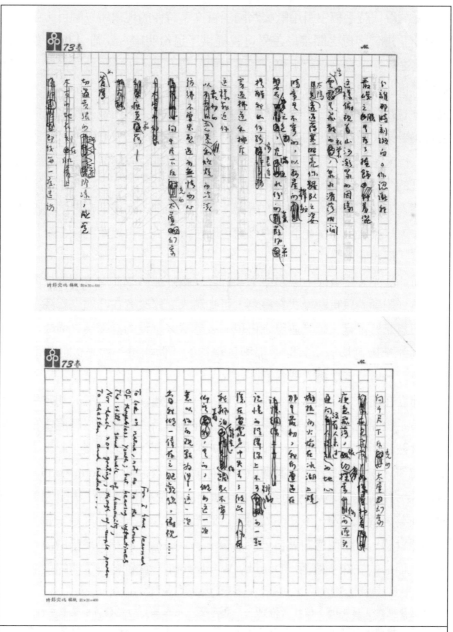

圖 4-05：楊牧〈俯視——立霧溪一九八三〉初定稿詩手稿

出處楊牧數位主題館

　　臺灣現代詩手稿中引用歐美跨國語言文字詩作的現象所以醒目，中文漢字與外語拼音字母之間字形差異可說提供了這份明確。「圖 4-04：葉維廉〈一週之死〉手寫定稿詩手稿」在徵引中，詩人導入了跨國詩作視覺上的陌生化，也為詩作所要展現的主體異化疏離感提供氛圍。「圖 4-05：楊牧〈俯視──立霧溪一九八三〉初定稿詩手稿」開頭書寫主體俯瞰立霧溪之情境，主體與場景間的意象化的處理，成為詩作書寫與修改之重心所在。首段詩手稿第二行末尾，即可見詩人的細密修改，詩人原本首段第二、三行原寫為：「深沉的太虛幻象在千尺下將呼喚／記誦我的名字：仰望」，在後續修改中，詩人先在「將呼嚷」上右方處寫「反光」一詞，而後則在斟酌後把「將呼嚷」，以及右上「反光」一併以藍色原子筆刪去，再以藍色原子筆以夾注號重寫「反光」。[3]

　　而「反光」之修改，必須與下一行之「輕呼」修改並看，相對於原本之「呼喚／記誦」只有聽覺式之書寫，可知詩人之修改意在凸顯立霧溪，對於太虛幻象兼具視覺、聽覺並現之再現。多感覺／官性的立霧溪之構成，也使立霧溪能準確適切於全詩開頭那極具精神的「假如這一次光以你的觀點為準」詩行，所設定之擬人式書寫。

　　建立在前述之「圖 4-05：楊牧〈俯視──立霧溪一九八三〉初定稿詩手稿」詩手稿開頭修改之分析成果，我們便能理解詩人楊牧何以將原本在後段所引華茲渥斯（William Wordsworth，1770-1850 年，英國浪漫主義詩人）的著名詩作〈作於亭潭寺上方數哩處〉移往前。華茲渥斯（Wordsworth）為此詩之際，精神陷入極大的困頓，一方面出生英國但精神嚮往法國大革命的他，在英法戰爭之際，不知該如何進行政治抉擇；另一方面則是未婚生女等情感罪責感，不斷地懲罰著自己的心靈。詩人在極大的精神黑暗中流沙般地沉陷，而他的妹妹多蘿西（Dorothy Wordsworth）重新參與了他的生活。眾

---

[3]　可以發現在「圖 4-05：楊牧〈俯視──立霧溪一九八三〉初定稿詩手稿」中楊牧以黑與藍兩種顏色之筆，進行至少兩次修改。除我們所述之「反光」修改現象，此詩手稿之詩作標題「俯視」黑字一詞旁之「（立霧溪）」則為藍字。由此可知，「立霧溪」此一地理空間，是在其後再發展的修改階段方為詩人楊牧所明確標列。

所周知，華茲渥斯（William Wordsworth）的詩作詩行之萌生，往往由其散步與徒步旅行而引領，而發生。

多蘿西（Dorothy Wordsworth）陪伴著華茲渥斯（William Wordsworth）重新走向自然徒步行旅，〈作於亭潭寺上方數哩處〉正由此而作，詩中風景對詩人的精神救贖意義，亦不待言。詩中林間穿行的蔥翠衛河，成為詩人記憶與來日思維之所投向。面對林間而出的川流，詩人努力從黯淡不可解的幽影中煎熬摸索，復活心中圖像，又疑似可為來日歲月所咀嚼回憶——在此，我們正要從中領取華茲渥斯（William Wordsworth）〈作於亭潭寺上方數哩處〉中河流對詩人精神、時光反顯投射的文學地理作用，理解「圖4-05：楊牧〈俯視——立霧溪一九八三〉初定稿詩手稿」對之原文詩作的手稿引用。

輔以楊牧《奇萊後書》對英國經典詩人的閱讀紀錄，可以想見楊牧〈俯視——立霧溪一九八三〉必然受了閱讀華茲渥斯（William Wordsworth）〈作於亭潭寺上方數哩處〉之影響，在詩手稿書寫最後的中文詞語「俯視……」後，詩人似乎點醒了自己的閱讀記憶，引文了華茲渥斯（William Wordsworth）〈作於亭潭寺上方數哩處〉原詩行。但詩手稿中的原詩徵引，並未註明華茲渥斯（William Wordsworth）。至定稿時，楊牧〈俯視——立霧溪一九八三〉則將這份徵引標上「—Wordsworth」，並從詩作最後，移到詩作最前。華茲渥斯（William Wordsworth）對林間河流的隱喻，那藉自然完成對青年、中年的釐清，也成為了接引楊牧「假如這一次光以你的觀點為準」的精神渠道，於是我們看到詩中立霧溪，如何有其上源，但其有別於華茲渥斯（William Wordsworth）擬人化、辯證性的寫法，又如何成為了楊牧湧泉新發之處。

除了對跨國語言詩行之徵引，從視覺上帶來的陌生化，以及所牽動對內容的思索這樣的路徑，一個語言系統也各有其文法、著重以及特性，使得詩人在各書寫歷程階段，選擇什麼語言系統進行創作，也成為詩人書寫調度的一部分。對此，安金娜（Olga Anokhina）〈以文本生成學方法研究具多語能力的作家〉：

即使是活在同一個時代、屬於同一個社會階層的作家，他們運用自己多語能力的方法也並不相同。例如分析普希金的手稿時，我們發現他習慣用法文擬定寫作大綱。這或許是因為法文比較適於表達抽象的概念，可以把整體情況濃縮成一個字。但是，一及開始撰寫，即使只是打草稿，普希金就會改用俄文書寫。這種以用途決定所用語言的模式在托爾斯泰身上就沒有那麼明顯了。從托爾斯泰留下的數千張手稿中，我們可以看到他在寫作過程中經常使用法文。從大綱、註記、筆記、故事梗概、草稿一直到印刷校樣，隨處可見法文的身影。有時一個法文字無意識地自然出現在整篇俄文中，好像它原本就屬於俄文通用詞彙一樣。有時托爾斯泰刻意選用法文字，因為他對現成的俄文字不滿意，在多方尋思替代方案未果後，覺得只有某個法文字能表達他的意思。[4]

　　能使用多語言的詩人，似乎具備了縫合巴別塔神話結局，那語言為種族、國家、地區之別所形成的碎裂之能力。安金娜（Olga Anokhina）的觀察中，普希金（Aleksandr Sergeyevich Pushkin，1799-1837 年，俄羅斯文學家）、托爾斯泰（Leo Tolstoy，1828-1910 年，俄國小說家），以俄文為母語的作家，卻在書寫手稿，特別是在起草稿、草擬稿階段，選擇法文作為書寫文字，甚至是在幾乎自然而然，不自覺的狀態，使用了法文。這乃是法文的文／語系統，長於對抽象的指涉——而這正適切於由無而有的書寫草創階段，書寫者周轉之玄思。玄之又玄，由無而有，由抽象復具體，法文成為如此書寫始發之際，書寫者普希金（Aleksandr Sergeyevich Pushkin）、托爾斯泰（Leo Tolstoy）用之最稱心／手的文字系統。文學手稿所帶有如此細密現象作為一種被發現的書寫事實，本身可說對文學研究談論跨國性甚有啟迪。使文學研究者在面對跨國語言時，談的不只是不同跨國語言之間的翻譯、傳

---

[4]　安金娜（Olga Anokhina）：〈以文本生成學方法研究具多語能力的作家〉，《中山人文學報》37 期（2014 年 7 月），頁 3。

播，而是更進入創作之細節，探述作家是如何選用不同跨國語言，完成對作家之所思，有效表達的細微語用。

　　在臺灣現代詩手稿中亦有如此細密之跨國語言的語用現象，以下我們以「圖4-06：葉維廉與李泰祥合作之多媒體詩作手寫定稿」、「圖4-07：余光中評論洛夫〈隨雨聲入山而不見雨〉講義手稿」、「圖4-08：余光中評論瘂弦〈下午〉講義手稿」為例，進行討論。

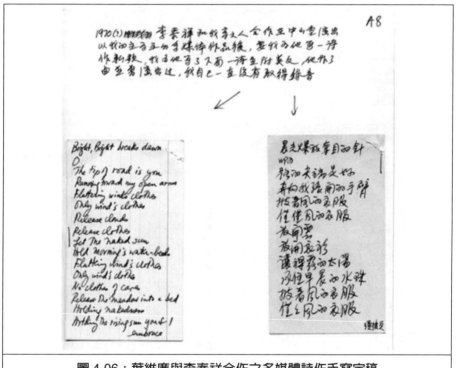

圖4-06：葉維廉與李泰祥合作之多媒體詩作手寫定稿

葉維廉授權使用

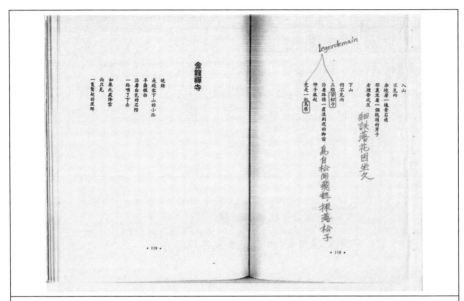

圖 4-07：余光中評論洛夫〈隨雨聲入山而不見雨〉講義手稿
國家圖書館授權

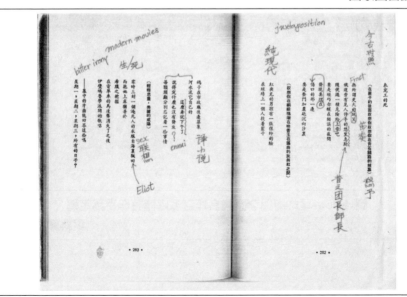

圖 4-08：余光中評論瘂弦〈下午〉講義手稿
國家圖書館授權使用

「圖4-06：葉維廉與李泰祥合作之多媒體詩作手寫定稿」中可見，具有比較文學研究專業背景的學院詩人葉維廉，在與臺灣著名音樂家李泰祥的合作中，詩人同時寫作了中、英文於稿件併陳，從中文部分可知詩人很明確有意識地以重複字詞為詩，以有利於音樂家進行譜曲節奏的經營。另外所附的英文，亦採如此概念為之，但由於英文的拼音字母特性，可以發現相對於一字一音節的漢字，詩人使用英文，更表現出了帶旋律性的多音節感，以及美國鄉村音樂的風格。而其內在涉及的音樂課題，我們將於本書第五章再進行深論。

另一具有學院詩人特質的余光中，在「圖4-07：余光中評論洛夫〈隨雨聲入山而不見雨〉講義手稿」、「圖4-08：余光中評論瘂弦〈下午〉講義手稿」中可見詩人以英文表達對洛夫〈隨雨聲入山而不見雨〉、瘂弦〈下午〉詩意之捉摸，以及判斷，便如同前述俄文作家普希金（Aleksandr Sergeyevich Pushkin）、托爾斯泰（Leo Tolstoy）使用法文般，以方便紀錄內在抽象創作思維。「圖 4-07：余光中評論洛夫〈隨雨聲入山而不見雨〉講義手稿」中，余光中即以「legerdemain」，指涉洛夫「苦松子—鳥聲」間的意象變化。「legerdemain」為「戲法」之意，指不同藝術中的表演創作者所操作的精細動作，帶有高度娛樂或審美趣味。余光中用「legerdemain」，實則有著兼混褒貶的複雜寓意。而同時手稿中，余光中亦另寫下「鳥自松間飛起，振落松子」如此現實平穩詩行，也有意與洛夫這樣超現實意象相比對。

「圖4-08：余光中評論瘂弦〈下午〉講義手稿」中，余光中繁複使用英文詞彙，如「ennui」（厭倦）、「bitter irony」（辛辣的諷刺）等，但最重要的無疑是寫在版面最高處的「juxtaposition」（並置）此一西方文學重要批評術語。而余光中另外在瘂弦之「發現真理在／傷口的那一邊」特別將「在」打圈，並畫箭頭線指向「傷口」，以至於余光中另寫之「今古對照」以及「昔之團長師長」，都可以看到「juxtaposition」如何是余光中解讀〈下午〉的關鍵詞語，檢視詩中時間與空間之對比並置的深意。

二、錯位的面對：跨語言一代詩人的兩部國語寫作機器

　　面對在臺灣現代詩手稿出現的英文書寫，以及所調動而出的英法文學、詩學知識其系統與系譜現象，其書寫文字的跨國性，也促動我們更跨越並拉高至現代詩文學史的時空視野，進行檢視評估。陳千武重要的「雙球根」論述賦予的結構，正為那現代詩文學時空一端的，由歐洲而大陸上海而臺灣的轉譯路徑，畫下一方現代主義的球根塊莖，但同時也讓我們看到另一球根塊莖，亦即由歐洲而日本而臺灣的現代主義系統。從臺灣現代詩手稿學所注重的書寫性，我們可以看到此一由歐洲而日本而臺灣的現代主義系統，其中正以日文為主導。自陳千武「雙球根」中所推展這份對日文的指向，正可為臺灣現代詩手稿文本史料中所出現在比例上，不亞於英文書寫的日文書寫，設下文學與詩學史之時空座標。而賦予這臺灣現代詩日文書寫之時空座標的詩人，其最大宗的正是所謂「跨語言一代之詩人」。

　　「跨語言一代之詩人」係由詩人林亨泰於〈跨越語言一代的詩人們——從「銀鈴會」談起〉所提出，指在臺灣日治時期 1920 年前後出生的詩人，由於日本殖民體制所推展的官方日語教育，而養成以日文為核心的書寫。但在戰後，隨著臺灣政治體制轉為中華民國政府，在所推行的去日本化政策，以及連帶的中文國語教育體制，這都使得原本 1920 年前後出生的臺灣本土詩人必須放棄日文書寫，而重新學習中文書寫。在〈銀鈴會與四六學運〉中，林亨泰便細膩地描述了自我所處跨語言一代詩人的語文困境：

　　　　當 1945 年臺灣歸附中國的時候，銀鈴會同仁的年齡大約都在二十歲上下。比我們年長的那一代，他們還曾在公學校或私塾裡受過漢文教育；比我們年紀小的世代，由於受日本教育不多，所以對中文也較能適應。而剛好遇到日本取消漢文教育、加強日語教育的我們銀鈴會的這一代的臺灣人，對於中文可說是遙遠與陌生。亦即，我們這一代的命運走上了跨越了最艱難的兩個時期。在太平洋戰爭停戰前夕，正是日本軍國主義最為跋扈，對日本人而言是最為難熬的時候。但停戰

後，正是中國政府貪官污吏最為橫行，而經濟接近崩潰，是中國人最
為困頓的日子，因此，銀鈴會的同仁可以說是在日本人最黑暗的時候
當了日本人，中國最絕望的時候當了中國人。[5]

　　比起在語言政治下談論被迫放棄日文書寫所帶來艱難的中文學習適應歷
程，對於「跨語言一代之詩人」的談論，以本節前面對臺灣現代詩手稿中英
法文之討論，可知對於跨語言一代詩人來說，日文不只是詩人書寫形式，更
同時涉及了與書寫緊密相關的閱讀性。跨語言一代詩人閱讀日文，亦即以日
文為轉譯路徑，接受西方現代主義知識。轉譯與翻譯總存在選擇，甚至在選
擇過程中介入轉／翻譯者的內在精神想像與現世環境訴求，而形成一知識的
版本。臺灣跨越語言一代詩人所接受日文管道「橫的移植」而轉譯出的西方
現代主義知識版本模態為何？林巾力教授〈主知、現實、超現實：超現實主
義在戰前臺灣的實踐〉如此清楚梳理到：

　　儘管法國超現實主義在理念與實踐之間不可避免地存在矛盾，但它自
始至終對人類生活的解放與世界的變革都還存有一份企圖。而對西學
亦步亦趨的日本，也在很短的時間內引進了包括超現實主義在內的現
代主義文學思潮，其中對超現實主義展開最有規模的介紹與實踐者，
是由春山行夫所主導的《詩與詩論》。春山行夫援引超現實主義對抗
缺乏藝術性的普羅文學與流於感傷的日本象徵派。……另一位重要的
詩人兼詩論詮釋者西脇順三郎則引培根而至波特萊爾的「超自然」來
界定「超現實」，他強調必須透過理性的操作以及有意識的意象連結
來探尋詩的非理性奧秘，而這與法國超現實主義視夢境、瘋狂與潛意
識為至高現實的主張是不盡相同的。[6]

5　林亨泰：《見者之言》（彰化市：彰化縣立文化中心，1993 年），頁 229。
6　林巾力：〈主知、現實、超現實：超現實主義在戰前台灣的實踐〉，《台灣文學學
　　報》第十五期（2009 年 12 月），頁 107-108。

　　從以上林巾力教授之梳理論述，可以清晰地看到日治時期臺灣現代詩人對於日本版本化的西方現代主義之吸收，主要概分為春山行夫與西脇順三郎兩大理解路徑。從中已可見日本詩人對西方現代主義之轉譯，便有涉入了自我的美學意圖與想像建構。

　　而在臺灣跨語言一代詩人之現代詩手稿文本，我們在這樣的知識基礎上，更能看到什麼樣的後續訊息？以及其所牽涉語言政治屬於詩與詩人在文化錯位（cultural dislocation）下所形成的精神課題？在此，我們可以跨越語言一代的代表性詩人陳千武〈陰天的早晨〉之詩手稿作為切入點。

　　陳千武〈陰天的早晨〉一詩表面寫主體我，在春天廣闊的庭院中，看顧著嬉戲的孩子們，進而注目到一位名為阿玲的少女。整首詩即在「春之庭院—嬉戲孩童—少女阿玲」間進行詩語言的盤旋，而觸動刺激整首詩的詩意，無疑是在其中如刺一般，重現的「寂寞的我……」（第一段末行）、「我是寂寞的男人」（第二段末行）、「寂寞的男人喲／為什麼不像孩子們那樣懂得歡心跳躍？」（第三段末兩行）、「阿玲是我私自心愛的心愛的唯一的

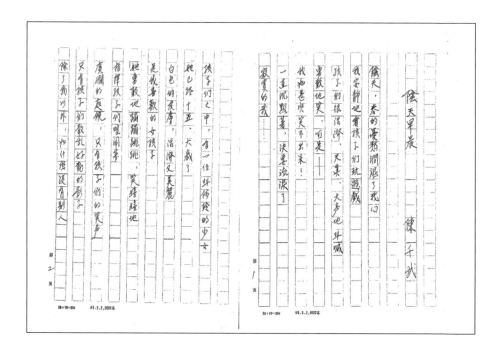

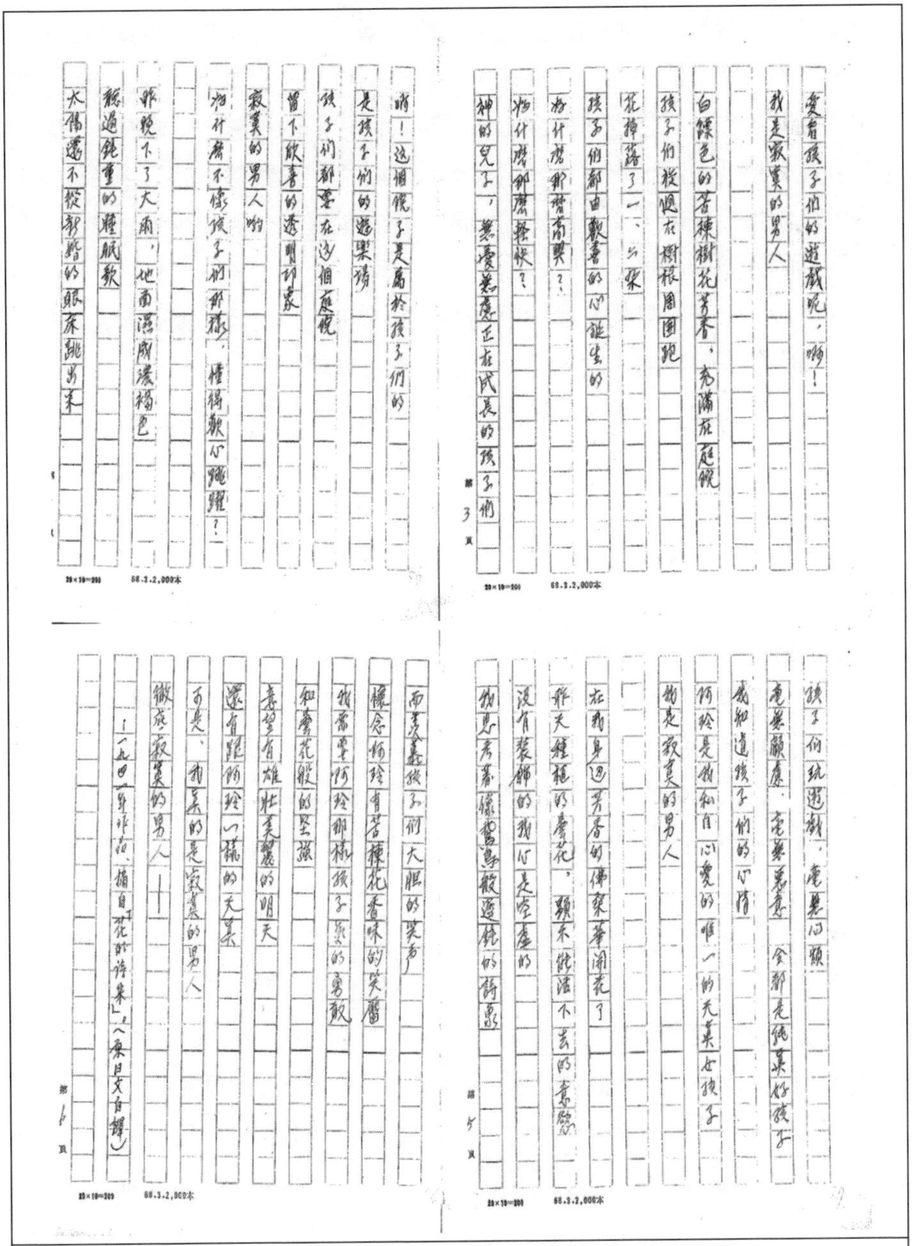

愛看孩子們的遊戲呢，啊！
我是寂寞的男人

白緣色的苦楝樹花芳香，充滿在庭院
孩子們跳過在樹根團團跑
花掉落了一、二朵
孩子們都由觀音的心誕生的
為什麼那麼齊哭？
為什麼那麼愉快？
神的兒子，無憂無慮正在成長的孩子們
第3頁

啊！這個院子是屬於孩子們的
是孩子們的遊樂場
孩子們都要在這個庭院
留下欣喜的透明印象
寂寞的男人喲
為什麼不像孩子們那樣，懂得歡心跳躍？

昨晚下了大雨，地面濕成濃褐色
經過鈍重的睡眠般
太陽還不從鄰蹭的眼床跳出來

孩子們玩遊戲，毫無心煩
毫無顧慮，毫無羞辱　全都是純真好孩子
我知道孩子們的心情
阿玲是我私自心愛的唯一的天真女孩子
我是寂寞的男人

在我身邊芳香的佛桑華開花了
那天種植的鳳花，顯示能活下去的意慾
沒有裝飾的我的心是空虛的
如思春憬鳥般遙遠的詩影
第5頁

而羨慕孩子們大膽的笑聲
懷念阿玲有苦楝花香味的笑靨
我需要阿玲那樣孩子氣的勇敢
和鳳花般的堅強
希望有雄壯美麗的明天
還有跟阿玲一樣的天真
可是，我真的是寂寞的男人
徹底寂寞的男人——
（一九四一年作品，摘自「花的詩集」，原日文自譯）
第6頁

圖 4-09：陳千武〈陰天的早晨〉翻譯手寫定稿詩手稿

國立中興大學圖書館典藏

天真女孩子／我是寂寞的男人」（第四段末兩行）、「可是，我真的是寂寞的男人／徹底寂寞的男人」（最後第五段末兩行）。當主體「我」被詩人標示出男性時，也同時性別化的突出了「少女阿玲」的位置，「寂寞」一詞更也為我此一男性主體，提供了一情感動機。然而這份動機在詩行中，則困守於我的身體疆界之內，這是情感的醞釀，卻在動機無法形成行動之際，也形成了情慾的痛楚。

　　陳千武〈陰天的早晨〉之詩手稿如此的文本訊息內容，就對西方現代主義的跨語吸收與轉譯的角度，還有兩個層次可精讀細探：

　　首先，就其內容上來看，詩內在主體與他者之關係，以及意向理路，可說延續著葉慈（William Butler Yeats，1865-1939 年，愛爾蘭諾貝爾文學桂冠詩人）經典詩作〈在孩童中〉。〈在孩童中〉中詩人以老紳士議員身份訪視修道院，而在修道院嬉戲的孩童中，依稀看見一位女童竟與詩人年少時單戀的女子有著相彷彿的面容。詩中亦巧借希臘神話「麗達與天鵝」──天神宙斯愛上了斯巴達國王的王后麗達，變為一隻天鵝試圖接近她。天鵝假裝老鷹攻擊自己，而躲入麗達懷中與之結合，麗達事後竟受孕，生下兩顆金蛋，其中一顆金蛋孵化出的美女海倫，後來則引發了特洛伊城戰爭，一成荷馬史詩文本。陳千武〈陰天的早晨〉有著類似的年長男性「我」，令其身心神往的少女阿玲，這與葉慈（William Butler Yeats）〈在孩童中〉的情慾轉化書寫，隱然相契。

　　其次，在前述可追蹤的跨國詩語言文本背景下，陳千武自有歸屬於自身詩語言當有的另行突破，其調取東方化的曇花，藉曇花之美及其轉瞬一現，為心中這份混雜愛慾之意念萌起的時刻，提供所將走向的象徵。如此藉花象徵，既符合詩人陳千武於「圖 4-09：陳千武〈陰天的早晨〉翻譯手寫定稿詩手稿」詩手稿第 6 頁末尾所附註提點的詩，乃出自於自身以花為一系列書寫之詩集《花的詩集》[7]，亦可見與波特萊爾（Charles Pierre Baudelaire，

---

[7]　在陳千武於中興大學圖書館之特藏所辦相關策展，亦針對《花的詩集》有相關對應的圖繪繪畫文本。

1821-1867 年，法國詩人，象徵派先驅、現代派之奠基者）《惡之華》之相涉。

　　但我們更注意到「圖 4-09：陳千武〈陰天的早晨〉翻譯手寫定稿詩手稿」詩手稿第 6 頁末尾之附註所言「一九四一年作品」、「（原日文自譯）」。這使得陳千武〈陰天的早晨〉詩手稿涉及了 1941 年日文自身原作，到 2000 年後自身翻譯的討論幅度，時代由日治而戒嚴而解嚴而下一世紀之跨越，語言由日文而中文，以及在詩作前源可能涉及英、法文，都已被這位跨越語言一代詩人在精簡的備註中所標舉。此正足見「跨越語言一代詩人」此一身份詞語所具備的語言政治史的指涉效能，但從詩手稿學研究角度也讓我們看見「圖4-09：陳千武〈陰天的早晨〉翻譯手寫定稿詩手稿」於寫下，又同時翻譯而出時，所存在之歷史狀態跟身體寫作機器的部署。

　　太平洋戰爭中擔任日軍志願兵的陳千武，隨著日本戰敗，他在 1946 年從印尼雅加達航向臺灣的甲板上，也同時開始艱困地學習起中文。他以默背〈國父遺囑〉作為中文教材，在參加臺中林務局工作應徵考試時，戲劇性地，陳千武面對的「國語」科考題正是當時的他，能唯一正確地背誦的〈國父遺囑〉那刻，語言的政治性也正極盡釋放。默背───一種複寫，政治機器讓主體之身體成為如此的寫作機器，以語言文字說寫系統作為遠端操作的機制，達成政治版本的群體複製，將國民想像成為現實。

　　只要寫作者述說意識以及表達的動機出現，所指之人事物就已涉入了所指語言的脈絡。當存有被語言所含涉，主體與語體也由此相緊密。在落實文字書寫時，又由文字符號所表現，遂在文本上形成「主─語─字體」之相涉系統。在手稿學角度來看，這牽涉了思維書寫與語言間的差異性以及文字性之課題。德希達（Jacques Derrida，1930-2004 年，法國解構主義哲學家）《論文字學》一書處理的課題，即在於：相對於語音表達邏各斯之傳統，文字書寫也具有的意義表達型態，甚至還存在語音更具存的延異性。是以《論文字學》分成兩大部分進行探述，第一部分「字母產生之前的文字」反省了傳統對語音、文字表達意義在能指性的強弱問題，並辯證表音、拼音以及圖像文字對語音標註上的優劣。第二部分則以在第一部分建立之概念，討論盧

梭〈語言起源論〉，並提出自身文字如何得以從語音替補移轉至起源的位
置。在《論文字學》第一部分建立基本概念的第一章「書本的終結和文字的
開端」中，德希達（Jacques Derrida）如此論及：

> 邏各斯與語音的原始的本質的聯繫並未割斷……我們已或多或少含蓄
> 地指出，語音的本質直接貼近這樣一種東西：它在作為邏各斯的「思
> 想」中與「意義」相關聯，創造意義、接受意義、表示意義、「收
> 集」意義。如果在亞里士多德看來，「言語是心境的符號，文字是言
> 語的符號」（《解釋篇》1,16a 3），那是因為，言語，第一符號的創
> 作者，與心靈有著本質的直接貼近的關係。作為第一能指的創造者，
> 它不只是普普通通的簡單能指。它表達了「心境」，而心境本身則反
> 映或映照出它與事物的自然相似性。[8]

　　西方希臘哲學至柏拉圖起便建立了「邏各斯─語音」中心主義，語音是
最直接、最無污染對邏各斯的能指。當文字被次級化為說話語音的能指時，
對於邏各斯的指涉上，文字與書寫也成為次一級的能指，僅是能指的能指。
「邏各斯─語音」中心主義由此從精神到符號層面，連動地建立帶對比、位
階性的對比結構：主體／客體、本質／現象、能指／所指，所以就此而觀表
音優於拼音文字，拼音又優於圖像文字。在傾聽邏各斯並進行表達上，「聽
─說」高於「聽─寫」的位置，但德希達（Jacques Derrida）並不如此認
為。這可從兩點來說：第一、未必是先有語音才有書寫符號，例如數學代數
符號。第二、語音對意義的表達未必如此直接、準確，例如同音、近音語，
口說無法即刻表達，書寫文字便肩負了予以辨析的工作。
　　德希達（Jacques Derrida）自我創造 différance 此一與 différence 同音之
字，說明只靠傾聽，並無法辨識出意義的差異。在此案例上，也凸顯出書寫

8　德希達（Jacques Derrida）[著]；汪堂家[譯]：《論文字學》（上海市：上海譯文出版
　　社，1999 年），頁 13-14。

文字自有其並非只是語言錄音工具的獨特意義生產性。書寫以當下的文字字形，呈現了「說—聽」必須再行以後話解釋的同音字之別。書寫以更有效率的視覺方式，呈現語言的差異，並以之指向意義。當索緒爾（Ferdinand de Saussure，1857-1913 年，瑞士語言學家）「符號學」指稱「語言中只有差異」時，德希達（Jacques Derrida）則認為意義的本源不是邏各斯，而是「差異」。

　　以上說明了語音對意義表達所處第一序位置所存在的想像性，以及意義在表達上書寫所能釋放的延異性。書寫文字釋放了差異、空間，使得意義表達更為豐富。在臺灣現代詩手稿文本在研究方法論思考上，延異正同時突破了定稿╱手稿的閱讀限制，以及語音╱文字間的階序。

　　華語文現代詩在發展伊始所提出「我手寫我口」方案，就存在華語—文的反省。「我手寫我口」將文字與語言同步化，讓書寫文字成為服務、複製語言的技術。這是考量清末民初國民識字率低，企圖在不做解釋的狀態，將語音形狀化為文字符號。透過華語—文的直接連結，強化向國民進行知識傳播[9]的可能。但是表現語言的方式還有許多，例如身體語言的手勢語，乃至於舞蹈或圖像。明顯可以發現，<u>文字符號在性能上，有著比前述這些語言傳播形式更強的表意功能。書寫如果只是對語言的複製表達，本身其實壓抑了文字符號以及書寫行為。另外，當傳統西方形上學認為邏各斯與與語音有著原始本質的聯繫時，中國六朝的言盡意╱言不盡意之辨，則說明語言在表達道與意上存在的討論空間。是以書寫文字發展的書面文，已自成一對意義的表達系統。</u>

　　語言文字是媒介，卻也成為了語言政治實踐的機器，其綿密的部署，展現在將跨領域的法律、科學、倫理、經濟等異質，組織成可以貫串的話語（discours）、體制（institution）。語言政治網絡化，建立在群體間必然存在的言說溝通上，但書寫更是最基本的佈建，因為法律條文機制以「主體的寫下」作為確證。一個國民可以靜默不語，但不能不寫下——那些總總法定

9　因此在民初報刊中也發展出一「講報」形式。

文件（身份證申請、房屋土地權狀、訴訟文件等）上的簽名，成為最必備、最基本的寫作——這使得國民都內建著寫下自己名字，如此最低配置的寫作機器。

安金娜（Olga Anokhina）〈以文本生成學方法研究具多語能力的作家〉對於探討作家具體運用多語能力，這種能力又如何影響寫作之標準，認為有三，分別是（1）「對另外一種語言的知識主要涉及對其語碼的駕馭程度」[10]、（2）「對一語言的駕馭程度將決定該語言的用途」[11]、（3）「根據談論的主題、交談的對象、承受的社會壓力交替使用兩種語言的能力」[12]跨語言一代詩人詩手稿文本中跨語寫作的生成，正可以第三個標準予以考估。如果主體意識所成就的詩，是語言最顛峰性的使用，便可以看到跨語言世代詩人所要挑戰的語言命運，在命題上的宏大——他們要重新學習、適應國語機器，並且將之操作熟練至可藝術性運用的狀態。但他們的寫作機器也存在一種發現身體如何被語言政治部署的現象，以及他們寫作機器內在同步的翻譯，對差異、重複的辯證。在戰後帶逆叛特質的現代詩，從文學場域的邊緣位置出發，且行且與中心典律進行辯駁論戰之際，在此邊緣文類中，更處邊緣位置的，恐怕是被迫停止日文寫作的臺灣跨越語言一代詩人。

在戰後一九五○年代末的現代詩論戰中，以言曦所代表的批判現代詩之論見，乃在以現代詩之「看不懂」為批評層次，認為現代詩應當在內容寫法更為明晰，甚至當有古風，如此匱乏現代主義對主體異化與壓抑意識的揭露之理解，自無需再論。因為其乃是以社會公共通俗語境以為典律標尺，去要求現代詩寫作。但也正在於其不識，使得現代詩人能在對之的反駁中，組織詩學論見，漸成共識，建構出於社會語境之外初步的詩典律模態。但從跨語

---

[10] 安金娜（Olga Anokhina）：〈以文本生成學方法研究具多語能力的作家〉，《中山人文學報》37 期（2014 年 7 月），頁 6。

[11] 安金娜（Olga Anokhina）：〈以文本生成學方法研究具多語能力的作家〉，《中山人文學報》37 期（2014 年 7 月），頁 6。

[12] 安金娜（Olga Anokhina）：〈以文本生成學方法研究具多語能力的作家〉，《中山人文學報》37 期（2014 年 7 月），頁 6。

言一代詩人的角度來看，這些論戰語言都是中文的，可在重要大型的報章傳媒中進行，處於有聲狀態，進而得能交互論戰；但是日語書寫卻在這樣體系中消音，不可言說，處在官方話語情境中的被抹除狀態。儘管中文現代詩作難懂，但中文現代詩人的話語權仍然被公共場域中保留，中文現代詩的費解，但仍有其話語位置，使之能以其中文詩作，與延伸發展的解說，提供感動與說服，以使邊緣者獲得理解，進而自成中心外的另一核心。

　　但跨語言一代詩人比邊緣更邊緣的位置，是無聲的，他們的難讀，是難以被閱讀到。當然他們可以在自辦刊物與往來書信中書寫日文，所以我們現在還能看到一九五〇、六〇年代他們的相關日文寫作文本。但終究他們在官方體系中是無聲者，在正式、官方的媒體中，被法定化地失卻發聲的權限。因此他們也無法如同中文現代詩人一般，在公共傳媒（特別是當時的報紙副刊），以及教育體制（例如作品入選課本教材）[13]，得到奧援支撐以及發展管道，而參與現代詩典律中心的塑建。

　　以上的分析正可以看到國家如何藉著語言，進行權力之運作，他可以管制文學文化，也可提供文學文化發展出可為之吸納文化資本的空間。國家需要文化資本，才能建立其文化體質，賦予族群在客觀種族、血統數據之外，一個共同可運用的象徵，亦即藉文化之想像以成就國家內差異群體的共同體象徵。國家需要文學文化提供想像的共同體，才能在後續多變的歷史來日中續存。因此國家也需要提供文學文化足夠自由的彈性與發展空間，才能為來日提供新的文化資本。詩語言的實驗與變異，在語言極端的展現中，為文化資本提供極高的變因同時，就國家機器而言，也提供了來日續存的種種可能。

　　而國家對於文學文化的權力展示乃在於重複性，也可以說國家的權力實踐，重視權力的可重複性，由此方可在國民群體中建立無意識的秩序。也因為無意識的秩序，使得國民可在群體中找到彼此的認同，以及彼此自行地對彼此對秩序的要求。是以權力在空間與時間能否重複、再現，至關重要，只

---

[13] 其中又以國民義務教育範疇的國語文課本教材最具影響力。

要久而久之，習慣成自然，權力在時、空間佈建的動力線，便能直接於歷史與社會網絡化，甚至不需要中介操作繁複、實證性的語言解釋，依舊在群體中進行自動作業。

就此而觀，權力機器吸納文學語言成之的文化資本，但在運作上又可以先於語言，自成知識本身，以其強力的重複，在群體中組織複製大量依其版本的寫作機器。前述當詩人陳千武在打開林務局試卷上看到〈國父遺囑〉試題之時，正是國家權力機器強力實踐的一刻。特別在教育體制中貫徹，讓書寫者先於其自身的生存，而戴上語言版本的面具，以話語版本先行定義主體的精神。群體看不懂的詩，因為其語言實驗，其實反而揭顯了語言版本大量複製的事實，指出了框架化的意義之外，可以涉足、探險的差異邊界。

如果權力以重複進行實踐，差異則往往保留了抗辯的可能。2000 年後，在「圖 4-09：陳千武〈陰天的早晨〉翻譯手寫定稿詩手稿」註記的翻譯，說明戰前出生的跨越語言一代詩人，如何在體內中文寫作機器外，恆存著一個中日文翻譯機器的事實。翻譯本身即是一種差異的溝通，其滑動於差異的兩者之間。在翻譯過程之中，差異被語言、文字明確著意識著，並且保留著；而在寫作翻譯中，「作者文意」復又被差異化語言重複著。這使得差異既是翻譯機器的前提，又是其不被拋卻的本身。這裡的衝突顯然可見——權力機器力求重複，翻譯機器卻又恆存對差異的意識，無法進入機械性的重複機制，鈍化對差異的辯證與溝通。

新富町と三民路

　　　　陳　千武

台中市の心臓地帯を貫いて
南北の發展に繋ぐ　一筋の街道
日清統治時期に
新町と富貴町を併せて新富町と名付け
京都を真似て碁盤の目に造りあげ
文化城の街路

第1頁

文化城の街路
台湾八景の名勝　台中公園へ
旅人はこの妙雅な緑蔭の街路を通って
赤い花咲く鳳凰木の並木が緑蔭を為す
百十一年前の昔　清朝の台湾巡撫
劉銘傳が東大墩に　台湾府城の構築
を計劃し　その五年後　日本へ領土割讓
で中止　その五年後日本へ領土割讓
となり　元大墩を台中に改名　郭要

第2頁

都市に萌え出た文化で　台中市は文
化城と讚えられたが　十
太平洋戰爭の後　日本の引揚げに替って
省中に後染してきた　三民主義体
教富町附近の街路に發展し　統治の並木を切倒して街路の名を
八三民路と名付けた
三民路は　依然三段に命名され
一段目は思權の街路に
二段目は淡淡の紅白血球を輸送する都市の
ちが銘々来する道

第3頁

七命玆權に遙隨してきた七命者たちの
秘郷となっている
台湾の経んどの都市に　三民路が中正路や中山路が都市の
百花繚乱……
修と綱構の婚礼衣裳に向って運んでゆく
二段目は文化城に広げられ華翔の翼で審
心臓と為り

第4頁

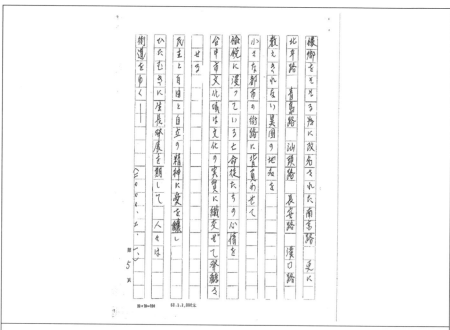

圖 4-10：陳千武〈新富町＆三民路〉日文手寫定稿

國立中興大學圖書館典藏

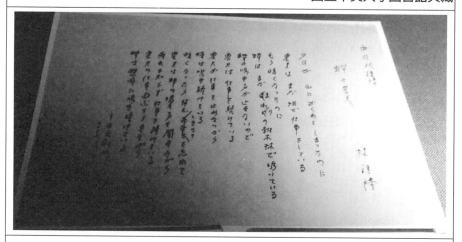

圖 4-11：林鍾隆〈蟬と農夫〉初定稿詩手稿

國立臺灣文學館公開展覽筆者拍攝

　　跨語言一代詩人在戰後恆保留著日文書寫能力，事實上他們往往以日文思考，然後再轉譯為中文書寫。對他們而言，中文寫作包括著內在翻譯機器的運作。從「圖 4-10：陳千武〈新富町＆三民路〉日文手寫定稿詩手稿」中詩人所寫下之創作時間為「二〇〇〇、二、一」可知詩人在兩千後仍保持著日文寫作的能力。更仔細地進行陳千武〈新富町＆三民路〉一詩的發表考察，我們可以發現此詩原本乃是詩人以中文於 2000 年 3 月，在《海鷗詩刊》復刊第 20 期發表，而後則復又於 2000 年 5 月以日文於日本《くれっしえんど》第 50 期進行發表。由此可見，即便是戰後中文國語政策透過國家政治機器，於政治、教育、文學場域中進行強力推展，中文寫作機器確實在戰後臺灣詩人書寫機制中被鍵入，但日文寫作機器卻也並未被完全排除。國家機器試圖創造中文寫作的絕對重複性，但對跨語言一代詩人來說，他們自身的書寫實況則是恆存著中、日文書寫機器的並置運轉。中文國語被強力鍵入他們寫作機器，但並不代表過往的國語版本——日文，被推向遺忘的位置。

　　即使日文於在戰後戒嚴時期曾處於非法的位置，作為一種書寫上的必須排除之異質，但在解嚴後仍得到歷史機緣，在一九九〇年代臺灣政治文化的本土化運動帶動下，其位置明顯從非法位置滑動而出。所以當我們看到如「圖 4-11：林鍾隆〈蟬と農夫〉初定稿詩手稿」這份被國立臺灣文學館台文館所典藏並公開展覽的手稿，於詩末特別手寫標誌：「日文創作／二〇〇〇三、六、十」時，正可以發現所謂的「異質語言」在不同時期，並非處在話語網絡中的固定位置。國立臺灣文學館作為中華民國臺灣第一座國家級文學館，其官方的空間性在典藏這份跨語言一代詩人的日文詩稿件時，其實也將這份稿件「移置」至合法性的象徵位置。這份館藏，館藏的不只是一首日文詩，而是一份國語移轉轉化的經驗。

　　對跨語言一代詩人來說，在日治時期的日文寫作，帶有教育體制與法律的正確性；但在戰後戒嚴時期則轉為支撐著在公眾化體制中，被迫沉默之自身的話語；復又在解嚴後得以重新滑動至公眾話語體制中，成為可被典藏，擺置於值得被重複觀看的文本位置。<u>因此比起勤於定義何謂異質語言，不如先發現語言流動如何作為歷史現實／象的事實。</u>

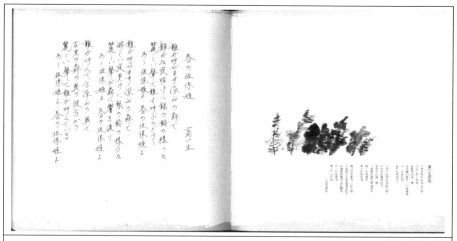

圖 4-12：高一生〈春の佐保姬〉日文詩作高英傑謄寫手稿與翻譯
出處《阿里山詩集》

　　跨語言一代詩人的書寫史並不是一種斷代史，他親暱所處的家庭／族，會使得這種日文話語藉由家庭／族日常生活，而予以接力傳承。即便因為政治史所存在的謬誤，在日治時期出生的臺灣作家，他們的身體以及語體，並無法向另一時代完整過渡，但話語所曾成就的文本，仍可藉著翻譯成就其文本性，向未來時間移轉。此一話語轉譯的文本形式，同樣見證了由戰前而戰後，由戒嚴而解嚴，被不同國家機器定義為異質語言，如何移轉其位置。

　　「圖 4-12：高一生〈春の佐保姬〉日文詩作高英傑謄寫手稿與翻譯」即是高一生之子高英傑將其父高一生之日文歌詩〈春の佐保姬〉，進行中文翻譯，而收於《阿里山詩集》。理解鄒族原住民菁英高一生[14]在戰後的文化政治活動，這首其於二二八事件中身陷囹圄所寫之〈春の佐保姬〉，便能從表面思念妻子，以銀鈴聲呼喚寄望春神造訪山林的情緒，深化出一種渴切著新的生命力，穿越白色恐怖不義且冷冽的寒冬，重新以春神母性般的力量，溫柔地喚醒、培育原生地的文化政治隱喻。阿里山是臺灣代表性的自然意象之

---

[14] 高一生鄒族原名之讀音為「Uyongu‧Yatauyungana」。

一，在林務局嘉義林區管理處所企劃之《阿里山詩集》中收錄了高一生〈春の佐保姫〉，及其子高英傑對〈春の佐保姫〉的翻譯，從「圖4-12：高一生〈春の佐保姫〉日文詩作高英傑謄寫手稿與翻譯」我們看到了日文與中文兩個寫作機器的並置，同時也看到兩者之間阿里山森林的墨繪。這帶著林相搖曳的墨繪，也為語言政治所形成的歷史現實，在中、日文寫作機器之間，持續引注高一生〈春の佐保姫〉春神造訪阿里山山林的撫慰力量。歷史傷害已由轉譯性的隱喻善盡表述，恢復、存留了其時間上的當有，而走向來日整合性的力量，則可由共存的自然空間提供象徵，予以寄寓。

　　由此而觀，<u>對於「跨越語言一代的詩人」，「一代」也可成為我們尋思的焦點——如此一代人，至少在父與子間，自成兩個世代相連的歷史語族，例如陳千武與陳明台。這使得這種帶著與官方中文相別，夾帶差異性的翻譯機器，相對於國家／族史，而可於其家庭／族進行延續，使意識著差異的翻譯成為了可傳承的寫作機器。</u>

　　總帶有歷史悲劇意味的跨語言一代詩人，他們直至暮年，仍話語、書寫的日文，成為了從往昔而今歷史倖存者的隱喻，以及對官方話語霸權的諷諭。黃麗明教授曾於〈論對話式抒情聲音〉一文深刻論及：

　　　　反之，似乎忽略聽眾存在的獨白體（monologism）是西方抒情詩的特色，而且大家都能接受。打從印刷術興起，抒情詩——原本說給耳朵聽的——被讀成一種內視、獨白的文學形式。一首抒情詩被認為是內向的天才孤絕於自我的遐想中寫下的思想紀錄。詩被認為是思想表達或懺情錄，僅供詩人自己或特定的歷史受話者聆聽；讀者則被賦予一個不由自主的竊聽者角色。[15]

<u>歸屬於跨語言一代詩人的歷史隱喻與諷諭，不一定是依於他們個人個性</u>

15　黃麗明[著]；詹閔旭、施俊州、曾珍珍[譯]：〈論對話式抒情聲音〉，《搜尋的日光：楊牧的跨文化詩學》（臺北市：洪範，2015 年），頁 29。

風格使然，而是政治史與國家機器所造就。我們固然可以看到不同政權的「國語」，是如何地牢靠地試圖鍵入他們的寫作機器。但我們更重視的是，他們是如何不能擺脫詩語言的依戀，而使他們艱困、矛盾地於合法──非法之間滑動，他們在官方、公共場域中以合法的「新國語─中文」寫作，但卻因為重新學習，而使得詩語言生澀；他們在內在與非官方場域中以「舊國語─日文」寫作，卻又是非法的。這樣合法──非法的滑動，使得他們總帶有一種背對於官方國語話語體系的歷史獨白者角色。

而在閱讀著跨語言一代詩人之詩作，同時也參與著跨語言一代詩人歷史獨白的我們，以前面之探析為基礎，也啟動了我們的另一提問：他們在戰後的日文與中文書寫，只是代表一種不成功的兩個官方國語之規訓體驗嗎？答案顯然不僅止於如此，我們也能從「重複」，以及他們在手稿中註記的翻譯，看到他們的日語使用，所代表一種與官方國語權力機制相左之差異化的事實，如何以自我書寫權的實踐，而重複被揭露。

權力，相對應的就是一種抑制。權力的本質是「力」，權代表因自然與社會環境所形成之力量與利益，意謂著力量釋放是否施行的衡量容許──經權衡後容許則力量進行釋放，經權衡後不容許則力量不予以釋放。因此，只要是「權力」的實踐，以及強調權力的是否實踐，以及實踐之規模，都代表著一種「壓抑─發揚」的相辯證行為。主體自我以對自我的權力施行，還不容易看到壓抑的問題，而從他者對自我權力的實踐，便能尖銳地看到其中明晰的壓抑性，以及在壓抑後如何重新發揚的挑戰艱困。

在政治、文化社會場域中，壓抑成為權力之力最重要的表達效果，壓抑以及連帶的懲罰，成為了社會秩序實踐重要的權力手段。而對權力的挑戰，則往往表現在拒絕權力所造成的力量軌跡。可以不重複，與權力體制形成差異，就是主體權力的展現。在少年成長過程中，對自我身體特異、叛逆的扮裝，正是對自我身體權力感的一種實踐。

所以現代詩書寫往往以其對常規話語的實驗，作為主體對於政治社會權力的奪權之舉。實驗之道，故可以破壞既有文法以為之，但就其「壓抑─發揚」來看，被壓抑的不同系統之文法也具有權力挑戰效力。走過戰後戒嚴體

制，跨語言一代的詩人在他們私密的手稿中正以書寫著被壓抑的日文文法，進行自我書寫權力的張揚，而在跨越語言一代詩人的詩手稿閱讀著的我們，也正在參與其中，陪著他們靜候歷史時代突圍的契機，意會權力與知識位置重新的流動部署。

第二節　臺灣島嶼的島語：母／台語的多層次現代性

一、被壓抑的母語現代性

在戰後戒嚴體制的官方國語政策推動下，除了跨語言一代詩人所遭逢的日語壓抑，我們也可發現與之具有相關性的台語，也有類似於一九九〇年代後由壓抑而發揚的曲線，兩者之間甚至存在著共伴效應。我們看到語言政治於反覆間，所形成的壓抑、發揚，甚至並置與錯位；但在其中最關鍵之所在，還在於詩人對其已自然使用的語言，如何保有使用上的意願，儘管國家機器勉力使主體將之視為曾經。

相對於日語，台語對於許多自臺灣本土出生之臺灣現代詩人來說，是更具普遍性的自然母語位階。在此之論述中，最首要關鍵詞，莫過於「母語」，以及所連動的詩／失語境課題。我們且以非臺灣本土出生的現代詩人商禽為例，在「圖2-02：陳義芝〈一輩子的事──問安商禽〉草擬稿詩手稿文本」有著值得觀察的詩手稿文本細節。

「圖2-02：陳義芝〈一輩子的事──問安商禽〉草擬稿詩手稿文本」的繁複修改，足見詩人對此拜訪病後商禽為內容之詩作的用心。然而，細讀此一詩手稿文本即可發現，在此篇詩手稿中，詩人陳義芝唯一未修改之詩行，為手稿中右上之「他說方言最入味，可惜」，這正是全詩最核心、篤定的核心詩意所在。由於草擬稿修改繁複，我們在此附上陳義芝此詩第一段定稿：

我用川話念他的詩
他說方言果真最入味，可惜

　　鄉音在十五歲離家那年
　　就亂了

　　在此之「方言」即為母語，對商禽而言，乃是故鄉四川之方言。第二行
定稿即對應草擬稿中穩定之詩行，而詩人陳義芝再加上「果真」，予以強
化。在草擬稿之下，詩人原本意欲以「→」加寫「對上心靈的嘴」，後又刪
改出一個「可惜對不上他心理的話」，這「對上」與「對不上」，都意在反
顯出已於臺灣根生立命的商禽，其自經時代喪亂，已然混淆失真的原鄉母
語。原鄉母語與主體之間，既聯繫卻又不明，現居地臺灣的話語情境，顯然
形成了擾動／亂。探望老病詩人商禽的陳義芝正意在以對商禽而言的四川話
[16]母語唸其詩，為其老病身體，提供語體與精神層次的療癒。我們能理解商
禽對川話母語言述的情感，同樣的也需要對出生於臺灣詩人對母語使用情感
上有著相同的理解。臺灣以台語為母語的詩人，使用台語為詩，與以其他母
語為詩的不同國籍、城鄉出身的詩人，都有其一樣本真的欲求。

　　抱著這樣的母語使用之理解，在語言政治的討論中，我們也能建立一根
本的尊重立場。可以說，語言政治性的發生，乃在於壓抑，以及對壓抑之對
應，甚至重揚，所涉及語言機器與國家機器之對應。我們終究不能從語言政
治的現象，而質疑使用母語創作，以及使用不同母語創作者，對於自身語言
慣習抒發、表彰的渴望。只是回到臺灣現代詩史的現象考量，以台語為母語
的臺灣詩人，其對語言本能的詩創作發揮，如今卻以「欲力釋放」的現象呈
現，這主要乃是因為政治場域對語言慣習的「壓抑」。這般壓抑，自是政治
統治的需求。就政治效率來說，選擇治理對象普遍使用的語言作為官方語
言，讓寡少統治者學習統治對象之母語，不是較為便捷？

　　這個問題與答案梳理的過程，正展現了語言作為文化資本，背後另一個
象徵層次意義。可以說因為文化場域的場域特性，使其文化資本導向於象徵
特性相當強烈。例如，我們花了實質資本——金錢，去看一場電影後，能獲

16　草擬稿原寫為「四川話」，後經修改為「川話」。

得甚麼？娛樂、感動、思索，這都不是實體化的，而是偏屬於經驗價值的文化資本。在我們逐次談論文化資本之際，也必須更意識到，「文化」這不斷談論的「象徵資本」，有何作用？實體資本往往提供個體生存條件，而象徵資本則往往提供凝塑個體以為主體的意義。

在場域的概念中，擁有資本，才能夠進入場域運作的機制。場域運作的機制，包括對於資本的建構、擷取與分配的細節，是由獎勵與懲戒共同構成。只有獎勵而沒有懲戒，或只有懲戒而沒有獎勵，都將使場域運作偏於過度極端、失衡的狀況，將使得規則的存在，並不具備意義。我們為何要場域機制，主要乃是人類本身就具有社群化的本能。在古代狩獵社會，結群抵禦外在自然嚴苛條件。因此放逐、離群書寫，本身就是面對另一種間接死刑的書寫，具有反肉體生存的戲劇張力，若又涉及政治歷史場域問題，則更有深刻之意涵，凸顯書寫者在場域中的狀況與抉擇。

國家統治者在進行移地統治，或國家本身跨越多種／語族地區時，以統治者為核心，作為象徵資本，使得統治者並不必，也不需要向受統治對象競爭象徵資本。統治者要創造的是場域秩序，讓受統治者向統治者求取可於場域中通用的象徵資本。因此我們可以發現，臺灣戰前日治殖民時期以及戰後國民政府戒嚴時期，不約而同出現了「國語政策」以及相關的獎懲規定，這明顯是政治場域介入文化場域，而生產建構出的文化資本場域機制。例如楊牧在就曾在其《奇萊前書》中如此回憶，在一九四〇年代後面臨國語教育政策之生活情境：

> 我無助地坐在書桌前，聽老師大聲說話，可是我完全不知道他到底要我們做甚麼。他在黑板上寫ㄅㄆㄇㄈ，要我們跟他反覆練習，然而那些我早就會了。在這以前，夏天多蚊子的夜裏，一邊洗澡一邊就聽見甬道盡頭傳來轟轟隆隆的ㄅㄆㄇㄈ，是收音機在播放著一種教育節目。我坐在小小的澡盆裏潑水，一邊聽那女播音員熱衷地拉長喉嚨說「ㄅ ──」，停一下，然後說「ㄆ ──」，又停一下，覺得洗澡水逐漸涼了，而她還是中氣十足地「ㄅ ──」，停一下，「ㄆ

　　　　——」。偶爾蚊子飛過來，我伸手「拍」聲去打它，聽見那女人正在
　　　　憋氣拉長了鼻音說「ㄇ——」。昏黃的燈光照在廚房裏，桌椅靜靜
　　　　站著，一些柴火，一些煤炭，而窗外是夏蟲在劇烈地叫。巷子裏一定
　　　　早就聚滿了大人和小孩，我的洗澡水越來越冷了，而收音機裏的女人
　　　　還在不斷地「ㄅ——ㄆ——ㄇㄈ」，令人厭煩。那些大人要坐在
　　　　廊外說閑話，小孩要瘋狂地踢空罐頭，躲在黑暗的角落看星星，屋子
　　　　裏不斷傳出ㄅㄆㄇㄈ的聲音，熱衷，凶悍，顢頇。[17]

　　詩人如此細寫在國小童蒙時，正值戰後臺灣國民政府開始推行華語的國
語政策，自己參與過的語言政治情境。上述引文值得注意的是，詩人除了以
在國小教室百無聊賴地跟著老師唸著華語的拼音符號「ㄅㄆㄇㄈ」，更寫下
現代化收音機如何早讓國語政策成為象徵文本，以聲音向著童年家屋空間延
伸。童年與家屋間的空間關係，理當充滿著遊戲與白日夢，例如上引之「瘋
狂地踢空罐頭，躲在黑暗的角落看星星」。然而國家機器與現代化機器共構
的國語文本，卻以異化主體的動機反覆向著赤裸的幼童迫近，詩人除了刻意
將遙遠傳來的「ㄅㄆㄇㄈ」廣播音，碎片化地拆解，同時更巧妙以夏蚊聲
響，隱喻「ㄅㄆㄇㄈ」廣播音之音質。至於詩人所書寫童蒙自我拍蚊子之
舉，則隱喻對國語現代機器的反撲、革命。

　　在官方國家語言文化政策下成形的傳播場域中，以非官方話語文字系
統進行發表，本身就是一個差異化的存在。如果說就布爾迪厄（Pierre
Bourdieu，1930-2002 年，法國名社會學家）場域理論來說，文化場域就是
一個文化資本的彼此競爭。官方夾帶著另一政治場域中所擁有的獎懲權力
——各種獎助計畫獎金、言論審查禁止出版[18]，在文化場域中先行投下資
本，建立一個資本秩序。遵循這個資本秩序，可以獲得最基本的發表可能，
以致於崇揚；進而可另外從官方主導的教育場域，磁吸到其他資本如作品獲

17　楊牧：《奇萊前書》（臺北市：洪範，2003 年），頁 90-91。
18　這在臺灣一九四〇——五〇年代的戰鬥、反共文藝時期，國民政府各種官方文藝獎金與
　　政治言論的文藝審查之操作可為範例。

選教本，作品成為國家考試考題，而使作品更強健向「國民」傳輸，保證其詩作的「國民文學」價值。

那不遵循這個資本秩序呢？表面看來，不符合是劣勢的——就獎勵機制來說，即無法獲得以政治上國、縣、市這樣單位的政治組織相關推廣，不易獲得教育場域的助／策應；甚至，可能被視為破壞國家機器秩序、傷風敗俗之作，而被禁止出版。但「差異」也能形成資本，因為「差異」乃是文學與詩學的根本——任何宏大的主題，都禁不起千篇一律的書寫，特別以詩為然。

可以說，因為詩語言內化的差異與象徵，使得現代詩場域並非一般場域，其總存在著變異的動能，無法為政治僵固的意圖所全然控制，甚至擬定秩序。[19]在現代詩語言表達上，詩人尋求差異，是在使語言保持彈性以及開拓其性能，在微妙中形就之象徵，則賦予意識連結廣袤朦朧的集體潛意識，尋求原型對現實表徵的力量。在語言書寫上，刻意求奇，雖然對內容表達無所助益，但卻可能為另一種適切其表達方式的內容，得到實驗經驗。相對地，這也凸顯表達形式、方式，也可以是被他者控制的。這份形／方式控制，在審美上，也可能完成了對內容的控制。

在現代詩場域中，最經典的例證莫過於波特萊爾（Charles Pierre Baudelaire）《惡之華》，這本曾被法國法院禁止出版，卻影響了現代主義詩書寫的創發。他沒獲取到政治在文學場域投注的文化資本，卻獲得了更重要的差異資本。一般常論以為，異常的風格形式假亂了真實秩序；但事實上反而是，一般「常論所習慣的風格」，有可能為被國家機器教育體制塑造的文學風格，影響了我們對現下現象的接受、判斷能力。我們被政治場域定義的，是我們對現實的判斷方式。正向與真實，並非是連動的。正向可以是真實的理想，但如果詩人身處的社會生活，並非如此正向時，我們使用正向語言去書寫、建立對應的語境時，難道就是真實的嗎？

---

[19] 此可以戰後臺灣「戰鬥文藝」推展之後續狀況，以及臺灣戰後軍旅詩人至一九六〇年代後詩創作現象為例證。劉正忠《軍旅詩人的異端性格——以五、六十年代的洛夫、商禽、瘂弦為主》亦有深入探討。

　　波特萊爾（Charles Pierre Baudelaire）的《惡之華》，反應的正是都市計畫改建後的巴黎。巴黎的新建設計畫，讓市民自然進入行走狀態，而難以聚集，匯聚革命的動能。建築地理影響著文化地理，公眾空間開始階級化，社會底層被限縮其活動以及活動的方式。現代化生活所呈現的速度感與流動性，亦自有政治場域在其間操作的意圖。因此我們固然要看到詩人們所表達多重感覺與快速疊換的意象，但也不能僅止是表象的觀看，而是要更深入其間所存在的現代性、時代性課題。當然，這也可以成為我們考估詩人現代意象在表現層次的標準。

　　政治場域向文化文學場域介入，其霸權的展現方式之一，在於能對主體進行意識形態的接合（articulate）。這裡隱含著一種位階作用，在獎懲機制輔助下，主體有無意識形態的接合或銜接，往往能間接成為社會位階的判斷尺標。接合是連結性，特別是在符號操作上，賦予物質上的勳章，也包括著語言的表達——配戴身上的勳章，與口中言傳的語言模式，都凸顯語言對主體的符號象徵意味。說什麼意識形態的話語，與配戴身上的勳章，成為了對應之物。霸權的存在，仰賴著被語言陳述，唯有被語言表達了，霸權才能保證在群體的語言意識，以及群體意識中被信服，被建構出來。為何霸權仰賴語言？因為生活中必需要進行語言表達與接收訊息，如果能在語言中穩固佔據，政治霸權也才能在不同階層的生活中，處處被再現。

　　誠如李敏勇〈暗房〉第二段所寫，叫喊的話語被堵塞，主體困居暗房，一切只能在幽暗私領域顯影，但只要裂隙，只要能微微張口，讓真心想說出的話語說出，便能破壞世界視聽覺傳播秩序。〈暗房〉為李敏勇的代表作，在「圖4-13：李敏勇〈暗房〉手寫定稿詩手稿」中，詩人特別以鋼筆書寫再謄寫定稿，尤見詩人如何慎重以對其詩思，以謄寫強化了詩作暗房指涉，那以壓抑語言所製作出的外在光明世界。由此看來，革命之行動方式又何需侷限於刀槍？詩人的自我書寫，能用最貼近自我的語言——母語寫作，這原是理當被保證的血性自由，也能成為革命之道。詩人如此「違法」寫著母語詩，這份對母語使用自由與否的現象，自也就能成為革命的信號與旗幟。

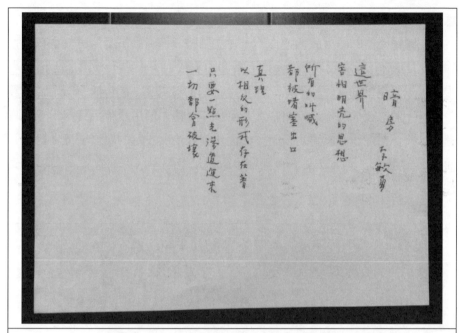

圖 4-13：李敏勇〈暗房〉手寫定稿詩手稿

李敏勇授權使用

　　語言是文學場域最重要的文化資本，政治機器在文學場域中對慣習語言的限制，本身既是壓抑，同時也是對文化資本的競爭。對語言慣習的壓抑值得深入思索之處在於，慣習誠如其字面，都帶有長時間，甚至是歷史積累而形成的活動習慣。甚至這些習慣，已與身體與地理空間的調適相結合，對應形成集體記憶與意象，自成一強烈的、原生的情感結構。

　　壓抑母語，等同壓抑一群體之集體力量的釋放。語言文字作為一種書寫表達工具，操作不同語系之文字，就詩人個體來說，自有其表達需求動機甚至是慾望，然一旦涉及群體之使用現象，很自然地便會發現外部的語言政治問題。固然詩人書之寫之的意象是一種帶折衝感官，並予以整合的風格表達。但是意象在創作動機上，依舊是為一種詩人所欲表達衝動所服務。因此意象完成，就是對衝突表達的完成。意象的積極可感，乃在把衝突感結合到

意象表達體系中。

　　在國家機器的語言政治運作下，主體話語表達衝動被壓抑，就會有更強的衝突。或有王德威教授之所謂：壓抑的現代性；但進入臺灣歷史情境之中，可以發現壓抑現代性的，又何止是資本主義文明？還包括對母語／語言之箝制。詩人在尚屬私人的擬稿、初定稿中，使用慣用語書寫詩作，一旦將進入公開傳播階段的謄寫定稿時，便產生對政治所設定的語言環境之對應。而這份對應，以及所被賦予的意象象徵，以李勤岸〈海翁宣言〉最具代表性。

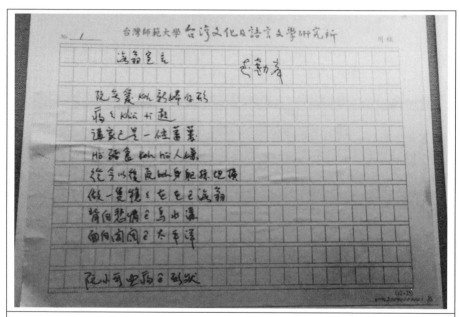

圖 4-14：李勤岸〈海翁宣言〉手寫定稿詩手稿（前半部分）

李勤岸授權使用

　　以上「圖 4-14：李勤岸〈海翁宣言〉手寫定稿詩手稿（前半部分）」為李勤岸以漢羅方式所手寫之〈海翁宣言〉，對〈海翁宣言〉一詩，詩人亦有全漢台文版本如下：

阮無愛閣新婦仔形
痀痀徛佇遐
講家己是一條蕃藷
予豬食閣予人嫌
從今以後阮欲身軀掠坦橫
做一隻穩穩在在兮海翁
背向悲情的烏水溝
面向開闊的太平洋

阮小可曲痀的形狀
毋是咧揹五千年的包袱
是阮欲給家己彎做
希望飽滿的弓
隨時欲射出歡喜的泉水
隨時欲泅向自由的海洋

當阮的生存予人威脅
阮會用阮堅實的身軀
抨向海岸
用阮的性命
見證阮的存在

　　對於有積極地詩語言寫作意識的詩人而言，創作本身也是一種詩學批評
行為，在寫作前的知識準備，以及寫作摸索塑建過程中，對自我以及既成詩
語言的詩學批評與詩學知識之工作，也極其重要。詩手稿同樣提供了我們探
索母語詩人這些工作的重要資料。

　　面對台語詩，或者說本質上在受限語境所發展的母語詩，也讓我們思索
詩學研究的本質以及主要方向，究竟是甚麼？語言之修辭無疑是主體，而其

所形成的美感效果與美學意義則為目的，受限之母語詩的發展，作為這個目的之可考估的方向，則更讓我們發現其在對應／抗官方中心語言的同時，對母語詩理想秩序的塑建，以及相適應下之發展，這也成為我們衡量重視母語詩體系詩人的重點。

詩學研究的現實功能之一，乃在為讀者提供詩作解說，詩人萬千，形形色色，一個詩學研究者又豈能框架於自我之偏好／見之中？坦誠地打開自我文本閱讀面，無疑成為克服閱讀偏好／見，建構有廣度基礎之詩學判斷的良道。

在萬千眾成之的社會中，一位詩人至少能對應到世間茫茫人海中的一位讀者，讓他的詩，使某人若有思。打開閱讀面，無疑也為詩學研究者打開與世間一位詩人與一位讀者之間，相溝通理解的可能。更何況，在現實面中，在臺灣以台語作為母語，以及社會溝通之語言者繁多，對於台語詩之研究，實成為臺灣現代詩學研究者必須面對的文本課題。

而李勤岸自身無疑正整合了台語詩的創作者與台語詩的詩學研究者。就詩學上，我們首先要注意的是，李勤岸〈海翁宣言〉中所設定的「宣言」之聲明力量，但解析這份台語詩寫作的聲明，不能僅將台語之「海翁」翻譯為華語之「鯨魚」，就完成詮釋之任務。而要關注「海翁」如何為詩人意欲為一象徵主體，誘引被隱喻的語言之海其象徵力量，以成就母語詩的集體創作。

誠如詩人所寫「講家己是一條蕃薯／予豬食閣予人嫌／從今以後阮欲身軀掠坦橫／做一隻穩穩在在兮海翁」就一般超現實意象的表面來說，我們似乎看到了詩人如何展現感官的活躍性，就表象層次，將臺灣島嶼的形象，從蕃薯轉化為鯨魚。在書寫意象上，蕃薯與海翁都共同承擔著壓抑性的身體變形，只是海翁在轉化了在地蕃薯形象時，更存在著化壓力而為「話語道出」之力。因此詩人寫到「阮小可曲疴的形狀／毋是咧揹五千年的包袱／是阮欲給家己彎做／希望飽滿的弓／隨時欲射出歡喜的泉水」此一妙喻，復將鯨魚轉喻為弓，其噴水之力道感，正能凸顯「話語道出」的意欲張力，以及反襯出當蕃薯轉化為海翁鯨魚時，其翻身入海，所領受語言之海的渾融之感。

　　語言之海的渾融，是充滿著怎樣的隱喻，而能成為李勤岸〈海翁宣言〉一詩的象徵呢？這主要是不同「國語」以及「語言層次」，如同向主體不斷襲來的浪潮。在「圖4-15：黃騰輝〈族譜〉手寫定稿詩手稿」中，可詳見其層疊湧來的現象。

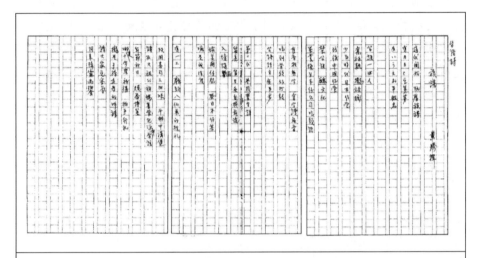

圖4-15：黃騰輝〈族譜〉手寫定稿詩手稿

出處黃騰輝《冬日歲月》

　　一個台語詩人對於華語中文書寫的理解，往往有可能強過一般華語中文詩人對於什麼是台語詩書寫的理解，這主要是因為在場域中，非強勢話語者對於與強勢話語並置的辨識，以及被迫習得或面對強勢語言的不適，這我們正可就「圖4-15：黃騰輝〈族譜〉手寫定稿詩手稿」看到。

　　「圖4-15：黃騰輝〈族譜〉手寫定稿詩手稿文本」詩題為「族譜」，但在稿紙詩題字格之外，於其旁別有意會地標明「母語詩」，因此其所呈顯的祖譜，更有著明確的「語族」特性。細讀手稿首段即有「ABC 豆芽菜」、「あいうえお平假名」之英日語符號並置，即可見在詩人所使用的臺灣話母語之外，還有著華語、日語、美語以及所對應的政治文化霸權體系並置，或者說更明確地說，是帶著上下位階感的並置。

　　黃騰輝〈族譜〉此詩最為軸心的詩句實為「台語一世人」。一世一生，這是以台語為母語之人，由生至死，甚且不休止的母語生命史。歷史如以時間長流為喻，那麼在詩人的母語史長流中，卻不時天降橫石，阻絕母語在生活中的道出。但帶有橫石隱喻感的華語、日語、美語中，從詩人第二段之「禁台語　醜文化」可以發現，其霸權性不止在政治上，更具有文化場域特性。特別是「留美　留日各自血拼前進」，更呼應著臺灣一九六〇、七〇年代之「來來來，來台大；去去去，去美國」的社會、教育、文化場域相連貫之普遍現象。此一現象隱喻著的高階層結構、精神嚮往，正足見後殖民、文化霸權的交叉協作。由此回看李勤岸〈海翁宣言〉，翻身向世界時，世界也未必全然象徵著自由，亦有著其世界話語的「中心—邊緣」結構，也引動我們對世界性與自由的辯證。

　　語言之海，以原始話語慾望的母語為底層，然則上層交疊的海浪，則往來競爭著對超我、理型話語型態的提供。一旦當母語使用者面對不同話語體系，挾藉著國家機器、文化霸權交錯的甄選、考試、工作、譽貶機制，往往會使自我母語表語慾望被壓抑。作為本能的母語在歷史中，反覆經歷道出與不得道出，使得母語混雜主體歷史記憶與話語言說的重複衝動。同時主體也更有意識地去辨別母語與其他語言的「差異」，隨時等待著、追尋著母語在社會場域各階層復權的可能。

　　可以說，當政治與文化霸權以官方中心語言形式，在各場域中實踐其權力時，對同為語言的詩跟母語之實踐，也正是創造差異化以及突圍的手段。面對臺灣戰後的語言之海，李勤岸〈海翁宣言〉這份宣言的重要意義，一如中國大陸五四運動、臺灣一九五〇年代與一九七〇年代詩社的文學宣言般，帶有文學革命以及指示推動方向的強大功能——透過鯨魚此一意象，既從固狀的蕃薯刻板印象中突圍，更得以檢測臺灣所面對之語言差異層次結構，吸納底層的母語，向內收縮後，又向外突破表層不同語言理型框架，釋放噴／導出深沉於語言之海底層母語的象徵能量。

　　是因為所存在的語言政治，使得當母語為詩之初，因其遭逢的前在乃於至今的限制記憶，使得「得以道出」本身的母語詩語音，也能成為一種詩語

言實驗的力道感。台語在戰後臺灣國家機器以及各場域中心的禁絕、限制，使得臺灣現代詩人以臺灣母語為詩，從「說出」到「寫下」，也有具有如鯨魚吸納海水，噴出水柱，超越海潮海平面的突破語言之海的象徵。這份象徵的力量，不僅止於「突破」，更在於突破之後「如何重塑」文化資本。

　　母語書寫的被限制，連帶也使得母語詩書寫的實驗蒙上霧景。如果說華語詩曾有過朦朧詩這樣的風格，那麼如今那份朦朧感，也展現在臺灣現代詩人起於道出母語台語之後，真正要在紙面上提筆「寫下」的那刻——母語該如何以文字符號予以「記音」？在「圖4-15：黃騰輝〈族譜〉手寫定稿詩手稿」第二段第二行之「撤袜爛」，詩人即在「撤」寫上「？」，呈顯著對以「撤」中文漢字進行直音的尚待考慮。母語潛存著浩瀚的象徵力量，正需要一個文字系統，使語音之力，可以為文字記下，由此得能為自我、他者閱讀

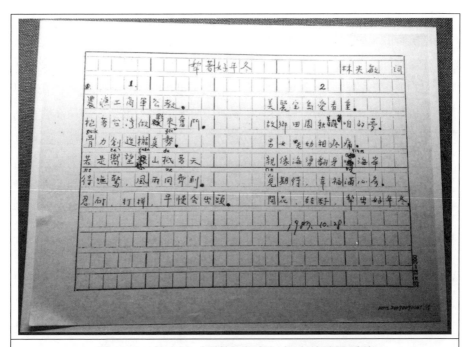

圖4-16：林央敏〈犁著好年冬〉初定稿詩詞手稿
台文館策展展示筆者紀錄拍攝

而再現。千里之行始於足下，臺灣戰後亟待發展的台語詩書寫，則始於筆下對口中的記音。

檢視「圖4-16：林央敏〈犁著好年冬〉初定稿詩詞手稿」作為此一台語詩詞作品的底本，是以前述「圖4-15：黃騰輝〈族譜〉手寫定稿詩手稿」之漢字直音台語方式進行基礎版本，而後則會針對詩人想特別細部標註台語發音之處，進行拼音。可以發現，詩人林央敏在〈犁著好年冬〉初定稿中進行各種其他記音方式的探索，包括「羅馬拼音」以及「國語注音」，例如：在「羅馬拼音」部分，「骨力」的「骨」，以羅馬拼音拼為「guik」；「攏真[敖力]²⁰」，以羅馬拼音拼為「gaǔ」。在「國語注音」部分，「嚮望」的「嚮」，以國語注音為「ㄜㄥˋ」；「同齊到」的「同」，以國語注音為「ㄅㄤ」。

戰後台語詩剛發展之際，我們可以看到詩人如此努力地摸索台語河洛話記音的方式與形式，而這是為了什麼？為了能夠讓母語可以「被書寫下」，以能抵抗時間。國家機器在推動國家語言政策上，仰賴的也是時間的力量，除了在短時間以明確的獎勵、懲戒機制迅速推動外，也冀望於時間既長後，所產生的慣習影響性。由此可見時間以我們不可抗的流逝，以及我們在流逝中不可抗的生滅，而展現其權力。在場域中時間的權力性可否對抗？書寫所提供的銘刻、記憶，可以使消逝得到挽留，文字為事物提供符號形式的記下，只要符號不被損害，被持續閱讀，就能使事物以轉換形式的方式得到永恆。甚至所謂的經典文字作品，甚至能影響場域中集體價值觀，雖不能中止時間之流逝，卻能在時間中的持續傳世，而使其所形塑的價值系統得以定型。

台語詩對台語河洛話記音寫下的方式，從以上詩手稿文本例證即可見，可發展出全漢字、全羅馬、漢羅搭配三種型態。而在語言政治下，臺灣現代詩人是否該使用中文漢字記音這個問題，一方面可能夾帶著自身被國語中心壓迫的記憶；另一方面則是中文形音義的形式，連帶形成的審美體系，例如

---

²⁰ 手稿此台語字微軟 word 系統打字無法打字，故在此以拼組字方式呈現。

書法[21]，是否該放棄？可以說都影響了臺灣現代詩人在紙面上寫下母語的方式。

　　從中我們也可以發現，在母語詩學化前，臺灣現代詩人還先必須處理如何將母語落實於文字版面的問題。在邱斐顯〈詩人李勤岸　為台灣催生國字〉即有所紀錄：

> （1986 年）李勤岸拿到英語教學碩士學位。返台前，他過境夏威夷，拜訪自己的老師——曾任東海外文系主任的李英哲教授。有一次，李英哲教授家裡辦個聯誼餐會，鄭良偉教授也受邀其中。當時鄭良偉曾問李勤岸：「你寫作，敢有用台灣話來寫？」那時，李勤岸聽到這樣的問題，簡直不可思議，他無法想像：「台語無字，欲按怎寫……」幾年過去了，李勤岸慢慢體會出「需要用台語寫作」的必要性。[22]

　　而在母語詩道出的動機，以及寫下定稿完成之間，還有著漫長的嘗試與準備工作必須凝塑。在新文學中，台語河洛話的母語書寫，早在日治時期即有賴和的相關嘗試，蔡培火更多方嘗試以羅馬、日本假名等方式進行台語河洛話拼音。只是受到前述的戰前皇民化運動、戰後戒嚴體制影響，而有所受挫。而在戰後臺灣由於相對和平的時空間，以及民主運動對戒嚴體制的衝撞，都讓台語河洛話之書寫，也有其語言政治的拓展空間。

　　而台語河洛話之為詩，確實有著相對於北京話，而更為豐富的音樂性。這主要乃是台語河洛話比北京話，有八音俱全的優勢[23]。因此，「圖 4-16：林央敏〈犁著好年冬〉初定稿詩詞手稿」即自有歌詩色彩。

---

[21]　關於書法與詩手稿文本之美學關係，筆者將於本書第五章進行深論。

[22]　出處 https://reurl.cc/2EyWXX（查閱時間：2023 年 11 月 10 日）。

[23]　是以台語河洛話被視為古漢語的活化石。

圖 4-17：《潮流》1948 年秋季號刊登楊逵之〈寄「潮流」〉
出處《臺灣現當代作家研究資料彙編》

　　戰前楊逵〈寄「潮流」〉此一非台語寫作之手稿[24]，可以看到其用韻之用心，試圖藉著歌詩謳歌力量，勉勵《潮流》新生代詩人們。戰後臺灣現代詩人在運用台語河洛話為詩，在發展出自我穩定的標音方式後，其母語詩作的發展，很自然地會發揮台語音韻感以為詩，例如以下之「圖 4-18：陳明仁《詩情戀夢》歌詩手寫定稿詩手稿文本」。

---

[24] 就字體來看，此應非楊逵全部手跡，當為刻板印刷者之刻寫印刷。此手稿亦搭配手繪繪畫，完成詩刊之美術設計。而「圖 4-17：《潮流》1948 年秋季號刊登楊逵之〈寄「潮流」〉」這份詩刊文件中的目錄，也有日文謄寫題目，也可以看到此一時期抄錄的多語性現象。

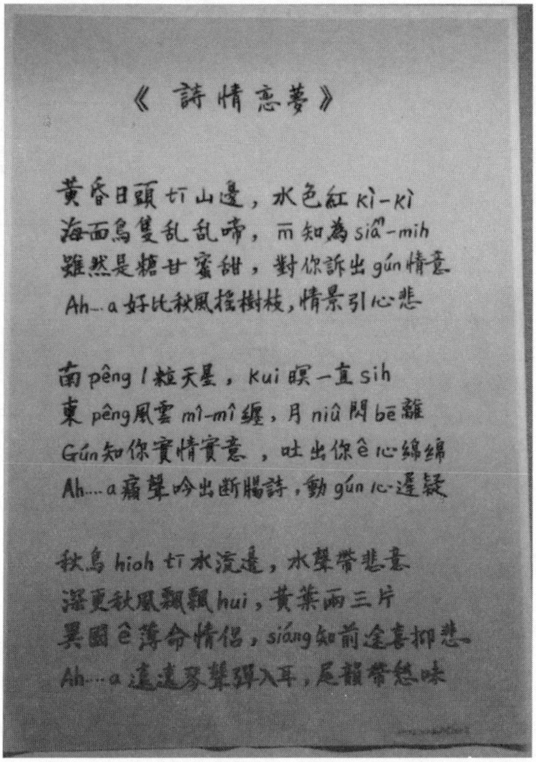

圖 4-18：陳明仁《詩情戀夢》歌詩手寫定稿詩手稿文本
台文館策展展示筆者紀錄拍攝

　　這首詩採取漢羅方式書寫，從句式可以發現，三段之詩歌每段皆為四行，每行則以「7 字，5 字」為基礎結構，例如首段第二行「海面鳥隻乱乱啼，m̄ 知為 siã-mih」若改以華語漢字翻譯為「海面鳥隻亂亂啼，不知為什麼」。但在隨詩寫作之詩意發散，以及台語河洛話與口語的多重聲音美學考量，詩人會突破這樣的結構，例如第二段第一行「南 pêng1 粒天星，kui 暝一直 sih」若改以華語漢字翻譯為「南爿一粒天星，整晚一直爍」，可發現為「6 字，5 字」結構。

　　「圖 4-18：陳明仁《詩情戀夢》歌詩手寫定稿詩手稿文本」中之漢字部

分，自然可以用羅馬拼音表示其所對應台語之發音。例如首段第一行之「黃昏日頭 ti 山邊，水色紅 ki-ki」，全羅馬拼音為「Hông-hun Jit-thâu ti uann-pinn, suí sik âng ki-ki」但擁有中文漢字能力的台語河洛話詩人陳明仁，仍選擇了漢羅方式進行手寫創作，明顯仍想取用漢字既有的字形美感，以在詩作表達上兼具視聽覺美感。也可以說，唯有詩人在口說台語河洛話，以及對之的記音書寫方式極熟練，才能如此多方斟酌，在河洛話音感、漢字字形的觀看與閱讀之間，進行詩意折衝，整理出適合的視聽覺形式。

在官方國語政策下，在合法與非合法語言，中心與邊緣語言的並列間，固然我們可以在語言政治上，看到不平衡的書寫權力關係。但在現代詩手稿中，我們則可以看到這份差異，所存在的雙語動能。差異化的語言啟動了詩人書寫，同時也在後來讀者的閱讀中，啟動了比對與翻譯動能。

二、台語詩啟動的邊緣幅度

從華語文學的角度看來，嚴格來說，臺灣的台語詩書寫者並不處於離散的狀態，他們更普遍性的聚集且具有在地化特性。是政治體制讓本就有傳統的中文書寫，更得以貫徹於臺灣公眾話語書寫領域。國語政策對台語之不合法定義與貶抑，使得台語文戲劇性地以寄宿狀態，存在於戒嚴體制的話語情境中。被規訓於對華語中文的學習，使得他們在發展母語書寫時，在有無意識之間對中文此一象徵文化資本進行調度，母語語句中嵌合的中文，也驅動出台語對華語的轉化可能。

台語的核心是語言，而詩的核心，亦在語言，有意台語書寫的臺灣現代詩人敏於此，在為母語詩之際，而對於台語河洛話有更細緻的思量，深化台語河洛話的實驗層次。語言呈顯思想，指涉意念與行為；因此相對地，要能控制主體的思想與行為，控制語言，無疑是可採取的策略之一。教育體制中的記誦，確保了知識內化的手段，但也銘刻了主體的潛意識。進行語言實驗，表面看來，在打破慣用語，實則更意在啟動語言革命，打破被既有語言模制化、刻板化的世界，甚至是權力他者藉此語言模制、象徵資本，所控制的意識世界。

　　在戒嚴時期，以至於後續歧視台語河洛話寫作的情境中，對台語河洛話如實地記音且寫下，就能展露語言革命的動能。但，一旦這樣限制、貶抑台語河洛話的語言環境撤除之後。如此記音寫下台語河洛話的語言革命動能，往往也會失所依傍，而必須更從台語河洛話作為母語的表達慾望層次，進一步注重於台語河洛話作為語言其本身的實驗性，才真正豐碩所謂臺灣母語詩的詩學。

　　而親身經歷戒嚴前國家語言政策對台語禁絕的歷史，寫下〈海翁宣言〉的李勤岸依其詩學與語言學雙重專業，2005 年亦擔任教育部國語會委員與國立編譯館審定委員。如果說在戰後戒嚴時期遭到官方禁絕、貶抑的台語河洛話之社會情境中，以台語河洛話為母語的詩人，位處於深層母語，對於外在所欲表達之事物，於再現上如此無法定焦，而模糊成幻像；在 21 世紀，隨著上世紀末台語文運動者的衝撞，以及一九九〇年代臺灣本土化運動，臺灣現代詩人也終而進入國家官方語言政策擬定團體之列，克復臺灣母語使用者的合法位置。而他們努力探究的母語書寫表達系統，也提供臺灣母語在語言政治上的知識突圍。只是在母語詩之詩學上，臺灣母語書寫一如五四文學革命運動中胡適《嘗試集》般，需要大量實踐性的實際寫作，以提供辯證量能。

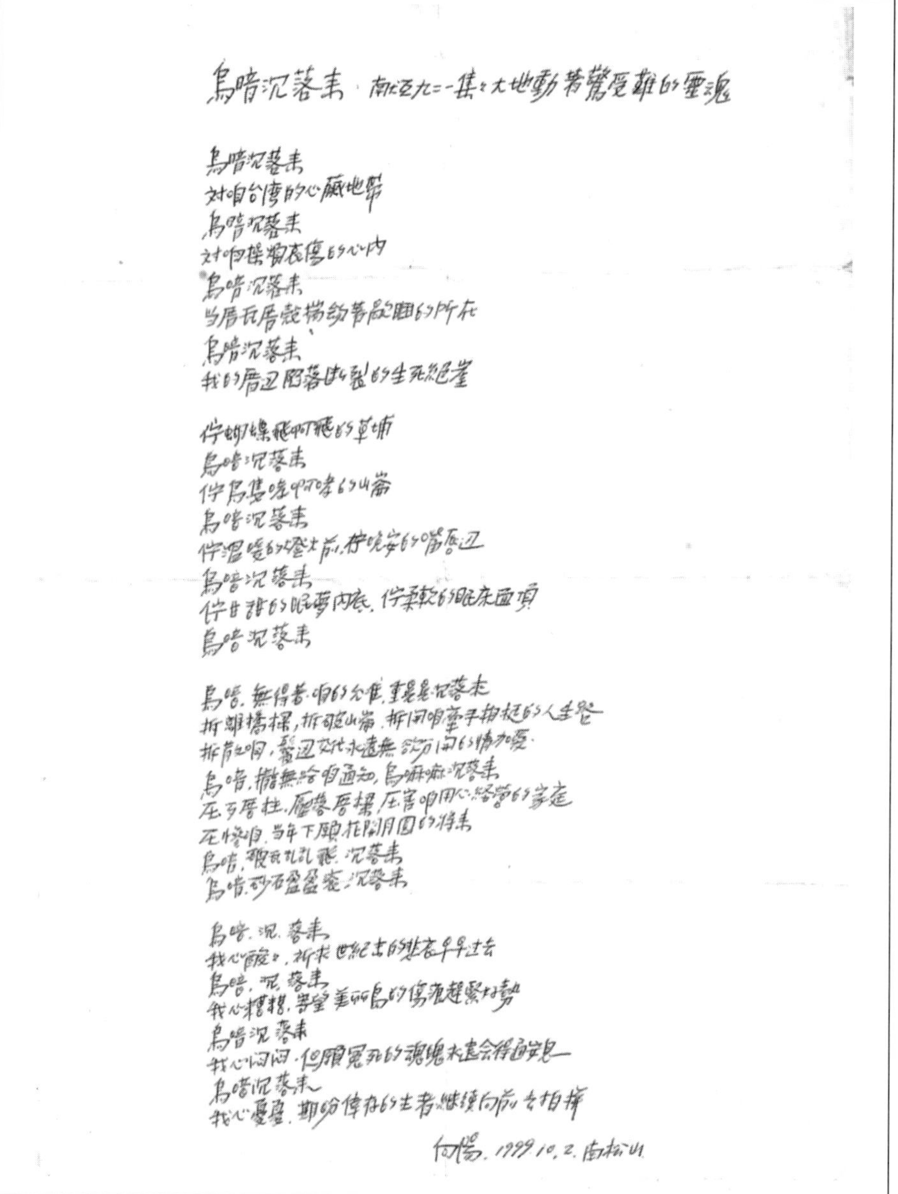

烏暗沉落來　獻互九二一集集大地動著驚受難的靈魂

烏暗沉落來
对咱台灣的心臟地帶
烏暗沉落來
对咱樸實良善的心内
烏暗沉落來
当厝瓦厝殼搖動著歐咧的所在
烏暗沉落來
我的厝边陷落斷裂的生死絕崖

佇蝴蝶飛啊飛的草埔
烏暗沉落來
佇烏隻啼啊啼的山崙
烏暗沉落來
佇溫暖的燈火前，佇晚安的嘴唇边
烏暗沉落來
佇甘甜的眠夢內底，佇柔軟的眠床面頂
烏暗沉落來

烏暗，無得著咱的允准，煞是是沉落來
拆離橋樑，拆破山崙，拆開咱牽手扶挺的人生路
拆散咱，骨边交代永遠無法方向的情加愛
烏暗，攏無給咱通知，烏嘛嘛沉落來
壓歹厝柱，壓崩厝樑，壓害咱用心經營的家庭
壓傷咱，当年下願花開月圓的將來
烏暗，飛瓦亂亂飛，沉落來
烏暗，砂石盤盤滾，沉落來

烏暗，沉，落來
我心酸酸，祈求世紀末的悲哀早早過去
烏暗，沉，落來
我心糟糟，寄望美麗島的傷痕趕緊好勢
烏暗沉落來
我心悶悶，但願冤死的魂魄永遠会得通安息—
烏暗沉落來
我心憂憂，期盼倖存的生者繼續向前去拍拚

向陽，1999.10.2.南松山

圖 4-19：向陽〈烏暗沉落來：獻互九二一集集大地動著驚受難的靈魂〉
手寫定稿詩手稿文本

向陽授權使用

　　「圖 4-19：向陽〈烏暗沉落來：獻互九二一集集大地動著驚受難的靈魂〉手寫定稿詩手稿文本」以台語河洛話書寫，在書寫上以全漢字進行再創作。所以言「再創作」是因為，此詩其前已有一華語漢字之版本。向陽於〈九二一 20 周年紀念：20 年前寫的〈烏暗沉落來〉手稿〉一文中，即曾如此自述：

> 22 日下午，時在自由時報副刊擔任副主編的方梓約我為九二一寫詩，在停電的客廳中，我以悲傷難過的心情寫了〈黑暗沉落下來〉一詩，傳真到自由時報，於次日刊出。
>
> 10 月 2 日，中央日報副刊主編林黛嫚要製作九二一專輯，希望我供稿，我將〈黑暗沉落下來〉改為台語〈烏暗沉落來──獻互九二一集集大地動著驚受難的靈魂〉，傳真給她，於次日中副刊出，而手稿則留存至今。重看舊稿，紙上字裡仍有驚懼駭怕。[25]

從向陽將〈烏暗沉落來──獻互九二一集集大地動著驚受難的靈魂〉之手稿，保留二十年，以及將原本華語漢字版本轉譯為台語河洛話版本，足見向陽對此九二一大地震之詩作的重視。為使得論述具體，我們將兩版本進行並列，進行細部文字的對照，以呈顯並進一步分析華語漢字與台語河洛話兩版本之間差異的細節。

表 03：向陽〈黑暗沉落下來〉與
〈烏暗沉落來──獻互九二一集集大地動著驚受難的靈魂〉並列對照表

說明：〈黑暗沉落下來〉與〈烏暗沉落來──獻互九二一集集大地動著驚受難的靈魂〉兩對應詩行間有文字差異者，以文字網底進行標示	
〈黑暗沉落下來〉	〈烏暗沉落來──獻互九二一集集大地動著驚受難的靈魂〉
黑暗沉落下來	烏暗沉落來

25　出處 https://reurl.cc/MyL893（2023 年 11 月查閱）。

在台灣的心臟地帶	對咱台灣的心臟地帶
黑暗沉落下來	烏暗沉落來
於我們憂傷的胸懷	對咱操煩哀傷的心內
黑暗沉落下來	烏暗沉落來
當屋瓦牆垣找不到棲腳的所在	當厝瓦壁揣[勿會]²⁶著歇眠的斬在
黑暗沉落下來	烏暗沉落來
我的同胞陷身斷裂的生死之崖	我的厝邊陷入斷生死絕崖
在蝴蝶飛舞花香的鄉野	佇蝴蝶飛啊飛的草埔
黑暗沉落下來	烏暗沉落來
在小鳥啁啾南風的山谷	佇鳥隻哮啊哮的山崙
黑暗沉落下來	烏暗沉落來
在煦和的燈前，在晚安的唇間	佇溫暖的燈火前，佇晚安的嘴唇邊
黑暗沉落下來	烏暗沉落來
在香甜的夢裡，在舒坦的床上	佇甘甜的眠夢內，佇柔軟的眠床面頂
黑暗沉落下來	烏暗沉落來
黑暗，未經允許，重奠奠沉落下來	烏暗，無得著咱的允准，重晃晃沉落來
撕開平野，撕開山丘，撕開我們牽手	拆離橋樑，拆破山崙，拆開咱牽手相逐
相攜的路	的人生路
撕開我們，交頭許諾永不分開的愛	拆散咱，鬢邊交代永遠無欲分開的情加
黑暗，毫不知會，黑壓壓沉落下來	愛
壓垮房舍，壓垮屋壁，壓垮我們用心	烏暗，攏無給咱通知，烏嘛嘛沉落來
維護的家宅	壓歹厝柱，壓落厝樑，壓害咱用心經營
壓垮我們，闔眼許願美麗的未來	的家庭
黑暗，碎瓦粉飛，沉落下來	壓慘咱，昔日下願花開月圓的將來
黑暗，亂石堆疊，沉落下來	烏暗，破瓦亂亂飛，沉落來
	烏暗，砂石盈盈滾，沉落來
黑暗，沉落，下來	烏暗，沉，落來
我心戚戚，祈求世紀末的悲哀速去	
黑暗，沉落，下來	我心酸酸，祈求世紀末的悲哀早過去

---

26 手稿此台語字微軟 word 系統打字無法打字，故在此以拼組字方式呈現。

我心寂寂，冀望美麗島的裂傷早癒 黑暗沉落下來 我心憂憂，願冤死的魂魄永得居所 黑暗沉落下來 我心葛葛，盼倖存的生者堅強走過	烏暗，沉，落來 我心糟糟，寄望美麗島的傷痕趕緊好勢 烏暗沉落來 我心悶悶，但願冤死的魂魄永遠會得通 安息 烏暗沉落來 我心憂憂，期盼倖存的生者繼續向前去 拍拼

　　從以上「表 03：向陽〈黑暗沉落下來〉與〈烏暗沉落來——獻互九二一集集大地動著驚受難的靈魂〉並列對照表」可見，在基本的分段，與各段行數，兩版本之間是相同的，詩人是以最細部的行內文字作為單位，進行轉譯。此一轉譯，基本上更重視著詩人對傷亡群體的情感發揮。現代詩原初之發展，即以英國、德國浪漫主義作為精神詩法對象，因此個體性的對事物，甚至是現代化情境之感官感受，成就出各種個性化的新異意象。然則如此個體／性化的創作，在戰後臺灣經歷了一九五〇年代末至一九七〇年代初之現代詩論戰，而都面臨著挑戰。特別是一九五〇年世代詩人在一九七〇年代組辦之新興詩社所提出的詩學聲明與實際書寫現實臺灣之詩作實踐，使得現代詩之現實群體化書寫，更貼合著臺灣各地理縣市區域之人文城鄉情境，相關細部論述在筆者之《轉譯現代性：1960-70 年代台灣現代詩場域中的現代性想像與重估》已有探討，在此不贅述。而向陽正是一九五〇年世代代表性詩人，書寫現實臺灣不僅是一九七〇年代末一時的詩學意見，更直貫於一九八〇、九〇年代，以致於此詩之重創臺灣的九二一大地震。

　　分析「表 03：向陽〈黑暗沉落下來〉與〈烏暗沉落來——獻互九二一集集大地動著驚受難的靈魂〉並列對照表」中的網底文字差異可以看到，台語河洛話版本因為母語口語，使得詩行文字普遍放大，從量化角度來看，華語漢字版全詩為 348 字，台語河洛話版本則為 389 字。台語河洛話版本語字雖然增多，但並不意謂是鬆散的，例如全詩核心意象「黑暗沉落下來—烏暗沉落來」間的轉譯，替換「黑」之「烏」係象形字，生動地形象烏鴉閉目之

狀；華語漢字之「沉落下來」，更被精省為「沉落來」，刪去「下」，語言更為集中。這連帶使華語漢字版最後一段帶有慢鏡頭之「黑暗，沉落，下來」，在台語河洛話版本也連帶改寫為「烏暗，沉，落來」，如此省去「下」，並讓「沉」獨立被凝視唸誦，更變化鋪展出沈穩音韻。另外，華語漢字之「我的同胞陷身斷裂的生死之崖」，更改為台語河洛話版本「我的厝邊陷入斷生死絕崖」，「厝邊」係指房屋旁邊，也引伸有鄰居之意，例如「厝邊頭尾」，更見親切具體。此外，「在香甜的夢裡」在台語河洛話版本中將「夢」增寫為「眠夢」也更有綿長具像之感。

　　詩人向陽將〈黑暗沉落下來〉進行台語河洛話轉譯過程，也自然使得詩作產生更多的入聲字，例如〈烏暗沉落來──獻互九二一集集大地動著驚受難的靈魂〉即增寫出第一段第六行之「壁、著、歇」，第八行之「入、裂、絕」；第二段第二、四、六、八行之「落」；第三段第二行之「拆」，第四行之「給、落」，第六行之「壓、昔、日、月」，第八行之「石、落」；第四段第二行之「末」，第六行之「魄、得」；第八行之「續、拼」等。入聲字的發音特色為聲調短促而急，正輔以詩人面臨地震巨變，向受難之集體公眾所發出急切悲憫呼告之聲情。

　　而公眾之受難除有自然天災，亦有歷史人禍，李敏勇〈二二八鎮魂歌〉即以二二八事件為其母語詩謳歌之內容。

　　「圖4-20：李敏勇〈二二八鎮魂歌〉手寫定稿詩手稿」以全漢方式書寫台語河洛話，進行母語詩創作。在書寫上，可以發現以書法毛筆進行表現，更能發揮全漢字的文字構形之優勢，同時也產生出台語河洛話、詩與書法藝術間帶綜整性的實驗風格，可說為臺灣現代詩之母語詩提供了一嘗試性的創作取徑。

　　書法的藝術書寫，也莊嚴了「圖4-20：李敏勇〈二二八鎮魂歌〉手寫定稿詩手稿」的主題內容──對於二二八此一臺灣戰後重大政治衝突事件的書寫。〈二二八鎮魂歌〉的組詩形式，使得兩份手稿有著非常明確的連接性。〈二二八鎮魂歌〉之「二－一」為「悲傷的歌」，「二－二」為「愛伶希望的歌」，明顯寄寓詩人將過往歷史陰影，轉化為引領未來歷史曙光之詩思。

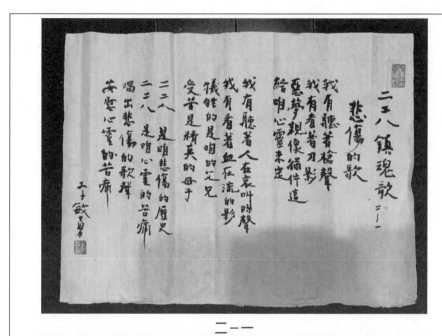

二－一

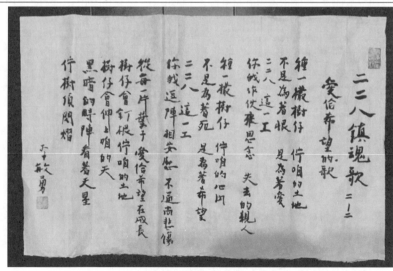

二－二

圖4-20：李敏勇〈二二八鎮魂歌〉手寫定稿詩手稿

李敏勇授權使用

　　而如此之轉化，當如何落實為母語詩之語言？兩首詩之中的「佇」字，無疑為關鍵字所在。台語河洛話之「佇」有立足於原地之意，即此語意，我們看「二－一」之詩寫「惡夢親像猶佇這／給咱心靈未定」——槍聲刀影如屠，死亡幽靈般的惡夢如真似幻，猶然久立。同樣我們也向詩人細問，立於何處呢？詩人僅以「這」作為位置。然而「這」的詞義，為代名詞，係指代語句中較近之人事時地物。在詩中，屬於「這」的就近何在？依照「這」這個詞的嚴格詞法，在上下詩行搜尋，我們找不到這讓主體得以如此久立的地點。

　　如此找不到的地點，正為主體恍然自疑之處——在「圖 4-20：李敏勇〈二二八鎮魂歌〉手寫定稿詩手稿」的「二－一」中我們可以發現在「佇」字前後詩行，竟只瀰漫著聽覺、視覺感官所得之「槍聲」、「刀影」、「人在哀叫的聲」、「血在流的影」……這些浮泛的感官，在第二段落實在父兄母子的面容，依舊沒有地點，但卻已不言而名之——乃在吾鄉吾土。

　　詩中的主體，一個歷史的回顧者，召喚的是感官的創傷，以及不可見的地點，自然潛存著一份深深的懷疑，讓我們一同去揭示現下所存在之鄉土，屬於時間的歷史地層。在「圖 4-20：李敏勇〈二二八鎮魂歌〉手寫定稿詩手稿」的「二－一」中，回望歷史如果宿命地，必然以創傷病理者的主體形象出現，那麼為之接續的「二－二」，依其詩題名中之「愛」、「希望」，則使創傷病理得到詩語言之救贖寬癒。

　　這份詩語言之救贖寬癒，正以「佇」此一關鍵字詞，進行詩語言的落實。從「圖 4-20：李敏勇〈二二八鎮魂歌〉手寫定稿詩手稿」之「二－二」可見原本「二－一」的「這」實體化為全詩三段中，帶重現音韻意義的「佇咱的土地」。「佇咱的土地」在重現中，並結合「種一欉樹仔」以為引領。「欉」意為「草木叢生」，因此所種之樹帶有大量叢生意味，也同時顯現土地廣博孕生的地力——大地母親之原型正在其中。

　　以植物意象結合呼喚大地母親原型，在如此帶有公共群體性的書寫中可謂普遍，例如「圖 2-59：向陽〈野百合靜靜地開〉手寫定稿詩手稿」中，以一九九〇年代初臺灣民主運動「野百合學運」為書寫內容。「野百合」成為

學運之意象，其野百合符號在城市廣場，依其植物性質，使得「廣場」而能為詩人聯想野百合植物所真正生存的自然山林「谷地」，進而在「母親，多少年了」的呼喚母親中，帶出「我的土地」。我們看到了「百合花」作為符號，其意旨之擴散由廣場而谷地，由谷地而土地，終而寄寓母土象徵於其中。

就此理路，「圖 4-20：李敏勇〈二二八鎮魂歌〉手寫定稿詩手稿」之「二－二」第一、二段的「種一欉樹仔」，以至於「佇咱的土地」，其間的母土召喚隱喻並不難理解，特別是第三段「樹仔會釘根佇咱的土地」，在樹根對母土緊緊如釘般的抓牢力量中，我們也彷彿看到母子相擁的原型情境。而詩人之母語，更強化了這份原型的呼喚，使得母語與母土共成原型語境，在意象聲響氛圍中，容納著公共政治事件中受難傷亡的魂魄，終而能歸家入土，獲得樹般緊擁母土，又生長探望愛與希望的來日。因而使得詩題中的「鎮魂歌」之「鎮」字，有著豐富意義。

詳知臺灣史中二二八事變，即可知因為其間槍彈掃射、戒嚴與鎮壓，造成大規模的死亡，詩人詩題選「鎮」字，本就有對之的隱然指涉。但「種一欉樹仔　佇咱的土地」，以至於「樹仔會釘根佇咱的土地」，讓漂浮的靈魂有了具體所有格「咱的土地」的母土位處之地，使之從被「鎮壓」的死亡記憶，轉化為「鎮守」母土姿態。

更細膩地從臺灣台語河洛話的發音來看，「咱」（lán）為「我們」之意，但在台語河洛話中，「阮」（guán）亦有如此意涵。但是在對話之話語情境中，「咱」（lán）包含著說話與聽話者，「阮」（guán）則不包括聽話者。在「圖 4-20：李敏勇〈二二八鎮魂歌〉手寫定稿詩手稿」的「二－一」便已透過在我們的語意上，細膩地選用「咱」（lán）發音，如「咱心靈」、「咱的父兄」、「咱悲傷的歷史」，而非「阮」（guán），在不見實際位處的「這」，仍試圖在母語語音聲響中，將二二八亡魂，從一個被單向弔亡於生死彼方的幽冥位置，拉攏至「咱」所寄寓的我們身旁。終而進一步在「二－二」中，二二八亡魂與現世存有者共成之「咱」，共同藉著種樹，也得能擁有著共同明晰地釘根生長的母土。

　　詩人李敏勇的台語河洛話母音書寫，使「鎮魂歌」的意涵更具層次，也讓我們看到以母語表現歷史受難事件，在召喚歷史受難亡靈的時刻，如何透過可歸屬的空間意象，完成集體意識的召喚與交揉。而詩中主體與歷史亡者間相連結的血緣，無須以陳述、意象反覆去標明，只要一開口，彼此間共同的母語語音，就讓他們彼此集結共處在母親／土原型之中。

　　縱整前論可以發現，詩人言說與寫下母語，本身所存在滿足精神需求及重述歷史記憶之功能。詩人在母語詩中所要補足的，不只是不能說母語的歷史時光，而更是母語所不能敘述的歷史事件。因此可以說，臺灣母語詩的歷史書寫，即疊合母語與歷史兩種戒嚴體制所賦予的禁制。

　　台語河洛話母語詩在記音寫下，使得母語可以被重讀，使任何母語的述說，都終然不會是一時的，母語有了可以重現的具體字跡。母語書寫讓母語得以重複述說，使母語得以在空間中宏亮，更可以在歷史時間有了接連的可持續性。以母語詩寫下，讓母語述說，可能真正得到滿足，以及深刻、具像的文本感覺感官據點。

　　台語河洛話的詩手稿，劃破了以其為母語之詩人，所背負母語歷史語音的孤寂。唯有當不可被母語述說的歷史事件，被母語語音充沛時，才得以能重建集體在歷史過往的知覺，讓歷史踏實地從不可述說處，鋪展出完整的字／軌跡。這使得原本主體所處的現實所在地，有了以母語捕捉的歷史記憶，在繫泊於此時，同時成為有實質意義的母土——我們終於能從歷史的母親懷抱中，以母語哇哇墜地，母語就這麼充滿著歷史的來歷，也沒有什麼不可以母語述說的未來。

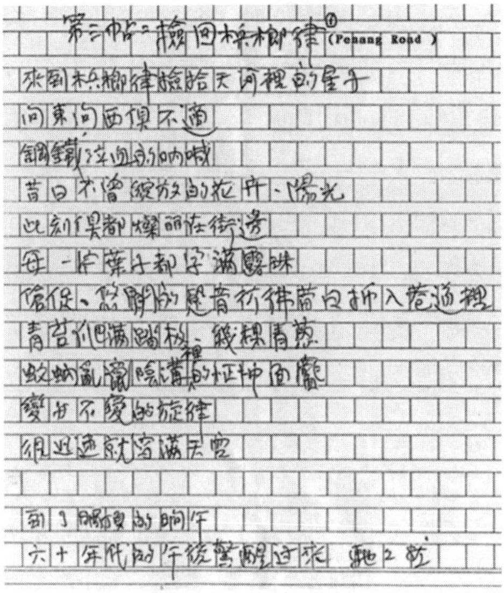

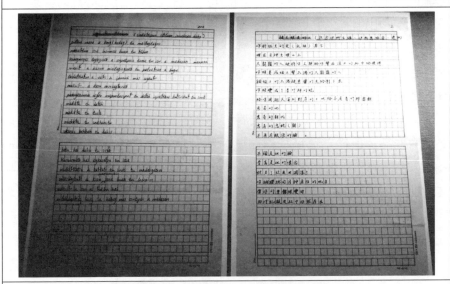

圖 4-21：陳慧樺〈撿回檳榔律〉手寫定稿詩手稿

圖 4-22：瓦歷斯・諾幹〈被天蛻皮的人
──記念伊斯立端・伊斯馬哈桑・達和〉手寫定稿詩手稿

　　必須指出的是，在討論臺灣現代詩手稿中的母語與跨國語文本，我們標舉出英文與台語河洛話這兩種大宗牽涉語言政治論探究的類型文本後，我們也發現「圖4-21：陳慧樺〈撿回檳榔律〉手寫定稿詩手稿」、「圖4-22：瓦歷斯・諾幹〈被天蛻皮的人──記念伊斯立端・伊斯馬哈桑・達和〉手寫定稿詩手稿」這兩份詩手稿。以現今（2023 年）臺灣台語詩官方民間推動之現象，面對這兩份詩手稿，生活在臺灣的瓦歷斯・諾幹、陳慧樺[27]兩位詩人，他們如此之詩手稿，是「母語詩」手稿嗎？也能是「台語詩」手稿嗎？如此提問，無疑刺激我們反省台語詩在命名上，是否就全然等同於臺灣所使用之台語河洛話呢？

　　對於如此提問，我們可以從以上所討論之台語河洛話的台語詩手稿，與「圖4-22：瓦歷斯・諾幹〈被天蛻皮的人──記念伊斯立端・伊斯馬哈桑・達和〉手寫定稿詩手稿」、「圖4-21：陳慧樺〈撿回檳榔律〉手寫定稿詩手稿」間所存在的共同性作為切入點，進行評估──而這三者手稿正以「少數文學」作為共同點。「少數文學」的出現，以語言政治作為必然的背景，內部存在著「相對性」與「集體性」兩個特性，我們正可藉此作為探析「圖4-22：瓦歷斯・諾幹〈被天蛻皮的人──記念伊斯立端・伊斯馬哈桑・達和〉手寫定稿詩手稿」、「圖4-21：陳慧樺〈撿回檳榔律〉手寫定稿詩手稿」兩份手稿的論點。

　　「圖4-21：陳慧樺〈撿回檳榔律〉手寫定稿詩手稿」初步看來為華語中文字的作品，但從手稿稿紙標題處，特別以英文打字機打上「（Penang Road）」，亦即「檳榔律」，「律」即「Road」發音的中字直音，此為馬來西亞華人特有用法。這裡我們看到中文如何作為翻譯轉化命名之道，考量馬華族群在馬來西亞使用中文的勢弱狀況，馬華詩人著意使用中文，正有意識地護守其所堅持的華人文化身份，語言在此又再次示範了其意在言外的文化資本作用。如此馬華文學作為「少數文學」，並非是因為產生在馬來西亞

27　陳慧樺為陳鵬翔教授之詩人筆名，在筆者之《詩史本事：戰後台灣現代詩人的詩史對話》之〈大地詩社與一九六〇年代以降臺灣馬華詩人的詩學思考──與詩人陳鵬翔對談〉有對其之寶貴專訪。

內的馬華族裔，而是建立在馬華族裔是在馬來西亞多數（major）語言中，如何「相對性」地以數少之姿進行書寫。他們以自己所發展華語中字書寫的慣習、風格，對馬來西亞地理，以及地理命名之中也牽涉的殖民語言進行翻譯，其間之後殖民意涵不言可喻。這也使得陳慧樺〈撿回檳榔律〉中的「撿回」，那對年少記憶的人文地理式撿拾，更別具意義。

　　在這份馬華文學之少數文學的相對性中，我們要與前述台語河洛話的台語詩發展史比對的是，華語中字原來也具有著相對性——在臺灣台語河洛話的台語詩發展史中有著中心霸權位置，在馬來西亞的馬華文學史中則又處於邊緣位置。這份少數文學的相對性，打破了「中心—邊緣」間的單線性，讓我們看到中心可以相對調動，而邊緣則另有幅度。「圖4-22：瓦歷斯・諾幹〈被天蛻皮的人——記念伊斯立端・伊斯馬哈桑・達和〉手寫定稿詩手稿」讓我們看見，原來台語河洛話曾位處的邊緣位置，原來也還存在著更為勢弱的原住民語言書寫。

　　從「圖4-22：瓦歷斯・諾幹〈被天蛻皮的人——記念伊斯立端・伊斯馬哈桑・達和〉手寫定稿詩手稿」的形式來看，左邊為原住民語之羅馬拼音，右邊則為中文漢譯。相對於前述我們分析的台語河洛話母語詩作，最主要以漢羅與全漢方式進行書寫，表現漢字與台語河洛話在母語書寫上所存在可以共構的關係，在原住民的母語書寫上，漢字在直音原住民語的語音效能不足，在書寫字形上也容易造成視覺誤導，使得原住民語言書寫被漢字傳統所干擾。

　　華語北京話、台語河洛話，這些與原住民話語看似有別的語音系統，凸顯出原住民話語也存在的集體性。少數文學讓我們在語言政治中看到在臺灣話語情境，相對於邊緣的台語河洛話書寫，更為邊緣的弱勢書寫。少數文學打開了邊緣的周遭，理論上，如果反撲中心話語的權力，是以被壓迫、非中心作為論述質地；那麼反撲中心話語的這份權力，也是一種可被分享的權力，並不被台語河洛話書寫者所獨享。自此而觀，從以台語河洛話為母語者被壓迫記憶所發展出的「台語書寫史」，其命名也成為可評估的文本對象。

　　命名有其命名的力度空間，當種種想望與理念以一個名字統括之時，一個名字的命名力量的強度，就正在其中；命名作為話語力量，其內在霸權的可能性，亦可以想見。在台語河洛話版本的台語文學史中，我們自然看到國語政策如何霸權地將國語定義為北京語，並壓製出中心與邊緣的結構。如今我們用少數文學來進行討論，並不是要去定義誰是中心，誰是邊緣？或者誰將調往中心，誰將調往邊緣？而是要回到語言溝通的本質——記憶與交流，重省所謂的「台語」，以及其詩之命名。如果人的主體性建構，無法自外於語言、符號體系，與所連帶的文化資本，那我們更要掌握一首詩對語言象徵力量開掘的可能，讓台語詩於命名之前，意識臺灣語言所當含括更大範圍的意識、實踐與生存方式，使命名不在於區分（distinction）什麼，而在於如何象徵了空間地理中的記憶與溝通。

第五章　臺灣現代詩手稿語言文字之動靜空間美學論

> 形色與聲調，一經構成後，其本身即呈顯一客觀獨立存在之美，而可
> 將人之視聽，吸引於獨立存在之美的上面。[1]
>
> ——徐復觀

　　現代詩學看重一首詩的，不是其內容，而是其形式。而詩手稿學的詩學
研究，則在關注詩手稿之物質與其發生歷程，如何使詩學形式，得其發生，
成為可能，進而得能動人。詩學的形式，在於為「語字」提供組織，以完成
詩的說服。詩手稿則提供詩學形式物質，讓我們更能從物質角度，檢視物質
與形式間的互動中，檢視一首詩的語字生成，更為具體的細節與事實。

　　語字一詞被使用頻繁，使人容易忽略其乃語言與文字之凝縮。語與字，
前者重視聲音，後者重視文字。然則若「語字」並／連用，則應更意識到，
在讀者層面上，其書寫、閱讀文字時，如何釋放出語言的聲音。而在詩手稿
的詩學研究中，我們將更重視——「詩手稿之書寫」中，詩人使用書寫工具
所發生的語字書寫歷程，呈顯了作為書寫者的詩人，其主體「存在」的手寫
意象與手寫過程的音韻節奏。

　　主體的書寫，呈顯語感，就書寫上乃是詩人寫下其心聲影像，落於文
字，又得有字詞結構的審美形式。讀者的轉譯，乃在將可觀看、視覺化的字
詞，轉讀為語言，進而形成想像的圖景——因此無論是詩人寫下與讀者讀

---

[1]　徐復觀：《中國文學論集》（臺北市：臺灣學生書局，1974 年），頁 55。

出，書寫建構出的都是帶有聲音的文本風景。事涉文本聲響風景，「動靜空間」則成為一必須細加思量的辯證。「動靜空間」既有其動與靜，亦有其所指涉的時間與空間，使「動靜空間」實內存著「動靜之間」的交互辯證。在現代詩手稿中，涉及「詩人—讀者」，以及「想像書寫—識別讀取」多層次，而使其可細分為「動而靜」、「靜而動」、「動靜搭配」三個脈絡。

　　動而靜，指未被人為感知，而自在發生活動的世界現象，在詩人想像思維中活潑其意義，而於寫作中組織、靜物化為詩作上被安置的字詞。靜而動，則指讀者主體[2]將於詩作上，被寫下、落定為靜物化的字詞，透過識讀提取，而於語音腦海中轉譯／化出文本之情境現象。而若能細觀詩作所處之詩手稿階段，則在詩學上指出其在「動而靜」、「靜而動」，所處的生成歷程性。特別是在定稿前，如此「動而靜」、「靜而動」，仍處於暫且安置、暫訂發展中的複雜狀態。

　　相對於「動而靜」、「靜而動」，兼及了詩人作者與讀者的部分，「動靜搭配」則主要歸屬於詩人作者。詩人在詩手稿藉由書寫之文字或符號，進行動與靜的調度，以使其文本的語境空間產生造型，這造型包括了心理感知的視覺意象，也包括心理感知的聲響律動。

　　是以在現代詩手稿學中言語字，言動靜，正在探究著詩人在文本空間的生成美學，這包括了一般研究者所關注之詩文本的場域空間感，也包括了聲響氛圍感。如果一般我們會以建築、場所，譬喻一首詩在視覺上的空間感；那麼一首詩的聲響氛圍感的譬喻是甚麼呢？或者在面對當前缺乏創作的詩學討論現狀下[3]，一首詩在詩手稿的創作歷程，於聽覺上能有的空間譬喻是甚麼？聲響音箱無疑是最可為基礎的聽覺空間譬喻。

---

[2]　此一讀者主體包括了在寫作中，暫時脫離寫作狀態，閱讀著自己詩作的詩人。

[3]　相對於人類身體以視覺為主要感知方式，連帶使評品詩作上以視覺觀看為核心的發展，而對詩語言聽覺的想像、分析顯得匱乏。這份詩語言音色探究缺乏，除去寫作詩人是否有意識進行語感、音色之經營外，主要乃在於詩語言音樂性的討論，並非只能依靠一般聽音樂的經驗，而需要更為專業與語言學相搭配的音樂學知識，甚至實際音樂演奏實踐經驗支撐，方能指出詩語言在聲響上的美學價值。

　　詩人在詩手稿中，藉由語字之經營，展現了對動靜空間的建構。在動靜間所生成的詩作，成為了詩人為世界提供的事實。詩人成為文本歷程的通道，他使得世界的現象被篩選而入，發生聯繫、組織。特別在超現實式詩寫作，如此連續、組織明晰地呈現一種跨越式、隱密性、虛線感的連結。詩人在自我的詩手稿進行導演，讓被擷取的世界現象，暫時拉至舞台中心，不被擷取的，則暫時成為周遭，讓被擷取的現象，得到專心對話的可能。被擷取現象在對話著，這是詩人作者為他們所提供的喚醒。

　　比起將詩人視為世界的重新命名者，我們在詩手稿動靜空間中，看到了詩人如何讓靜默無名於世界中的事物，在詩手稿文本中被點名，名而有聲，名而生象。不同詩人，提供了對世界萬象不同的點名，不同的互動與動靜展示，加之以自我知識奠基、美學趨勢與智慧領略，因而暈開所謂「風格」的細膩光譜層次。書寫風格使得詩人主體性明晰，而風格正是以詩手稿文本中的手寫意象與手寫節奏，逐漸得以組織其存在。

　　因此本章將分就「手寫存在的意象：書寫與文字空間的詩美學課題」、「手寫存在的音韻：書寫與語音空間的詩美學課題」兩節，對臺灣現代詩手稿文本中語字及所對應之符號的運用，所生成之文字空間、語音空間進行探論，由此呈現臺灣現代詩手稿文本語字動靜空間之美學。

第一節　手寫存在的意象：
書寫與文字空間的詩美學課題

一、文與圖：追憶與捕捉的詩手稿書寫空間

　　在初始的認識發展上，一如日與夜，生與熟，時間與空間往往也形成對比，以提供一基本的知識架構。對立結構雖為發展認識初始的工具，但很明顯的，對立結構雖為初始，卻非始源，並非擁有接近發生意義的位置——我們極少會說，這一切的發生，是為了尋求對立。對立是一種認識的工具，其一分為二的便捷，在那當下，暴力而不容有疑。事實上，對立往往值得有

疑，其原本的便捷即意謂減少認知時間之消耗，一旦我們願意重新賦予時間，其思維空間則能得到詮釋發展之幅度、體積。

　　時間與空間的對立結構正是如此，誠如本書第三章精神意識文本論所指佛洛伊德（Sigmund Freud，1856-1939 年，奧地利心理學家、精神分析學家）〈文明及其不滿〉對時間記憶的空間感之探討，如何讓詩手稿文本成為另一個隱跡文本，隱隱指涉了書寫歷程中心理結構發展的層次變化。一如那遙遠歷史彼端的羅馬城，在不同歷史時段的階段性樣貌，甚而也一如榮格（Carl Gustav Jung，1875-1961 年，瑞士分析心理學家、精神科醫師）呼應其生命不同階段之需求，而對其自身家屋的改建、拓展。兩個心理學家對身體時間精神意識的理解，都呈顯出時間與空間，以致於身體與心理間的交織關係。

　　指出時間、空間如此交織，難以細分的事實，是否形成詩手稿文本研究的停滯？——難以細分又是否反而提供我們論述的細密度，使我們在討論文字空間時每多掣肘？事實上，這反而使我們在空間論述時，有個互涉關注的理路，理解空間美學的時間向度。由此，<u>空間不是死寂不動的靜止在此，而是能容納、體現動靜</u>。

　　所有事物無法被二元分割，我們放在言語，或論述文字去討論事物，只是在一個「主—次」與「前—後景」的脈絡中討論他們。事物在言語、論述的線性中被討論，他不能在當下恢復他的全面，但能在線性的交織、縝密中，逐層在書寫、閱讀意識中顯影。這份顯影能發生，就是要求書寫者能否有足夠的訊息，以能觸動書寫者與閱讀者間的主體共識，進一步才在其中，融入另一種觀點，創發新意。時間與空間經驗，正是主體存有的最共同、普遍的經驗，恰正是書寫中最佳的經與緯。[4]選擇經，則緯與之相組，進而得密，進而能使論述有其活動、延展性。

　　有趣的是，一般人在讀詩時，往往會說，每個字都看得懂，卻不懂在寫

---

[4]　戲劇劇本寫作在分場劇本在格式上，必然要標列時間、地點，由此才能建構該場戲，推動劇組（導演、演員、攝影、場佈）進行故事的創作推動，以及觀眾的感知，可為另一例證。

什麼。這主要乃是，詩人的字詞使用，超出了原本的日常習慣。詩人「反常」了「日常」，這多少存在的異端感，最終極之目的指向著對既有意義空間的刺穿，進而膨脹意義的空間體積。只是在現代詩手稿學的研究中，我們又該取用甚麼論述取徑，去理解書寫與文字空間之間的時間發生歷程呢？魯道夫・阿恩海姆（Rudolf Arnheim，1904-2007 年，德裔美籍心理學家、格式塔心理學美學家）在〈對空間與時間的一個規限〉中，曾有如此精彩的譬喻：

> 我在別的地方曾舉過一個舞蹈演員跳躍穿過舞台的例子。我問道：
> 「在跳躍的過程中的時間流逝確實是我們體驗中的一個方面嗎（姑且
> 不論是否是最有意義的一個方面了）？難道她來自將來，通過現在然
> 後跳到從前去了嗎？顯然不是。然而跳躍這一事件，正如同任何別的
> 為物理學家所描述的事件一樣，是在時間之維度中發生的。[5]

阿恩海姆（Rudolf Arnheim）這個以舞蹈家舞蹈，對時間與空間的譬喻，意圖說明我們儘管在時間中進行空間性的活動，但個體對於時間，時常處於無意識的狀態。我們無法、不夠警覺地，甚至是在這種無能為力的事實中，以放棄姿態地說，不必時時感知時間——儘管這個放棄中我們使用了「時時」。但是，換個角度來問，是在何時，我們會以不放棄的姿態，恆存著對時間的意識，努力捕捉時間呢？在一般的日常生活中，這個問題的答案，可能是「計時之時」，而在文學創作研究範疇中，則是歷史書寫。

歷史書寫的本質是什麼？在寫作的當下，逆時地進行紀實。這是一種美學書寫挑戰，挑戰著時間，挑戰著美。如果不是對詩手稿文本歷程的關注，在一般我們對詩之美學的思考，會著重在詩如何臻於美，這可能不只在於用辭之華美，而更在於如何提供意義的刺點，例如波特萊爾（Charles Pierre Baudelaire，1821-1867 年，法國象徵派詩人）〈太陽〉：

5　魯道夫・阿恩海姆（Rudolf Arnheim）[著]；郭小平、翟燦[譯]：《藝術心理學新論》
　　（臺北市：臺灣商務，1992 年），頁 108。

　　我將獨自把奇異的劍術鍛鍊，

　　四處尋覓聲韻之偶然；

　　仿若行走於石子路上，

　　在字裡行間跟跟蹌蹌，

　　有時，迎面撞上長久渴望之詩句。

　　言詞成為詩人遊走於巴黎的劍術，與其說藉此護衛他自身，不如說是要刺穿／批判一八五〇年代巴黎都市的現代化改建表象，內在所存在的現代性課題。因此《惡之華》對都市現代化進行有所再現，卻也寄寓現代性批判。除了詩人如何如畫家一般，滲透自我的美學感知，去挑戰對事物的再現方式，或者說以新的再現方式，質疑既有表現的感知框架，對意義的戕害。詩手稿更讓我們看到詩人如何挑戰著時間，這包括著如何以文字去回憶、捕捉事物。嚴格說來，所有被書寫下的，都是過去，書寫難以與現實等速。所以書寫，就是個體所能及的記憶。

　　誠如我們對歷史書寫文本[6]的研究，我們深知個體記憶的不可信賴。但我們對於絕佳的歷史書寫文本，則願意相信他們提供了一部分的真實，我們可能被他的美說服了──言詞嚴謹精美，甚至羚羊掛角，無跡可求之結構自然感等。我們可以說，他們掌握了歷史書寫的詩學。而詩手稿的研究，也是一種對詩人一首詩的歷史書寫研究。詩人所寫下的文字始終都有記憶敘事的功能，即使文字為了美學狀態的實驗，一種形式的成形──那也依舊是一種詩人對所要追尋之詩美學狀態的記憶。

　　這時我們可以發現，在時間的運動中，文字難以等速的運動狀態，以致於詩人必須另有對應，對於時間中轉瞬及逝的事物──包括詩人內在的靈感，進行捕捉。在本書「第二章　臺灣現代詩手稿文本之版面歷程現象論」之「第一節　臺灣現代詩手稿文本版面歷程之形式類型」的「自我詩美術創作文本」，我們指出了詩人會運用圖像與符號進行創作輔助。而在本章現代

6　包括歷史敘事詩、史傳、歷史小說等。

詩手稿文本的動靜空間美學的探討中，我們看到了美術、標示彼此整合，而形成的美學功能。可以發現，現代詩手稿書寫的形式，在快速的捕捉需求下，擴展延伸了詩人手繪圖像，暫時讓腦海中之靈感具像。如此具像化所形成的圖景，座落於詩手稿文本版面之中，其空間性自不待言，但這被繪下的空間圖像，只是一暫時靜止化的書寫據點。他具有引動著詩人得能重回靈感生成時，腦海的那時風景之功能。

　　腦海的那時風景本來因為詩人，如同我們一般不能抵抗的遺忘，使得「那時」所潛存著一種「瞬間感」被圖像化，而使得靈感風景的瞬間流逝，能被空間穩定著。這正呈顯出在文本發生歷程中，連續書寫活動中所存在暫時靜止的事實。理解這個事實，我們也能更深入對現代詩手稿文本之動靜美學空間的審美。我們不妨以楊牧的兩個〈遺忘〉詩手稿文本，作為探述例證。

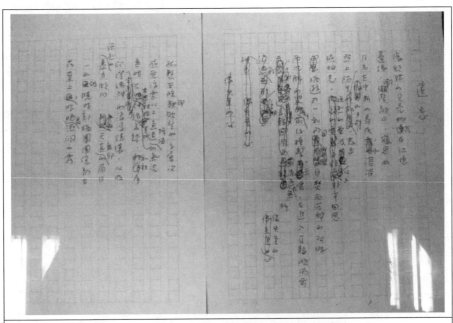

圖 5-01：楊牧〈遺忘〉初定稿詩手稿版本之一
2010 年政大「一首詩的完成：楊牧手稿暨著作展」筆者拍攝紀錄

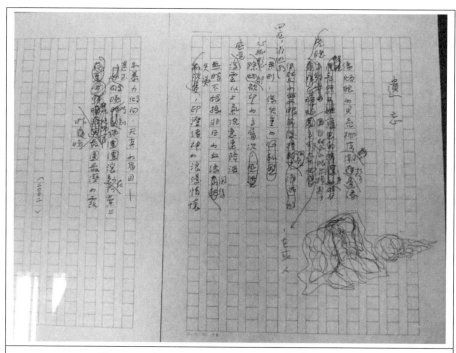

圖 5-02：楊牧〈遺忘〉初定稿詩手稿版本之二
2010 年政大「一首詩的完成：楊牧手稿暨著作展」筆者拍攝紀錄

　　楊牧〈遺忘〉選入楊牧自選之《楊牧詩選 1956-2013》最後一首詩，其重要性可見一斑，該詩作之印刷發表刊印稿如下：

　　　　像傾聽的貝殼拋棄潮聲邊緣
　　　　虎魄自焚，在或人撞擊的眼前
　　　　轉瞬消逝於無形，像失重的
　　　　心孤懸除卻慾望的高層次
　　　　感覺浮雲以上氣流急速降溫
　　　　無時不根據非凡的血緣關係
　　　　少許失誤，印證諸神的浪漫情懷
　　　　和暴力傾向，天真的眉目──

　　甚至破曉時刻猶團團滾動

　　荷葉上昨晚最圓最濕的露

　　楊牧〈遺忘〉此詩，有其最後一首的詩選自選意義，而就〈遺忘〉之詩手稿來看，也是楊牧極少見於詩手稿中有圖繪之文本，正呈顯詩人寫作此詩時，腦海中對詩作中海洋意象的圖繪。檢視「圖5-02：楊牧〈遺忘〉初定稿詩手稿版本之二」可以發現，詩人於詩稿之題目與首段下方畫有簡易素描。在詩手稿中詩人將此一簡易素描勾勒後，隨著詩作書寫進行，將素描勾畫掉，此一素描圖繪似乎在手寫階段中完成了其暫時任務——這暫時的靜止圖景，提供詩人後續文字化詩境的輔助。

　　此一楊牧〈遺忘〉詩手稿文本之素描，所圖繪的是什麼呢？這可從「圖5-02：楊牧〈遺忘〉初定稿詩手稿版本之二」的圖繪其上之詩句得知。首先，第一行出現的貝殼，正對應圖繪右半部的橫擺之圓椎狀。

　　此段詩句的前四行，也正是「圖5-02：楊牧〈遺忘〉初定稿詩手稿版本之二」的書寫熱區所在。第一行透過在「拋落」下加「的」字，以及將「潮的邊緣」之「的」字刪去，加上「聲」字，終而成為「像傾聽的貝殼拋落潮聲邊緣」，並延續至最後的定稿。但是，檢視在楊牧〈遺忘〉發生歷程更為其前的「圖5-01：楊牧〈遺忘〉初定稿詩手稿版本之一」可以發現開頭之修改並不多，詩人前兩句原寫為「像傾聽的貝殼拋棄在記憶／邊緣，潮聲歇止，寢思如」，在修改上第一句將「棄」改為「落」，而第二行將「潮」字圈劃掉，仍重更寫為「潮」。由於原本的「潮」字已寫得相當清楚，詩人並不需要再重寫，因而可以推斷詩人原本可能有想替換的字眼，如「濤」，但依舊仍覺得「潮」字較適當。因此「圖5-01：楊牧〈遺忘〉初定稿詩手稿版本之一」的開頭，都算是在既定的狀態下，進行一字替換，並非此一〈遺忘〉詩手稿文本的修改熱區所在。

　　在「圖5-01：楊牧〈遺忘〉初定稿詩手稿版本之一」中，其修改熱區乃在於手稿之第四行以後。繁複的修改，意味著文字書寫上對表／再現腦海意象的艱難，卻也同時展顯詩人表達腦海意象的意欲。「圖 5-01：楊牧〈遺

忘〉初定稿詩手稿版本之一」修改熱區最主要想表達的內容，乃是詩人意欲將第一行中，在記憶邊緣的沙灘上擱置的貝殼，譬喻為月亮。沙灘本身就是一帶雙重邊緣的地理空間：從陸地的角度來看，沙灘是陸地到海洋的最後地帶；就海洋角度來說，沙灘是一般潮汐起落，海洋所能抵達最後的陸地。沙灘的潮間帶，使其具有一曖昧的邊緣地理特性，如果將其定位為場所，那麼在此寓居之事物，也都帶有一種曖昧的、不定的、待轉化的質性。

　　楊牧〈遺忘〉中的沙灘，正讓擱置沙灘之物——貝殼，曖昧為月亮。這一方面是除卻滿月外，上下弦月之造型，與貝殼外型相彷彿。另一方面值得注意的是，詩人在接連沙灘之貝殼與夜空之月上，其第二行最後的譬喻詞「如」，連結著「寢思」一詞。「寢」即「寤寐」，「寢思」猶「寤寐之思」，連帶可與《詩經・關雎》之「求之不得，寤寐思服」相涉。另一則與白居易《病中詩十五首・病中五絕句》：「目昏思寢即安眠，足軟妨行便坐禪」表達對病體的開解、體悟，甚至是對之也能存在的自適。回到前述〈遺忘〉作為楊牧對其自身詩選的最後之詩，詩人以寤寐思服，輾轉反側之姿求詩，又帶著理解生命病理的必然，以自適將屆的晚年。反覆求詩，自適晚年，都可為接下來的月景在海灘的琥珀色澤，與流動的水光所隱喻。

　　月光在海面下投入的泊泊光束樣態，詩人在「圖 5-01：楊牧〈遺忘〉初定稿詩手稿版本之一」便確定了以「手臂」為喻。在此一詩手稿文本的設喻過程上，詩人原本在第四行寫為「照上陌生的肌膚，散出」，但肌膚為相對較平凡之用語，因此詩人以「微寒的手臂」予以聚焦[7]，只是「微寒」二字，詩人又再加以刪除。至於其後的第五行原寫為「琥珀光，微弱的電聲的頻率」，可是經過詩人的思索刪改，將「微弱」改為相反的形容詞「強烈」，並將較不常使用的「電聲」改為「電波」。第六、七行的修改的焦點則為強化形容，如此光景如何「回應」，在更之前「自焚而沉醉」的雙眼。雙眼「自焚」蓋為誇奇之寫法，真正乃指雙眼乃停留著月起光景之前，那黃

7　中國神話傳說中月亮有一名為「廣寒宮」的宮殿，仙女嫦娥即住於其中。詩人詩手稿中月亮於海面反射投顯之「微寒的手臂」的寒字，多少能引動讀者對「廣寒宮」的聯想。

昏而落的另一光景。因此詩人特別在第五行最後，與第六行開始，反覆斟酌「回應」一詞的擺置位置。

　　對比「圖5-01：楊牧〈遺忘〉初定稿詩手稿版本之一」與「圖5-02：楊牧〈遺忘〉初定稿詩手稿版本之二」這兩份詩手稿，初步看來，可以發現書寫熱區由中間，調換至開頭，細讀手稿內容可知，乃是因為詩人將原本「圖5-01：楊牧〈遺忘〉初定稿詩手稿版本之一」中段的書寫熱區之「月亮—琥珀」書寫內容，在結構上調往前段。如此這樣提煉出的意象，在第一稿完成，清樣至第二稿時，被延續了，成為第二稿在一開始初寫的底稿。「圖5-02：楊牧〈遺忘〉初定稿詩手稿版本之二」第二行下以圖畫在詩手稿文本中進行錨定，書寫熱區所意謂的詩人殫精竭慮之思索，正是由此圖繪所印證。

　　對照著前述之分析，具體地我們能辨認出「圖5-02：楊牧〈遺忘〉初定稿詩手稿版本之二」開頭詩題下之圖繪內容，其左半部分的柱狀物，乃是詩人描繪月光朦朧具像為手臂；右半部分的圓形物則明顯為落日。值得注意的是，這落日畫有火球火焰，呈顯出一由右向左的飛行運動方向，而其之所向，正向著月光凝固之手臂。如此圖繪大致對應著「圖5-01：楊牧〈遺忘〉初定稿詩手稿版本之一」第一段書寫修改的詩場景。可以說，「圖5-02：楊牧〈遺忘〉初定稿詩手稿版本之二」之手繪，乃是將前版詩手稿之修改進行圖像的穩定，有著接近於文字謄寫的作用。但其中，也有詩人畫不出來的部分[8]，即：承載這「回應」，或者應當說，日與月光景對撞交擊這一瞬間的「瞳孔」。這圖繪不出之處，也交由詩語言表現。畢竟詩人以詩為本，畫技並不是我們討論詩人詩學的重點所在。在詩手稿文本研究上，我們關注的是詩人手繪出的「畫物」與詩文本寫作歷程上的生成關係。

　　就動靜空間來說，在「圖5-02：楊牧〈遺忘〉初定稿詩手稿版本之二」詩人試圖以圖繪方式畫下的日月意象，以及日月意象間的撞擊互動關係。而

---

[8]　這凸顯了文字與圖像兩種表意符號系統，各有其專擅與弱勢，當然也需注意，在文字與圖像符號使用上，楊牧明顯更熟稔、專精文字表意系統的事實。

與此活動意象，對應形成的「動—靜」層次，包括了：（1）圖像靜物於此，唯有我們透過詩手稿文本的解讀與詮釋，才恢復了詩人內在意識中的想像活動狀態。（2）詩人畫下的圖像，靜物化的在此，容許詩人得以捕捉，在詩手稿的寫作歷程中進行詩文字的續寫。特別從第二點來看，圖像成為一首詩生成書寫歷程的據點，在詩人特別難以梳理的書寫段落，或是長詩寫作中，如此之據點，可說有其作用性。

　　可以發現，在詩手稿前一版本從修改發展出，將月光所照之浪潮沙灘的肌膚，聚焦為手臂的書寫，在第二版中已將之具像化為畫圖中左半的圖像。這也對應著「圖 5-02：楊牧〈遺忘〉初定稿詩手稿版本之二」對第一版的謄寫整理，而所形成的底稿。詩人在第二版中第二行，其初步對第一版的謄寫，第一到第五行如此寫到：

> 像傾聽的貝殼拋落潮聲邊緣
> 月亮照在她寢思的清潔的臂
> 春夜琥珀光多[9]頻率回應
> 俱焚的雙眼前後撞擊，消逝於
> 無形，像失重的心孤懸

　　這些對應著詩人圖繪的文字，雖是第二版本書寫時的底稿，但從詩手稿文本上的繁複修改，特別是第二至四行復又形成第二版本在發展時的修改熱區。在楊牧此一版本的詩手稿研究上，我們可以發現存在著兩個階段的書寫。所以我們也要注意，詩手稿文本固然在重寫過程中，存在著實體手稿紙張之間明確的版本歷程；即使在單張詩手稿中，只要存在著修改，特別是大幅度、多符號的修改，其內在便也存在著階段性。「圖 5-02：楊牧〈遺忘〉

9　詩手稿底稿第三行，此一「多」字不易判別。但以第六行之「多層次」一詞的「多」字相對照，可以看到形體相近，因而可確定第三行此「多」字為「多」。如此透過詩人同字的類同字形，進行詩手稿塗抹後不清楚之文字的判定，亦為詩手稿學判讀的方法細節。

初定稿詩手稿版本之二」正能以其中的手稿圖繪凸顯其內在的階段性。

由「圖5-01：楊牧〈遺忘〉初定稿詩手稿版本之一」凝止，並於「圖5-02：楊牧〈遺忘〉初定稿詩手稿版本之二」座落之字格中的文字成果，以及不為字格所規範的圖像視覺，開始再次啟動、發生變化。具體來看，如此在詩手稿空間由標誌前版本的定標靜止之狀態，而再啟動的這個變化，表現在三個部分：（1）開頭第 2-4 的熱區刪改；（2）中段 5-9 行非熱區修改；（3）最後兩行的熱區修改。其中檢視「（1）開頭第 2-4 的熱區刪改」可以發現隨著「月亮—沙灘—手臂」此意象被刪去，連帶地在前一版本所凝結出的圖繪也被勾畫掉。這是關鍵的刪除，比對詩作定稿已不存「月亮—手臂」此一意象，但仍存有「虎魄自焚」此一意象。只看楊牧〈遺忘〉開頭定稿「像傾聽的貝殼拋棄潮聲邊緣／虎魄自焚」，並不容易直接讀懂。誠如前述楊牧〈遺忘〉為《楊牧詩選 1956-2013》此一自選集的最後選作，能代表楊牧晚期風格的特色。楊牧晚期詩作調動中國古典文學傳統，以致於詩語言在用典與用古詞中，形成爛然、陌生化的效果，並不容易細讀[10]。

在楊牧〈遺忘〉中，何謂「虎魄自焚」？固然約可從「虎魄」之讀音，得知與「琥珀」之間的關連。但此「虎魄／琥珀」何以自焚，與開頭第一行那被遺棄於潮聲邊緣的貝殼，又何以有所聯繫？其實並不容易理解，但若是從楊牧〈遺忘〉詩手稿脈絡，乃是出於「圖5-02：楊牧〈遺忘〉初定稿詩手稿版本之二」中對該版本之「春夜琥珀光多頻率回應」底稿詩行之修改。詩人將「春夜琥珀光多頻率回應」予以刪除，且刪除也具有詞組層次性，例如：「春夜」、「琥珀」、「光」、「多頻率回應」各自歸屬於相同的刪除符號，這間接讓我們看到詩人在思考詩行修改時的詞語單位。

由此，楊牧的修改有了「調動」、「增寫」兩種類型。「增寫」為在此行末段旁增寫「自焚的眼前撞擊」，但詩人並不滿意，遂又在「自焚」一詞

---

[10] 一首詩需要新意，可以從主題觀點、形式結構、用字用詞三個部分，有意識地與日常話語進行辯證，在其中創造與日常話語間的差異，這份差異亦即所謂的「陌生化」的效果。打開差異，以致於形成的陌生化空間，能使詩人在一首詩中得能發散自我詩意。

下，以加註符號拉一箭頭線，於詩手稿下方之空間，增寫「，在或人」；「調動」為對詞語單位的位置調整，例如：將原本於此行末尾的「多頻率回應」，刪除「回應」後，把「多頻率」移到此行開頭。此外，被刪除的「琥珀」在此改寫為「虎魄」，以夾注符號調動至此行最上端。

「琥珀」此一松科松屬植物的樹脂化石，轉以較少見之諧音「虎魄」一詞，明顯有詞語陌生化的訴求。細加追蹤可知，「琥珀—虎魄」的替換，自有中文的歷史脈絡。「虎魄」初見西漢元帝時期之《急就章》「系臂琅玕虎魄龍，璧碧珠璣玫瑰瓮」[11]，東漢班固《漢書》亦描述「虎魄」為罽賓國（今克什米爾）之出產物。「虎魄」之讀音，近於古希臘語中指涉琥珀之單字 harpax。「虎魄」如此豐富的字詞來歷，體現了學院詩人楊牧為詩之際的字詞琢磨。<u>但這份知識量，往往會使詩語言在行徑運轉中，創造一種暫停，引人調動自我的中文知識，難字、少見字使詩作具體埋下一個引文的信號，等待讀者發展。</u>

詩人楊牧在自我詩作書寫史中的晚期，所呈顯如此之深奧風格，一如薩依德（Edward Wadie Said，1935-2003 年，後殖民理論研究家）在《論晚期風格：反常合道的音樂與文學》「第一章　適／合時與遲／晚」如此論及：

> 人生的最後或晚期階段，肉體衰朽，健康開始變壞；即使是年輕一點的人，這些或其他因素也帶來「終」非其時（an untimely end）的可能。我討論焦點是偉大的藝術家，以及他們人生漸近尾聲之際，他們的作品和思想如何生出一種新的語法，這新語法，我名之曰晚期風格。……你我都能隨手拈出證據，說明晚期作品如何成為畢生一束努力的冠冕。林布蘭和馬蒂斯、巴哈與華格納。然而，如果晚期藝術並非表現為和諧與解決，而是冥頑不化、難解，還有未解決的矛盾，又

---

[11] 出處「中國哲學書電子化計劃」https://ctext.org/jijiupian/zhs?searchu=%E4%BF%82%E8%87%82%E7%90%85%E7%8E%95%E8%99%8E%E9%AD%84%E9%BE%8D%E3%80%82（檢索時間：2022 年 5 月 8 日）。

怎麼說呢？[12]

　　字字有其歷史來歷的深奧，呈顯了晚年詩人楊牧對知識的調動，這是寫詩上的「嚴謹作業」，正如鄭板橋〈竹石〉：「咬定青山不放鬆，立根原在破巖中。」[13]展現詩人在詩語言修辭上的不放鬆，詩心的詩學運轉，仍勇於挑戰身體老邁，可能連帶形成肉身病痛、衰弱的阻礙，以及如此之人生老病死的大限。為詩，確實是詩人楊牧一生志業，這份堅持至老不衰，以致於在人之山巖般堅固的大限中，能破山巖而出翠竹，得無限之詩。此亦是詩人從年少、中年以來積累的堅持，如詩之翠竹至老仍以其根，不鬆破巖的關處。

　　在這毅力與恆常背後，從詩學上所要關注的可能還不在於量化的關注詩人持續寫了多少詩，而在於質上，詩人賦予自我怎樣的風格挑戰。消化中國傳統經典，是楊牧一九七〇年代的詩學方向之一，但在一九九〇年代後這樣的消化，更隨其散文集《疑神》[14]，探究抽象的時間、自然等概念，並以生命積澱的經驗、思索，似遙遙回應年少大學時代從學中國思想大師徐復觀所得到的命題。在楊照的〈一位詩人的完成──專訪楊牧〉專訪中，楊牧曾表示：

　　　　年輕時，對中國文學原就深感興趣，大一時在東海大學歷史系曾聽過
　　　　徐復觀先生的「中國哲學思想史」課程，雖是一知半解，但發現有此
　　　　新領域讓我發揮，更是興奮不已。但在文學方面的啟發應是後來徐先
　　　　生代授「韓柳文」課程，花了近十週的時間慢慢的講了韓愈的〈平淮
　　　　西碑〉、〈柳州羅池廟碑〉，這給了我很大的啟示，若要將文章寫
　　　　好，讀很多白話文功效不一定大，但若熟讀古文，然後消化成白話

---

[12] 愛德華‧薩依德（Edward Wadie Said）[著]；彭淮棟[譯]：《論晚期風格：反常合道的音樂與文學》（臺北市：麥田，2010 年），頁 84-85。
[13] 鄭燮[著]：《鄭板橋集》（揚州市：江蘇廣陵書社有限公司，2011 年），頁 168。
[14] 楊牧《疑神》出版於 1993 年 12 月。

文，重新表達而出，功效可能最大。一直到我在金門當兵時還和徐先
生保持聯絡，記得我曾藉由書信和他討論我對李商隱〈錦瑟〉的看
法，他認為我的觀點不妥，後來還親自寫了一篇〈環繞李義山錦瑟詩
的諸問題〉作為後續。[15]

　　這段楊牧自述能分成「哲學」與「詩文」兩個層次，在「哲學」部分楊
牧修習徐復觀「中國哲學思想史」，尚在啟蒙狀態；但「詩文」則因楊牧天
賦秉性，先自徐復觀得到學習，其中所學習之「韓柳文」，即可知楊牧何以
在詩作中與韓愈多所互文。例如：楊牧《介殼蟲》〈心兵四首〉即引韓愈
〈秋懷詩〉：「詰屈避語穽，冥茫觸心兵。」此詩之「語穽」即「語言的陷
阱」，韓愈詩風多有奇變，與現代主義的語言實驗精神隱然相應，蔣寅〈韓
愈詩風變革的美學意義〉即細膩地指出：「韓詩最重要的變革是在唐詩清奇
雅正的美學理想中單單發展了『奇』的一面，遂以險怪、謔俗、生新、粗硬
的趣味，衝擊和顛覆了古典詩歌典雅和諧的審美理想，開中國文學『現代
性』之先聲。」[16]但在〈秋懷詩〉中韓愈將他自我有意識「避熟取生」的為
詩之道，對應他的政治命運——為〈秋懷詩〉之際，正是韓愈政治上遭謗之
時，是以用奇，以其非常、跳脫之語，竟也成為自身逃離語言陷阱的方法。
<u>在蕭索秋季，詩人以不合常俗之語，呼應了遙遠以來詩人憂讒畏譏的傳統，</u>
<u>呈顯了另一奇詭語言者的孤獨。</u>
　　晚年之際的楊牧，其深奧風格，開啟了他的哲學思想，而其界域正是
〈遺忘〉手稿所標示以天地自然為現象場域，透露對時間、生死的玄思。深
奧，正是另一種詩人在精神思維上的孤獨面對之所得，這正是詩手稿中轉
「琥珀」為「虎魄」的內在寓意。

---

[15]　楊照：〈一位詩人的完成——專訪楊牧〉，大愛電視台「人生採訪——當代作家映
　　　象」節目專訪。又楊牧從徐復觀學習的經歷，亦可見楊牧〈上徐復觀先生問文學
　　　書〉，收錄於《徐復觀文存》。
[16]　蔣寅：〈韓愈詩風變革的美學意義〉，《政大中文學報》第 18 期（2012 年 12 月），
　　　頁 1。

　　用「虎魄」，另外也兼得詩既有對意象的追求之功。「虎魄」於《欽定古今圖書集成經濟彙編食貨典》考證「琥珀」，據引李時珍言：「虎死則精魄入地，化為石。此物狀似之，故謂之虎魄。」[17]相對「琥珀」字詞在視覺上兩字皆有，以致於有注目效果的部首「玉」，已具有「琥珀」指涉物作用的「虎魄」，還兼得猛獸之形象感，與猛獸死亡魂魄的戲劇感，相對靜態的「琥珀」，更符合詩作意象美學效果的追求，以描摹月光落在海潮退卻，在沙灘仍留有濕潤的波折光澤之情景。從詩人對「琥珀─虎魄」之間的字詞選擇，可以看到詩的意象，其具象之傳統訴求。既然為詩需求以意象壯盛詩意，在詩手稿文本的寫作過程中，假圖像之功，以圖像將腦海中靈感豐沛形之的各種意象場景進行擬像，也極其自然。

　　「圖 5-02：楊牧〈遺忘〉初定稿詩手稿版本之二」假圖像之功，也意味著意象在發想過程中，其本身的圖像性。楊牧〈遺忘〉詩手稿文本中的手稿圖像，正成為詩人為詩歷程，腦海內在意象的素描，描繪了月光照在浪潮往復於沙灘，形成帶琥珀光澤的臂灣此一景象，並成為研究詩人詩作的具象例證。只是就現象學角度來看，也可看到此一圖繪上，所存在的圈劃，這代表詩人在圖繪上投注的否定詞，一個刪除的話語在其間作用。如果「圖 5-02：楊牧〈遺忘〉初定稿詩手稿版本之二」的圖繪是對前在所想像、書寫活動，所凝止之圖景的終結；那麼，疊加其上的刪除符號，說明圖像終然不是詩文本的終結點，其乃是協助詩人續向定稿邁進的中途據點。

　　圖像刪除符號不只抹消了圖繪，同時啟動了對文字的修改，在文字的修改部分，我們除了看到「月亮─沙灘─手臂」相關詩行的刪除，也看到與之相連結的「電聲」、「電波」、「頻率」等瑣碎的「聲景」字詞的形容，也被刪除。在楊牧以抒情為主要基調的詩書寫史中，這類「電波」、「頻率」科學詞彙相當少見。這裡的刪除，我們可以看到楊牧內在抒情詩傳統如何遂行典律作用，將科學知性話語進行文本的排離。除了刪除，我們也可以看到詩人的修改也包括了調動。例如：將「圖 5-02：楊牧〈遺忘〉初定稿詩手稿

---

[17] 出處《欽定古今圖書集成‧經濟彙編‧食貨典》第 334 卷。

版本之二」中歸屬於「中段 5-9 行非熱區修改」的第六行「像失重的／心孤懸」之「心孤懸」，從該行末，移到下一行的頂端。如此將「心孤懸」調移到下一段的開頭，呈顯在文本形式結構空間，以及文本情境上的「懸吊」感。

而如果有對「圖 5-01：楊牧〈遺忘〉初定稿詩手稿版本之一」的手稿記憶，可以發現也有同樣採取如此跨行調動修辭的詩句，亦即第二行末尾與第三行開頭之「寢思如／月亮在中斷的春夜……」如此兩相對照，可以看到詩人將「心孤懸」有意識地，對應夜空中孤懸月亮的空間位置。事實上，這樣對文本詩行跨行調動形成的文本空間調配，也可見本書「第二章　臺灣現代詩手稿文本之版面歷程現象論」中，我們對楊牧〈希臘〉詩手稿之研究，足見此一空間調動／配，成為識別詩人詩作風格的代表性寫法。從中我們可以看到，詩人捨棄圖繪，而回到利用基本漢字方塊特質與圖像詩概念，試圖以文字空間結構去對應自然情境空間。

刪除圖繪所連動的文字刪除與調動，在文本推動上，乃在於聚焦「棄置的貝殼—失重的心」此一隱喻架構。在這一切的割捨，詩手稿中其他之書寫可視為烘托、渲染文本推進的背景與氛圍。可以說，如此對圖繪的刪除，一如漲潮，顯示出沙灘表面最想凸顯的事物，掩沒瑣碎，成為詩之核心架構。在楊牧所力求經營的音樂感中，海般起伏的音韻中，僅見的事物意象，作用著對其所要指涉、逼近的主題。而這凝結前在文本意象成果之圖繪，與刪除圖繪帶動的修改，也使詩手稿彷彿另一座沙灘，腦海與文字之間，形成的潮間帶。

細探「圖 5-02：楊牧〈遺忘〉初定稿詩手稿版本之二」的修改歷程，詩人如何進行對圖繪所進行觀看的回返與撤離，以及所對應於詩文字的寫作跡軌，這個整體現象也帶有一動靜空間的圖像感。我們也可從發現楊牧〈遺忘〉詩手稿文本這個記憶空間，挑戰〈遺忘〉定稿所不見，或所遺忘的書寫歷程，發現詩手稿文本空間與其書寫歷程的動靜之美——「動」代表生成，也代表「時間著的連續活動」，在連續活動中，自我書寫捕捉能力的暫時不足，不只是言指描摹的不足，更是意念又持續生成，使得書寫產生進退兩個

向度的捕捉，在詩人靈感奔放之時，或是書寫指向之對象，屬於過往寫作者未曾觸及的意象、詩境與主題等，如此捕捉就容易顯得乏力。於是需要靜，手稿圖繪的空間性正是代表這樣的靜。但這份圖繪的靜，又潛存帶有再啟、續進的動能。於是我們在詩手稿文本中，看到詩文字暫停了，圖像轉而生成。圖像相對於語言、文字，在詩手稿中以更具視覺方式拓展其空間。

在詩手稿文本中，跡軌，不只是字跡，而可能是更廣泛的符號跡軌。他依照著這樣反而前抵的跡軌，提供一種向性，這個向性能使此在的狀態，展現出一種將來尚未在此的圖形狀態。絕對重視詩語言文字作用的論者，容易陷入詩語言文字的崇尚。這內在的思考底蘊，在於認為在書寫之外並無他物，「真實」作為一種意義，以及意義的生產，乃是透過人的書寫創作而來。由此，文字之外無物，對於文本的閱讀、理解，應當堅守文本之內緣。如此概念，若生硬地轉換至詩，便會形成對詩語言文字的絕對崇尚。書寫是為了記憶，而書寫文字則更為了將語言化的記憶，轉成可細細考估之文字符號記憶。文字就是對語言的錄音，並且對應而生出字詞、句型，乃至於更細密的，可修繕帶有立即性之語言的文字修辭。但我們問，詩文本作為一種書寫，其一首詩生成過程的事實，就如同楊牧此一詩手稿顯示的，語言文字的創作，絕對無法只依賴語言文字。在楊牧〈遺忘〉詩手稿文本生成歷程中，圖形之圖繪，也參與詩作文本生成的一部分。

詩手稿文本空間中，特別是在「起草」、「草擬稿」兩個階段，當詩人靈感奔動，訴求意象情境的感官表現時，在「視覺」的「表達立即性」上，圖畫勝過文字書寫；除了視覺，「聽覺」上的「表達立即性」，則口說語言勝過了文字書寫。〈詩大序〉原文如此述及：

> 詩者，志之所之也。在心為志，發言為詩，情動於中而形於言，言之不足故嗟歎之，嗟歎之不足故永歌之，永歌之不足，不知手之舞之足之蹈之也。情發於聲，聲成文謂之音。治世之音安以樂，其政和；亂世之音怨以怒，其政乖；亡國之音哀以思，其民困。故正得失，動天

地，感鬼神，莫近於詩。**[18]**

　　此之謂「情動於中，而形於言」，這裡我們看到了語言之不足，此不足在這段論述中，乃指涉著表達的立即性上。在「A 之不足故 B 之」的句式套語推進下，自我內在思緒，成為可為他者感知的訊息，最初步的便是「言」。在此句式套語中，仔細咀嚼，論述的時間感，被〈詩大序〉作者控制了——我們感知到論述的句式套語單位如何重現，並且具體、分區的點召我們具表現力的身體，去置換句式套語中的 A、B 詞彙。我們的身體成為了可思辨的詞彙，在有節奏的句式套語，遞進活動範圍幅度。從「情動於中而形於言……不知手之舞之足之蹈之也」這段以「表達力不足」的身體當如何為意旨的這個層次，到下一部分「治世之音安以樂，其政和……故正得失，動天地，感鬼神，莫近於詩」這段「表達充足後」將產生怎樣影響效能的這個層次。「表達力不足」到「表達充足後」層次變化的關鍵點，在於對「情發於聲，聲成文謂之音」的理解。

　　「聲」表面上是指聽覺的聲響，這裡的意思是統括著前述「言—嗟歎—永歌—手舞足蹈」，是自我身體產生表達的，可為他者感知獲取的感官訊息。在這遞進次序中最一開始的，理論上也是最不足的「言」。但必須注意到，此段論述卻又是由「在心為志，發言為詩」作為啟動點。這凸顯了自我心智情感，如果沒有自我語言化此一關鍵化的狀態，既不能成為最基礎、根本的感官訊息，也無法有意識地去覺察其不足的狀態。言語之發聲，在成詩之途，如此重要，也表現在其後的「嗟歎—詠歌」都有著聲音面向，直到「手舞足蹈」才以身體肢體活動，展現了另一種層次的身體語言。聶魯達（Pablo Neruda，1904-1973 年，智利諾貝爾文學獎桂冠詩人）的〈死亡的疾馳〉一詩，很能與之對話，詩人如此寫到：

---

[18] 毛亨[傳]；鄭玄[箋]；孔穎達等[疏]：《毛詩注疏》（臺北縣：藝文印書館，1979年），頁 12-19。

存在如樹縫間乾癟的針腳，

沉默地環繞著，如此，

攪亂了所有界線之末。

但來自何方，路過何處，到何處上岸？

不斷地包圍，模糊，那麼無聲，

就像修道院邊上的丁香

又像抵達公牛舌尖的死亡

它轟然倒下，再也無法起身，而它的犄角還想悲鳴。[19]

　　〈死亡的疾馳〉與前述〈詩大序〉形成一個「言語聲響」反例的狀態，此詩中詩人追問存在的將逝，在何方、何處而起，那些生命的伺機而動中，生命的終將消逝又是如何情景？詩人除了丁香的嗅覺，還以聽覺賦予譬喻。但這個聽覺譬喻，是以一聽覺消逝死滅的方式呈現——在公牛舌尖上死亡的觸抵，譬喻著原本發聲器官之一的舌頭將不再作用，成為聽覺上的沉默；而公牛所隱喻的壯盛雄壯生命力，更凸顯了話語的巨大死滅。存在的生命感如此以舌尖，作為生命狀態的表達訊號區，而當公牛死亡之際，牠壯健的生命力能想繼續表達，以公牛最重要的犄角特徵去悲鳴。然而，犄角何能在聽覺上發聲？公牛壯健生命力的渴求發聲，終然在欲求而不得遂的狀態，讓其生命靜默在此，以犄角之形／圖像示現存在。如此以視覺示現存在，不也彷彿標本？

　　但我們還要細問的是，既然聽覺之聲息，如此與存在息息相關，成為發言為詩的初始根本，那麼，我們所習慣的「文字」何在？此一在印刷術發展昌明後，詩最重要的傳播形式，有否在〈詩大序〉中發揮作用？仔細回看〈詩大序〉，至「情發於聲，聲成文謂之音。」才可以看到「文」這個「字」。對於「聲成文」，施議對在〈聲成文，謂之音：倚聲填詞中的音律

19　聶魯達（Pablo Neruda）[著]；梅清[譯]：《大地上的居所》（海口市：南海出版公司，2020 年 11 月），頁 4-5。

與聲律問題〉一文中，如此論及：「所謂聲成文，謂之音，說明聲與音必須分開表述，二者並非一回事。其中的文，乃文章、文采，或者文理。文章、文采，為紋理；文理即為構成紋的規律，或者原理。謂聲經過一番藝術創造而成為音，這就不是原來的聲。」[20]可以說此之「文」，乃是指「文理化」的意思，將聲音賦予修辭組織以產生詩美學化，使言之「聲」能成為詩的「音」。「聲」的美學化，使得主體之音，得與群體生存狀態共鳴共振，成為指涉政治之治亂存續的有情文本。

　　但再細加追問，「聲」又是如何「文理化」為「音」時，「字」這個符號形式便被突顯出來。可以說，如果語言聲音是為了表達，那麼文字符號靠近的則是記憶。稍稍跳出我們的論述來看，上述遙遠於先秦兩漢的〈詩大序〉不正是以「文字符號」的形式，被書寫記憶而下，透過謄寫與印刷，被現在的我們所認知，而不是靠錄音方式。這自然是在現代錄音科技之前，不具備科技錄音工具的古代人，乃以文字這個視覺符號形式，記下聲音。若不以文字記下，聲音難以不斷口傳傳播，保持原本狀態。[21]相對於言說、舞蹈的身體性，文字仰賴了「書寫工具」進行表達。文字與其書寫工具，幫助了身體記憶。視覺化的文字，使聲音轉化成視覺形式，進行紀錄、組織。所以我們看到聲音，如何被紀錄下來，並在紙張手稿上以修辭更見精緻。

　　由此，回看五四時期的「我手寫我口」之主張，則可看到其一方面如何強調文字的記音作用，另一方面則減低符號組織的過度精緻化。然而，從後來新詩發展可見，「我手寫我口」終究不是詩美學之核心，如何將白話詩從口語之聲，文理化為音，才是其核心化命題所在。文字的書寫記憶作用，不只在紀錄，而更在符號視覺後，使主體可重複回看，在文字稿件空間進行反覆修改。特別是中文漢字其符號，更具有圖像性，使得其文理化更具空間性。李歐塔（Jean-François Lyotard，1924-1998 年，法國哲學家）《話語，圖形》中〈慾望與圖形世界的默契〉曾如此論述分析：

---

[20] 施議對：〈聲成文，謂之音：倚聲填詞中的音律與聲律問題〉，《嶺南學報》第五輯（2016 年），頁 244。

[21] 這也凸顯古代口傳文學的限制性。

圖形—圖像，它是我在幻想或夢中所看到的，繪畫、電影向我所提供
的，它是一個被置於遠處的物體，是主題；它屬於可見者的範圍：揭
露性線圖。圖形—形式，它存在於可見者中，它本身在嚴格意義上也
是可見的，然而一般來說不被看見：它是安德烈・洛特的規範性線
圖；它是一幅型態的格式塔、一幅圖畫的結構、一場演出的舞台美
術、一張照片的取景。總之，它是模式。圖形—母型從原則上不可
見，它是原始壓抑的對象，它一上來就混雜著話語，它是「原始的」
幻想。然而它是圖形，不是結構，因為它一上來就是對話語性秩序的
破壞，對這一秩序所允許的轉換規則所做出的歪曲。[22]

　　李歐塔如此指出當我們的回憶，因為各種因素如外力、時間的磨損，使
得其模糊不可識讀，則圖形則具有一種銜接作用，幫助我們鋪設回返記憶的
路徑。圖形可以細分為三，分別為圖像、形式跟母型，母型特別因為壓抑，
混雜著幻想與語音。中文漢字形音義合一的結構，其象形、形符中，也協同
著語音、聲符，這使得中文漢字對靈感、聲音、時間的捕捉，連帶地帶有一
空間性的呈現。相對來說，有意識地使用中文漢字進行詩書寫創作，時時也
內蘊著圖畫本能的召喚。在使用中文漢字創作的楊牧〈遺忘〉詩手稿文本
中，在書寫歷程中當言之不足時，其實字也處於在速度上不足的狀態，遂使
言不盡意。在此狀況中，文本內蘊的圖畫本能可能便會拉至書寫意識中，成
為詩人採取的創作手段。圖畫是對意象、靈感的捕捉，也是對文字、聲音的
捕捉。

　　面對言—聲音語言有其不足之處，似乎我們不斷地強調文字之大用，但
事實上當我們假借文字之形象符號的空間時，仍有所不足。當詩中之詩境，
在意識中以圖景空間狀態存在時，當聲音、文字去捕捉他在速度上已然不足
時，用圖畫空間去捕捉他，則有其捕捉效率。在有意識的文學創作中，「我

22　利奧塔（Jean-François Lyotard）〔著〕；謝晶〔譯〕：《話語，圖形》（上海市：上海人
　　民出版社，2012 年 1 月），頁 331。

手所以能寫我口」並不是以文字，去紀錄下我「口不擇言」的狀態，那些口說的聲響都代表一種「已然的時間理解」，消化為帶口說語序狀態的語言。因此「我手所以能寫我口」所以易於為大眾接收，是因為已經交給他人以意識簡單處理了，「我手所以能寫我口」不意味著直接直白，他內在也有著一後設思維。

　　由此切入，轉換到文字—圖形來觀察，我們可以看到兩個可發微的重點：第一、在一首詩中以圖繪暫時代替文字，以延續創作歷程，其實完成了在形式上的文字、聲音，以及在內容上的靈感、記憶之雙重象徵。第二、象徵很方便，可以透過一個象徵夾帶多重的意旨，但連帶地，象徵也很隱晦，有時甚至處於潛意識隱而不彰的狀態，需要透過詮釋予以梳理，這意味同樣需要文字，將象徵帶回到語序之中。我們到底是為了象徵？還是為了文字？或許追尋意義，領受詩人心志這件事，本就如此恆常流動輪轉，從不為了彼此。如果〈詩大序〉將聲，文理化為音；在此，對一首詩的寫作中追尋裡，終將是要將圖形文理化為詩文字。

　　詩人發言為詩，卻又需要文字做為工具，挑戰發言後，聲音在空間的消散，以及時間的遺忘。檢視楊牧的〈遺忘〉詩手稿，我們看到詩人還如何在中文漢字之中，開始權借圖像，在詩手稿過程定止凝結出圖繪。書寫是為了記憶，也為了將語言成就出詩之文理，是以託付記憶以文字圖像之物質形式，表達了一種主體對記憶的渴求，以及抵禦時間所造成的遺忘。在詩人楊牧的書寫體系中，圖像是靜物的凝結，卻也是書寫的眺望點，觸動下一波書寫。一旦版本完成，圖像則功成身退，在詩學價值上「完成階段性的任務」，最後沒有進入定稿，未見於印刷發表刊印稿。

　　但可以想見，有意識於「詩畫互文」的創作者，必然有可能將圖像留存，進而有共創之舉，鋪展出「文圖—詩」之間的跡軌流動。相對楊牧〈遺忘〉的抹去，也有詩人將寫詩之圖繪，結合入詩手稿之寫作，例如本書第二章所論之蘇紹連，「圖 2-28：蘇紹連〈指紋〉詩手稿文本」如楊牧〈遺忘〉一般，其「渦旋」、「圓圈」、「拱形」三種指紋圖樣，乃是協助詩人進行凝視，協助詩作推進意象思考；但「圖 2-26：蘇紹連〈風中的根〉詩手稿文

本」中可以看到具有臺中師範專科學校美術科專業背景的蘇紹連，具像化風中之根，特別是著以如螢火蟲光芒圖案的紅點，互文著〈風中的根〉結尾「就讓我冒出一點血吧！像火花那樣閃爍一次」詩句，由此反看繪圖，使風中之根又有著彗星、流星雨般的意象，含蘊著轉瞬即逝的寓意。

　　而醫師詩人陳克華更是大量在印刷發表詩集中，大量留存手繪圖像，凸顯著其在詩手稿文本發展歷程中明確的詩畫互文意識。細讀陳克華詩集可以發現，陳克華第一本印刷出版的詩集《騎鯨少年》，便開始有其自繪圖，且繪圖以人身體為主體，在第三本詩集《我撿到一顆頭顱後》詩畫互文搭配開始綿密，交互之間的文本寓意也相當成熟。陳克華如此詩畫兼用，遂使得身體成為可同時透過時間與空間探勘的焦點。加之以陳克華兼具的醫師、同志身份，使其現代詩畫互文文本劃界出一獨有之知性、情慾的再現觀點位置。

 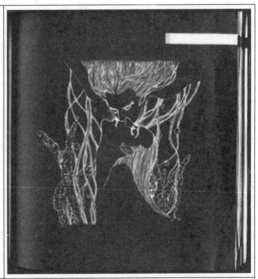

圖 5-03：陳克華《騎鯨少年（第一版）》卷一「晨詩」分卷圖　陳克華授權提供

圖 5-04：陳克華《我撿到一顆頭顱》卷 III「耽美主義者的冬天」分卷圖　陳克華授權提供

圖 5-05：陳克華
《與孤獨無盡遊戲》卷一
「與孤獨無盡遊戲」分輯圖
陳克華授權提供

圖 5-06：陳克華《我在生命轉彎的地方》
卷三「我在生命轉彎的地方」分卷圖
陳克華授權提供

　　陳克華所繪的圖與所寫的詩在詩集中存在交互作用。首先，在詩集之版面美編上，陳克華繪圖即具有分卷、分輯之作用。從「圖 5-03：陳克華《騎鯨少年（第一版）》卷一「晨詩」分卷圖」即可見在詩人第一本詩集《騎鯨少年（第一版）》中其自繪圖即作為分卷圖，在後續詩集《我撿到一顆頭顱》、《與孤獨無盡遊戲》、《我在生命轉彎的地方》亦有如此效能，「圖5-04：陳克華《我撿到一顆頭顱》卷 III「耽美主義者的冬天」分卷圖」、「圖 5-05：陳克華《與孤獨無盡遊戲》卷一「與孤獨無盡遊戲」分輯圖」、「圖 5-06：陳克華《我在生命轉彎的地方》卷三「我在生命轉彎的地方」分卷圖」可為印證。其次，更有以圖搭配詩者，形成詩與繪圖互文之文本，如其下之「圖 5-07：陳克華個人筆記本中〈向日葵〉手寫定稿詩手稿文本」。

圖 5-07：陳克華個人筆記本中〈向日葵〉手寫定稿詩手稿文本
陳克華授權提供

　　這是陳克華年輕時代之筆記本，在我們進行臺灣現代詩人手稿學主題田野調查訪談時，詩人提供的寶貴資料。在詩人的筆記本之中，可見不少的詩畫互文文本。就詩手稿文本歷程階段之界定，屬於「謄寫定稿」。亦即儘管他不是為出版印刷之作，但在彼時年輕充滿著對文學藝術嚮往，又飽含苦悶的詩人來說，有意識地在自己筆記本進行詩畫互文的「謄寫定稿」創作，具有不仰賴於外在出版社、文學社會學機制，滿足獨立創作慾望，以及充實自我創作主體的作用。在詩人自身的文學史歷程中，這是青澀卻又純淨的階段。若一個詩人的創作精神生命，足以延續，不至早夭；我們都可以在其詩手稿中，初見一個詩人將來的創作型態以及趨向。必須指出的是，在個人電腦打字前的重要現象，此為手稿學所能提供的觀測點。如今（2023 年）電腦打字已經非常普及，一般寫作者未必會使用如我們第二章所述，白靈那般

word 軟體的追蹤修訂功能，因此難以有修改歷程的觀察，也使得探究詩人詩學成形細節的重要文本失卻了。因此相對來看，對於電腦打字前，詩人普遍手寫形成的文本，更需要珍惜掌握，以為詩學研究之資產史料。

　　一如前述，沒有比詩人在詩手稿文本中的自我手繪，更能揭顯詩人在寫詩之時腦海內在情景實況。只是相較於楊牧〈遺忘〉詩手稿文本的繪圖，以及繪圖其上的抹去刪除符號；「圖 5-07：陳克華個人筆記本中〈向日葵〉手寫定稿詩手稿文本」的圖繪從其對繪畫主體輪廓線的明晰以及著色，足見詩人有著詩畫互文的創作意識。〈向日葵〉之題名，直接從題名左下的向日葵花朵繪畫得到互文。如此擺置別具用心，就文字來看，詩文字內容中向日葵直接處於隱喻狀態，不再顯露其花名字詞；而繪畫部分則由向日葵圖案的莖一根，慢慢延伸畫／化出了有四個頭的曼妙女體，女體背後幽靈般的深藍黑幕影，對應詩文字之「黑森林的披風」。由此而觀，詩文本由題目而內文，與繪畫構圖有著大抵對應的步調。整體來看，〈向日葵〉繪畫部分，從向日葵的化出女體，以及各有著笑、凝視、驚恐、閉目四種表情的四頭女體，比文字賦予整個文本的超現實詭譎意涵，而非單純的擬人化修辭，賦予整個詩畫文本一複雜的情緒。

　　從「圖 5-07：陳克華個人筆記本中〈向日葵〉手寫定稿詩手稿文本」繪圖中那向日葵的根向黑暗森林的延伸，以及衍異出的四頭女體，如此超現實圖景呈顯了詩人之書寫，不只是對現實複製式再現，更是對現實框架輪廓的突圍／破，完成一個對現實世界的精神干預。詩手稿文本中的圖畫，既是一種不滿足語言的創作衝動，在創作欲的釋放同時，也展現詩人書寫的權力發揮，某一種程度上正完成了一個精神的造景。

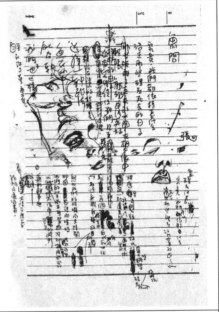

圖 5-08：陳克華《我旅途中的男人。 們》所附手稿之一 陳克華授權提供	圖 5-09：陳克華《我旅途中的男人。 們》所附手稿之二 陳克華授權提供

　　相對於「圖 5-07：陳克華個人筆記本中〈向日葵〉手寫定稿詩手稿文本」在個人筆記本中「謄寫定稿」的狀態，以上的「圖 5-08：陳克華《我旅途中的男人。們》所附手稿之一」、「圖 5-09：陳克華《我旅途中的男人。們》所附手稿之二」則為在印刷出版的《我旅途中的男人。們》中所留存的「擬稿」。

　　「圖 5-08：陳克華《我旅途中的男人。們》所附手稿之一」以手繪畫出婚禮中戲劇性出現的人物。此人面孔繪畫具有鏡頭特寫作用，成為一個詩手稿擬稿揣摩的空間。例如人面孔繪畫下所寫「如果我舉行婚禮的那一天／很可能就在[23]執著一個人的手微笑時■[24]時／遭到暗殺。兇手是／企圖飲彈自

23　文字加字框，表示詩作手寫修改過程中的新增字。
24　■符號，表示難以辨識之文字。

盡／如果？多麼俊美的革命份子呵」對應著旗下詩行倒數第四、三行。仔細比對，人面孔繪畫其下所寫之詩句，與下面文本有著字詞差異。最明顯之處，在於人面孔繪畫下詩句最後一行，在濃縮書寫後，轉為詩行版本中的開頭，而成為「■接受女人 最後 豢養的革命份子／——如果 他在 我舉行舉行婚禮那一天他出現」如此之調動，以及加入「——」此一帶附註性質的符號，帶動出「如果……」，可看出詩人在詩手稿中對敘事節奏手法的調度實驗。

　　「圖5-08：陳克華《我旅途中的男人。們》所附手稿之一」這樣以繪畫主體面，在詩手稿中聚焦詩語言實驗焦點之現象，在「圖5-09：陳克華《我旅途中的男人。們》所附手稿之二」亦可得見。檢視「圖5-09：陳克華《我旅途中的男人。們》所附手稿之二」可以發現，詩人以繪畫凸顯人的表情狀態，儘管詩題為〈魚問〉乃是以魚，發展詩句之提問。但從「圖5-09：陳克華《我旅途中的男人。們》所附手稿之二」的詩手稿文本可見，詩人圖繪的是人的臉孔，可見這首詩中詩人仍是以人之感官感覺，去感知魚的感覺，以拓展詩語言。圖繪中有三個面孔對應著詩作中文本情境，例如：左邊圖繪對應其下「然而我們的喉嚨尚未張開」詩行。

　　在其中，詩人明顯有一個相辯證的重寫段落。〈魚問〉於詩題旁開頭第兩行為「究竟我們都依恃著什麼／活在那些理應死去的日子」。但在詩題下方臉孔其下所寫，原本寫為「究竟我們都依恃著／活在那些理應活著的日子」，之後詩人重點在斟酌「活」與「死」字，將第二行開頭「活在」嘗試修改為「死在」。這便形成「活在那些理應活著的日子」與「死在那些理應活著的日子」兩個版本的辯證。同時「而且理應活著我們」也被詩人加寫入此兩行之前，進行詩語言語感上的衡量。就詩意義上，「那些理應活著的日子」詩句前，當選擇「活」或「死」？仔細來看，「理應活著」的「理應」二字，其「理論上應該」的意思，讓「活著的日子」反而鬆動了其生活、滋長的意義。如此，實產生是否該活下去的一份質疑，而靠近了莎士比亞（William Shakespeare，1564-1616 年，英國傑出戲劇家）《哈姆雷特》"To be or not to be: that is the question"（苟且偷生，還是起身抗爭，這是個問

題）。在水面下的魚，是否該有違身體限制，卻追求對水面上的探險呢？在詩手稿文本中人臉孔繪圖明確在此的事實，說明此詩在創作階段便明確走向一個寓言體的創作。

檢視陳克華上述一系列詩手稿中的文字圖繪互文現象，可以發現兼具醫生身份的詩人，檢測著人的身體，進行醫學病理上的審查同時，也將身體帶入詩的語境中，自成凝視與意境。身體既有著被診斷的需求，同時也成為我們日常評判／價主體價值的對象。是以身體的活動，乃至於有意識的身體語言化表演，便連帶產生。例如《世說新語》中知識份子種種舉止，正與是時人物考評有所關係。儒家既有「聽其言，觀其行」對主體現實身體的聲音舉止訊息的觀察評判，以推測評判主體心志氣質。六朝劉邵《人物志》：「著於形容，見乎聲色」的品評之道除加以延續之外，還結合陰陽五行，連結對自然運作的溝通理解。六朝人物風流，則有意識地展現身體的反社會規範行動與互動，以得卓然、非常之品評。如此之卓然非常之舉，既涉及身體儀態形貌，也包括著姿態表演、體現的內容，由此展現身體的政治劇場感。陳克華詩手稿的身體手繪，以及連帶的性別主題書寫，其異端非常態的身體性，以想像實踐的方式，展現了對慣習的積極挑戰。詩人的想像在詩手稿中被「文—圖」視覺化地反覆構想、反思的同時，也逐次地將異端身體具像化，放置在足以挑戰社會群體的主動位置。

二、字空間的之間：書寫／法空間的營造

本章啟始前引徐復觀之論，言及符號之形與聲，如何在經過作家組織成作品後，就依靠其符號形式，而成為審美的本體，而不全然規範於內容之中。我們甚而可以自離於以內容為尚，依違於「為人生而藝術」而成之現實書寫，乃至國族政治意識等論述之扞格，獨立以文本中符號形與聲的組織體系為美。人存在於現實中——我們可以說我們活在現實，但我們更可以說：現實如果是我們活著的命運。為現實與我們活著的命運之間，加上「如果」，意謂著我們何嘗不能開啟這現實之為我們的命運此一事件，其內裡的希臘史詩悲劇格局？去抵抗現實必然、應當賦予我們必然的言說，一般人可

以規避這樣的言說，但掌握語言顛峰使用能力的詩人，是否能規避？

選擇再現現實的詩人的悲劇命運，在於當現實具強大撞擊力內容時，自我詩語言淪為不過是鏡像化現實的工具，在克盡表述歷史的史官義務時，與史官之間的差異，也不過是更多的呼告與感慨。以詩表達現實的悲劇正如斯，抵抗這般現實命運悲劇之道，還在於如何在表現現實，對抗現實對詩語言流沙一般的吸捲、拉陷。詩人需要與現實一般具力度的詩語言之美，如此詩語言美學力道之所在，正在符號之形與聲。鍛鍊詩語言可以為言語之耽美，也可以是為了抵抗現實給詩的悲劇命運。是以在「為藝術而藝術」、「為人生而藝術」之討論上，以詩來說，可加入歷時性的概念，在能「為藝術而藝術」之後，就可以「為人生而藝術」了；在為「為人生而詩」之後，方知「為詩而詩」在後設面上，原來仍有力有未逮之處。

詩語言之力有未逮，正是積極尋求詩語言藝術量能之詩人，所時常感覺的狀態。本書前章節所論之臺灣現代詩手稿文本，正展現詩人如何在詩寫作之途，自我在應對現實這賦予詩語言的悲劇史詩時，當有的英雄旅程。這份旅程中，我們看到詩人如何在詩手稿文本中設下圖像，以為書寫中自我停駐的據點，稍解語言在描摹腦海靈感時，於速度上之不足。

停駐是為了續進，詩手稿文本中的圖像靜止在此，但當詩人進行紙張圖案的視覺理解與判斷時，就能更好的理解圖案的空間性，由此形符空間意象將獲得時間上的意向，而為詩語言得到下一段詩語言思考的言說。如此為詩人所畫下的圖案，在由動而靜後，在詩書寫歷程所潛存的動能，真正為詩人所開啟後，復又能由靜而動。這也正是詩手稿文本中的圖像，我們所看到「動—靜」與「觀—看」間的交綜美學。

但我們由所收集的臺灣現代詩手稿文本中，更可從在書寫形式比例上看到中文漢字，其所促成的圖形實驗作用，這主要乃是中文漢字本身由象形、指事、會意的構字法則使然。如果詩手稿中的手繪圖案具有「動—靜」與「觀—看」之交綜美學，那麼中文漢字本身即存在的圖形性，在詩手稿文本生成歷程中又展現怎樣的生成美學？

前引徐復觀之論，在穿過本節第一部分後，依舊持續展現其對話效能。

正如本章前述所論〈詩大序〉中在「得其文」的過程中，文字如何成為記憶工具。當我們以筆在紙張上書寫文字，這使腦海中的語言聲音，視覺化為紙張上空間化的文字符號，如可細部修飾調整之人像素描、建築設計圖。<u>不易回溯、重現的聲音成為紙張上的符號，詩人由此可將文字符號進行修辭，激化增長在文本空間中的運動量能，使詩作自成其文本的動線，乃至於建築生態系統。</u>

　　紙張上的文字，因為書寫工具而視覺化，更因中文漢字特性而圖像化，王潤華〈象外象〉一詩，即以中文漢字的篆書體，「取代」一般詩人為詩所感之風景，作為詩作凝視的對象。張漢良教授〈論臺灣的具體詩〉即指出：

> 以文字本身為對象，發揮中國象形文字所含醞的視覺美，最「具體」、最成功的表現便是王潤華的「象外象」。全詩共分七首，先後發表在「創世紀」三十二、三十三期上。這幾首詩事實上是作者的「說文解字」，作者企圖根據字形，運用詩的想像力，重塑文字與生命的原始意象。[25]

　　這裡我們看到了符號物質化後，中文漢字的圖像表現性，如何為詩人所開展，展現符號之韌性，成為能重新塑造群體生命的原始意象。特別是這份韌性，是以向上延展文字符號本身的字體歷史，恢復中文漢字書寫史前期更富視覺圖像性的原初狀態。從而在打開文字原初所指涉的先民生活圖景時，也與現下自我現代生活相對比，辯證呈顯出彼此間的意象原型。由此亦可見，中文漢字如何能成為詩人所仰賴的符號象徵，能使不同的事物可以由不同符號予以能指，彼此匯聚於紙張上，使詩人得以進行交互碰撞、交錯、組織，建構出詩文本意義體系化的思考。而詩手稿中的文字修改，在展現文字可修改性的同時，也拓展了語言符號的韌性，回應詩人以詩之真、美思考，以及思考的細密與輻度，所連帶形成在詩文本表現上的需求。

---

[25] 張漢良：〈論臺灣的具體詩〉，《創世紀詩刊》第 37 期（1974 年 7 月），頁 23。

　　因此我們可從符號形式，亦即能指本身，去思考詩文本之美，而不是只仰賴其所指涉外在之物，亦即內容，特別是容易被視為宏大主題之族群弱勢、殖民／後殖民、性別／同志等題材。[26]而在這裡，我們要更進一步的指出，文字之為記憶工具，其卻也需要另以書寫工具完成其符號。以《繆斯胎骨：臺灣現代詩手稿學》本書資料庫所收集的文本看來，筆為絕對大宗的書寫工具，也可以將工具系統美學化，投注主體美學精神表現，而其中最具討論意義的，莫過於毛筆書法。即使進入後現代思考，實體的毛筆依舊在臺灣現代詩手稿學中，具有豐富的分析性，在這其中，羅青無疑是引領我們切入這份詩手稿與毛筆工具美學討論主題的重要詩人。

　　羅青早年於一九七〇年代在詩創作上，以〈吃西瓜的方法〉聞於詩壇，另外則以後現代詞彙性的介紹，引動文化、評論界是時對後現代的關注。整體來看，羅青詩風走的不是華文美詞、音韻流轉的路線，其詩以機趣、諷刺見長。是以於一般而論中，並不會特別將之歸納於中國抒情傳統的譜系內。但走出羅青印刷版詩集，觀看羅青的創作文本，便可發現其使用毛筆創作的現象[27]。羅青將後現代與傳統毛筆並置於其寫作世界，正可看出兩者間的可辯證性。

　　可以說，羅青「機趣—諷刺」的風格連結，使得其詩所表／再現之事物，往往都帶有一種諧擬的意味[28]。諧擬不只是為了博君一笑，在帶笑聲意味的再現中，發現、鬆動了既有意義結構之接榫。這個意義結構，也可以是詩文本的書寫生產系統。在現代書寫情境中，羅青以毛筆書寫創作，也正在從此差異中意識到書寫生產系統的可討論性，亦即一種後設思考。我們不妨以羅青〈我懷孕了〉一詩為例，詩人如此寫到：

---

[26] 換個角度來看，當詩人僅仰賴這些宏大主題內容，去保證文本的價值或詩意時，是否也是將這些宏大主題內容視為一種工具呢？

[27] 例如羅青《不明飛行物來了》此一詩集，可以發現羅青擅長中國毛筆書藝。

[28] 除了我們所熟讀的羅青代表作〈吃西瓜的方法〉，〈燉肉記〉一詩亦有此特質，亦值得關注探討。

我狂想

在連鎖咖啡館的網站裡

產下一張梵谷的黃金向日葵

在彩色沖印店的數位暗房裡

產下兩卷王維水墨雪景長卷

要不然　要不然就在影印中心裡

產下王羲之的「喪亂帖」「追尋帖」

還有那久已失傳的「誤墜地帖」

而最最過癮的

莫過於在公孫大娘

新開張的瘦身舞蹈美容院中

產下懷素那瘋子的

「草書自敘帖」雙鉤響搨本

還有張旭那小子

橫掃天下的絕世狂草

「肚痛帖」

　　言「後現代」未必要機械性的導向「解構」之論，從羅青的〈吃西瓜的方法〉便是由開展方法的方式，打開單一方法的可變性，將原本不作為思維對象的「方法」進行詩語言開展，這便引動了「後設」的觀察。後設思考乃是觀察事物背後設計運作的狀態，〈我懷孕了〉一詩大量重複一個動詞「產下」，但更令我們聚焦的是，其「產下」的不是肉體之子嗣，而是已然在過往藝術文化史中已被創作出的經典文本——畫有梵谷的黃金向日葵、王維水墨雪景長卷；書帖有「喪亂帖」、「追尋帖」、「誤墜地帖」、「草書自敘帖」、「肚痛帖」。

　　這些經典文本如何再被詩人生產，我們直覺上會從臨摹角度去想像，但詩中卻以「連鎖咖啡館的網站」、「影印中心」顯示一個現代符號複製情境，反向地戲擬了傳統手寫臨摹之舉。詩中召喚的諸多經典文本，在此之符

號象徵作用，不止在於其文本內部卓絕的美學文字圖像成果，它們還成為反差對比，凸顯書寫、臨帖等傳統藝術創作生產行為方法，可能被後現代符號複製技術剝除。因此，詩人刻意點召「肚痛帖」，潛在戲謔了詩題中作為男性詩人的「我」的「懷孕」之舉，終然僅限於象徵符號層次，且由於不過是機械式的影印複製，因而消化不良，終遂成異質他物而被排離。

　　羅青〈我懷孕了〉展現了詩人後現代意識下，所存在現代符號生產之思索。從詩中所引之字帖，可知這份思索必然與其使用之毛筆創作經驗有所聯繫。在羅青的現代、後現代思考，以及所使用的毛筆工具間，明顯具有反差感，這也刺激我們如此提問到：以傳統毛筆進行中文漢字現代詩寫作時，能撞擊出什麼意義？特別是從臺灣現代詩手稿學的角度予以檢視？

　　中文漢字作為符號，其在紙張上可手寫而出的書寫工具，除現代書寫工具原子筆、簽字筆外，最能發揮其主體與字體間交互美學關係的，莫過於毛筆。文字符號為指涉所指的形式，對於符號形式，就後設來看，其形式也有

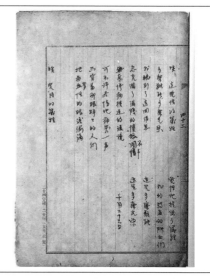

圖 5-10：賴和〈覺悟的犧牲〉初定稿　詩手稿部分之一　　出處《賴和手稿影像集》	圖 5-11：賴和〈覺悟的犧牲〉初定稿　詩手稿部分之二　　出處《賴和手稿影像集》

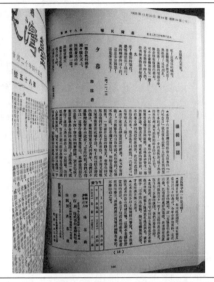

圖 5-12：懶雲〈覺悟的犧牲（寄二林的同志）〉《臺灣民報》1926 年 12 月 26 日刊印版部分之一　出處《現存臺灣民報復刻》	圖 5-13：懶雲〈覺悟的犧牲（寄二林的同志）〉《臺灣民報》1926 年 12 月 26 日刊印版部分之二　出處《現存臺灣民報復刻》

其形式生產的美學。以中文漢字來說，毛筆的筆墨書法正是最能代表其生產美學的傳統。從現代詩手稿學的角度來看，相對於手稿上書法字體之美的問題，我們更重視的是詩人採取書法為詩，所要調動的書法筆跡、跡軌的力度問題。

魯道夫・阿恩海姆（Rudolf Arnheim）《藝術與視知覺》中，於「力的圖式」一節如此論及：

這些動態行為也會留下自己的痕跡，如人們經常說的筆跡。我們在鋼筆和毛筆在紙上留下的筆跡中直接知覺到手的運動。書寫的過程，實則是用內在的力量將那些標準化的字母構成的形狀再製造的過程。在筆跡學家們看來，由力的運動所造成的筆跡，與那種力圖忠實地複製字母模型的書法，是不相同的。如果書寫時運力充分，就會使字母向

著運動的方向傾斜（大部分是向右方傾斜），還會使字母中的拐角消失，字跡模糊，細節部分也會被刪略掉。在這樣的字體中，由於每一筆畫幾乎是一氣呵成的，就使得字體失去了原來的標準形狀，變得難以辨識。筆跡學家還能從筆跡的諸種特徵中，間接地量度出一個人的氣質（或衝動力）與這個人的意志力間的力量對比……因此，書法一般被看做是心理力的活的圖解。[29]

　　讚譽毛筆在紙張上形成的筆跡，在中文往往以成語「龍飛鳳舞」加以形容，如此以神話動物龍、鳳譬喻毛筆筆墨筆跡，自有藉龍鳳之活動軌跡進行譬喻。然而，龍鳳終究是神話動物，其活動狀態是藉由人對所相對應之現實仿類動物運動之觀察，再經過想像美化附加而上。由於有現實仿類動物運動經驗的觀察支撐，使得詩人們在手稿紙張上寫下的、已靜物化的文字，隨著我們順著筆跡與語意閱讀時，而與人身體感官產生連動式的感知動態視覺。由此，毛筆筆墨使用上儘管不如原子筆便利，卻因為其筆墨張力，成為詩人在手寫詩上的選擇，而這份審美是自我文本體現的選擇，也連帶有一份儀式性。毛筆寫現代詩這份儀式性，在戰後現代化書寫工具更為普及後，更為強烈，可以說時空提供了重要的背景因素。

　　本書第二章我們關注到賴和詩手稿文本中，以毛筆水墨，藉其顏色深淺與紅黑，標示修改之歷程。不過從「圖 5-10：賴和〈覺悟的犧牲〉初定稿詩手稿部分之一」、「圖：懶雲[30]〈覺悟的犧牲（寄二林的同志）〉《臺灣民報》1926 年 12 月 26 日刊印版部分之一」[31]我們也可以發現，在一九二〇年

---

[29] 魯道夫‧阿恩海姆（Rudolf Arnheim）[著]；滕守堯、朱疆源[譯]：《藝術與視知覺》（成都市：四川人民出版社，2006 年 10 月），頁 440。

[30] 懶雲為賴和之筆名。

[31] 此版面為《臺灣民報》學藝欄，同時刊列了魯迅小說《阿Q正傳》第三章。魯迅小說《阿Q正傳》於 1921 年 12 月至 1922 年 2 月分章刊登於北京《晨報副刊》，展現了中國現代文學文本在日治時期臺灣報刊上傳播邅速之現象，另外也可從賴和〈覺悟的犧牲（寄二林的同志）〉與魯迅《阿Q正傳》的並置中，看到一九二〇年代兩岸同時間對現實書寫之成果與關懷。

代中期後，隨著作品在《臺灣民報》現代報刊進行投稿、刊印，賴和的詩手稿也開始使用現代新式簽字筆。比對這兩張圖片，我們也可以看到賴和〈覺悟的犧牲〉此詩從初定稿到印刷發表刊印稿間，所存在的修改細節。例如：印刷發表刊印稿之「哭聲與眼淚，比不得，／激動的空氣、瀉澗的流泉」，在初定稿中賴和斟酌的「比不得」要放置於前行之末尾與後行之開頭，最後以刪除線刪去後者。如此選擇之原因為何？從後行之末尾加上「凵」此一符號，形成對下面段落詩行間的區隔，避免識讀上的干擾，這也顯示如將「比不得」放置於後行，且又特別向下空一格，會使得此行過長，過於突兀。這可就「圖 5-12：懶雲〈覺悟的犧牲（寄二林的同志）〉《臺灣民報》1926年 12 月 26 日刊印版部分之一」進行比對想像，經過賴和之手稿調整，在報紙版面上，後行儘管是此頁最長詩句，但只比一般詩行超出二字空間。這也可以看出，賴和在為詩手稿歷程中，對整體文本結構之文字空間是有其意識的。另外，「圖 5-10：賴和〈覺悟的犧牲〉初定稿詩手稿部分之一」第四行寫為「風亦會靜泉亦會乾」，至印刷發表刊印稿改為「風是會靜，泉是會乾」，由「亦」改為「是」，明顯避免與前一行「究竟亦終於無用。」重複「亦」，特別是「究竟亦終於無用。」也在最後加上句點，也能展現詩人賴和明確在此建立語意上的段落。這個句點也讓我們看到一九二○年代詩人手稿與報刊刊印稿上，關於標點符號的使用現象，值得探究。

　　「圖 5-10：賴和〈覺悟的犧牲〉初定稿詩手稿部分之一」與「圖 5-11：賴和〈覺悟的犧牲〉初定稿詩手稿部分之二」也具有著書寫工具史的史料意義──我們看到一九二○年代左右作家所使用創作的書寫工具，向現代性的轉移，現代工業生產的硬筆開始因為其便利性，成為詩人書寫工具的主流。而毛筆水墨，儘管不方便，但在戰後臺灣現代詩手稿上，當詩人選擇如此書寫時，都有著相應的、想要凸顯的審美意義上的標誌。

　　臺灣現代詩手稿毛筆水墨的儀式性，是因為筆墨張力，而得到了那份慎重。有時，則是相反地因為需要那份慎重，而需要筆墨張力。但當我們閱讀詩人親力親為的毛筆筆墨書寫時，勢必需要面對一件事──文字形體的張力美，也必須考量詩人對工具筆墨的用筆能力，亦即控制力的問題。例如「圖

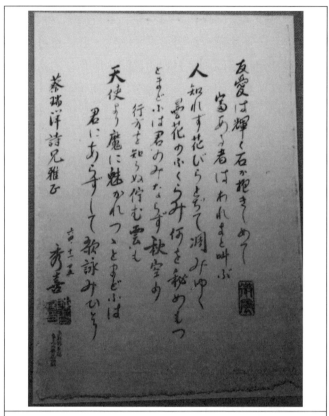

圖 5-14：陳秀喜〈友愛は…〉手寫定稿詩手稿
齊東詩舍展出，作者拍攝紀錄

5-14：陳秀喜〈友愛は…〉手寫定稿詩手稿」我們可以看到詩人陳秀喜如何以毛筆書寫、用印，表達致贈詩作給蔡瑞洋詩兄的慎重，同時也可見毛筆在寫中文漢字與日文標音符號時，在繁複與簡單字體間毛筆所需要的駕馭能力之高低差異。另外，從「圖 5-15：李敏勇〈自白書〉手寫定稿詩手稿」、「圖 5-16：羅門詩話語錄－落葉是風的椅子－手寫定稿」這兩張手稿，我們也看到了身體對毛筆筆墨工具的控制力問題。「圖 5-15：李敏勇〈自白書〉手寫定稿詩手稿」對比前章我們對李敏勇詩作鋼筆手稿的探討，可以從文字的間架結構偏扁方現象，看出與其鋼筆形式書寫間的相關性。當然以鋼筆手

寫詩，在臺灣現代詩場域中以余光中最具代表性，余光中甚至有〈向我的鋼筆致敬〉一詩[32]之創作。侯吉諒在《筆花盛開》〈文人的字〉一文中，曾如此追蹤論及：「向陽和李敏勇的字有點像余光中，都是筆畫乾淨、整齊，我以前編過幾本詩人手稿的詩集，向陽、李敏勇的字在其中非常顯眼，他們也用自己的手稿製作出版詩集，非常有味道。」[33]如此鋼筆與毛筆間運筆方式的相通，亦是文字韻味的延伸，而在書寫工具上的考驗，便是對水墨在紙張揮灑的控制。從該手稿中第四行開頭「都」字之的「者」上頭暈開狀況，便可看到毛筆書寫上水墨控制不易的問題。

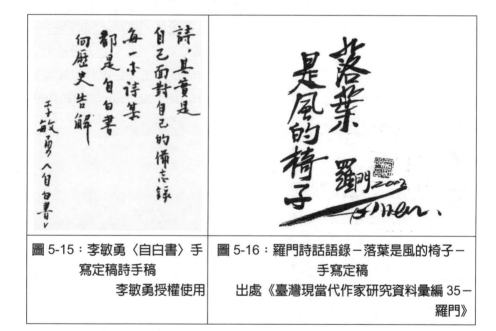

圖 5-15：李敏勇〈自白書〉手寫定稿詩手稿	圖 5-16：羅門詩話語錄－落葉是風的椅子－手寫定稿
李敏勇授權使用	出處《臺灣現當代作家研究資料彙編 35－羅門》

　　至於「圖 5-16：羅門詩話語錄－落葉是風的椅子－手寫定稿」則可以看到詩人在毛筆使用上，幾乎等同一般簽字筆，因此以書法角度來看，文字筆

---

[32]　該詩寫於 1954 年 2 月 13 日，為詩人余光中渡臺後之作。
[33]　侯吉諒：《筆花盛開》（臺北市：聯經，2020 年 9 月），頁 164。

法多有瑕疵。例如「是」的左下掠筆筆尖分岔，「椅」、「子」都有類似狀況。但詩人似乎也帶著實驗意識，以毛筆書寫阿拉伯數字與英文字簽名，其中的「L」起筆特別拉長，用筆力量也顯示詩人力量的釋放，以及連帶因為毛筆工具物質特性，而在筆畫後端形成的飛白效果。整體來看，儘管詩人並不能有效掌握毛筆，但仍可見詩人率其意而為，所展現創作上的自由，以及背後的個性。

　　儘管「圖5-15：李敏勇〈自白書〉手寫定稿詩手稿」、「圖5-16：羅門詩話語錄－落葉是風的椅子－手寫定稿」可以看到戰後臺灣現代詩人在操持毛筆創作上，與中國傳統毛筆書法間或多或少的距離，但現代主義的精神仍驅動著他們透過嘗試去克服，正也滿足了詩人在現代／傳統之間的審美欲求，這也展現了詩手稿文本中的書法文字在美醜之外，其「文字」符號形式生產的力度。魯道夫・阿恩海姆（Rudolf Arnheim）在《藝術與視知覺》「力及其傳統解釋」中，亦曾以乃莫羅夫（Howard Nemerov，1920-1991年，美國重要詩人）一詩，進行探索，該詩如此寫到

　　　　畫家的眼睛專注於生和死，
　　　　歸根結底，生與死都是同一束能量的運動，
　　　　它短暫地呈現於每一種形式中，
　　　　在樹木，就是它的生長。
　　　　在種子，就是它的萌發，
　　　　多半時候，它都在虛空中縮藏著，
　　　　召喚太陽和雨。

　　在這首詩中所設下的「生」與「死」結構兩端中，詩人更重視「運動」，在現象上是後現代所重視的「流動」，亦為本書第二章所論之現代詩手稿現象中的「意向」。意向是文本結構中兩端點的活動向量，藉著刺激讀者意會、想像其活動，而在自我意識建構文本的詩境結構。藉此，詩人無須鉅細靡遺地敘述詩境，事實上這也非詩語言所必須肩負的任務，詩最主要的

還是如何以語言，賦予詩境可體現的象徵。上引之乃莫羅夫（Howard Nemerov）詩句，詩人將能量束的意向活動設在生與死兩個結構端點，但如此之意向軌跡，被詩人在不同事物之中看到普遍的體現，諸如詩中所指之樹木、種子，所體現的生長與萌發。然而，在這些提點之前，詩人言「短暫地呈現」，使得這些被我們珍視的生命發生，被約束在一種瞬然的速度之中，晃眼而過的速度，則指向的是終結。

　　詩人在文本中召喚的時間感，除了短暫，還包括了緊接而來的「多半時候」——在這段更為漫長的時間中，生命之力則隱沒，另以所召喚的太陽和雨示現。生命所指揮更為巨大的動態，也更能展現詩人所懷想的詩意，其意旨在於：不只是靜物化的空間形體，種種感官可知覺的動態狀態，如何也是生命力的呈載。也正在這份意旨之中，我們更細膩的珍惜生命時間之歷程，而不僅止於讚揚其壯盛，以及哀逝其衰朽。這對時間歷程的珍視，也正同為現代詩手稿學的重點。

　　重視時間歷程，讓我們更關注的是，書寫文字之意向軌跡。這也使我們更能明確地掌握書寫風格。在探究一首詩何以如此動人之詩學時，如何明確陳述，本身就是極大的挑戰。詩所存在象徵、隱喻的龐大體系，使得其語言存在著朦朧、流動、隱而不顯的界域。詩總存在如此隱而不彰、間接的本質，使得明確其文本風格的需求，更為強烈。

　　詩學風格如何明確？就詩學根本上，對語言文本如何成就其修辭的探求，首先最具體的目標會關注、統計詩作之形式，如行數、段落、結構等，如此對應出十四行詩、俳句、圖像詩、視覺詩之研究標的。像「圖 5-17：周夢蝶〈飛過去了，這兩個紅胸鳥〉第二稿詩手稿文本」右上部分詩人標上打圈的數字，全詩稿每段落最左側亦有標上打圈數字。仔細檢視每一個打圈數字，不對應其下一行詩行行數或字數，可見詩人另有形式控制之指涉意識。至於「圖 5-18：唐捐〈我的詩和父親的痰〉電腦印刷修改稿詩手稿版本三」唐捐題目上面以鉛筆標有數學算式，每行開頭也依序有表上數字，對應算式。其中「15X4=60」當為詩人預估全詩寫四段，每段 15 行；「16＋15＋16＋17=64」則當為手稿版本各段落詩行數之推估，展現詩人唐捐在此詩之

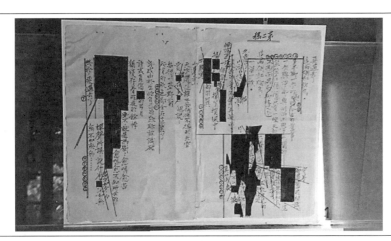

圖 5-17：周夢蝶〈飛過去了，這兩個紅胸鳥〉第二稿詩手稿文本

曾進豐收藏，齊東詩舍展出，作者拍攝紀錄

圖 5-18：唐捐〈我的詩和父親的痰〉電腦印刷修改稿詩手稿版本三

唐捐授權提供

詩行結構上的精心調度意識。除了段落詩行數字之推估與計算，詩人唐捐在修改上使用使用黑、藍、紅筆進行修改，展現在此一詩手稿版本內在的修改層次，此亦可與本書第二章所討論戰前賴和早期詩手稿，所使用毛筆黑色筆墨濃淡與紅色筆墨，標示修改版本層次階段的現象相互比對，呈顯詩人在詩作修改上標示的需求。

　　除了上述具體量化的形式可為討論外，詩學更有質性之風格探索。如何將詩人寫作特性明確以風格，藉著風格之定名，提供詩學以及讀者一舉而中的，以對詩人詩作之理解方式／向，刺激後續之詩學討論以及詩人風格的延伸、突破，顯然亦形重要。當詩人採取毛筆工具進行書寫、修改時，除了掌握書寫工具的控制「力」外，也從中更體現「美」的問題，亦即如何接引毛筆書寫傳統中的書寫風格，以與詩文本內容形成搭配，共振出形式與內容的統合美感。以書法為詩，自成臺灣現代詩手稿學中毛筆書法重鎮的侯吉諒，在接受筆者田調專訪時即表示：

> 古人的書法或者詞，讀的時候你都可以從裡面找到很多東西。書法不是美的，跟你有距離的，掛在牆上讓你欣賞。他應該是生活化，生活化的放在你手上，然後你可以感受到對方溫度的那種東西。
> 在寫古典詩時，你選用的句子，必須跟書體結合在一起，而不是兩者不相干，這是我寫寫書法的一個很重要的概念。同樣的詩，你不能用各種字體都寫，並不是這樣子。對應詩情緒，其實這就是一個審美的判斷。比如說，你寫〈將進酒〉，你就是不能用楷書，你就是要用很瀟灑的行草。寫唐詩、宋詞就是要有不同的字體，內容不同的時候，你就要用不同的字體來表現他的情感。我對古典詩的要求，已經是這樣子。
> 所以我對現代詩，就想要突破古典詩的寫法，可是很困難啊。因為現代詩的情緒表現，很難掌握，你很難去表達出來。有些東西當然比較容易寫，比如說余光中〈等你在雨中〉，或洛夫〈金龍禪寺〉就是比較抒情、有情緒性的文字，都可以用比較有渲染感的書法去表現。然

後，除了情緒判斷以外，還有一個困難，就是長短句不一。[34]

　　詩人侯吉諒在此點出書法書寫現代詩一個重要的詩美學層次，就是書寫字體與文本內容間的適切搭配問題，在實際實踐上，則細分為兩個部分：第一、對文本的風格詮釋判斷，選取對應風格的書法家書體；第二、掌握書法家書體，實際以書寫工具落筆，進行筆墨書寫表現。可以說，第一部分為審美判斷，第二部分則為審美詮釋。特別是就第二部分來說，審美詮釋一般設定為一種論述分析的表現，例如：對文學作品以論文文字分析去探索講解，對音樂作品以導聆方式去解說分析等。但在此以對應的創作形式進行再創作，也視為一種詮釋。只是如此再創作詮釋，不只仰賴分析，更重視掌握手寫以及對書法工具與技藝的掌握。如果說一般傳統論述，必須掌握理論知識與邏輯分析語言；那麼具有再創作的書藝詮釋，則必須掌握中國書法史所積累各種著名的書家書體，這其中的習練功夫實不難想見。

　　易鵬教授曾以〈「花心動」：周夢蝶〈賦格〉手稿初探〉試圖透過辨識探索〈賦格〉的謄寫字樣，以及數字編碼之現象，取得了初步的研究成果，並認為「以上述理論建構出的前文本為基礎，並且再將手稿中數字編碼考慮入內，則詩人在聲音與韻律層面之上，所展現出來的書寫過程似乎召喚回〈賦格〉詩中對於歷史與技藝的主題的關懷。」[35]〈賦格〉另外在外文學者易鵬教授此篇論文所未論及，而為我們關注到的毛筆工具所形成的書法字體，便足以初探出詩人周夢蝶現代詩的筆墨書寫史。從以上「圖5-19：周夢蝶刊印於《陽光小集》1981冬季號封面之〈目蓮尊者〉書法詩手稿」、「圖5-20：《兩岸詩》第10期（2022.10）苦行詩人周夢蝶的箴悟書法手稿」、「圖5-21：周夢蝶〈仿波蘭女詩人Wisława Szymborska〉毛筆手寫定稿詩手稿」可以看到周夢蝶所掌握的個人風格字體，基本自一九八〇年代初到二〇一〇年代中便建立其癯瘦枯筆為主的筆墨風格。其中此詩手稿以中國筆墨書

---

[34]　筆者2019年10月27日田調專訪侯吉諒錄音檔。

[35]　易鵬：〈「花心動」：周夢蝶：〈賦格〉手稿初探〉，《中山人文學報》第37期（2014年7月），頁61。

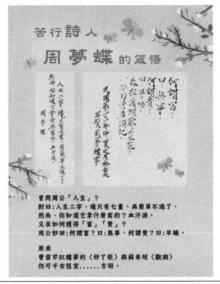

圖 5-19：周夢蝶刊印於《陽光小集》
　　　　1981 冬季號封面之
　　　　〈目蓮尊者〉書法詩手稿
　　　　　　作者藏書拍攝

圖 5-20：《兩岸詩》第 10 期（2022.
10）苦行詩人周夢蝶的箴悟書法手稿
　　　　　　　　方明收藏

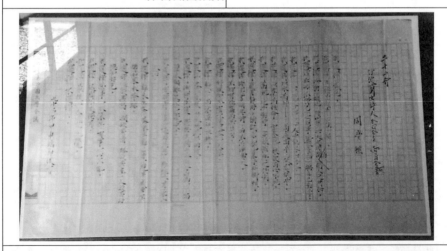

圖 5-21：周夢蝶〈仿波蘭女詩人 Wisława Szymborska〉毛筆手寫定稿詩手稿
　　　　曾進豐收藏，齊東詩舍展出，作者拍攝

法，謄寫波蘭諾貝爾文學獎桂冠女詩人 Wisława Szymborska（辛波絲卡）之名，可略見一種在東方漢字與西方字母之間，在毛筆書法同時書寫的嘗試。而就內容上，對應周夢蝶詩題所謂「仿」辛波絲卡，具體乃指模仿辛波絲卡代表詩作〈種種可能〉中各種以「我選擇」為開頭的詩行[36]，而進行的創作，其中周夢蝶所寫「我選擇不妨有佳篇而無佳句」頗能代表其詩觀。

至於「圖 5-21：周夢蝶〈仿波蘭女詩人 Wisława Szymborska〉毛筆手寫定稿詩手稿」[37]的第三行，詩人所提筆自述的選擇：「我選擇冷粥，破硯，晴窗；忙人之所閒而閒人之所忙。」除就手寫上以尺工整畫出「V」加寫「而」字，此行展現出詩人之生活選擇中，忙於一般人視為閒事的「破硯」習字之境況。其中若不加此「而」字，以中國傳統文言文觀之讀之，可成詩句，但詩人加之以「而」字，一方面使詩句略近於現代白話，另一方面更突顯出「忙／閒」的對比。這份對比可以看到「忙」、「閒」二字，在前後重複出現時動名詞轉換的意味與韻味，更由此使此一詩行前半對「冷粥，破硯，晴窗」的選擇，更增添著辯證與安於此的存在意義感。破硯書字，成為詩人投注生命時間的選擇，在〈致小呆兼示江白蓼〉此一書信中，周夢蝶如此自陳：

> 毛筆字（寸楷）斷斷續續的還在練。每天寫十個到二十五個字；連研墨在內，少說也要佔去我「生存空間」五十五分鐘。四年多以來，褚遂良哀冊，王氏父子樂毅論、東方畫贊、洛神賦等已各臨四遍。因才力薄弱，兼受工具天候與心情影響，進步甚少；亦常生退惰廢棄之心。[38]

上引周夢蝶之書信文字，寫於 1975 年 6 月 20 日，說明了其如何投注時

---

36 相關具體例證可見本節前述討論瘂弦時，所引辛波絲卡〈種種可能〉之詩行。

37 就周夢蝶〈我選擇　二十一行——仿波蘭女詩人 Wisława Szymborska〉此一詩手稿文本最後部分繫年之謄寫，可知此詩寫於 2004 年端午節後一日。

38 出處周夢蝶紀錄片《他們在島嶼寫作：化城再來人》1:00:07 處。

間習字，每日最少習字 55 分鐘，寫 10-25 字。或有一般論者謂周夢蝶的書法字體為宋徽宗「瘦金體」，實則不然，從引文可知一九七〇年代初其所習練的字帖之一的褚遂良，以及虞世南、歐陽詢之楷體，方為其所學習的對象。不只字體未見宋徽宗「瘦金體」特有之鳳頭、蘭葉撇、鶴膝、鐵勾銀劃等重要特色，從周夢蝶紀錄片《他們在島嶼寫作：化城再來人》中所存錄周夢蝶筆墨書法之影像看來，其中鋒用筆且書寫謹慎微、緩慢，都與瘦金體的用筆果斷迅速，藉書畫之氣，以成挺勁飄逸之力道，大所差別。

　　整體來看，周夢蝶之書法，絕大多數以楷體進行表現，文字間架清楚，而從「圖 5-19：周夢蝶刊印於《陽光小集》1981 冬季號封面之〈目蓮尊者〉書法詩手稿」、「圖 5-20：《兩岸詩》第 10 期（2022.10）苦行詩人周夢蝶的箴悟書法手稿」、「圖 5-21：周夢蝶〈仿波蘭女詩人 Wisława Szymborska〉毛筆手寫定稿詩手稿」則可見一九八〇年代至二〇一〇年代，周夢蝶在清楚的楷體，也有細微之變化，從早期的秀麗，到後期字體略微拉長，文字間架轉折用力更重，收鋒之捺筆等更見用力，如「圖 5-21：周夢蝶〈仿波蘭女詩人 Wisława Szymborska〉毛筆手寫定稿詩手稿」中反覆書寫的「選擇」之「選」字，其收筆，因為通篇詩行以「我選擇」為引領，使得「選」字收尾用墨在整篇書法詩手稿中，形成一突出的視覺呼應現象。

　　更廣的來看，臺北市明星咖啡館外著中式長袍，書攤靜坐賣書，以及其傳統筆墨之為詩，整備了屬於周夢蝶的象徵符號，使之成為一文化地景。但這不只是一種符號的拼貼：書為詩人周夢蝶所鍾愛，衣為詩人周夢蝶所日常，筆墨則為詩人周夢蝶所習練、書寫，由此貫穿，而成其詩作、書法、身體，具為詩人周夢蝶其一體的人格與風格。因此周夢蝶之詩手稿筆墨，不僅只有符號的儀式性，其書法書寫由其習字，而成為詩人所能掌握之美學技藝，不會因為對書法筆墨工具僅存喜好，缺乏驅使筆墨的技藝，使得筆墨形式出現敗筆，影響整體詩手稿的書寫表現。

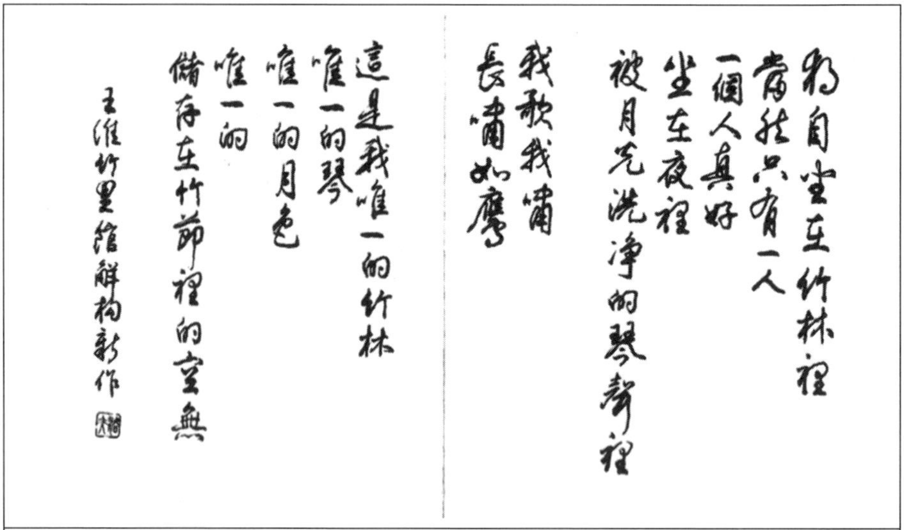

獨自坐在竹林裡
當然只有一人
一個人真好
坐在夜裡
被月光洗淨的琴聲裡

我歌我嘯
長嘯如磨

這是我惟一的竹林
惟一的琴
惟一的月色
惟一的
儲存在竹節裡的虛無

王維竹里館解構新作

圖 5-22：洛夫〈竹里館〉書法手寫定稿詩手稿
出處洛夫《唐詩解構》

洛夫〈竹里館〉之印刷發表刊印稿：

獨坐幽篁裡，
彈琴復長嘯。
深林人不知，
明月來相照。

　　　　　　——王維

獨自坐在竹林裡當然只有一人

一個人真好
坐在夜裡
被月光洗淨的琴聲裡

我歌我笑
長嘯
如鷹

這是我唯一的竹林
唯一的琴
唯一的月色
唯一的
儲存在竹節裡的空無

　　在戰前世代的臺灣現代詩人中，除了周夢蝶，在書法上投注時間習練的另一代表性詩人，則為洛夫。侯吉諒《筆花盛開》〈文人的書房〉：「他退休之前正式跟隨『三石老人』謝宗安寫字，從魏碑入手，加上他原本流暢的行書，不管硬筆軟筆都寫得意興昂揚，前輩作家之中，洛夫應該是書法功底最紮實的，他也辦過多次書法展，以新詩句法寫成的對聯至今無人能敵。」[39]這段引文陳述了洛夫習字的師從淵源，以及字體習練的魏碑、行書進路；但我們認為更應與我們前引侯吉諒自陳現代詩相對古典詩在書法書寫上的兩個突破困難點：（1）對現代詩文本情緒判斷掌握不易（2）現代詩所存在的長短句問題，進行討論。在「圖 5-22：洛夫〈竹里館〉書法手寫定稿詩手稿」即可看見如此古典詩與現代詩之間，在詩手稿書寫所存在的對比與困難挑戰現象。

　　打開洛夫《唐詩解構》可以發現「圖5-22：洛夫〈竹里館〉書法手寫定稿詩手稿」此篇現代詩手稿文本的文本生成歷程，並列著印刷體定稿與書法謄寫定稿。對於這樣書法謄寫，在《唐詩解構》中洛夫是有所意識的。誠如《唐詩解構：洛夫的唐韻新鑄藝術》之後記，洛夫如此自述：

---

[39] 侯吉諒：《筆花盛開》（臺北市：聯經，2020 年 9 月），頁 176。

　　本詩集以三種形式呈現：第一部分是唐詩原作，第二部分是解構新
作，第三部分是書法。書法部分又採三種形式：一是原作書法，二是
解構新作書法，三是我獨創的「詩意水墨畫」，三者穿插編排。但非
刻意如此處理。書法與水墨畫是本詩集最大的特色。[40]

　　因此《唐詩解構》之自為解構，還包括一種書寫表現上的實驗。我們也
可以想見詩人從發想詩作到定稿，再行書法謄寫，其後在發表印刷階段，出
版社如何掃描書法謄寫定稿之紙本，並與電腦打字之詩作進行排版印刷，最
後由讀者所見。如此細膩繁複發展的歷程，亦如我們第二章所述臺灣現代詩
手稿文本之文本生成歷程，並非單軌單向的事實。

　　將「圖 5-22：洛夫〈竹里館〉書法手寫定稿詩手稿」與印刷定稿進行比
對，可以看到書法謄寫第一句，就將印刷定稿的形式結構，作了長句的截斷
調整。原本印刷發表刊印稿為「獨自坐在竹林裡當然只有一人」，書法謄
寫則為「獨自坐在竹林裡／當然只有一人」。書法謄寫將印刷定稿的
「裡」、「當」兩字進行分行書寫，這顯然是因為整體書法手稿的空間調整
而來，也展現書法的工具、形式，所產生的創作性。

　　相對於書法書寫時其結構空間的變化，方塊印刷體那樣一字佔據一格空
間，那樣準確的位置排版，如何能予以達成，顯然就不只是因為中文漢字本
身的方塊特性，而在於活／鉛字印刷以來，將字體繁簡不一的文字，合一於
一個方塊區間使然。因此回到真正的書寫時，書法文字除了楷體、隸體，會
特意寫成各自大小相等外，一般自由書寫甚至藝術創作，會更表現在字體間
的大小交錯對應，這一定程度展現了中文漢字在書寫上的自然。因為事實
上，每個字的筆畫並不相同，例如「龍」、「千」兩字明顯筆畫便有多與少
的差異，從形式後設的角度來看，現在讀到《繆斯胎骨：臺灣現代詩手稿
學》此頁的讀者，看到「龍」、「千」在此頁排版上，都佔據了相同的字格
空間。讀者不妨現在做個嘗試，拿出紙與筆，寫下「龍」、「千」兩字，會

---

[40]　洛夫：《唐詩解構：洛夫的唐韻新鑄藝術》（新北市：遠景，2014 年），頁 236。

發現兩字各自佔據的大小空間感並不相同。而如此之空間差異，以及就「篇」、「張」為單位的詩手稿，便會形成所謂單一文字，以及文字之間、文句之間的呼吸感問題。

回到「圖 5-22：洛夫〈竹里館〉書法手寫定稿詩手稿」再進行深入分析，則可以看到能強化書寫個性表現的書法，更能強化這部分的現象表現。特別是在字體的大小間，形成聚焦快慢的閱讀感。具體來看，例如：第二行開頭的「當」此一字，等同於其旁第三行開頭的「一個」兩字的字格空間；而第一行開頭的「獨自坐在」，則與第二行開頭「當然只有」有相同的字詞空間大小。放大的「獨自」與「當然」，都凸顯了自我在文本設下與王維〈竹里館〉互文的竹林情境中，自我如何在相對於文明城市的自然空間中，主體得以被自我覺察，不再蒙塵的感官，以及連帶的主體感，如同指向主體狀況的「獨自坐在」、「當然只有」字體一般被放大，也引領著讀者的聚焦。

另一個例證則為第二段的書法形式結構，印刷定稿為「我歌我笑／長嘯／如鷹」書法則為整齊化，形成一對比互喻空間感，如同前述對第一、二段開頭採取字體放大方式進行書法書寫，突出「我」的存在，也更放大了感官行為「歌」、「嘯」在文本自然空間的擴展性。此外，最後一句「儲存在竹節裡的空無」，寫到「裡」字後之「的空無」這三字，字之間的空間加大，也一方面可以感覺到文字間的呼吸感，另一方面對應詩句的「儲存」與「竹節」之詞義，在形式與內容間，形成詩文本在終結處一種空間框架中的存有感受。

整體來看，「圖 5-22：洛夫〈竹里館〉書法手寫定稿詩手稿」展現了詩人如何運用能彰顯個性的書法書寫，透過實際上的書法字體大小差異、字詞空間結構的安排，以及特定書寫風格的文字，形成對指涉物的修辭作用，形成印刷定稿詩作的視覺風格詮釋。在 2016 年由江蘇鳳凰文藝出版社所出版的《洛夫詩手稿》中以書法書寫的〈殺魚〉，具有一種對書法的現代詩後設書寫，實可見洛夫對書法書寫行為的現代詩探討，該詩之印刷發表刊印稿如下：

他舉起刀而我舉起筆
我揮毫
他殺魚
便見血水
從古舊的碑帖中流出
而腥味
則如東晉人士的騷味
他再一刀
我再一筆
刀刀見骨
筆筆如刃
當魚的光潔腹肌在砧板上爆裂
一輪皓月
正從被我戳破的宣紙洞中升起
他說
殺魚不是悲劇
可我也沒說
寫字與菩提有啥關係
我寫王羲之之嗔
顏真卿之怒
懷素之狂
柳公權之妄
他殺孔丘之迂
莊周之幻
項羽之愚
李白之癡
我寫五蘊皆空
他殺受想行識

　　值得想一想

　　而遺忘仍是上策

　　他的魚殺好了

　　我的字也寫完了

　　那便各自回房吧

　　慢

　　左下角還差兩顆印章咋辦

　　他順手

　　抓起兩只魚眼按了下去

　　洛夫〈殺魚〉這首詩採取經典的兩個場景並列書寫，由此形成互喻關係，誘領讀者思索如此互喻中的深層象徵。如此寫法最經典的作品，莫過於余光中〈雙人床〉、〈如果遠方有戰爭〉。而洛夫〈殺魚〉則以殺魚一事，互喻我們本節所關注的現代詩書法。洛夫因《石室之死亡》而有「詩魔」之謂。相對於《石室之死亡》中戰爭死亡交逼的感覺，以及對應艱澀的詞語與文法，在〈殺魚〉此詩中，殺魚以及書法寫字，將原本通常被視為雅事之書法習字，帶出血與墨、刀與筆、魚身與稿紙間的辯證，這也凸顯了在現代詩書法手稿中所存在各書寫工具的「之間性」，以及詩人透過譬喻擴展所能思辨的場域。

　　詩人洛夫如此進行「他殺」、「我寫」兩個脈絡的辯證，使得〈殺魚〉此詩文本帶有現代主義意味，確實脫離了一般平板地在現代詩帶入中國古典氛圍的作品。就文本與互文角度來說，在現代詩中鋪建古典氛圍，如果缺乏辯證，如此鋪建之往往成為一種陷溺，呈現書寫者缺乏主體性的，且無意識地進行一種白話對古典詩詞情境的翻譯拼貼。因此瞭解現代語言與中國古典傳統間的「互文關係」，其積極性之目的就在於透過釐清互文主體與互文對象，避免書寫上陷溺，並更有意識地以現代角度思考中國古典傳統與當代的關係。

　　中國之古典文學最被當代學者所標明的乃是抒情傳統，此之論說主要由陳世驤、高友工教授開啟，後輩學者楊牧、蔡英俊等教授於相關編著中繼以延續，陳國球教授之〈「抒情」的傳統──一個文學觀念的流轉〉有所細論。不過，亦有龔鵬程教授〈不存在的傳統：論陳世驤的抒情傳統〉提出不同看法，認為：「他基本上是以西方抒情詩為模型來看待中國詩，未注意到中西方倫理觀、人性論、詩歌理論各方面其都有極大的差異，而且把抒情詩的特質放大了來概括整體中國文學。」[41]龔鵬程所持不一樣之論見，乃理論之申說。洛夫則以〈殺魚〉詩作書寫實際實踐，展現了非溫情與抒情式的書寫，「他殺」、「我寫」的並置可謂奇險，但卻又為超現實主義之詩魔，早期塑建風格後既有修辭常道之一。

　　最明顯的例證，便是洛夫寫於 1979 年 5 月的〈與李賀共飲〉，唐代詩人李賀因其詩風，於宋代之後得有「詩鬼」之稱。詩魔洛夫巧為追蹤，自有在現代詩風格上以為追蹤之意，〈與李賀共飲〉首段詩句：「石破／天驚／秋雨嚇得驟然凝在半空／這時，我乍見窗外／有客騎驢自長安來／背了一布袋的／駭人的意象／人未至，冰雹般的詩句／已挾冷雨而降／我隔著玻璃再一次聽到／羲和敲日的叮噹聲」明顯脫化於李賀〈李憑箜篌引〉名句：「女媧煉石補天處，石破天驚逗秋雨。」以及〈秦王飲酒〉：「羲和敲日玻璃聲，劫灰飛盡古今平。」因此在《唐詩解構》後記，洛夫自言：「近年來我寫了一系列『古詩新鑄』的創新作品，冠以總題──《唐詩解構》，乃我個人從事詩歌創作以來另一項突破性的實驗工程，一種謀求對古典詩中神韻知識放的企圖」[42]實則在〈與李賀共飲〉即可看到早在一九七〇年代看見一個相似趨同的源流。這個源流所展現的，是臺灣一九六〇年代現代詩所偏好表現的感官轉化、非現實常理之詩境。

　　洛夫二〇一〇年代的〈殺魚〉可謂是那份喜好的遙接延續，只是與溫／抒情相違的「凌厲」之感，無疑更是該詩要突出表現的感覺。《孟子・梁惠

---

[41]　龔鵬程：〈不存在的傳統：論陳世驤的抒情傳統〉，《政大中文學報》第十期（2008年 12 月），頁 39。

[42]　洛夫：《唐詩解構：洛夫的唐韻新鑄藝術》（新北市：遠景，2014 年），頁 226。

王上》有謂：「君子遠庖廚」乃是君子有仁心，不忍殺生。但〈殺魚〉中詩魔洛夫似在反其道，執筆書法與殺魚刀法彼此並進，意在互喻。

　　詩人之筆如刀劍，信信為書，猶如前引波特萊爾（Charles Pierre Baudelaire）〈太陽〉中「我獨自去練習我奇異的劍術，／觸及所有角落裡偶然的節奏」的劍術。只是洛夫〈殺魚〉觸及點召的是書法傳統中的瑰寶，這份點召又帶有一種帶詮釋過的情緒，例如言王羲之、顏真卿、懷素、柳公權，依序分別點其嗔、怒、狂、妄。在洛夫詩中，書家各見情緒，那是習字之際詩人對歷史彼端他們的感覺，依如此情感進入中國書法傳統。而與「我寫」對應的「他殺」，則無疑有著超現實的奇詭之感，「他殺孔丘之迂／莊周之幻／項羽之愚／李白之癡」何能以一副魚體來進行如此孳衍，詩中並未賦予這樣的書寫邏輯，而彼此相稱關係為何也不明朗，只能說詩人滿足了其自由聯想的跳躍慾望，以及對其文藝知識的操作。儘管不具邏輯，洛夫〈殺魚〉終究將其毛筆書寫的部分手寫經驗，以現代詩與超現實書寫層次，展露其書法文字書寫時一種帶死亡氣息的快意感。

　　從洛夫〈殺魚〉對書法書寫歷程，以及相關書法傳統的召喚運用，我們回到《唐詩解構》，也可以看到洛夫一九八〇年代以來長年有意識地習字與為詩。比對他在一九七〇年代即開始對中國古典詩進行辯證性的書寫，《唐詩解構》之新意所在，還不在單純的詩文字內容；而在於他掌握了書法筆墨工具，在書法書寫上對自身這既有書寫路線，所產生的形式調整，以及調整背後以解構為詮釋的現象。

　　臺灣現代詩手稿中運用書法書寫，可以強化文字形式張力，藉以輔助現代詩的表現；但同時，言現代詩書法談筆墨張力，詩人卻也必須有著對書寫工具一定程度上的掌握，在習練過程中，方能更深入調度中國書法傳統，在書寫形式上突破出版印刷體的表現限制，以為現代詩之自我個性化書寫。從以上對臺灣現代詩人周夢蝶、洛夫書法手稿的研究，可見他們對書法筆墨工具的日常習練之功，終而掌握書法書寫的美學技藝。而在臺灣戰後世代現代詩人中，勉力於書法並在現代詩手寫上建立風格者，則以羅青、侯吉諒、許悔之為代表。

　　曾獲三次中國時報「時報文學獎」新詩獎肯定的侯吉諒，同時師事江兆申大師，鑽研中國水墨書畫藝術，出版一系列長銷經典書法書藝教學書籍[43]。侯吉諒一系列書法書藝教學書籍中，《如何欣賞書法：書法的風格與格式》、《如何寫書法：觀念心法與技術工具》針對書法欣賞、書寫觀念、技術與工具清楚呈現，《如何寫楷書：破解「九成宮」》、《如何寫瘦金體：剖析基本筆畫與部首》、《如何寫行書：破解行書筆法與筆順》則更針對中國書法中最具代表性的書體進行書法實踐解析，此可看到侯吉諒書藝美學知識的規模，以及知識上的落實。侯吉諒如此兼具現代詩人、書法家與書藝傳習者三者身份，為臺灣現代詩壇之翹楚。而在筆者的田調訪談中，侯吉諒曾如此表示：

> 我算是臺灣第一代那個最早用電腦的人，但是寫詩我一直到現在都保持用手寫。我們那時候都是在手寫的狀態，所以不管是通信，還是編《創世紀》，你看到的唯一的都是手稿。你跟詩人們通信，那個手稿裡面可以看得到很多東西，例如修改，甚至說寫詩寫字當下的情緒、他的思路，某個地方可能會斷掉。那個東西對寫作跟欣賞來講，是一個非常重要的學習。[44]

　　侯吉諒展現了一九八〇年代後臺灣現代詩書寫環境的改變，而他本身敏於傳統與現代間書寫工具的使用，在當時，於侯吉諒所處的一九五〇年世代詩人以及其前世代詩人中，絕屬少見。這本身也更能凸顯侯吉諒現代主義內在實驗精神的體現——不止於文字內容的現代感覺想像，更透過現代新形式、工具，透徹現代化的表現。言現代感覺，在華語現代文學史觀察中，往

---

[43]　例如：《侯吉諒書法講堂：（一）筆法與漢字結構分析》、《侯吉諒書法講堂：（二）筆墨紙硯帖》、《如何看懂行書——就字論字：從王羲之到文徵明行書風格比較分析》、《慢筆寫心經：像書畫家一樣，一筆一畫的慢慢寫，專注與自己的內心對話。》等。

[44]　筆者 2019 年 10 月 27 日田調專訪侯吉諒錄音檔。

往連動著現代城市文學，就時空間上來說，一九三〇年代的上海以及一九八〇年代的臺北無疑可為代表。初始步入文壇的侯吉諒其現代詩與文學活動正是以一九八〇年代的臺北為核心背景，現代主義文學往往以現代化城市作為主要土壤，主要正是相關現代化建築空間、交通建設集中使然，於此而能從此現代化摩登中得到現代感覺。

但在談一九八〇年代的臺北與一九三〇年代的上海，並不可使用相同的論述模型予以推論，主要一九八〇年代的臺北除了「基本的」都市現代化發展外，更因為「第三波資訊革命」電腦開始出現與工商業產生關連，已準備迎向一九九〇年代的電腦網路，所產生的數位、虛擬現象[45]。侯吉諒在臺灣開始啟動電腦資訊革命時，即以文學創作人與編輯人角度使用電腦。現代主義運動本身也是一種革命，這讓我們逼問：究竟文學藝術革命的本質是什麼？我們以為，乃是一種「表現／體現」的革命，進而由此去重估既有世界，發展出一迎向未來的新美學思索。而步入十九世紀後，現代化內裡的科學、工商業形成了現代性，以及現代與後現代主義的課題。分析現代、後現代主義文藝現象，而不流於表象，便需要有著文學對科學／技的基本認知與容受概念。

侯吉諒對電腦科技的使用，以此電腦文書軟體進行文學創作與刊物編輯，也從而以此迎向資訊革命的位置。如果班雅明（Walter Bendix Schönflies Benjamin，1892-1940 年，思想家、文化評論家）以《發達資本主義的抒情詩人》談現代巴黎與波特萊爾（Charles Pierre Baudelaire）間的互為引證，侯吉諒在電腦資訊革命將在臺北[46]點燃的時代，回看最傳統的手寫，由此反照出手寫在電腦打字排版中詩人創作被剝落的細節。而那些詩文本的細節，恰正是詩人詩心運轉的戲劇性所在，飽含情感流轉，乃至於頓挫，無

---

[45] 因此談一九八〇年代臺北都市文學，不能忽略這個延續，並產生關鍵影響至今的電腦背景，否則對一九八〇年代都市文學之研究將千篇一律，且充滿著「斷代框架」問題。

[46] 侯吉諒曾出版詩集《城市心情》（1991 年）亦被視為城市詩人，詩作反應一九八〇年代臺北城市變化。

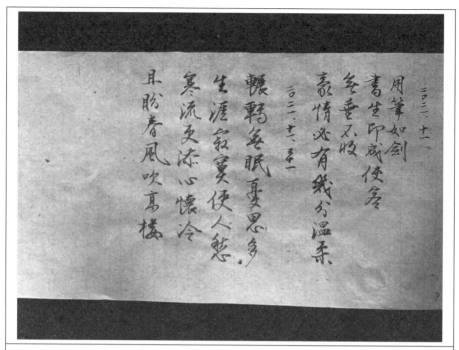

圖 5-23：侯吉諒 2021 年 11 月部分創作彙整初定稿詩手稿

侯吉諒授權

以為繼，又或者別開生面。詩人侯吉諒掌握臺灣發達資訊時代的電腦，卻又不能只以「不能忘情」，指出其與手寫的關係。特別是其手寫，還使用著傳統書法的筆墨，這自然使得侯吉諒體現著「傳統—現代」的拉鋸命題。

　　在我們 2019 年 10 月的訪談中，我們曾經如此提問詩人侯吉諒：「您寫書法，也書寫現代詩。那您是怎麼看待用書法，來寫現代詩這件事情？你平常在寫詩的時候，是用原字筆打草稿？還是就直接用書法打草稿？」[47]侯吉諒如此回答：「全部都用書法。我現在幾乎不用原子筆寫字。」[48]以二〇〇〇至二〇一〇年代來看，侯吉諒是當代臺灣現代詩人中對書藝筆墨知識在論

47　筆者 2019 年 10 月 27 日田調專訪侯吉諒錄音檔。
48　筆者 2019 年 10 月 27 日田調專訪侯吉諒錄音檔。

述與書籍出版表現上，最為廣袤者之一。而從其回答可知，侯吉諒不是讓傳統書寫成為歷史，而是讓書法、書寫回到日常性中。何謂日常，這必須在前文我們所接櫫的城市性作為背景一同思考，意即：侯吉諒的現代詩書法其手寫之日常性，並不是將現代詩作以書法，題寫在生活中的器物上，例如手扇、器皿等；而是現代化的本質──速度。

如果波特萊爾（Charles Pierre Baudelaire）在巴黎城市變化中感覺到速度，班雅明（Walter Bendix Schönflies Benjamin）由之關注到現代化中於底層漫遊的詩人，其拾遺所存在的反／時差；侯吉諒則是進入現代工商業生活對速度、效率的要求，將中國傳統美學書寫進行應對、表現，尋求一種等速於現代的發展可能。採取前引侯吉諒《筆花盛開》〈文人的書房〉中，侯吉諒對余光中、洛夫書房書寫空間的觀察方式，在與侯吉諒的訪談，筆者觀察到侯吉諒的寫作空間，也非常能體現其「傳統─現代」特性──其寫作空間，有大張之書法習字、創作之書桌，但另一旁另有獨立電腦桌，方便其打字創作。可以想見，侯吉諒平日書法習字，當書法習字有所感，則轉以電腦桌進行紀錄，甚至予以發揮成篇，呈現著其日常書寫上「傳統─現代」、「筆墨─電腦」的共軌。

因此我們檢視「圖 5-23：侯吉諒 2021 年 11 月部分創作彙整初定稿詩手稿」所寫「用筆如劍」，對比前論洛夫〈殺魚〉之「他舉起刀而我舉起筆」，都可以看到詩人如何將毛筆譬喻成刀劍，呈顯書寫上的快意淋漓。但可以看見侯吉諒日常詩作手寫創作，所使用的書法書體，在其現代化的思考下，是帶有速度感的瘦金體、行書，其中瘦金體的特色之一正是鐵勾銀劃，重視書寫力度與速度。相對於周夢蝶紀錄片《他們在島嶼寫作：化城再來人》中周夢蝶書法下筆緩慢，筆者田調觀察侯吉諒之下筆流暢，在書法教學上，也重視行書的教授與使用。

詩人侯吉諒對中國書法美學知識、工具與技術的掌握，在日日習練過程中內化成自我書寫創作方式，在書寫內容上也能產生一體性的，對現代與時代的快速對應。我們不妨以侯吉諒〈情悟〉之詩手稿擬稿進行探討。

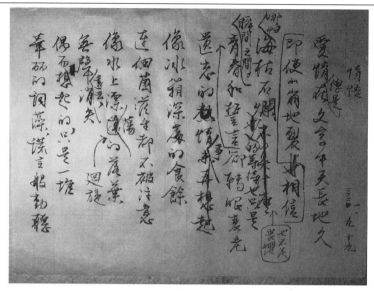

之一

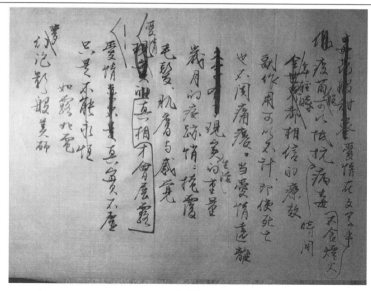

之二

圖 5-24：侯吉諒〈情悟〉初定稿詩手稿（首尾部分）

侯吉諒授權使用

　　就「圖 5-24：侯吉諒〈情悟〉初定稿詩手稿（首尾部分）」書體形式來看，儘管為詩人之書寫擬稿，但字體瀟灑，且對毛筆之控制力通篇貫穿詩稿（包括之一、之二兩張詩手稿）。即使僅為詩人個人創作手稿，而非書藝展覽型的創作，卻仍能由字而句而行，維持文字書藝品質。有筆墨控制力，方得筆力；有筆力，方得文字快意，進而如其所謂「用筆如劍」，快速地劍指、擊刺大時代。從對之的時代批判力，我們也可以看到詩意之連綿，以及更重要的詩人在其中所觸發的修改，如何完成詩人對時代批判的對焦。

　　「圖 5-24：侯吉諒〈情悟〉初定稿詩手稿（首尾部分）」如劍之用筆，要快速、精準擊刺的正是 2019 年爆發的全球新冠肺炎。從以上詩手稿「之一」所標示的寫作時間「二〇二一、九、十九」[49]，正迅速對應 2021 年臺灣 5 月開始爆發社區疫情，並於該年 5 月 19 日開始 69 天進行全國三級警戒，至 7 月 23 日解封。全球疫情走至疫苗緊急開發後，施打上的醫學、政治乃至身體倫理學議題，這包括在疫苗量少稀有階段，政治經濟權勢者如何運用權勢，搶先於高危險群進行施打？緊急開發的疫苗，在缺乏更廣泛的實驗，人體是否就當施打疫苗？而國家政府公權力是否應當介入其中，在國家／民安全的考量下。

　　侯吉諒〈情悟〉詩手稿即嘗試處理上述疫情疫苗議題，以傳統書法筆墨，切合時事，形成詩內容與書寫物質形式共構的鋒利感。在書寫經營上，將「情語」隱喻「疫苗話語」，形成兩個話語系統間的細膩盤繞，為詩手稿修改之重點。侯吉諒〈情悟〉第一行之修改，即就此發揮。詩人原本寫為「愛情在文字中天長地久」，在修改時於「愛情」後加上「總是」一詞。「總」為一直、始終都是的意思，仔細來說，是在時間脈絡中進行統計而形成的詞義。瘂弦經典詩作〈如歌的行板〉在 19 次「之必要」疊沓後，全詩最後一段如此收束：

　　　而既被目為一條河總得繼續流下去的

---

[49]　「二〇〇一」標年數字，侯吉諒原本寫為「二〇〇〇」，後因標年錯誤而有所修改。

　　　　世界老這樣總這樣；——

　　　　觀音在遠遠的山上

　　　　罌粟在罌粟的田裡

　　　〈如歌的行板〉以「總得」作為最後一段開頭詩行的用字，也將前面
19 次「之必要」做了一個帶有無奈之感的情緒總結。在侯吉諒〈情悟〉詩
手稿的修辭上，亦有如此之意。仔細對比修改前的「愛情在文字中天長地
久」，與修改後的「愛情總是在文字中天長地久」，有著兩種細微的詩行語
意差異。在修改前之詩行詩意中，文字成為愛情永恆的真醇寓所；在修改後
之詩行詩意中，愛情只能在文字所建構的符號系統中留存，不能在文字外的
現實中兌現其永恆。修改之後更為細膩的諷刺寓意，著實潛伏其中。

　　　侯吉諒〈情悟〉「之一」後的「之二」詩手稿，開頭原寫為「毒藥般甜
蜜」，為「之一」最後一行「華麗的詞藻，謊言般動聽」之延續。但相對於
以「毒藥」，除了去強化前一行愛情話語謊言的致命性，詩人更要以全詩結
構的層次進行衡量。因此刪去「毒藥般甜蜜」，改而在其下寫上「愛情在文
字中不食煙火」。「不食煙火」以夾注號方式寫上，可以由此看到此修改，
當為詩人寫完一定行數後，回看進行修改，由於紙張空間不足，而以夾注號
利用紙張餘下空間，以補上文字。

　　　詩人這樣緊湊地利用紙張空間，也可以看到他在〈情悟〉詩手稿「之
二」中，建構與「之一」開頭之間「愛情總是在文字中天長地久」／「愛情
在文字中不食煙火」的對稱重現結構。由此，得以更具體地聚焦出「情悟—
疫苗話語」之隱喻，甚至是諷喻。諷喻乃是由諷刺跟譬喻所構成，以「諷
刺」而成詩意之層次，可謂詩之綿遠傳統，先秦之《詩經》即有諷諭，蔡長
林〈皮錫瑞《詩》主諷諭說探論〉如此有論：

　　　　《詩經》風、雅兩部分詩篇，有不少是詩人對當權者規諷的作品，而
　　　且我們也很容易從毛氏與三家的詩歌解釋當中，找到這類的例子。但
　　　是，詩歌的諷諭精神，在《詩經》學的解釋傳統裏，還是在很大的程

度上被稀釋了，反而是後世文人創作的詩歌裏，保留了相當鮮明的諷諭特質。……許多《詩經》解釋的例子表明，「美」其實是一種表達的策略，藉由稱頌或勉懷，為蘊藏於頌揚文字背後之諷諫（刺）意圖作鋪陳。換言之，《詩》之以美為諫者，在頌揚的背後，常隱含勸戒之意。[50]

　　詩經之「風」，乃採擷十五國風土民情，此之紀錄亦有收集時事輿情，以為施政參考，自然連帶產生了現實詩歌的政治功能。「風」既有如此詩之現實政治功能，於是成「諷」——形成政治的考估與批判。由「風」而「諷」，形成了詩內容主題的層次，其中至少有「時空表象」與「意義內理」兩種層次。詩人詩語言之諷，正在刺穿「時空表象」，而至「意義內理」，亦即本節前述波特萊爾（Charles Pierre Baudelaire）時所運用攝影「刺點」[51]概念。可以說，要完成精緻的「諷刺」，非以刻薄語言，而在於對「時空表象」與「意義內理」兩個層次深層的經營、探掘，不得偏廢。因為「時空表象」若不豐厚精準，難以動人，何況引人去發現刺點；「意義內理」若不深刻，則詩作成為淺碟，不耐咀嚼回味。

　　「諷刺」既為詩亙古以來的經典「修辭」，「美刺」則成為重要的方法。美刺，看似為偏義副詞，偏重於「刺—批判」。但實則「美」有「華美」、「美化」、「讚美」、「溢美」等作用，亦可與「刺」相互搭配，形成詩語言之策略。侯吉諒〈情悟〉即如此採取美中寓刺的書寫，這也是為何在「圖5-24：侯吉諒〈情悟〉初定稿詩手稿（首尾部分）」的「之二」中轉

---

[50] 蔡長林：〈皮錫瑞《詩》主諷諭說探論〉，《嶺南學報》第三輯（2015年），頁108-109。

[51] 楊逵經典小說〈送報伕〉其結尾如此寫到：「我滿懷著確信，從巨船蓬萊丸底甲板上凝視著臺灣底春天，那兒表面上雖然美麗肥滿，但只要插進一針，就會看見惡臭逼人的血膿底出。」將臺灣繁華譬喻為膿包，「我」賦予自我「刺針」的使命，要刺穿臺灣繁華表象，批判其內在階級經濟問題。儘管為小說，但這段生動的結尾，實可以與詩語言刺點概念相發。

以「愛情在文字中不食煙火」作為開頭，意欲將話語美化的愛情、疫苗並列的結構動機。在此特別強調是「並列結構」層次，因為在詩行段落之中，詩人也會使用對比之法。例如「之一」中的冰箱意象，恰與前行原本所寫之「熱情」一詞，形成冷熱對比。冰箱意象能形成愛的熱切，以及領悟的冷冽之間的對比。而冰箱的細菌滋生，又給予冷藏事物，包括詩中的疫苗，一種微妙的腐蝕。只是詩人將熱情改為「情事」，隱藏了原本的「熱情」該有的溫度，其實也正在將詩語言重點，讓位給前述結構之焦點。

而此愛情、疫苗交互形構的「美化」話語，也在「之二」中後段部分予以「刺破」，詩人原本寫為：

> 現實的真相才會展露
> 愛情不是真實不虛
> 只是不能永恆

而後詩人侯吉諒集中地透過刪除、調動、增寫，修改為：

> 愛情才會展露真相
> ——愛情真實不虛
> 只是如霧如電
> 夢幻泡影般美麗

如此修改將「現實」刪去，不是否定了「現實」，而是要以更具像的方式，去展現對被話語包裝，謊言化的愛情其「現實性」。此具像方式乃調取《金剛經》重要的四句偈：「一切有為法，如夢幻泡影，如露亦如電，應作如是觀。」借其之譬喻，指涉如愛情謊言般的疫苗敘事，也正因為這帶一瞬幻滅感的具像譬喻，使得原本底稿素淨說理的語言，得到意象之詩意。

從前述分析，可見詩人侯吉諒〈情悟〉詩手稿文本在書法筆墨文字工具、文字字體形式、文字主題內容上有了一體性，以達時代之美刺。特別是詩人

書法筆墨形式的流暢、犀利，展現其對書法工具日積月累的掌控力，使之得能以風格化的字體，以及書寫速度對應的時代內容，探述對現代疫情的焦慮。

現代詩手稿提供了詩在發生伊始，那文思生動、滿溢、飽滿的錯雜狀態，其複雜是靈感與靈活書寫之主體樣貌的體証。這些枝節如何發展、轉化、修裁、結構，正是一個文本的演化過程。展現「文」的發生歷程，可從檢視作者細膩的寫作方法推動、文思實踐細節，以及其文體個性予以考察。只是那發生，也可能有著後設的狀況，亦即在被重寫、謄錄、出版的需求下，而形成一系列再現與再生產。特別是刊印、策展等傳播，使得詩人詩作被印刷字體後設製作，無法獨立就此字體手寫層次，產生詩美學可能。

中國筆墨書法，可說是臺灣現代詩手稿學中，探索手寫字體與詩美學間最大可能的代表形式。主要是筆墨書法其工具能對應表現書寫者的個性、氣質、精神狀態。但必須指出的是，不要以為書法的個性化，就是任由詩人自我隨意發揮，筆墨書法也強調了書寫的控制，對書寫傳統的習練。否則其筆墨表現，難以與詩人之所想相匹配。

詩人在書寫時以更具有書寫字體審美意識的毛筆書寫，比一般書寫，實有著更追求字體美，以表達詩意的懷想。如何融會筆墨傳統而為現代詩，是不易的現代詩手稿美學實驗。詩人選取所追尋的字體書寫傳統，也是一種自我書寫理型個性的追求。這種對字體美的意識，在詩手稿文本生成歷程中，特別在謄寫階段，也同時在進行自我審美。

整體來看，對臺灣現代詩人中國傳統筆墨書寫詩作進行審美，其焦點有三：（1）詩人如何展現「書寫書法字體的主體我」之愉悅感；（2）現代詩人對中國筆墨書寫工具及傳統的掌握力；（3）傳統筆墨與現代主題在創作內容形式上的整體性。可以說，精彩的中國傳統筆墨現代詩手稿，在手／書寫詩時，共時性地讓前述三個審美焦點有所發生。選擇以筆墨書法進行書寫的臺灣現代詩人，其在文字與文字之間所形成的空間性，也正在使其自我身體的書寫主體，與中國傳統筆墨書寫的審美焦點交互溝通、構成，完成了現代詩與中國傳統筆墨傳統間，在實務上的調和與整合。

三、從鏡框到鏡頭運動：詩手稿視覺符號的動靜之間

　　面對現代詩手稿時所必然存在的錯雜時，我們既然選擇以積極性的審美進行判讀，而非對手稿只是隨意瀏覽，那麼應當要朝什麼方向進行判讀，或判讀到怎樣的層次，才具有研究上的可能進路呢？對於手稿文字符號交疊的錯雜感以及對之的追蹤，熱奈特（Gérard Genette，1930-2018 年，法國文學理論家）在《隱跡稿本》（Palimpsestes）以羊皮紙書寫上重複疊層的書寫，呈顯在羊皮紙上各時間、時期書寫間，所存在字跡間的隱跡現象。檢視羊皮紙上各版本字跡間之隱跡，也可窺見各版本字跡間潛存的互文關係。除了熱奈特（Gérard Genette）所論之羊皮紙，拉岡（Jacques-Marie-Émile Lacan，1901-1981 年，法國精神分析學大師）另以冰原之灘塗為喻——拉岡（Jacques-Marie-Émile Lacan）搭上了前往日本的飛機，飛機飛越西伯利亞的高空，廣漠的冰原於其下，拉岡（Jacques-Marie-Émile Lacan）俯視冰原，看見了在氣候下河流在於冰原地形交錯間，所形成的灘塗（littoral）。

　　如此在冰原灘塗之渾沌流脈，一如在詩手稿紙面上的文字跡軌，自有其發展、修改、塗抹之意會。誠如楊小濱於〈文學作為「搵學」：陳黎詩中的文字灘塗〉對拉岡（Jacques-Marie-Émile Lacan）的灘塗（littoral），如此解析：「灘塗的隱喻便精妙地意指了文字在遭到能指沖刷和洗滌（符號化）的過程中仍然作為泥沙存留（真實域的殘留）的特性。」[52]灘塗成為文學文字性的本身，但進入這份西伯利亞冰原隱喻的同時，促使灘塗發生的脈流，卻也同時成為我們判讀灘塗，甚而是詩手稿的判讀，所追尋的進路之一。至於進路之二，則為由軌跡而詩行，而判讀處理至有結構段落的狀態。

　　一首詩的結構，與一篇詩手稿的結構，有時並不相同。一方面是因為詩手稿乃是一首詩發生之歷程，中間經過修改，其中包括結構的調整，使得在詩手稿階段的詩行結構，與最後定稿詩作之結構可能有所不同。另一方面，則是詩手稿在寫作階段，為協助詩思與寫作之推進所運用之輔助符號，其如

---

[52] 楊小濱：〈文學作為「搵學」：陳黎詩中的文字灘塗〉，《國文學報》第 60 期（2016 年 12 月），頁 81。

實地在詩手稿上座落著，而後在出版品（包括詩集、報紙副刊、雜誌等）版面被抹除。被刪去充滿符號的文本風景，也擁有著其符號體系，調動、刪除、增補這類與文字最直接相關的寫作輔助符號為其一；輔助著詩內容之詩意象文字生成的視覺圖像，則為其二。

在檢閱臺灣現代詩手稿史料過程中，對應於文字寫作符號，視覺圖像符號非常容易引我們所注目，這自然是因為圖像本身即潛存的視覺具像構成。當我們的眼睛在閱讀，甚至是判讀現代詩手稿的一片灘塗之際，在紙面上出現文字符號以外的具像圖形符號，容易形成一個視覺上的聚焦關注，協助我們去釐清詩手稿灘塗的進路。詩手稿文本中圖像的出現，產生了「文／圖」判別的聚焦，在此對判別的聚焦中，差異發生了，這又會連帶產生書寫與差異，進而協同、促進著新的詩書寫形式的產生。

不只在寫作階段前期，詩人甚至會手寫、手繪並進，將「文─圖」作為創作形式，成為最後定稿的一部分。其最基本的形式，便是詩人自創的題畫詩，但如此共構的形式在臺灣現代詩手稿文本並不僅止於此，隨著中文漢字的圖像，對於西方文藝思潮的接收，以及現代詩人實驗精神等因素的複合驅動，使得臺灣現代詩手稿的「文─圖」之間，不僅止在協助辨識詩手稿之灘塗現象，而產生更具協商、互動狀態，從交織而鼓脹而支撐，進而共構出現代詩書寫空間的可能。

關注於臺灣現代詩手稿的「文─圖」符號互動創造，由於「圖像」符號，更突顯出其內在的視覺性。但我們不能單純只是以「圖畫」、「繪圖」這個傳統圖像符號，進入臺灣現代詩手稿的「文─圖」文本。正如臺灣現代詩人在定名上的「現代」，臺灣現代詩人所身處的現代化生活，以及所引動的現代意識，使得他們有著不同於古典傳統詩人的現代視覺。現代之始，起於科學之探究。然而科學概念高深，真正對人身體感官感覺產生影響，還在於科學如何具體發明出了生活之工具器物，其中尤以現代交通工具最具代表性。

這主要乃是現代交通工具是乘載著人整個身體的高速移動，換個角度來說，人身體所綜整的各種感官，也連帶地在進行高速移動。在現代交通工

具，如火車、飛機剛發明，並為人們所使用時，這種感官震驚感受非常之明顯。如此感官震驚之莫名感，正成為文學語言所介入的時刻。[53]這種介入，往往既能使文學文本產生時代性與現代性，同時也為一般無法熟練地使用具表現力語言的常民，完成一種現代感覺的代言，間接也點出了文學語言所具備[54]的社會功能。由此文學語言的描摹、表現與探索，使得現代感官感覺內裡的層次，例如視聽感覺刺激，主體時間感的銘刻予以明晰，而成為歷史學、社會學之文本。

然而，必須指出的是，隨著各種現代工具的普及，現代工具剛發明、被運用時，予人的震驚感受也會趨於鈍化，成為日常感官感覺。這個現代科技日常化後被鈍化的震驚感受，是否需要被重新意識？或者是另有被科技延伸的「文—圖」感知路徑？我們不妨以侯吉諒〈烏克蘭戰爭〉之詩手稿為例，進行討論。

「圖 5-25：侯吉諒〈烏克蘭戰爭〉初定稿詩手稿」據手稿寫作期之標示，乃寫於 2022 年 3 月 18 日，在形式上使用原子筆進行書寫，在筆法也使用已在其詩美學本質化的書法字體書寫。筆之用色為黑，恰與中國傳統書法筆墨最主要的黑色墨色相呼應。如此之用色，可說延續了詩人將毛筆書法融會入日常的書寫習慣，也使此一詩手稿也多少帶有書法意趣。在如此黑色字體的詩手稿中，第二行以藍色字體的修改，將開頭的「把」字刪去，其下之「牆壁」在刪去後，則改為「火樓」。這部分的修改，可謂異常突出。如此與黑色對比的藍色，也讓我們更有意識地去識別、區別出，詩人使用此一書法字體時，其原子筆書寫工具的現代性。原子筆十九世紀末起以筆尖滾珠為基本型態，由歐美發明並進化，以藍色為主的筆墨色，乃是為適切歐美書寫情境。原子筆剛發明時期，印刷轉印主要使用黑色碳粉，為凸顯印刷與手寫

---

[53] 以臺灣文學場域來說，日治時期臺灣古典詩對於現代化交通工具如火車、飛機的書寫，便能突顯出其中古典文言文話語系統對現代化器物之「再現」，所涉及的語言層次課題。

[54] 特別是為實用功利主義者所苛求要具備的。而這種要求甚至是苛求，往往會使為藝術而藝術的純詩遭受壓抑，無法為詩語言提供有力表現方式之探索。

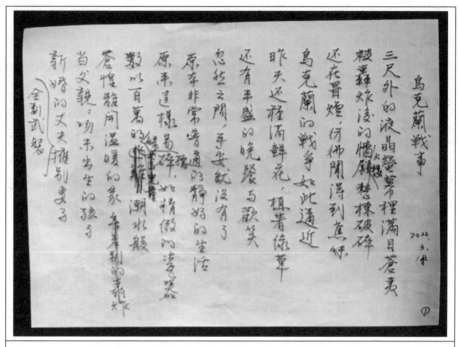

圖 5-25：侯吉諒〈烏克蘭戰爭〉初定稿詩手稿

侯吉諒授權使用

之間的區別，以及簽署簽名所牽涉的法律效力問題，使得藍色墨水原子筆成為主要的設計。中文世界的現代原子筆從傳播開始，便延續了西方原子筆以藍色為主的現象，影響所及中文文字的現代色彩視覺，也呈現為藍色。

　　可以說，在「圖 5-25：侯吉諒〈烏克蘭戰爭〉初定稿詩手稿」中，「顏色」為讀者與研究者提供了一種辨識路徑——<u>侯吉諒的黑色原子筆，讓其由黑色體現的書寫字體，可以回溯至中國書藝傳統；藍色則明確、醒目地，投注了一個現代書寫工具的地標，表現西方書寫顏色視覺向中文世界的過渡。</u>「圖 5-25：侯吉諒〈烏克蘭戰爭〉初定稿詩手稿」在第二行採取藍色字體進行修改，其後之修改復又回到黑色。整體觀看此一詩手稿文本中的修改，正概括著臺灣現代詩手稿中詩人字詞層次修改的「意象」、「精簡」、「對比衝突」這三個主要的修改目標。

　　具體來看，「圖 5-25：侯吉諒〈烏克蘭戰爭〉初定稿詩手稿」此一詩手稿文本第二行原寫為「被轟炸後的牆壁整棟破碎」，寫來近似散文句，詩人因此將「牆壁」改為「火樓」，使其具有火焰燃燒的形象，此為訴求意象的修改。倒數第四行原寫為「數以百萬的逃難潮水般」，僅寫「逃難」亦顯得模糊，詩人將之具像為「婦女與兒童」，但又顯得字詞累贅，因此詩人改為文雅的「婦孺」一詞，此為訴求意象的修改。[55]倒數第一行原寫為「新婚的丈夫擁別妻子」在丈夫下加上「全副武裝」，「武裝」在傳統男性形象建構上，是具有強化男性特質的符號。然而他所導向的戰爭敘事，卻又瀰漫著不可確定的死亡氣氛。戰爭之將行，往往最是難分難捨時，那將可能是對自我生命，以及與自我生命關係脈絡告別。

　　生死為人生大事，不得輕啟，戰爭之規模，往往不單純涉及個人，或者雖涉及個人慾望，而卻轉以更為宏大的群體敘事，以此提供動機。由此之個人生死大事，則往往與國族／家大事相連結，與之成脈絡。王德威於《歷史與怪獸》曾論及：「我所謂的歷史暴力，指的不只是天災人禍，如戰亂、革命、饑荒、疫病等所帶來的慘烈後果，也指的是現代化過程中種種意識形態與心理機制──國族的、階級的、身體的……」[56]但國族／家敘事如何被建構入個體身體呢？特別是王德威教授所觀察的「現代化進程」之時間範疇，這便涉及了想像共同體的運作。本尼迪克特・安德森（Benedict Richard O'Gorman Anderson，1936-2015 年，美國政治學家）在《想像的共同體：民族主義的起源與散佈》觀察現代報紙印刷如何以其快速傳播，虛擬了個別事件的「關聯」，其指出：

　　　　我們研究一下報紙這種文化產物，我們定會對其深深的虛擬想像性質（fictiveness）感到震驚。……報紙只不過是書籍的一種「極端的形式」，一種大規模販售但只有短暫流行的書。或者我們可以說，報紙

---

[55] 此手稿中的倒數第三行末尾刪去的「無差別的轟炸」亦是訴求精簡的修改。

[56] 王德威：《歷史與怪獸》（臺北市：麥田，2011 年），頁 5。

是「單日的暢銷書」吧？儘管報紙在其印行的次日即宣告作廢——奇
妙的是最早大量生產的商品之一竟如此地遇見了現代耐久財容易作廢
的本質——然而也正是這個極易作廢之特性，創造了一個超乎尋常的
群眾儀式：即對於做為小說的報紙幾乎分秒不差的同時消費。[57]

　　「圖5-25：侯吉諒〈烏克蘭戰爭〉初定稿詩手稿」結尾同步進行的男性
自我武裝所隱喻對他者的殺戮，以及「擁別妻子」所反顯對家此一情感關係
的剝除，正以其充滿的死亡氣氛，反顯出背後由「家」上溯的「國家」之群
體敘事操控——「以國家興亡為己任，置個人死生於度外」這口號無疑正可
為範例。詩人自有人世悲憫，此既為普世價值，詩人之再現，如果不在意義
上有犀利之穿刺，便只不過是一重述，而僅依賴詩語言的聲色音韻，並不能
彰顯詩學之美刺格局。詩人侯吉諒在此詩中所創造意義之皺摺，乃在我們輕
易滑動觀看過的首行「三尺外的液晶螢幕裡滿目蒼夷」。

　　認真聚焦第一行的「三尺外的液晶螢幕裡滿目蒼夷」，我們才意識到其
後詩行之烏克蘭戰爭皆是影像圖景，這一切戰爭影像圖像都是藉由螢幕反顯
出來。詩人存在著與戰爭的「距離」，始終都是臺灣戰爭現代詩書寫的重
點，例如余光中〈如果遠方有戰爭〉：

　　如果遠方有戰爭，

　　我該掩耳或者坐起來，慚愧地傾聽？

　　應該掩鼻，或該深呼吸難聞的焦味？

　　我的耳朵應該聽你喘息的愛情

　　或聽榴彈宣揚真理？

　　格言、勳章、補給

---

[57] 本尼迪克特・安德森（Benedict Richard O'Gorman Anderson）[著]；吳叡人[譯]：《想
　　像的共同體：民族主義的起源與散佈》（臺北市：時報文化，2013年），頁70。

能不能餵飽無饜的死亡？

「如果」已經是一種假設，明確的「遠方」則更又具體放大了主體我，與戰爭之間的距離感。此詩中主體我正在一種帶假設的距離感中，探索自我與時代戰爭的距離，一如〈如果遠方有戰爭〉所編集入余光中 1969 年之詩集《在冷戰的年代》；詩集之名中的「冷戰」，正提供了此詩的歷史格局──那在第二次大戰後，美國等傳統西方列強與盟國以及蘇俄為首的共產主義國家間的對峙，因為雙方皆掌控可以保證毀滅世界的核子武器，使得這份對峙從軍事面，轉而衍展至經濟、社會文化面。

〈如果遠方有戰爭〉在「如果」又「遠方」，所形就出我與戰爭的距離，不也是一種彼此的僵持。試想，與戰爭之間的距離，究竟能保證甚麼？有距離是否能在生存上，有著真正的安全？我們要保護的是身體，還是意義價值的主體？提供想像共同體的國族敘事版本，又真的是詩人主體最好的意義體質嗎？還是另一種便宜為之的話語取用？這是詩中沒有武裝化的我，同時也是在冷戰歷史現場中詩人自己，那一系列不斷驚疑探問的問句，其內裡閃爍的疑問語意。

值得注意的是，這些詩人在與戰爭距離間的自疑中，充滿著對遠方戰爭的聽覺試探，如此試探縮減了戰爭的遠方感。當然也在這份距離的縮減中，戰爭彷彿安全地逼近了自我，形成對自我的逼問。只是，這裡為何是聽覺，而不是視覺──這個我們人類最主要的感知／官方式呢？

遠方且風景之阻隔，使得戰爭不可視見，但戰爭種種聲響卻能跨越視覺距離之阻隔，而傳播至詩人耳邊。而聲響相對於視覺不具體，詩人在傾聽戰爭聲響時，自然地去想像出聲響所對應的戰爭視覺圖景。在此可見聽覺雖然間接，但在詩人詩語言下，卻在對間接聲響的揣想中，將遠方戰爭拉近了自己。事實上，余光中於一九三〇年代至一九六〇年代，所面對種種在歷史時代情境中的戰爭，又何嘗要遮蔽自己？戰爭是一個公開的破壞，自也是戰爭發起者對外界的一種論述展示，他需要被看見，例如那些炸碎的地貌；也需要被聽見，例如種種釋放的聲響與宣言。這些被看見與被聽見的感覺，引導

出恐懼，也試圖以暴力形式，引導出一種不需說服的傳播。

　　從余光中〈如果遠方有戰爭〉首段開頭如此藉感官上，遠方戰爭的視覺之不可見，以及聽覺之可聞，逼問出的安全還是求全的意義矛盾，並且透過感官上，反而縮減了自我與戰爭距離，我們看見了一首詩面對一場戰爭繁複的感官辯證方式。主體感官感覺存在著的轉型，在科技時代越益快速，同時也越益需要被靈活且具創造性的文學語言捕捉，以進行後續一系列的反芻／思。然而，也必須指出的是，對應新感覺的新文學語言形式完成後，我們卻也不能耽美於其中，反而被既有文學語言的感覺方式控制，去看待、描述[58]這個仍持續變化著的世界。

　　如果說，余光中〈如果遠方有戰爭〉提供了一個二十世紀現代主義詩人，一種聽覺側寫以面對戰爭的方式，侯吉諒在「圖 5-25：侯吉諒〈烏克蘭戰爭〉初定稿詩手稿」明確標下「2022 年 3 月 18 日」，則在直陳現象時於有意無意間提供了一個二十一世紀的新感官視覺——亦即一個動態影像化的視覺。相對於余光中的側耳傾聽並由此揣想了遠方的戰爭，侯吉諒看見了戰爭，藉著「三尺外的液晶螢幕」，戰爭有了現實臨場感。

　　但這份現實臨場感是真實的體驗嗎？看似平凡的「三尺外的液晶螢幕裡滿目蒼痍」實則潛存了皺摺，觸發我們如此的提問。也可以說，相對於前一世代詩人余光中的戰爭詩書寫，侯吉諒在自我戰爭詩中提供了屬於自己世代與時代的詩意義皺摺，由此方能別開生面，建構風格化的自我。這裡所謂詩人提供的皺摺，並非指的是詩人在傳統報紙紙面上揉捏出皺摺，而是詩人發現並呈顯了，既有想像共同體論述在新的影音媒體形式上如何轉型／化。而當我們提取其中皺摺的詩意時，也可解讀出其間詩人侯吉諒對國族想像共同體的挑撥／動。

　　這份對想像共同體挑撥／動，展現了詩人對國族想像共同體的虛擬，以及消費特性的有所意識。在詩手稿中，我們透過詩人的修改，看見詩人如何藉著讓「丈夫」一詞下加上「全副武器」，以武裝符號覆蓋了他全然的身

---

[58] 這樣的描述，也會變成只是一種複製性的重述。

體，以此凸顯男性作為戰爭行動的表徵[59]，以及即將可能在以妻子所代表的，所連結的家族情感關係上被解構。這固然有著戰爭中的性別課題，同時也具有歷史的內裡，所存在男性對詮釋權爭奪的省思。但以上，僅止為侯吉諒〈烏克蘭戰爭〉這首詩的第一層意思，因為這些「內容」都是被全詩開頭「液晶螢幕」所「再現」，以致於被看見。這才架構出此詩第二層的意思，亦即一個新的後設層次之探索。

詩人首行的螢幕，埋設著刺激對詩行中戰爭影像後設的意義皺摺，凸顯了其內在國族敘事對想像共同體，在二十一世紀新的，歸屬於影像的建構方式。「液晶螢幕」是在傳播訊息，也在建構著新的想像共同體。比起印刷術，紙張的印製、印刷、傳播，影音訊息更為快速。

戰爭景象在螢幕之中，實則在鏡頭的設計之後，包括鏡頭的拍攝設計，乃至於傳播方式。在此之鏡頭後設思考，我們省思「現場／實」如何成為「視覺影像」，在數位影音傳播中，又如何成為一九九〇年代後版本的想像共同體建構。相對於在紙媒上靜物化的文字、圖像，影像化的視覺更具傳播性，這可從當前（2023 年）一般人越來越少閱讀實體書籍的實況中得知。鏡頭影像因為多媒體平台，以及影像剪輯軟體的進步，也更容易進行製圖以及圖文影音[60]搭配等之強化製作，這使得影像文本對現實再現的後設痕跡更容易抹平。

更易抹平的影像設計痕跡，意味著想像共同體的製作以及對受眾的傳播，如何更導向於無意識的層次。相對於過往想像共同體以靜物化為主的文字、圖片進行「製作」，二十一世紀的影像影音，其動態化的形式，所引動的多感官刺激，無疑減低了受眾的判斷時間，也考驗受眾的判讀能力。詩人

---

[59] 當然就同志文學的角度來看，「丈夫」就一定指涉「男性」嗎？「妻子」就一定指涉「女性」嗎？我們以為，固然可以如此進行反思，但回到侯吉諒〈烏克蘭戰爭〉的詩文本情境，以及其既有積累的書寫路線，在此仍以「丈夫—男性」、「妻子—女性」進行詩手稿研究探析。

[60] 其中的影音，實指出影像與聲音所存在的細密搭配，如何形成指涉、架構、虛擬現實的影音詩學，實值得另闢專題進行討論。

侯吉諒在〈烏克蘭戰爭〉詩文本內部埋設皺摺，正意在為讀者提供一個既有影像的擾動，首行的「滿目瘡痍」，又何嘗不指向國族敘事的碎狀可能——看似雄健，足以令人拋家而國的宏大敘事，不過是影像式的虛妄製作，若不是在說服了，或者要求我們進行實際的行動後，又何嘗有值得一論其虛實互動之處？這正是論視覺動態影像，如何力求感官感覺之逼真，以提供意識形態資本的關鍵點。

除上述侯吉諒〈烏克蘭戰爭〉中皺摺的意義撥／波動作用，從臺灣現代詩手稿學角度來看，我們更想審度的是，首行為何極易輕易滑過不易被細讀？究其原因，當有二：

第一、「圖 5-25：侯吉諒〈烏克蘭戰爭〉初定稿詩手稿」中首行並無任何修改痕跡，使我們容易輕忽而過。在詩手稿中修改痕跡，對研究者而言，實具有一種具體視覺上的引導線作用。但過於仰賴具體修改痕跡所形成之引導線，也容易讓我們滑過詩手稿文本中不修改處詩行，忽略修改與不修改之間的協作關係。可以說，詩手稿學中修改與不修改，當具有一種詩美學上互為辯證的層次。

第二、首行的「液晶螢幕」（Liquid-Crystal Display）已經成為我們二十一世紀日常生活的物件，它不再以於二〇一〇年代開始量產之際，對比於傳統電視呈現的平面薄型，而引發我們的震驚。隨著其普遍化的替代掉傳統電視後，其平面薄型的物質型態，更容易匿跡於我們的日常生活中。

液晶螢幕在我們的日常生活中隱匿著，卻又在其中顯影出後設製作的影像，這是液晶螢幕的符號戲劇性。詩人侯吉諒在「液晶螢幕」一詞上寫下「三尺外」，實則正點出了主體與液晶螢幕鏡頭觀視上的「距離」。藉著釋放出「觀看距離」，點出液晶螢幕的物之「所在」，既讓被日常匿跡的液晶螢幕現其形，同時更重要的是，去發現其物質顯現的鏡頭影像其後設之運作。

可以說螢幕影像之後設創作，生成由鏡頭構成、剪輯組織。文有文法，鏡頭語言也有其語法。就詩學上來說，詩亦可取其語法為用。回歸詩史來看，取詩文體之外的別徑，以發微詩之新語法為用，所在而多有，「詩—

禪」、「詩—畫」無疑最具代表性。以「詩—禪」來說，「禪」字之語源乃印度梵語 dhyana，dhyana 若音譯則為「禪那」，進入中文世界傳播使用，則被簡稱為「禪」。「詩—禪」之用，杜松柏教授《禪學與唐宋詩學》如此論及：「前人以論禪詩，不外較禪於詩、通禪於詩之二途。較禪於詩者，不外以參禪學詩，以頓悟得詩妙；通禪於詩者，則以禪典、禪事、禪趣入詩。」[61]說明了在以禪作為詩的內容（通禪於詩）之外，亦以參禪之法，作為詩語言開掘之法，北宋蘇東坡〈跋李端叔詩卷〉一詩即言：「暫借好詩消永夜，每逢佳處即參禪」，終而於南宋有嚴羽之《滄浪詩話・詩辨》：「故其妙處透徹玲瓏不可湊泊，如空中之音、相中之色、水中之月、鏡中之象，言有盡而意無窮。」之參自然而得言為詩的論見。

以「詩—畫」來說，且不就蘇軾論王維之「詩中有畫，畫中有詩」之理路進行探索，即就本節第一部分「文與圖：追憶與捕捉的詩手稿書寫空間」所論，便可由臺灣現代詩手稿為範疇進行印證。但在此，我們更想續以深入討論的是，在臺灣現代詩中畫之圖像性，在現代化亦向外延伸地，有「鏡頭」來進行構成，並且為詩人有意識地作為詩法。

一如前述，科技工具如電視、耳機、電腦攝像鏡頭等，讓我們的感官感知延伸，但在日常習以為常的使用之後，<u>這些科技工具轉而在我們的生活中處於一個透明的狀態，不被我們意識其為一種「工具形式」。</u>透明的科技工具在我們的日常生活中暗伏，隱隱然地操作著我們感官感覺的狀態乃至於方式。除非現代工具產生更進一步的「進化」，例如原本的火車進化為高鐵，原本需人駕駛的車子進化為無人自動駕駛車；甚至產生新的科技工具，例如電腦、網路。這都會使人的感官感覺重新被刺激，成為一新版本的感官感覺世代，但相對來說，也會造成一對舊感官感覺世代的拋卻。

---

[61] 杜松柏：〈禪學與唐宋詩學〉（臺北市：國立臺灣師範大學國文研究所博士論文，1976 年 5 月），頁 436。

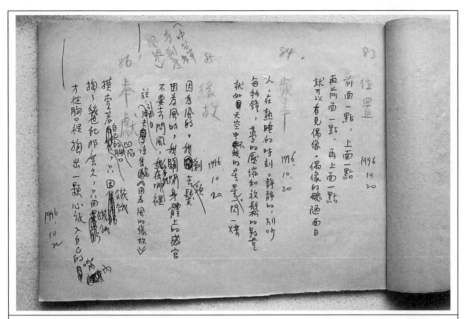

圖 5-26：蘇紹連〈位置〉、〈頻率〉、〈緣故〉、〈奉獻〉初定稿詩手稿
蘇紹連授權使用

　　舊感官感覺世代無法跟上新版本感官感覺世代，有時是力有未逮，有時則是因為戀舊、懷古，甚至是隱喻其中的批判。最具代表性的，莫過於班雅明（Walter Bendix Schönflies Benjamin）所提出歷史大天使，以及老靈魂之論見。這也讓我們反省到，現代化的進步，是我們所需要亦步亦趨，時時日常需更新的感覺版本嗎？

　　如此之反詰，正是將科技工具從日常透明狀態中，重置於可被省視、考估的位置，科技的「工具形式」作為一種「創作方法」的運作，則可以被我們意識其「後設的」、「製作的」，甚至可從中提煉出創作方法論。是以，當我們一意地、有意識地去觀察科技工具，正也在聚焦討論原本先端且特異的科技工具，在形成日常化的現代感覺時，如何亦潛移默化地，影響著我們的詞語表達系統。稍微跳出來看，有趣的是，我們前面句子所使用的「聚焦」一詞，正是這樣現代科技潛移默化影響話語使用的案例。

　　仔細來說，「聚焦」乃是攝影鏡頭在操作上拍攝用語，主要乃是攝影鏡頭有其所能清晰拍攝到的距離與廣度，聚焦便是在焦段中進行清晰拍攝，相反地散焦在鏡頭上便形成模糊之顯像。攝影師即是在聚焦與散焦的調節中，去創造所需要的景深效果。而在著重現代感官意象表現的現代詩書寫中，自然敏於攝影鏡頭的影像。例如在文學紀錄片《日曜日式散步者》中即紀錄到戰前楊熾昌在新聞工作上便使用相當昂貴的徠卡相機（LEICA），而戰後臺灣現代詩人中路寒袖[62]、蘇紹連亦皆長於攝影。

　　蘇紹連在創作上是有鏡頭意識的詩人，這可從其所出版的《攝影迷境 Trances in Photography》（2022）、《鏡頭回眸——攝影與詩的思維》（2016）、《你在雨中的書房我在街頭》（2018）得到具體的出版印證。[63] 這也可在他的詩手稿中看到這樣的鏡頭意識，我們不妨以「圖 5-26：蘇紹連〈位置〉、〈頻率〉、〈緣故〉、〈奉獻〉初定稿詩手稿」為例進行討論。

　　「圖 5-26：蘇紹連〈位置〉、〈頻率〉、〈緣故〉、〈奉獻〉初定稿詩手稿」的四首詩皆為三行詩作，且各詩題分別標上「83、84、85、86」之編號，足見是詩人自我有意識的系列形式實驗。而且每首皆標註寫作時間為「1996.10.20」，呈顯該日詩人靈感的豐富狀態。繆斯造訪為詩人所帶來的豐沛靈感，在詩手稿上也表現出詩人在手寫上所付諸的書寫、修改以及標示等細節活動。其中除了〈位置〉一口氣寫完沒有修改之外，其餘〈頻率〉、〈緣故〉、〈奉獻〉各有簡繁層次差異的修改。〈頻率〉只在第三行有修改，〈緣故〉是第一、三行有修改，〈奉獻〉則是三行皆有修改。其中的修

---

[62] 路寒袖相關著作有《走在，臺灣的路上：路寒袖的生命記憶與臺灣行旅　散文‧詩‧攝影‧教學》（2012）、《何時，愛戀到天涯：義大利‧行旅‧攝影‧情詩》（2009）、《忘了，曾經去流浪：歐洲四國‧行旅‧攝影‧詩》（2008）等。

[63] 另外，就詩人之生活行止來看，其社群網站之 instagram 帳號「supoem1949」的自我介紹即為「蘇紹連：攝影詩人」，其中亦有許多蘇紹連掌攝影鏡頭進行踏查攝影的生活照片。從此看來，透過攝影鏡頭去探索視覺意象，回饋於自我詩文本的寫作，成為詩人蘇紹連重要的詩寫作路徑之一，這也成為我們可後續探討蘇紹連《無意象之城》的辯證切入點。另外有趣的是，筆者於 2018 年臺中文化局舉辦的作家遊花博活動中，亦看見同行之蘇紹連使用徠卡相機進行相關攝影紀錄。

改也可見細節，〈位置〉、〈頻率〉、〈緣故〉、〈奉獻〉皆以紅筆書寫詩題，在這三行詩系列實驗中，詩人藉此作為一種標註，建立書寫秩序。而詩作內容詩行，則以不同顏色進行書寫，並進行修改。其中〈位置〉、〈頻率〉、〈緣故〉以黑筆進行書寫，〈奉獻〉則以藍筆進行書寫。[64]但在此我們可以看到，〈緣故〉之詩行以黑筆書寫並且修改，但是其註卻混用藍筆，明顯為詩人在寫〈奉獻〉回看〈緣故〉，再進行增補修改。

以 1996 年 10 月 20 日這一天來說，「圖 5-26：蘇紹連〈位置〉、〈頻率〉、〈緣故〉、〈奉獻〉初定稿詩手稿」可說是共時存在著詩人不同關注面向的詩手稿。對照前面我們分析侯吉諒〈烏克蘭戰爭〉首行所探討「主體—液晶螢幕影像—烏克蘭」所點出觀看的「距離」，牽動影像與真實間的辯證；蘇紹連則一如詩名〈位置〉，則從觀看的「位置」探索偶像的包裝製作。

蘇紹連在〈位置〉詩手稿中，如此寫下：

　　前面一點，上面一點
　　再前面一點，再上面一點
　　就可以看見偶像。偶像的醜陋面目

在僅有三行的〈位置〉中，最核心的詩行便是「前面一點，上面一點」，這也可視為一種定焦鏡頭指示。在定焦鏡頭中，其視角、焦段都是固定的。因此若要變化鏡頭所能拍攝到的視野，相對於操作變焦鏡的攝影師可在身體既定位置扭轉變焦環，操作定焦鏡的攝影師則必須移動身體既定位置。若我們是掌攝影定焦鏡之人，詩行中的「前面一點」，將使得被攝主體畫面變大，「上面一點」則會使仰角升高。兩者共進，則會使鏡頭中偶像的形象放大，以及看到其正面面孔，或者說被後設設計的面具以下的部分。如

---

[64] 如此在手稿上以不同顏色的筆跡，形成了視覺化的書寫時間／意義層次，這在賴和與余光中也可以看到如此井然有序的現象。

此，我們正可看到解放鏡頭位置之大用，此恰可以與柏拉圖於《理想國》第七章權借老師蘇格拉底講述的洞穴寓言相辯證——有一群囚犯自幼住在洞穴裡，他們腿跟脖子都被鐵鍊鎖住，背對著洞穴入口，面向洞穴內壁，絲毫不能動彈。洞穴入口燒起火堆，洞口火堆與被鎖住的囚犯間有一段高昇的路，洞穴外的景物便透過火堆，在洞穴內壁投影形貌。被鎖住的囚犯藉著投影去理解洞穴外的世界，並且「認為他們看到的事物是真正存在的」[65]。有一人獲得了釋放，他走出到幽暗洞穴外，要不斷適應外面世界的太陽，才能感知真正的世界。

可以說，蘇紹連〈位置〉不能移動的鏡頭，正是柏拉圖《理想國》洞穴寓言中的囚徒，而由詩人輕聲指導而逐次移動的鏡頭，則是從洞穴深處解放位置的人。解放位置的鏡頭，實則也拆解了偶像的包裝。更深入的來看，偶像的包裝製作技術中，帶觀看位置與距離限制的舞台，也是其中一部分要件。這種帶觀眾位置限制性的舞台，便是傳統的「鏡框式」舞台。「鏡框式」舞台提供了「模仿—表象」的安全保障，無法起身的觀眾，無法走到表象的背後。「鏡框式」舞台一如被透視法操作的畫作，藉著近大遠小的繪畫視覺操作，使得平面畫作「彷彿」有了三度空間的深度。這是視覺上的彷彿，但這可是通往真實唯一的路徑嗎？

透視法提供了影像的擬真，但他讓在照片平面中的主體，成為聚焦點，同時也是視滅點，一切以近大遠小原則繪畫的事物以其為核心，為其主體的真實感服務。而視滅，也凸顯了被聚焦主體，黑洞般地對符號的吞咽。鏡框式舞台與一張以透視法操作的圖畫，有其類似之處，它讓舞台上的角色故事吞滅了符號，在觀眾不得移動的前提下。但如果我們摧毀如此前提，將舞台作為現實中座落的空間，他提供了觀眾實體活動的可能，舞台戲劇文本於是也可以成為原本身陷劇場座位中的觀眾，一次得以在劇場，甚至自我生命史中起身前行的行動文本。

---

[65] 柏拉圖（Plátōn）[著]；侯健[譯]：《柏拉圖理想國》（臺北市：聯經，2002 年 2 月），頁 324。

　　因此回看蘇紹連〈位置〉中，促動主體從既有位置行動，甚至一再行動的詩語言，其潛用著人眼與相機鏡頭[66]的互喻，於主體位置變化上，也在鬆解原本觀看偶像需要謹守的合法方式——包括最佳的觀看距離與角度。否則建構偶像的符號系統，將會昭然可見其接軌、縫合的裂隙。在觀看偶像上，重新擁有行動權主體，都有著重新對焦，拆解偶像包裝的能力。至此，呈顯「偶像」——無論對被包裝成偶像的主體，還是對觀看偶像的觀眾，甚至於設計「偶像」的製作／包裝者而言，實則不過是一被賦予符號形象的他者。而偶像又豈僅在劇場與影視娛樂中亮相？偶像的修辭運用甚至外延至政治場域巧為運用，如此也可看到〈位置〉一詩對政治偶像以及政治神話的解構可能。

　　對於如此有鏡頭意識的詩人來說，既有對移動鏡頭重新對焦的書寫，自然亦有運用失焦的詩寫作。例如「圖 5-26：蘇紹連〈位置〉、〈頻率〉、〈緣故〉、〈奉獻〉初定稿詩手稿」中的〈緣故〉，結合洛夫《因為風的緣故》與當時之中台禪寺剃渡事件，而有大量的斟酌修改。在如此之互文創造中，「風」實則又諧音「瘋」，暗諷主體精神的失焦。如此回應詩題〈緣故〉之「緣」字，引人反思在如此茅塞關閉的身體感官狀態，身體並無法真正在現實有所安頓，這究竟是佛緣，或者孽緣？此正是因「風／瘋」起緣，而得身體失焦之故，遂成為詩人〈緣故〉之詩題。

　　可以發現，現代詩人鏡頭與影像之意識，是現代性的一部分，但臺灣現代詩人更有意識的進行社會性的表達。除了前述侯吉諒〈烏克蘭戰爭〉、蘇紹連〈位置〉與〈緣故〉，羅青〈地震〉亦有如此雙重之探索，以下我們進行探述。

　　在前文探述中，從侯吉諒到蘇紹連，可以發現臺灣現代詩人意識到鏡頭影像是如何製作出我們對世界的認知，詩人進而開始質疑、鬆動鏡頭。楊牧〈地震後八十一日在東勢〉亦有詩行：「負責旁白的對著錄影機／朗誦一首新詩；表情，我說／只能適可而止，背景音樂／視實際需要調節。」詩人在

---

[66] 事實上相機鏡頭在初始發明上，也是建立在對人類眼球視覺與光學的知識，才得以進行鏡頭的開發以及後續發展。

錄影鏡頭旁，面對著被鏡頭製作的震後影像，詩人以「我說」，敲擊、考估著錄影機前的表演以及調度。真實的主體切實地，位處於鏡頭影音製作的現場，正也展現一個虛實的衝突，一份對將成影像幻覺的預先質疑。這些對鏡頭影像的有所意識，鬆動了他者的鏡頭，使得被鏡頭對焦鎖定的世界也得以鬆解。質疑，也讓位處於後現代影音情境的詩人重新奪權，讓自己成為掌鏡人。詩人原是為萬物重新命名的人，在此後現代，則又成為了為萬物影像重新命名之人。

　　以上詩人與鏡頭間的關係，不是詩學理論的想像，而是真切地在史實中漸進發生。在戰前臺灣臺南柳營出生的詩人劉吶鷗，其所兼具的電影製片[67]才華，表現在他的《持攝影機的人》影像作品。劉吶鷗之《持攝影機的人》致敬於蘇聯著名紀錄片導演維爾托夫（Dziga Vertor，1896-1985 年）之 *The Man with a movie camera*，劉吶鷗《持攝影機的人》與維爾托夫（Dziga Vertor）*The Man with a movie camera* 所存在中譯同名的關係，更體現在詩人實際地執掌鏡頭，以法國百代公司的 9.5 毫米 Pathé Baby 業餘系統，拍攝其所遭逢、探索的世界景觀。

　　劉吶鷗《持攝影機的人》以鏡頭紀錄了臺灣臺南，以及中國大陸的廣州、奉天，還有日本東京。由於拍攝當時的一九三〇年代，臺灣為日本殖民地，廣州為國民黨政府所治理，奉天則為日本所佔領，因此劉吶鷗《持攝影機的人》的東亞跨國移動，連帶地呈顯了自我在政治地理移動。劉吶鷗自我的世界主義想法，似乎為我們精省了其內在政治以及鄉／本土意識，掌鏡的詩人以最根本的讓鏡頭看見並且紀錄下來的慾望，讓影像留存了下來，也讓我們看見了一顆鏡頭所寄寓的現代性，如何能貫穿跨國政治地理。

　　必須指出的是，劉吶鷗《持攝影機的人》，還是仰賴著劉吶鷗財富與才華相搭配的機緣，才得到生成的契機。以臺灣一九三〇年代到二十一世紀初智慧型手機開始普及的這段時代區間，一般詩人終究難以真正以實體鏡頭代

---

[67] 1939 年 6 月，劉吶鷗曾與穆時英、黃天始等人在上海成立中華電影公司，並擔任該公司之製作部次長。

替詩筆寫作，創作具詩意的影像。但換個角度來看，以運詩筆如運鏡，去建構詩作文本，隨著戰後一九八〇年代家用電視日漸普遍，則已有詩人羅青敏銳地試圖去嘗試。

在臺灣現代詩人「以筆為鏡頭」的譜線中，羅青的《錄影詩學》有其理論與實踐，使其具有重要的代表性。羅青《錄影詩學》中的〈錄影詩學宣言〉以詩代論，說明了其「以筆為鏡頭」的實驗訴求，詩人如此寫到：

> 暫時
> 先不談理論
> 且看我
> 如何運用這支
> 由電子攝影鏡頭所改裝的
> 新型畫筆
> 拍攝出一首
> 既古典又現代的
> 視覺詩

上述之申說，點出詩人之畫筆如鏡頭，其運用創作過程指向去完成「古典又現代」對比風格之視覺詩。羅青《錄影詩學》正式出版於 1988 年，詩集中文本寫於臺灣即將解嚴之際，呈顯了詩人在一九八〇年代的後現代實驗，也可看到一九八〇年代中末由政治場域而文學場域，更為蓬勃的多元創作力量之湧現。只是詩人既有如此〈錄影詩學宣言〉，真正落實出「以筆為鏡頭」之詩作文本狀況為何？我們可以〈天淨沙——舉例之一〉：

> 枯藤：鏡頭從
> 　　　一條電線
> 　　　移到一團
> 　　　或緊或鬆或糾纏不清的電線

　　　　然後跟著出現

　　　　一朵被千萬條電線

　　　　五花大綁的白雲

　　　　出現出現

　　　　不斷的出現

　　　　（後略）

　　在〈天淨沙──舉例之一〉中我們可以看到「鏡頭」一詞明確地在詩作中出現，在此之「鏡頭」代表一種看見。這裡以〈天淨沙〉作為舉例，或者說實際的寫作操作，也存在詩人理論上的意識。羅青在《錄影詩學》之後記〈錄影詩學之理論基礎〉中即言：

　　　　中國繪畫在六朝以後，發展出一種手卷的形式，主要在為文章或敘事
　　　　材料，提供繪畫性的圖解……手卷形成的特色，是把時間次序、空間
　　　　次序合而為一，全部移到前景或中景來發展，背景的問題大部分都略
　　　　過了。……這種「手卷思考」的方式，在詩中也是屢見不鮮的。以馬
　　　　致遠〈天淨沙〉為例，便可以看出「手卷思考」在詩人筆下的運
　　　　用……[68]

　　詩人理論落於詩之實作，從「枯藤：鏡頭從／一條電線」的「鏡頭」所看見，可以看到內在「略喻」的操作，藉著「：」作為替代喻詞，「枯藤」與「電線」之相彷彿，是詩人誘領我們去看見「枯藤」的現代重新命名的可能。而詩行其後之「移到」、「然後跟著」，則為運鏡之說明，並且其後詩行中詩人交代運鏡後鏡頭內所呈顯之影像狀態。整個〈天淨沙──舉例之一〉其後，依序按照馬致遠〈天淨沙〉中的「老樹」、「昏鴉」、「小橋」、「流水」、「平沙」……進行其錄影鏡頭概念的詩書寫。

68　羅青：《錄影詩學》（臺北市：書林，1988 年），頁 269-270。

　　〈天淨沙──舉例之一〉中的「鏡頭」以及「移到」，展現了詩人的運鏡意圖，但還需要注意的是，如此之運鏡並非單純只是在空間移動，更有著時代上的從元代到現代之移動，這是在宣言所設定的「既古典又現代的」風格，作為鏡頭運動的動機。於是使得〈天淨沙──舉例之一〉儘管其出於中國古典元曲之字詞，但運鏡後成就的文本，卻飽含、混雜著臺灣戒嚴體制的空間符號，例如：

　　老樹：鏡頭順著
　　　　　一隻狗抬起的腿
　　　　　上移到水泥柱渾圓的腰
　　　　　特寫──紅色的「高壓危險，請勿靠近」
　　　　　特寫──藍色的「三民主義，統一中國」
　　　　　特寫──黑色的「民主人權，敬請賜票」
　　　　　特寫──金色的「保留戶推出歡迎訂購」
　　　　　（中略）
　　小橋：鏡頭由昏鴉的骨架
　　　　　移到工程的鷹架
　　　　　再移到結構複雜的鋼架
　　　　　鏡頭拉開
　　　　　一組四通八達的人行路橋
　　　　　赫然在目
　　　　　特寫「保密防諜‧人人有責」
　　　　　特寫「蜂蜜香皂‧彩蝶褲襪」
　　　　　特寫「服兵役是國民最光榮的義務」
　　　　　特寫「新版出國移民辦法大全販售」
　　　　　（後略）

　　可以發現羅青習慣以文字運鏡，順著城市建築物，然後特寫城市中的標

語廣告。城市建築物的結構，與語言符號結構在運鏡中建立了對應關係，讓讀者省思是甚麼架構了我們的城市文明？標語中的政治口號以及金融誘惑，暗暗提供了提問的答案，以及臺灣解嚴前後臺北城市後現代性的混雜狀態。

　　但必須指出的是，〈天淨沙——舉例之一〉的運鏡意圖，被刻意放入的運鏡術語放大，反而使得詩作被太多說明、指示語言干擾。孟樊則認為，由於媒介與傳播方式並未改變，錄影詩的革新程度有限：「只是從使用『錄影機』的視角，領悟並改變詩的視角，讓文字開展一如鏡頭推移」[69]我們也可以反過來觀察，此詩沒有「鏡頭」一詞，我們也能藉著「：」看到「枯藤」與「電線」的略喻以及發展關係。事實上，真正在電影中，特別是劇情片類型片種，錄影的鏡頭往往力求透明。加上「鏡頭」顯得刻意，而有刻痕。在電影世界中，這種明確運鏡表現的劇本為「分鏡劇本」，作用在於讓拍攝工作更接近於現實環境中去進行落實，以及拍攝團隊之溝通。在此，<u>我們不禁要問，所謂的「錄影詩」，只是要讓詩作成為另一種分鏡劇本嗎？</u>

　　在布魯斯・布洛克（Bruce A. Block）《以眼說話：影像視覺原理及應用》指出：「在屏幕世界中，只有三種東西可以運動：被攝物、攝影機、觀眾看屏幕時的關注點」[70]依此理論回看〈天淨沙——舉例之一〉可以發現詩作雖然偏重於對攝影機鏡頭運動的說明，但也不失於對「被攝物」、「關注點」的設計，例如前引詩作後段所出現「一朵被千萬條電線／五花大綁的白雲／出現出現／不斷的出現」在鏡頭上則從之前的電線，轉而關注觀看在虛實透視中電線之後的雲，並且詩人又加上一特寫效果的顯現，具有吸引觀者關注的作用。

　　只是既然疊加運用了如此多的電影運鏡的術語，何以整體詩作閱讀上，仍未予人真正看電影一般的感受呢？追究其因，在影像與文字在形式上的差異只是原因之一，重點還在於詩人刻意表現出對運鏡的「仿擬」，運鏡術語反而時時提醒讀者「我在用文字拍一個電影」，使得文字運鏡失卻了真正在

---

[69] 孟樊：《後現代新詩美學》（臺北市：爾雅，2012 年），頁 130。

[70] 布魯斯・布洛克（Bruce A. Block）[著]；汪弋嵐[譯]：《以眼說話：影像視覺原理及應用》（北京市：世界圖書出版公司北京公司，2011 年 11 月），頁 162。

電影拍攝時，為電影敘事的推動所提供的自然順暢感。但是，既然影像與文字形式有著根本差異，在創作上是否應放棄呢？我們可以換一個角度看，回到文字的手寫時，正能透過的中文漢字圖像性，以及手寫文字時所產生字體形式的變化[71]，形構出對應於鏡頭運鏡的視覺性。

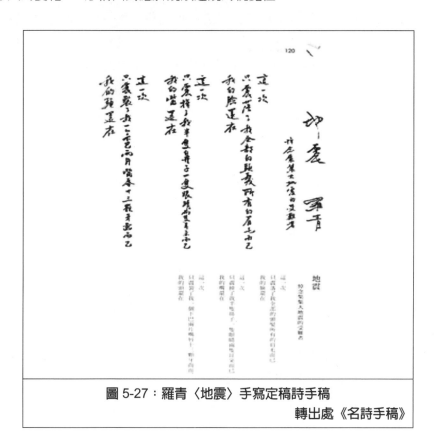

圖 5-27：羅青〈地震〉手寫定稿詩手稿
轉出處《名詩手稿》

　　仔細來說，運鏡的作用、目的為何？在於以有變化的視覺方式，對應甚至強化文本主題中角色、事物、事件的表現。誠如德勒茲（Gilles Louis René Deleuze，1925-1995 年，法國後現代主義哲學家）《電影 I：運動─影

---

[71] 這也凸顯了手寫文字的可變性。

像》「第七章：動情—影像：質性、力量、任意空間」所論：「質性—力量還扮演著先行者角色，因為它預備著隨即在事物狀態中形成並改變原狀態的事件（如行兇、陷入絕境）；不過，這些質性—力量自身，或當它們作為所現時，它們在該事件的恆常組成中早就成為事件了……。」[72]運鏡提供了力量，鏡頭的活動使得鏡頭本身也成為文本中的角色。鏡頭的運鏡力量，能賦予被影像化的對象角色，一個質性上的強化、點燃，以及催化；而有力量的鏡頭運動，角色被鏡頭所誘導、預設的景象參與，使得角色與鏡頭共築出一個屬於電影美學的事件。

　　運鏡既有如此質性力量，而我們又該如何運鏡，以落實其影像詩學？具體來看，運鏡最主要有 12 種，分別為：靜態鏡頭（Static Shot）[73]、推鏡頭（Push In）、拉鏡頭（Pull Out）、平搖／水平運鏡（Pan）、直搖／垂直運鏡（Tilt）、跟拍鏡頭（Tracking Shot）、弧形運動鏡頭（Arc Shot）、搖臂鏡頭/升降鏡頭（Boom Shot）、隨機運動（Random Movement）、放大（Zoom）、希區柯克式變焦（Dolly Zoom）、翻轉鏡頭（Roll）。運鏡方式儘管豐富，但根本上還是在創造鏡頭畫面中影像的運動，產生帶活動感的影像軌跡路線／徑。

　　在此，「軌跡」正是一個關鍵詞，成為詩筆運鏡真正的視覺詩學技藝之關鍵所在。相較於刻意使用「運鏡術語」去運鏡，在詩文本中四處放置絆腳石，造成文本觀看閱讀上的生澀、卡頓之感；其實不如在詩作中放置運鏡所產生的影像效果，為詩文本提供運鏡的平滑感，隱匿運鏡的生硬作業感。所謂大巧不工，不是不工，而是「工」已經藏於「巧」之中，極其自然，看似無形，實則內醞其「工」與「力」，而成其功。

　　精讀「圖 5-27：羅青〈地震〉手寫定稿詩手稿」時，我們看到了與詩本文相比字型上大上許多的詩題，其中詩人羅青之「地」字最後一筆，其字跡的寫法有別一般直下後，並非一般向右最後略微上鉤收筆；而是採取向下，

---

[72] 德勒茲（Gilles Louis René Deleuze）[著]；黃建宏[譯]：《電影 I：運動—影像》（臺北市：遠流，2003 年），頁 188。

[73] 雖然鏡頭不動，但是鏡頭中的人物、景物之動靜變化，而產生運鏡效果。

略帶弧度，且飛白方式進行收筆書寫。在整篇詩手稿中，如此放大字體，且又有別一般寫法的字跡，使得詩題「地震」二字，本身就具有一個特寫鏡頭的景觀，而不需要如〈天淨沙——舉例之一〉以「鏡頭特寫：『地震』」方式，這樣生硬的方式，進行描述呈現。

　　修辭的詩學意義，最終都指向如何協助內容情感表現的完成，被特寫的「地」有別一般的寫法，正在以其最後一筆的字跡為修辭。此修辭的作用，乃作為一種視覺引導線，讓我們去關注「震」字在手寫上刻意形成的左右張馳感。例如：震字其上的「雨」，其左豎直筆，寫得卻似左撇，呼應其下「辰」起筆便已橫偏的左撇；而「辰」的右捺收筆則略低，整體形成左右搖晃仿擬地震搖晃感的文字視覺。

　　而「地」這樣對「震」的視覺引導，在整個詩手稿的閱讀看來，則亦呈顯詩人於《錄影詩學》中念茲在茲的運鏡。可以說，羅青在《錄影詩學》刻意以寫下鏡頭術語以表達自我實驗精神，所形成的文本生硬感，反而在他所長於之書法與繪畫，得到了真正視覺上的運鏡平滑感。

　　從詩手稿學的研究角度看來，我們也可就此發現到，詩手稿固然是一個文字界面、載體，但也可以是一顆鏡頭，提供視覺上的運動與聚焦。在「圖5-27：羅青〈地震〉手寫定稿詩手稿」中，詩題「地震」二字既被特寫，「地」字又引導帶出「震」。使得「震」在讀者內在的觀看經驗上，形成了大特寫之感。德勒茲（Gilles Louis René Deleuze）在論特寫時亦曾指出：「儘管特寫從時空座標中抽離出容貌（或相當於容貌者），但是它仍然可以隨身附帶著專屬的時空，像天空、風景或深底等等視覺的碎片；有時是特寫鏡頭中作為襯底的景深，有時則是把中景同化為特寫時那種對於透視及深度的否定。」[74]帶著如此被大特寫的「震」字之搖晃視覺，詩作中的「我的臉還在」、「我的嘴還在」、「我的頭還在」正如此得到了震字的視覺景深，而更釋放出詩作整體予人的地震恐懼體驗。

---

[74] 德勒茲（Gilles Louis René Deleuze）［著］；黃建宏［譯］：《電影 I：運動—影像》（臺北市：遠流，2003 年），頁 195。

　　對於詩作如此鏡頭特寫效果，當然我們還可從形式詩學中，觀看到手寫自然產生的字跡變化，其所存在的革命意義與效果——這包括如何讓詩文字被發表印刷字體定制、規範的表現力，真正透過手寫，打開書寫原初即存的主體精神意義。印刷字讓每個文字成為固定版型，他使文字去情境化。中文漢字本有一字多義的狀況，例如「少」有稍微，又有年輕的意思；「用」有功用，又有因此的意思；「見」有看見，又有見解的意思。另外，文學寫作人生真實的情感樣貌，人不會有喜怒哀樂單一的情緒，更多有著帶淚的笑，泰山崩於面前而色不改等複雜情緒。印刷字體本身使文字沒有了多義、情緒，他的整齊、定版，在如今符號複製的後現代，反而凸顯出手寫帶有的個性化主體作用。

　　特別是書法筆墨，讓被書寫「字體」產生了更強的可塑性。如果說，余光中曾以錘鍊鋼鐵為喻，說明文字之鍛鍊，以及打破既有文法，創造新可能的過程。那麼，羅青這裡的書法字體告訴我們，詩人對文字的鍛鍊，甚至還可以包括在書寫形式上，突破既有的鉛字規範、印刷體，讓每個字規限在如稿紙字格般的範圍中。只是在印刷時，如此書寫字的個性、精神，被隱跡化了。臺灣現代詩手稿文本中所存在觀看自由、展現個性書寫的文字，其超出隱形字格規範外的現象，正是一種最基本的形式越界。羅青的書法詩手稿，凸顯了超出了字格，其實也超出了「標準字體」的寫法，可能打開的觀看，甚至是所啟動的詩視覺意義之幅度。

　　「標準字體」的形成，與國民識字書寫教育息息相關，其內在潛存了政治與社會之構成、運轉課題。追求標準字體以及推行，遠古自先秦即而有之，秦始皇統一天下後，即行「車同軌，書同文」。徐蘋芳〈考古學上所見秦帝國的形成與統一〉：

　　　中國古代文字發展到東周時期（前 770～前 221），由於列國分立，各行其事，在文字的書寫上也各有特點，中國文字呈現出了變異的趨勢：大體上可以分為西土和東土兩系。西土系即東漢許慎《說文解字》中所說的「史籀大篆」，亦即秦的文字。東土系即六國文字，漢

人所謂之古文，如河南信陽楚簡文字，如晉國的中肥末銳形似蝌蚪的
侯馬書，如南方楚、越、蔡等國銅器上的鳥書（實際上是一種美術
字）。至於戰國時期的陶器兵器、璽印和貨幣上的文字，更是變化奇
詭。同時，新出現的簡化、假借字也很多，且無規範可尋，地域不
同，書體各異。六國文字的歧異，給統一後的秦帶來了不便，因此，
秦始皇下令以秦的史籀大篆和省改的小篆為準，統一天下文字。大篆
多用於正式公文和典禮，小篆則用於一般公文，而更簡便的隸書則通
行於民間。[75]

　　文字書寫在此展現了與公共政治之間緊密的關係，他使得指涉這份根本
性的需求，得到形式上的統一。帝國的統一，不只是地理上區域、地方的整
合，也包括了竹簡上刻下的一枚枚文字樣貌體系。語言雖也能進行統一，但
各地地區自有因風土、文化、身體與母音傳承，而形成的口音，甚難真正完
成所謂統一標準音。相較之下，形式上偏屬於空間的文字，則較易透過對字
型的書寫、修改，完成一種標準型態。文字安靜座落在各種載體，依靠其視
覺性，得以提供更具彈性、可能的溝通。例如：1898 年因戊戌政變而流亡
日本的梁啟超，1907 年應臺灣霧峰林家林獻堂之邀，而於 1911 年自日本橫
濱而訪臺灣。梁啟超以濃厚廣東口音的北京話言語，林獻堂等臺灣文人則主
要以閩南語河洛話說話，彼此間難以口說溝通，遂以彼此間皆能使用的中文
漢字，進行書寫溝通，此即所謂的「筆談」——文字在此權代的語言之功
能，儘管犧牲了時間，但換來了溝通，以及梁啟超與臺灣漢詩人彼此之間的
惺惺相惜。

　　事實上，德希達（Jacques Derrida，1930-2004 年，法國解構主義哲學
家）所提出「延異」這個概念，正是從「同音異義」的現象進行切入點。當
口語說話時，我們無法透過當下的聽，去判斷正確的意義，說話時符號指涉

---

[75] 徐蘋芳：〈考古學上所見秦帝國的形成與統一〉，《臺大歷史學報》第 23 期（1999
年 6 月），頁 313。

的不準確，鬆動了意義的表現，呈顯出意義的曖昧性，究其根本乃在於無法形成差異。書寫在此現象中，即可透過書寫下的文字，以其字形視覺打開差異的空間，提供意義釐清的可能。由此，可以看到書寫本身對所謂的「道」（說出）──語言學中的邏各斯（logos）中心主義，本身的可解構性。

　　因為現代詩本身對既有意義的挑戰／釁，使得臺灣現代詩手稿學中詩人手寫之書寫大用，不僅止於提供意義上的視覺辨識，更進而利用文字符號所能提供的視覺，進行詩創作上所尋覓的語言實驗，以及文本意義的突破。每一次突破，都意味著對框架的挑戰，詩要挑戰的框架，許多時候被內容表現，可能是性別，可能是族群，可能是階級，但框架有時可以被明確意識到，有時則不被意識，詩人手寫字體，正使得文字形式在傳播時，被寄寓的印刷字體框架也可以被意識到，成為被挑戰的對象。在臺灣現代詩手稿中，手寫不只使中文漢字恢復其可變性以及圖像性，這已內在潛存了「文─圖」的實驗。甚至，從符號的角度來觀察，詩人在詩手稿中，不止會運用中文漢字符號內在的圖像性，更會在文字符號之外，直接繪製或運用圖像，在詩手稿版面中，更大規模地進行「文─圖」的視覺詩實驗，形成文字符號與圖像符號間文本意義的共振。

　　既然前節我們已看到書法文字在現代詩手稿中所能展現的圖像、軌跡、運鏡之效果，其實也可看到其在「文─圖」視覺詩的可能性。我們不妨藉以下「圖5-28：洛夫〈鳥鳴澗〉書法手寫定稿詩手稿」、「圖5-29：洛夫〈送友人〉書法手寫定稿詩手稿」兩個視覺詩手稿，作為視覺詩手稿的討論切入點。

　　「圖5-28：洛夫〈鳥鳴澗〉書法手寫定稿詩手稿」的「文─圖」視覺詩創作，可從手寫之文作為觀察起點。洛夫正以書法手寫方式，在題寫王維〈鳥鳴澗〉：「月出驚山鳥」之詩句中，特別將「鳥」之字形，寫為近似帶長尾感的鳥。相對於由手寫書法字對鳥的擬像，文本中圖像化的鳥，則顯得有些呆拙。詩句中的鳥為一字，圖像則予以複數化，且透過翅翼，可知鳥群集體向左上飛行。對應於詩句的「月」，圖像則以圓圈予以代表。月依時序有圓缺之變化，詩句僅一「月」字，並不在其前後加上形容詞，使得詩句之

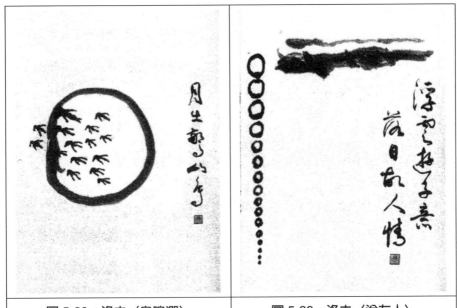

圖 5-28：洛夫〈鳥鳴澗〉
書法手寫定稿詩手稿
出處《唐詩解構》

圖 5-29：洛夫〈送友人〉
書法手寫定稿詩手稿
出處《唐詩解構》

時間相對處於普通朦朧，不進行特指。然而，洛夫筆墨繪出的圓月，已將不特指的夜晚，限定在一個月中的圓月夜晚時段。但是追究整個視覺詩的文本意圖，與其說詩人要點明月夜之時段，不如在尋求圓月如攝影鏡頭般的聚焦效果。

　　「圖 5-28：洛夫〈鳥鳴澗〉書法手寫定稿詩手稿」從手寫王維詩行之月，凝形、聚焦為圓月。又藉著圓月之形，與攝影鏡頭互喻，這一方面引導讀者去注目圓月所對準的飛鳥，同時另一方面也讓我們在飛鳥群的運動軌跡中，看到逸離於圓月之外的飛鳥。如此被突出可見的逸離，可能指涉了現代主義對中心，恆長存在的背離、邊緣之姿態，但更可能是讓我們注意到月亮如何具有引誘讀者心理視覺的無意識創作。因為嚴格來說，這幅水墨畫並不具備黑色的夜空，他的背景是白色的，詩人畫上的月亮，讓我們無意識地，儘管目視白紙，但卻於內在圓月與夜晚的自然經驗中，自然地於內在視覺

中，反射地將白紙空間視為夜空。

鳥既在水墨中為黑色，其逸離於月亮所聚焦的夜空之外，理論上應當一無所見，但為何我們又能夠看見呢？可以說「圖 5-28：洛夫〈鳥鳴澗〉書法手寫定稿詩手稿」正在凸顯了手繪的圓形月亮符號，如何弔詭地調動著觀者無意識的視覺。「圖 5-28：洛夫〈鳥鳴澗〉書法手寫定稿詩手稿」的圓形，在「圖 5-29：洛夫〈送友人〉書法手寫定稿詩手稿」中，不只異境而處，轉變為太陽，更複數化了，且由上而下，越畫越小，最後甚至成點狀。如此之視覺繪畫，所為無他，乃在於為詩人所題寫李白〈送友人〉：「浮雲遊子意，落日故人情」其中的「落日」賦予視覺。這樣複數且向下變小的視覺設計，展現了「落下」這樣的運動軌跡，若就現實中單眼相機攝影鏡頭來說，可透過調慢快門的方式，拍攝到如此之畫面。

以上兩首洛夫的書法詩手稿，皆出自於洛夫之《唐詩解構：洛夫的唐韻新鑄藝術》。儘管洛夫以「詩意水墨畫」定義自己這樣的書法詩手稿，言為其所獨創，其實未必然，實可追索至一九八〇年代臺灣特定詩人群，包括洛夫也參與其中的視覺詩實驗運動。

一九八〇年代東方畫會的畫家蕭勤將 1977-1983 年義大利詩人群的視覺詩實驗成果與同畫會的畫家李錫奇分享，進而刺激兩人邀約長年相與互動的詩人群，進行視覺詩共同實驗。對於視覺詩之實驗，畫家與詩人是敏於「文—圖」的差異，並有意識進行兩者之互文，誠如李錫奇所回憶：

> 大家一致同意，不能再像過去辦「詩畫聯展」那樣，不是詩配合畫，或是以畫來配詩，這次一定要作整體性的呈現，詩如果只是一行一行用毛筆寫出來展覽，這仍然是「文字」中的詩，不能算是視覺化的「詩」。若純粹的繪畫，雖然也可能含有詩意，但又何必叫「視覺詩」呢？[76]

---

76 李錫奇、蕭勤[編]：《心的風景：中國暨義大利當代詩人的詩畫新境》（臺北市：時報文化，1984 年 12 月），頁 9。

　　一九八〇年代的視覺詩實驗，尖銳地指出對詩畫間所謂的「配合」之抗拒。所有的前衛實驗之舉，最原初都存在著一種對過往形式的不耐，甚且不滿。在一九八〇年代這時的現代詩人與畫家，其所謂不滿的對象已瞄準了自身，這可以凸顯他們如何貫徹現代主義的前衛精神。寫作者往往視自身所寫之作如子嗣，批判自我前作過往形式，如同割捨往日血緣之情，也如同告別曾如此寫作的自己，確實不易。告別，才能轉身前行，深入迷霧地，一探更遼闊的寫作風景。一九八〇年代臺灣現代主義詩人與畫家的這份批判，取消了配合，就傳統題畫詩來說，就是詩之文字不再只是繪畫完成後，題寫於畫中空間的餘邊空白，而直接參與了畫面的共同構成，形成一體性的，共同設計完成的視覺。是以，僅止於以毛筆謄寫詩，已不能視為一種視覺詩的實驗。

　　在如此從義大利視覺詩所得到的啟發後，1984 年 11 月 11 日在李錫奇邀請下，詩人洛夫、張默、瘂弦、辛鬱、碧果、楚戈、杜十三、管管於李錫奇畫室聚會，由李錫奇講解繪畫技術與工具，並進行實際創作彼此溝通視覺詩之實驗可能。終而於 1984 年有「中、義視覺詩聯展」，以及 1986 年「視覺詩十人展」之成果，並出版有《視覺詩十人展：中國詩覺運動的序曲》、《心的風景：中國暨義大利當代詩人的詩畫新境》收錄相關臺灣現代詩人之視覺詩文本。

　　一九八〇年代的視覺詩運動儘管參與者後續不特別標榜視覺詩之名，但在各自的創作中或有相關實踐，除前述洛夫之外，管管亦有相關創作，筆者另有〈詩畫互戲：管管《腦袋開花：奇想花園 66 朵》詩畫互文的現代主義圖景與後現代徵狀〉[77]專論。不過即使未參與一九八〇年代的視覺詩運動，亦有詩人在一九九〇年代後有所實踐，突顯出現代詩手稿媒介實驗上多元分布之現象。以使用中國傳統筆墨這樣的書寫形式來看，對應前行代的洛夫，

---

[77] 此篇論文，收錄於蕭蕭、方明編：《現代詩壇的孫行者：管管作品學術研討會論文集》（臺北市：萬卷樓，2009 年），另收錄於國立臺灣文學館「臺灣現當代作家研究資料彙編」之《管管》卷，以及相關線上資料庫。

我們可以看到一九六○年世代的詩人許悔之亦有一系列自己類屬為「手墨」
[78]的創作，其中亦有相關視覺詩的創作。

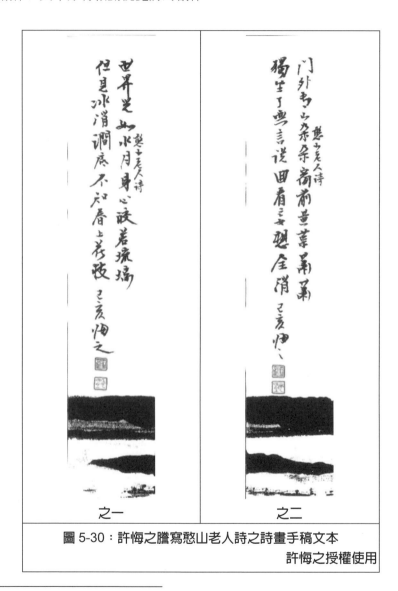

之一　　　　　　　　　　之二

圖 5-30：許悔之謄寫憨山老人詩之詩畫手稿文本
許悔之授權使用

---

[78] 佛光山「佛光緣美術館」總館 2019 年 3 月，即曾舉辦「以此筆墨法供養：許悔之手
墨展」。

「圖 5-30：許悔之謄寫憨山老人詩之詩畫手稿文本」屬於謄寫他人詩作，進行視覺化創作的文本。憨山老人為明末曹洞宗高僧，許悔之謄寫憨山老人之詩行，「之一」所題寫之「世界光如水月，身心皎若琉璃。但見冰消澗底，不知春上花枝。」以及「之二」所題寫之「門外青山朵朵，窗前黃葉蕭蕭。獨坐了無言說，回看妄想全消。」即為《憨山老人夢遊集卷　第四十九》中六言組詩〈山居二十首〉其中最後的兩首。組詩具有詩語言之歷程感，詩人對此一題材頗有深會，覺一首之不足，遂作為連篇。然而組詩，一如戲曲，終然有結，許悔之所題寫的「之一」、「之二」，雖為餘盡，然而如何餘而不盡，皆是憨山老人與許悔之創作所意會處。

「之一」中憨山老人詩作已以水月、琉璃意象，開明點亮世界與身體，以及彼此之間的一點靈通，使山居組詩詩行餘而不盡／燼。許悔之藉此詩行題寫，賦予手稿另所參與視覺詩視覺構成的水墨畫面[79]，其所題寫憨山老人詩作的「光如」、「皎若」文字，也以譬喻詞格，讓原本水墨圖景大片的留白增添了光明、皎潔的亮度。而「之二」中的「回看」也引領著讀著從文字，去回看手稿中的圖景，由此而成為觀水墨山水者。在這樣的視覺觀看中，我們不只是閱讀、觀看到文字與圖景，更在「之一」與「之二」間，觀看到了「之間性」。

如此「之間性」，也是由「組」的概念來發生的。如果說，〈山居二十首〉乃是以一首又一首詩，總共二十首詩完成連組，「圖 5-30：許悔之謄寫憨山老人詩之詩畫手稿文本」則亦延續了「連組」形式，藉由「之一」、「之二」連組出一河岸外江中汀洲的水墨圖景。一如組詩，可單獨去讀組中之詩，亦可對組中各詩進行連讀、跳讀、摘讀等進行各種豐富的閱讀行為。觀看「圖 5-30：許悔之謄寫憨山老人詩之詩畫手稿文本」，僅以圖景來說，至少就有獨立觀看「之一」、「之二」，以及連組併看「之一──之二」三種

---

[79] 對比本節前面我們所探討楊牧〈遺忘〉詩手稿內部，圖繪在草稿的協助創作之作用，從洛夫、許悔之的視覺詩文本案例看來，在定稿階段的圖繪，因為已處於可發表狀態，因此其圖繪近於完美，至少為詩人設定可示人之作品，必然也與繪畫傳統、美學有確定連結，間接可以看到詩人所接受的視覺美學傳統。

觀看方式。特別是第三種「之一——之二」的觀看方式，仰賴我們內在視覺的連結完成，形成在兩個有形山水，內在的一份無形連結，如此正也完成了中國風格化、哲理化、美學化的有無命題。

　　因此，「之一」與「之二」間看似存在著斷裂的裂隙，實則存在提供彼此往來的空間，亦即間隙。它透過「之一」與「之二」詩手稿文本中各自的文字、圖像的文本經營，誘導著讀者與觀者，對文字與圖像進行隱然的連結，如此正使靜態布置下的文字、圖像，刺激了我們內在心神的運動。透過運動，使文件形成帶交織感的連結文本。可以說，視覺詩的詩手稿，本身在美學的積極層面上，乃在完成「之間性」以及「心神運動」，就像連結相隔地理一般的橋一樣，創造出文與圖間的互文連結。然而，檢閱臺灣現代詩手稿文本，可以發現創造詩美學聚集，也不一定需要仰賴「詩—畫」這樣的互文形式，張默即以《台灣現代詩手抄本》詩作書法謄抄方式，創造聚集的意義。

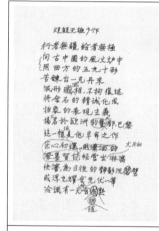 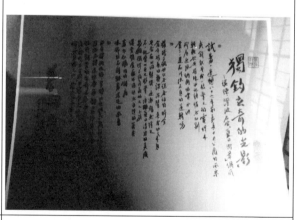

| 圖 5-31：余光中〈觀趙無極少作〉初定稿詩手稿 解昆樺拍攝 | 圖 5-32：張默〈獨釣玄奇的光影——讀陳澄波名畫「夏日街景」偶成〉手寫定稿詩手稿 國家圖書館授權使用 |

　　對於一九八〇年代詩畫互文之視覺詩運動，張默也參與其中，在《張默
世紀詩選》作者自介中即指出：「1984 年 12 月，應台北『新象藝術中心』
之邀，參加『中、義視覺詩聯展』，此後三年全心投入水墨畫的創作，並於
1986 年 1 月在高雄『御書房藝廊』舉行個展。」[80]另外並於 2015 年出版《水
墨無為畫本：精選現代詩人名句一〇四帖》收錄「視覺詩試作」，這可以看
到張默對於視覺詩所存在的創作意識。事實上，張默所屬的創世紀詩人群，
確實反映著現代詩人與現代畫家如何協作，參與著戰後臺灣現代藝術運動的
生成。在這其中，臺灣現代詩人的詠畫詩無疑是最基本的形式。須文蔚有
〈1960-70 年代臺港重返古典的詩畫互文文藝場域研究——以余光中與劉國
松推動之現代主義理論為例〉探討余光中與五月畫會劉國松在現代主義文藝
理論的推動關係，而就臺灣現代詩手稿層面，我們則可以看到「圖 5-31：余
光中〈觀趙無極少作〉初定稿詩手稿」在詠畫詩書寫上，針對趙無極的「表
現主義」進行創作，特別在詩手稿後段針對「潑墨留白」進行修改，進行凸
顯。張默及所屬的創世紀詩人群體多有對於戰後現代主義畫家相關詠畫詩書
寫，不過值得注意的是，張默也曾將視角延伸至臺灣戰前重要畫家陳澄波，
進行「圖 5-32：張默〈獨釣玄奇的光影——讀陳澄波名畫「夏日街景」偶
成〉手寫定稿詩手稿」之創作。張默〈獨釣玄奇的光影——讀陳澄波名畫
「夏日街景」偶成〉一詩，後來收錄於臺灣文學館所企劃《澄海波瀾——陳
澄波百二誕辰東亞巡迴大展臺南首展》中的詩畫互文專題。而詩人自行又以
書法書寫，以一種親身能及的書法，與陳澄波的繪畫，進行一種藝術形式上
的互文。

　　在書法詩手稿上，張默除了視覺詩、詠畫詩外，也有謄寫他人詩作，且
為一系列之詩手稿文本，後收錄為《台灣現代詩手抄本》。以下，我們即針
對「圖 5-33：張默〈從覃子豪到解昆樺・當代新詩人卅五家小詩萃〉手寫定
稿詩手稿（部分之二）」進行現代詩手稿學分析。

---

[80]　張默：《張默世紀詩選》（臺北市：爾雅，2000 年），頁 1。

圖 5-33：張默〈從覃子豪到解昆樺‧當代新詩人卅五家小詩萃〉
手寫定稿詩手稿（部分之二）
國家圖書館授權使用

之一

之二

圖 5-34：張默〈戲給詩友十二帖〉手寫定稿詩手稿
國家圖書館授權使用

　　以上「圖 5-33：張默〈從覃子豪到解昆樺‧當代新詩人卅五家小詩萃〉手寫定稿詩手稿（部分之二）」為謄寫他人之作品，裡頭最基本的提問，顯然在於既然為謄寫，那麼其中謄寫者參與了文本甚麼？

　　可以發現，「圖 5-33：張默〈從覃子豪到解昆樺‧當代新詩人卅五家小詩萃〉手寫定稿詩手稿（部分之二）」乃是張默以筆墨去謄寫當代新詩人卅五家之小詩，題名之「萃」正說明了其中叢集之意含，對應我們前述分析「之間性」所提出的「聚集」概念，只是臺灣現代詩壇詩人生生不息，數量

自有增長，張默為何題寫這卅五家，其中勢必存在著「詩選」的工作。因此詩題之「萃」，實則內含著對複數詩人其複數詩作的主題「選萃」。

　　「圖5-33：張默〈從覃子豪到解昆樺‧當代新詩人卅五家小詩萃〉手寫定稿詩手稿（部分之二）」的「選萃」，更彰顯了謄寫前，所存在龐大的閱讀—擇選作業。如此擇選，一如傳統的詩選，內在都帶有一內在的評價，以及評價所指涉的詩學與詩審美觀。也可以說，筆墨書寫本身就是帶有對文字的個人風格化展現，涉及對群體詩人不同詩作的文字再現，也使之產生特有的文字閱讀詮釋機制——包括這樣主題的詩作該用甚麼字體寫法表現，不同詩人與作品間是否又要形成層次差異。

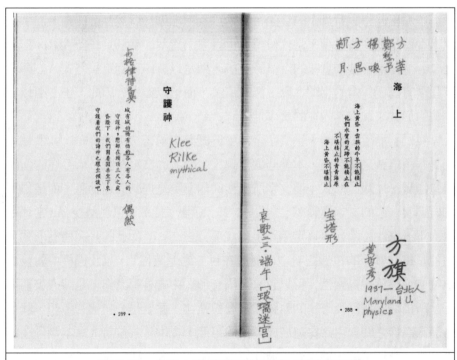

圖5-35：余光中現代詩專題演講材料講義手稿

國家圖書館授權使用

　　我們要注意到的是「圖5-33：張默〈從覃子豪到解昆樺‧當代新詩人卅五家小詩萃〉手寫定稿詩手稿（部分之二）」的群體意味，由於張默長年編輯詩刊與詩選的經驗，使其很自然地有以詩人群為單位的視野觀點，例如「圖5-34：張默〈戲給詩友十二帖〉手寫定稿詩手稿」即針對各詩人，並融入各詩人代表詩集、詩作意象入詩，以此結群，進行系列創作。可以說，這樣複數詩人群的觀看，往往內存著詩學主題性，例如：「圖5-35：余光中現代詩專題演講材料講義手稿」左上角即手寫羅列了「方莘、鄭愁予、楊喚、方思」四位詩人之名，而最後再加上「新月」，即呈顯有意識地以「新月派」之並列，進行前四位詩人的辯證。只是相對於「圖5-35：余光中現代詩專題演講材料講義手稿」具體在〈守護神〉加註了「與格律詩之異」、「偶然」，點出此詩與新月派的音韻特性，以及徐志摩〈偶然〉；「圖5-33：張默〈從覃子豪到解昆樺‧當代新詩人卅五家小詩萃〉手寫定稿詩手稿（部分之二）」作為帶創作意味的定稿詩手稿，則是以詩作書寫定稿方式，亦即沒有呈現書寫過程中的相關準備、修改痕跡，而予以顯現。因此，正必須以其聚集的形式來觀察其內在的文本性。

　　我們不能說張默的水墨文字全然屬於既有中國書法美學範疇，我們重視的是水墨筆跡之所存在，本就凸顯是讓「之間」的文字符號，所存在的軌跡得以顯現，並藉此形式，使文字所指涉的內容更見連結的運動感。而這份正如同運鏡一般的文字運動感，於「圖5-33：張默〈從覃子豪到解昆樺‧當代新詩人卅五家小詩萃〉手寫定稿詩手稿（部分之二）」如此的長／橫卷形式，更能呈顯在實際的拉展觀看中「歷歷在目」之歷時性[81]，以及過程中對後面事物的期待感與探索性。可以說長／橫卷形式中的各篇詩作，是詩人書寫地理上所佈局的據點及書寫的軌跡。長卷與軌跡，甚至是一次次的鈐印，觸及各詩人詩作之間對生命探述彼此轉注的可能，提供了各位詩人原本劃分在個人詩集、詩作領域，得以產生彼此詩作詞語間，聲音與意旨的可能交換。

---

[81] 而中國書畫長卷形式的歷時性，也使之提供了一種敘事功能，最具代表性的莫過於「洛神賦圖」、「韓熙載夜宴圖」。

「圖5-33：張默〈從覃子豪到解昆樺‧當代新詩人卅五家小詩萃〉手寫定稿詩手稿（部分之二）」對複數詩人的複數文本所進行的擇選、編排與謄寫詮釋，使得全文本的文本據點組構，成為帶有如星座（constellation）般的理念（Idea）再現。如此帶擇選性的長／橫卷水墨謄寫結構，其所進行的再現，並不在如影印機一般，靜態化地複製、復原各詩人各詩作，而在透過手寫的聚集、擾動，更新解讀各詩人各詩作的方式。原本靜態地刊印於紙本刊物的本文詩作，在張默內在訴求理念下，以水墨長卷方式再創作，而產生動態化、文本化的過程。

從本節前論侯吉諒〈烏克蘭戰爭〉、蘇紹連〈位置〉、羅青〈地震〉之詩手稿，我們可以看到詩人如何有意識地使文字書寫帶有鏡頭與鏡頭運動，解構／放了印刷定稿對一首詩之書寫歷程文本的定位／型化觀看。手稿中的鏡頭觀點，提供了怎樣的視覺意象呢？其如前衛劇場對傳統鏡框式劇場舞台的挑戰一般，在打破了對一首詩僅能以「定稿版面」這樣單向觀看形式的幻覺，提供了「震驚」（shock）的動能，展現真實的寫作狀態，而使對書寫的觀看，以及對之的理解，不是一種靜物，而變成一個行動。

詹美涓〈菩薩本願依根而度──慶死弔生　此願方休〉一詩所存在的手稿文件，正應用了「手稿─鏡頭」的運動概念，對另一定稿化的文本，進行轉己為用的續進創作。以下，我們先並列詹美涓〈菩薩本願依根而度──慶死弔生　此願方休〉詩作印刷發表刊印稿，以及其所應用之「圖5-36：詹美涓〈菩薩本願依根而度──慶死弔生　此願方休〉於黃勝常〈《地藏菩薩本願經》正解導讀〉之字詞圈劃運動手稿圖」，以進行後續論述分析。

詹美涓〈菩薩本願依根而度──慶死弔生　此願方休〉之印刷發表刊印稿如下：

死人的場合
大鬼王揭開摀住的蓋子
旋出旋入　示現女人身
色相圓滿　可惜資糧都不具足

五種不同的人說
母罪重當入惡趣
他們的疑惑是什麼呢？

不學佛的人
從頭到尾不知道
死者生前幹過什麼惡事
買個保險也不算吃虧
如法自慰　聊以修行

在大鐵圍山之內，
天上人間也都一樣
多數與它接觸的
不想真的去解
厭離三界火宅
生死苦海的　最低要求

菩薩本願依根而度
邪魔外道再三保証
一個在上面拉
一個在下面推
突顯出人天種種勝妙之樂

在這五濁惡世
解脫最原始
升天受樂
不用擔心為什麼
厭生

往昔前生不願成佛
因見佛相好　無解脫時
在起跑點上　是很吃虧的
同值此時此地
末世不易找到盲人
魔說　不敢再提阿鼻地獄的本來面目

自私自利出離地獄
就會示現天堂
一呼名號或見形像
就會得救
然而
沒有樓梯　誰也別想上樓
腿腳有問題的　墮於地獄
腿力強的閻羅天子及諸鬼王
調轉奔向　有字無義的老家
形成了百千不同的
天堂
善男子善女子
誰也爬不上來

百劫千生，自己一步踏入
無邊黑暗　誰來接引？
千萬別跟祖宗父母親友
糾纏
一定要以誠直心
耽緬沈醉　安穩快樂
恭敬供養諸佛泥塑木雕之像

一人亦滿，多人亦滿
把這顆心搞到一點容人的空間也沒有
念佛名號　塵勞不已

逼迫無暇之中
不是非待在黑暗中不可
覺覺人鬆開油門
緊踩煞車
徹底降伏世間豪貴
不可劃清界線輕易錯過
無數惡鬼及魍魎精魅之腥血
慶死弔生　此願方休

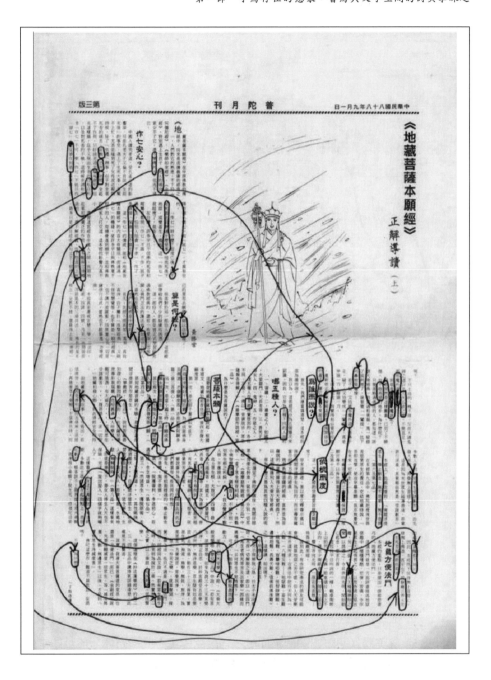

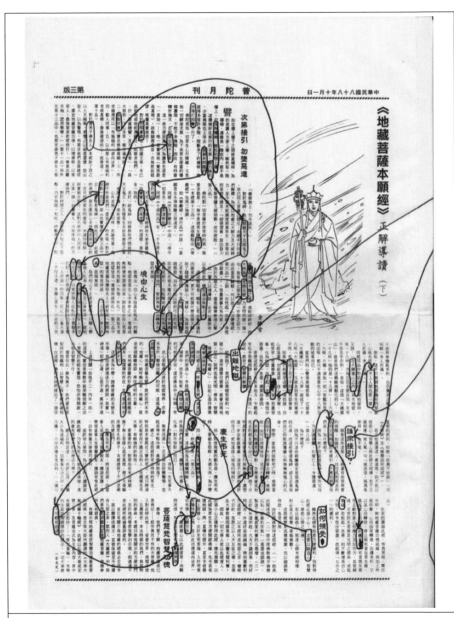

圖 5-36：詹美涓〈菩薩本願依根而度——慶死弔生　此願方休〉於黃勝常
〈《地藏菩薩本願經》正解導讀〉之字詞圈劃運動手稿圖
詹美涓授權、侯俊明提供

　　後現代書寫以符號遊戲作為特性表徵之一，事實上對於文學之起源的探討，「遊戲說」亦為源流之一。朱光潛《文藝心理學》第十二章即為「藝術的起源與遊戲」，對此尤煌傑〈「遊戲」之於「藝術」的解析——以朱光潛的美學理論為據〉細部研究指出：

> 　　將「遊戲」概念滲入「藝術」起源的美學理論，始自近代康德、席勒等人的學說，這個理論的發展脈絡盤旋在以「人」為主體的哲學人學以及當代心理學的理論潮流之中，直至當代哲學才又有另一番新局面產生，有分析哲學的維根斯坦把「遊戲」概念引入語言分析當中，有高達美把「遊戲」概念引入詮釋學的理論當中。……朱光潛所撰寫的〈藝術的起源與遊戲〉裡，忠實地處理在固有「藝術」範疇內如何看待「遊戲」與「藝術」的對比問題。從當代美學的眼光來回顧這樣的學術視角，之前的「藝術」被視為是一個孤立的自律世界，而當代的哲學傾向於把「藝術」視為與其他存有者無差別的存在現實，「藝術」被擴大，甚至超越了原始我們所認為的「藝術」的疆界，它成為可以進入真理之本源的通道，或是對任何存有者的詮釋方法之一。[82]

　　在如此後現代符號遊戲概念的理解，我們回看「圖5-36：詹美涓〈菩薩本願依根而度——慶死弔生　此願方休〉於黃勝常〈《地藏菩薩本願經》正解導讀〉之字詞圈劃運動手稿圖」明其手寫中所寄寓的遊戲意涵，以及其如何藉由對字詞的圈劃聚焦、圈後箭頭引線，在黃勝常對《地藏菩薩本願經》的經典詮釋文本上的游動中，形成他者經典詮釋與自我另行存在的現實創作動機，創造出美學意義的摩擦。詹美涓〈菩薩本願依根而度——慶死弔生　此願方休〉藉他者對經典詮釋文本形成創作，但在觸發如此符號遊戲，

---

[82] 尤煌傑：〈「遊戲」之於「藝術」的解析——以朱光潛的美學理論為據〉，《哲學與文化》第46卷9期（2019年9月），頁19。

則有其本事源由——〈菩薩本願依根而度——慶死弔生　此願方休〉此詩乃是詩人詹美涓相贈臺灣著名藝術家侯俊明之詩作。侯俊明於 2021 年 4 月 18 日個人社群網路平台版面即自述：

> 整理昔時舊物中發現一首詩。沒有署名，沒有日期。大多非我慣用的語詞。底下有一張折疊的被黏貼而成的 A2 大小影印的 1999 年普陀月刊〈地藏菩薩本願經〉正解導讀，有趣的是它像一張地圖，這首詩就是由這些被密密麻麻圈起來的字詞串連重組成一首乖謬反骨的詩。[83]

　　侯俊明指出詹美涓相贈詩作的互文性，所挾帶的叛逆風格，這正是臺灣現代詩於戰後一九五〇－六〇年代所形塑的逆叛傳統。如此逆叛，以字詞文法的扭變，完成對白話散文的挑戰。或有謂現代詩是打翻的鉛字盤，而如今一位以《地藏菩薩本願經》詮釋文本為底稿，亦即另一種鉛字盤，進行字詞擇選的再創作，則自有另一遊戲性的創作。誠如朱光潛《文藝心理學》之論遊戲與藝術的比較，指出兩者皆「一方面要沾掛現實，一方面又要超脫現實」[84]、「遊戲和幻想的目的都在拿意造世界來彌補現實世界的缺陷」[85]如此圈選字詞以為詩，詩人不是「打翻」鉛字盤這樣隨機性的有了字詞，而是在書寫歷程中，存在對本文《地藏菩薩本願經》熟悉程度的關係——可以是熟透的關係，有個基本的底模，再隨性看有無新的機遇；可以是僅有些微的熟悉，在不斷有意識要完成一個給予對象的詩作，而主題式地熟悉文本。這給予對象，既為藝術家侯俊明，也正同時在為此詩的書寫現實提供了詩文字的著落。
　　現實中的侯俊明是如何的存在？或者侯俊明為詩人詹美涓所提供的現實

---

[83] 出處 https://reurl.cc/7jg9R9 此一侯俊明之 2021 年 4 月 18 日貼文，2021 年 6 月 20 日查閱。

[84] 朱光潛全集編輯委員會[編]：《朱光潛全集》第一卷（合肥市：安徽教育出版社，1987 年），頁 381。

[85] 朱光潛全集編輯委員會[編]：《朱光潛全集》第一卷（合肥市：安徽教育出版社，1987 年），頁 376。

為何？我們或可藉李維菁專訪侯俊明之〈「對一個廢人你能要求什麼？」
——侯俊明的【以腹行走】〉：

> 「對一個廢人你要求什麼呢？」侯俊明說。之所以畫出這系列自由書
> 寫的繪畫，是在這兩年面臨即將崩解的自己的心情獨白。簡單來說，
> 崩潰在現實上的兩個原因，一是離婚帶來的；二是長久纏繞自己 37
> 歲會死亡的天才夢魘。
> 在十年前侯俊明曾經被視為最具潛力與爆發力的新秀藝術家，他融合
> 社會批判的思維與個人風格極強的民間信仰美學元素，在八〇年代
> 末，年紀輕輕地就打下猛烈的成績。幾年的成功以後，開始有人對侯
> 俊明有所期待、也有所質疑，而他也不可避免地轉入創作生涯與生命
> 轉型苦楚之中。離婚以及 37 歲死亡的魔咒，另一面其實對照著他從
> 一個受矚目的新秀藝術家過度成為成熟的藝術家階段的苦澀掙扎。[86]

死亡焦慮與家庭婚姻的破碎，是 30 多歲後侯俊明長期的情感困局，如
何走出並與過往成名的風格相辯證，成為困擾侯俊明的精神議題。這成為詩
人詹美涓書寫的現實，詩人與其說要表現藝術家這份現實，更毋寧說是要為
這現實提供一份寬慰。寬慰不是施捨，也不是原諒，從「圖 5-36：詹美涓
〈菩薩本願依根而度——慶死弔生　此願方休〉於黃勝常〈《地藏菩薩本願
經》正解導讀〉之字詞圈劃運動手稿圖」所留存手寫歷程中那強烈的符號視
覺，是要呼應藝術家的叛逆，形成共同感——詩人這樣與藝術家說：我理解
你，我將從與你相同之處開始述說——由此，我們就能理解這份詩手稿文本
以《地藏菩薩本願經》為潛在的底本，形成破碎與連結的遊戲形式，乃是在
詩人有意留存下，以手稿與定稿共存並現的方式，交付給藝術家，藉以完成
對藝術家的寬慰。

可以說，詩人之破碎與連結的遊戲形式，多重地俱成詩人對藝術家現實

---

[86] 出處《cans 藝術新聞》第 31 期（2000 年 4 月），頁 110。

與將來之隱喻。四處圈選黃勝常〈《地藏菩薩本願經》文稿之字詞所形成的底稿破碎感，隱喻著藝術家原本的叛逆實驗，以及後來瓦解的婚姻；圈選詞之間的連接線，則寄託著詩人希望藝術家重新獲得話語，繼續說下去的願望。而就詩手稿學角度，可更深化探討此一帶後現代閱讀感的「圖 5-36：詹美涓〈菩薩本願依根而度——慶死弔生　此願方休〉於黃勝常〈《地藏菩薩本願經》正解導讀〉之字詞圈劃運動手稿圖」其底稿的版面紋理性。

在本書第二章我們從物質形式，析理出承載詩文字的載體，以及載體可能對詩書寫的影響，以及對詩文本歷程所能提供的考證判斷。例如有一般的紙張、稿紙、宣紙，甚至跨越紙以外的材質，例如金石以及電腦，通常金石類往往涉及裝置藝術與公開展示；電腦則在便利性外，因其數位特性，而擴展了手寫的概念——鍵盤與數位電子筆都刺激著詩文字的現代、後現代寫作。「圖 5-36：詹美涓〈菩薩本願依根而度——慶死弔生　此願方休〉於黃勝常〈《地藏菩薩本願經》正解導讀〉之字詞圈劃運動手稿圖」在物質上是傳統的紙張，但卻有著紋理性。這份紋理性不是在談紙張物理上的模造紙、銅版紙、珠光紙、雷射噴墨影印紙等，而是表現在列印著黃勝常〈《地藏菩薩本願經》正解導讀〉的文字，亦即黃勝常〈《地藏菩薩本願經》正解導讀〉的文字，成為了詹美涓書寫詩作紙張的紋理。

詹美涓是在黃勝常的文字上進行詩寫作，在視覺上體現了後現代的符號交雜現象，前在與現下書寫之間的可以混融。正因為如此，使得詹美涓與傳統依據經典發揮的詩創作有明顯的差異。《地藏菩薩本願經》作為佛教經典，記述了地藏菩薩的過去願力，以及救度眾生之道。地藏菩薩發下「地獄不空，誓不成佛」的大願，幫助所有在地獄受苦的眾生。《地藏菩薩本願經》這部經典正講述了地藏菩薩的願力和救度眾生的方法，並且提供了指引告訴人們如何通過修行、念誦、供養等方式獲得救濟。而一般詩人針對《地藏菩薩本願經》這樣的寓意，可能會描寫地藏菩薩救濟眾生的過程，並且使用豐富的形象和象徵性的比喻，來展示地藏菩薩的願力和救度眾生的方法。一般詩人也可能會使用地藏菩薩本願經中的故事和人物來描述他們自己的修行之路和思考生命的意義。詩人也可能會把地藏菩薩本願經轉化為現代社會

的議題，如環境保護、社會公正等，以藉此來呼籲讀者關心這些議題。

以上這些書寫模式，大抵都還是依據著經典本文進行詮釋與發揮，但積極的現代主義寫作，則更重視如何藉文化經典培養想像力，以及調動創造力。如果說，黃勝常〈《地藏菩薩本願經》正解導讀〉是對《地藏菩薩本願經》的詮釋[87]；詹美涓則在此文字版面中，藉著文字紋理創造了一個對既有詮釋的逃逸路線（line of flight）。若如前述，這如果是一份隱喻，那麼這份詩人在經典詮釋中創造的逃逸路線，也正是在創造侯俊明已被詮釋過的現實生活悲劇一個可能的逃逸。或許這也是詹美涓這份依於詮釋《地藏菩薩本願經》的字詞紋理，所能為侯俊明提供的精神解脫。

我們不妨來細部觀察「圖 5-36：詹美涓〈菩薩本願依根而度——慶死弔生　此願方休〉於黃勝常〈《地藏菩薩本願經》正解導讀〉之字詞圈劃運動手稿圖」中手稿書寫呈現的逃逸路線細節。我們以本書第二章所建立的書寫修改熱區概念，選擇整個文本中首次出現的熱區，即「黃勝常〈《地藏菩薩本願經》正解導讀〉（上）」之中一半之處，以及帶有跨頁面性的「黃勝常〈《地藏菩薩本願經》正解導讀〉（下）」其一半之處與「黃勝常〈《地藏菩薩本願經》正解導讀〉（上）」相連結處，此三部分進行研究討論。在熱區之中，有兩個現象值得討論，分別為：

1.引動據點間連結次序的箭頭圈線

2.圈中帶有刪除，從刪除也彰顯了引動中適應創作動機的修改。

以下，我們即針對這兩個現象舉實例細部討論。

在書寫修改熱區中，由於黃勝常〈《地藏菩薩本願經》正解導讀〉提供的文字紋理，本身因為其印刷版面排版形式，使得標題部分易形成視覺焦點。事實上，視覺焦點與詩意的創造力具有緊密的關係。以寫景詩與題畫詩來說，主體面對自然風景或繪畫作品時，視覺會被甚麼吸引著？主要為顏色、形狀和細節，而由此產生的詩作文本，也自然會從中進行調取。在詹美

---

[87] 黃勝常著有一系列探究《地藏本願經》的著作，包括《地藏本願經白話講解》、《地藏本願經讀本》、《地藏本願經經法研探及地藏法門對照表》。

涓所鋪排的逃逸路線中，標題確實是重要的據點，具體來看，「黃勝常〈《地藏菩薩本願經》正解導讀〉（上）」熱區中的標題「菩薩本願」被圈起，並以箭頭線指向下一個標題「依根而度」。就此對比詹美涓〈菩薩本願依根而度——慶死弔生　此願方休〉詩作第四段開頭，確實為「菩薩本願依根而度」。而被圈起的「依根而度」，箭頭指向「邪魔外道」，也可在詩作中「菩薩本願依根而度」下一行看到「邪魔外道」這樣的開頭。這樣圈字詞以及箭頭線，也會跨越單一版面，例如「黃勝常〈《地藏菩薩本願經》正解導讀〉（上）」中標題「做七安心？」中的「自私自利」，乃是整個文本中第一個跨版面，連結「黃勝常〈《地藏菩薩本願經》正解導讀〉（下）」中的標題「出離地獄」，而詩作第七段開頭亦為「自私自利出離地獄」，而下行「就會示現天堂」之後所接，也確實為「出離地獄」。

　　這些圈詞與箭頭之運動軌跡，除有跨越段落、版面之狀況，甚至有逆向黃勝常〈《地藏菩薩本願經》正解導讀〉文章的語序，例如「黃勝常〈《地藏菩薩本願經》正解導讀〉（下）」中的「在大鐵圍山之內」便逆向，倒敘式地圈引至上一段的「天上人間也都一樣」，並也更進一步地跨越逆推至「黃勝常〈《地藏菩薩本願經》正解導讀〉（上）」的「多數與它接觸」。而這也化為詹美涓〈菩薩本願依根而度——慶死弔生　此願方休〉第三段開頭之「在大鐵圍山之內，／天上人間也都一樣／多數與它接觸的」。

　　以上皆可以看到在「圖 5-36：詹美涓〈菩薩本願依根而度——慶死弔生　此願方休〉於黃勝常〈《地藏菩薩本願經》正解導讀〉之字詞圈劃運動手稿圖」中「引動據點間連結次序的箭頭圈線」跨段、跨版本躍動，以及逆向底稿文字紋理之豐富運動狀態。在其中我們也可發現，在圈選中涉入了刪除的塗抹動作，例如：在圈選「邪魔外道的宣傳」，便刪去「的宣傳」；在圈選「佛說還是魔說」，則刪去「佛說還是」；在圈選「再三向佛陀保證」，也刪去「向佛陀」。在這圈選其間，詩人還進行刪除，其目的為何？

　　為了敘事。

　　如果說詹美涓〈菩薩本願依根而度——慶死弔生　此願方休〉一詩，內在有著為侯俊明現實創造逃逸路線的述說動機，那麼在詩中詩人在割裂既有

詮釋，提取詞彙，創造逃逸路線，這個路線也以敘事線的型態出現，而非如禪宗公案這樣中國傳統佛教敘事般往往具備突兀、斷裂的隱喻，造成敘事感上的暫停中斷。詹美涓〈菩薩本願依根而度——慶死弔生　此願方休〉在圈劃取用、刪除黃勝常〈《地藏菩薩本願經》正解導讀〉的詞彙，以箭頭線創造了一個本文所不存在的故事，細讀詩作的開頭「死人的場合／大鬼王揭開捂住的蓋子／旋出旋入　示現女人身／色相圓滿　可惜資糧都不具足」呈顯出大鬼王揭棺，而顯出一有色相，但內在資糧不足的主體。

何謂資糧不足？要回答這個問題，則先要解釋何謂資糧？資糧亦為佛教語，乃指修習佛法所需準備之資本。而資糧之累積，需要在對修六度波羅蜜，亦即布施、持戒、忍辱、精進、禪定、智慧的實踐中累積出來，其中前五度為福業，最後第六度則為慧業，而這即是我們所謂「福慧雙修」、「福慧俱足」之佛教本源。因此詩中所謂資糧不足，戲劇化地反襯出「色相圓滿」的不圓滿——其在追求成就佛法以解脫上的不完滿，雖則從棺槨死而生，卻又可能是場無法解脫輪迴的一生，如此攜帶著色相圓滿，或者僅是有限時光的色相圓滿軀體，又何嘗不是又一場夢幻泡影呢？

就詹美涓〈菩薩本願依根而度——慶死弔生　此願方休〉的詩敘事來說，無論是藉著揭開棺槨啟動敘事的鬼王，還是做為故事主體角色的不足資糧者——他們都不是作為本文的《地藏王菩薩本願經》以及黃勝常〈《地藏菩薩本願經》正解導讀〉所要追蹤的主體——地藏王菩薩。從本文中偏移的「色相圓滿卻資糧不具足」的主體，莫非正遙指著現實中陷入困境的侯俊明？

在現實中挫敗的主體，往往也會陷入自責困境。挫敗乃是指未能達成一個目標或期望的狀況，當一個人面對挫敗時，他們可能會對自己產生負面評價，並認為自己是失敗或挫敗的原因。這種自我評價可能會導致憂鬱、焦慮和其他負面情緒的出現。然而，自責感並不總是合理的，因為很多時候，失敗或挫敗的原因是多方面的，並不完全取決於個人。這份無以名狀的挫敗自責感，正被詩人賦予形狀為「色相圓滿卻資糧不具足」。「色相圓滿」可以喻指侯俊明之前成名的藝術創作作品，而資糧不足，由於並非天生，而是仰

賴人的修持，則似乎在召喚挫敗主體不再限於頓挫局面，而起行追求。

詹美涓〈菩薩本願依根而度──慶死弔生　此願方休〉不只以圈選詞彙後的箭頭線形式符號，顯示出逃逸路線，其所組織出的詩行語意內容，也是主體出離地獄的旅程。以出離地獄為詩，最著名的作品莫過於但丁（Dante Alighieri，1265-1321 年，義大利詩人）《神曲》（La Divina Commedia）[88]。但丁的《神曲》為一部長詩，分為：地獄、煉獄和天堂三篇。地獄篇是該作品的開端，描述了但丁穿過九個圈層的地獄，看到各種各樣的罪惡和受苦的靈魂。但丁的地獄旅程始於「黑暗之林」。但丁在此迷失了方向，於前方看到一座山。但丁嘗試爬上山頂，但路徑被野獸擋住了。在他最黑暗、絕望的時刻，但丁被古羅馬詩人維吉爾引導，得以穿越了地獄的九個圈層。每一個圈層都代表著一種罪惡，從最輕微的罪行到最嚴重的罪孽。在地獄篇尾聲，但丁和維吉爾到達了地獄最底層，在那裡座落著科基托湖，湖中有一個巨大的魔鬼撒旦。但丁通過撒旦的腳下，雖走出了地獄，但也將開始他的煉獄之旅。但丁的旅程也象徵著人類在追求救贖和永恆生命的過程中，所要經歷的各種困難和試煉。

詹美涓〈菩薩本願依根而度──慶死弔生　此願方休〉的出離地獄，可視為微型的《神曲》，只是在色彩上帶有東方佛教韻味。詹美涓〈菩薩本願依根而度──慶死弔生　此願方休〉有許多組構詞彙，以強化形容脫離地獄的動作，其中：

　　菩薩本願依根而度
　　邪魔外道再三保証
　　一個在上面拉
　　一個在下面推
　　突顯出人天種種勝妙之樂

---

[88] 此外波特萊爾（Charles Pierre Baudelaire）《惡之華》中亦有〈唐璜在地獄〉一詩。

　　此一段落最為生動，菩薩與邪魔在此一上拉一下推，超拔受難主體離開地獄上天堂，不過若追蹤詩人所引之「圖5-36：詹美涓〈菩薩本願依根而度——慶死弔生　此願方休〉於黃勝常〈《地藏菩薩本願經》正解導讀〉之字詞圈劃運動手稿圖」（上）的部分，詩行「一個在上面拉／一個在下面推」實則選取「地藏方便法門」一節中的「一個在上面拉—嚮往奔向光明，一個在後面推—怖畏出離黑暗。」這是指「地藏方便法門」如何幫助人脫離地獄的效用，但詩作卻讓「邪魔外道」也一同成為脫離地獄的助力，使得詩作與本文間形成不同的氛圍。詩人與惡魔間的互喻，從現代主義詩書寫開始便已吐露其徵，在《惡之華》中波特萊爾（Charles Pierre Baudelaire）不少將詩人與地獄惡魔互喻的詩句，例如〈一對好姊妹〉：

> 向那不幸的詩人，家庭的仇敵，
> 俸祿微薄的朝臣，地獄的寵兒，
> 在千金榆的林蔭下，墳墓以及
> 妓院展示悔恨未曾睡過的床褟。[89]

　　而連母親也嫌隙的異胎之子，也成為詩人的譬喻，例如〈祝禱〉：

> ——「啊！我寧可生下一團蛇，
> 與其養育這個讓人嘲笑的孽子！
> 該詛咒的是，那夜短暫的歡樂，
> 竟使我腹中懷孕這個贖罪之子！
>
> 既然你在所有女人中把我選出，
> 使我可憐的丈夫對我產生厭惡；

---

[89] 波特萊爾（Charles Baudelaire）[著]；杜國清[譯]：《惡之華》（臺北市：臺灣大學出版中心，2016年），頁217。

　　既然我不將這先天不良的怪物，

　　拋棄在火中，像焚毀一封情書，」[90]

　　可以發現波特萊爾（Charles Pierre Baudelaire）正藉著詩人為一般人與價值觀所排斥，如惡魔般不祥的身體面貌，成為對現代化的異音。異端身體可否得到救贖，或者以自我逆叛的行徑，獲得意義與對之審美？這成為現代主義異端身體的前衛行徑，尋求內在安頓的動機。詹美涓〈菩薩本願依根而度——慶死弔生　此願方休〉似乎也掌握了這樣現代主義者的矛盾感，使得其儘管歸屬於離開地獄尋求解脫的逃逸路線，卻在每一段中微微隱藏著異於傳統解脫證道的鬼魅書寫，特別是結尾開頭雖寫：「逼迫無暇之中／不是非待在黑暗中不可」暗暗鼓勵藝術家走出現實的黑暗困境，卻又以「不可劃清界線輕易錯過／無數惡鬼及魍魎精魅之腥血／慶死弔生　此願方休」為全詩總結，不希望藝術家又為現實抹去原本頭角崢嶸的才華——走出困境，在佛的嚮導，恆存魔鬼的異端，這如此慈悲又前衛的逃逸路線，正是詩人要給藝術家最完美的逃逸路線。

　　在臺灣現代詩手稿手稿中書寫文字，所呈顯出有別定稿印刷的多向運動，其在版面空間形成了一鏡頭般或游移或聚焦，如此動靜之間的閱讀。這解放了我們認識詩人書寫，以及閱讀詩人書寫的視覺狀態。現代詩手稿版面中書寫的多重，且帶動靜感之文字路徑，以至於形成的逃逸路線，並非逃離現實，而是對現實的邏輯進行發現，為現實僵局提供邏輯解構的可能，增強個人跳出現實框架可具備的思考能力。如此書寫的動靜與路徑所呈現的思索性，正是詩手稿之視覺形式，本身的意象／向性其意指之所在。

---

[90] 波特萊爾（Charles Baudelaire）[著]：杜國清[譯]：《惡之華》（臺北市：臺灣大學出版中心，2016 年），頁 4。

第二節　手寫存在的音韻：
書寫與語音空間的詩美學課題

　　從本章上一節，我們看到臺灣現代詩手稿文本中文字在形式符號的輔助下，詩人將文字在紙面上進行運動以及運鏡，有以求最終詩美學的想像，也有以之反顯出後現代現實傳媒情境中實存的後設狀態，更有反向取用，回饋自我詩訴求，創造精神的逃逸路線。如此既可見印刷定稿的發生前史，復又也顛覆了印刷定稿對書寫的制約。在如此詩手稿文本版面中種種運動與運鏡之間，所拉開的版面空間，正可凸顯「之間」與「空間」不只一字之差，更有著豐富的詩生成意義之探索。

　　「之間」與「空間」此間之詩美學探索，最具代表性的學者，莫過於法國哲學家朱利安（François Jullien，1951-），在《間距與之間：論中國與歐洲思想之間的哲學策略》中他針對中文形式上的表義，辯證中國與歐洲文化多元性間的「差異」。朱利安認為比起「差異」，「我一開始就批評有關文化之多元性所提出的『差異』概念；我建議用另一個字來取代它，這個字是『間距』，大家可能以為它們是同義複詞，但是我把它們用成反義詞。」[91]

　　當「之間」不再被侷限於仲介／中間階段的地位，不再處於最多和最少之間，而是像穿越那樣地展開的時候，之間的功用會是什麼呢？中國思想用氣息、流動和呼吸來看待我們所謂的「現實」。「之間」是，或者說「作為」一切從此／經由此而展開之處。《莊子》裡有名的庖丁解牛之刀便是「遊刃有餘」地解牛：因為庖丁的刀在關節「之間」所以不會遇到阻礙和抵抗，牛刀不會受損，總是保持像剛被磨過一般地銳利。養生也具有同樣的道理。如果生命力暢通無阻地行於我們體內運作「之間」並且在通過之際滋潤它們，生命力就會使我們的

---

[91] 朱利安（François Jullien）[著]；卓立、林志明[譯]：《間距與之間：論中國與歐洲思想之間的哲學策略》（臺北市：五南，2013年），頁23。

　　身體保持敏捷，生命力也永不枯竭。[92]

以此發微，落實在現代詩研究者，最具代表性的莫過於翁文嫻教授《間距詩學：遙遠異質的美感經驗探索》。該書吸收了朱利安（François Jullien）之概念，研究對象由《詩經》而到當代現代詩，具體分為「甲部：古典中文的當代性與國際視野」、「乙部：現代詩語言創新中的古典元素追索──賦比興之轉化」、「丙部：不同詩語言因『間距』而生的美感效果」三部分。只是在此，我們要追問的是，在運用《莊子》「庖丁解牛」以闡釋「間距」與「之間」詩學，除了從間隙及有容的角度，以論語言的詩學可能之時，還存在什麼被忽略的，而仍屬於詩學的隱喻呢？

　　讓我們真正回到《莊子・養生主》的「庖丁解牛」寓言原文，尋索朱利安（François Jullien）以降相關「之間」、「間距」理論所未及之處，則可以發現寓言中的「音樂」消失了──除了視覺，寓言還寫到：「砉然嚮然，奏刀騞然，莫不中音。合於《桑林》之舞，乃中《經首》之會。」在解牛之間／際，一切並非是靜默的，伴隨隱喻著生命狀態的主體活動時，還共時性地發出了聲響。

　　在解析《莊子・養生主》寓言以得詩學意旨上，對於嚮然中音討論上的這份遺缺本身就是一種現代詩學的寓言，表達了「音樂」在現代詩學研究上，長期處於缺席的狀態。仔細梳理來看，之間詩學中音樂的缺席，實則指涉著「語音空間」的缺席。本節以這份缺席的狀態為據點，探討詩手稿學在書寫所涉及的語音聲響，以至於詩學音樂之中音課題。

一、雜音而中音的文字

（一）字音與多聲性

　　在中文形音義兼具而共存的事實理解下，紙面中一首詩的字體與字音無

---

[92] 朱利安（François Jullien）[著]；卓立、林志明[譯]：《間距與之間：論中國與歐洲思想之間的哲學策略》（臺北市：五南，2013 年），頁 67-69。

處不存。我們無論有無意識在閱讀過程中，自我內在發展著默唸行為，在閱讀一首詩時，自我主體實則沉浸於文字釋放的聲響中。這彷彿我們臨岸觀海，不一定要讓浪濤打到身上，聽聞潮音也足以領略一片海的洶湧。

　　鼓盪的海音成就了我們對海其洶湧風格，那份感覺的抵達。一如我們讀詩，在詩頁的岸邊，其中詩文字字形要傳達的字義，不一定為我們所理解，但我們終究在心中默唸出那詩文字的字音，讓自我主體置身入那聲響中。此之聲響，因為詩自有的文類傳統，而往往帶有一份詩韻秉性，以至於詩歌之音樂性，即便由古典而現代詩，亦復如此。就形式來說，這乃是因為即使由古典詩轉而為現代詩，現代詩並不需要，甚至還以刻意破壞古典詩格律形式作為書寫前提，但以「分行」作為最主要的形式。而「分行」，使得詩文字在閱讀上形成節奏的改變，在此基礎上當現代詩人有詩歌音樂意識，即能據此發揮，強健其詩作的音樂性。例如楊牧《一首詩的完成》〈記憶〉開頭如此寫下：

> 「我現在二十一歲，念哲學系，可是念得很糟糕。」你說：「家住在草屯鎮附近的一個美麗的河谷上，河谷上的稻田剛插秧，甘蔗正要收成。」我注意到你的信原來是八月間寫的。你又說：「小時候我們常帶著削鉛筆的小刀，到泉水旁邊割回大束的野薑花。」那時，當你的信寫到這裡的時候，或許你正聽到火車汽笛在呼喚⋯⋯[93]

而在後段則復又針對其記憶主題，進行一次關鍵重述，楊牧寫到：

> 正如你現在所能把握到的記憶，那些過去了的聲色，必然都是真的：
>
> 　　小時候我們常帶著削鉛筆的小刀
> 　　到泉水旁邊割回大束的野薑花

---

[93]　楊牧：《一首詩的完成》（臺北市：洪範，2004 年 9 月），頁 22。

> 請允許我將你一句話這樣重新排列，組成兩行充滿 nostalgia 的詩句，
> 很清潔很明朗的敘說，簡單的意象，實在的情節，不帶任何渲染，卻
> 有詩存於其中。[94]

比較前後兩段，針對前段所引青年詩人來信之「你又說：」之後的散文句，在後段則去除「小刀」後的逗點，以及「野薑花」後的句點，並將之分成兩行，形成前後各空一行的獨立段落。省去標點符號，已有精簡之功；分兩行呈現，更使文句有了矚目的效果。詩人楊牧如此重新排列的形式處理，在不改變文字內容的前提下，使散文一變為詩。仔細來說，楊牧所謂「有詩存於其中」，具體來說，是有詩存於「將散文改為分行的形式」之中。分行固然在視覺上能形成聚焦，在聽覺上，當我們讀上述分行為詩形式後的散文版本時，則也會在第一行最下的「小刀」與第二行最上的「到泉水旁邊」間，形成一段由下繞上的空白區間，這段空白區間是閱讀上的多重空間，既是一段短暫停的靜默，也是一段呼吸的時間。權借白居易〈琵琶行〉：「冰泉冷澀弦凝絕，凝絕不通聲暫歇。別有憂愁暗恨生，此時無聲勝有聲。」對比於聲響的靜默如何提取，正是詩人經營詩歌音樂性的細微之處。

上述討論與例證已可看到在閱讀一首詩時，其由視覺上的「閱觀」，而到聽覺上的「讀音」的細密歷程。如此由「閱」而得「樂」，在具有實驗性的現代詩中當然也存在著被挑戰的可能，例如本章前節我們所討論那特意為之，重視文字詩作視覺性的圖像詩。然而即使是圖像詩，能結合閱讀音感也更能強化文本的藝術性。

儘管或習慣以「詩歌」這樣名稱指稱詩，但這份指稱中的「歌」所意謂的歌行音樂，卻往往遁入指稱習慣中，失去了其意義強度。特別是，如前段所述，就華文之新／現代詩來看，其發生階段便以挑戰古典詩格律為起點。如果仍要以「詩歌」指稱現代詩，就嚴謹的詩學理論意識來說，則必須有意識地思考：做為詩歌的現代詩，其音樂性該如何保證？相對來說，若不能予

---

[94] 楊牧：《一首詩的完成》（臺北市：洪範，2004 年 9 月），頁 25。

以保證，又如何能以「詩歌」言現代詩呢？

　　詩人如果有詩歌意識，在創作上自當有所對詩音樂性的琢磨。在此，我們從詩學研究思維的則是，對於不拘格律的現代詩，臺灣現代詩人在自身詩寫作上，在「無」以至於「有」的音樂性光譜上，位處於哪個位置？是抱持順其自然，消極為之的態度？還是有意識地積極為之？

　　作為詩學研究者，我們如何判定前述問題？我們是否會陷入詩人不過僅是順其自然形成的詩歌音樂性，而過度誇大地判斷詩人積極形成的想像性詮釋呢？未必詩人之作，都能提供或者有著如前述楊牧《一首詩的完成》〈記憶〉這樣描述調動實驗的文字。如此便可看到具實證的，存有著詩人修改軌跡的詩手稿之重要性，當我們掌握對現代詩音樂性之意識，再賦予對詩文字、符號對聲音表現的細膩運作之歷程考察，則能帶現場感地體現一首詩在聽覺感上的歷程建構。

　　體現出一首現代詩寫作生成歷程的詩手稿，能以其實證文本特性作為研究佐證，貼近詩歌發聲源——詩人寫作經營的版面現場——克服原本不易具體探究的現代詩音樂性生成、運作之課題。一如音樂會、演唱會最貼近舞台的搖滾區，能感受到歌者的氣息、發聲時的動作，甚至是準備階段或是略見失誤時所存在的雜音。雜音正是對應著詩手稿中那對聲音經營上，所進行的各種修改軌跡。一如我們前章所述，「修改」意謂著詩書寫出現字詞之選項化以及詩美學取捨——而在本節更意謂著字音。這些對詩之字音的選項與取捨，共時性地存在詩書寫的某一階段，形成一「多聲性」（plurivocity）。

　　而越遠離詩手稿文本，研究者在物質上，則越遠離了詩的現場客體，疏離了與發生源的聯繫。固然非手稿的詩歌研究，可以省去對複雜手稿的判讀，同時也可進行創作性的詮釋，這種獨立性為研究省去了功夫，也提供一種簡便性的寬容。然而進入詩手稿的詩語音情境中，我們讀到詩語音敏感的變化，在詩人語音言說中，詩歌言聲踴動，甚而語氣與音色時有趨變。相對於定稿中所呈現聲音的確定性，詩手稿走出定稿版面的框架，呈顯了「多聲性」（plurivocity）書寫過程在音聲情境中的實貌。兼具學者身份的余光中，在其演講手稿對於瘂弦〈上校〉與〈下午〉的筆記中，正點出詩的多聲性。

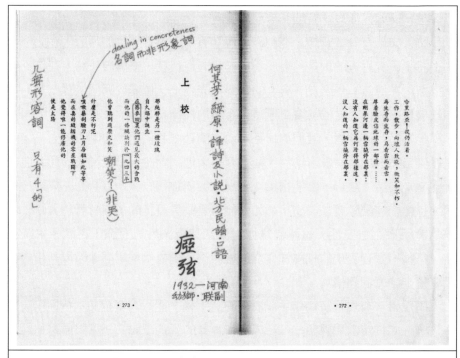

圖 5-37：余光中評論瘂弦〈上校〉講義手稿
國家圖書館授權使用

　　在「圖 5-37：余光中評論瘂弦〈上校〉講義手稿」中，余光中在瘂弦詩題〈上校〉旁寫到：「何其芳・綠原・譯詩及小說・北方民謠・口語」，其中「北方民謠・口語」正是明顯屬於聲音性的部分。在此之「口語」潛存著兩個層次論述：第一、對應我們前述所及新詩發展伊始，以文言傳統格律為批判對象，轉以口語進行創作，而這樣的轉向中詩的音樂性如何保證？甚或是不需進行創作上的注意？第二、則從瘂弦〈上校〉的創作時間 1960 年來說，戰後臺灣現代主義跟超現實主義正要興起，歐化詞彙、語句以及晦澀語言也正將要以之形成臺灣現代主義跟超現實主義一度的特色。從此兩層次做為論述背景，余光中之「何其芳・綠原・譯詩及小說」乃是就其學者識見，指出瘂弦與大陸前行代華語詩人之風格關係，甚至在語言上具有與西方翻譯

文本有其連結。「圖5-37：余光中評論瘂弦〈上校〉講義手稿」所指之「譯詩及小說」，在「圖 4-08：余光中評論瘂弦〈下午〉講義手稿」[95]亦有在「鴿子在市政廳後邊築巢」下題寫「譯小說」；在「零時三刻一個淹死人的衣服自海裏飄回」下以「╲」標註「Eliot」[96]以為對應。

相對於臺灣式現代主義、超現實主義已然顯露語句晦澀之現象，余光中於「圖5-37：余光中評論瘂弦〈上校〉講義手稿」所寫「北方民謠」正也看出詩人瘂弦如何借嚴謹古典詩格律以外，那具民間活潑力量的民謠之音樂，作為白話新詩塑造音樂性的另一取徑。而在「圖4-08：余光中評論瘂弦〈下午〉講義手稿」於「（在簾子的後面奴想你奴想你在青石鋪路的城裡）」下余光中所寫「愁予」，自然則是指「鄭愁予」。在此引發余光中如此聯想的，一方面是詩句字詞中的「青石」[97]；但就音樂性來說，鄭愁予詩作帶有的宋詞音樂感，則亦是重點。黃維樑教授〈江晚正愁予——鄭愁予與詞〉即指出鄭愁予詩作與宋詞婉約意象與音韻之關係：

> 很少當代中國詩人像鄭愁予那般接近傳統詞人，宋詞可謂後繼有人矣。然而一個完全仿效前人的詩人將失去自己的個性風格。鄭並非這樣的一個詩人。鄭愁予的修辭句式，以及觸覺技巧，自成一格。鄭從傳統中借取詞語概念。……自從文學革命以來，中國新詩的語言基本上是白話，而非文言。白話文使用現代句式、現代詞彙，真的為文言注入了新的生命活力。可是，在平庸作家手裡，白話文，對明眼人來說，時常顯得粗糙累贅，有時甚至令人側目。[98]

---

[95] 「圖4-08：余光中評論瘂弦〈下午〉講義手稿」在本書第四章已圖列，在此不重複引用。

[96] 此「Eliot」當指於年獲得諾貝爾文學獎桂冠之詩人 T・S・艾略特（Thomas Stearns Eliot，1888 年 9 月 26 日－1965 年 1 月 4 日）。

[97] 鄭愁予經典詩作〈錯誤〉即有「你底心如小小的寂寞的城／恰若青石的街道向晚」。

[98] 黃維樑：〈江晚正愁予——鄭愁予與詞〉，《中外文學》21 卷 4 期（1992 年 9 月），頁 99。

　　而在余光中所寫的「愁予」，亦寫到「節奏」，足見余光中除了看到瘂弦之寫「在青石鋪路的城裡」與鄭愁予〈錯誤〉意象之同處，也分析到了瘂弦在藉取民謠時，為詩所賦予具體的民謠節奏感。詩與民謠之相涉，自古而然，顏元叔〈中古民謠與抒情詩〉一文，即具體論及：

> 民謠原是配合音樂的口唱形式；一人歌唱，眾人可以在每段的結尾參加唱和。民謠有著下列幾個特點：①民謠的內容集中於一個故事最緊要的情節。它的呈述扼要，不作前因後果的描述，經常省略一件事故的「為什麼」；②民謠是戲劇性的。它不用講述，而用直接呈現的手法，主角與配角現身說法，或以獨白或以對話來呈現故事以及他們的情感反應；③民謠是無我的。無論是單一作者或集體作者，他們都不讓自己的主觀見解插入敘事之間；④民謠的體例多為詩節（stanza）每節兩行或四行，而以四行體居多。[99]

　　通看「圖4-08：余光中評論瘂弦〈下午〉講義手稿」，在每段結尾後，都會另開以括號夾注之詩行，例如前述余光中以「節奏」標註的「（在簾子的後面奴想你奴想你在青石鋪路的城裡）」，以及「（奴想你在綢緞瑪瑙在晚香玉在謠曲的灰與紅之間）」、「（輕輕思量，美麗的咸陽）」。夾注詩行之明顯以「奴」作為詩語言敘事角度，括號的隱括性則更凸顯出詩人一方面借取如顏元叔教授所述的民謠獨白，另一方面則又與非括號的段落詩行彼此形成複調（polyphony）音樂關係。

　　透過「圖5-37：余光中評論瘂弦〈上校〉講義手稿」、「圖4-08：余光中評論瘂弦〈下午〉講義手稿」余光中之手寫點評詞彙，並以之為訊號進行細密分析，我們可以看到余光中是如何具體意識到瘂弦巧妙運用了民謠方式，以詩歌之音樂性沖淡、轉換了臺灣現代主義的晦澀問題。事實上以余光中來說，1969 年第三度至美國，受到藍調、黑人靈歌、鄉村歌曲、搖滾樂

---

[99]　顏元叔：〈中古民謠與抒情詩〉，《中外文學》3 卷 10 期（1975 年 3 月），頁 199。

之影響，亦在詩中進行運用[100]。從詩人余光中讀詩人瘂弦之手稿，已能讀到豐富的詩音樂訊息，我們可再進一步以「圖2-03：陳義芝〈給後來的李清照〉草擬稿詩手稿」進行探述。

　　陳義芝〈給後來的李清照〉之印刷發表刊印稿如下：

　　　我住的這棟樓
　　　整天捶打著地板在整修
　　　12月尋尋覓覓的這棟樓
　　　不在山東不在廣東在旅途中
　　　早已和12世紀分手

　　　仍有早產的疼痛並未早產
　　　懷著奈米的思念並非奈米
　　　睡時如夢醒來到處掃描
　　　蘇菲亞是智慧伊麗莎白是愛
　　　誰是後來的妳，李清照

　　　淮海中路轉角吹著今生的季風
　　　茂名南路梧桐仍落著去年的秋葉
　　　我夾帶一條熱麵包走出地鐵站
　　　走不出妳的詩園在上海
　　　一抬眼今年的冬天迅疾降臨

　　　我的味覺被妳的詩篇綑綁
　　　冷冷清清的脣齒音停在舌尖上
　　　在妳之後的一千年

---

[100] 余光中亦有以音樂為名之詩集《敲打樂》。

　　　我只能建築末日的種子銀行

　　　存放一千年後的精子等待

　　　預知有人將鑿開這現代冰層

　　　在我此刻手寫的詩行間

　　　發現有熔岩像一朵朵蘑菇

　　　憂愁像一粒粒禁藥

　　　一顆詩的卵子是我的李清照

　　　　　　　——刊於《台灣詩學論壇・四號》（2007 年 2 月）

　　　陳義芝〈給後來的李清照〉對應《台灣詩學論壇・四號》之贈答詩創作的詩，從手稿相比較，可以看到僅就詩題手稿到印刷發表刊印稿幾經變化，例如「圖 2-03：陳義芝〈給後來的李清照〉草擬稿詩手稿」中原寫為「寫給上海的李清照」後將「上海」改為「後代」；而到定稿發表時，則正式改為〈給後來的李清照〉。但在此，我們關注的則是詩歌音樂設計的部分，我們要專注考察的是「圖 2-03：陳義芝〈給後來的李清照〉草擬稿詩手稿」中所顯露關於詩音樂性那不穩定的聲音地形，如何發展出具設計感的詩歌閱讀音樂。

　　　詩的語言聲響，往往不易捉摸，必須透過「押韻」等具體形式來指／說出。在詩手稿首段，即以最直覺可見／聽聞的韻腳，開始在詩行行末進行座落。例如第一行的「樓」，第二行的「修」，第三行的「樓」，第四行的「手」，皆是又[ou]韻，藉此押韻讓詩作以一有音感的方式，順切地進入詩文本中。在詩手稿首段的修改中，詩人以調動符號嘗試將第二行連結，並且在原第二行前再加寫「工人」一詞；第四行同樣也以調動符號連結到第三行。這樣的嘗試顯然會使詩又陷入敘事句的狀況。從印刷發表刊印稿首段，即可發現手稿前述之嘗試，並不成為詩人最終的音樂選擇。詩人另有他途，在首段採取了兩個設計：

　　　第一、在印刷發表刊印稿加上「尋尋覓覓」：「尋尋覓覓」一語雙關，

首先有重疊之音韻，其次又來自於李清照名詞〈聲聲慢〉之開頭「尋尋覓覓，冷冷清清，淒淒慘慘戚戚。乍暖還寒時候，最難將息。」正以引用，也追引對應著詩題中所欲贈答的對象李清照。

第二、在定稿將首行段落增寫為五行一段之形式：相對於手稿中首段的四行，以及嘗試性的分行整合，最後詩人改以五行為第一段，並且貫徹至整首詩各段落。全詩以每段皆五行的結構形式，也有助於閱讀節奏的形塑。

「圖 2-03：陳義芝〈給後來的李清照〉草擬稿詩手稿」中我們確實可以看到身為臺灣現代詩人的陳義芝，如何有意識地去面對李清照所身具的古典詩人、詞人，背後所代表的詩歌音樂性的傳統——他也將要去調動一份現代的詩歌音樂形式，才能完成這份與依循著詩詞格律的古典詩／詞人李清照，彼此之間的贈答。特別是宋詞還具有音樂詞牌，使得現代詩人陳義芝的贈答詩，如同通過一場人籟的寫作。

《莊子・齊物論》有謂：「地籟則眾竅是已，人籟則比竹是已。」人籟乃指人為操作樂器之聲，李清照的古典詩以及充滿音樂性的宋詞作品，成為另一種形式的文本樂器，在後來的現代詩人陳義芝的閱讀、意會下，於「圖 2-03：陳義芝〈給後來的李清照〉草擬稿詩手稿」嗚然而鳴。在具實驗性詩人的詩手稿世界中，每個單一聲響都足以點燃存在的喧嘩，何況聲音來自於華文新詩史初始階段，所企欲挑戰的古典詩。在戰後臺灣現代詩援引中國古典詩傳統的聲音實自成脈流，鄭慧如教授即有《現代詩的古典觀照——一九四九～一九八九・台灣》之專著研究。細部來說，即使是援引同一古典詩人，不同詩人詩作亦會產生不同的聲響效果，例如洛夫〈杜甫草堂〉、余光中〈草堂寄杜甫〉即各具姿態。對同一個聲音的援引，在不同脈絡、命題的詩人詩作中也會產生不同的創作意義。一首詩手稿版面的歷程範疇，使得被援引的原作，也派生出其聲音的多版本，在版本之間形成對原作意義的挑戰與喧囂。

一首詩作文本的意義，不在於它所標示理念的崇高。若是如此，或許一首詩只需要羅列所要指涉理念詞彙即可，而所謂的詩也就只剩下詞彙性的宗旨。因此，詩作文本的意義，乃在於詩語言如何拓展理念的可感幅度，以及

感覺的豐富度。文字寫作歷程中，聽覺音韻感的生成也是重點之一，卻少能
被深入探述。

　　對於不易捕捉卻又不能規避的現代詩音韻課題，重視探討詩書寫過程中
於差異所形成各種層次歧出意義生產的詩手稿學，其在恢復一首定稿詩作曾
有的生成過往時，不止將詩語言從印刷定稿的固狀結構狀態解放出來，打開
一首詩非定稿排列／版秩序的文字空間性；同時，也相對於重視文字空間等
觀看視覺的既有現代詩研究，釋放「口語時間」在稿件曾有的生成歷程狀
態。

　　前面余光中之詩評論手稿與陳義芝之詩創作手稿，提供了我們論述的契
機，讓我們發現臺灣現代詩人對詩歌音韻的敏銳度，以及多重／源聲響對詩
歌音韻的觸動。現代詩手稿中對聲音的修辭，也是對話語起源的操作。<u>詩人
對於自我內在進行起源的話語，其音韻性的製作方法，也是多聲性的，可以
是就形式上的，也可以是就內容上的──在形式上的，包括具體的字詞，在
重現、呼應概念下的押韻、同聲，以及尋求在對比、變異概念下的平仄調
配、輕重音，讀者當下閱讀即可發出音樂性；在內容上的，則包括聽覺意象
的設計，主要激發讀者內在的想像音感以及情韻。</u>

　　在臺灣現代詩手稿中對多聲性之形式、內容交織跡軌的關注，正也在為
我們所觀看到的手稿雜亂的痕跡，其內在如何於文字構成的地形，所鼓盪、
共鳴之存在喧囂，進行釋放與理解。

（二）被道出的雜音：屬於字音的詩手稿現象學

　　前面我們已經探述到臺灣現代詩因書寫分行形式，所賦予詩歌音韻之基
本潛能，以及在與中國古典詩辯證下，對詩歌現代音韻有意識的譜建。有積
極創作意識的現代詩人會去挑戰、實驗現代詩歌之音韻，但顯然現代詩之音
韻性，並非只是押韻，以及古典詩格律的技術重現。但對於現代詩手稿學的
研究者而言，我們的課題並非僅將答案誘導到反面，亦即「不是」或「不只
是」。而是一方面收集現代詩人在其手稿上，所進行現代詩音韻探索之文字
符號，進行歸類分析；另一方面則要更深入思辨這些策略，所完成「音韻生

成本身的美學主體意義」是甚麼？因此詩手稿既能呈顯詩的音韻地形現象，也能呈現詩人對自己語音主體的美學建構。

　　在本書前章我們即以確立以現象學作為面對詩手稿符號訊息的視角，如今我們該如何貫徹以現象學面對臺灣現代詩手稿所存在的聲音地形？此方法的切入點，正在「現象學」一詞的本身，現象學（phenomenology）之詞源，源於希臘字 phaniomenon 與 logos 兩詞之組合，即對現象（phaniomenon）予以道說（logos）。道說（logos）既指言說，但在希臘文中也表示規律。因此面對現代詩手稿之聲音地形，正更聚焦出「言說」──我們將不只檢視文字之字形如何寫下，更在於字音如何被主體「道出」，且字音如何成為意向，揭示聲音現象即為意義本身的事實。以下我們以致力追求詩歌音樂性的楊牧，其〈臺灣欒樹〉之詩手稿為例證，並從中道出、闡釋字音如何在詩手稿呈顯出可考察論述的觀察點。

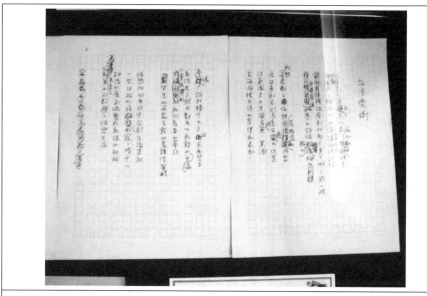

圖 5-38：楊牧〈臺灣欒樹〉初定稿詩手稿之一
2010 年政大「一首詩的完成：楊牧手稿暨著作展」筆者拍攝紀錄紀錄

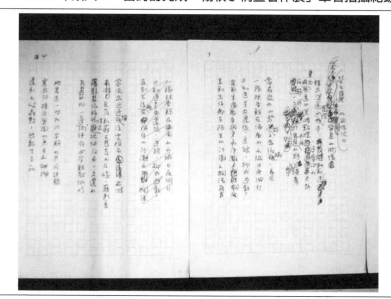

圖 5-39：楊牧〈臺灣欒樹〉初定稿詩手稿之二
2010 年政大「一首詩的完成：楊牧手稿暨著作展」筆者拍攝紀錄紀錄

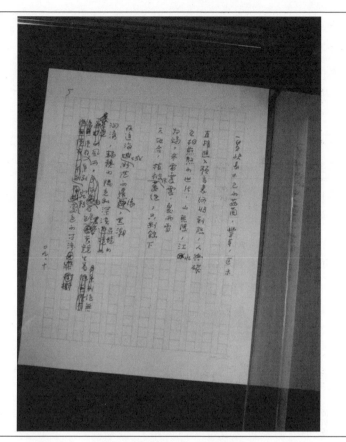

圖 5-40：楊牧〈臺灣欒樹〉初定稿詩手稿之三
2010 年政大「一首詩的完成：楊牧手稿暨著作展」筆者拍攝紀錄紀錄

楊牧〈臺灣欒樹〉之印刷發表刊印稿則如下：

這事發生在不久以前，他們神志

未之能及的水邊，當所有經緯

線索到此都不甚分明或一時

失察便如夢的領域般陷入隱晦

那時星辰都已依照座落指派成型
各自尋到它們光度合適的位置
冷氣團天上生滅有或無，黑潮
在海底提示詩的音律和意志

邊緣？從我鎖定的方位東南望去
看得見夕照自對角以剩餘的漏斗
小量過濾到我們青春的峯頂
罕見的飛鼠在露水裏錯愕驚醒

惟恐所向無非宇宙創生後某紀
一些自戕的殘餘，窮寇，暗中以
劫後的廢氣偷襲我新綠的林相
表裏，歸巢的羽類避之惟恐不及

螢光明滅浮沉自盛夏的胸懷
釋出深邃的畏懼，好奇，和創造力
為無邊的黑暗點燈，多層次的天路
歷程一夕盡毀於弔詭的野火

當森嚴的山勢從高處俯瞰，看見
一隊抹香鯨在偏南的水域日夜泅行
不知道是為遷徙，追踪，抑或遊戲
直到先後都在陌生的沙灘上擱淺

當流泉迅速循浮雲摺角飛濺
直落新蘚與舊苔的石，藤影裏
依稀聽得見地球反面，久違的

那一邊，彷彿有女聲輕歌低吟

她署過一些我們早期的共同經驗
寒武紀接近奧陶的魚貝和珊瑚
遲到的爬蟲類，恐龍生與死
一貫快長不已的菇菌，豐草，巨木

直接進入預言裏終將到臨，人與碳
互相煎熬的世代，山無陵，江水
為竭，冬雷震震，夏雨雪
天地合，乃敢與君絕，只剩

這海上渺茫的邊緣，黑潮
洶湧，日光輻輳，深淺的風雨
過境，赤石礦中競生著絕無僅有
一系列宛轉變色的欒樹林

——二〇〇九年十月

　　言語道出的本質，在於指涉內在動機的真實湧動，以及對這份動機的慾望滿足。檢視上列楊牧〈臺灣欒樹〉這三張初定稿詩手稿文本可以發現其修改熱區有三，恰正在此詩的前中後三個部分，其中正也呈顯出此一詩手稿中的字／聲音地形。

　　「圖 5-38：楊牧〈臺灣欒樹〉初定稿詩手稿之一」中第一段到第二段開頭，是楊牧〈臺灣欒樹〉第一個修改熱區，此詩開頭的「這事」以代名詞方式隱晦，在全詩書寫上此為一語言策略，唯有讀完全詩才能將此代名詞予以豐實。第一行後半段，詩人對「他們神志」在此處，或第二行開頭有所斟酌，此為楊牧詩手稿之特色，在該張詩手稿之第二行末與第三行開頭對「當

所有經緯」立即提供了佐證。[101]但在此「字音」的討論中，我們更重視的是第一段最後一行，及至第二段第一行的修改。

　　第一段最後一行的修改重點，乃在於最後處，詩人原寫為「如夢的領域般隱晦的失蹤」，被確定寫下之「夢的領域」已明白顯示詩人援借佛洛伊德（Sigmund Freud）解析夢的語言概念，佛洛伊德（Sigmund Freud）對於身體之意識／潛意識的明隱層次，在此行末尾被帶出，使得第一段之「神志」一詞，有了一心理學的導向，並且賦予了概念的體積。這份體積也表現在詩手稿中的「成型」、「位置」，這兩個直到印刷發表刊印稿也不更動的詞彙——而這正表現了這首詩的意指動機，試圖將「這事」從代名詞具像化的過程。

　　但詩人在第一行末的修改，更想呈現的是一種語言意識，在道出過程中也存在的乏力，以致於又陷落混沌意識的狀態。因此詩人在原本的「如夢的領域般隱晦的失蹤」加入了「陷入」，這樣帶向下之空間向量的詞彙。「陷入」一詞為此詩代入了一份佛洛伊德（Sigmund Freud）經典冰山理論（Iceberg Theory of Consciousness），意向了一份海上海下的空間結構。於是我們在詩手稿第二段開頭看見了「海上」之星辰，以星座接力意向。楊牧喜以星座入詩，此可以其代表作〈十二星象練習曲〉[102]為證，但在這裡我們看見了詩人在詩手稿中更著意星辰之「座次」與「座落」的細微更改。在此之「落」，呼應著第一段末尾的「陷」，一樣有向下的空間意向。

　　至於「海下」的空間結構，則由第二段之「黑潮／在海底提示詩的音律和意志」提供。黑潮之所在，乃在臺灣海峽，詩寫至此已隱然帶出「臺灣」，不過在此更藉黑潮，為詩提供音律，亦即詩歌之音樂性。就詩學上，這也可以看到在字音道出中，詩人如何從自然得聲，使得原本的動機，在道出之時，得到字音的內容甚至是聲響風格。在前節論「字音與多聲性」時我們對楊牧《一首詩的完成》有所引用，而該書之與年輕詩人間的信件論詩形

---

[101] 在此，「文字—語音」更深入談論到「字音」如何在修改中，形成韻律。我們也在發現詩人修改「慣性」中，看到修改本身也存在韻律性的現象。

[102] 楊牧〈十二星象練習曲〉曾獲第一屆詩宗獎，亦可見楊牧於天文星象學之博雅。

式，明顯受里爾克（Rainer Maria Rilke，1875-1926 年，德語詩人）《給青年詩人的信》之影響，事實上不只在書籍敘述形式，楊牧在詩學上，由自然而得詩的概念，亦與里爾克（Rainer Maria Rilke）《給青年詩人的信》有著脈絡之相關。里爾克（Rainer Maria Rilke）《給青年詩人的信》中正有如此之文字如下：

> 在你夜深最寂靜的時刻問問自己：我必須寫嗎？你要在自己內挖掘一個深的答覆。若是這個答覆表示同意，而你也能夠以一種堅強、單純的「我必須」來對答那個嚴肅的問題，那麼，你就根據這個需要去建造你的生活吧；你的生活直到它最尋常最細瑣的時刻，都必須是這個創造衝動的標誌和證明。然後你接近自然。你要像一個原人似地練習去說你所見、所體驗、所愛、以及所遺失的事物。[103]

在這段文字既言詩之話語動機，如何與主體內在之話語衝動，那份必需的道出慾望相關，同時也指出了主體可從所處之自然環境中，藉著自然提供的環境體驗，讓這份話語的動機得到表達的內容與形式。畢竟，主體的話語衝動，內在於主體，而主體又何嘗不是處於自然之中——亦即自然的內在呢？且不說楊牧《一首詩的完成》中，亦有專章「大自然」言：「我們承認陰陽造物的威勢，時常戒備在心，不敢造次。」[104]在楊牧〈臺灣欒樹〉詩手稿第一、二段的分析中，詩人更是如此具體實踐，在精神分析「意識／潛意識」之「海上／下」空間，詩人如何從自然調取了星辰與黑潮，以為動機的後續道出，得到具像內容。又特別是臺灣海峽內黑潮洶湧，正為動機不易言語的那份艱困，得到足以對應的巨大共鳴，甚而為後續詩之音律，得到風格的可能。

如果聲韻之構成，以重複所形成的迴盪作為基礎，那麼「圖 5-39：楊牧

---

[103] 里爾克（Rainer Maria Rilke）[著]；馮至[譯]：《給青年詩人的信》（新北市：聯經，2019 年 12 月），頁 4。

[104] 楊牧：《一首詩的完成》（臺北市：洪範，2004 年 9 月），頁 15。

〈臺灣欒樹〉初定稿詩手稿之二」中，全詩手稿修改熱區的「重寫」現象，則能提供相關在聲音地形上的辯證。在「圖 5-39：楊牧〈臺灣欒樹〉初定稿詩手稿之二」一開始頻繁的修改，乃是延續著「圖 5-38：楊牧〈臺灣欒樹〉初定稿詩手稿之一」最後一行，即被詩人以線塗抹掉之「當森嚴的山勢自高處俯視，看見」而來，比對定稿可知此段落後來發展為全詩第六段。這份修改有兩個需要注意的重點：第一、他經歷了重寫，在第一次從前頁手稿之一到此頁手稿之二的繁複修改後，詩人在手稿之二，予以清稿重寫。第二、修改兼顧內容與聲音形式的考量。

　　仔細來看，第一次之修改，從「圖 5-39：楊牧〈臺灣欒樹〉初定稿詩手稿之二」稿紙標號 3 的開頭四行可知，乃意在於內容上書寫帶螢光感，面向黑暗點燈的海崖燈塔，但在繁複修改後詩人並不滿意。而在後續的重寫修改上，以前在版本已完成的該段首行「當森嚴的山勢自高處俯視，看見」為基礎，只稍稍將「自」改為「從」，「視」改為「瞰」[105]；真正的修改與新創之處，乃在於內容中易海崖燈塔，轉以更特殊的「抹香鯨」意象——這讓詩境其前那有著潮音鳴唱的黑潮，也有所延續——泅游深海，時而又翻騰於海面上的抹香鯨，又何嘗不也使那自精神分析，徵引而來的冰山海面海下，更有著精神上歸屬於臺灣花蓮的詩人楊牧，所具有個人特質的自然鄉土／海疆。

　　因此在「圖 5-39：楊牧〈臺灣欒樹〉初定稿詩手稿之二」中，我們看到詩人既寫下「一隊抹香鯨在偏南的水域日夜泅行／不知道是為遷徙，追蹤，抑或遊戲？／直到先後都在陌生的沙灘上相繼擱淺」後，對於「直到先後都在陌生的沙灘上相繼擱淺」又畫上刪除線，詩人在一旁試圖重寫發展，但只有此行最後部分從「相繼擱淺」改為「擱淺死去」。對於「抹香鯨」此三行的重寫依舊持續，在稿紙標號 4 的詩手稿部分，前兩行又再重寫了一次，只在第三行略改寫為「直到先後在那陌生的沙灘上自動擱淺」復又有字詞修改。只是在稿紙標號 4 處，最後詩人以刪除符號刪去，但比對其前版本間所

---

[105] 這份修改後來也確定為楊牧〈臺灣欒樹〉詩作第六段之定稿文字。

存在的高度相似性，可知詩人至此對於「抹香鯨」之意象，不是否定，而是更加以被確認了，這也可從定稿間的比對可以確認。

除了內容上第六段針對「抹香鯨」意象的三次修改發展，我們也可以發現，在形式上，第六段的書寫，從第一次的五行，到第二次修改為四行。事實上楊牧〈臺灣欒樹〉詩手稿中的其他段落，都是四行為一段落，這也可以定稿相印證。詩人有意識地在結構上讓各段落皆為四行，展現了對全詩的結構閱讀感。在言詩歌之音樂性，自《詩經》以來，以「一唱三嘆」為核心的形式，可說是重要的指標之一，由此對照「圖5-39：楊牧〈臺灣欒樹〉初定稿詩手稿之二」第六段這三層次的修改重寫中，我們看到了詩人於書寫意識中所存在的差異、遞變，以及複誦的字音。

可以說，若只看楊牧〈臺灣欒樹〉出版定稿，我們只能看到詩人通篇四行段落的節奏經營，但就詩手稿版本，我們更能透過第六段的三次修改，拉展出第六段內在的間距，在間距中詩人如何重複字音。三個版本之間，有著字音的複誦，我們從中可閱讀到詩人在真實書寫中，所存在對字音氣息流動的推敲。正在於版本間距中，字音聲響氣息的流動，展現了詩人審美力量如何在之間，細密而敏捷地運動。

楊牧〈臺灣欒樹〉第三個，同時也是在詩手稿文本最後處的聲音地形，展現了通篇醞釀，完成整首詩行音韻發展中，於最後對「欒樹」的道出。檢視「圖5-40：楊牧〈臺灣欒樹〉初定稿詩手稿之三」可發現在最後一段的最後兩行詩人進行高強度的修改，其中最後一行最後一詞，詩人原本寫為「台灣大欒樹」，從手稿之修改細節可見「大」字被刪去，以及「樹」字被刪去後，再寫一次後刪去。由此實際可知，詩人至少斟酌有「台灣大欒」、「台灣大欒樹」、「台灣欒」。「欒」字本身即為「欒樹」的古稱，因此詩人有了在現代與古昔之間的指涉彈性，也為了全詩如何帶出最後關鍵聚焦的「台灣欒樹」，有了字音上可經營的彈性空間。

可以說，詩人〈台灣欒樹〉詩手稿中一系列的字音經營，正在為最終這一刻，對「台灣欒樹」的道出，而進行鋪墊、準備。特別在最後第六段之前的第五段，對於經典樂府詩〈上邪〉詩句「山無陵，江水為竭，冬雷震震，

夏雨雪，天地合」的引用變置，藉著其音樂性以及讀者朗朗上口的閱讀記憶，為詩作字音提供速度，快速導引讀者最後一段的這份聚焦。而在這樣一系列字音經營的發現、梳理，而第六段第三行末、第四行初對「絕無僅有」的調動，也微妙提供對「台灣欒樹」的詩學指涉。

　　建立在前述對「道出」所存在「揭示」的現象瞭解，在此我們更能深入看到〈台灣欒樹〉詩末最後的「台灣欒樹」，如何為全詩開頭的代表詞完成主詞。詩總為著難以言表的現象而努力道出，一旦現象得到言語的可能之際，即可進入意識世界，進入可被寫下重估的狀態。而這正是〈台灣欒樹〉詩手稿中一系列藉著自然所進行字音綿延的經營，所要真正隱喻的──字音的總總修辭是如何在助長這份可道出的可能。「台灣欒樹」在〈台灣欒樹〉詩中，被詩人所凸顯那最後、絕無僅有的道出，正對應著在大航海時代，對於臺灣島上森森欒樹，那首次被發現、命名，如何從不意識，而到意識及之的特殊時刻，這也正是此詩由雜音而中音戲劇性的情韻動力。

（三）中音涉及的詩手稿音感動力事件

　　前述對余光中、楊牧、陳義芝之詩手稿的分析，我們也在完成對於詩手稿中字音，對於詩學研究上多重意義的揭示。對於字音的揭示，避免我們的詩手稿學研究，被視覺的字形所支配。我們除了對「書寫─寫下」所牽涉的手寫筆墨，也對「書寫─道出」所牽涉的念讀語音，保持一樣的關注。對積極的詩人而言，一首詩不能單從文字的字面字形去還原，更必須發現語言如何在文本中發生，並且貫穿。一首詩的既閱且讀，或者在視覺上的觀看與聽覺的聆賞，是一首詩最完滿的美學狀態。這份完滿正也凸顯著「字形─字音」不可分割，一旦我們克服對字音的輕忽，也能為「字形─字音」重建詩學的聯繫，去把握一份詩手稿文本真正的生成意義。

　　當我們理解「道出」所具有的存有揭示作用時，便能看到道出的語言聲響與書寫的視覺文字間，彼此間「內在─外延」的關係。在討論文學研究上，時常把文體與身體，甚至是國體建立彼此相關性。當文體被聚焦於文字性，使得文字與肉身的相關性如此被建構，那麼為何不是話語與肉

呢？事實上，在德希達（Jacques Derrida）《論文字學》中便提出文字作為語言之外衣，這樣促動我們思辨詩手稿書寫中語音空間此一論題的討論，德希達（Jacques Derrida）如此論及：

> 馬勒伯朗士（Malebranche）和康德等人常將原罪定義為靈魂與肉體的關係因情感而發生錯位。索緒爾也指責言語與文字的自然關係的錯位。這並非簡單的類比：文字、字母、可感知的銘文始終被西方傳統視為外在於精神、呼吸、言語和邏各斯的形體與物質材料。靈魂與肉體問題無疑源於文字問題，反過來，文字問題又似乎從靈魂與肉體問題中借用其比喻。文字，可感知的物質和人為的外在性：一種「外衣」。我們有時爭辯說，語言是思想的外衣。胡賽爾、索緒爾和拉書爾（Lavell）都懷疑這一點。但是，人們曾經懷疑過文字是言語的外衣嗎？[106]

書寫是為了記憶，可以是對外在的歷史，也可以是對書寫者內在的話語。情動於中形於言，言之不足，未必嗟歎詠歌，需要的可能更是文字的書寫記下。書寫記憶的功能之一，是對時間中吐露又消散的語音掌握，當歷史都能為人類所遺忘，又何況自我幅度的語音時間。文字紀錄、銘刻了話語聲音，字形做為外衣，固狀包圍了聲音時間，使得消散的語音有了字句篇章的形狀。一切都能以文字記下，並依照字形回溯，人類如此仰賴著文字，卻也同時荒廢了對當下專注傾聽的能力，以致於自我大腦內在的記憶力也逐漸退化。當文字外衣鈍／腐化了我們身體的聽覺與記憶功能，使得文字不再等同語言，而更像是語言的偽裝，一種不容易被懷疑的遮蓋。特別當文字定稿如此精緻之際，我們便極易忽略詩手稿的讀到才道出語／字音，也能對主體構成產生隱喻。

---

[106] 德里達（Jacques Derrida）[著]；汪堂家[譯]：《論文字學》（上海市：上海譯文出版社，2005年5月），頁47。

　　文字以字形紀錄了我們語言的聲音，但我們敏銳地發現文字在紀錄功能上未必強悍，例如：我們看見「累」這個字形，他究竟指的是「勞累」，還是「累積」呢？這樣的多音字，展現的並非文字的多功能，而是指出了單一的觀看或聽聞的不可全然信賴。一切指涉的真實，既要能被看見，也需要被道出，如此指涉之真實才能在空間與時間中恢復。

　　但揭示文字字形可能的遮蔽，又能否保證聲音是否更為真實？當我們論文體與國體的連結指涉時，通常更連帶使用「文氣」、「風格」一詞，指涉兩者之間的狀態。仔細來看，「文氣」、「風格」兩個詞彙中的「氣」、「風」，都具有氣流之流動性質。而在詩創作者身體中最能展現氣息，正在於我們人類發聲器官，包括著呼吸器官、喉頭、口腔和鼻腔。在丹尼爾・列維廷（Daniel J. Levitin）《為什麼傷心的人要聽慢歌：從情歌、舞曲到藍調，樂音如何牽動你我的行為》中即指出：

> 腦部功能其實也經歷過演化。在語言出現之前，我們的頭腦尚未完全具備學習、使用與指稱語言的能力。等到腦部的生理構造、認知功能都發展出運用符號的靈活性之後，語言便逐漸浮現。初步的口語溝通，像是咕噥、召喚、尖叫、呻吟，更刺激了支持語言功能的各種神經構造，讓它們有機會發揮生長潛力。語言與音樂也無疑是靠人類固有的生理構造與能力而打造出來，也就是由原始人類以及非人的動物祖先遺傳給我們的體質。[107]

　　可以說發聲器官與大腦間的連動，也是人類演化的一部分。主體發出聲音的文本性，還連結著人類的演化，因此有什麼比從身體器官發出聲響，不假於工具，而更接近身體感本質且真實的狀態呢？我們是在探討著真實的生成歷程，並不侷限在書寫的歷程，還包括著書寫其前，甚至與書寫共時發生

---

[107] 丹尼爾・列維廷（Daniel J. Levitin）：《為什麼傷心的人要聽慢歌：從情歌、舞曲到藍調，樂音如何牽動你我的行為》（臺北市：商周，2017 年），頁 17。

的發聲歷程。聲音行為與書寫行為，在詩創作中是如此具有策略性——可能是我手寫我口，可能是邊讀邊寫，也可能是寫後以誦讀進行檢視。更何況雜音亦蘊含著口音，滲透著生存環境影響身體感官所共同形成的音質，相同之語言在一地域一地域間，各自形成地域口音版本，都呈現著口音對主體所在存有環境的自然標誌。

　　對於言語之道出來說，文字是後來的書寫，書寫成的文字只是為了能重新閱讀，迴抵主體道出當下語音的真實。口語是否也能完成寫作？所謂「出口成章」，不能否認，好的即席演講聽起來便宛如在閱讀一篇煥然流暢的文章。即席口說演講，必然有著打腹稿的過程，以腦海中的內在語言擬稿琢磨，並且同時驅動著大腦記憶功能，記下並且以此進行修改。[108]檢視上述這樣口語腹稿寫作方式，書寫創作正是將前述大腦記憶之工作，轉由外在的文字負擔，文字在此成為記音的工具。文本的發生，無疑也是文本的發聲，在詩手稿階段，文字協同著符號，記下了發生階段之所發聲——那些錯雜的文字符號，正直音著手稿的雜音。

　　然而，所謂的雜音，是指紛亂而不悅耳的聲音嗎？以致於將之定義為不言說嗎？自然不是，聲音是現象，就這麼在詩手稿中發聲出雜音的字音，其聲音就是現象學與詩手稿學所不可揚棄，接續存有環節的脈絡。如果把雜音視為一種不言說的狀態，其實正是拒絕著把雜音當成一種寫作的現象，亦即將之脫離於文本發聲的環節。但難道，雜音不是詩文本生產過程的產物嗎？雜音當然是文本發聲環節的一部分，他可以被意向，指明著書寫中的那些情緒、那些努力。他也是一種表達，表達著詩人努力道出，將事物投放入語言符號世界的努力。而是對意義道出之艱困，主體所進行挑戰，而產生帶摩擦、撞擊意義的聲響。

　　在此，我們正能以對臺灣現代詩最息息相關、最具有觸發影響力的西方現代主義，其中具異化代表性的「荒謬」為例。「荒謬」可簡單解釋為可

---

[108] 這也凸顯了語言寫作中大腦的跨區整合狀態，因此寫作正也是鍛鍊大腦發想、組織與記憶能力的重要訓練方法。

笑，但荒謬的英文為「absurd」，其字源為拉丁文之「absurdus」。拉丁文的「absurdus」乃是由「ab」與「surdus」所構成，「ab」具有遠離、出之意，「surdus」則有沉默、耳聾的，沉悶之意。在此拉丁字背景，荒謬（absurd）帶有不諧和音的概念，如果荒謬真的可笑，那也是因為荒謬主體割離形上學、宗教系統，不再有著根源式的法則可以依循，或者反過來說，不再被根源式的法則所指導，而舉止無措，而顯得怪異缺乏邏輯。荒謬不是慌張，他不諧和的聲音，帶有反叛理性聲音的摩擦感。

　　在詩手稿中詩人對所發出的雜音而中音，所進行的修辭努力與詩美學思考，本身就是手稿的事件之一。雜音與中音的聲音字眼，很容易讓我們將詩通往音樂的討論，<u>但比起音樂能為詩提供什麼聲音修辭技術，我們更看重的是音樂能為詩提供什麼美學的想法。</u>因為語言與音樂終究有著形式本質的差異，在聽音樂與語言時，我們雖都處在時間流逝的狀態。但純粹的音樂之旋律、節奏，在意義指涉上並不明確，主要以音樂的動力（dynamic），牽動聽者的情緒心理。

　　相對於音樂，語言有其形式、文法，而有更為明晰的表義溝通系統。儘管詩之象徵有時會為這表義溝通系統帶上了象徵的霧景，誘發讀者意會到文法的規範、限制，讓主體各自詮釋，又或者鍛鍊讀者在詮釋中的創造能力。<u>詩作為主詞，語言文字是他的動詞，音樂則是他可能的副詞，</u>所以我們會說：「詩傾吐、寫下什麼，音樂地……」──在前述句子中，音樂是一種效果、輔助，讓作為主詞的詩，其傾吐、寫下有著音樂動能的可能。

　　音樂在時間中對聽覺動力的拓展，正是音樂能為詩提供相對應的聲音美學想法之所在。在阿恩海姆（Rudolf Arnheim）《藝術心理學新論》〈音樂表現中的知覺動力〉中即言：

> 對音樂來講，這一點就更加正確。因為，正是根據聽覺媒介的特有性質，我們才不把音調理解為「物體」，而是理解為從某種能量當中產生的活動。視覺對象除非處在運動之中，或者被理解為處在運動關係或變化關係之中，否則總是停留於時間尺度之外；音調則永遠是時間

之中的事件，這就構成了音樂的一種原初的動力矢量。一個持續存在
的樂音，聽上去不像一個靜態整體的持續存在，而更像一個正在行進
中的事件。[109]

在詩從音樂汲取概念進行創作，正是於書寫跡軌中，鋪排音樂動力行徑
的時間事件。事件就寫作性來說，主要為「鋪陳」、「衝突」、「結局」三
個階段，在詩手稿之書寫與語言空間的詩美學考察，我們所聚焦之由雜音而
中音的詩歌事件裡，「雜音」正是一種書寫事實——以各種聲響對於未被透
徹言明之事物情境，嘗試發聲進行道說之努力的發現，此為「鋪陳」所在。
而「衝突」則是如何使雜音對治於音韻，即使雜音如此充滿努力嘗試，以及
發於主體內在的色彩，但卻也是被詩人挑戰的對象。「中音」是一份帶辯證
衝突性的挑戰，是詩人對自我詩手稿中紛擾雜音，找到可統合的音韻美感版
本那靈光瞬間，也是詩歌事件裡戲劇性最高昂的時刻。

而「結局」則是，詩人在發現中音之道其後，對整體詩作空／時間的書
寫打造。對語音與時間來說，詩書寫那一切對空間之內容、形式的努力，彷彿
在製造一個收容意象與詞句之精美盒子，「中音」的那個瞬間，正是盒子收
容所要珍惜事物後，於闔上之際所發出清脆的卡嗒聲響。如此收納之盒，提
供一聲響音箱空間，使所收納事物於其中，共鳴、迴盪、共振出意義之音色，
而這整體的聲響與聲音歷程，也正一同「準確」命中了詩風格美學意義。

二、音色：成就中音的音樂運用技術

音樂之設計乃是以主音為基準點，而動力投入的力量向度，不只是左右
水平移動，更帶有上下垂直運動，地心引力、重力在此被投射而入，他代表
一種沉重的抵抗及克服，這意謂輕盈有著對重力／量的辯證，也讓律動的動
能更富含意義。詩書寫抵抗的是甚麼？是無而有的言說，將腦海中浮現之意

---

[109] 阿恩海姆（Rudolf Arnheim）[著]；郭小平、翟燦[譯]：《藝術心理學新論》（臺北
市：臺灣商務，1992 年），頁 308-309。

念、意象，表現為可見字詞，可在紙面上進行組織的詞物。他抵抗著不寫下，就準備、可能被遺忘的缺憾與焦慮。身體的存有所走向的衰老、毀壞，讓遺忘的機率、面積，增長並且放大。這其中的悲劇，不是遺忘所代表的消逝，而是實物化的身體原來曾如此記得。被重力牽引而重物／量化的身體，只能標記「曾記得」，但已不能標記所記得，或所有記得之物。重物／量化的身體，其記憶功能的不可信賴，以及書寫功能的不夠健全、即時，所能象徵的，也只是遺憾。

在書寫中確建的主音，是書寫所創世的文本世界之基準，他至少在文本世界中，提供了一種世界觀。由此為書寫課題提供溫床，以及探勘的路徑，曾如本書在第二章版本歷程現象學章節，所述詩手稿中的符號跡軌，他所提供的不只是一種素描，更是一種意向。這裡更指出意向在滑動中的語音、音響作用。

詩手稿既為我們提供考察音樂動力行徑的時間事件之細節，在建立了詩語言與音樂之間的差異理解，我們要檢視的，詩人在詩手稿中如何付出了努力，嘗試運用了音樂的形式、技術，協助「中音—中情」的完成，亦即讓聲音準確地與主體情緒／知合拍，讓詩作音感與詩作內容主題彼此感同身受，成就整體詩作之音色。而檢視臺灣現代詩人在詩手稿中如何成就中音，以及讓音樂動力動能得以協助詩意之發聲的音樂技術實驗，具體可看到「內容上藉發聲的意象形成音景」、「形式上援引古典詩句式與音樂曲式：迴旋曲」、「形式上以字詞重複／不重複形成節奏組合」三種類型，以下我們即對此進行分論。

（一）內容上藉發聲的意象形成音景

前已述及邏各斯與語言道出間的真實性課題，而劉勰《文心雕龍‧隱秀》亦有可相與辯證之論，劉勰《文心雕龍‧隱秀》言：「夫隱之為體，義生文外，秘響旁通，伏采潛發，譬爻象之變互體，川瀆之韞珠玉也。」[110]

---

[110] 劉勰[著]；王更生[注譯]：《文心雕龍讀本　下篇》（臺北市：文史哲，2004 年），頁 203。

此中正指出文字是隱密主體外在表義的工具，使得隱秀潛存之意義，得有外在可推敲之取徑。而所涵隱之秘響，與周易爻象所形跡隱喻宇宙變化與生化之道理，實相彼此隱喻。然則秘響之所發，除了發於身體，亦可權借樂器為之。如我們前述，相對於語言，文字是外在的，持筆以為器所寫下文字，總不比開口直接；但這並不意謂，口語聲音之表現，不可權借樂器為之，特別在詩之音景塑造上。讓我們回到最基本、日常，我們對音樂的操作表現進行思量，音樂最初始的形式乃在於「發出聲音」，而我們人如何發出聲音呢？透過肺喉聲帶口腔的整體運作，或者透過拍打手腳等身體部位，發出所謂的人聲。如此仰賴肉身發出聲音若有不足，則使用樂器，包括打擊、管弦、鍵盤等予以為之。

　　音樂之表現中，樂器的器用性其實也對應著現實中人類運用工具，克服肉體先天之限制，以使工作之質與量有所提升。樂器使得人類之音樂表現，不再僅限於開口振動聲帶這樣的方式發出聲音，而可以透過樂器發出不同音高、音色的聲響，無論是交響音樂會、協奏音樂會、獨奏會，都可以看到各具特色個性的樂器。樂器因此成為詩人表現音樂性上，可以調動的形象譬喻，例如托馬斯・特朗斯特羅姆（Tomas Transtromer，1931-2015 年，瑞典諾貝爾文學獎桂冠詩人）〈致梭羅的五首詩・之三〉如此寫到：

> 腳隨意地踢著一只蘑菇，陰雲
> 在天邊蔓延。樹彎曲的根
> 像銅號在吹奏曲子，葉子
> 驚慌地飛散。

　　銅號／管樂器即俗稱的喇叭，極易將聲音放大，最具代表性的有小號、短號、長號、法國號、低音號。銅號音色亮麗，當然若為特別風格目的，小號也能展現嗚咽哀傷的音色。在此，詩人即將樹彎曲的樹根，這在視覺上放射鋪展，以具有放大音量這樣印象音樂功能的銅號進行譬喻。同時銅號放大音量，連帶造成的力量感，復又轉回詩境而成為四散樹葉被驚撼而落的動

機。詩人以「銅號─樹根」這樣的意象，嫺熟地由視覺出發，一方面藉取樂器之形，一方面也調動轉出樂器既有的聲音印象進行運用──於是乎真正讓落葉而落，那份歸屬於時間的衰老，更讓我們感到或然已具早衰之色的樹葉如何脆弱，僅是具有銅號樂器之形的樹根，就能以其視覺將之震懾而落。

　　然而如此「銅號─樹根」意象內的誇示，正也說明「詩音樂性」的表現，有時並不需要在「字音」上進行聲音修辭設計。即使是在「字形」符號上，藉特定視覺樂器意象調動讀者內在的聽覺印象，就能形成詩內在的音韻流動。在〈靜息是濺起浪花的船頭〉中，詩人托馬斯‧特朗斯特羅姆（Tomas Transtromer）更將樂器普遍化，而不特指於哪種類型樂器：

　　　　冬天的一個早晨察覺出地球

　　　　如何向前滾動。一陣來自幽處的風

　　　　呼嘯著撞擊

　　　　屋子的牆壁。

　　　　被運動包圍：寧靜的帳篷。

　　　　候鳥陣裡那隱密的舵。

　　　　一陣顫音

　　　　從冬天的黑裡

　　　　溢出隱秘的樂器。仿佛站在

　　　　夏日高大的椴樹下，千萬張

　　　　昆蟲翅膀

　　　　嗡嗡掠過頭頂。

　　托馬斯‧特朗斯特羅姆（Tomas Transtromer）藉樂器以為詩歌音景，也可在臺灣現代詩人之詩手稿文本中看到發揮，例如余光中〈核舟記〉初定稿詩手稿文本中，便藉詩文字手跡置放了一把簫聲，其詩手稿如下：

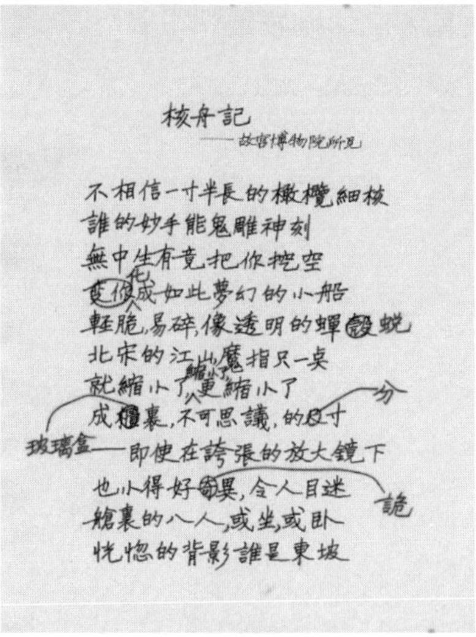
核舟記
——故宮博物院所見
不相信一寸半長的橄欖細核
誰的妙手能鬼雕神刻
無中生有竟把你挖空
變成如此夢幻的小船
輕脆,易碎,像透明的蟬蛻
北宋的江山魔指只一點
就縮小了,更縮小了
成櫃裏,不可思議,的尺寸
——即使在誇張的放大鏡下
也小得好奇異,令人目迷
艙裏的八人,或坐,或臥
恍惚的背影誰是東坡

圖 5-41：余光中〈核舟記〉初定稿詩手稿之一
國家圖書館授權使用

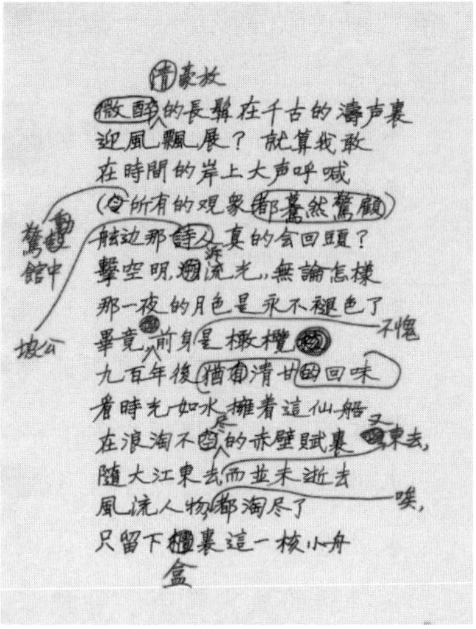
微醺的長髯在千古的濤声裏
迎風飄展？就算我敢
在時間的岸上大声呼喊
(令所有的观衆都驚然驚顧)
舷边那詩人真的会回頭？
擊空明,溯流光,無論怎樣
那一夜的月色是永不褪色了
畢竟,前身是橄欖核
九百年後猶有清甘回味
看時光如水推着這仙船
在浪淘不盡的赤壁賦裏東去,
隨大江東去而並未逝去
風流人物都淘尽了
只留下櫃裏這一核小舟

圖 5-42：余光中〈核舟記〉初定稿詩手稿之二
國家圖書館授權使用

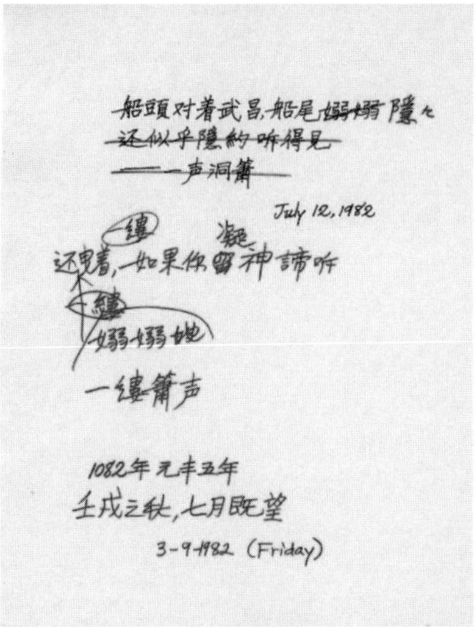
船頭对着武昌,船尾嫋嫋隱々
还似乎隱約听得見
——一声洞簫
July 12, 1982
还隱着,一如果你留神諦听
嫋嫋地
一縷簫声
1082年 元丰五年
壬戌之秋,七月既望
3-9-1982 (Friday)

圖 5-43：余光中〈核舟記〉初定稿詩手稿之三
國家圖書館授權使用

余光中〈橄欖核舟──故宮博物院所見〉之印刷發表刊印稿：

不相信一寸半長的橄欖細核

誰的妙手神雕又鬼刻

無中生有能把你挖空

剔成如此精緻的小船

清脆，易碎，像半透明的蟬蛻

北宋的江山魔指只一點

怎麼就縮小了，縮小了，縮成

水晶櫃裡，不可思議的比例

在誇張的放大鏡下，即使

也小得好詭異，令人目迷

艙裡的主客或坐，或臥

恍惚的側影誰是東坡

一捋長髯在千古的崩濤聲裡

飄然迎風？就算我敢

在世間的岸上隔水呼喊

（驚動艙上所有的觀眾）

舷邊那鬚翁真的會回頭？

一柄桂槳要追上三國的舳艫

擊空明，斥流光，無論怎樣

那夜的月色是永不褪色的了

　　──前身是橄欖有幸留仁

九百年後回味猶清甘

看時光如水盪著這仙船

在浪淘不盡的赤壁賦裡

隨大江東去又東去，而並未逝去

多少的豪傑如沙，都淘盡了

只剩下鏡底這一撮小舟

船頭對著夏口，船尾隱約

（只要你凝神靜聽）

還嫋嫋不絕地曳著當晚

那一縷簫聲

　　精讀比對以上余光中〈核舟記〉初定稿詩手稿文本，以及定稿更題後之〈橄欖核舟──故宮博物院所見〉，可以發現詩人在書寫過程中頗有細微修改，例如：「圖5-41：余光中〈核舟記〉初定稿詩手稿之一」第五行原本寫為「像透明的蟬殼」後以紅筆改為「蟬蛻」，從原本名詞，而更帶有動名詞意味，並就此於定稿中確定；另外，手稿中的「透明」則在定稿中，強化為「半透明」，畢竟「透明」如何可見，也看到詩人理性精準的一面。在音感上，第六、七行詩手稿原寫為「北宋的江山魔指只一點／就縮小了，更縮小了」，詩手稿中，在「就縮小了」後再加上「縮小了」，而定稿中延續此修改方案，最後確定為「北宋的江山魔指只一點／怎麼就縮小了，縮小了，縮成」在一行中高頻率的透過三次「縮」字，凸顯本詩之書寫對象──清代陳祖章所篆刻之橄欖核舟，其巧奪天工之微物細緻。

　　余光中在〈核舟記〉詩手稿中更為重要修改，乃是在原本詩題旁，以較淡的水藍文字，加上「──故宮博物院所見」以為副標，於此彰明之「故宮博物院」無疑為全詩提供了重要的詩學關鍵詞。劉紀蕙教授〈故宮博物院 VS. 超現實拼貼：臺灣現代讀畫詩中兩種文化認同之建構模式〉以余光中一系列故宮博物院古物書寫為臺灣現代讀畫詩之「故宮博物院式」代表，並指出：

　　在「故宮博物院式」或是「凝視模式」的讀畫詩中，詩人似乎駐足於一個藝術品前，凝視它，膜拜它，詩人的語言以一種向心的運動集中於眼前的物上，好像要藉著他的閱讀來進入這個物品，與其合而為一。但是，這種凝視的動作卻隱含了陽性的姿態：表面上的依戀帶出

了懼怕被吞噬的焦慮以及一種關係決裂的慾望。[111]

劉紀蕙教授之所論，亦可深化詩人手稿新增副標之「所見」的視覺凝視。然而就詩手稿「圖5-43：余光中〈核舟記〉初定稿詩手稿之三」作為全詩修改熱區，則可以看到簫聲之聽覺意象，所也具有探索身體與文物間歷史主體之何為的作用。相對於「圖5-41：余光中〈核舟記〉初定稿詩手稿之一」與「圖5-42：余光中〈核舟記〉初定稿詩手稿之二」屬於字詞幅度的修改，「圖5-43：余光中〈核舟記〉初定稿詩手稿之三」將全詩最後的簫聲意象進行高幅度的修改，甚至重寫。此中修改最重要之處，在於將原本最後一行寄寓全詩隱喻的「———一聲洞簫」進行修改。原本「——」符號，帶有對簫聲細微綿延的聲響拉長作用，但詩人想要更以文字明確如此音色，因此特意以「曳」此一動詞，以及「一縷」此一量詞進行精準。

余光中〈核舟記〉最後簫的樂器聲響，為此詩定調，然而簫聲為此詩提供的音色，不只在其樂器本身，更是從蘇軾〈前赤壁賦〉而來。若只讀定稿〈橄欖核舟——故宮博物院所見〉其最後所寫「那一縷簫聲」，則讀者需要察知此詩書寫對象陳祖章之橄欖核舟，在舟底篆刻之蘇軾〈前赤壁賦〉方可知此簫聲，乃為洞簫。而從詩手稿則可見，詩人原本即寫為洞簫。由此可知簫聲，不只從其樂器本身特質賦予詩作音色，更從蘇軾〈前赤壁賦〉之「客有吹洞簫者，倚歌而和之，其聲嗚嗚然，如怨、如慕、如泣、如訴，餘音嫋嫋，不絕如縷。」得到那份應對歷史戰場的孤寂音色。如此從簫聲、〈前赤壁賦〉細膩地得到哀愁的音色，正是位於故宮博物院的詩人面對屬於自己的兩岸冷戰歷史戰場，這另一座被轉譯的赤壁戰場時，內在觸動漣漪心聲之音質。

在以詩文字調動樂器為詩作提供聲響音質上，重視詩語言音樂性的楊牧自然也多所應用，我們不妨以楊牧〈歲末觀但丁〉為例，進行探索：

---

[111] 劉紀蕙：〈故宮博物院 VS. 超現實拼貼：臺灣現代讀畫詩中兩種文化認同之建構模式〉，《中外文學》第25卷第7期（1996年12月），頁70。

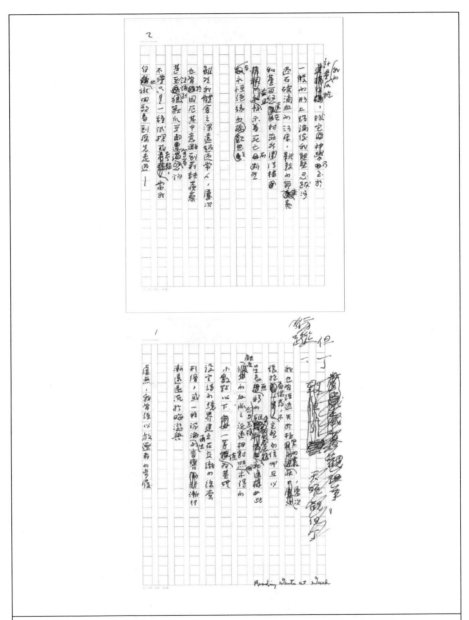

**圖 5-44：楊牧〈歲末觀但丁──谷斯達弗・朵芮插圖本〉編號 1、2
初定稿詩手稿**

出處楊牧數位主題館

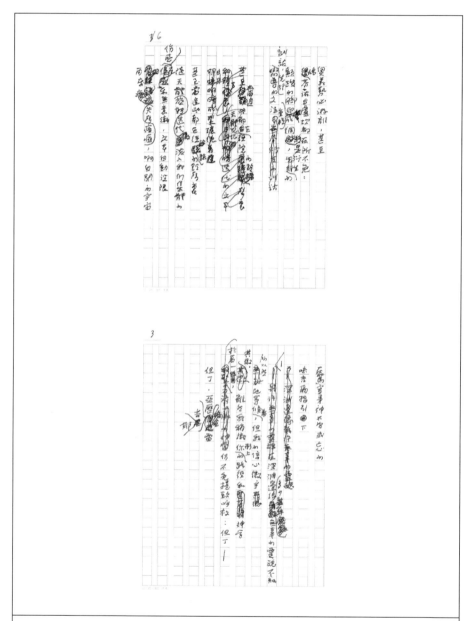

圖 5-45：楊牧〈歲末觀但丁——谷斯達弗・朵芮插圖本〉編號 3、6
初定稿詩手稿

楊牧〈歲末觀但丁——谷斯達弗・朵芮插圖本〉之印刷發表刊印稿：

1

我也曾經迷失於極黑的樹林，屢次

懷抱偶發，不完整的信念且以

繁星無移的組合與怎樣就觸及的

血之流速相對照明，遂求得部分無知以下[112]

一與我等值的神志為基礎

設定詩的境界建立在交織的線索

形繪，或一種再生的音響漸行

漸遠遂流於晦澀與

虛無。我嘗試以放逐者的步履

計量反抗，賦它神學乃至於

一般的形上理論使我能堅忍跋涉

過石礫滴血的河床，靴鼓的節奏

和蘆笛悠遠在村莊外圍傳播

並且預示著死亡，一個襤褸的香客

終於踏上與永恆絕緣的歎息之旅

雖然我體會之深遠超過常人，屢次

也曾於困厄其中意識到荊棘蒺藜

甚至領悟到猛獸爪牙的遭遇等等恐怕

不僅只是一種試探或考驗，當我

---

[112] 此詩在《自由時報》（2012 年 2 月 13 日）發表之版本「以下」二字，列於下一行開頭，與其後收錄詩集之版本有別。在此採取詩集版本，但也印證了即便是報章發表定稿，收入於詩集後仍存在著更動的可能，詩作作為文本，或被以文本視之，沒有一個必然的終結之處。

　　　　自地獄回頭看到早先走過──

　　　　在篤實事神不曾或忘的

　　　　味吉爾指引下

　　　　──深淵邊緣多少無辜的靈魂不知

　　　　所以然地等候著，但我的信心微乎

　　　　其微，雖然我稍識你形上的路徑和神學

　　　　於萬一，仍不免抬頭呼救：但丁──

　　　　但丁・亞歷吉耶雷

　　在楊牧〈歲末觀但丁──谷斯達弗・朵芮插圖本〉詩手稿與定稿中，我們知道在這首組詩結構的敘事詩，乃在追蹤但丁（Dante Alighieri）《神曲》敘事之內與外：一方面是《神曲》文本之內，那但丁（Dante Alighieri）在古羅馬詩人維吉爾的靈魂指引相伴下，如何走出地獄、煉獄，而至天堂[113]；另一方面則是詩人閱讀但丁（Dante Alighieri）《神曲》之內，但丁（Dante Alighieri）對於文字的衡量與思慮。既有如此之雙面的追蹤，使得在詩中的「我」，亦即楊牧本人，也間接傳達了為詩之際，如何取徑於但丁（Dante Alighieri）所進行的文字思考。可以說，楊牧對於但丁（Dante Alighieri）的追蹤與取徑並不偶然，在〈南陔〉一詩中即如此明晰寫到：「但丁是歐洲文明最美的靈魂」。

　　但我們不只注意到楊牧在〈南陔〉對但丁（Dante Alighieri）的頌讚，更也注意到詩人如此寫到：「我對著滿院子的綠草讀書／努力偽裝我究竟並不在想／陽光照亮一朵顫抖的蒲公英／我將保持我冷靜從容的態度：／一個古典的學術追求者不在乎／身外的事務，聽任綠草越長／越長，在窗外默默陪伴我讀書」這正是從「一個古典的學術追求者」的身份，追望但丁（Dante Alighieri）。卡爾維諾（Italo Calvino，1923-1985 年，義大利小說

---

[113] 但丁（Dante Alighieri）《神曲》即有《地獄篇》、《煉獄篇》、《天堂篇》三篇之分，在此詩中楊牧也有意以編號 1、2、3，作為三首組詩之結構，以為對應。

家）《寫給下一輪太平盛世的備忘錄》第五章〈繁〉正指出但丁（Dante Alighieri）文學的知識性：「中古文學的作品一般傾向於井然有序而穩定的形式去展示人類所累積的知識總和。例如在《神曲》（*Commedid*）中，語言形式多樣的豐富性，與作品中所採取的系統性和一元化的思考模式合而為一。」[114]但丁（Dante Alighieri）之《神曲》提供了具知識整理性的天主教世界觀，《神曲》從先而後，由《地獄篇》、《煉獄篇》、《天堂篇》構成，三篇每篇各 33 首詩，詩句三行一段，連鎖押韻，正以形式彰顯天主教三位一體的概念。《地獄篇》、《煉獄篇》、《天堂篇》三篇 99 首詩，加上序詩，正好完滿為一百首，凸顯出對世界圖景層次感的賦予。

　　如果在〈南陔〉，楊牧是以學者身份，頌讚著但丁（Dante Alighieri）；那麼，在〈歲末觀但丁——谷斯達弗・朵芮插圖本〉中，楊牧則是回歸於自我詩人的身份，去追蹤但丁（Dante Alighieri）。奚密〈鑴琢之名：楊牧詩中的希臘與羅馬〉如此細論：

> 詩人形容自己是一個「放逐者」，一個「襤褸的香客」，踏上了「與永恒絕緣的嘆息之旅」。雖然他也曾走過地獄，但是作為對任何宗教體制的「疑神」者，楊牧的目的地不是基督教的天堂，不是耶穌承諾的永生，而是詩藝的最高境界，兩者有本質的不同。在《神曲》裡，古羅馬詩人味吉爾是但丁的導師，象徵理智和道德。在〈歲末觀但丁〉裡，楊牧呼喚他長期推崇的味吉爾和但丁。在詩第一部的結尾，他向他們「呼救」，祈求他們給他指引。[115]

　　從楊牧經典散文集《疑神》的脈絡來看，詩人所要追尋的指引，乃在於詩，而不在隨但丁（Dante Alighieri）《神曲》再次鋪建地獄（Inferno）、

---

[114] 卡爾維諾（Italo Calvino）[著]；吳潛誠[譯]：《寫給下一輪太平盛世的備忘錄》（臺北市：時報文化，1996 年），頁 152-153。

[115] 奚密：〈鑴琢之名：楊牧詩中的希臘與羅馬〉，《台灣文學學報》第 37 期（2020 年 12 月），頁 29。

煉獄（Purgatorio）與天堂（Paradiso）之場景。回看詩題〈歲末觀但丁——谷斯達弗・朵芮插圖本〉中之「歲末」，係指一年將終之末，詩人自也隱涉自我時光命題中一生將終之際，對自我命題之摸索與省察。檢視「圖5-44：楊牧〈歲末觀但丁——谷斯達弗・朵芮插圖本〉編號1、2初定稿詩手稿」之「編號1」，可見詩人在訂題上，原僅寫為「致但丁」，但之後於此上、下、右處，另發展有「行蹤但丁」、「暮歲歲暮觀但丁」、「天晚觀但丁」。其中「暮歲歲暮觀但丁」之「暮歲」、「歲暮」的擇選，最能看到楊牧之屬意所在，以及內在對生涯暮年之意識。而這份於知天命之年之後的時光命題，仍回到詩人一生情之所鍾的詩藝。如何於暮年衰老的身體中持／綿續詩藝之新創，亦即晚期風格之實驗塑造，正是詩人何以追蹤但丁（Dante Alighieri）的動機。

　　所以詩是主詞，音樂是副詞——是作為主詞的詩，促動詩人追蹤但丁（Dante Alighieri），而細讀楊牧〈歲末觀但丁——谷斯達弗・朵芮插圖本〉初定稿詩手稿文本中的「編號1-3」[116]，可以發現這份追尋在書寫起點上，建立在視覺上的不見，而終發於對但丁（Dante Alighieri）的呼喚，而中間之促進正可見音樂的副詞作用。具體來看，「編號1」開頭首段三行，即為全詩之書寫修改熱區。首行詩人原寫為「我也曾經迷失於極然的密林，屢次」，就內容來說，呼應著《神曲》開頭但丁（Dante Alighieri）之所位處的幽暗密林。只是楊牧後將「極然」改為「極黑」，自然是予以視覺上的掩滅，這份視覺掩滅也較好地讓第三行頻繁修改的星辰，其照明性得以有漸層推進作用。星辰有照，既能呈顯詩人所設定詩境界，於交織線索中的逐漸形繪，但卻也呈顯尋詩過程中可能長存的頓挫，而正以定稿「再生的音響」隱喻。在「編號1」中，定稿「再生的音響」，原寫為「沉淪的音響」，「沉淪」的陷落感，或更能呈顯為詩過程的沉鬱苦吟，其詩語言之渺渺至有可能的失卻。但「沉淪的音響」與其後「漸行／漸遠遂流於晦澀」，在音感

---

[116] 在此編號之稱，乃指楊牧〈歲末觀但丁——谷斯達弗・朵芮插圖本〉初定稿詩手稿中，書寫稿紙左上角詩人自書的數字。

上接近，因此相比於「沉淪—漸行漸遠」，詩人選擇更具上下幅度張力的「再生—漸行漸遠」。

　　楊牧音響之設計在「編號 1」已有所顯現，在「編號 2」中更以樂器輔助。「編號 2」第三、四行即見「軺鼓」與「蘆笛」。詩人對兩個樂器的音質表現也有修改，軺鼓之處，手稿原寫為「軺鼓的節奏」，後詩人改「節奏」為「節慶」。蓋軺鼓為以木柄貫之的小搖鼓，為古代祭禮樂器之一，用「節慶」似有召喚喜慶之意，但明顯與此對後來所寫「預示著死亡」相反，故楊牧仍改回原本之「節奏」。而「蘆笛」之處，手稿原寫為「蘆笛悠然」，在手稿中即有「悠遠」之修改，最後定稿亦如此呈現。「蘆笛悠然」一方面能與編號 1 之前段收束的「漸行漸遠」音感接近，或者說，進行一種具像的落實；另一方面則向後綿延至此段末尾的「終於踏上與永恆絕緣的歎息之旅」的那份喟歎情緒。

　　楊牧詩手稿中細修「軺鼓」與「蘆笛」之音感，輔助烘托，終而帶出「編號 3」，亦即〈歲末觀但丁——谷斯達弗・朵芮插圖本〉組詩 1 那最後對但丁喚名呼救的聲響。對但丁的喚名，重複了兩次，正是以「形式上字詞的重複」創造音感，我們將在本節其後之「二、（三）」處再細論。在此我們要透過「編號 3」看到，在帶出最後的但丁重複喚名前，詩人又有一書寫修改熱區，乃對於「深淵邊緣幾許無辜的靈魂」這初寫下的詩句，大量進行修改。針對此行的多次修改，重點在於當要先出現「深淵邊緣」，還是「幾許無辜的靈魂」。詩人在定稿，選擇了先點出「深淵邊緣」。值得注意的是，從開頭第一段「我也曾經迷失於極黑的樹林」，到此最後一段之「深淵邊緣多少無辜的靈魂」，其視覺上的不見並刺激著主體道出聲響，如此以聽覺作為切入點，打開主體感官的書寫方式，與瘂弦之〈深淵〉有可相辯證之處。瘂弦〈深淵〉開頭第一段即為：

　　　孩子們常在你的髮茨間迷失
　　　春天最初的激流，藏在你荒蕪的瞳孔背後
　　　一部分歲月呼喊著。肉體展開黑夜的節慶。

在有毒的月光中，在血的三角洲，

所有的靈魂蛇立起來，撲向一個垂在十字架上的

憔悴的額頭。

　　瘂弦的〈深淵〉創作於 1959 年 5 月，作為瘂弦唯一詩集《深淵》的同題詩作，足見瘂弦對此詩的重視。〈深淵〉詩中充滿著死亡的意象，詩中宗教、異國情境彼此交織，藉以喻代詩人主體的異離之感。在此情境中，除了「去聞時間的腐味」、「在鼠哭的夜晚，早已被殺的人再被殺掉」等詩句，所指涉時間之流中肉體的生與死，最讓人警醒的，還在其中主體的開創性竟也缺乏可能。「沒有甚麼現在正在死去，／今天的雲抄襲昨天的雲。」為〈深淵〉名句，除呼應該詩前段之「（今天的告示貼在昨天告示上）」呈顯一再重現缺乏改變，個體彷彿永劫回歸的時間，更轉用「白雲蒼狗」意象。當時時無限變化，展現自由開創性的雲，其自由流動竟也在今天與昨天間抄襲，而這正是詩人所意識到更深層次的「死去」──主體創造力的被迫失能。而是誰將主體推落這如此深淵，不是詞語重疊的晦澀語境，而是詩人所遭逢，同時不斷以關鍵詞閃爍於詩語言中的大時代命運。

　　瘂弦〈深淵〉之詩境以及對歲月之呼喊，轉至楊牧〈歲末觀但丁──谷斯達弗・朵芮插圖本〉則轉為對但丁（Dante Alighieri）的喚求，但兩相比較都可以看到聲音作為一種主體存有被遮蔽的突圍手段。而楊牧的聲響運作，在主體之吶喊中，更以樂器「鞀鼓」與「蘆笛」輔助推進。在「編號 6」[117]同樣也有相關使用，在該手稿第二段開頭為修改熱區，其第一行開頭原本寫為「甚至聲韻」，不過詩人將「聲韻」劃掉，改為「當這」，延續寫出「這些都在經院裡鈴聲」。由此即可知，詩人在寫「聲韻」之時，如何也開啟對這聲韻具像的想法，「鈴鐺」成為具像的答案，而後又刪去為原本所寫之「鈴聲」。而手稿也可以看到第二段第二行中，詩人原還放入「鐘響」，而後則不採用。仔細來說，鈴、鐘之為發響的樂器，然而也成為生活

---

[117] 此「編號 6」，楊牧原寫為「3」，後刪除改為「6」。

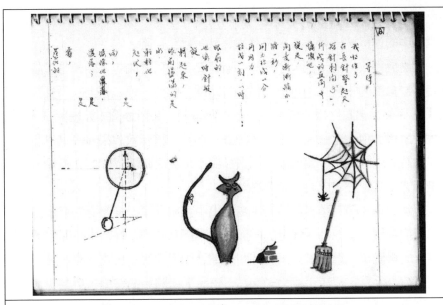

圖 5-46：陳克華〈等待〉手寫定稿詩手稿之一

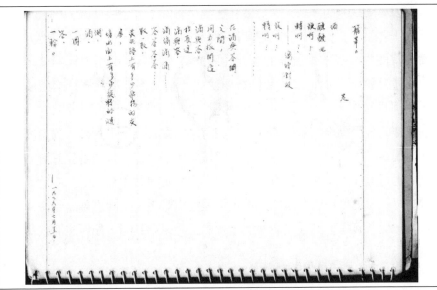

圖 5-47：陳克華〈等待〉手寫定稿詩手稿之二

中之物件。鈴可為樂器搖鈴，也可為生活中的風鈴；鐘可為樂器編鐘，也可為生活中的撞鐘——蓋傳統經院晨鐘暮鼓，以誌早晚。

對應於楊牧〈歲末觀但丁——谷斯達弗・朵芮插圖本〉開頭主體陷入叢林時難以拓展的視覺，<u>不可推測的來日時間，也是一種視覺上的不見</u>。楊牧在「圖 5-45：楊牧〈歲末觀但丁——谷斯達弗・朵芮插圖本〉編號 3、6 初定稿詩手稿」中「編號 6」運用了鐘聲，作為一種音效效果——這也凸顯音樂作為詩的副詞作用，協助著主詞去探勘不可見之時間。在此之鐘聲，正不只是音樂，其音響也成為了時間之計量。

有趣的是，陳克華〈等待〉手寫定稿中也放置了一種聲響的意象——傳統的鐘擺鬧鐘。詩題為「等待」，而詩內容更為主體在等待中時間恆續推進所帶來的焦慮感，鐘擺擺動正將時間之續進予以視覺化，在「圖 5-46：陳克華〈等待〉手寫定稿詩手稿之一」左下角詩人所圖繪的鐘擺，可為明證；然而回到詩，就語言來說，更是鐘擺擺動時連帶出的滴達聲響，更為詩人所提取，並且賦予修辭之經營，在「圖 5-47：陳克華〈等待〉手寫定稿詩手稿之二」中的第二段開頭，詩人原寫為「在滴與答間」，但將「間」刪去，而在下行寫「之間，」，正在試圖拉開鐘擺滴答的連續音，從這原不可能分割的連續音時間中，尋求一展開的可能。因此詩人續寫到「用力扳開這／滴與答，／拉長這／滴與答」，我們既要注意「滴與答」這鐘擺行之所成的聲響，如何重複出現，所帶來的焦灼感，更要看到詩人「用力扳開」、「拉長」這樣的肢體動作力量，如何對標註時間的聲音，所進行介入的力度與意欲。「圖 5-47：陳克華〈等待〉手寫定稿詩手稿之二」這對聽覺聲響的介入意欲，也可與「圖 5-46：陳克華〈等待〉手寫定稿詩手稿之一」中詩人圖繪鐘擺時以數學角度精密測量的那份視覺理性相辯證。在陳克華〈等待〉手寫定稿中，從「滴答」到「滴與答」，我們正可以看到鐘，如何也能成為時間書寫的樂器。

在詩語言聲音的道出與寫下之中，我們看到樂器如何就其物質秉性，輔助著詩手稿文本詩語言的塑造。而也就「物質」角度來說，與這份詩語言道出之後的寫下，直接關係的「筆」是否也是另一種器樂？且不論筆寫在紙張

所產生的摩擦聲響，透過敲筆似乎也能如鼓棒般，創造帶有節奏的音樂。但比起鼓棒，詩人的詩語言之筆，更接近於指揮棒，詩人透過其譜寫文字符號，誘發、調度出自然乃至於樂器之聲音。是以從器樂與人聲進行辯證，或有謂人的身體也是另一個樂器，此可與莊子〈齊物論〉的「人籟」之喻相發。身體正是我們，不假於外求的隨身樂器，不只透過對發聲器官的氣之流／顫動與共鳴之作用，更可透過思想啟動能指與所指的符號系統，召喚各種聲音進行調配。事實上，也正是在身體的發聲與思想器官的同時且多重之運作下，身體與樂器間也更豐富的辯證層次，使音樂成為詩學所擴張的知覺感官回聲之一。

（二）形式上援引古典詩句式與音樂曲式

　　前面我們探述臺灣現代詩人詩手稿中，如何嘗試調度具體發聲的器物，以為意象，並為詩文本提供音景。在本節中之舉證，我們也很自然的發現臺灣現代詩人頗有徵引中國古典詩之詩句的現象。可以說當現代詩人調取中國古典詩句時，也正在其詩文本中調度另一種抽象的樂器。且容我們暫且離開臺灣，至澳大利亞東北部，觀察一種名為鋸嘴貓鳥（Scenopoeetes dentirostris）的鳥類行為。

　　鋸嘴貓鳥會叼取葉子，將葉子反面朝上放置於地面，藉以標識界分出自我的屬地範圍。鋸嘴貓鳥又名齒嘴園丁鳥，會叼取樹枝，甚至人類生活物品，建築出如神龕般的求偶亭。樹葉原本歸屬於樹林視覺與聽覺韻律之一，叼取樹葉即為一種韻律的引用，在鋸嘴貓鳥的自我地域中被轉化性的使用，而在築巢之中，更凸顯了對人為他者符號的調取，以成就自我空間韻律的現象。從在這樣他方、異物種的案例，回看臺灣現代詩人對中國古典詩的引用，既要（1）觀察詩人所擇選之詩的形式樣態，也要（2）觀看擇選之位處於文言語言森林的古典詩文本，如何被擇選並被融會為現代詩文本空間的韻律。

　　特別是以上之第二點，在移取古典詩韻律為用的過程，又不為其強勢典／韻律所掩沒，展現詩人對自我詩作的主導性與前在他者經典詩語言的駕馭

力，可說考驗詩人自我詩語言的主體性。以下我們不妨來看，余光中探析洛夫〈隨雨聲入山而不見雨〉之手稿此一微妙的文本。

「圖4-07：余光中評論洛夫〈隨雨聲入山而不見雨〉講義手稿」[118]為其前「圖2-29：余光中評論洛夫〈政變之後〉講義手稿」中〈隨雨聲入山而不見雨〉講義手稿的後半部。在〈隨雨聲入山而不見雨〉講義手稿的前半部中，余光中已初步在「啄木鳥　空空／回聲　　洞洞」這具像發聲的意象，及其擬聲詞詩句上，而在後半部中則在洛夫詩句「傘繞著一塊青石飛／那裏坐著一個抱頭的男子／看煙蒂成灰」之左下，以紅筆寫下「細數落花因坐久」，以為評注。

余光中所寫「細數落花因坐久」係引用北宋王安石〈北山〉：「北山輸綠漲橫陂，直塹回塘灩灩時。細數落花因坐久，緩尋芳草得歸遲。」細加追蹤也可發現王安石〈北山〉之「細數落花因坐久」，亦奪胎換骨於唐朝王維的〈過楊氏別業〉中「興闌啼鳥散，坐久落花多」而來的。且不說王安石之轉化，以其人之「細數」知性地介入了王維原本主體與自然渾融為一的共時性，徵引而轉譯為已用，確實作為詩人寫作之策略。余光中在此之徵引，是由洛夫〈隨雨聲入山而不見雨〉所觸動的回想／響，這也是一份由現代而古典逆時性的延伸。如果說此之徵引，其可能的創作性尚隱沒於此一歸屬於教學評論功能的講義手稿中；那麼以下余光中歸屬於詩創作的〈寄楊州韓綽判官〉、〈楓橋夜泊〉則能更進一步地呈顯其在引／化用中國古典詩此一抽象的樂器，所創造出的音色回響。

---

[118] 「圖 4-07：余光中評論洛夫〈隨雨聲入山而不見雨〉講義手稿」在本書第四章已圖列，在此不重複引用。

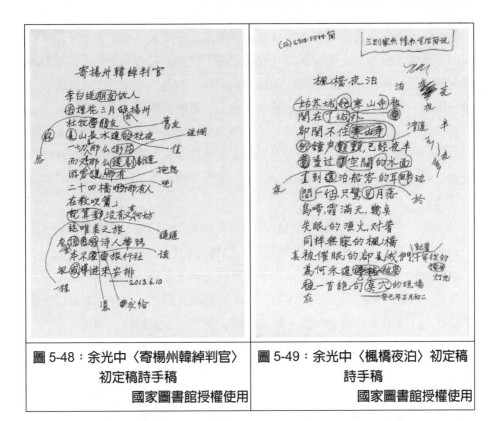

| 圖 5-48：余光中〈寄揚州韓綽判官〉初定稿詩手稿　國家圖書館授權使用 | 圖 5-49：余光中〈楓橋夜泊〉初定稿詩手稿　國家圖書館授權使用 |

以上余光中〈寄楊州韓綽判官〉歸屬於余光中「唐詩神遊」此一系列書寫，此一系列另有〈登鸛雀樓〉、〈江雪〉、〈登樂遊原〉、〈尋隱者不遇〉、〈問劉十九〉、〈空山不見人〉、〈下江陵〉、〈桂魄初生〉、〈夜雨寄北〉。在黃維樑教授〈余光中《唐詩神遊》導遊〉一文中另有刊載〈登鸛雀樓〉、〈尋隱者不遇〉、〈空山不見人〉、〈桂魄初生〉之手寫定稿，相較之下我們在此討論的「圖 5-48：余光中〈寄楊州韓綽判官〉初定稿詩手稿」則為有豐富修改痕跡的初定稿。

〈寄楊州韓綽判官〉原為杜牧之詩，但在余光中此詩手稿文本中開頭，詩人則寫為「李白送朋友／去煙花三月的揚州」則是調用李白〈黃鶴樓送孟浩然之廣陵〉，由杜牧而李白而孟浩然，可見詩人余光中聯想之幅度。但就

引而後轉化的詩語言表現來看，「李白送朋友／去煙花三月的揚州」儘管依其內容訊號，讓讀者在心中默讀「煙花三月下揚州」之古典詩句，但實在過度白話，因此余光中以紅字進行詞語替換調動，改為「李白送故人／煙花三月去揚州」。第一行將「朋友」易為「故人」更為文雅且見友誼之深；第二行將「去」移到後面，刪去「的」字，使詩句精簡俐落，且第四行也同樣刪字。類似修改思維，「圖5-49：余光中〈楓橋夜泊〉初定稿詩手稿」則可為例證──開頭第一至四行，刪去了第三行末的「寒山寺」，以及第四行開頭之「的」。

余光中在〈寄楊州韓綽判官〉詩手稿文本開頭的精簡，使得前四行，形成一、三行為五字，二、四行為七字，這樣有節奏感的結構。同樣的，在〈寄楊州韓綽判官〉詩手稿文本中，比對該詩最後定稿，則第四行末的「已經夜半」，在定稿時則又被調往第三行，使得第二行之「關在了城外」，與第四行之「卻關不住鐘聲清遠」形成「關／關不住」的辯證。這可見余光中〈楓橋夜泊〉一詩發展過程中，除了字詞刪除，也運用詞語調動，創造音韻音色。

整體來看，〈寄楊州韓綽判官〉開頭之修改，乃是將口語精緻節奏化；中段則刻意藉著現今遊客的口吻，提供一個口語化的聲軌──手稿原本寫為：「遊客說，那有／二十四橋喲，哪有人／在教吹簫」之後以紅字將「說」強化負面情緒為「抱怨」，將「喲」改為更有質疑意味的疑問詞「呢」。中段的現今遊客通俗質疑話語，無疑破壞了「二十四橋」、「吹簫」所潛存召喚杜牧之原詩「二十四橋明月夜，玉人何處教吹簫？」的想像意境。可見余光中在〈寄楊州韓綽判官〉提取古典詩這樣抽象的樂器時，並不是將古典詩的詩句進行機械式翻譯，而是內在建立雅與俗的語調，提供全詩帶辯證性的兩條音軌，豐富詩作意義之音色。

也可以發現，余光中在徵引古典詩進行轉化書寫時，引用往往以句為單位。因為在現實上單以詞的層次，較難提供足夠指涉哪首詩的訊息，在句的層次，則有其字詞連綴的經營，使之更有足夠暗示的訊號。以句為單位，除了在援引古典原詩之意象情境較為完整，有利於現代詩人進行現代化的發

<u>揮，還有音樂上的益處。</u>中國古典詩至唐代於格律上已然成熟，古典詩既有的格律，以句為重要單位，進行結構上各句間的平仄對應設計。以七言絕句之平起式來說，一至四句之平仄與押韻之設計，分別為「平平仄仄仄平平（韻）／仄仄平平仄仄平（韻）／仄仄平平平仄仄／平平仄仄仄平平（韻）」；仄起式則為「仄仄平平仄仄平（韻）／平平仄仄仄平平（韻）／平平仄仄平平仄／仄仄平平仄仄平（韻）」不論所填詩詞之字將是如何，僅念格律規定的平仄，都能感覺到語音之音樂感，正是因為其句中內在，以及隔句都存在平仄間的對照呼應，以及差異延伸。

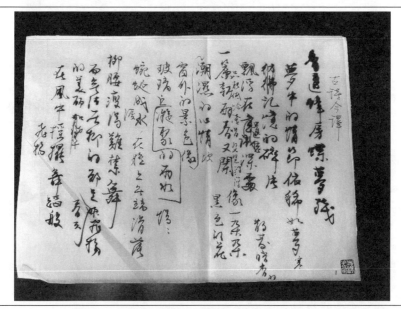

圖 5-50：侯吉諒〈古詩今譯〉草擬稿詩手稿之一

侯吉諒授權使用

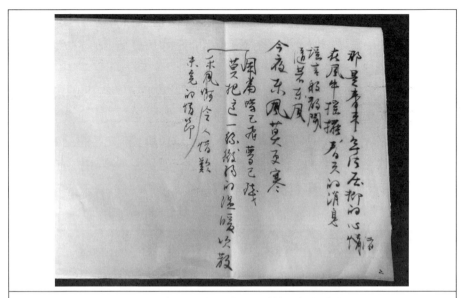

圖5-51：侯吉諒〈古詩今譯〉草擬稿詩手稿之二

侯吉諒授權使用

侯吉諒〈古詩今譯——趙若櫰〈暮春〉〉之印刷發表刊印稿：

香透蜂房蝶夢殘
　醒時記，夢很長
　記憶殘片有幽香
　飄盪似遺忘
　一朵黑花在開放
一簾新雨春又開
　窗外景，濕心情
　玻璃上的雨水凝聚晶瑩
　蜿蜒成淚水
　雨中消息有誰聽
柳腰瘦得難禁舞

　　東風來，柳枝搖

　　伊人身輕掌上飄

　　那樣的青春

　　那樣的窈窕

今夜東風莫更寒

　　蝶已飛，夢已殘

　　未完成的情節讓人惜歡

　　寂寞如此銷魂

　　如此容易吹散

　　「圖5-48：余光中〈寄楊州韓綽判官〉初定稿詩手稿」、「圖5-49：余
光中〈楓橋夜泊〉初定稿詩手稿」主要以片斷的古詩詞語，以留有前文本殘
跡作為引線方式，誘導讀者於自我意識中呼喚原詩之詩句。至於「圖5-50：
侯吉諒〈古詩今譯〉草擬稿詩手稿之一」與「圖5-51：侯吉諒〈古詩今譯〉
草擬稿詩手稿之二」則以非常明確的徵引原詩方式，進行現代詩的結構設
計。詩人侯吉諒〈古詩今譯〉的結構設計是這樣的——詩人並不以隱跡之
法，而是非常明確地徵引宋代詩人趙若櫨之〈暮春〉之原詩「香透蜂房蝶夢
殘，一簾新雨又春闌。柳腰瘦得難禁舞，今夜春風莫更寒。」不過這個徵引
是首先一行古詩，接著一段詩人創作，以此組合方式再推衍三次，予以完成
本詩整體結構。

　　如此將徵引古典詩於現代詩中進行如此明確的形式結構標的，洛夫的隱
題詩系列可為代表。例如洛夫〈故鄉雲水地，歸夢不宜秋——贈李商隱之
一〉：

　　故事講了一半主角便曖昧地笑了，我的

　　鄉音如囈語早已分不清平上去入

　　雲飛離天空就再也找不到棲所

　　水無處可去只好痛擊兩岸，震得

地球在我懷中時睡時醒

歸途比天涯還要渺不可及

夢曾多次在窗外偷窺，有些心事

不得不說，又不

宜說破　秋雨淅瀝本就是纏綿的陷阱

　　洛夫在詩作的主標即明確徵引李商隱之絕句〈滯雨〉，並將所引詩句，逐字依序藏頭於本詩每個詩行之頭一字。古典詩人李商隱以無題詩著稱，現代詩人洛夫則以隱題詩相映成趣。而侯吉諒之〈古詩今譯〉則放大了引用單位與位置，以句的形式開展。可以很明確地對比看到，在形式上洛夫之逐字藏頭，在讀者逐行依序閱讀時，由於有著換行的中斷，使得原李商隱絕句〈滯雨〉於一句中的平仄音樂感也被割裂，必須在跳出線性閱讀之外，以整體觀看角度，方能再提取；而侯吉諒〈古詩今譯〉以句為單位，在單行中直接引用，便可為詩文本樂器般地，援引趙若槸〈暮春〉之格律音韻，其後以自己寫作現代詩語言接續。

　　趙若槸〈暮春〉逐句原詩，與侯吉諒所發展詩語言的接續關係為何？就詩題來看即為「新譯」───一種在引用之際，同時進行新的，歸屬於詩人所處臺灣現代情境的詮釋。從「圖 5-50：侯吉諒〈古詩今譯〉草擬稿詩手稿之一」與「圖 5-51：侯吉諒〈古詩今譯〉草擬稿詩手稿之二」可以發現詩人在自己所發展的今譯段落，會向下一行進行書寫，以示與所引之古詩的相別，藉以建立與古詩間的間距性，以此初步緩解在引用中，也同時被誘發出建構出與原作相別的現代異質性之需求。前面討論的余光中「圖 5-48：余光中〈寄楊州韓綽判官〉初定稿詩手稿」即透過現實遊客的世俗提問，去破壞詩人在懷想古典詩時，那被召喚出古典詩境將與現實地景相融合的瞬間。古典詩境與現實地景的間距，被詩人刻意放下，兩者之間，有著古典詩音韻與現實雜音的並置。這如同布雷希特（Eugen Bertholt Friedrich Brecht，1898-1956 年，德國戲劇家）史詩劇場所強調拒絕劇場幻覺（anti-illusionistic），避免進入劇場的觀眾，為戲劇展演文本所擺佈，陷落於戲劇情境中不可自

拔，失去對文本的辯證能力。

　　侯吉諒〈古詩今譯〉草擬稿詩手稿中今譯段落詩行上那逐行空下的一格，象徵的正是那份間距，但我們更要說的是，間距之作用並不是單一的，僅導向於由距離所帶動的質疑、反駁。「圖5-50：侯吉諒〈古詩今譯〉草擬稿詩手稿之一」詩題即已鮮明地標出了「古／今」，手稿在古今間的空白／格，更試圖挑戰去創造出古今間距中一種可彼此辨識，但卻能連結共譜出的旋律。一如中國古典樂進行現代樂器的演繹，以及服飾、繪畫的新中國風。

　　詩人在演繹中自然帶入現代人所處生存環境相牽涉，而凝聚出的音色，使得古詩與今譯之現代詩，有著以辯證中國風為概念的風格學，作為相連貫的譜線——比起暴力性斷裂古典與現代，明示兩者的間距，侯吉諒如此風格辯證更具實驗挑戰性，他必須在新譯之詩語言，帶有時間上的現代意識，進行古典美學的延伸。如此實驗也在回答，中國古典詩風格在現代情境中又會有著怎樣的美學回答，是依舊這麼回答，又或者轉化而延異。

　　不容否認，如本章前節「字空間的之間：書寫／法空間的營造」所論述書法為詩文本提供了中國古典傳統風格的文字動勢，在侯吉諒這首〈古詩今譯〉同樣以詩人已熟稔為日常書寫工具——中國傳統筆墨，進行手稿書寫，如此書寫形式與所徵引趙若櫰之〈暮春〉古典詩文字，無疑交相搭配；但我們更要注意的是，在詩人發展的今譯現代詩，在同樣書法書寫下，在那空一格的字格形式空間中，與古詩的中國傳統書寫風格，進行風格上的交流／換，彼此共構出古今中國風的視覺底蘊。

　　當然，我們更要關注的是聽覺上的音韻部分，詩人是如何發揮的。從「圖5-50：侯吉諒〈古詩今譯〉草擬稿詩手稿之一」的所引趙若櫰〈暮春〉第二句「一簾新雨又春闌」後，詩人寫出四行之今譯，這個形式明顯在詩人評估後而被採用。因而倒過去，將所引第一句「香透蜂房蝶夢殘」後原本之今譯三行「夢中的情節依稀如夢／彷彿記憶的碎片／漂浮在意識深處」，以較小的字體進行增寫，並在「深處」左下增寫出第四行「像一朵朵黑色的花」，藉以完成今譯四行之結構，而在「圖5-51：侯吉諒〈古詩今譯〉草擬稿詩手稿之二」亦可以看到如此之調整。

　　鄭明娳教授曾於〈鍛接的鋼：論現代詩中古典素材的運作〉指出：「古典質材對現代詩的影響有兩方面，一是古典韻文在音韻、格律、句法、章法等形式或技巧的啟發。一是古典意象、風格、材料等現代詩內容的滲透。」[119]侯吉諒在新譯部分形塑的四行形式，明顯是從所引趙若櫨〈暮春〉之絕句體制而來。在每引一句絕句為一行後，即開展四行現代詩，這四行也是調取了絕句本身的四行音樂，這首先形成了節奏之組合，對於現代詩手稿節奏課題的討論，我們留待下一部分討論，在此我們關注的是，這樣於新譯現代詩行調取所引中國古典絕句之四行形式，也為古與今提供了一個相脈絡的聽覺精神系統。而在內容上，每段新譯之現代詩行，自有與所引絕句，存在內容情韻的秘響旁通。例如依於「香透蜂房蝶夢殘」之新譯，據「殘夢」而加之以主體醒時回憶夢之碎片，更在最深邃的遺忘空間中飄浮，若有似無地成為引詩中之蝶的形象轉換——碎夢飄如蝶，蝶飄如碎夢，彼此相彷彿，俱不可捉摸。

　　此外，「黑色的花」則屬詩人之新譯，所延異出的現代色澤。在中國傳統古典詩除非題畫詩，極少見黑色花朵之書寫。例如蘇軾〈墨花〉：「造物本無物，忽然非所難。花心起墨暈，春色散毫端。縹緲形才具，扶疏態自完。蓮風盡傾倒，杏雨半披殘。獨有狂居士，求為黑牡丹。兼書平子賦，歸向雪堂看。」乃寫筆墨所繪之黑牡丹。至於白居易〈自問〉：「黑花滿眼絲滿頭，早衰因病病因愁。」以及歐陽修〈眼有黑花戲書自遣〉：「如今白首春風裡，病眼何須厭黑花。」所寫黑花乃是指身體衰老後視力退化的狀態。正如黑色乃是吸收光譜中所有可見光，不使任何光譜各種顏色得以反射一般，侯吉諒在〈古詩今譯〉黑色花朵的設計，實延續其詩境那吞沒記憶的潛意識空間，所賦予深邃色澤。

　　新譯詩行的上留空格又四行的形式，加之以與古詩相辯證的意象內容，使得古—今之間，存在這樣交互溝通又延異連綿的旋律。在「圖5-51：侯吉諒〈古詩今譯〉草擬稿詩手稿之二」中最後一句引詩「今夜東風莫更寒」詩

---

[119] 出處《文訊》第 25 期（1986 年 8 月），頁 58。

人之今譯，特別將「東風啊」替代為「未完的情節」，並將「東風啊」調動
至第二行。由之替換調動所成之詩行「時已飛夢已殘／東風啊／莫把這一絲
微弱的溫暖吹散／令人嘆息」，明顯意在與開頭今譯之碎夢情節浮華情境遙
相呼應，以成接續，成就回返迴旋的音韻，殘夢亦纏綿之音色。

　　詩人侯吉諒音樂性地引文絕句之音樂，卻又要引領前在的、他者的絕句
音樂，進入詩人的文本空間，迴盪成就一首詩在古一今之間相維繫的風格旋
律，以及空間也無法阻擋的音樂時間之流動。既言回應與迴盪，詩人侯吉諒
以古詩今譯間之空格，與今譯以絕句四行進行書寫，所創造出的節奏旋律，
足見詩人如何善於使用形式營建詩之音樂性，這在兩千年初詩人經典代表作
〈交響詩〉已可見發端。侯吉諒〈交響詩〉一樣以空格，形成詩文本的上下
結構，一如交響曲之樂譜，形成一共時前進的文本織體，也豐富了一首詩或
先上後下，或同時上下並置互注的閱讀可能性。

　　西方音樂學有其綿密深厚的知識傳統，確實成為了詩人詩創作在音樂性
經營上，重要的資產來源。僅以音樂形式來說，具代表性的有：協奏曲
（Concerto）、變奏曲（Variation）、迴旋曲（Rondo）、奏鳴曲
（Sonata）、交響曲（Symphony）、夜曲（Nocturne）、幻想曲
（Fantasia）、狂想曲（Rhapsody）、敘事曲（Ballade）、傳說曲
（Legend）、浪漫曲（Romance）、詼諧曲（Scherzo）、卡農曲
（Canon）、賦格曲（Fugue）、組曲（Suite）、練習曲（Etude）、三重奏
（Trio）、歌劇（Opera）、圓舞曲（Waltz）、小步舞曲（Minuet）等。對
於這些代表性的音樂形式，詩人有所運用的，例如交響曲（Symphony）有
陳黎〈戰爭交響曲〉；西方著名詩人策蘭（Paul Celan，1920-1970年，德語
詩人）〈密接和應〉之詩題，本身即為賦格的音樂術語，帶有音樂模仿的調
配，係指：

　　　　賦格曲或賦格段中主題聲部尚未全部完畢之前，模仿聲部就提早出現
　　　　的模仿做法。費爾斯蒂納說，策蘭這首詩確實有賦格「密接和應」的
　　　　用意。德語原文標題「Engführung」的字面意思是「狹窄地引領」或

「引入窄道」，符合此詩的內容與形式。英譯標題原應為〈變窄〉
（這也正是漢伯格的譯法），但是當一個法語譯本在準備的時候，策
蘭同意把標題改為〈密接和應〉。後來的英譯本，例如費爾斯蒂納和
約里斯的譯本，都譯為〈密接和應〉。[120]

　　而波特萊爾（Charles Pierre Baudelaire）〈黃昏的和諧〉則用潘頓詩體
（Pantoum）表現圓舞曲（Waltz），進而吸引了著名的作曲家德布西
（Achille-Claude Debussy，1862-1918 年，法國作曲家）於 1889 年 1 月為此
詩譜曲。[121]而關於迴旋曲（Rondo），楊牧《微塵》更有寶貴的〈大暑迴旋
曲〉詩手稿文本留存，並引動詩人後續文本生成系列寫作。

圖 5-52：楊牧〈大暑迴旋曲〉初定稿詩手稿文本（部分）

引自楊牧《微塵》

---

[120] 保羅·策蘭（Paul Celan）[著]；黃燦然[譯]：《死亡賦格：保羅·策蘭詩精選》（北
京市：北京聯合出版公司，2021 年 1 月），頁 101。

[121] 見於德布西（Achille-Claude Debussy）之「波德萊爾的 5 首詩」（5 Poémes de Charles
Baudelaire）曲集手稿。

圖 5-53：楊牧〈夏至〉初定稿詩手稿文本（部分）

引自楊牧《微塵》

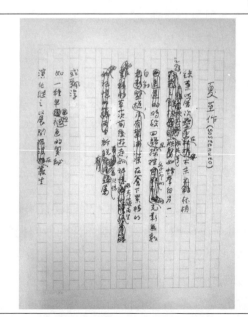

圖 5-54：楊牧〈夏至作〉初定稿詩手稿（部分）

引自楊牧《微塵》

楊牧〈夏至〉之印刷發表刊印稿：

綠葉以層以次重疊林梢木末
復挾其夢之姿如蜂群
自另一時段回歸操控光影
無數且迴旋於簷下
累積的草茨前，若青藤
再生訴說著記憶歸屬；飄浮
如始終來不及領略
勢必褪色的奧祕惡化
展開，在叢生有蘆葦
草的水灣西北角偏西
曾經讓魍魎魑魅集體失蹤
於焉。或醒覺片刻頻仍回顧
橋下幽幽成形的暗微，認知
崇高的禁忌與圖騰
正不斷重複著同樣的
預言略謂眾星勢必升起————
嗶彼和絃

——《自由副刊》2014 年 10 月 28 日

　　儘管引用音樂是一種抽象的樂器運用，但西洋音樂發展出音樂形式，無疑會使這份運用提供一份具體。重視詩創作音樂性的楊牧，會使用迴旋曲（Rondo）此一音樂形式進行創作，並不難想見。但楊牧此詩手稿出自於《微塵》，本身實亦提供一個音樂風格的討論。

　　《微塵》於楊牧身後出版，所收作品乃是楊牧晚期詩作之手稿，無疑是探究楊牧晚期風格之生成形塑的重要材料。追索楊牧《微塵》的「晚期風格」，顧名思義，係指研究楊牧晚年階段之詩作風格，但若要深化其問題意

識，則不可規避地，需與薩依德（Edward Wadie Said）《論晚期風格：反常合道的音樂與文學》進行辯證，深化其問題意識。薩依德（Edward Wadie Said）在《論晚期風格：反常合道的音樂與文學》「第一章　適／合時與遲／晚」如此論及：

> 人生的最後或晚期階段，肉體衰朽，健康開始變壞；即使是年輕一點的人，這些或其他因素也帶來「終」非其時（an untimely end）的可能。我討論焦點是偉大的藝術家，以及他們人生漸近尾聲之際，他們的作品和思想如何生出一種新的語法，這新語法，我名之曰晚期風格。……你我都能隨手拈出證據，說明晚期作品如何成為畢生一束努力的冠冕。林布蘭和馬蒂斯、巴哈與華格納。然而，如果晚期藝術並非表現為和諧與解決，而是冥頑不化、難解，還有未解決的矛盾，又怎麼說呢？[122]

　　薩依德（Edward Wadie Said）並非突然而論「晚期風格」，乃在回應其早年《開始：意圖與方法》。主體對「開始」有所需求，開始意謂著起源，是發生的根本。如此具有意義的「開始」，卻可由主體自我意識的需求，而進行設定與修正。薩依德（Edward Wadie Said）《論晚期風格：反常合道的音樂與文學》之論晚期風格，以晚年音樂家貝多芬（Ludwig van Beethoven，1770-1827 年，德意志音樂家）為重要對象，似乎諳合著文藝評論史的機緣，楊牧也正是重視音樂表達的詩人。

　　相對於可滑動的開始，後續的發展過程，則有著「各有其時」（timeliness）。一如四季，生命在其不同年歲階段，有合於其時，對應其身體狀態的行事風格。那麼，屬於老年的「有其時」是什麼？特別是在文學藝術的創作領域的晚期作品。是身體老邁，而導致創作上的衰敗感？還是導

---

[122] 愛德華・薩依德（Edward Wadie Said）[著]；彭淮棟[譯]：《論晚期風格：反常合道的音樂與文學》（臺北市：麥田，2010 年），頁 84-85。

致創作上的和諧感？還是揚棄已知天命、耳順的想像，仍有所挑戰，尋索矛盾，創生新的語法。從「有其時」而「終其時」，薩依德（Edward Wadie Said）正在點出「晚期作品」與「晚期風格」的微妙差異——作家的「晚期作品」未必有「晚期風格」，在延續中以晚年身體，如何還能新變，新變所在又何以與主體的開始、持續與遲暮相辯證。

楊牧《微塵》存錄了 16 個系列詩手稿文本，其所涉及 2002-2016 年的書寫期，詩人已隨身體年齡增長，加之以末年病痛，步入晚期。但身軀之將晚，詩人詩的思慮，以及在稿紙字格間的落筆，確實如薩依德（Edward Wadie Said）所言之存在著「晚期風格」，仍在尋索新語法，相反於「老而衰」戲劇性地帶來一份縝密、紮實，為趨緩、不便的身體，提供於此在環境，乃至跨越時空間的行動。然而，「晚期」這相對於「開始」與「延續」這個「期間」，落實在楊牧自身詩的書寫史上是在怎樣的區間呢？透過如此凝聚的問題意識，我們正可在追探楊牧《微塵》詩手稿文本豐富的修辭細節時，提供對「晚期」之「期間所在」的探索。

此外，誠如劉正忠〈黼黻與風騷——試論楊牧的《長短歌行》〉所論：「然而，援引這類框架來詮釋作品，只能得其大要，尚難以釐清個別詩人的特殊性。何況此一概念晚近頗有泛化之勢，常被輕易地套用到許多老年詩人的身上。」[123]避免泛化楊牧詩作晚期風格的研究，我們更深邃的問題意識，將更深入探索楊牧《微塵》詩手稿種種修改，所形成的版本與碎片，如何提供一首詩將完成的語法，此一語法的運作及其性格，實則呈顯了楊牧晚期詩作的風格體質。微妙的是，薩依德（Edward Wadie Said）之論「晚期風格」以音樂家貝多芬（Ludwig van Beethoven）為據點，依此概念探討著重詩歌音樂性的楊牧詩手稿更存有著隱然諧合。

晚期楊牧之詩心，不稍放鬆對萬化之聲的敏感。在陳宛茜〈震驚文壇！詩人楊牧辭世　享壽 80 歲〉這篇報導中，即記錄下楊牧如此自述：

---

[123] 劉正忠：〈黼黻與風騷——試論楊牧的《長短歌行》〉，《中國現代文學》第 34 期（2018 年 12 月），頁 146。

在大自然的眷顧下，楊牧不僅有雙好眼睛，更有一雙敏銳的耳朵，他曾形容在花蓮東華大學的書房，「連蛙跳、飛鳥鑽過樹枝的聲音，都聽得好清楚。」「耳朵」是楊牧寫作時的指揮家。他曾向記者形容自己的創作過程：心裡有聲音時，耳朵會嗡嗡地響。這時詩人要把耳朵調好音，讓耳朵指揮你的手，寫出詩句。[124]

　　翟月琴〈靜佇、永在與浮升──楊牧詩歌中聲音與意象的三種關係〉深入探析楊牧詩作中聲音與意象的對應型態。相對翟月琴以楊牧詩作印刷發表刊印稿進行研究，在現代詩手稿學視角下，我們將以此為輔，關注這對應關係如何生成，以形成音色。相對於漢語詩歌傳統所論「情動於中，而形於言」，從上引文可以發現，詩人楊牧在一定的狀態下，是直接聲響言語於心，而聽之以耳。耳如樂器，需要調音，又復有指揮作用，讓手寫出詩句。

　　在《微塵》詩手稿文本中，我們可以看到印刷發表刊印稿中所未見大量的音樂訊息，最具代表性的，莫過於〈夏至〉系列之詩手稿。詩人在發表定稿的〈夏至〉前之系列詩手稿，在訂題上多有更迭，除曾訂題為〈大暑迴旋曲〉，這明確的音樂形式題裁。迴旋曲（Rondo）源於歐洲民間輪舞曲，以不斷重複的主旋律為核心，搭配穿插其他音樂段落，推展音樂。「重複」因此可以說是解讀〈大暑迴旋曲〉的關鍵詞，但若不是從手稿學研究角度，卻實難看出解讀此詩的關鍵詞。這是因為，楊牧於 2014 年 10 月發表此詩之印刷發表刊印稿時，詩題已更改為〈夏至〉，把「迴旋曲」這個音樂形式詞彙刪去。是以，唯有具備詩手稿學概念，才能醒識「定稿」本身是否也是解讀一首詩的「限制框架」，嘗試收集一首詩前在階段手稿進行解讀。

　　我們面對〈夏至〉的前在詩手稿〈大暑迴旋曲〉，固然以此為具體證據，知道了此詩原初即以存在的「迴旋曲」意識。但為何「迴旋曲」一詞最後為詩人所刪去呢？──音樂形式上的重複，反而又成為了原因。因為，「迴旋曲」既為音樂形式，正是以具體的「主旋律」與「穿插部」進行搭配

---

[124] 出處《聯合報》（2020 年 3 月 13 日）。

且進行重複。但細讀「圖 5-52：楊牧〈大暑迴旋曲〉初定稿詩手稿文本（部分）」、「圖 5-53：楊牧〈夏至〉初定稿詩手稿文本（部分）」、「圖 5-54：楊牧〈夏至作〉初定稿詩手稿（部分）」以至最後發表之詩作印刷發表刊印稿，我們都並未看到有一個核心詩行以為主旋律，並且進行穿插部搭配的形式重複現象。

但也在精讀〈夏至〉之系列詩手稿，我們發現詩人乃是解消了迴旋曲（Rondo）的「形式」，而化為寫作內容的「時間季節精神意識」。具體來說，迴旋曲（Rondo）提供我們得到「重複」做為解讀〈夏至〉及其系列詩手稿文本的關鍵詞，但這份解讀將不是從文本結構形式上得之，而卻是以從「重複」這個詞彙的轉化、實現做為觀察。

定稿既有「綠葉以層以次重疊林梢木末／復挾其夢之姿如蜂群／自另一時段回歸操控光影／無數且迴旋於簷下」其中「迴旋」一詞，是視覺現象，但從前在手稿，可知詩人有意藉著音樂形式，亦即聽覺之重複設計，用以觀此詩開頭夏至那鬱鬱蒼蒼之樹林視覺形象。這時我們才能讀出夏至樹林之間交互掩映，詩人所用「重疊」一詞，原初原來如何為聽覺音樂所啟迪，也因此如何帶有蜂群之姿，或者更夾帶著其嗡鳴的聽覺姿態。而這一切如蜂之群綠其視聽覺洋溢的生命力，則是被時間以季節永恆應許的，都將隨四季夏至之時段「回歸」，予以此時此地此景。而在此，我們也可知「夏至」此一季節氛圍，乃是做為內容的主旋律，夏至之外的節氣，則為此一迴旋曲的穿插部。

另外，就詩手稿來看，〈夏至〉在〈大暑迴旋曲〉，亦曾訂題為〈夏至作〉，而詩題下特別標註了「（sostenuto）」。「sostenuto」亦為西方音樂術語，表達持續的樂段。運用西方音樂術語，甚至最根本的記音記譜，更有詩人許悔之〈失語〉之詩手稿文本。

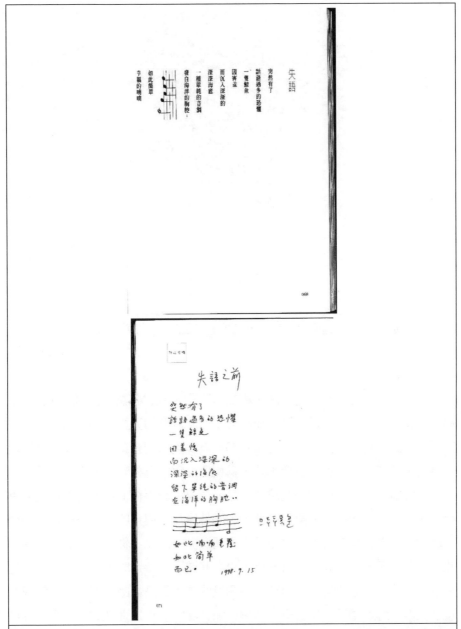

圖 5-55：許悔之〈失語〉印刷發表刊印稿與〈失語之前〉初定稿詩手稿比對圖
許悔之授權使用

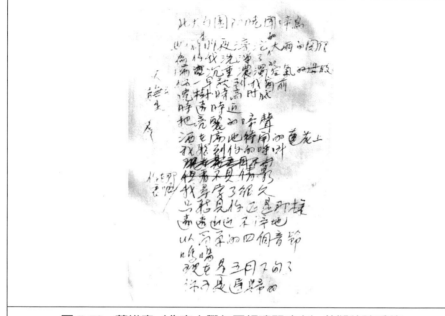

圖 5-56：葉維廉〈北京大學勺園初曉聞啼鳥〉草擬稿詩手稿

葉維廉授權使用

　　許悔之〈失語〉在初定稿詩手稿文本階段，原題名為〈失語之前〉，不過更重要的是在手稿階段，詩人便採取了西方音樂的五線譜記音譜曲系統，記下模擬鯨魚喃喃之聲。西方音樂強勢且具表現力的音樂傳統，使得臺灣現代詩人也藉其具分析性的音樂術語，探析所面臨的意象音景，例如：「圖 5-56：葉維廉〈北京大學勺園初曉聞啼鳥〉草擬稿詩手稿」面對鳥鳴構成的季節音景，詩人在充滿水氣氤氳的北大勺園揣摩自己與鳥鳴的距離關係，手稿中刪去了「現在是五月不到／但看不見倩影」，改為「你在那裏呢」使鳥與我的空間關係，因疑問而顯得不定，以與其前之「時遠時近」，其後之「遠遠近近不停地」形成對應。對於不易測量的主體與鳥之距離關係，鳥鳴成為重要線索，詩人寫下「以音樂的四個音節／鳴唱」正以理性的西洋樂理音節去釐清鳥鳴，同時也讓主體與鳥的空間關係有了定位的可能。

　　而許悔之在〈失語〉手稿中，以五線譜記音譜曲系統具體記下為五個

音，在臺灣現代詩中可說是少見的視覺與聽覺形式運用，可謂別開生面。但仔細觀察「圖 5-55：許悔之〈失語〉印刷發表刊印稿與〈失語之前〉初定稿詩手稿比對圖」可發現兩個樂譜在第 2-3 個音有明顯的差異。這是調整，也是修正，從〈失語之前〉初定稿詩手稿就可見記譜之音與詩人所想像的鯨魚之聲是有差異的。在五線譜旁詩人另以注音符號寫下「①ㄇㄧ ②ㄈㄚ ③ㄈㄚ ④ㄖㄨㄟ ⑤ㄉㄛ」[125]，若同樣以注音符號「翻譯」五線譜之記音，則應當為「①ㄇㄧ ②ㄕㄡ ③ㄇㄧ ④ㄕㄡ ⑤ㄉㄛ」，這裡可以看到在詩手稿中，兩者之音階呈現是不同的。而再就定稿之〈失語〉，其五線譜以注音符號「翻譯」，則為「①ㄇㄧ ②ㄈㄚ ③ㄈㄚ ④ㄖㄨㄟ ⑤ㄉㄛ」明顯是選擇詩手稿的注音符號，轉為五線譜呈現。由此即能具體呈現了，詩人對於鯨魚之聲的擬聲變化過程。而這五線樂譜之記音，從視覺與聽覺上能呈現鯨魚發聲之旋律感，以讓我們從樂譜之視覺，進一步擬想鯨魚在海面上浮潛起伏的游動姿態。

　　值得注意的是，第五音「ㄉㄛ」，在樂譜中以二分音符呈現，也呈顯出中文注音符號，無法更細膩、有效地呈現音樂之音長時值。從臺灣現代詩手稿的探析可見，當詩人對於詩與音樂的實驗，進入深水區時，便可發現語音符號與音樂符號間指涉效能問題，也凸顯在詩音樂性之創作上，語音符號與音樂符號之協作問題。楊牧〈夏至作〉詩手稿中的「sostenuto」，也是在這個脈絡下引動我們細部思考，在詩手稿文本歷程階段對音樂想像的發展，如何從迴旋曲的樂式中，更細膩加入了「sostenuto」所強調的持續樂段概念，讓詩人所感知以及所欲表達夏至萬物生命力綿延之感，得到具體表達之道。是以我們可以發現，延續著「sostenuto」概念，在〈大暑迴旋曲〉、楊牧〈夏至作〉為分段詩的結構，而到詩手稿〈夏至〉時，楊牧將原本的分段形式調整為一段形式，最終以此結構形式走向於定稿之完成。

（三）形式上以字詞重複／不重複形成節奏組合

　　在論現代詩音韻性會使用的「一唱三嘆」，本源於古典詩樂，然而在此

---

[125] 原手稿並未有編號，為論述與呈現之清晰，在此為各音加上編號。

我們所要指出的，並非古典與現代詩之間的先後，爾或界分；而在於<u>詩語句節奏內在的重複與不重複之設計，乃為詩學音韻恆常之道</u>。只是於現代詩與古典詩間在詩語句節奏的探討上，可以發現古典詩因為有其格律，為詩設立了一種合律之要求。我們暫且以《紅樓夢》中曹雪芹一展對詩之格律與立意間的辯證為例，曹雪芹這份格律立意之辯證，乃是巧借香菱向林黛玉學詩這段故事予以表現。

香菱原名甄英蓮，為姑蘇城鄉宦甄士隱之女，幼時於元宵節看煙火為人口販子拐騙，不復兒時記憶，又為貴族薛家之呆霸王薛蟠搶擄為妾。更名為香菱隨著薛家因緣際會一入賈府，薛蟠為避醜事而出外學商，香菱竟有了生命中難得的一份閒適，得以一入大觀園，向林黛玉學詩。作詩如何學？對於香菱請益，曹雪芹藉林黛玉如此寫道：

> 黛玉道：「什麼難事，也值得去學？不過是起、承、轉、合，當中承、轉，是兩副對子，平聲的對仄聲，虛的對實的，實的對虛的。若是果有了奇句，連平仄虛實不對都使得的。」
> 香菱笑道：「怪道我常弄本舊詩，偷空兒看一兩首，又有對得極工的，又有不對的。又聽見說，『一三五不論，二四六分明』，看古人的詩上，亦有順的，亦有二四六上錯了的。所以天天疑惑。如今聽你一說，原來這些規矩，竟是沒事的，只要詞句新奇為上。」
> 黛玉道：「正是這個道理。詞句究竟還是末事，第一是立意要緊，若意趣真了，連詞句不用修飾，自是好的：這叫作『不以詞害意』。」[126]

黛玉所以認為寫詩易學，乃在於格律已有具體之規定，基本上按照規定，不過就是逐字填上。檢視格律規定以及既定書寫策略，正是建立在對重複與不重複的節奏組織。仔細來看，承是承繼，是對開頭的重複；平仄虛實之相對，是對差異，進行成對的排組，內在也有成雙的重複意念。依格律來

---

[126] 曹雪芹：《紅樓夢》（臺北市：時報文化，2020 年），頁 853。

看，重複內在本就有同質的延伸，以及差異的對比，如此推進詩語言的設計，只是詩才不足者往往只是依照格律，循規蹈矩地複製生產詩作。因此依照曹雪芹藉林黛玉之口所呈現的古典詩觀來看，合格律填字，只是學詩末事；如何立意，兼具真實與意趣，才是為詩真正所要追求之道。[127]甚至可以為了真實與意趣，捨去詞句之修飾。這份捨去，與本節前論五四時期新詩對古典詩的批判，恰可並觀。我們發現不少現代詩，對於古典詩句有所援引，或為意象、意境之啟發與調度；而其前從立意上超越格律如此之古典詩也存在的傳統，實可為有著重視語言實驗的現代詩，相與辯證。

　　在現代詩音樂性表現，時常運用之一唱三嘆的技巧，雖不至於一定從中國古典詩進行援引；但從前述對古典詩格律分析得之的「重複─不重複」節奏模型，我們正可以作為一切入方法，進行臺灣現代詩手稿文本語音節奏建構的考察。我們不妨以瘂弦〈如歌的行板〉詩手稿的不同版本，進行例證分析。

　　白靈曾如此探析瘂弦，指出：「他是樂觀的悲觀主義者，具有大陸氣候出土的農民們寬厚而溫馨的性格，他是戴斗笠、赤腳行走、卻歌唱著的知識份子，一個『甘於苦』卻能『出以甜』的人。」[128]瘂弦出於大陸土壤氣候，以及自我大時代飄離之歷練，既能在人生修為上以苦為甘，亦能昇華為詩之醇美。詩為瘂弦轉化時代悲痛之甜釀，其中詩語言醞釀之功，受西方象徵主義詩人里爾克（Rainer Maria Rilke）、中國大陸一九三〇年代詩人何其芳影響甚深，並投入音樂、戲劇等現代主義技巧，終而別開生面，而自成風格。瘂弦曾獲中國文藝協會「詩人節優秀詩人獎」（1957 年）、香港新思潮社「好望角詩獎」（1959 年）、「中華民國第一屆青年文藝獎──詩歌獎」（1965 年），並榮登「當代十大詩人」（1977 年），足見詩文壇對瘂弦之肯定。瘂弦於 1959 年出版《瘂弦詩抄》，後於 1968 年異名為《深

---

[127] 臺灣重要的紅學研究者歐麗娟教授另有〈《紅樓夢》中詩論與詩作的偽型結構──格調派與性靈說的表裡糾合〉研究《紅樓夢》內詩風格之競爭，可資探討。

[128] 白靈：〈初極與終極──瘂弦詩論的形成、意涵和應用〉，《新地文學》2009 春季號，頁 256。

淵》，而後幾經增訂。〈如歌的行板〉即出於《深淵》，為瘂弦代表作之
一。

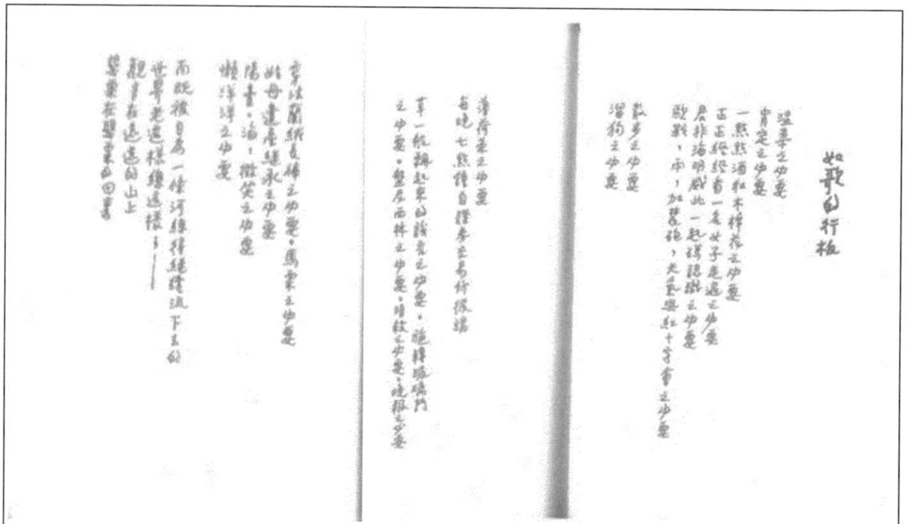

圖 5-57：瘂弦〈如歌的行板〉手寫定稿詩手稿版本之一
出處《弦外之音：瘂弦詩稿、朗誦、手跡、歲月留影》

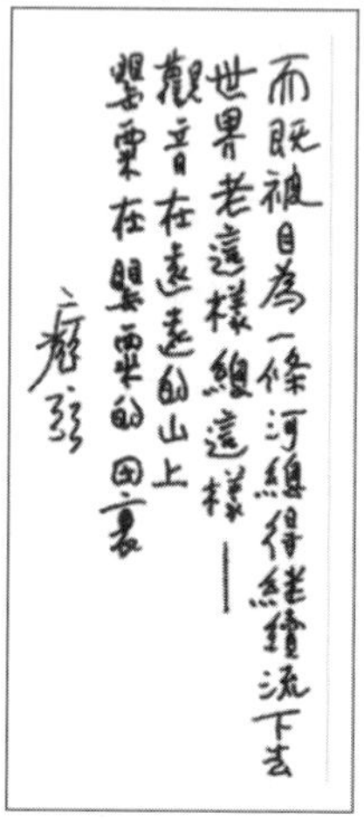

圖 5-58：瘂弦〈如歌的行板〉手寫定稿詩手稿版本之二
出處《國際華文詩人百家手稿集》

　　瘂弦〈如歌的行板〉之印刷發表刊印稿：

　　　　溫柔之必要
　　　　肯定之必要
　　　　一點點酒和木樨花之必要
　　　　正正經經看一名女子走過之必要
　　　　君非海明威此一起碼認識之必要
　　　　歐戰，雨，加農砲，天氣與紅十字會之必要
　　　　散步之必要
　　　　溜狗之必要
　　　　薄荷茶之必要
　　　　每晚七點鐘自證券交易所彼端

　　　　草一般飄起來的謠言之必要。旋轉玻璃門
　　　　之必要。盤尼西林之必要。罪惡的之必要。晚報之必要
　　　　穿法蘭絨長褲之必要。馬票之必要
　　　　姑母遺產繼承之必要
　　　　陽臺、海、微笑之必要
　　　　懶洋洋之必要

　　　　而既被目為一條河總得繼續流下去的
　　　　世界老這樣總這樣；——
　　　　觀音在遠遠的山上
　　　　罌粟在罌粟的田裡

　　　「之必要」一詞，召喚的總是一種絕對的意義，但在瘂弦〈如歌的行板〉中卻引讀者先進入音樂。瘂弦〈如歌的行板〉全詩共三段，但卻出現「之必要」19 次。如此緊密的「之必要」所形成的句型，使得〈如歌的行

板〉有其音樂的節奏。詩人瘂弦在詩的內容，賦予讀者音樂的「節拍」，但在詩題之「行板」，則又告訴我們這首詩音樂的「速度」。而一旦當我們理解此 19 個「之必要」間的關係時，則復能得知音樂的「銜接」。可以說，「節拍」、「速度」、「銜接」正是音樂節奏在組合上的要素。

瘂弦〈如歌的行板〉與俄國經典音樂家柴可夫斯基（Pyotr Ilyich Tchaikovsky，1840-1893 年）著名的〈如歌的行板〉同題，一首詩明確地與音樂同題，也為讀者暗示了閱讀〈如歌的行板〉該有的節奏語速。柴可夫斯基〈如歌的行板〉為其創作《D 大調弦樂四重奏》的第二樂章，其內在以柴可夫斯基 1869 年夏天旅居克蘭卡蒙卡村莊園時，所聽到小亞細亞的民謠進行改編。而行板（Andante）語源於義大利文，原意為行走，因此行板在感覺上，其音步帶有徐步而行之感，具體為每分鐘 66 拍，帶有舒緩而優雅的速度。

詩人瘂弦如此與柴可夫斯基（Pyotr Ilyich Tchaikovsky）同題並作〈如歌的行板〉，且一開始即以「溫柔之必要／肯定之必要」這樣正向詞彙，作為 19 個之必要的開篇，本身即在引人以行板每分鐘 66 拍，這樣舒緩優雅速度進行閱讀與朗讀。從中我們也看到了一種詩人與讀者間，少見的音樂語言關係。由於現代詩並未有如宋詞、元曲般有詞牌、曲牌名，因此現代詩在有聲的閱讀、朗讀甚至歌詠上，並沒有特定的曲調。而是透過詩人有意識的詩語言音樂經營，來保證詩作的音樂性；但當詩人並無意識於詩語言音樂經營時，則詩語言在音樂性便有所退卻，這都使得現代詩的語言音樂性並不明晰。因此如瘂弦〈如歌的行板〉一般，透過詩題為讀者標示，在閱讀、朗讀上該有的音樂節奏速度，在現代詩文本範疇中實屬少見。

在瘂弦詩作中如此以重現特定語句，以創造閱讀音樂感的作品並不少見，例如：〈斑鳩〉：「女孩子們滾著銅環／斑鳩在遠方唱著／／斑鳩在遠方唱著／我的夢坐在樺樹上」。〈秋歌──給暖暖〉：「秋天，秋天甚麼也沒留下／只留下一個暖暖／／只留下一個暖暖／一切便都都下來」都透過兩詩行段落間的結尾、開頭之重複，形成一種帶重現感的過渡，使得詩行於舒緩中又不失節奏的推進。對於這樣重疊句法，瘂弦於《瘂弦詩集・序》如此

自道：「早年我崇拜德國詩人里爾克，讀者不難從我的少數作品裡找到他的影子，譬如『春日』等詩，在形式、意象與音節上，即師承自里爾克。」[129]我們追蹤里爾克（Rainer Maria Rilke）〈嚴肅的時刻〉一詩，其中：「世上任何地方現在悲泣的人，／在世上無原由而悲泣的，／為我悲泣。／／世上任何地方現在狂笑的人，／在世上無原由而狂笑的，／為我嘲笑。」兩段語句句型重複，於詩中震盪著悲泣、狂笑的音感氛圍。如此修辭既為瘂弦所吸收，在不斷運用下，在〈如歌的行板〉中更被詩人精準控制在行板的速度中，進行反覆重蹈，以此堆疊詩中主體如歌的情緒。

探析瘂弦〈如歌的行板〉中「之必要」反覆重現的音樂節奏修辭，似乎為讀者提供了一個寫作公式，讓讀者能細細品賞，寫作者則有所學習。但一般仿效者往往難以活絡運用，這主要正如聞一多認為文學創作當如「帶著鐐銬跳舞」，能靈活運轉所附加之形式／限制的重量，又能形成清脆撞擊的音樂感。仿效者呆板於照搬句型重現的公式，而難從中靈活創造出屬於自我的書寫時間與空間。瘂弦〈如歌的行板〉雖前承柴可夫斯基與里爾克，但他在使用上，則另有「音樂銜接的變化」、「意義上的衝突」之開創。

先論「音樂銜接的變化」。儘管「之必要」為瘂弦〈如歌的行板〉的重複節奏句型，但其內在於書寫推進時，也有巧妙變化。例如開頭為「溫柔之必要／肯定之必要」兩行整齊對稱，但第三句「一點點酒和木樨花之必要」開始詩句放長，透過「和」連結「一點點酒」、「木樨花」兩個之必要內容。相對第一、二行之必要各以「溫柔」、「肯定」為單一內容，第三行於放長中，又產生緊湊之感。在第三－五行之必要的放長句型中，第七、八行「散步之必要／溜狗之必要」又回到與第一、二行相同的形式，形成一個有對稱感的音樂收束。這使得瘂弦〈如歌的行板〉首段的前、中段，形成一精美的紡錘形、梭形結構。

第一段結尾另外有一精彩的開展，第一段最後一行為「每晚七點鐘自證券交易所彼端」，第二段開頭則為「草一般飄起來的謠言之必要。旋轉玻璃

---

[129] 引見《瘂弦詩集》（臺北市：洪範，2001年七印），頁4。

門／之必要。」第一段結尾未見「之必要」，但實則讀者在向下閱讀時，即可驚喜地發現埋藏於第二段開頭。如此銜接的精彩處在於打開一個閱讀空間感，抓準第一段結尾「彼端」此詞，原本內在帶有的「彼─此」的空間意義，具體地以分段跨行結構形式具像化。這使得第一、二段之間的「空行」，也產生了不只用來區別前後段的作用，也以其空白形成一個草般謠言飄飛浮空的空間感，同時巧妙形成第一、二段的銜接。

再探「意義上的衝突」。「之必要」是一種意義上的肯定，而細部檢視瘂弦〈如歌的行板〉19 個「之必要」，其內容包括情緒、休閒、飲食、商業、戰爭等。在各自獨立完成的「之必要」詩語句型中，各自成為生活的切片。將 19 個「之必要」並看，彼此感覺或有衝突，溫柔與暗殺相衝突，加農砲與懶洋洋相衝突，謠言與微笑相衝突，即便「正正經經看一名女子走過之必要」也有內在節制個體慾望，以及「君非海明威此一起碼認識之必要」亦有否定自我對理型追求的可能，實不一而足。

如此意義之衝突，使得文本意義不會被既定且重複的句型所馴化。我們不妨以辛波絲卡〈種種可能〉相為例證：「我偏愛綠色。／我偏愛不抱持把一切／都歸咎於理性的想法。／我偏愛例外。／我偏愛及早離去。／我偏愛和醫生聊些別的話題。／我偏愛線條細緻的老式插畫。／我偏愛寫詩的荒謬／勝過不寫詩的荒謬。」這些由「我偏愛」帶出各種的選擇，正撞擊著傳統常規，展現出一個偏好逸離常規的主體我。

而從瘂弦〈如歌的行板〉此詩中的「歐戰」、「加農砲」、「暗殺」，以及寫於 1964 年的歷史時間，讓這首詩中帶浪漫感、平滑感的「溫柔」、「散步」、「微笑」等被交錯撞擊，暗暗滲透了冷戰時代的氛圍。這使瘂弦〈如歌的行板〉19 種片斷，產生一文本情境上的疏離感。

瘂弦〈如歌的行板〉19 種「之必要」所連結的內容，是冷戰結構中城市日常片斷，在文本中錯落拼貼著。但如此錯落拼貼的城市生活片斷，是詩人想要的生活嗎？或者真正活過的生活嗎？正如詩人在《深淵》「斷柱集」中所去連結各地之世界地景，都是現實中詩人尚未抵達之處。這些異國圖景不乏批判，例如：芝加哥〉：「文明的獸群，摩天大廈們壓我／以立體的冷

淡，以陰險的幾何圖形／壓我，以數後面的許多零」正在呈顯現代文明對主體的壓抑性。如果，「斷柱集」中對異國片斷圖景的想像與拼貼，成為冷戰中遭逢限制的主體，所能完成的遠征情境；那麼，〈如歌的行板〉所拼貼「之必要」的生活，何嘗又不是主體對現下在此充滿空匱感的生活，一種所能完成的小型遠征？

因此儘管〈如歌的行板〉因為豐富的音樂節奏，帶有一閱讀上的甜味。但仔細讀其重複的「之必要」詞語，帶出 19 種彼此間不重複的生活片段場景，所形成「重複—不重複」的節奏，正凸顯這些不重複事物所共同重複的片斷感與無意義感，而這又是何其「之必要」呢？並且在一日或者一生中如此重複其節奏？由此戲劇性地釋放了一文本內在的冷酷異境，以及陷溺罌粟田其中朵朵惡之華的苦悶主體的存在。

可以說，在關注詩之形式節奏，比起關注其中的重複，其中甚至是其外的不重複，往往是構築詩意層次的關鍵所在。例如瘂弦〈如歌的行板〉最後一段，不再重複「之必要」。如此對原本詩節奏組合之跳脫，褪盡各種「之必要」，是否也引領讀者回看前面段落，暗示了種種「之必要」，在綿長生活長流中，未必如此「之必要」？結尾段落褪盡了種種如馬賽克拼貼的生活片斷，也讓詩人清晰畫出了一個自我所處的存在空間結構：隱喻著救贖普渡眾生方要成佛的觀音，卻只能隔離在遙遠的山上，難入人間城市紅塵。而人間城市紅塵，卻又成為隱喻著罪惡的罌粟之良田，滋滋生長。

而就詩手稿來看，由於瘂弦〈如歌的行板〉可謂華文現代詩經典之作，瘂弦在相關出版品中往往受邀重新謄寫此詩，比對「圖 5-57：瘂弦〈如歌的行板〉手寫定稿詩手稿版本之一」、「圖 5-58：瘂弦〈如歌的行板〉手寫定稿詩手稿版本之二」即可發現，前者依循著詩作之印刷發表刊印稿，最後一段第二行，謄寫為「世界老這樣總這樣；——」，但後者卻謄寫為「世界老這樣總這樣——」，兩者正有「；」此一分號之別。事實上，此一分號用法因為極為細緻，且與「：」冒號形狀相似，使得〈如歌的行板〉在不同印刷版本中，也有混誤現象，例如大業版本之《中國十大詩人選集》中所刊登之〈如歌的行板〉即為「世界老這樣總這樣：——」（頁 310）。

　　瘂弦〈如歌的行板〉詩手稿文本呈顯了該詩最後一段在詩語音的細膩。最後一段的「而既被目為一條河總得繼續流下去的／世界老這樣總這樣」看似是在字面形式上，對於前面諸段建構「之必要」節奏組合的中斷，但其內容則以持續流去的河流，作為這份帶空匱感的「之必要」節奏的意象──一份不是形式的，卻是內容的「之必要」節奏意義延續。而其後的「；」分號，是一種暫告分斷，而不是如「。」句號那般的終結，「──」則代表「之必要」節奏終然不可能終止的洩漏，指向此詩最後那遙遠救贖與茲茲邪惡彼此相隔的天上人間。然而，儘管「；」有如此細密語音作用，但因為其符號之細微，而極易於手稿與印刷版本中出現差池，進而使此詩的音色表現產生丟失。

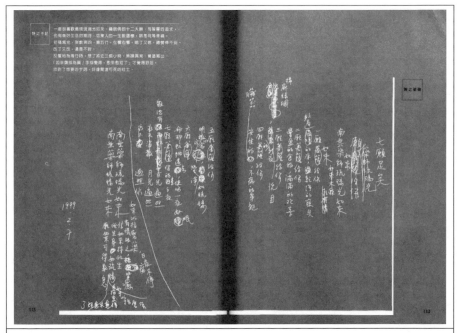

圖 5-59：許悔之〈七願足矣〉初定稿詩手稿

許悔之授權使用

許悔之〈七願足矣〉之印刷發表刊印稿：

南無藥師琉璃光如來

一願如來給你
軟適的床，乾淨的寢具
二願如來給你
豐盈的飲食，滿滿的歡喜
三願如來給你
棉麻絲綢，悅目新衣
四願如來給你
安住的臟器，不病的身軀
五願如來給你
明澈的心念，瑩淨如琉璃
六願如來給你
蚊蚋遠去，寒暑合宜
七願你的晝與夜
總有日光遍照
月光遍照
遍照你

如來以指磨藥，日夜不停
有情服之，諸病皆癒
信如來得此生
此生身如琉璃
如來磨指為藥
手指變得，愈來愈短了

> 願如來可得歇息
> 南無藥師琉璃光如來
> 南無，藥師琉璃光如來

　　可以說，詩語音的節奏在重複與不重複的形式組合中，詩人仍會依詩主題意旨的延異、提升，以內容意象擾動節奏。例如許悔之〈七願足矣〉之詩手稿文本，正凸顯原本節奏其外之內容不重複，對原本節奏組合的擾動。從「圖 5-59：許悔之〈七願足矣〉初定稿詩手稿」可知，在手稿階段時，詩人以「O 願菩薩給你」為節奏七次重複的引領句，前六次引領後面限縮在一行之願望內容，第七次則將願望擴展為三行，一方面呈顯日月光芒的層次，另一方面也使節奏之重複最後能有暈染變化，由此完成節奏內「重複─不重複」之組合。此七次節奏組合可說是許悔之〈七願足矣〉一詩的主體，僅在前後各加上精簡詩句段落。從詩手稿可知，詩人原一開始第一、二行寫為「願菩薩給你／南無藥師琉璃光如來」，由於主語為「南無藥師琉璃光如來」為如來，因此遂將「菩薩」一詞進行「如來」、「藥師琉璃光」之更動。連帶地，也將原本節奏主體之「菩薩」全數改為「如來」。而最後一段在詩手稿中再重複「南無藥師琉璃光如來」兩次。

　　在這樣以「七願如來給你」節奏組合為主體，以及前後以「南無藥師琉璃光如來」進行呼應的寫法，已具有強烈的音樂節奏性。但詩人仍選擇，在原本的「七願如來給你」之後再以「V」符號，增寫出「如來以指磨藥，日夜不停」一段。對於這樣的增寫，就音樂角度來看，無疑破壞了原本的音樂公式；但誠如前述「詩是主詞，音樂是副詞」的角度，詩人如此增寫出南無藥師琉璃光如來犧牲自己身體以為藥之段落，更能呈顯出南無藥師琉璃光如來如何成願眾生的慈悲心。如此使得七願之足矣，更在南無藥師琉璃光如來的慈悲大願脈絡中，使原本之「七願如來給你」節奏組合，在節奏組合外的不重複中，得到意義上的音色。

　　對於瘂弦詩作音樂性的觀察，余光中對於瘂弦詩作的解讀，其講義手稿則又提供我們更細微地，從單一字詞「的」，對於節奏形式之塑造，所進行

的討論觀察。在「圖5-37：余光中評論瘂弦〈上校〉講義手稿」[130]中，余光中有意識地手寫指出，只有 4 個「的」，從詩人加寫「幾無形容詞」，可以看到余光中之關注點。另一個印證則是「圖2-29：余光中評論洛夫〈政變之後〉講義手稿」，余光中在這個洛夫〈政變之後〉印刷版本的第五行「太陽是那堆挨坐街沿絕食僧尼的」特別摘出於「絕食」與「僧尼的」間，此印刷版本疏漏少打了「的」字。[131]余光中在此行上，連同下一行，在其上以「｛」號統括，手寫標註「flaw」（缺陷），可能有三重含意，分別為：（1）印刷錯誤（2）認為書寫表現不佳（3）1963 年越南共和國政變後生存環境困阨。

這也可以發現，在洛夫〈政變之後〉刻意使用「的」創造，出「A 的／B 是我的」節奏組合。其中第五行結尾之「挨坐街沿絕食僧尼的」，即意在對應第三行結尾之「呼嘯而來的孩子的」，形成「A 的 B 的」節奏對應。而余光中在洛夫〈政變之後〉此詩最後一行針對「那抓不到咬不著非痛非養非福非禍非佛非禪的茫然是我的」特意自行分隔，「／」代表閱讀斷點，「／／」則代表閱讀斷點並分行。就洛夫此詩的創作角度來說，最後一行在一首詩中往往具有最後定調總結的作用[132]，詩人乃以此最後一行窒礙難分的語言，表現政變之後混亂難以梳理的生存語境；同時，相對於其前已明確的節奏組合，這也在最後創造一種「不重複」，完成對此生存語境的語音標示。而就余光中的角度來說，用手寫單斜線既輔助自己對洛夫最後一行詩語意的識讀，雙斜線則更表現了余光中在研究分析洛夫詩作中，自己所帶入的一種詮釋性的創作。

洛夫〈政變之後〉運用「的」創造節奏組合，也在許多詩人手稿中出現。「的」之所以極易形成詩人在創造節奏組合時，特意運用的設計符號，乃是因為中文「的」之使用，兼具五種作用，分別為：（1）置於形容詞後以為輔助；（2）置於副詞後以為輔助；（3）置於名詞或代名詞後標示所有

---

[130] 此篇手稿圖片載錄於本書第二章，在此不重複引用。
[131] 由此亦可見余光中對洛夫〈政變之後〉閱讀之精細，以及研究上的謹慎。
[132] 因此從本書之詩手稿中，往往可以看到最後段落為詩人修改之熱區。

格；（4）置於修飾片語或子句後完成指涉；（5）置於句尾，強化句意。

「的」字具有如此多樣的指涉與輔助作用，在一般寫作中本就是高頻率使用詞彙，而這五種「的」的使用方式，在詩人運用上，最主要以前述之（1）、（3）兩種，進行節奏經營。例如洛夫〈政變之後〉中「灰塵是我的」、「血是我的」即為所有，在該詩中也可見洛夫頗運用倒裝句以使「的」能保持在詩行句尾；「非佛非禪的茫然」則為形容詞。以下我們再以具有跟一九七〇年代臺灣民歌與音樂實驗活動有關的兩位詩人陳秀喜、葉維廉之詩手稿，再進行印證探討。

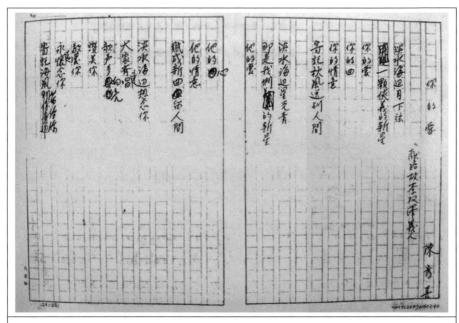

圖 5-60：陳秀喜〈你的愛——獻給故李雙澤義人〉初定稿詩手稿
出處《臺灣現當代作家研究資料彙編》

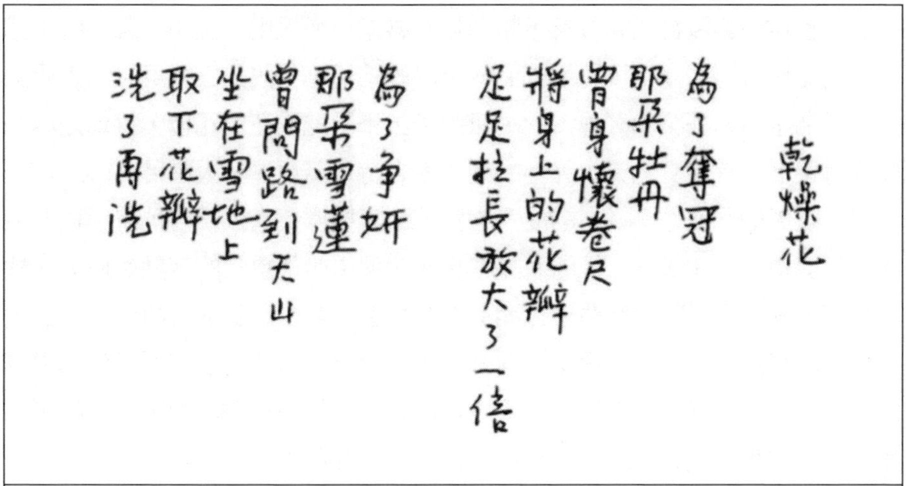

乾燥花

為了奪冠
那朵牡丹
曾身懷卷尺
將身上的花瓣
足足拉長放大了一倍

為了爭妍
那朵雪蓮
曾問路到天山
坐在雪地上
取下花瓣
洗了再洗

圖 5-61：陳秀喜〈乾燥花〉手寫定稿詩手稿

出處詩路網站

所贈對象為死去的民歌手李雙澤，李雙澤為臺灣一九七〇年代「唱自己的歌」民歌運動的重要旗手，其曾以陳秀喜的詩作〈華麗島〉譜曲，與詩人陳秀喜有著詩歌合作之因緣。1977 年 9 月，李雙澤為救溺水的外國遊客而溺死，年僅 28 歲，這也是何以陳秀喜〈你的愛——獻給故李雙澤義人〉一詩中稱李雙澤為「義人」之故。如此為歌者致誌，比起字面上指涉歌者之名，更深刻地應當回應歌者以音樂。是以可以發現陳秀喜〈你的愛——獻給故李雙澤義人〉一詩，運用簡單且明確的節奏組合，屬於適合譜曲歌詠之結構[133]。從「圖 5-60：陳秀喜〈你的愛——獻給故李雙澤義人〉初定稿詩手稿」可見前兩段詩人建立節奏組合，兩段同為六行，以第 5-7 行之「A 的 B」此一所有格句型為核心，其前兩行以「淡水海邊」為引領句帶來空間場所的召喚，最後一行則以「人間」收束，表達歌者不隨身體消逝的精神，猶在人世

[133] 在此我們要思辨的是，當我們要創作適合一般音樂編曲的詩，是否會限縮詩語言詩藝的發展？相對地，為一首並不意在經營音樂性的實驗詩作譜曲，是不是反向地將這份實驗性賦予音樂創作呢？

行歌。這種節奏組合式的書寫，頗為陳秀喜創作所採用，例如「圖 5-61：陳秀喜〈乾燥花〉手寫定稿詩手稿」即為兩段結構，兩段前三行可以明確看到有著「為了 A／那朵 B／曾 C」，以此帶出不同乾燥花的花種，特別是第二段的雪蓮，更有擬寫上天山雪地的問道者之特殊寓意，令人醒目。

　　「圖 5-60：陳秀喜〈你的愛——獻給故李雙澤義人〉初定稿詩手稿」這兩段節奏組合，在最後一行能看見在重複句型中，不重複的字詞如何從「秋風送別人間」到「賦成新曲留人間」進行推進。其中「賦成新曲留人間」，手稿中原寫為「賦成新曲遺留人間」，詩人特意刪去「遺」字，以化解感傷意味。而詩作第三段也與洛夫〈政變之後〉對前在完成的節奏組合之外，稍稍進行不重複的突破，以為全詩進行帶變化性的收束。

　　可以發現，與以音樂為創作主體的音樂家相較，有創作脈絡關係的詩人詩作，往往會更偏近於音樂重複節奏，且字詞意象推展相對明確，使聽者能更容易進行音樂聽覺的接收感知。例如在現代主義創作時期以深邃意象著稱的葉維廉，其在本書第四章所引之「圖 4-06：葉維廉與李泰祥合作之多媒體詩作手寫定稿」中，在臺灣重要音樂家李泰祥邀約合作下，所寫之詩就顯得帶有美國鄉村民謠韻味，以明朗的「披著風的衣服／僅僅風的衣服」為核心意象，進行兩次復沓，完成節奏組合。此一中文的節奏組合，其英文版更顯得字詞簡潔，甚至「放開雲／放開衣衫」之英文版為「Release clouds[134]／Release clothes」在雲、衣服英文詞發音相近，亦帶有音樂重複的設計。但從「風的衣服」仍帶有超現實的所有格意趣，且開頭「路的尖端是你」內在含有透視法的視覺幻覺感，都使得儘管詩之詞句、節奏之設計，有意為音樂家李泰祥在譜曲上創造更大的彈性空間，但仍保有其自身語言意象上的特殊性。

---

[134] Cloud 雖為不可數，但後面可加 s，作為雲彩之意。

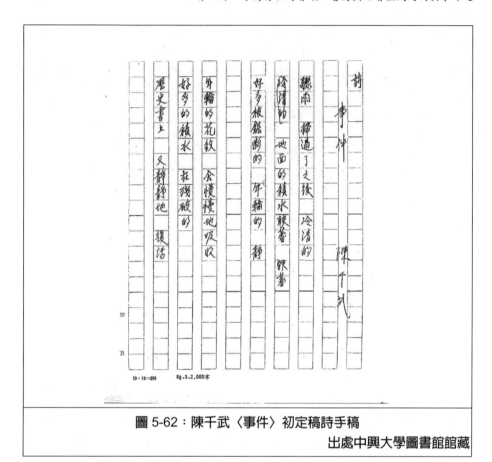

圖 5-62：陳千武〈事件〉初定稿詩手稿
出處中興大學圖書館館藏

　　除了陳秀喜與葉維廉，詩人陳千武〈事件〉之詩手稿也對「的」字，創
造節奏上有著延伸感的設計。細讀「圖 5-62：陳千武〈事件〉初定稿詩手
稿」可以發現詩人陳千武善於結合單行中的空格，以及「的」來創造節奏
感。具體來看，單行空格會使得當行文字形成一種拆分的效果，而被拆分的
句子，會形成語音上的暫時停頓。由此再重看「圖 5-62：陳千武〈事件〉初
定稿詩手稿」便可發現，全詩第一段三行依序停頓點次數為「3-2-3」，第
二段同為三行依序停頓點次數則為「2-2-3」。從手稿可知，詩人原本第一
段第二行，重寫第一段第一行結尾的「冷清的」，但後來則予以刪除。如果
照原本書寫方式則停頓點次數則為「3-3-3」，顯然不具有變化度，使得詩

圖 5-63：陳千武〈俘虜〉手寫定稿詩手稿

作在閱讀感，過於呆板。由此也突顯出修改後，第一段與第二段間「3-2-3／2-2-3」的對比中，其所存在的三行節奏組合，以後兩行之「2-3」為重複，以第一行進行不重複。

　　然而，這樣也讓我們反詰詩人何以需要這樣帶節奏變化的語音設計？亦即其音色之動機是為了什麼？這便需要從詩題與內容意象進行觀察。細讀之下，詩人將詩題訂為「事件」，而內容意象則為雨景，乃詩人細膩之心靈對雨景的細密感觸。事件可為大，例如波瀾壯闊的歷史事件，然而，對詩人來說，如今一場急來驟雨，在地面積為水灘，又點出漣漪如年輪，何嘗不是另一種歸屬於時間的事件。年輪之為樹生命年歲的積累，少年至中年歲月從事林務工作，自所深知。樹之年輪何嘗向人表露？若非加之以人為斧鋸，所以詩人第一段最後如此醒目地寫到：「好多被鋸斷的　年輪的　靜」。在此也可以發現，「的」搭配空格形成的語音頓點，也在語意上讓其前、其後的詞

彙「鋸斷」、「年輪」、「靜」之詞義感更為放大，為語音提供音色。「圖
5-62：陳千武〈事件〉初定稿詩手稿」的單行空格運用，在視覺上形成如間
斷的雨，也如對一棵棵樹的戕斷，同時也在聽覺上提供如雨滴點的音色節
奏，成就詩人對歲月飄搖的時間事件感。如此詩藝運用，在「圖5-63：陳千
武〈俘虜〉手寫定稿詩手稿」的第一、二段亦有所採用。

　　以音樂作為副詞，運用節奏之書寫，可謂詩寫作恆常之道。在此，我們
從橫跨戰前戰後之臺灣本土詩人陳千武、陳秀喜、楊牧，遷臺詩人瘂弦、余
光中，以及戰後臺灣出生世代詩人許悔之手稿，探討在鬆解古典詩格律形式
的現代詩，自有的重複與不重複之節奏組合與變奏技巧。在臺灣文學史的範
疇中，最後我們不妨再往前追蹤至臺灣現代詩具有萌芽起點意義的賴和，在
臺灣新文學運用白話為詩的初期，其運用節奏上樸素而本質的狀態。

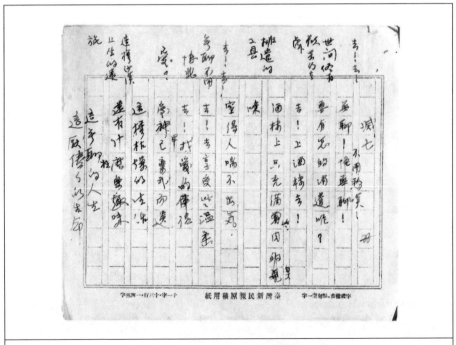

圖 5-64：賴和〈滅亡〉草擬稿詩手稿
出處《賴和手稿影像集》

對應其上「圖 5-64：賴和〈滅亡〉草擬稿詩手稿」賴和〈滅亡〉定稿之段落：

> 去！去！
> 無聊不用愁嘆！
> 世間盡有歡樂的去處。
> 去！上酒樓去！
> 酒樓上只充滿著肉臭，
> 窒得人喘不出氣。
>
> 去！去！
> 無聊不用悽悲！
> 世間盡有排遣的工具，
> 去！去享受些溫柔，
> 去！去找愛的伴侶。
> 愛？愛神已棄我，而遺
> 這無聊極的人生，
> 這厭倦了的生命。
> 死，未經驗的死，
> 人生最後的這一事，
> 牽惹我多大憧憬。

儘管賴和在相關臺灣文學史與相關研究，被定位為一抵抗日本殖民之詩人，或更廣泛意義的作家，但〈滅亡〉就詩語言風格來看，更接近波特萊爾（Charles Pierre Baudelaire）《惡之華》中的慾望書寫，或者是賴和對於現代主義慾望書寫的嘗試。從「圖 5-64：賴和〈滅亡〉草擬稿詩手稿」看來，其原本寫為「無聊！怪無聊！要有怎的消遣呢？」而後來作為定稿的開頭「去！去！」，正寫在被刪去的開頭之上，而「世界盡有歡樂的去處」也取

代了手稿第二行之「要有怎的消遣呢？」可見詩人明顯要以「去」，作為語
音節奏設計的核心，搭配驚嘆號形成強烈的節奏意欲，驅動著詩中主體的行
動欲力，此亦為此節奏之音色所在。

　　從可聽可感，到可行動，當是節奏之重複─不重複內在的詩美學所在。
在一首詩的時空中，是這些節奏組合內在的重複與不重複之組合以及變奏，
形成節奏組合的團塊間的推動，構成一首詩韻律，以與詩作主題呼應，而使
節奏更賦予了帶風格之可聽可感音色。而節奏音韻如何觸動我們身體的行
動？基本的節奏組合如同我們身體的基本心律，但卻又會隨外在環境以及內
在身體，而產生變動。變動可以是一時的，又復歸於原本；但每個一時間的
變化，又都會細微地使心律的趨勢型態有所演變。因此有生命力的節奏組
合，並不在於複製，而在於如何創造出情感力度意義的差異。在重複所建立
的共同感中，復又從不重複中溢出差異化的行動可能。這也是為何好的節奏
組合設計，都能為一首詩甚至詩的閱聽者，促動一種主體意義的發展與行
動。

　　產生節奏韻律的是差異的發生，但我們也不要忘了，也是重複，提供了
差異發生的沃土。在節奏組合的重複與不重複中，如果不重複的差異性促動
了行動，那麼在重複之中，則觸動了所謂的記憶──而這差異與記憶正是節
奏的詩美學意義所在，以及詩人對節奏真正的表現力所在，否則將使現代詩
又陷入一種公式化的音樂運作。

第六章　結　論

　　臺灣現代詩手稿儲錄並且彰顯了一首詩在生成過程當中，臺灣現代詩人所賦予一首詩既存的書寫脈絡痕跡，突顯了一首詩在完成過程，詩人持筆反覆琢磨的殆心竭慮。所以，詩手稿所能夠召喚起的情感，既可能是追撫以及讚嘆，也可以是對於一首詩在完成過程時，詩人對於最好的最美的詩，這樣建構一個烏托邦的壯志。正因為指向於烏托邦，詩手稿並非一座廢墟，而是匯聚種種道出與寫下語言文字的路徑，充滿著生命力量感的多元塊莖空間。

　　一首臺灣現代詩的手稿這樣以筆跡所證成強而有力的書寫過往，指向了詩作定稿所凝固的完美狀態，使得對於詩手稿那些難以辨識且具存的部分，既引人入迷，又存在著一種詩學上的莊嚴。因此一首詩的手稿儘管錯雜難以辨識，但是如此錯雜難辨不代表詩人對詩語言的拒絕，而是以其錯雜現象，展現出詩人對一首完美之詩，在創作追求上的苦行。詩人因為寫下的詩，有了詩美學上的存有，而詩手稿的錯雜本身即隱喻著繆斯胎骨孕生的細節，以及一個詩人的詩美學生命是否續存的詩美學事件。

　　每張詩人留下的詩手稿，展現出一首臺灣現代詩於其寫作生成旅程一座座的中驛站，據此我們可以回眺詩人過往階段的寫作風景；然而，對於臺灣現代詩手稿學的研究，卻遲遲處於籌備前行的狀態──這一方面是因為手稿本身寫在紙上，其物質性在現實條件上遭受到磨損以及毀壞。另一方面這是手稿缺乏一個在詩學上研究討論的地位。詩手稿在大部分的時候不為研究者所意識，有時候甚至被視為另外一種詩餘。於是屬於一首現代詩所發生的書寫史，被傳統研究長期忽略，而書寫之實在、實存物──手稿物件也長期處在被失憶的狀態。因此儘管部分臺灣現代詩人之詩手稿已被館藏，但對於臺灣現代詩手稿的「觀看」，仍處於文獻式的典藏展覽層次，難以釋放其在詩

學的研究效能──如何從瀏覽詩手稿文獻到閱讀其文學性，再到微觀其詩學性，真正凝視臺灣現代詩手稿，正是《繆斯胎骨：臺灣現代詩手稿學》戮力所求之處。

需要從看到到看見，從瀏覽到凝視，從文獻到詩學──在細述臺灣現代詩手稿學的研究動機與背景時，也正凸顯現今臺灣現代詩手稿其上所籠罩遮蔽性的霧景。然而，要解蔽臺灣現代詩手稿上的霧景，並非是要對詩手稿進行擦拭，而是要將詩學研究者從定稿的位置移動而出，有意識地思考臺灣現代詩學的研究，是否長期就只是對臺灣現代詩的詩集、詩刊等之印刷定稿研究呢？自我是否無意識地只全然位處於詩印刷定稿位置，便決定了對一首詩的理解。極其矛盾地，我們知道詩人對一首詩的完成，卻往往無意識於一首詩的生成歷程。這正是因為當我們無意識詩手稿存在時，「乾淨易讀」的印刷定稿便弔詭地成為了一種箝制與遮蔽，窄縮了寫作的發生過程，使得一首詩真正的生成史漫佈著無意識的遺忘，嚴酷地縮減了文本的脈絡性。

從文學社會學來看，印刷使得作者的作品，得以成為可大量流通的公共文本，就手稿觀點來說，他的公共性，表現在讀者們共同觀看「同一種」（清潔）的印刷版本。保證在閱讀上有同一種形式格式公共體驗。當我們說一首詩是文本，而並非單純是作品時，正是要去意識一首詩因其語文，所存在著的「有脈絡」，與「可脈絡化」之事實。但脈絡化只在印刷領域進行文類形式上的穿越、衍生與互文嗎？我們也應對一首詩的生成史，善用脈絡化的概念。如此，我們便能從印刷定稿的位置滑動而出，看到印刷定稿其前的詩手稿版本歷程，以及印刷定稿其下的詩手稿地層。歷程與地層的脈絡，一首詩的生成史正隱喻其中。這不禁讓我們也以譬喻試問：當我們研究一隻蝴蝶時，只研究其蝴蝶翩翩飛舞的成蟲樣態，而不需要探究其幼蟲、成蛹的蛹變歷程嗎？一首印刷定稿的詩，其前正存在著如此豐碩文本演化的詩手稿歷程版本，值得去考掘。

透過對於臺灣現代詩手稿資料庫的大量整理，我們梳理出臺灣現代詩手稿所牽涉之文本生成歷程版本具體有：

1. 起草：詩人創作最初始發想階段時的靈感隨記以及資料閱讀筆記等。

2. 草擬稿：詩人書寫字句段落未完、結構試擬等，在結構中有大幅度字詞句行的增刪調動修改。

3. 初定稿：詩人之詩作已有一個基礎的，明顯可清楚視讀的版樣結構，在結構中還保有簡單的字詞句行之增刪調動修改。

4. 手寫定稿：詩人將前面歷程版本中的修改進行確定後的謄寫，以及於投稿、出版後，進行相關選集、展覽活動等因應之謄寫。

5. 印刷修改稿：詩人在排版印刷輸出的詩作版面上進行修改。

6. 印刷發表刊印稿：經過印刷修改稿確認後定稿，進行刊物與專書之印刷發表，具有階段性定稿的意義，但之後詩人進行詩作之選集、再版時，仍有修改之可能。

臺灣現代詩手稿學對「歷程版本發展」以上六種細部歷程版本的具體判別，解構了傳統無意識地將「作品」綑綁限定在固狀印刷界面的狀態中，恢復了作品之為文本，其生成歷程之脈絡。一個詩人的詩寫作實況，並非置身於出版社、印刷廠寫作其作品，絕大部分的時間是在自己所習慣、掌握的書寫空間、工具與載體界面上進行擬稿、寫作，而出版印刷的版本也只是定稿的一種，甚至不能視為作品的絕對本源。

臺灣現代詩手稿作為文本所開展的脈絡化，建立在詩手稿的物質實證，我們直觀於臺灣現代詩手稿所有的物質現象，而不逃避於其在文本生成過程中因為了指涉詩理型樣貌，所進行種種嘗試而產生的各種錯雜繁複的筆跡與修改符號。反對現代詩手稿研究者往往認為手稿不過是詩餘之糟糠，正因為詩手稿的錯雜、秘密、不可見之樣態，對於詩語言之語法、句式的遮蔽，並且粉碎、混淆我們閱讀定稿時的秩序感受。在反現代詩手稿研究者看來，手稿中的詩人彷彿失語症者，但在現代詩手稿學所著重現象學角度下，越錯雜的詩手稿，反而是越有著積極詩學意義的詩手稿，充盈著書寫的嘗試力量路徑。

在現象直觀的研究方法論態度下，所有詩手稿文本的現象，都意向著本質，而使詩人的書寫意識得有具體的可見性。臺灣現代詩手稿之文本現象最具體可見的，便在於研究手稿到定稿間各發生歷程版本，以及字體修改符號

本質現象。詩手稿中每一個重要的刪補調動取代，都是詩文本發生歷程的重要事件，事件影響了每個發生階段我們對詩文本發生的解釋敘述。針對不同、大量詩人的手稿，以及手寫文字、歷程所存在之「密度」。現代詩手稿學無懼於詩手稿的密度，相反地，正是這樣的密度，提供了豐沛且具突破既有現代詩研究框架的研究價值。

　　梳理臺灣現代詩手稿文本歷程版本的密度現象，可從構成物質工具、修改形式符號軌跡兩方向進行整理分析。具體來看，臺灣現代詩手稿文本之構成物質工具，所包括的「紙張」、「用筆」、「用印」、「電腦」，並就此分析出臺灣現代詩手稿文本之「增補」、「刪去／補」、「調動」、「標示」四種最主要的修改形式符號軌跡。在此基礎上，對於一首詩手稿的觀察則應當要兼顧三個面向，分別為：（1）聚焦於詩手稿版面內的符號細節，（2）聚焦於詩手稿版面整體的物質，（3）聚焦於詩手稿版面與版面，版本與版本之間相對的歷程位置。

　　對於臺灣現代詩手稿學的研究，並不能以此物質與符號現象之整理分類為滿足，而更需以此為基礎，積極深化出文本生成的詩學之論述。因此我們透過三個問題意識的探詢，以探掘出臺灣現代詩手稿學之歷程與地層，這三個問題意識分別為：

第一、臺灣現代詩手稿版本中的詩修辭實踐，如何發展出語言姿勢的調配、部署，以反映出詩人自我詩語言意識與詩美學理型？

第二、臺灣現代詩手稿版本內前／潛意識的精神地理樣態，與外部詩學典律、話語情境存在的詩語言關係？

第三、臺灣現代詩人使用的語文書寫工具與承載文本媒介變化，如何移轉出手稿版本現代性與後現代課題？

　　經歷了《繆斯胎骨：臺灣現代詩手稿學》前面諸章細密的論述旅程，在此讓我們對此論述旅程進行回眺，綜整性地予以回答——

第一、臺灣現代詩手稿版本中的詩修辭實踐，如何發展出語言姿勢的調配、部署，以反映出詩人自我詩語言意識與詩美學理型？

《繆斯胎骨：臺灣現代詩手稿學》在廣延收集大量臺灣現代詩手稿文本，以及對詩手稿研究方法論有意識的琢磨，將現代詩手稿與定稿之各種符號細節，交互為前後景，使得現代詩手稿寫作版本發生歷程與地層，在並置中立體化呈顯出一塊莖現象。可以說手稿學讓詩人詩作打開其塊莖化的文本現象，作品往前有其手稿，往後有其定稿印刷傳播。塊莖的多球根生成現象，使其並不位處在特定的地點，而更應以地帶視之。

原本作者與作品，人與紙的關係，更發現了筆及筆跡的存在，詩意之地理不是特定的地點，而有著書寫地帶，迫切地需要詮釋者去梭巡、游牧。一如人、馬與鐙，原本各自獨立，但三者搭配組合在一起，便形成了一運動、競技、交通，甚至直指影響過往歷史的戰爭的組合。詩人與詩作，在「人─筆─紙」間共同形成一個生成詩意力量，及歷程版本與地層關係的塊莖組合；一個作品的過往，也不再只是作者的故事或動機，而更含括著一個書寫細節、文字生成的組合。這些組合，更見詩人作為書寫的樣貌，存在著書寫動作中所形成的語言姿態調動。如此可知臺灣現代詩文本風景實際之生成過程，並非靜物式、靜態化的，而存在詩人種種的調動與調度，使得書寫世界具有領域與維度動態感。

現代詩手稿繁雜的文本歷程、地層其塊莖狀態，讓我們得以重省一首詩所存在的多元力量組合，重構出解讀詩意的文本組合。這份文本組合充滿著前述我們整理的構成物質工具與修改形式符號軌跡，我們可以具體分析出詩人之寫作現象，例如在寫作慣習上，賴和有效使用黑紅深淺的毛筆與簽字筆進行寫作修改，楊牧則往往於詩作詩行分行處，進行前行尾與後行頭間交換置換的斟酌。詩手稿上諸般修改現象，最值得注意的便是寫作修改熱區，展現了詩人在紙面上由語言指／牽涉的生存困頓，書寫之力在其間的纏繞收縮；並在產生多元選項的散佈，應許了每一份困頓地收縮，該有的詩意之釋放綿延（duration）。終而在下一階段清稿版本中，我們看到詩人對於詩行詞語選項由「認取動作」（act of recognition），而「認同動

作」（act of identification）之發展。

　　在認取而認同之前，詩手稿為我們留存了詞語選項在詩手稿文本生成歷程時，所衍異出的文本符號之筆跡紋理。這份衍異產生得以擇選的詩語言姿勢選項，使詩人能帶辯證性的進行調配，甚而是在整個文本結構中進行連續的詩文本姿態之部署。在言－文之衍異中，詩人增刪字跡、調動文本結構的符號運動，皆是其書寫意識流動的能指，這份流動從話語到文字進行落實並綿延發展，以致分衍變異出選項。詩人如此書寫，所為字詞延異出其他差異化選項，使得詩意產生了豐富的複數化細節。這些差異化的複數選項，讓詩人在風格寓意的塑造意識下，積極思考彼此之規模、類屬、質性同異。

　　詩手稿上因書寫與修改而連動產生一系列複數修改選項，本身反應詩人對世界繁複、細膩的辨識狀態。例如覃子豪〈畫廊〉詩手稿中嘗試以「意」字取代「未完成」，嘗試呈顯、辯證成與未成之形象。商禽〈分水觀音〉詩手稿中「我省思」這段加強書寫處理，形成文本之重心。楊牧〈希臘〉詩手稿末段「對過去和既在」的「既在」被取消，改以「未來」，嘗試將對希臘神祇的思索，歸入時間現象去理解。每個詩手稿選項對一首詩的閱讀而言，都有一種「潛能」、「延緩」，表示詩人對一事物、意象曾有著另一辨識狀態，以及曾有的斟酌。

　　如果我們不被先驗、預期的觀念所綁架，便能透過「直觀」此一手稿學最根本的研究方法論，讓現代詩定稿與文本發生歷程中的各手稿中種種修改予以並置，成為一共同在場且皆指向本質的文本現象，並將之譜入我們對一首詩的意識。直觀作為現代詩手稿關鍵的研究方法論，本身就在使研究者肯認現代詩文本發生歷程中所有書寫現象，作為文本本質的事實，並使詩手稿包括修改以及修改，所造成之可見與已不見的文本現象，如實地顯現於意識中。

　　現代詩手稿研究意識的「識見」，意謂著「顯現」著什麼。但「顯現」也具有層次，就現代詩手稿學來說，並不只是顯示出當下被看見，還要顯示出當下所未被看見，而應當在場的要素，這便是前在與潛在手稿版本中的各種衍異出的選項。當我們依時序由定稿而至手稿進行交疊，便能識見到定稿

與手稿圖層層疊出字跡的疊合顯影。這些修改選項的字跡疊影，是詩語言姿態調整發展的軌跡之聯集，一首詩各版本的書寫記憶於此共處在場，展現詩人所能與所獨自屬於之生存活動的拓展性。由於共處在共同的文本生成歷程中，複數選項彼此間潛在著「與」、「和」等之並列對應關係，在文本意義上有著複數結構端點的詞語作用，架構出一首詩文本歷程的立體意義結構。

就此我們從現代詩定稿而手稿的直觀，可以看到詩語言姿態在文字符號修改調度中形成文本之詩意。詩意不只是形成一種感覺（如浪漫感、荒謬感、冷酷感）的渲染，而更能體現出詩人對所書寫對象，風格化再現的結構能力，這讓讀者得以深入詩作詩境。從現代詩手稿學來看，一首詩文字意象／境的栩栩如生，如畫作透視法，在一張紙的物質平面建立出立體感，乃是詩人有意識的在詩作中投注了意向性的書寫，形成顯現與不顯現間的搭建結構關係——前在詩手稿不顯現的詞語不是不存在，而是成為定稿化顯現詞語的背後支撐，詩人書寫之如何經營亦在此深深展現。

所以，在現代詩手稿中我們能看到被定稿捨棄、修改的部分，這些不顯現也擁有著意義，代表一個寫作上的詩學決定，支撐著定稿的存在。直觀引領我們行至詩定稿所未見之處，也延伸進入原本意識幽影的未見之時。詩手稿提供了只觀看定稿所不存在的明暗感，大幅度或關鍵的修改詩文字，也在結構中被放亮、突出，這也是詩手稿所提供詩文本的透視感與立體感。

直觀現代詩手稿衍異出的修改選項，使詩文本在研究意識帶有豐富的透視、立體感，讓詩手稿的修改痕跡不只不再被視為定稿詩文本的刮傷樣態，展示著對詩理型想像的傷害，反而更能洞見出詩手稿與繪畫素描豐富的互喻。充滿修改跡軌的詩手稿一如素描，每一字詞詩行所開展的選項，正是素描事物對象輪廓時，那帶有毛邊、線鬚感的勾勒、揣摩——這份多向跡軌，留待詩人在其中進行準確定焦，最後畫下精準的意義輪廓線。

詩手稿一如素描的另一重點，是素描帶毛邊線鬚的輪廓勾勒線，就如同詩手稿衍異的複數選項般，彼此之間都存在著細微的間距。間距以距離（distance）分開選項的兩者，也打開反思的域地，並在其中寄寓辨識可能牽動的辨識張力。正是在對這些細微間距的辨識與連／後續性之選擇，使得

詩語言姿勢產生細膩的變動。在詩書寫中生生而成的選項與間距，無疑深具探索性。所以詩手稿學不在觀察從此選項到彼選項「之別」，而在考察此選項到彼選項「之間」——是否存在著詩語言意向運動以及往返的結構空間，例如在選項端點結構中運動遊走以建立連結；在此一詩手稿版本選擇前往這個選項去發展詩語言姿態，在下一個詩手稿版本，則返溯原本差異選項分叉之處（embranchement），重新考估發展。這都促引我們去分辨（distinction），對素描般的詩手稿更臻於真與美的定焦方式。

可以說，直觀正是在觀看現代詩人在修改選項兩者間的取捨同時，也可組織出詩人的詩語言意向於在場顯現與在場不顯現之結構端點的詩意運動邏輯。關注詩手稿跡軌的意向性，既是由此觀看詩人於定稿中，所隱沒曾有的的意向推動，也可在與定稿的比對之中，呈顯出「顯現／不顯現」的文本結構。是以，不只是我見故物在，我們更可在不見中，去意向不顯現與不全顯現的事物面向，以及文本內在意義結構。例如覃子豪〈畫廊〉與商禽〈音速〉詩手稿，即細密地呈現出意向如何在半成半毀的畫像物，進行存在與顯現的辯證，以及意向結構之生成，如何也可容時間修辭進行詩美學操作。這都擴充著現代詩手稿學的直觀意向之道，以及我們對詩語言姿態調配與詩理型的理解。

我們意欲提取意向運動的邏輯，從現代詩人依自我詩理型而起的語言基底、命題跟寫作慣習，有效率地進行掌握；甚至在詩文本中預視詩人在結構中的意向性，關於那些同義、辯駁的詞語，進行預先性的意識，推斷他隨詩文本生成過程，所可能進行的結構擺設、設置。「理型」就是詩人腦海意識中的立方體，由多向的橋所輻輳連結架構，是帶有多向路徑感的形體空間。

詩人一生對詩的追求，就現實來看，終究無法在一首詩中全數完成，予以盡善。對有積極實驗意識的現代詩人來說，當下所寫下的詩，其存在就是為了即將不再。同時，詩人的一首詩終結之後，世界仍繼續其行止變貌。因此，與其說寫一首詩需要花費時間，不如說寫一首詩需要歷程推衍，以完成詩語言在種種語言姿態，所欲探詢／索之詩理型。詩手稿正提供詩人面對書寫課題時創造探索的界面，將模糊之語意，藉由修改選項間生成歧出、水平

調換之意向運動，提供解決問題文本之版本。

　　雖然一首詩在書寫上有其對象、事件，但詩手稿讓我們更能喚醒書寫，在寫下那一時刻、那一歷程中，那書寫帶有的快速與遲鈍，刪除與增補，清晰與不可見之間的意向張力。而直觀充滿符號現象的現代詩手稿文本，正可以發現每一次詩寫作，都有著再寫發展的意向力量內蘊其中；每張存有修改軌跡的詩手稿，都刺激詩人更多理型結構的構想，在不斷設置與轉換結構端點時，詩語言姿態越趨具像而細膩，理型結構也具有著下一波突破與轉型的意向。現代詩手稿文本的版本歷程與地層，凸顯了詩語言姿態之調動即為賦予世界一份姿態時，無盡輻湊會合（convergent）的系列事件，從中寄寓著詩理型意向運動邏輯的驗證及再發展。是以當詩人再一次啟動書寫的命運時，詩理型與其說是一種指引的目標，不如說是指引著意向力量的邏輯。

第二、臺灣現代詩手稿版本內前／潛意識的精神地理樣態，與外部詩學典律、話語情境存在的詩語言關係？

　　一首好詩永遠對「可能」虛位以待，當我們關注一首詩「充盈」的詩意之時。但更應該要注意的是，其所以能充盈的前提，是具有帶容納性的虛空。因為虛空使得充盈得到可能，由虛而實，在紙本上發生一首詩。現代詩手稿相對定稿，正容納著各種意識、詮釋可能的介入、成形。現代詩手稿以定稿之前在歷程與地層，作為容納各種可能書寫嘗試、調度語言姿勢與意向運動的腹地，其內在亦有值得探掘的潛在性，在文本的時空間上帶有詩人精神意識現象。發掘一首現代詩的詩手稿，不只是在觀看一首詩作，而更在體現其所關涉詩美學精神主體，如何想像、象徵以至真實的文本性。現代詩手稿與定稿具備著相同的真實性，得以交互平衡，不要以遺忘、沒有發現，無意識地去壓抑現代詩手稿書寫歷程的存在。現代詩手稿當前研究上的不足，正顯現詩人寄寓於其身體中之書寫意識，被隱沒的失衡現象。

　　臺灣現代詩手稿偶而會出現在展覽、活動場合，他們被觀看並表彰詩人曾經有過之書寫。但如果不進行研究，他們只是一種觀賞的儀式，而無法刺激我們在詩學，特別是一首詩本質上生成史學的認識。一如史學核心乃在解

釋歷史發展的所由、動能，我們正能透過現代詩手稿解釋一首詩的生成歷程、關鍵轉變，以及由刪補調動所體現的運動狀況，包括靈感的馳騁與精神的困頓。

　　面對著現代詩手稿的觀賞儀式，當前臺灣現代詩手稿研究有著極大落差的寡缺，這使得現代詩手稿本身即自成記憶與遺忘的戲劇性衝突——現代詩手稿記憶了詩的書寫史，也被儀式性的公開展示詩人的書寫記憶，卻因缺乏手稿研究觀念而成為遺忘。因此臺灣現代詩手稿展示的不是詩人記憶，而是在展示我們陷入意識之下如夢的遺忘。詩手稿保留了詩人向精神提取詩句的時間過往與潛在意識，例如楊牧〈草原告別（夢中得句補成）〉初定稿詩手稿，呈顯了意識對於潛意識的修改性，也要注意意識如何將潛意識的碎片，進行追憶以視聽感官意象字跡補全其脈絡，終而成篇。

　　現代詩手稿的字跡軌跡，成為了建構精神主體的情節，每一份詩手稿像是詩人自我寫作史詩的一個據點。書寫意識以手稿字跡形式，蘊含一首詩內在序列的記憶跡軌，他從詩人內在心理開始發微，然後具體成文，以符號累積，呈顯出詩人的心理結構。文本如鏡，現代詩手稿比定稿更如鏡，更具文本性，從其字跡修改脈絡，投射出書寫的細節，書寫主體分化、折射而聚焦的鏡像歷程。因此我們可以看到紀弦〈與或人重逢〉手寫定稿詩，所嵌入變成未來主義的十六條腿，其展現主體隨意欲而異化身體的精神形象；也在白靈〈讀離騷〉起草稿中看到，在精神的河面上，龍舟如何尋索著精神主體，以及對主體鏡像的穩定。

　　書寫字跡就是詩人精神心理功能運作，留下的脈絡痕跡，而其現象在聯絡詩人內在意識時，也連結了集體話語意識。可以說詩手稿意向之運動，使詩文本之詩行也譜入世界生存事件的環節。寫詩，是詩人在世界中最能落實存在感的方式；留下的字跡亦如另一足跡，寫詩的歷程是詩人寫下了自我參與世界存有的路徑。在世界存有著不只是詩人，更有著我們所隱涉更為廣大的集體。作為書寫者的詩人，其命運的背景，就正在於他與我們一般，共同活在語境中，所使用的字詞從不是偶發的，在我們道出與寫下之前，便已經積累在世界，以及存在於世界的我們集體的話語意識中。因為話語最原初的

溝通、記憶的使命，我們如今有著的感官感覺，絕大多數都已有歷史集體所命名下的字詞進行指涉、影響；甚至對於言說審美的方式，也已然有著典律設下標準與抑揚的機制。

現代詩書寫是語言顛峰性的使用，詩人既以語言存有，又要挑戰既然且先存的話語及其所框架下的經驗世界，道出寫下未曾被道出寫下的，正是詩人話語命運的所在。解放語言於無意識間形成的框架，正在解構世界生存之集體可能已然為場域典律，甚而語言政治機器所凝固的感官感覺。所以詩人時時以既有且集體的語言，逼問自我的感官與心靈，為何傷感？為何喜悅？為何批判？又為何沈思？……在種種靈感自疑的召喚下，展開屬於詩的英雄旅程，詩人起心寫作、收集資料，內外在全然地面對著書寫，逼迫自己抵達一般使用語字的人，所未進入之極端、邊緣的書寫界域，看到了自我書寫精神主體的鏡像。這鏡像歷程，隨著詩手稿書寫的歷程綿長，而反覆而轉折。這使詩人感受到了內外在自我與世界，如何被提取符號，以為想像、象徵乃至重構。因此詩人多義化著符號，以至於需要對之重新命名，以適切現代詩書寫主體所需。

這份需求，也間接反顯了書寫本身帶有慾望性。這涉及了對所書寫內容的表達慾望，他觸動著書寫主體的書寫型態，在現代詩手稿文本發生歷程中這一系列能指所指的鋪排呈顯型態，其對文本表意結構的意向運動，便形成各種精神地理。除了從現代詩手稿物質版面中，字詞符號所形成帶視覺意象感之泥濘沼澤、輕快平原、錯落竹林；從更細膩的書寫行為、字詞呈現與書寫意識牽連之中，我們還可看到詩人更為豐富且個性化的精神地理。

當現代詩人為萬物重新命名時，不僅為了新奇，而是對所習以為常的日常事物，移置於陌生化的位置，藉著重複或重新的書寫去揭示它們，這就是一場對既有體制與典律創造可能的意義突圍，其中也包括對自我可能僵固的詩想。自我精神意識的僵局無法解決時，「重複」、「重新」雖然造成了循環，但這周而復始的歷程中，重複著確定，也重複著不確定，具有讓主體重看／估自身所經歷過精神困境的意義。在現代詩手稿文本跨版本的重複書寫，不是單純的複製。每次重複書寫都是一次調頭，從一個版本無以為繼寫

下去的中斷點，再下一個版本中調頭回到起始點，繼續寫下去。

　　重寫在精神意識上，寄寓著定稿和詩手稿的重述慾望。對「印刷發表定稿」的重新書寫，代表詩人如何從「作者已死」的狀態，回憶詩作創生者的狀態。若重寫的目的，是為了相關詩選活動而為之，那麼重寫「印刷發表定稿」除了有肯定此一詩作的自我經典意義外，也存在自我對書寫欲力擴張感的沈溺。至於對「草擬稿」的重新書寫，重抵書寫的原初，重置詩作意象場景，不再於重溫詩書寫的一般性，乃在於以自我引文、追憶方式，尋求裂隙發生可能，以此形成差異，找到克服之前版本未能寫完的僵局，孳衍推進書寫的動能。在現代詩手稿文本歷程版本的「重複書寫」，也正由此「回憶—收縮—張弛」之反覆，形成因書寫脈絡之重疊而起的一帶皺摺感的精神地理。

　　現代詩手稿在版本與版本間的重複書寫，其消極作用是讓詩人捕捉記憶與陷入回憶；而積極的作用，則在形成「差異」，這樣的自我意識功能。然而一旦詩人之現代詩書寫要回返之處，超過其自身身體感官本身，而是於內在精神意識不斷地向前追溯，至自我前在的文學傳統寫作記憶，便會打開充滿皺摺的集體精神語境，以及充滿集體話語意識慾望的冰山深海。

　　一如南北極海洋冰山在海面上的星羅棋布，於太平洋座落之臺灣其集體話語語境，亦自有帶區塊感的語言系統分布，緣由臺灣現代詩人調取。廣泛檢視臺灣現代詩手稿，可以發現扮演眾神信使般傳譯者的研究者，要為讀者以及詩學研究系統傳譯的眾神文本，不只是詩人的作品，還包括內在的多元集體語言系統。受到歷史政治系統轉換，以及國際化之影響，臺灣現代詩手稿之書寫用字，除了中文漢字外，亦有著英、日文符號出現。

　　我們將詩人之語言書寫視為生存事件，其事件性表現在書寫行動（action）中語言之力（force）與強度（intensities）。但語言所涉及的記憶與慣習積累，使得其語言事件，與其意向運動不僅止於當下，還總夾帶著過往集體語言經驗模態，向下一刻的未來道出。因此，我們可以看到余光中、葉維廉在其相關手稿中使用英文，便捷地調取西方理論傳統概念，完成對現代詩的詩學言說、點示，足以展現跨國語言轉用上藉其語系之詞性語句語法

特質的語言工具效益。不過，從臺灣現代詩手稿中另一重要跨國語言之日文使用上，則又刺激我們發現臺灣集體話語中國語、母語、族群語言、外國語之複雜層次，與所存在的語言政治。而促引此一討論的關鍵，即為跨語言一代詩人及其詩手稿。

理論上，當詩人使用不同的語系創作，因語系自有的語法特質及語境背景，往往會刺激詩人自身對原本使用語言進行辯證。然而跨語言一代詩人的華語中文之「接受」，卻涉及了語言政治與國家機器的強力介入，使詩人完全脫節既有慣用語言時，詩人不止思維將與原本運用自如之語法脫節，更在其書寫中與既有的集體語言經驗相斷裂。這自然可一窺臺灣戰後戒嚴體制如何藉著話語與書寫機制的控制，建立跨場域中的獎勵與懲戒，將華語中文重塑為文化資本。由此，完成對詩人身體認識論的權力施行，凸顯話語政治中身體之部署所涉及的知識、權力與再主體化過程。

在研究詩人詩作發展史時，詩人詩風是否轉型可謂重要觀測點，然則從跨語言一代詩人的語言轉型，我們則又可以發現，轉型之動機也可能在權力機器介入下，讓詩人莫由自主。在這樣的現象下，詩人在被強力移植到他者語言系統中時，自我前在發展慣習語言的想像力，必須以新的語法道出，但這份必須終要視詩人學習力與學習意願，方能保證其轉譯效力。在國家語言機器與語言政治之推動中，這份轉譯往往不被期許，因為它們追求的是主體對自我前在語言的遺忘。

跨語言一代詩人放棄日治時期的官方語言日文，而學習另一種戒嚴時期的官方語言中文，也在經歷了一個語體的幼兒培育階段。正常來說，主體成長過程，因為有著建構主體象徵層次的欲求，各種為之適／即時提供的知識文化象徵體系，即能產生關鍵影響力。然而，微妙的是，跨語言一代詩人在戒嚴時期，現實中之身體已入中年，前在「國語」的日語系統已然在語體穩固結構化；另外，比起國家機器的中、日文兩種國語版本，日常生活中的族群母語，也因為他的私領域與日常領域而有足夠的立基，使得族群母語如台語河洛話，保留了其集體話語特性，容跨語言一代詩人以及以臺灣作為情感結構基礎的詩人，反轉語言壓抑經驗的話語來源。

　　於是在臺灣現代詩手稿中我們看見了由於權力機制的壓抑歷史，母語與詩相互協作成為意義革命與差異化的書寫運動。在母語詩的發展初期，寫下母語詩即具備初步的實驗性，以及對典律的挑戰性。管管〈七絕：之四〉初定稿巧為運用佛洛伊德（Sigmund Freud）肛門期概念，抗拒著典律化，其排泄的快感等同於否定的快感。渴求使用被禁止的母語進行寫作的詩人，當他以母語道出與寫下時，則具有更深的層次性：一方面展現母語本能被壓抑後，得以抒發的快感動能；另一方面也展現了抵抗既成典律後，如何進行記音符號的運用，進行續寫以及公眾語音再現的課題。在李勤岸〈海翁宣言〉手寫定稿詩手稿中以鯨魚，為道出母語的意欲，塑建出了象徵主體，以探索調取母語之海其精神地理中的原型象徵力量，發展母語詩集體創作。而向陽〈烏暗沉落來：獻互九二一集集大地動著驚受難的靈魂〉、李敏勇〈二二八鎮魂歌〉手寫定稿，則完成了母語詩對公共災難與歷史記憶的道出。過往政治上造成的受難、壓迫，詩人在詩手稿中予以提取，在作為明或隱的文本背景時，都使得詩手稿之字跡，帶有遺跡的意味。我們閱讀如此之母語詩手稿，一如重蹈公眾政治中集體記憶的遺跡，提取出集體語言話語所重新道出的往昔遺物。

　　而當我們從臺灣現代詩人的母語詩手稿，看見母語話語如何重構出其主體，恢復其話語所能道出的現實與記憶時，從瓦歷斯・諾幹〈被天蛻皮的人——記念伊斯立端・伊斯馬哈桑・達和〉手寫定稿與陳慧樺〈撿回檳榔律〉手寫定稿詩手稿，也打開了在戒嚴體制下，母語詩作為邊緣，所也存在的幅度地帶，應當克復原本母語錯位狀態者也包括了原住民與馬華詩人的母語詩。如此母語詩的邊緣幅度，也開展了華語中文與母語表達間的辯證性。在臺灣現代詩手稿中有著全羅、漢羅、全漢的語音書寫斟酌，臺灣現代詩人實驗著跨國／族群語言，開拓出了豐富的意向路徑。

第三、臺灣現代詩人使用的語文書寫工具與承載文本媒介變化，如何移轉出手稿版本現代性與後現代課題？

　　臺灣現代詩以其強健的現代主義實驗傳統，使得語言得以突破既有語意

框架，對意義及主體世界的侷限。如此語言實驗直指形式，在現代詩手稿學之中，形式之詩質則依於物質。臺灣現代詩手稿之物質形式，最大宗為寫作工具之筆紙，但隨著一九九○年代後電腦、印表機普及，使現代詩手稿文本發生歷程版本階段，已有電腦之列印印刷稿，或電腦版本存稿電子檔出現於其中。

筆紙之現代詩書寫運用，除可以看到臺灣現代詩人運用不同粗細、顏色的筆，進行不同階段的修改，並予以識別；詩人也會運用毛筆進行書寫，這可以一九五○年代為一個分野，日治時期詩人如賴和還會以毛筆作為日常書寫工具，但在戰後詩人使用毛筆書寫比例下降，少數詩人如洛夫、周夢蝶、羅青、侯吉諒、許悔之則都帶有審美意識在其間運作。筆紙與電腦印表機間的書寫工具的差異，普遍會在「印刷發表定稿」產生出交互搭配的版面形式，提供出版時的新視覺審美體驗。當然敏銳的詩學研究者，也能從如此詩手稿與印刷定稿的版面併陳中，檢視到新的詩學研究可能。但回到文本發生歷程中的「草擬稿」、「初定稿」中，則能看到臺灣現代詩人在書寫上混用筆紙、電腦印表機，產生的細膩書寫細節，與對應之現代與後現代現象。

臺灣現代詩手稿最為主要的書寫工具——筆，其產生書寫的詩／物質，正體現於文字筆跡。現代詩手稿的版面，特別是起草、草擬稿洋溢著自由、嘗試，詩人可任意以筆調動任何符號，文字書寫之字詞、詩行，也可恣意有其長短、方向、分布，產生一不具固定感，帶壓縮延異的書寫時空。如此以筆啟／觸動的現代詩手稿書寫，對於字跡走筆至定稿的路徑保持多元開放，展現塊莖式的文本圖景。而現代詩手稿中的增補刪改調動符號，將字詞詩行進行相關的移置，連帶形成之斷裂、流動等走向，也形成詩手稿的後現代紋理。

現代詩手稿如此強調文本生成的歷程，微妙地打開、破除了定稿的疆界，詩手稿之歷程與塊莖擴展，共同呈顯了現代詩手稿文本的張力，寄寓著混融、歧義（ambiguity）的書寫景觀。現代詩手稿的物質工具，最能具體實際地體現出現代—後現代的手稿之空間實踐細節，詩人如何使用筆、紙、筆跡的組合，生產出詩手稿的空間行動，使各種創意元素、衍異選項充分對

話以致於喧嘩，並且以其詩思控制、改造現代詩手稿空間中的書寫生產實踐。

　　臺灣現代詩人透過紙筆之物質工具組合之書寫動能，創造出的跨文體發揮，以鏡頭、毛筆、樂器三者最具代表性。

　　先言鏡頭。詩之意象，是自古典而現代，承續而不易的重要表現核心。意象之為富感官的有意義形象，使得詩人很自然在現代詩手稿書寫中，以紙筆將之由腦海圖繪出來，例如：楊牧〈遺忘〉初定稿詩手稿之日月交擊，以及陳克華《我旅途中的男人。們》中人物面容甚至是局部特寫等。手寫上的自由，讓詩人運用紙筆圖繪發生，自由召喚圖形以為策應，讓書寫符號更有挑戰時間遺忘的力量，但這也牽動了我們對如此圖繪的視覺觀看之審美方式及態度。

　　臺灣現代詩手稿學關注這樣的圖文並置的文本性與對之的審美，以一首詩的發生歷程來說，不在於檢視詩人之繪畫的像與不像，甚而抽象、印象的美術觀，而在於圖繪提供的寫作功能。對閱讀研究者來說，如此圖像，在詩手稿錯亂文字中，得到一個形式對比的聚焦思索。因而現代詩手稿學研究者看到的是，詩人在追馳靈感、情感，而深感不足，在此一詩美學難題下，如何頻頻驅策一切身體可能操作書寫工具，以達到追之能及的速度感。詩手稿中的圖像快速素描，讓靈感的意象、詩境得以暫借圖像形式以得存有，這本身即是不可忽略的詩美學空間。如果現代詩書寫是語言顛峰性的使用，是對高峰險境之攀登探索的話，那麼詩手稿中的圖繪，可說為如此高峰的攀登探索，提供書寫歷程的書寫據點，讓奔放喧嘩的靈感意象，暫時以靜物化的圖案，進行凝聚。而詩人亦得以藉圖繪，作為書寫歷程中一暫歇的眺望據點，進行再下一波的創作。

　　而我們不要遺忘現代詩人持筆如此圖繪，乃是在紙張版面上所發生，圖繪與紙張的形式關係，亦值得細部探索。紙張為現代詩手稿單一書寫版本最主要的「範圍」，此一範圍，在觀看詩手稿時，對讀者而言即形成一個視框。這意謂著觀看詩手稿所存在的視覺，以及詩人可能在視覺性上所對之進行的發揮。考慮詩書寫意象之圖像景觀，也可以發現紙張是範圍界面，又是

鏡框式沙盒（sandbox）的存在。張默〈戲給詩友十二帖〉與蘇紹連〈位置〉、〈頻率〉、〈緣故〉、〈奉獻〉初定稿詩手稿之三行詩手稿，在長卷與連續紙張書寫時，在拉展對紙張範圍的形式中，也產生了書寫連貫美學。

　　在現代詩手稿中詩人進行景點的安排，在閱讀、出版的概念下，更可以鏡頭概念予以理解，而景點的路徑，則正對應著鏡頭的運鏡。意象操作書寫能力以及對多媒體創作工具有所意識的詩人，也正會在其中發展出鏡頭影像意識。這一方面展現在後現代情境中，對現實之擬／影像的反思，例如侯吉諒〈烏克蘭戰爭〉初定稿詩手稿反思遠方戰爭現實，如何被液晶螢幕此一多媒體界面，作為一個鏡框所再現、擬真，思索歷史戰／現場與媒體真實間的影音擬像課題。另一方面，在現代詩手稿這樣比定稿更活潑、自由的界面中，字跡之活動，突破了定稿排版那齊整的字格。詩手稿之書寫讓詩人之擬像創作，更有發揮空間。搭配著現代詩手稿之增刪修改調動符號，我們正看到豐富的意向活動中，詩人如何運筆如運鏡之現象。

　　在現代詩手稿中，詩人之運筆／鏡更可後現代地，朝前在經典文本進行涉入，其中最代表性的為詹美涓之〈菩薩本願依根而度——慶死弔生　此願方休〉。詹美涓以黃勝常〈《地藏菩薩本願經》正解導讀〉此一複合著《地藏菩薩本願經》與詮釋的他者文本做為手稿底稿。詩人以此作為書寫起點，在其上進行圈詞，這些圈詞具有後現代的引文意涵，初步保留佛教的意義，並在各圈詞間加上「→」，形成後現代組合。如此圈詞與「→」無疑是最引人注目的，可以發現，詩人以此形式的字詞運鏡，擾動了原本由上而下，由左而右如此定向的印刷版面。在既有大多數臺灣現代詩手稿，能發現印刷排版版面秩序如何「規訓」了詩手稿的書寫走向形式，現在我們看到了一個新的文本案例——手稿就在已完成的文字版面上去手寫生成詩作，以其多向的運動，形成對既有的印刷體系抗辯。而詩人此詩書寫，乃在致臺灣重要藝術家侯俊明。在與侯俊明所屬之現實的相辯證中，詩再次彰顯了面對主體困局時，詩如何能成為可能，在所提供的一種出發、回返或相應中，完成其美學化過程。如此的抗辯，是一種叛逆，回應了即將要完成的詩主題：為一位具顛覆性的藝術家，卻又是人世家庭情感關係的挫敗者，所寫下一首帶有告慰

感，以及逃逸困境的可能路徑之詩作。

再言毛筆。中文漢字的象徵空間性，也不只在文字書寫上展現，也可在整個文本結構上產生藝術動能。臺灣現代詩詩作文本的分行分段性，使得詩作文本便已帶有強烈的空間性，甚至可結合華文漢字形式方塊性，完成圖像詩，乃至於視覺詩之實驗。在詩手稿上，這樣視覺藝術發揮更為強烈，其中一九八〇年代臺灣東方畫會李錫奇邀集臺灣現代詩人所實驗的視覺詩運動，具有關鍵影響力。例如瘂弦即有將〈如歌的行板〉之名句「而既被目為一條河總得繼續流下去的／世界老這樣總這樣；——／觀音在遠遠的山上／罌粟在罌粟的田裏」，搭配手拓之各色矩形色塊，將手寫詩行分折夾束其中，以隱喻為同樣被折角僵化之瀑布，由此形成一獨特的視覺詩文本。而當時參與視覺詩實驗的洛夫，後續在《唐詩解構：洛夫的唐韻新鑄藝術》相關書法手稿，也運用毛筆書法予以延續，說明了書法詩手稿，所存在視覺藝術空間的實驗可能。

有別字母書寫的中文漢字，因為其象形、指事、會意、形聲的基礎造字法則，使得文字具有對表象物之擬像、抽象、組構的象徵性。而中文漢字更有其發展出的特有書寫工具——毛筆水墨，這樣的筆墨發揮，比起印刷文字，更展現書寫者之文字氣質，以及寄寓其中的審美風格，形成獨特的文化筆跡學，詩人侯吉諒主編之《名詩手稿》在美編時，將所收錄詩人手稿進行文字聚焦特寫，即在引導讀者對詩人手寫文字，進行審美關注。即使是臺灣現代詩，許多詩人仍會使用筆墨進行詩寫作，甚至在台語河洛話現代詩手稿亦有所見。這樣的筆墨詩手稿，可以分成兩種類型：第一、使用筆墨直接進行「起草」、「擬稿」之書寫，例如日治時期的賴和以及戰後的周夢蝶、侯吉諒等。第二、以筆墨進行審美性的謄抄，帶有書法藝術的特質，具代表性的詩人有洛夫、周夢蝶、羅青、侯吉諒、許悔之等。

比起機械印刷字體，持筆書寫本身在字跡的產生上，便牽涉了自我肌肉的運作，而書寫文字本就與書寫的肌肉記憶相關。但以毛筆書法書寫現代詩其肌肉記憶層次，更涉及了身體小肌肉的美學身體運作，因為書法乃在操作相對於原子筆等現代硬筆，而有著流動、不穩定的水墨物質。因此在一篇現

代詩書法手稿中，除了現代詩的美學理型，現代詩人身體內在還必須鍛鍊筆墨技藝，甚至還需要衡量詩作主題內容，尋找對應之楷行草等書法美學風格進行對應搭配。書法筆墨的字跡表現張力更強，足資成為詩人在詩手稿動靜空間表現之利器，例如羅青〈地震〉手寫定稿詩題中之「地」字跡的拉展，如鏡頭運動般引導讀者關注「震」字，突顯出全詩之書寫主題。

　　續言樂器。在文學手稿的研究上，不只有詩手稿，其他文類如小說、散文亦有相關手稿之收集典藏。詩因為寄寓著一份音樂的可能，使之與其他文類有所差異。音樂寄寓於詩，其音韻之設計，是讓生存領域可以由主體身心聲響述說。讓生存環境在被詩人再現於一首詩的時空時，被主體書寫的語音迴盪，震響、充盈出其意義，成就詩人對生存空間的主題音色以及肺腑之言。順就如此細述，那麼，「筆」是另一種器樂嗎？在現代詩手稿學研究上，我們看重的，不是可以透過敲筆如鼓棒般發出聲音，或者筆書寫時在紙上發出的摩擦聲響；而是透過筆其譜寫文字符號，所產生對音樂聲響的召喚。

　　詩人在世界之眾聲喧嘩中，調動音律，建立一首詩之聲響所要準確命中的意義與音色。如此之中音，在形音義合一的中文，更藉聲義同源，使一首詩之音樂韻律，不只限於發聲、演奏層次。就其詩創造來說，更具有在符號語言的織度編織上，與世界共同意象化的層次。

　　音樂是關於時間的調配譜建，詩手稿中的音樂經營，也是關於時間的。細部檢視現代詩手稿可以發現，詩人除了刪改、增添、置換、壓縮字詞句外，還有對同異音字詞的考量，這凸顯了詩手稿的書寫性本身，不只在文本界面上以文字形成空間，還介入了聲音、話語的時間衡量。在現代詩手稿中寫作語言形式的「時間」，具體來說，涉及閱讀詩句時的時間感，亦即「閱讀時間」。一如時間感，包括閱讀語音的快、慢，但也更包括著語音所也能形成的輕與重，以及重複、差異組合，所形成的呼應迴盪，此即現代詩音色之旋律與節奏。

　　我們通常是閱讀完一首詩之後，在感覺到詩之美，極大地對主體有所觸發後，才有意識地在分析、求知等動機驅使下，感覺到時間的運行。就如同

我們看泳者在游泳池的泳道上游泳，不會說泳者從幾點幾分處的這一頭，游到幾點幾分的那一處，往往是感知到泳者的快速，或是有學生、士兵游泳能力檢測的需求，才會特別予以進行計時——將活動本身的時間性予以顯影、標示而出。又例如看著舞台的舞者，我們也不會說舞者從幾點幾分這裡，跳到幾點幾分那頭去。

由此可見，在一般的狀態中，人類總是由空間角度去進行感知，時間在感知發展上，總是空間之後的事。時間，是人類的發明，特別是帶著計時性的時間概念，在現代化後的世界，更被細密化的操作。但我們並不會無時不刻地，帶著這樣的發明去生活。在我們帶著鈍感的日常中，時間像是個敏銳的鑿刀，不能否認地，敏銳地為每件事物、活動標上時間，會形成人類主體高度的能量消耗，使人產生弓張弦緊的倉促、緊張感。主體往往會遺忘時間，無意識地在時間中進行空間活動，在必要時再調動時間。

如同前述對泳者、舞者的討論，讀者對一首詩的閱讀活動，也是如此彷彿。我們不會說我從幾點幾分開始讀第一行詩，讀到幾點幾分時讀到最後一行。一首詩內在的時間性，自有其詩美學上的複雜，最基本上來說，一首好詩要形成的，都有完善、細密的時間布置。這些完善、細密，或許天衣無縫、無跡可求，也或許可在一偶然的天眷之時，可以倚馬千言，一揮而就。但多數時刻，都需要詩人予以佈置經營。例如經典的呼應，包括一唱三嘆、頭尾對映——在文句聲響的重現，使得一首詩的閱讀時間中，產生了聲響意義的迴盪。同時在搭配文字的回看，或是就在讀者閱讀流程的記憶重現中，產生一首詩的閱讀立體感。

寫下使事物文字視覺化，也使事物進入可發音，以及被他者再發音的狀態。一如樂譜，蕭邦（Frédéric François Chopin）時代並沒有錄音機器，卻因為留下了樂譜，使得後人可以從其樂譜恢復他的聲音，我們從他的樂譜，去詮釋他的聲音。我們的詮釋，甚至不需要發明，因為一切訊息，蕭邦都寫在他的樂譜上了。在現代詩手稿中，我們可以更明晰地看見詩人對文字音樂性的經營細節。特別是，看到文字如何展現出類似樂符效能，而不是等同、拘限於樂符，因為文字更有明確指涉意義，能類樂符般地在語音上進行應

用，以語音發聲指涉語意。在現代詩手稿中，我們看見詩人如何細膩地援引互文中國古典詩與西洋各種曲式類型，與現代詩語言交織混融，譜建出有力的聲響脈動，為詩之主題敏銳於情知幽微之脈動，對應賦予音色發展。

現代詩手稿同時具有我們所觀看到的當下此在性（presentness），以及過往性（pastness），其深根於往昔，卻又屬於我們視覺下的現時此地。詩手稿充滿著未完成與將完成的字跡，相對於最終定稿，其於發展中仍不完整的現象狀態，反而確保了詩手稿寫作過程的真實性，成為我們復原一首詩由發生而生成歷程的拼圖。我們以手稿學重新聚焦凝視臺灣現代詩手稿，恢復其文本歷程與紋理，由此檢視的，正是詩人詩心孕成以至文字生成的詩藝。

因此臺灣現代詩手稿學研究者看到一首詩作，會思考其位處於文本生成歷程中哪個版本位置，也會嘗試去建構其過往書寫歷程版本，以及書寫發生的符號現象與跡軌。這將比只是看著一首詩的當下版面狀況，更有著一份詩人書寫發展史記憶。讚嘆一片文本風景的表面，跟感嘆文本風景所存在的滄海桑田，是不一樣的事。可以說，一個傳統的定稿詩學研究者，與一個現代詩手稿學的詩學研究者，在閱讀一首詩作的差異之處，就在於現代詩手稿學者擁有著一首詩書寫記憶地層的厚度，去觀看定稿。

當一首詩過往繆斯胎骨孕化的文本生成時間加入之後，在定稿與手稿記憶交互疊合下，便能呈顯出一首詩所存在的生態感與演化性。現代詩手稿學讓我們發現了一首詩在形式物質上，除了被印刷排版後的定稿外，於詩手稿文本界面所曾擁有過那充滿修改字跡塗改的灘塗沼澤，在各版本中於準確無疑間書寫而過的輕快平原，以及間雜著修改符號的錯落竹林，在現代詩手稿文本其間與文字詩行之間，我們以閱讀行徑著，感知這些文本的地形如何隨詩人的書寫意識趨變，以成定稿之風景。由此我們才能真正準確地，以客觀書寫文字、修改符號、詩作版本等，具體實証所謂之書寫意識及其流動。

如果肯認一位臺灣現代詩人之所以是一位詩人，是根據於他們如此認真追求詩美學理型，並於一首首詩的寫作中積累實踐；那麼，除了要瞭解一個詩人的生命史，我們更要把一首詩的書寫史放在我們心中。一首詩的書寫歷程記憶，本身就是一個詩人生命史的隱喻。現代詩人在書寫中寄寓觀看、觸

摸、傾聽之感官體驗，其寫下的詩語言文字，成為了世界的一份隱喻。

　　現代詩手稿文字不只是現代詩人對世界的一次涉足，而有值得探掘的隱喻性。為了深刻地理解詩人如何產生如此個性化表述，我們反覆從詩手稿中那生成著的詩作，針對其結構、空間、本質、時間反覆推敲鑿顯。字詞符號與表象交織，並成為主體對物之認識與區分方式。藉著詞，認識、散佈並且鞏固拓展成知識在創造的基礎，符號體系與物相混合「詞－物」。因此有意識的探討詩人手稿，揭示了詩人如何嘗試將事物寄寓於詩語言中適當的詞語位置，以讓事物之詩話語存在意義得以湧現。

　　詩之發生歷程所連帶產生、使用的文字與修改符號，對詩人的詩與詩意旨而言，既非外表也非內裡，他們無一例外地、均質地作為詩發生的存在軌跡。存在軌跡是詩人在落筆，或以相關方式進行創作當下自然發生的。這些現代詩手稿符號現象並不表明自己背後有什麼東西，他就是存有的本身，表明詩自身，以及現代詩手稿文本之各版本系列。而現代詩手稿學更指出了過往只關注定稿本身的不穩定性，對於詩書寫的理解，不應被整潔的版面所框架住。經驗一首現代詩的結果，並不是詩美學研究的目的，「經驗本身」才是目的──這包括了一首詩如何誘發我們的觀看，是在什麼空間段落中，誘發我們展開閱讀，在主體與文字之間形成彼此交融的時間感。

　　於是我們追問詩的意象、結構，或者文字與聲響，如何被詩人反復嘗試書寫，方能得之。一旦有了這樣的識別，就會發現「當下」，並不是一個穩定的詞彙。當我們意識、定標自我的「當下」時，我們的當下終究已成過去。我們當下看見的詩人經典詩作，都不是詩人當下寫下的，書寫與閱讀一樣都經歷過時間。我們首先要瞭解版本，再來要瞭解時間，言傳一首詩的絕美與真實，並不一定要無意識地死守在一首詩自身書寫史的終結之處。

　　《臺灣現代詩手稿學》全書即以臺灣現代詩人之詩手稿文本及其歷程為研究對象，以現象學為基礎概念，在「版面歷程現象論」梳理臺灣現代詩手稿的書寫工具、材質，以及文本發生歷程所涉及的批評術語。在地毯式閱讀臺灣現代詩手稿之文本現象中，進一步統整出臺灣現代詩手稿「連續性與異常為之意識論」、「母語與跨國語之語言政治論」、「語言文字之動靜空間

美學論」三大重要現象命題進行分析論說。在《臺灣現代詩手稿學》的最終，我們想回到詩學的理想，對「理想」的詩手稿進行思維。固然詩人未必會以創作理想的詩手稿，作為創作目標，但從「詩法」——亦即創作方法角度來看，一篇理想的現代詩手稿，卻在複雜的修改衍異中拓蹼出典範詩人自我，以及可能遭逢前在典範詩人影響焦慮的詩人，一份追求詩藝的方法路徑。

　　因此理想的現代詩手稿必須充滿著種種生成的複雜訊息，這正與我們的生命路程遭逢關鍵艱難時刻，所存在的徬徨如此相似。這些詩文本生成訊息夾帶著選擇，擴展著可能，並以修改之字跡與符號，錯雜著詩手稿文本風景。也可以說，一首理想的詩手稿如此以錯雜的修改軌跡，宏偉其面貌，彰顯一首詩生成來路，那些寫作當下艱難的抉擇為最終經典所提供的不朽，一如人生往昔征途之不易。這也提供我們假想，如果詩人在詩手稿中做了另一字詞之選擇，是否經典當不再是經典。如此假設所想，正凸顯詩手稿所儲存、衍生書寫時間歷程的塊莖圖景中，將生生之歧路記憶予以留存，而種種因而緣之遂得能於當下一現的文字曇花，以至於來日可能與不可能的文字聖殿，皆俱得在其中，容我們細細推敲創造。

　　也正因為現代詩手稿中所蘊含的選取與毀棄，以及在場之顯現與不顯現，為我們召喚了詩人詩手稿中那寫下之當下，所可能存在對文字的游移或感傷，甚至是隻身穿過時代風雨，航向詩理型烏托邦的一份信心。飽富繆斯詩思胎骨孕成的臺灣現代詩手稿，喻示的正是詩人永遠置身意義征途的姿態，這使得詩手稿種種錯雜難辨，所確定屬於詩人生命的文字或倖存的選項，既肅穆又動人，復以其在場字跡之存有，隱喻一首詩得能永恆的詩意。

主要參考文獻

中文

一、專書

（一）中文專著

文訊雜誌社[編]：《臺灣現代詩史論：臺灣現代詩史研討會實錄》（臺北市：文訊雜誌社，1996 年）。

毛亨[傳]；鄭玄[箋]；孔穎達等[疏]：《毛詩注疏》（臺北縣：藝文印書館，1979 年）。

王一川：《漢語形象與現代性情結》（北京市：首都師範大學出版社，2001 年）。

王國維[著]；徐調孚、周振甫[注]：《人間詞話校注》（臺北市：五南圖書出版公司，2020 年）。

王逸[章句]，洪興祖[補注]：《楚辭章句》（臺北市：五洲出版社，1965 年）。

王德威：《歷史與怪獸》（臺北市：麥田出版，2011 年）。

古添洪：《記號詩學》（臺北市：東大圖書公司，1984 年）。

司空圖[著]；陳國球[導讀]：《二十四詩品》（臺北市：金楓出版社，1987 年）。

向陽：《寫意年代：臺灣作家手稿故事》（臺北市：九歌出版社，2017 年）。

向陽：《寫字年代：臺灣作家手稿故事》（臺北市：九歌出版社，2013 年）。

朱光潛全集編輯委員會[編]：《朱光潛全集》第一卷（合肥市：安徽教育出版社，1987 年）。

何金蘭：《法國文學理論與實踐》（臺北市：秀威出版資訊公司，2011 年）。

余光中：《敲打樂》（上海市：上海三聯書店，2019 年）。

吳尚華：《中國當代詩歌藝術轉型論》（合肥市：安徽教育出版社，2004 年）。

吳潛誠：《感性定位：文學的想像與介入》（臺北市：允晨文化實業公司，1994 年）。

李南衡[編]：《賴和先生全集（日據下臺灣新文學明集 1）》（臺北市：明潭出版社，1979 年 3 月）。

李勤岸：《台語發音拼音基礎》（臺南市：真平企業有限公司，2000 年）。

李歐梵：《現代性的追求》（臺北市：麥田出版，1996 年）。

李錫奇、蕭勤[編]：《心的風景：中國暨義大利當代詩人的詩畫新境》（臺北市：時報文化出版企業公司，1984 年 12 月）。

沈謙：《修辭學》（臺北縣：國立空中大學，1995 年）。

孟樊、楊宗翰：《台灣新詩史》（臺北市：聯經出版事業公司，2022 年）。

孟樊：《後現代新詩美學》（臺北市：爾雅出版社，2012 年）。

孟樊：《臺灣後現代詩的理論與實際》（臺北市：揚智文化事業公司，2002 年）。

孟樊[編]：《當代臺灣文學評論大系‧新詩批評卷》（臺北市：正中書局，1993 年 5 月）。

易鵬：《文本與現代手稿研究》（臺北市：書林出版公司，2019 年 12 月）。

林于弘：《臺灣新詩分類學》（臺北縣：鷹漢文化企業公司，2004 年）。

林亨泰：《見者之言》（彰化市：彰化縣立文化中心，1993 年）。

林建隆：《林建隆俳句集》（臺北市：前衛出版社，1997 年）。

林淇瀁：《書寫與拼圖：臺灣文學傳播現象研究》（臺北市：麥田出版，2001 年 10 月）。

林瑞明[編]：《賴和手稿影像集》（臺北市：賴和文教基金會，2000 年）。

侯吉諒：《筆花盛開》（臺北市：聯經出版事業公司，2020 年 9 月）。

侯吉諒：《如何看懂行書：就字論字：從王羲之到文徵明行書風格比較分析》（臺北市：商周文化事業公司，2017 年）。

侯吉諒：《慢筆寫心經：像書畫家一樣，一筆一畫的慢慢寫，專注與自己的內心對話。》（臺北市：商周文化事業公司，2016 年）。

侯吉諒：《侯吉諒書法講堂：（一）筆法與漢字結構分析》（臺北市：聯經出版事業公司，2012 年 12 月）。

侯吉諒：《侯吉諒書法講堂：（二）筆墨紙硯帖》（臺北市：聯經出版事業公司，2012 年 12 月）。

侯吉諒[編]：《情詩手稿》（臺北市：未來書城，2003 年）。

侯吉諒[編]：《名詩手稿：最重要的詩人最重要的作品》（臺北市：海風出版社，1989 年）。

侯吉諒：《城市心情》（臺北市：漢光文化事業公司，1987 年）。

封德屏：《文訊台灣現當代作家資料彙編 百冊提要》（臺南市：臺灣文學館，2018 年）。

柯慶明：《現代中國文學批評述論》（臺北市：大安出版社，2005 年）。

柳鳴九[編]：《未來主義‧超現實主義‧魔幻現實主義》（臺北市：淑馨出版，1990

年）。

洛夫：《唐詩解構：洛夫的唐韻新鑄藝術》（臺北市：遠景出版事業公司，2014 年）。

洪郁芬：《渺光之律——華文俳句集》（臺北市：釀出版，2019 年）。

夏宇：《摩擦・無以名狀》（臺北市：現代詩，1997 年）。

奚密：《現當代詩文錄》（臺北市：聯合文學，1998 年）。

徐復觀：《徐復觀文存》（臺北市：臺灣學生書局，1991 年）。

徐復觀：《中國文學論集》（臺北市：臺灣學生書局，1974 年）。

商禽：《商禽詩全集》（臺北縣：INK 印刻文學，2008 年）。

國立彰化師範大學現代詩學研討會編輯委員[編]：《現代詩的語言與教學——第五屆現
代詩學研討會論文集》（彰化縣：彰化師範大學國文學系，2001 年）。

張漢良、蕭蕭[編]：《現代詩導讀——理論・史料》（臺北市：故鄉出版公司，1979
年）。

張漢良：《現代詩論衡》（臺北市：幼獅文化事業公司，1977 年 6 月）。

張福全：《解讀筆跡心理學》（臺北市：國家出版社，2014 年）。

張默、張漢良等[編]：《中國當代十大詩人選集》（臺北市：源成文化圖書供應社，
1977 年）。

張默：《張默世紀詩選》（臺北市：爾雅出版社，2000 年）。

張默[編]：《創世紀・創世紀：1954-2008 圖像冊》（臺北市：創世紀詩社雜誌，2018
年）。

張雙英：《二十世紀臺灣新詩史》（臺北市：五南圖書出版公司，2006 年）。

曹雪芹：《紅樓夢》（臺北市：時報文化出版企業公司，2020 年）。

許悔之：《有鹿哀愁》（臺北市：大田出版公司，2000 年 5 月）。

野曼[編]：《國際華文詩人百家手稿集》（廣州市：廣州出版社，1995 年）。

陳克華：《我旅途中的男人。們》（臺北縣：原點文化事業公司，2007 年 10 月）。

陳克華：《我撿到一顆頭顱》（臺北市：麥田出版，2002 年）。

陳克華：《我在生命轉彎的地方》（臺北縣：圓神出版社，1993 年）。

陳克華：《與孤獨的無盡遊戲》（臺北市：皇冠文化出版公司，1993 年）。

陳克華：《騎鯨少年》（臺北市：蘭亭書店，1986 年）。

陳芳明：《詩和現實》（臺北市：洪範書店，1983 年）。

陳義芝：《聲納——臺灣現代主義詩學流變》（臺北市：九歌出版社，2006 年）。

陳義芝[編]：《覃子豪》（臺南市：國立臺灣文學館，2011 年）。

陶東風：《文體演變及其文化意味》（昆明市：雲南人民出版社，1995 年）。

彭小妍[編]：《漂泊與鄉土——張我軍逝世四十週年紀念論文集》（臺北市：文建會，

1996 年）。

須文蔚[編]：《台灣現當代作家資料彙編──9.紀弦》（臺南市：國立臺灣文學館，2011 年 3 月）。

黃冠翔、郭彥麟[編]：《詩‧手跡》（臺南市：國立臺灣文學館，2014 年 12 月）。

黃勝常：《地藏本願經白話講解》（臺北市：東山講堂，2016 年）。

黃勝常：《地藏本願經經法研探及地藏法門對照表》（臺北市：東山講堂，2016 年）。

黃勝常：《地藏本願經讀誦本》（臺北市：東山講堂，2016 年）。

黃錦樹：《文與魂與體：論現代中國性》（臺北市：麥田出版，2006 年）。

黃麗明[著]；詹閔旭、施俊州、曾珍珍[譯]：《搜尋的日光：楊牧的跨文化詩學》（臺北市：洪範書店，2015 年）。

黃騰輝：《冬日歲月：黃騰輝詩選集》（高雄市：春暉出版社，2010 年）。

楊牧：《微塵》（臺北市：洪範書店，2021 年）。

楊牧：《長短歌行》（臺北市：洪範書店，2013 年）。

楊牧：《奇萊前書》（臺北市：洪範書店，2003 年）。

楊牧：《疑神》（臺北市：洪範書店，1993 年）。

楊牧：《一首詩的完成：給青年詩人的信》（臺北市：洪範書店，1991 年）。

楊牧：《楊牧自選集》（臺北市：黎明文化事業公司，1975 年）。

楊牧[譯]：《甲溫與綠騎俠傳奇》（臺北市：洪範書店，2012 年 8 月）。

瘂弦：《弦外之音：瘂弦詩稿、朗誦、手跡、歲月留影》（臺北市：釀出版，2006 年）。

瘂弦：《瘂弦詩集》（臺北市：洪範書店，2001 年）。

瘂弦：《瘂弦詩集》（臺北市：洪範書店，1981 年）。

葉維廉：《比較詩學》（臺北市：東大圖書公司，2007 年）。

葉維廉：《解讀現代‧後現代》（臺北市：東大圖書公司，1999 年）。

葉維廉：《歷史、傳釋與美學》（臺北市：東大圖書公司，1988 年）。

解昆樺：《繆斯與酒神的饗宴：戰後臺灣現代詩劇文本的複合與延異》（臺北市：學生書局，2016 年）。

解昆樺：《臺灣現代詩典律與知識地層的推移：以創世紀、笠詩社為觀察核心》（臺北市：秀威出版資訊公司，2013 年）。

解昆樺：《轉譯現代性：1960-70 年代臺灣現代詩場域中的現代性想像與重估》（臺北市：臺灣學生書局，2010 年）。

解昆樺：《詩史本事：戰後台灣現代詩人的詩史對話》（苗栗縣：苗栗縣文化局，2010 年）。

路寒袖：《走在，台灣的路上：路寒袖的生命記憶與台灣行旅　散文・詩・攝影・教學》（新北市：遠景出版事業公司，2012 年）。

路寒袖：《何時，愛戀到天涯：義大利・行旅・攝影・情詩》（新北市：遠景出版事業公司，2009 年）。

路寒袖：《忘了，曾經去流浪——路寒袖歐洲四國、行旅、攝影、詩》（新北市：遠景出版事業公司，2008 年）。

管管：《管管・世紀詩選》（臺北市：爾雅出版社，2000 年 7 月）。

劉利玲[編]：《視覺詩十人展：中國詩覺運動的序曲》（臺北市：環亞藝術中心，1986 年 6 月）。

劉維瑛[策畫]：《現存臺灣民報復刻》（臺南市：國立臺灣歷史博物館，2018 年）。

劉勰[著]；王更生[注譯]：《文心雕龍讀本》（臺北市：文史哲出版社，1995 年）。

蔣勳：《破解達文西密碼》（臺北市：天下文化出版公司，2006 年）。

鄭慧如：《台灣現代詩史》（臺北市：聯經出版事業公司，2019 年）。

魯迅：《魯迅全集》第一卷（北京市：人民出版社，1981 年）。

黎活仁、黃耀堃[編]：《方法論於中國古典和現代文學的應用》（香港：香港大學亞洲研究中心，1999 年）。

蕭蕭、方明[編]：《現代詩壇的孫行者：管管作品學術研討會論文集》（臺北市：萬卷樓圖書公司，2009 年）。

蕭蕭、羅文玲[編]：《臺灣詩人手稿集》（彰化縣：明道大學中文系，2011 年 12 年）。

歸人[編]：《楊喚全集》（臺北市：洪範書店，2006 年）。

簡政珍：《臺灣現代詩美學》（臺北市：揚智文化事業公司，2004 年）。

羅青：《錄影詩學》（臺北市：書林出版公司，1988 年）。

羅青：《不明飛行物來了》（臺北市：純文學出版社，1984 年 5 月）。

羅智成：《夢中書房》（臺北市：聯合文學，2002 年）。

蘇慧霜[編]：《阿里山詩集》（嘉義市：農委會林務局嘉管處，2013 年）。

（二）西文翻譯

安德列・布勒東（Andre Breton）[著]；袁俊生[譯]：《超現實主義宣言》（重慶市：重慶大學出版社，2010 年）。

亞里斯多德（Aristotle）[著]；張留華、馮豔等[譯]：《工具論》（上海市：上海人民出版社，2015 年）。

本尼迪克特・安德森（Benedict Richard O'Gorman Anderson）[著]；吳叡人[譯]：《想像的共同體：民族主義的起源與散佈》（臺北市：時報文化出版企業公司，2013 年）。

布魯斯‧布洛克（Bruce A. Block）［著］；汪弋嵐［譯］：《以眼說話：影像視覺原理及應用》（北京市：世界圖書出版公司北京公司，2011 年 11 月）。

卡爾‧榮格（Carl Gustav Jung）［著］；莊仲黎［譯］：《榮格論心理類型》（臺北市：商周文化事業公司，2018 年）。

波特萊爾（Charles Baudelaire）［著］；杜國清［譯］：《惡之華》（臺北市：臺灣大學出版中心，2016 年）。

丹尼爾‧列維廷（Daniel J. Levitin）［著］；林凱雄［譯］：《為什麼傷心的人要聽慢歌：從情歌、舞曲到藍調，樂音如何牽動你我的行為》（臺北市：商周文化事業公司，2017 年）。

薩依德（Edward W. Said）［著］；彭淮棟［譯］：《論晚期風格：反常合道的音樂與文學》（臺北市：麥田出版，2010 年）。

佛洛姆（Erich Fromm）［著］；葉頌壽［譯］：《夢的精神分析》（臺北市：志文出版社，1994 年）。

朱利安（François Jullien）［著］；卓立、林志明［譯］：《間距與之間：論中國與歐洲思想之間的哲學策略》（臺北市：五南圖書出版公司，2013 年）。

馬奎斯（Gabriel García Márquez）［著］；楊耐冬［譯］：《百年孤寂》（臺北市：志文出版社，1990 年）。

加斯東‧巴舍拉（Gaston Bachelard）［著］；龔卓軍、王靜慧［譯］：《空間詩學》（新北市：張老師文化事業公司，2005 年）。

傑哈‧簡奈特（Gerard Genette）［著］；廖素珊、楊恩祖［譯］：《辭格Ⅲ》（臺北市：時報文化出版企業公司，2003 年）。

德勒茲（Gilles Louis René Deleuze）［著］；黃建宏［譯］：《電影 I：運動—影像》（臺北市：遠流出版事業公司，2003 年）。

哈羅德‧布魯姆（Harold Bloom）［著］；徐文博［譯］：《影響的焦慮》（南京市：江蘇教育出版社，2006 年）。

卡爾維諾（Italo Calvino）［著］；吳潛誠［譯］：《寫給下一輪太平盛世的備忘錄》（臺北市：時報文化出版企業公司，1996 年）。

德里達（Jacques Derrida）［著］；汪堂家［譯］：《論文字學》（上海市：上海譯文出版社，2005 年 5 月）。

德希達（Jacques Derrida）［著］；張寧［譯］：《書寫與差異》（臺北市：麥田出版，2004 年）。

雅克‧拉康（Jacques-Marie-Émile Lacan）［著］；褚孝泉［譯］：《拉康選集》（上海市：華東師範大學出版社，2019 年）。

尚‧布西亞（Jean Baudrillard）[著]；洪玲[譯]：《擬仿物與擬像》（臺北市：時報文化出版企業公司，1998 年）。

利奧塔（Jean-François Lyotard）[著]；謝晶[譯]：《話語，圖形》（上海市：上海人民出版社，2012 年 1 月）。

薩特（Jean-Paul Sartre）[著]；陳宣良等[譯]：《存在與虛無》（北京市：生活‧讀書‧新知三聯書店，2016 年）。

卡勒（Jonathan Culler）[著]；李平[譯]：《文學理論》（香港：牛津大學出版社，1998 年）。

喬瑟夫‧坎伯（Joseph Campbell）[著]；朱侃如[譯]：《千面英雄》（臺北縣：立緒文化事業公司，1997 年）。

卡爾‧曼海姆（Karl Mannheim）[著]：《知識社會學導論》（臺北市：風雲論壇，1998 年）。

海德格爾（Martin Heidegger）[著]；陳嘉映、王慶節[譯]：《存在與時間》（北京市：生活‧讀書‧新知三聯書店，2016 年）。

海德格（Martin Heidegger）[著]；孫周興[譯]：《走向語言之途》（臺北市：時報文化出版企業公司，1993 年）。

米歇‧傅柯（Michel Foucault）[著]；王德威[譯]：《知識的考掘》（臺北市：麥田出版，1993 年）。

米歇‧傅柯（Michel Foucault）[著]；莫偉民[譯]：《詞與物——人文科學考古學》（上海市：三聯書店，2001 年）。

潘恩（Michael Payne）[著]；李奭學[譯]：《閱讀理論：拉康、德希達與克麗絲蒂娃導讀》（臺北市：書林出版公司，2005 年）。

聶魯達（Pablo Neruda）[著]；梅清[譯]：《大地上的居所》（海口市：南海出版公司，2020 年 11 月）。

保羅‧策蘭（Paul Celan）[著]；黃燦然[譯]：《死亡賦格：保羅‧策蘭詩精選》（北京市：北京聯合出版公司，2021 年 1 月）。

尤金‧布魯勒（Paul Eugen Bleuler）[著]；J. Zinkin[譯]：《早發性痴呆（*Dementia Praecox or the Group of Schizophrenias*）》（Washington, DC: International Universities Press, 1950）。

彼得‧蓋伊（Peter Gay）[著]；梁永安[譯]：《現代主義：異端的誘惑》（臺北縣：立緒文化事業公司，2009 年 12 月）。

柏拉圖（Plátōn）[著]；侯健[譯]：《柏拉圖理想國》（臺北市：聯經出版事業公司，2002 年 2 月）。

里爾克（Rainer Maria Rilke）[著]；馮至[譯]：《給青年詩人的信》（新北市：聯經出版事業公司，2019 年 12 月）。

巴特・羅蘭（Roland Barthes）[著]；許綺玲[譯]：《明室・攝影札記》（臺北市：臺灣攝影工作室，1995 年）。

阿恩海姆（Rudolf Arnheim）[著]；郭小平、翟燦[譯]：《藝術心理學新論》（臺北市：臺灣商務印書館，1992 年）。

魯道夫・阿恩海姆（Rudolf Arnheim）[著]；滕守堯、朱疆源[譯]：《藝術與視知覺》（成都市：四川人民出版社，2006 年 10 月）。

弗洛依德（Sigmund Freud）[著]；周豔紅、胡惠君[譯]：《夢的解析》（上海市：上海三聯書店，2007 年）。

西格蒙德・佛洛伊德（Sigmund Freud）[著]；徐偉、劉成倫[譯]：《論藝術與文學》（北京市：國際文化出版公司，2007 年）。

佛洛伊德（Sigmund Freud）[著]；賴其萬、符傳孝[譯]：《夢的解析》（臺北市：志文出版社，2004 年）。

佛洛伊德（Sigmund Freud）[著]；嚴志軍、張沫[譯]：《一種幻想的未來：文明及其不滿》（石家庄：河北教育出版社，2003 年 8 月）。

弗洛依德（Sigmund Freud）[著]；楊韶剛、高申春等[譯]：《超越快樂原則》（臺北市：知書房，2000 年）。

特朗斯特羅默（Tomas Gösta Tranströmer）[著]；萬之[譯]：《早晨與入口》（香港：牛津大學出版社，2013 年 3 月）。

班雅明（Walter Benjamin）[著]；王才勇[譯]：《機械複製時代的藝術作品》（南京市：江蘇人民出版社，2006 年）。

塞夫蘭（Werner J. Severin）、譚卡特（James W. Tankard）[著]；羅世宏[譯]：《傳播理論：起源、方法與應用》（臺北市：五南圖書出版公司，2004 年）。

威廉・莎士比亞（William Shakespeare）[著]；李思文[譯]：《凱撒大帝》（臺南市：復漢出版社，1971 年）。

二、學術論文

（一）期刊論文

尤煌傑：〈「遊戲」之於「藝術」的解析——以朱光潛的美學理論為據〉，《哲學與文化》第 46 卷 9 期（2019 年 9 月）。

白靈：〈初極與終極——瘂弦詩論的形成、意涵和應用〉，《新地文學》2009 春季號（2009 年）。

易鵬：〈「文本生成學」專號前言〉，《中山人文學報》第 37 期（2014 年 7 月）。

易鵬：〈「花心動」：周夢蝶：〈賦格〉手稿初探〉，《中山人文學報》第 37 期（2014 年 7 月）。

林巾力：〈主知、現實、超現實：超現實主義在戰前台灣的實踐〉，《台灣文學學報》第十五期（2009 年 12 月）。

施議對：〈聲成文，謂之音：倚聲填詞中的音律與聲律問題〉，《嶺南學報》第五輯（2016 年）。

柯慶明：〈在網路的時代保存手稿——為王文興先生《家變》《背海的人》手稿的收藏展而寫〉，《中外文學》第 354 期（2001 年 11 月）。

奚密：〈世紀末的滑翔練習——陳黎的《貓對鏡》〉，《中外文學》第 28 卷 1 期（1999 年 6 月）。

奚密：〈鐫琢之名：楊牧詩中的希臘與羅馬〉，《台灣文學學報》第 37 期（2020 年 12 月）。

徐蘋芳：〈考古學上所見秦帝國的形成與統一〉，《臺大歷史學報》第 23 期（1999 年 6 月）。

翁文嫻：〈詩經「興」義與現代詩「對應」美學的線索追探〉，《中國文哲研究集刊》第 31 期（2007 年 9 月）。

許又方：〈詩學理念的實踐：讀楊牧的〈黃雀〉與〈卻坐〉〉，《東海中文學報》第 32 期（2016 年 12 月）。

陳國球：〈「抒情」的傳統——一個文學觀念的流轉〉，《淡江中文學報》第 25 期（2011 年 12 月）。

曾慶豹：〈解構巴別塔：空間、權力與上帝〉，《中外文學》32 卷 5 期（2003 年 10 月）。

黃維樑：〈江晚正愁予——鄭愁予與詞〉，《中外文學》21 卷 4 期（1992 年 9 月）。

楊小濱：〈文學作為「搵學」：陳黎詩中的文字灘塗〉，《國文學報》第 60 期（2016 年 12 月）。

楊雅儒：〈在手稿中相會——漢學家馮鐵教授臺灣講學記〉，《台灣文學館通訊》第 25 期（2009 年 11 月）。

解昆樺：〈大海濱城熱蘭遮：楊牧〈熱蘭遮城〉及其手稿之後殖民歷史空間詩學〉，《臺灣文學學報》第 37 期（2020 年 12 月）。

解昆樺：〈從圖像詩到視覺詩：中國既義大利當代詩人視覺詩畫聯展（1984）、視覺詩十人展（1986）之理論與實踐文本〉，《臺灣文學研究學報》第 24 期（2017 年 4 月）。

解昆樺：〈雛構新詩文體語言——賴和新詩手稿中的意象經營與修辭意識〉，《臺灣文
學研究學報》第 11 期（2010 年 10 月）。

解昆樺：〈現代主義風潮下的伏流：六〇年代臺灣詩壇對中國古典傳統的重估與表
現〉，《國文學報（高師大）》第 7 期（2007 年 12 月）。

劉正忠：〈伏流，重寫與轉化——試論 1950 年代的鄭愁予〉，《清華中文學報》第 24
期（2020 年 12 月）。

劉正忠：〈黼黻與風騷——試論楊牧的《長短歌行》〉，《中國現代文學》第 34 期
（2018 年 12 月）。

劉紀蕙：〈故宮博物院 VS. 超現實拼貼：臺灣現代讀畫詩中兩種文化認同之建構模
式〉，《中外文學》第 25 卷第 7 期（1996 年 12 月）。

蔡長林：〈皮錫瑞《詩》主諷諭說探論〉，《嶺南學報》第三輯（2015 年）。

蔣寅：〈韓愈詩風變革的美學意義〉，《政大中文學報》第 18 期（2012 年 12 月）。

鄭雅怡：〈客語及台語與性相關的髒話初探〉，《台灣學誌》第 5 期（2012 年 4 月）。

賴貴三：〈北京大學所藏清儒焦循《孟子補疏》手稿鈔釋〉該文分載於《孔孟月刊》
511/512 期（2005 年 4 月）、513/514 期（2005 年 6 月）、519/520 期（2005 年 12
月）、523/524 期（2006 年 4 月）、531/532 期（2006 年 12 月）。

顏元叔：〈中古民謠與抒情詩〉，《中外文學》3 卷 10 期（1975 年 3 月）。

龔鵬程：〈不存在的傳統：論陳世驤的抒情傳統〉，《政大中文學報》第十期（2008 年
12 月）。

Joshua Reynolds, Robert R. Wark ed., Discourses on Art, (New Haven and London: Yale
University Press, 1997).

Neil W. Bernstein：〈奧維德《變形記》裡「優勝之地」與「可怖之地」之探討（Locus
Amoenus and Locus Horridus in Ovid's Metamorphoses）〉，《文山評論：文學與文
化》5 卷 1 期（2011 年 12 月）。

安金娜（Olga Anokhina）：〈以文本生成學方法研究具多語能力的作家〉，《中山人文
學報》37 期（2014 年 7 月）。

（二）學位論文

杜松柏：〈禪學與唐宋詩學〉（臺北市：國立臺灣師範大學國文研究所博士論文，1976
年 5 月）。

劉正忠：〈軍旅詩人的異端性格——以五、六十年代的洛夫、商禽、瘂弦為主〉（臺北
市：國立臺灣大學中國文學研究所博士論文，2001 年）。

鄭慧如：〈現代詩的古典觀照——一九四九～一九八九‧台灣〉（臺北市：國立政治大
學中國文學研究所博士論文，1995 年）。

三、報刊雜誌文章

李維菁：〈「對一個廢人你能要求什麼？」——侯俊明的【以腹行走】〉，《cans 藝術新聞》第 31 期（2000 年 4 月）。

商禽、孟樊：〈詩與藝的對話——現代詩創作與理論的鴻溝〉，《創世紀詩刊》107 期（1996 年 7 月）。

張漢良：〈論臺灣的具體詩〉，《創世紀詩刊》第 37 期（1974 年 7 月）。

陳宛茜：〈震驚文壇！詩人楊牧辭世　享壽 80 歲〉，《聯合報》（2020 年 3 月 13 日）。

彭邦楨：〈論《畫廊》〉，《皇冠》第 18 卷第一期（1962 年 9 月）。

舒乙：〈呼喚手稿學〉，《人民日報》（2002 年 7 月 18 日）。

蔡根祥：〈沈復《浮生六記》研究的新高潮——新資料之發現與研究〉，《國文天地》第 279 期（2008 年 8 月）。

鴻鴻：〈從咆哮轉為輕歌：推薦書《商禽詩全集》〉，《聯合報》（2009 年 6 月 26 日）。

羅珊珊：〈黎明，才正要降臨〉，《聯合文學》第 310 期（2010 年 8 月）。

杜忠誥：〈剛健含婀娜——我看洛夫的書法〉，《聯合副刊》（2001 年 10 月 23 日）。

四、電子媒體

許悔之：〈聯副‧為你朗讀 18：許悔之／我的強迫症〉，聯合新聞網（2019 年 6 月 19 日），網址：http://si.secda.info/modern_literature/?p=6717（2021 年 6 月 21 日查閱）。

邱斐顯：〈詩人李勤岸　為台灣催生國字〉，網址：https://reurl.cc/2EyWXX（2022 年 11 月查閱）。

陳黎文學倉庫（http://faculty.ndhu.edu.tw/~chenli/）（2022 年 11 月查閱）。

楊牧數位主題館（https://yang-mu.blogspot.com/）（2022 年 11 月查閱）。

詩路：台灣現代詩網路聯盟（http://www.poem.com.tw）（2022 年 11 月查閱）。

西文

專書

Biasi, P.-M. de. (2000). *La Génétique des texts*. Paris: Ed. Nathan/Her.

Biasi, P.-M. de. (1990). *Introduction aux Méthodes Critiques pour l'analyse littéraire*. Paris: Bordas.

Biasi, P.-M. de. (1988). *Carnets de travail*. Editions Balland.

Heidegger, M. (1993). *Basic Writings: Martin Heidegger*, (D. F. Krell, Ed. & Trans.). London: Routledge.

國家圖書館出版品預行編目資料

繆斯胎骨：臺灣現代詩手稿學

解昆樺著. – 初版. – 臺北市：臺灣學生，2024.01
面；公分

ISBN 978-957-15-1934-0(平裝)

1. 臺灣詩 2. 新詩 3.手稿 4. 文學評論
863.21　　　　　　　　　　　　112022706

繆斯胎骨：臺灣現代詩手稿學

著　作　者	解昆樺
校　對　者	鄭碧容、江灉帆、張皓棠
出　版　者	臺灣學生書局有限公司
發　行　人	楊雲龍
發　行　所	臺灣學生書局有限公司
地　　　址	臺北市和平東路一段 75 巷 11 號
劃　撥　帳　號	00024668
電　　　話	(02)23928185
傳　　　眞	(02)23928105
E-mail	student.book@msa.hinet.net
網　　　址	www.studentbook.com.tw
登記證字號	行政院新聞局局版北市業字第玖捌壹號
定　　　價	新臺幣八五〇元
出 版 日 期	二〇二四年元月初版

86318　　　　

科技部「臺灣現代詩手稿學」三年期計劃
106-2410-H-005-045-MY3 研究成果